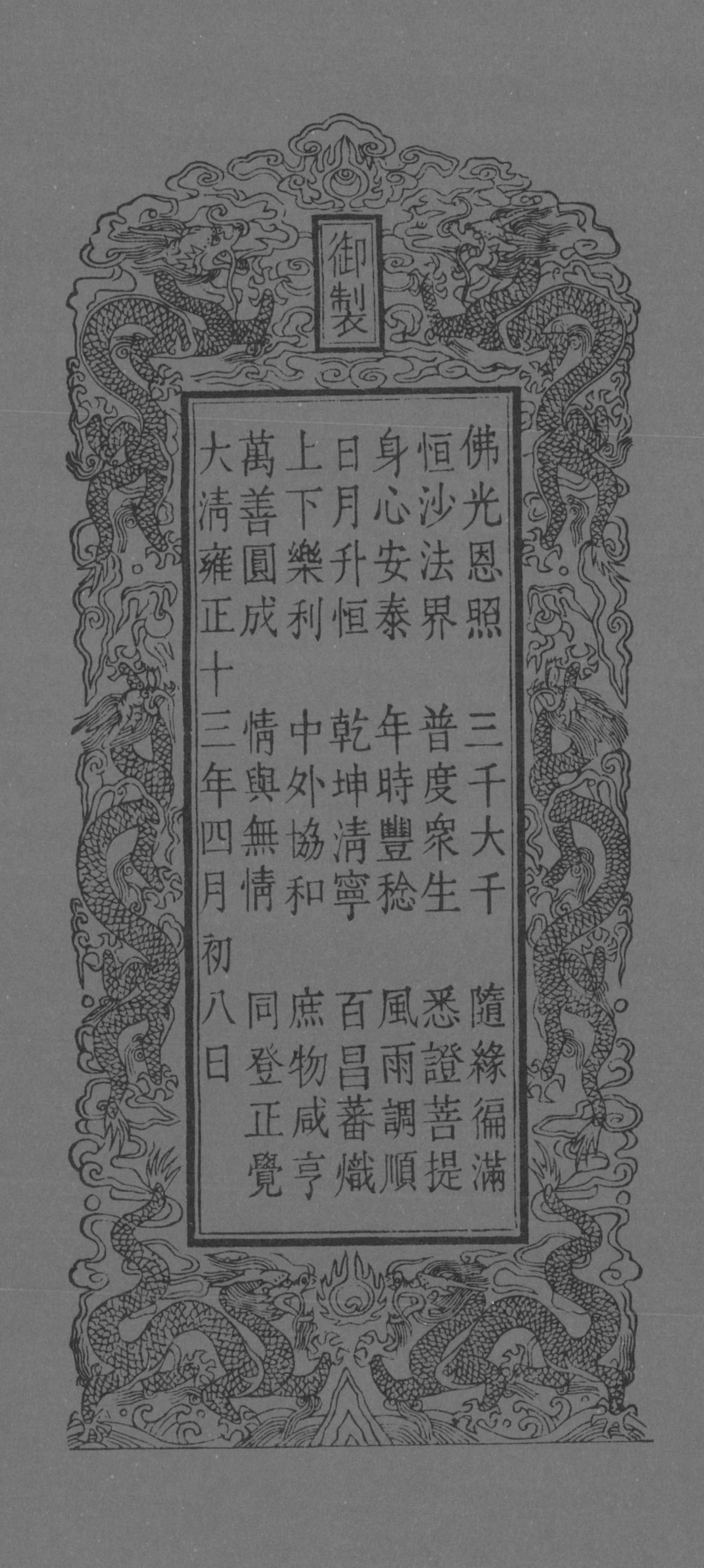
御製
佛光恩照　三千大千　隨緣徧滿
恒沙法界　普度衆生　悉證菩提
身心安泰　年時豐稔　風雨調順
日月升恒　乾坤清寧　百昌蕃熾
上下樂利　中外協和　庶物咸亨
萬善圓成　情與無情　同登正覺
大清雍正十三年四月初八日

第一一〇册　西土聖賢撰集（五）

大樂金剛不空眞實三昧耶經般若波
羅蜜多理趣釋
唐三藏沙門大廣智不空奉　詔譯

清刻龍藏佛説法變相圖

大樂金剛不空眞實三昧耶經般若波羅蜜多理趣釋卷上

唐三藏沙門大廣智不空奉　詔譯

如是者所謂結集之時所指是經也我聞者蓋表親從佛聞也一時者當説經之時其地六種震動或天雨衆華餘時則無此相又三乘種性皆獲聖果乃稱一時也婆伽梵者能破義也所破者破四魔也又有六義如聲論所釋熾盛自在與端嚴等也成就殊勝者毗盧遮那自覺聖智也一切如來者準瑜伽教中五佛是也其五佛者即盡虛空徧法界無盡無餘佛聚成此五身也金剛加持者表如來十眞如十法界十如來地以成上下十峯金剛大空智處加持者表如來於中道十六大菩薩普賢智從此展轉流出共成三十七

位以成解脫輪大曼荼羅三昧耶智者誓也亦曼荼羅也勿令將來最上乘者不從師受而專意自受者也是故得知修最上乘必須師授三昧耶然後可修行也已得一切如來灌頂寶冠爲三界主者如來在因地從灌頂師入三昧耶智曼荼羅阿闍黎加持弟子身中本有如來藏性發金剛加持以成修眞言行菩薩法器則堪任持明等乃至傳受印可等灌頂階位以此爲初因由三密四智印相應成究竟三界法王主以爲果已證一切如來一切智智瑜伽自在已證者一切如來者同上所說五佛也一切智智者唯佛自證之智皆以瑜伽法相應獲得於法自在能作一切如來一切印平等種種事業於無盡無餘一切衆生界一切意願作業皆悉圓滿一切印者四智印也能作由獲瑜伽自在故能作一切如來五佛亦如前釋一一佛皆有一切印平等羯磨處智徧至無盡無餘佛刹衆生界能作種種利益究竟安樂一切有情界悉令圓滿上中下一一皆成九品悉地常恒三世一切時身語意業金剛大毗盧遮那如來常恒者表如來清淨法界智無始時來本有處煩惱而不減與淨法相應證清淨而不增也三世者爲過去未來現在是也一切時者在於異生時後證聖果時三業清淨猶如虛空身語意業不被虛妄分別所生煩惱所染故也金剛者證得佛地一切法自在得證身口意三密金剛於藏識中修道煩惱習氣堅若金剛難摧用以大空金剛智三摩地證得法身光明徧照毗盧遮那如來也經云在於

欲界他化自在天王宮中一切如來常所遊處吉祥稱歎大摩尼殿種種間錯鈴鐸繒旛微風搖擊珠鬘瓔珞半滿月等而爲莊嚴他化自在天宮者名爲欲界頂他化自在天王宮殿菩薩證得第六地住現前地菩薩位般若波羅蜜觀多作此天衆王爲天人說般若波羅蜜其天界五欲殊勝超越諸天是故毗盧遮那佛爲金剛薩埵說大樂大貪染加持現證瑜伽理趣速疾由是得聞不染世間雜染諸煩惱超越魔羅之境其宮殿是大樂不空金剛薩埵大曼荼羅皆從毗盧遮那佛福德資糧出生大妙金剛五寶所成金剛峯寶樓閣其曼荼羅四方八柱列八位四門中位毗盧遮那徧照如來內證之智解脫是也其八位後當說經云與八十俱胝菩薩衆俱所謂金剛手菩薩摩訶薩觀自在菩薩摩訶薩虛空藏菩薩摩訶薩金剛拳菩薩摩訶薩文殊師利菩薩摩訶薩纔發心轉法輪菩薩摩訶薩虛空庫菩薩摩訶薩摧一切魔菩薩摩訶薩與如是等大菩薩衆恭敬圍遶而爲說法一一菩薩同類種性有十俱胝衆金剛手菩薩者在毗盧遮那前月輪中表一切如來菩提心初發菩提心由金剛薩埵加持修證普賢行願證如來地觀自在菩薩者在毗盧遮那後月輪表一切如來大悲隨緣六趣拔濟一切有情生死雜染苦惱速證清淨三摩地不著生死不證涅槃皆由觀自在菩薩金剛法現證虛空藏菩薩者在毗盧遮那右月輪表一切如來眞如恒沙功德福資糧聚由修虛空藏菩薩行行四種施後當說三輪清

淨喻若虛空無盡有爲無漏成受用變化身資糧也金剛拳菩薩在毗盧遮那左月輪表一切如來三種祕密在金剛拳菩薩掌由眞言行菩薩以入輪壇得灌頂者得聞如來三業密教修行獲得世出世殊勝悉地淨除無始十種不善惡業證得無障礙究竟智文殊師利菩薩在東南隅月輪表一切如來般若波羅蜜多慧劍住三解脫門能顯眞如法身常樂我淨由菩薩證此智便成等正覺也纔發心轉法輪菩薩者在西南隅月輪表一切如來四種輪金剛界輪降三世輪徧調伏輪一切義成就輪由修眞言行菩薩得入如是等輪依四種智印以成十六大菩薩生便證無上菩提虛空庫菩薩者在西北隅表一切如來廣大供養儀由修眞言行菩薩修得虛空庫菩薩瑜伽三摩地於一念頃身生盡虛空徧法界一一佛前於大衆會以種種雲海供養奉獻如來便從一切佛聞說妙法速滿福德智慧資糧以虛空爲庫藏隨緣諸趣拯濟利樂諸有情漸引致無上菩提以爲巧便摧一切魔菩薩在東北隅表一切如來大悲方便外亦現威怒內懷悲愍住加行位護持修行辟除諸障成菩提時摧伏天魔及摩醯首羅一切難調伏者令彼等受化致於無上菩提以忿怒智而成究竟如上所釋八大菩薩攝三種法所謂菩提心大悲方便是也如上所釋諸菩薩包括一切佛法眞言門及一切顯大乘如是等大菩薩衆恭敬圍遶八供養及四門菩薩等以表如來三昧眷屬經云而爲說法初中後善者所說何法諸大菩薩

般若理趣初善者一切如來身密一切契印身威儀也中善者一切如來語密真言陀羅尼法王敎勑不可違越也後善者本尊瑜伽一切三摩地無量智解脱也又一釋初善者增上戒學中善者增上心學後善者增上慧學文義巧妙者文巧依聲語詞韻清雅具六十四種梵音也義妙者依二諦世俗勝義諦也純一者表如來瑜伽不與三乘同共敎故唯如來究竟内證不共佛法圓樂智圓滿者由如上智能斷三界九地見道修道一切煩惱及習氣斷二種障二種資糧圓滿也清淨者表離垢清淨由瑜伽法一念淨心相應便證眞如實際不捨大悲於淨穢土受用身變化身成佛經云潔白者清淨法界本來不染與無量雜染覆蔽異生無明住地其性亦不減預聖流證佛地其性亦不增如經云説一切法清淨句門者爲修瑜伽行者於生死流轉不染故廣作利樂有情事故速證無量三摩地解脱智慧故速集廣大福德資糧故超越一切魔羅毗那夜迦衆速疾得世出世間勝願滿足故説如來大悲愍念最上乘種性者説十七種清淨瑜伽三摩地是故諸契經説三界唯心由心清淨有情清淨由心雜染有情雜染又説有情界是菩薩淨妙佛國土由修得十七清淨句門是也經云所謂妙適清淨句是菩薩位者妙適者即梵音蘇囉多也蘇囉多者如世間那羅那哩娛樂金剛薩埵亦是蘇囉多以無縁大悲徧縁無盡衆生界願得安樂利益心曽無休息自他平等無二故名蘇囉多耳由修金剛薩埵瑜伽三摩

地得妙適清淨句是故獲得普賢菩薩位欲箭清淨句是菩薩位者由修欲金剛瑜伽三摩地得欲箭清淨句是故獲得欲金剛菩薩位觸清淨句是菩薩位者由修金剛髻離吉羅瑜伽三摩地得觸清淨句是故獲得金剛髻離吉羅菩薩位愛縛清淨句是菩薩位者由修愛縛金剛瑜伽三摩地得愛縛清淨句是故獲得愛金剛菩薩位一切自在主清淨句是菩薩位者由修金剛傲瑜伽三摩地得一切自在主清淨句是故獲得金剛傲菩薩位見清淨句是菩薩位者由修意生金剛瑜伽三摩地得見清淨句是故獲得意生金剛菩薩位適悅清淨句是菩薩位者由修適悅金剛瑜伽三摩地得適悅清淨句是故獲得適悅金剛菩薩位愛清淨句是菩薩位者由

修貪金剛瑜伽三摩地得愛清淨句是故獲得貪金剛菩薩位慢清淨句是菩薩位者由修金剛慢瑜伽三摩地得慢清淨句是故獲得金剛慢菩薩位莊嚴清淨句是菩薩位者由修春金剛瑜伽三摩地得莊嚴清淨句是故獲得春金剛菩薩位意滋澤清淨句是菩薩位者由修雲金剛瑜伽三摩地得意滋澤清淨句亦云喜悅清淨句是故獲得雲金剛菩薩位光明清淨句是菩薩位者由修秋金剛瑜伽三摩地得光明清淨句是故獲得秋金剛菩薩位身樂清淨句是菩薩位者由修冬金剛瑜伽三摩地得身樂清淨句是故獲得冬金剛菩薩位色清淨句是菩薩位者由修色金剛瑜伽三摩地得色清淨句是故獲得色金剛菩薩位聲清淨句是菩薩位者由

修聲金剛瑜伽三摩地得聲清淨句是故獲得聲金剛菩薩位香清淨句是菩薩位者由修香金剛瑜伽三摩地得香清淨句是故獲得香金剛菩薩位味清淨句是菩薩位者由修味金剛瑜伽三摩地得味清淨句是故獲得味金剛菩薩位何以故一切法自性清淨故般若波羅蜜多清淨者雖一切本來清淨由有客塵煩惱習氣覆蔽身心輪迴六趣由獲得瑜伽理趣四種智印

所謂大智印　三昧耶智印　法智印

羯磨智印

如前菩薩一一具四種印相應方得離垢清淨便證普賢大菩薩設使因緣不具不得四智印如經所說一聞於耳獲得勝福決定不異疾證無上正等菩提以爲正因金剛手若有聞此清淨出生句般若理趣乃至菩提道場一切蓋障及煩惱障法障業障設廣積集必不墮於地獄等趣設作重罪消滅不難若能受持日日讀誦作意思惟即於現生證一切法平等金剛三摩地於一切法皆得自在受於無量適悅歡喜以十六大菩薩生獲得如來及執金剛位者釋毗盧遮那佛在大衆中爲未來有情修瑜伽者對諸十地菩薩說受持讀誦具修行福利速滅無始時來無量諸重業障乃至未來際以悲愍廣大願力周遊六趣利樂有情由聞及修不染不受諸不善異熟業獲得世間出世間殊勝悉地即於十六大生作金剛薩埵菩薩等乃至金剛拳菩薩最後身便成毗盧遮那身也時婆伽梵一切如來大乘現證三昧耶一切曼荼羅持

金剛勝薩埵於三界中調伏無餘一切義成就金剛手菩薩摩訶薩爲欲顯明此義故熈怡微笑左手作金剛慢印右手抽擲本初大金剛作勇進勢說大樂金剛不空三昧耶心者婆伽梵義如前所釋一切如來大曼荼羅中五方佛也大乘有七義一者法大二者心大三者勝解大四者意樂大五者資糧大六者時大七者究竟大由諸菩薩承此大乘證得無上正等菩提現證者瑜伽師所證三摩地境也三昧耶者名爲本誓亦名時亦名期契亦爲曼荼羅之異名一切曼荼羅者於本部四種曼荼羅一大曼荼羅二三昧耶曼荼羅三法曼荼羅四羯磨曼荼羅以此四種曼荼羅攝瑜伽一切曼荼羅金剛勝薩埵者金剛義菩提心是也勝謂最勝薩埵名勇猛於

三界中調伏者三界謂欲界色界無色界於中能調伏摩醯首羅等諸天難調伏者令得受化無餘一切義成就者普賢菩薩異名也金剛手菩薩摩訶薩者此菩薩本是普賢從毗盧遮那佛二手掌親受五智金剛杵即與灌頂名之爲金剛手菩薩摩訶薩者如前所釋爲欲顯明此義故者所謂顯明大智印幖幟首戴五佛寶冠熈怡微笑左手作金剛慢印右手抽擲本初大金剛作勇進勢本初者本來清淨法界也左手作金剛慢印者爲降伏左道左行有情令歸順道右手抽擲五智金剛杵作勇進勢者令自他甚深三摩地順佛道念念昇進獲得普賢菩薩之地即說大樂金剛不空三昧耶本誓心眞言吽字吽字者因義因義者謂菩提心爲因即一切如來

菩提心亦是一切如來不共眞如妙體恒沙功德皆從此生此一字具四字義且賀字以爲本體賀字從阿字生由阿字一切法本不生故一切法因不可得其字中有汚聲汚聲者一切法損減不可得其字頭上有圓點半月即謂麽字者一切法我義不可得我有二種所謂人我法我此二種皆是妄情所執名爲增益邊若離損減增益即契中道

唵字者金剛薩埵法智印明也

麽字者欲金剛法智印明也

賀字者金剛悅喜法智印明也

蘇字者愛金剛法智印明也

佉字者慢金剛法智印明也

嚩字者意生金剛法智印明也

日囉字者金剛髻離吉羅法智印明也

娑字者愛金剛法智印明也

多嚩字者金剛傲法智印明也

弱字者春金剛法智印明也

吽字者雲金剛法智印明也

鑁字者秋金剛法智印明也

縠字者冬金剛法智印明也

蘇字者色金剛法智印明也

囉字者聲金剛法智印明也

多字者香金剛法智印明也

薩多鑁字者味金剛法智印明也

此密言十七字則爲十七菩薩種子即成法曼荼羅若畫一一菩薩本形即成大曼荼羅若畫本聖者所執持幖幟即成三昧耶曼荼羅如前種子字各書本位即名法曼荼羅各鑄本形安於本位即成羯磨曼荼羅次說安

立次第分曼荼羅位中央九位外院更加一重中央安金剛薩埵依薩埵菩薩前安欲金剛右邊安髻離吉羅後安愛樂金剛左安金剛慢右邊前隅安意生金剛右邊後隅安髻離吉羅左邊後隅安愛金剛左邊前隅安傲金剛以次外院如前次第安布四隅初安春金剛次安雲金剛次安秋金剛次安冬金剛外院前安色金剛右安聲金剛後安香金剛左安味金剛既安布已則修行者結三昧耶等印成本尊瑜伽加持四處五方佛灌頂被甲謂四字明令召入令縛令歡喜獻閼伽即與四智印相應入三摩地念誦或瑜伽師坐於中位三摩地中如前布列即誦十七字眞言心緣一一理趣清淨句入一一理趣地門徧周法界乃至第十七位周而復始以心得三摩地爲限即名爲大樂不空眞實修行瑜伽儀軌

已上名大樂不空金剛薩埵初集會品

時婆伽梵毗盧遮那如來婆伽梵者如前所釋毗盧遮那如來名徧照報身佛於色界頂第四禪色究竟天成等正覺爲諸菩薩說四種自證自覺聖智說四智菩提所謂金剛平等現正等覺以大菩提金剛堅固故者由如來淨阿賴耶於大圓鏡智相應證得堅固無漏之三摩地能淨無始無明地微細煩惱義平等現等正覺以大菩提一義利故者第七無漏末那與第八淨阿賴耶識中無漏種子能緣所緣平等平等離能取所取故證得平等性智流出隨其衆生愛樂身猶如衆色摩尼能作無邊有情義衆法平等現等覺以大

菩提自性清淨故者由如來清淨意識與妙
觀察智相應證得一切法本性清淨於淨妙
佛國土爲諸菩薩能轉無上法輪一切業平
等現等覺以大菩提一切分別無分別性故
者由如來無漏五識與成所作智相應現三
業化於淨妙國土及雜染世界任運無功用
無分別作佛事有情事金剛手若有聞此四
出生法讀誦受持設使現行無量重罪必能
超越一切惡趣乃至當坐菩提道場速能剋
證無上正覺者佛告金剛手菩薩爲未來有
情聞此中修理趣福利心不猶預能發淨信
修行則現世惡報及來生能轉定業疾證無
上菩提也時婆伽梵如是說已欲重顯明此
義故（此句可以意解可釋）熈怡微笑持智拳印說一切
法自性平等心者熈怡微笑持智拳印者希
奇於事表修行者具一切結使諸煩惱纏結
毗盧遮那大智印誦心眞言等同徧照尊則
應受一切世間殊勝供養應受一切如來諸
大菩薩禮敬是故有此微笑也
惡（引）字心眞言者具含四字爲一體阿字菩
提心義如此字一切字之爲先於大乘法中
趣向無上菩提心爲先阿（引）字者行義則四
智印瑜伽教中修行速疾方便由集福德智
慧資糧證成無上菩提正因第三字極長高
聲阿字者等覺義由證無邊智解脫三摩地
陀羅尼門摧伏四種魔羅受十方一切如來
三界法王灌頂轉正法轉第四惡字者涅槃
義由斷二種障謂煩惱所知之障證得四種
圓寂所謂一者自性清淨涅槃二者有餘依
涅槃三者無餘依涅槃四者無住處涅槃前

三通異生聲聞緣覺第四唯佛獨證不同諸異乘則此四字是毗盧遮那佛自覺聖智四種智解脫外現四大轉輪王菩薩所謂第一金剛薩埵其二金剛寶菩薩其三金剛法菩薩第四金剛羯磨菩薩是也修行者應建立曼荼羅中央毗盧遮那佛背日輪頭冠瓔珞身著輕繒衣結智拳印坐師子座身如月殿毗盧遮那佛前金剛薩埵菩薩背月輪戴五佛冠右手持金剛杵左持鈴半跏而坐毗盧遮那佛右邊虛空藏菩薩背月輪右手持金剛寶左手施願半跏而坐毗盧遮那後觀自在菩薩左手持蓮華右手開敷華勢亦半跏而坐於毗盧遮那佛左邊月輪金剛羯磨菩薩二手作旋舞置於頂上勢內四隅安四內供養各各如本形外四隅置外四供養各各持本供養具四門置鉤索鎖鈴菩薩各住本威儀毗盧遮那佛成等正覺由四種瑜伽三摩地所謂金剛薩埵

金剛寶　金剛法　金剛羯磨等瑜伽三摩地從金剛薩埵至羯磨次第流出嬉戲鬘歌舞等菩薩又從四內供養依次流出香華燈塗香等四外供養菩薩又從四大菩薩各流出四門四門菩薩四種曼荼羅大智三昧耶法羯磨輪也如前大樂中所說類同若修瑜伽者成就般若理趣位於中位即誦毗盧遮那佛真言

嚩日囉(二合)馱都惡

自作本尊瑜伽以四字明召請曼荼羅聖眾誦四出生法運心一一出生徧周法界周而復始皆以五智相應念念能滅諸宿障惡業

現生證菩薩地後十六生證成毗盧遮那無邊法身能現於無量淨穢諸刹土報化現證無上菩提

已上毗盧遮那理趣會品

大樂金剛不空眞實三昧耶經般若波羅蜜多理趣釋卷上

音釋

鐸達各切鈴屬也　鬘莫班切　髻吉詣切　傲免到切　擲直隻切拋也掉也　鑁亡敢切　閼伽梵語也此云水　閼阿葛切

大樂金剛不空真實三昧耶經般若波羅蜜多理趣釋卷下

唐三藏沙門大廣智不空奉　詔譯

時調伏難調釋迦牟尼如來者於閻浮提五濁末法爲調伏九十五種異類外道現八相成道皆得受化致於佛道現生釋迦族中乃姓釋迦氏牟尼者寂靜義身口意寂靜故稱牟尼於須彌頂三十三天金剛寶峯樓閣中毗盧遮那佛轉輪輪有四種所謂金剛輪寶輪法輪羯磨輪其四輪皆攝在二輪中所謂正法輪教令輪即彼毗盧遮那於閻浮提化相成佛度諸外道即於須彌頂示現威猛忿怒形降伏摩醯首羅等驕佚我慢妄自恃具一切智由貪瞋癡一切雜染熏習藏識爲令彼等清淨離諸煩惱故示現左右脚踏摩醯首羅及烏摩妃由入欲無戲論性瑜伽三摩地故獲得一切瞋無戲論性由入瞋無戲論性瑜伽三摩地故獲得一切癡無戲論性由入癡無戲論性瑜伽三摩地故獲得一切法無戲論性由入一切法無戲論性瑜伽三摩地故獲得般若波羅蜜多無戲論性五種無戲論智成降三世曼荼羅中央安降三世於降三世前安忿怒薩埵菩薩後安忿怒善哉菩薩右邊安忿怒王菩薩左安忿怒愛菩薩四內隅安四忿怒內供養於外四隅安四忿怒外供養東門安弓箭畫契其南門安劒西門輪北門三股叉一一皆如前四種曼荼羅皆以降伏以爲三摩地修行者欲降伏三界九地煩惱怨敵故誦此當部中五種無戲論般若理趣欲降諸天頻那夜迦及惡人危害

佛法者運心入五種無戲論瑜伽三摩地自身作降三世瑜伽大智印與四印相應誦一字明相應入實相理趣義同前此忿怒吽字金剛部攝猛利故速得成辦阿毗遮盧迦如廣瑜伽經等所說是故釋迦牟尼佛告金剛手言若有人聞此理趣受持讀誦設害三界一切有情不墮惡趣爲調伏故疾證無上正等菩提者害三界一切有情一切有情者由貪瞋癡爲因受三界中流轉若與理趣相應則滅三界輪迴因是故害三界一切有情不墮惡趣爲調伏貪等三毒也故得速證無上菩提是故如來容意作如是說時金剛手大菩薩欲重顯明此義故持降三世印以蓮華面微笑而怒顰眉猛視利牙出現住降伏立相說此金剛吽迦羅心持降三世印者三世所謂摩醯首羅義由此印得降伏淨信引入佛道以蓮華面微笑而怒顰眉者聖者住内心與觀自在悲愍心相應外示現忿怒也猛視者於四種眼中第三忿怒眼義也利牙出現者與金剛藥叉三摩地相應住降伏立相者降三世立印其二足相去可五坼屈右膝舒左膝兩足左踏摩醯首羅右踏烏摩其修行者若與降伏法相應者如前大智印誦一字明加前人名想彼人在左足下不經一七日則彼人三毒及隨煩惱悉皆散滅修行者作降三世本尊瑜伽觀已自住曼荼羅中央運心布前右後左四忿怒入供養四門如來教口誦五無戲論般若理趣運心徧法界周而復始由此修行證得無量三摩地頓集福德智慧以爲成佛資糧此一品唯通修降三

世修瑜伽者以爲儀軌餘皆備諸廣本

巳上降三世品

時婆伽梵者如前所釋得自性清淨法性如來者是觀自在王如來異名則此佛名無量壽若於淨妙佛國土現成佛身住雜染五濁世界則爲觀自在菩薩復說者則至毗盧遮那佛爲觀自在菩薩說一切法平等觀自在智印出生般若理趣說四種不染一切煩惱及隨煩惱三摩地法所謂世間一切欲清淨故則一切瞋清淨者此則金剛法菩薩三摩地所謂世間一切垢清淨故則一切罪清淨此則金剛利菩薩三摩地所謂一切法清淨故則一切有情清淨此即金剛因菩薩三摩地所謂世間一切智智清淨則般若波羅蜜多清淨此即金剛語菩薩三摩地由瑜伽者得受四種清淨菩薩三摩地於世間悲願生於六趣不被一切煩惱染污猶如蓮華以此三摩地能淨諸雜染是故佛告金剛手言若有聞此理趣受持讀誦作意思惟設住諸欲猶如蓮華不爲客塵諸垢所染疾證無上正等菩提修行者持觀自在菩薩心眞言欲求成就般若理趣應建立曼荼羅中央畫觀自在菩薩如本儀形前安金剛法右安金剛利左安金剛因止緣後安金剛語於四内外隅各安四内外供養於東門畫天女形表貪欲南門畫蛇表瞋形西門畫猪表癡形北門畫蓮華表涅槃形得入此輪壇至無上菩提一切諸惑皆不得染污或時自住壇中作本尊瑜伽心布列聖衆圍遶以四字明召請誦心眞言誦持四種清淨般若理趣入一一門徧

周法界周而復始成一法界自他平等或時想已身紇利字門成八葉蓮華胎中想金剛法於八葉上想八佛或時他身想吽字五股金剛杵中央把處想十六大菩薩以自金剛與彼蓮華二體和合成爲定慧是故瑜伽廣品中密意說二根交會五塵成大佛事以此三摩地奉獻一切如來亦能從妄心所起雜染速滅疾證本性清淨法門是故觀自在菩薩手持蓮華觀一切有情身中如來藏性自性清淨光明一切惑染所不能染由觀自在菩薩加持得離垢清淨等同聖者紇利字具四字成一字真言賀字門者一切法因不可得義囉字門者一切法離塵義塵者所謂五塵亦名能取所取二種執著伊字門者自在不可得二點惡字義惡字名爲涅槃由覺悟諸法本不生故二種執著皆遠離證得法界清淨紇利字亦云慙義若具慙愧不爲一切不善即具一切無漏善法是故蓮華部亦名法部由此字加持於極樂世界水鳥樹林皆演法音如廣經中所說若人持此一字真言能除一切災禍疾病命終已後當生安樂國土得上品上生此一通修觀自在心真言行者亦能助餘部修瑜伽人也

已上觀自在菩薩般若理趣會品

時薄伽梵如前釋已一切三界主如來者寶生佛也寶生之變化則虛空藏菩薩是也復說此菩薩理趣修行一切如來灌頂智藏者虛空藏菩薩之異名般若理趣者如前所釋所謂以灌頂施故能得三界法王位此則金剛寶菩薩三摩地行所謂義利施故得一切

意願滿足此則金剛光菩薩三摩地所謂以法施故得圓滿一切法此則金剛幢菩薩三摩地行所謂資生施故得身口意一切安樂此則金剛笑菩薩三摩地行灌頂施與何類瑜伽者想身虛空藏菩薩以金剛寶灌頂一切如來義利施者惠施沙門婆羅門資緣具法施者爲施不現形與天龍八部等說法等慈生施者施與傍生之類也修行者修虛空藏菩薩三摩地行故應建立本菩薩曼荼羅曼荼羅中央畫虛空藏菩薩如本形前畫金剛寶右畫金剛光左畫金剛幢後畫金剛笑內外院四隅各列內外四供養如本形東門安金剛杵南門寶西門蓮華北門鈴修行者若入此曼荼羅令佗人現生所求一切富貴階位悉得滅一切貧窮業障設盜一切有主所攝物者六分之一不得不與取罪速疾獲得一切悉地或時瑜伽師坐曼荼羅中作本尊瑜伽觀與諸聖衆圍遶以四字明請召即誦心眞言四種理趣門運心徧法界愍念貧窮孤露常行惠施三輪清淨心無慳悋常與等虛空三摩地相應不久獲得虛空藏菩薩身時虛空藏大菩薩欲重顯明此義故熈怡微笑以金剛寶鬘自繫首說一切灌頂三昧耶寶心者怛覽字者具四字表四種理趣行門多字眞如不可得義囉字離塵義阿引字一切法本來寂靜猶如虛空莽字一切法無我義常與此心眞言相應故身心無礙有如虛空按怛馱那法尤於此部中最速成就所求一切伏藏皆得現前眞陀摩尼寶能滿一切衆生希求願故

已上虛空藏品

時婆伽梵已如前釋一切如來智印如來不空成就之異名也復說亦如前釋一切如來智印加持者是三密門身口意金剛也般若理趣如前所釋說四種印所謂持一切如來身印則爲一切如來身者是金剛業菩薩三摩地身眞言者由得身加持得無礙身於無邊世界作廣大供養加持一切如來語印則得一切如來法者此名金剛護菩薩三摩地由此三摩地能普護無邊有情界常以大慈甲冑而自莊嚴獲得如金剛薩埵法身持一切如來心印則證一切如來三摩地由眞言者得金剛藥叉三摩地能令盡藏識中殺害心雜染種子得大方便大悲三摩地爲調伏示現威猛忿怒金剛藥叉菩薩之身持一切如來金剛印即成就一切如來身口意業最勝悉地者由修瑜伽者得金剛拳菩薩三摩地能成就一切眞言教中三密之門是故廣瑜伽中說身口意金剛合成名爲拳一切如來縛是爲金剛拳是故佛告金剛手若有聞此理趣受持讀誦作意思惟由持身印得一切成就（此句梵本初功能漢本在第四）由持語印得一切口自在由持心印得一切智智由持金剛印得一切事業皆悉成就疾證無上正等菩提修行者欲成就般若理趣瑜伽者應建立金剛拳曼荼羅中央畫一切如來拳菩薩前畫金剛業右畫金剛護左畫金剛藥叉後畫金剛拳內外四隅各安內外四供養於四門安四菩薩東門染金剛南門金剛髻黎吉羅西門愛金剛北門金剛慢或時瑜伽者住曼荼羅

中自作本尊瑜伽想諸眷屬各住本位以四字明召請一切聖衆則誦一字眞言則誦四種金剛拳般若理趣印運心一一理趣門量同法界周而復始一切三摩地皆得現前惡字是涅槃義四種涅槃攝一字中四種者如前所釋時婆伽梵爲欲顯明此義故熈怡微笑持金剛拳大三昧耶印說此一切堅固金剛印悉地三昧耶自眞實心者如上句義表本菩薩大智印威儀兼讃語密功能此是金剛拳菩薩儀軌

己上金剛拳理趣會品

時薄伽梵一切無戲論如來者是文殊師利菩薩之異名復說轉字輪般若理趣轉字輪者是五字輪三摩地也所謂法空與無自性相應故者是金剛界曼荼羅中金剛利菩薩三摩地諸法無相與無相性相應故者是降三世曼荼羅忿怒金剛利三摩地諸法無願與無願相應故者是徧調伏曼荼羅中蓮華利菩薩三摩地諸法光明般若波羅蜜多清淨故者一切義成就曼荼羅中寶利菩薩三摩地修瑜伽者成就般若波羅蜜多應立曼荼羅曼荼羅者布列八曼荼羅形於中央畫文殊師利童子形四方安四佛以虛空智劒各繫四佛臂上其四隅置四種般若波羅蜜印外四隅安外四供養四門安四種契印東門畫劒南門畫鑠底西門鉢北門梵筴或時瑜伽師坐於曼荼羅中作本尊瑜伽運心布列聖衆以四字明召請誦一字明則誦四種般若理趣與心相應徧周法界周而復始乃至一月或六月一年不久當得無礙辯才證

得無量三摩地門文殊師利菩薩現前時文殊師利童真欲重顯明此義故熈怡微笑以自劒揮斫一切如來以說此般若波羅蜜多最勝心者一切有情無始輪迴與四種識積集無量虛妄煩惱則爲凡夫在凡夫位名爲識預聖流至如來地名爲智以四智菩提對治四種妄識妄識既除則成執法智若不妄執法則成法執病是故智增菩薩用四種文殊師利般若波羅蜜劒斷四種成佛智能取所取障礙是故文殊師利現揮斫四佛臂也般若波羅最勝心者唵字者覺悟義覺悟有四種所謂聲聞覺悟緣覺覺悟菩薩覺悟如來覺悟覺悟名句雖同淺深有異自利利佗資糧小大不同以四種覺悟總攝一切世間出世間出世間上上是故文殊師利菩薩得法自在故曰法王之子

巳上文殊師利理趣品

時薄伽梵一切如來入大輪如來者是纔發意菩薩之異名也復說入大輪般若理趣大輪者是金剛界大曼荼羅也所謂入金剛平等則入一切如來法輪者由稱此般若理趣金剛輪三摩地則成入金剛界屬金剛界六種曼荼羅（六種曼荼羅指歸中已說訖）入義平等則入大菩薩輪者由稱此般若理趣忿怒輪則成入降三世屬降三世十種曼荼羅（共十種指歸中先已說訖）入一切法平等則入妙法輪者由稱此般若理趣蓮華輪三摩地則成入徧調伏屬徧調伏六種曼荼羅者大客微細法業獻四一印及成六種壇（六種如前指歸中已說）入一切業平等則入一切事業輪由稱此般若理趣羯磨輪三

摩地則成入一切義成就屬一切義成就六種曼荼羅是纔發心轉法輪大菩薩欲重顯明此義故熈怡微笑轉金剛輪說一切金剛三昧耶心者如前句義中說金剛輪菩薩大智印形狀金剛三昧耶心者吽字是也吽字具四輪義若修金剛輪菩薩三摩地應建立曼荼羅畫八輻輪形當輪臍中畫金剛輪菩薩形八輻間畫八大菩薩如前布列八輪外四隅畫四波羅蜜菩薩内院四隅安四内供養外四隅安四外供養内隅四門安四菩薩東門金剛薩埵菩薩南門降三世金剛西門觀自在菩薩北門虛空藏瑜伽者破三昧耶或阿闍黎非法失師位由建立此輪壇則復本阿闍黎位修一切三摩地眞言速得成就若引弟子入若自身入則成入一切世間出世間曼荼羅或時瑜伽阿闍黎自坐壇中運心布列諸聖衆以四字明請聖衆則誦一字眞言次誦四種輪般若理趣運心徧周法界不久當得如毗盧遮那佛轉輪法王

巳上纔發意菩薩理趣品

時婆伽梵一切如來種種供養藏廣大儀式如來者是虛空庫菩薩之異名也復說一切供養最勝出生般若理趣所謂發菩提心則爲於諸如來廣大供養者此是金剛嬉戲菩薩三摩地菩提心義一切如來以菩提心成佛增上緣於菩提心法圓樂與智波羅蜜自娛救濟一切衆生則爲於諸如來廣大供養者也此是金剛鬘菩薩三摩地由淨信心入於佛法大海得七寶如意寶鬘濟拔一切有情滿一切所求希願令一切有情受諸戒品

以自莊嚴受持妙典則爲於諸如來廣大供養者此是金剛歌菩薩三摩地由此三摩地於佛集會中能問答一切大乘甚深般若波羅蜜也於般若波羅蜜多受持讀誦自書教佗書思惟修習種種供養則爲於諸如來廣大供養者此是金剛舞供養菩薩三摩地由大精進以金剛毗首羯磨解脱智徧遊無邊世界於諸佛前以廣大供養請説一切佛法般若波羅蜜等諸修多羅以十種法行頓積集福德智慧二種資糧獲得三種身此菩薩主一切供養門供養門者有多種依蘇悉地教有五種供養又有二十種供養於瑜伽教中有四種供養所謂菩提心供養資糧供養法供養羯磨供養如前四種理趣門是又有五種祕密供養又有八種供養又有十六種大供養又有十七種雜供養乃至一切供養悉皆攝入虛空庫菩薩供養儀軌中若修行者欲求成就虛空庫菩薩者應建立曼荼羅中央畫虛空庫菩薩右手持羯磨杵左手作金剛拳按於左胯半加坐月輪中八大菩薩圍遶内外四隅安八供養四門應置四種寶東門置銀南門置金西門置摩尼寶北門置眞珠或時修行者坐曼荼羅中自作本尊瑜伽觀以聖衆圍遶以四字明召請持一字眞言則誦四種般若理趣運心徧法界周而復始乃三摩地現前若自入令佗入曼荼羅然後受持一字眞言或加香華等種種供養具若能運心供養佛菩薩則供養具徧周法界一一佛菩薩前成廣大供養時虛空庫大菩薩欲重顯明此義故熈怡微笑説此一切事

業不空三昧耶一切金剛心者如前已釋心眞言者唵字是也唵字三身義亦名無見頂相義亦名本不生義亦是如來毫相功德義

已上虛空庫菩薩理趣品

時婆伽梵者如前所釋能調持智拳如來摧一切魔菩薩之異名也或說一切調伏智藏般若理趣所謂一切有情平等故忿怒平等者是金剛降三世三摩地由此定調伏佗化自在魔王受化引入佛道一切有情調伏故忿怒調伏此是寶部中寶金剛忿怒三摩地由此定能調伏摩醯首羅受化入於佛道也一切有情法性故忿怒法性者此是蓮華部中馬頭忿怒觀自在三摩地由此定調伏梵天受化入於佛道一切有情金剛性故忿怒金剛性者此是羯磨部中羯磨三摩地由此定調伏那羅延受化令入佛道也何以故一切有情調伏即爲菩提者本是慈氏菩薩由此菩薩内入慈定深矜愍難調諸天外示威猛令得受化引入菩提時摧一切魔大菩薩欲重顯明此義故熙怡微笑以金剛藥叉形持金剛牙恐怖一切如來者一切外道諸天悉具如來藏是未來佛令捨邪歸正故名恐怖一切如來如來者離五怖得四無所畏無能怖者也今所恐怖非在果位如來乃在因佛也以說金剛忿怒大笑心者此是金剛藥叉菩薩大智印也郝字具四義一切法本不生義因義二種我義由迷一切法本不生理爲一切煩惱因煩惱因起二種我所謂人我法我是故一切外道諸天執我執法令彼調伏入金剛藥叉三摩地即思此菩薩一字心

眞言入一切法本不生門則離一切煩惱因煩惱既離即證二種無我人空法空則顯眞如恒沙功德即超越三界九地妄心所起諸惑離染是故名爲摧一切魔大菩薩也若瑜伽者欲降伏一切世間出世間魔怨應建立金剛藥叉曼茶羅中央畫摧一切魔菩薩前安魔王天主右安摩醯首羅後安梵天左安那羅延天内四隅應置四部中牙印外四隅安四外供養四門應置四種印契東門畫三股忿怒杵南門畫金剛寶光焰熾盛西門畫金剛蓮華具光明北門畫羯磨金剛光明徧流建立此壇已自入令佗入則離一切怨敵惡人所不能害或時坐於輪中作本尊瑜伽想聖衆圍遶則誦四字明召請聖衆次誦一字明誦四種般若理趣起大慈心於衆生界運心徧法界周而復始由此三摩地修行設三界中一切有情盡爲魔雖作障難不能傾動修行者所修一切世間出世間悉地皆得滿足

已上摧一切魔菩薩理趣品

時婆伽梵一切平等建立如來者是普賢菩薩之異名也復説一切法三昧耶最勝出生般若理趣所謂一切平等性故般若波羅蜜多平等性者是金剛部大曼茶羅由入此曼茶羅能悟一切有情皆有不壞如金剛佛性一切義利性故般若波羅蜜多義利性者此是寶部曼茶羅由此入曼茶羅證得如虛空眞如恒河沙功德故一切法性故般若波羅蜜多法性者此是蓮華部大曼茶羅由入此曼茶羅證悟清淨法界如蓮華不染諸惑一

切事業性故般若波羅蜜多事業性者即是羯磨部大曼荼羅由入此曼荼羅獲得迅疾身口意至於十方一切世界佛集會廣大供養也應知是金剛手入一切如來菩薩三昧耶加持三摩地說一切不空三昧耶心者如前釋吽字義初品所釋瑜伽者爲成就四種曼荼羅教外金剛部成辦一切世間悉地故應建立曼荼羅其壇輪形三重中輪畫八輻齋中先別畫金剛手菩薩安其齋中八輻中畫八大菩薩各頭向外又更一重畫五類外金剛部諸天所謂上界天王那羅延等四種又畫遊空日天等四種又畫住虛空四種頻那夜迦四方各配四門又畫地居主藏等四種天又畫地中猪頭等四神如上等從東北隅右旋布列令帀頭皆向外其第三重如前五種天之妃后各配本天相對此曼荼羅前誦持一字心兼修四種般若理趣運心徧法界周而復始不久身得同降三世金剛於中齋輪中移出金剛手菩薩自居其內想自身作降三世金剛三摩地結彼等五類教勑即誦金剛手一字明稱彼等天眞言相和誦皆得使役應成辦所求皆遂

已上降三世教令輪品

時婆伽梵如來者是毗盧遮那佛也復說一切有情加持般若理趣所謂一切有情如來藏以普賢菩薩一切我故者一切有情不離大圓鏡智性是故如來說一切有情如來藏以普賢菩薩同一體也一切有情金剛藏以金剛藏灌頂故者一切有情不離平等性智性是故如來說一切有情金剛藏金剛藏者

即虛空藏也以金剛寶獲得灌頂也一切有情妙法藏能轉一切語言故一切有情不離妙觀察智性是故如來說一切有情妙法藏妙法藏者觀自在菩薩也於佛大集會能轉法輪也一切有情羯磨藏羯磨藏者即毗首羯磨菩薩也能作所作性相應故者一切有情不離成所作智性能入相成道所作三業化令諸有情調伏相應也此四種智即四大菩薩現轉輪王是也時外金剛部欲重顯明此義故作歡喜聲說金剛自在自眞實心者外金剛部者摩醯首羅等二十五種類諸天也心眞言者怛唎字怛字眞如義眞如有七種所謂流轉眞如實相眞如唯識眞如安立眞如邪行眞如清淨眞如正行眞如唎字塵垢義塵垢者五蓋義能蓋覆眞如是故五趣輪迴生死輪中爲對治彼等難調諸天建立五種解脫輪毗盧遮那佛爲世間同類攝化說摩醯首羅曼荼羅中央畫摩醯首羅如本形以八種天圍遶四供養四門各畫本形若依世俗是名外曼荼羅若依勝義則爲普賢曼荼羅以事顯於理故即事即理理事不相礙故即凡即聖性相同一眞如也

已上外金剛會品

爾時七母女天頂禮佛足獻奉鉤召攝入能殺能成三昧耶眞實心者七母女天者是摩訶迦羅天眷屬也獻奉鉤召者以金剛鉤印能召一切兩足多足等諸有情類攝入者以金剛索印引入曼荼羅及引入佛道能殺者殺害毀壞正法損害多有情者殺害不善心也能成者令修眞言行離世間障難速得悉

地也三昧耶者是毋天女本誓也眞實心者毗欲字是毗字一切法三有不可得欲字一切乘不可得由三有情種種愛樂勝解不同是故如來出興于世說五乘所謂天乘梵乘聲聞乘緣覺乘大乘是故佛楞伽經中伽陀說乃至心流轉我說爲諸乘若心得轉依無乘及乘者此天等亦有曼荼羅中央畫摩訶迦羅以七毋天圍遶具如廣經所說摩訶迦羅者大時義時謂三世無障礙義者大是毗盧遮那法身無處不徧七毋天者并梵天毋表八供養菩薩以事顯理也

已上七毋天集會品

爾時摩度羯囉天三兄弟等親禮佛足獻自心眞言者摩度羯囉三兄弟是梵王那羅延摩醯首羅之異名也薩嚩字者薩字則一切法平等如虛空嚩字一切法言說不可得也此天亦有曼荼羅曼荼羅畫如弓形三天次第而畫軌儀法則如廣經所說爲文繁不復具引此三天表佛法中三寶三身佛寶者是金剛薩埵法寶者是觀自在菩薩僧寶者是虛空藏菩薩此三者皆從毗盧遮那心菩提心中流出亦名三法兄弟以事顯理也

已上三兄弟集會品

爾時四姊妹女天獻自心眞言者其第一名惹耶第二名微惹耶第三阿爾多第四阿波囉爾多此四天亦有曼荼羅中央畫都牟盧天此天四姊妹之兄也東西南北各畫一天女其軌則如廣經所說四姊妹者表瑜伽中四波羅蜜所謂常波羅蜜樂波羅蜜我波羅蜜淨波羅蜜是也都牟盧表毗盧遮那佛唅

字眞言者一切法因不可得其眞言中帶莾字詮一切法我不可得即成實相般若波羅蜜若欲修此天法者與此一字相應亦契世間出世間三摩地威德自在一切見者皆得歡喜所出言辭所求一切皆得從命

已上四姊妹集會品

爾時婆伽梵無量無邊究竟如來者是毗盧遮那異名也爲欲加持此教令究竟圓滿故者此教者指理趣般若教也復說平等金剛出生般若理趣所謂般若波羅蜜多無量故一切如來無量者此顯金剛部中曼荼羅皆具五部一一聖衆具無量曼荼羅四印等亦無量也般若波羅蜜多無邊故一切如來無邊者顯寶部中具五部曼荼羅四印等亦無邊也一切法一性故般若波羅蜜多一性一性者顯蓮華部中具五部曼荼羅四印等同一清淨法界性也一切法究竟故般若波羅蜜多究竟者顯羯磨部具五部曼荼羅等四印得至究竟無住涅槃也金剛手若有聞此理趣受持讀誦思惟其義彼於佛菩薩行皆得究竟者此中曼荼羅廣大如一切教集瑜伽經所說薦福大和尚金巠瑜伽曼拏羅是也所以不說心眞言者彼教中一一聖衆各有一字心眞言不可具載今略指方隅

時婆伽梵毗盧遮那得一切祕密法性無戲論者得一切祕密法性無戲論如來者後當說五種祕密三摩地也復說最勝無初中後大樂金剛不空三昧耶金剛法性般若理趣者後當廣釋所謂菩薩摩訶薩大欲最勝成就故得大樂最勝成就者此是欲金剛明妃

菩薩三摩地也菩薩摩訶薩大樂最勝成就故即得一切如來大菩提最勝成就者此是金剛髻黎吉羅明妃菩薩三摩地菩薩摩訶薩得一切如來大菩提最勝成就故即得一切如來摧大力魔最勝成就者此是大樂金剛不空三昧耶金剛薩埵菩薩三摩地也菩薩摩訶薩得一切如來摧大力魔最勝成就故即得徧三界自在主成就者此是愛金剛明妃菩薩三摩地菩薩摩訶薩得徧三界自在主成就故即得淨除無餘界一切有情住著流淪以大精進常處生死救攝一切利益安樂最勝究竟皆悉成就者此是金剛慢明妃菩薩三摩地此五種三摩地祕密中最祕密今說修行曼荼羅像同一蓮華座同一圓光中央畫金剛薩埵菩薩右邊畫二種明妃

各本形左邊亦畫二種具如金泥曼荼羅像東南隅是也修行者得阿闍黎灌頂方可修此五密所獲福利廣大不可具說得廣經者自應尋見耳

菩薩勝慧者　乃至盡生死　恒作衆生利　而不須涅槃者

此是金剛薩埵菩薩三摩地行願義如上文應知耳

般若及方便　智度所加持　諸法及諸有　一切皆清淨者

此是欲金剛明妃菩薩三摩地行般若波羅蜜義攝也

欲等調世間　令得淨除故　有頂及惡趣　調伏盡諸有者

此是金剛髻黎吉羅明妃三摩地行大靜慮

義攝也

如蓮體本淨　不爲垢所染　諸欲性亦然

不染離羣生者

此是愛金剛明妃三摩地行大悲所攝也

大欲得清淨　大安樂富饒　三界得自在

能作堅固利者

此是金剛慢明妃三摩地行大精進所攝也

成無上菩提要妙速疾法門雖有多種皆攝四種法所謂一大慧是般若波羅蜜也二大靜慮是大三摩地也三大悲於生死苦不疲倦四大精進濟拔無邊有情令證金剛薩埵是故現自在位同一蓮華同一圓光體不異故輔翼悲智不染生死不住涅槃是故大欲得清淨（金剛）大安樂富饒（寶）三界得自在（蓮）能作堅固利（羯磨）則成金剛薩埵毗盧遮那佛大悲行願身也

金剛手等乃至十六大菩薩生得於如來執金剛位者如前已釋可解吽字亦如前釋五種善哉句從金剛部配乃至佛部金剛修多羅者指瑜伽教金剛乘法也餘句義歡喜信受奉行囑累流通分也

大樂金剛不空真實三昧耶經般若波羅蜜多理趣釋卷下

音釋

佚（弋質切放也）　鑠（式灼切）　筴（古洽切）　斫（職畧切擊也）　輻（方六切）　胯（苦化切股間也）　啥（火含切）

佛說最勝妙吉祥根本智最上祕密一切名義三摩地分

宋西天三藏朝奉大夫試鴻臚卿傳法大師施護奉　詔譯

清刻龍藏佛說法變相圖

佛說最勝妙吉祥根本智最上祕密一切名
義三摩地分卷上 上下同卷

宋西天三藏朝奉大夫試鴻臚卿傳法大師施護奉　詔譯

爾時大吉祥　最勝金剛手　具一切功德
能調難調者　三界中最勝　最尊大無畏
諸祕密部中　自在爲主宰　正智蓮華目
眉相復如蓮　於佛世尊前　戲擲金剛杵
復於須臾間　出現無邊數　金剛杵圍遶
當戲擲杵時　即有俱胝衆　金剛光照曜
面現顰眉相　勇猛大無畏　威德復殊勝
調伏於一切　具悲智方便　自利利世間
身心大歡喜　得最上妙樂　復現忿怒相
佛世尊所作　一切皆攝受　普獲於利樂
是時金剛手　頂禮正覺尊　釋迦牟尼佛
合掌而白言　一切衆生類　愚没生死泥

起煩惱疑惑　無由能解脫　願哀愍利樂
我及諸衆生　令如理所得　了知幻化網
佛爲世間師　願宣說正法　利樂諸衆生
令得無上果　諸佛大三昧　最上眞實智
能了別衆生　諸根欲性等　世尊正智衆
現烏瑟膩沙　妙德眞實智　最上自然智
了達甚深義　一切廣大義　無等寂靜義
最上最勝義　瑜伽大教中　諸祕密名義
聖三摩地分　初中後皆善　過去佛已說
未來佛當說　現在今世尊　三世盡宣說
令此幻化網　我從是出生　喜執大金剛
善持一切明　如我所得法　愛樂而受持
最勝堅固意　住佛祕密心　如衆生意樂
願說最勝法　滅煩惱無餘　令得最勝智
如是祕密主　金剛手菩薩　作合掌恭敬

勸請而前住　爾時二足尊　釋迦牟尼佛
從舌及面門　出廣大光明　普照於十方
清淨諸惡趣　三界光所照　四魔悉調伏
復出美梵音　徧聞於三界　稱讚祕密主
大力智金剛　時佛作是言　善哉執金剛
吉祥最勝者　勇猛金剛手　汝大悲方便
廣爲利世間　是故勸請我　說祕密法門
此祕密名義　妙德根本智　最勝大吉祥
能伏諸魔等　我今當善說　汝大祕密主
住最上一心　諦聽佛所說　時釋迦牟尼
即說如是法　盡諸眞言部　持明大呪部
觀照三密部　世間最上部　世出世間部
最上大印部　烏瑟膩沙部　如是等諸部
總攝一切法　是祕密名義　六種大明王
無二說其二　是無生法句　從彼而出生

所謂

阿阿引壹翳嗢汚伊愛烏奥暗惡

此法安住諸智心　三世諸佛所共説

復次大明曰

唵引一嚩日囉二合低引刹拏二合耨珂砌引那二

鉢囉二合倪也引二合倪也引二合那謨引哩多二合

曳引倪也引二合那迦引野嚩引詣引説囉三

阿囉跛左那引野帝引那莫

阿字爲正智　諸佛從是生　復爲諸勝相

是最上字義　大生無生義　離飲食語言

捨最上愛樂　諸語業清淨　最上增勝貪

諸衆生染行　最上增勝瞋　諸煩惱大怨

最上增勝癡　愚迷爲智障　最上增勝忿

大忿怒大怨　最上增勝染　爲諸染所纏

如是貪瞋等　皆最上增勝　祕密妙法門

通達能遠離　執大智慧劒　破諸煩惱頂

現大色大身　大相及大力　大名大威德

大廣博圓滿　大欲大自在　大喜及大樂

大愛大名稱　大光大明照　具一切廣大

出生大智慧　了知大幻化　成就大幻義

得大幻妙樂　識根本幻網　大財大施主

淨戒最上持　大忍辱大智　發起大精進

大禪定等持　大慧堅固聚　大方便大願

大力大智海　大慈平等法　大悲心增上

大慧悉通達　大方便廣作　大神通變化

大行大速疾　大神通自在　大力大勇猛

善度諸有苦　大金剛執持　大惡極忿怒

作大怖皆畏　大明破諸暗　大呪最上尊

大乘教濟度　大乘最上教　法身大徧照

大寂大牟尼　大明呪希有　大明呪自在

得十波羅蜜　依十波羅蜜　淨十波羅蜜
十波羅蜜教　十地自在尊　十地善安住
十智清淨我　十智淨堅固　十相十種義
十力寂諸根　最勝眞常義　十相最寂靜
遠離諸戲論　我及眞如淨　如語眞實語
如理行無異　無二說二語　皆住眞實際
無我師子吼　怖彼諸執相　一切處解脫
如來速疾意　降伏諸勝怨　如轉輪大力
衆法中最上　主宰及敬愛　大威德大智
諸教無能勝　諸語中自在　無邊正語業
眞實語及義　宣說四聖諦　隨順聲聞衆
不退阿那含　及彼阿羅漢　漏盡諸苾芻
尊上復利根　勇猛諸緣覺　雖種種出生
同一眞實相　皆以智慧劍　斷煩惱無餘
得安樂無畏　善住眞實際　得明行具足
善逝世間解　無我相可生　安住二諦法
出度輪迴際　所作皆已辦　純一智所生
慧刀大猛利　正法光明聚　照世出世間
法王法自在　宣說最勝道　分別成就義
離諸分別相　彼分別界盡　顯最上法界
福語福所生　大智智所作　常起正智想
二法從是生　畢竟離衆相　相應定自在
不動大王宰　五身勝根本　五身正智主
五智大自在　五佛冠妙嚴　五眼淨無著
諸佛最勝尊　出生諸佛子　慧最上出生
正法中所作　金剛一實理　世主最上生
虛空自然智　大智大慧眼　大光明徧照
大智光大日　智光照世燈　大光明熾盛
最上呪明王　大呪王所作　大頂眞實頂
自在現衆相　諸佛無我性　普照無邊界

於中現衆色　供養大仙尊　持三部明呪
大三昧呪法　持最勝三寶　說最上三乘
最勝不空索　金剛索大攝　金剛鉤大索
大金剛能怖　金剛阿閦佛　即大圓鏡智
從是智所生　一切方便門　現大忿怒相
其相有六面　六眼及六臂　圓滿復大力
利牙而外出　大惡極可怖　復現大笑相
百眼所莊嚴　現焰鬘得迦　怖畏金剛相
最上心金剛　廣大幻金剛　最勝金剛部
無喻金剛場　不動一髻尊　象皮爲嚴飾
訶訶聲大惡　呬呬聲大怖　阿吒聲大笑
金剛喜大聲　金剛士大士　金剛王大樂
金剛相大喜　吽字金剛智　持金剛智箭
執金剛利劒　現金剛巧業　金剛破他軍
金剛火惡視　金剛熾盛頂　金剛大入寤

百眼金剛照　金剛諸嚕摩　一嚕摩所攝
俱胝那珂數　住金剛娑囉　聖金剛持鬘
金剛寶莊嚴　訶訶吒大聲　百字金剛聲
妙音聲大吼　普震於三界　虛空界無邊
音聲亦無礙　眞如無我相　實際無罣礙
空性離語言　說廣大甚深　出大法螺聲
擊大法揵椎　佛威力無勝　十方鳴法鼓
無色中現色　種種色殊妙　衆色吉祥光
現無餘影像　最勝大自在　三界大主宰
顯示諸聖道　建廣大法幢　於彼三界中
出現童子身　或現耆年相　尊長大世主
佛三十二相　圓滿而具足　普徧三界中
瞻仰生歡喜　世間智功德　世間行無畏
三界中最上　爲主爲依怙　虛空藏出生
一切智智海　無明藏所集　三有諸結縛

滅煩惱無餘　出度輪迴岸　戴智冠灌頂
正等覺莊嚴　三苦等滅除　三世得解脫
遠離一切障　等虛空清淨　過去煩惱垢
三世悉同然　諸衆生天龍　現功德山頂
一切得解脫　如妙寶蓮華　彼大如意寶
衆寶中最上　堅牢大劫樹　最上大賢瓶
利一切衆生　皆方便所作　淨智淨分智
三昧智最上　了別衆生根　具三種解脫
功德智法智　廣大利吉祥　吉中大吉祥
獲名稱廣愛　具聖財大富　大喜復大樂
善義而善作　喜稱大吉祥　最勝大誓願
作最上救護　諸有大怖畏　悉令滅無餘
如頂功德頂　最勝寂默頂　五眼五髻尊
五唧囉頂髻　諸有大苦行　執自見解脫
以自所修行　謂最上梵行　自謂得大仙

已得究竟法　謂沐身外道　一切見等執
從梵天所生　滅亦生梵天　得離繫解脫
無礙寂靜法　證寂靜涅槃　得最上圓寂
了苦樂邊際　貪等法滅盡　無勝無比喻
無相亦無著　謂所得涅槃　出過一切道
如是等邪執　皆不正解脫　彼不能了知
無漏種微細　清淨離塵染　遠離諸過失
唯正智所覺　一切智通達　彼一切識法
無二智可觀　離疑惑分別　三世佛同體
無初亦無後　一智眼所觀　如來智頂生
同體而無垢　語自在大語　勝語最上語
無勝師子吼　無上無比等　普現身大喜
或現火鬘相　或吉祥妙光　大光明熾盛
一切勝自在　離染法最上　如無勝妙藥
治諸煩惱怨　三界大吉祥　衆星曼拏羅

建立大法幢　表刹十方界　一廣大寶蓋
徧覆於世間　慈悲二種法　作大曼拏羅
大吉祥蓮華　自在爲嚴飾　最上寶蓋等
周帀而莊嚴　諸佛大主宰　諸佛心自性
諸佛大相應　諸佛同一教　金剛寶灌頂
衆寶自在主　諸觀自在王　諸執金剛尊
諸佛廣大心　諸佛最上意　諸佛廣博身
諸佛眞實語　金剛日大明　金剛淨根本
衆色熾盛光　照貪等自性　正覺跏趺坐
說妙法心義　一切智智藏　正覺蓮華生
衆幻化中主　持明大覺尊　大金剛利劒
斷一切苦惱　最上清淨字　金剛大法器
金剛甚深義　金剛慧所了　具諸波羅蜜
爲大地莊嚴　法無我清淨　正智根本心
幻化網大教　一切教中主　最勝金剛生
最勝大智聚　大普賢妙意　地藏世間主
諸佛大法藏　現衆變化輪　諸性勝自性
諸性自性心　無生法衆義　即諸法自性
大慧刹那間　證悟一切法　現諸法三昧
眞實大寂默　現證一切佛　正等正覺尊
發大智光明　照無我自性

佛說最勝妙吉祥根本智最上祕密一切名義三摩地分卷上

佛說最勝妙吉祥根本智最上祕密一切名義三摩地分卷下

宋西天三藏朝奉大夫試鴻臚卿傳法大師施護奉　詔譯

此勝成就法　能最上變化　出現種種身
清淨諸惡趣　與一切衆生　爲主爲所依
一切衆生界　普令得度脫　入煩惱戰陣
爲勇猛堅固　諸無智大怨　破滅無有餘
勇猛心無退　威勝大吉祥　現無畏色相
一切皆敬伏　或現威勢身　百臂期剋相
或復作下足　按地現舞相　或現吉祥臂
住空而自在　或一足按地　成大曼拏羅
或舒足一指　出過梵天界　當了諸變化
皆一法無二　諸法中自在　最勝第一義
種種表色等　皆神力所作　一切心識法
從方便出生　過去諸有染　成三有差別
彼最上空性　眞實無所動　如秋月初現
雲暗皆清淨　法界曼拏羅　貪等不能染
最上摩尼寶　現帝青大青　爲最勝吉祥
佛化所莊嚴　現神足大步　三界普震動
所有三摩地　正念持自性　彼四念處等
如實而分別　開敷七覺華　香聞於一切
宣說八正道　圓滿諸智果　如來功德海
出生一切法　普令諸有情　成正等覺道
一切衆生類　無著如虛空　衆生意所生
衆生速疾意　衆生根欲性　彼一切差別
了五蘊實義　見五蘊清淨　一切化所作
一切所化事　一切化所說　皆住眞實際
彼十二有支　十二相清淨　四聖諦教相
八智所覺了　十二相實義　十六相眞實
二十正覺相　覺了一切法　此等諸法相

皆佛所化說　出現諸化身　令一切觀察
於一剎那間　現一切三昧　於一剎那間
了一切心法　宣諸乘方便　普利諸世間
雖顯說三乘　住一乘聖果　煩惱界清淨
即諸業界盡　度煩惱海已　住諸法相應
煩惱隨煩惱　斷滅無有餘　起悲智方便
自利利世間　若一切想斷　諸識法即滅
息衆生意境　出過衆生意　衆生意安住
諸心法平等　衆生意喜生　衆生意大樂
成就最勝雲　能離諸雲暗　三世大覺尊
爲大功德聚　五蘊三時義　剎那盡觀察
剎那能證悟　一切佛自性　無著最上身
是即身實相　出現諸色像　大摩尼寶幢
諸佛正覺尊　無上大菩提　說三部大呪
離文字分別　諸明呪勝義　無文字等相
五文字大空　百字相亦空　一切相非相
及十六相等　無相無所動　住四禪定心
一切定分通　三摩地所攝　三摩地勝身
一切身自在　化身最上身　諸佛所變化
十方皆自化　如理度世間　所有諸天主
天輔并天衆　及阿摩囉天　乃至阿修羅
如是等諸天　佛神通變化　一一皆調伏
住諸佛三昧　十方世界中　一最勝導師
爲大法施主　廣度諸有海　以慈悲二法
爲堅固鎧甲　執智慧劍等　破煩惱大敵
所有四種魔　及諸魔眷屬　壞善法難調
正覺悉調伏　天魔歸佛已　悉捨我慢心
作恭敬供養　如來最勝師　佛於三界中
運神足大步　開示三明法　六通六念等
菩薩摩訶薩　過去世威力　究竟波羅蜜

了真實勝慧　一切我自在　勝補特伽羅
喻所不能喻　智所不能知　最上法施主
宣說四印義　為利益世間　出生三乘法
第一義清淨　三世勝妙主　諸所作吉祥
妙德勝根本
歸命金剛大施願　歸命真如實際理
歸命空性勝妙藏　歸命無上佛菩提
歸命佛所愛樂法　頂禮歸命佛智身
歸命諸佛大喜王　頂禮歸命佛大悅
歸命諸佛正念法　頂禮歸命佛大笑
歸命佛所說正語　頂禮歸命佛自性
歸命不從諸有生　歸命正智所出生
歸命虛空自性生　歸命出生一切智
歸命最上幻化網　歸命諸佛大嬉戲
一切有情所稱讚　是故歸命正智聚

復次金剛手菩薩大執金剛者如我所說祕密名義是即一切如來智頂一切如來智身妙吉祥根本正智所生諸佛最勝不共功德清淨圓滿最上稱讚大喜樂法廣大神通威德勝義身口意業祕密清淨諸波羅蜜諸地功德清淨圓滿無所減失福智所生彼一切法圓滿清淨此名最上無比勝義由此法故未得果者悉皆令得是為一切如來無上法眼總持勝義如實了知如理宣說金剛手汝今當知此祕密名義一切諸佛威力所持是為最上大幻化義諸呪法中大無能勝最上白法圓滿清淨乃至一切智智身口意祕密真實能證一切如來正等正覺現前三昧善入一切如來無上法界一切魔力無能勝者成就如來十力功德出過菩薩所生十力成

就一切智智出過諸智一切法所歸普集諸
佛教無垢清淨福智所生廣大圓滿諸大菩
薩以爲眷屬增長熾盛雖處一切聲聞緣覺
人天剎中隨順彼法而常安住最上大乘出
生菩薩無邊勝行畢廣通達諸聖道法自得
解脱已復能出生變化一切道行不斷佛種
具大智慧住菩薩族攝受一切最勝語業破
壞一切諸外道教作勇健軍降伏四魔得無
能勝又能普攝一切衆生開示聖道出生一
切法常住三摩地行四梵行而於禪那心住
一境成就瑜伽身語意業已得斷盡一切煩
惱及隨煩惱即能離繫一切結縛大智所解
脱寂靜一切心止息一切障斷滅一切見遠
離一切相能閉一切不善趣門於實諦道皆
悉解脱摧生死輪轉大法輪立大法幢安住

如來廣大法教隨順機宜宣説諸法速疾成
就祕密行門觀察一切菩薩自性圓滿智慧
波羅蜜門覺了一切菩薩空性證悟一切無
二解脱出生一切波羅蜜法通達一切波羅
蜜法圓滿清淨一切地位此祕密名義總攝
聲聞四聖諦法及彼四念處乃至八聖道法
如是諸法差別而以一心覺了無二是名圓
滿諸佛功德復次金剛手菩薩大執金剛者
此祕密名義是一切衆生最勝身語意業成
就行門息除衆生一切罪法清淨一切惡趣
斷除一切業障永不受生八難報處息除八
種大怖畏事破壞一切惡夢不祥不起一切
不善境想破壞一切極惡境界遠離一切魔
業一切非理作意不復暫起斷除一切我執
見等不生一切憂苦煩惱增長一切福智善

根安住一切如來心眞實一切菩薩祕密眞實一切聲聞緣覺祕密眞實一切印相明呪眞實隨順一切如理語業正念正知此法又能於現世中增長智慧無諸疾病色力具足富樂自在吉祥清淨增長善法得大名稱歌詠讚歎人所愛樂此祕密法有大利益息除一切疾病大怖一切邪妄使令眞實一切不善相皆令善相一切不勝悉使殊勝一切不祥而令吉祥諸無主者爲作主宰諸無依者而爲依止諸無救者爲作救護無歸向者爲作所歸處暗瞑者爲作燈明無所趣者爲彼開示眞實正道沉没生死海者爲作船筏眞實濟渡爲大醫王療治衆病以眞實慧了性無性世智眞實照破一切癡暗盲瞑作大如意寶王隨諸衆生有所求願皆得圓滿又此

祕密法是爲眞實一切智智妙吉祥智身所得圓滿清淨出現智身眞實五眼所得六波羅蜜眞實圓滿最上法施無虛妄怖得十地法安住眞實福智所生三摩地分圓滿具足安住一法離二法相眞如實際離諸有色無別法性善住禪那眞如實際色相清淨離諸妄相如來自性正智出生諸相大空色性無著於何有見諸栢離見即得諸法是即眞實祕密名義謂從無二法性出生勝義能持說者皆亦如是復次金剛手菩薩大執金剛者此妙吉祥根本智一切如來智身智頂純一無二最上最勝祕密名義三摩地分是大摩尼寶髻莊嚴一切教中無能勝法若有諸修眞言行者於此祕密眞言行門樂修習者當須選擇吉祥勝地隨力隨時作曼拏羅安布

毗盧遮那如來幢像隨分供養最上一心諦實觀想所安聖像專注繫念離諸散亂然後以正語業日日三時受持諷誦記念思惟祕密明咒當持誦時心語相應文句圓正無令雜亂起信解心眞實作意於此祕密眞言行門如是修習得精熟已即得一切所欲如意了知諸法最上勝義證無礙慧無二分別信心具足悉能了知彼三世事復得一切諸佛菩薩來現其前開示出生一切法門而能照達我法自性如是瑜伽行人既成就已即能作諸變化現執金剛大忿怒王能調一切難調伏者救度世間作大利益現衆色身有大光明復能成就一切明呪印相三昧曼拏羅法而作最勝大呪明王所有一切極惡頻那夜迦乃至魔及魔族於晝夜中而常衛護於一切處不現其身而常隨逐不令諸惡伺得其便復得一切諸佛菩薩加哀建立一切身語意業常住正法諸佛菩薩共所攝受獲一切法無畏辯才通達聲聞緣覺所有諸法而能觀照無我自性所有梵王帝釋嚕捺囉天那羅延天童子天大自在天迦哩底迦天大黑天難禰計說囉天火天水天風天訶利帝等乃至十方護世如是等一切天衆於晝夜中亦常衛護令彼瑜伽行者行住坐卧常得安隱常住三摩呬多離諸散亂若獨止一處若入多人衆中乃至或入王城聚落村邑巷陌空舍山林江河等處若住若起於一切時一切所作彼諸天等而常密護又復晝夜若止自舍或居他處復有天龍夜叉乹闥婆阿修羅迦樓羅緊那羅摩睺羅伽人非人等及

諸宿曜并諸鬼衆所謂聖曜母衆七母衆乃至藥刹尼衆囉刹西衆必舍啷衆如是等衆咸各與諸眷屬常來衛護令其修習瑜伽行者得最勝身色力堅固無諸疾病壽命增長獲大吉祥復次金剛手菩薩大執金剛者若有修習瑜伽行人於此一切祕密名義三摩地分大摩尼寶髻能日三時專注持誦記念勤修而復住心觀想本尊聖像從妙吉祥正智起變化身出現無邊種種色相如是觀已不久即現所觀色相又復即見諸佛菩薩於虛空中出現無數種種色身又復修習瑜伽行者以是最勝法功德故永不復墮一切惡趣於當來世不生卑賤種族不生邊地不處下劣根性不與諸根不完具者同所受生又復不生諸邪見家非佛刹土而不受生佛不出世宣説正法亦不受生永不生於長壽天中永不生於五濁惡世不生飢饉刀兵劫中世世生生遠離怨懟怨懟賊盜等怖凡所生處不受貧苦名譽稱讚所不能動世世所生常生善族人相具足端正圓滿於世間中人所愛敬常受快樂離諸憂惱凡所生處人皆喜見出言誠諦人所信受世世生生得宿命智具大財富有大眷屬增長無盡一切衆生最上功德皆悉具足六波羅蜜自性功德亦復具足修四梵行圓滿具足正念正知方便願力皆得具足通達一切清淨教法語業自在得大無畏凡所對論辭辯無礙復能安慰一切衆生如阿闍黎師長無異昔所未聞一切法分乃至世間一切文典及外論等皆悉通達得大辯才戒足壽命清淨圓滿常樂出

家具諸禁戒於一切智永不忘失大菩提心堅固不壞出過聲聞緣覺境界亦不樂於彼等法中金剛手諸修瑜伽行者獲如是無量功德皆悉具足速疾成就大菩提果此祕密名義復有無量無邊大功德分圓滿具足假使無量劫中稱揚讚歎不能窮盡復次金剛手菩薩大執金剛者諸佛如來以大悲方便出現世間於此祕密名義已得圓滿福智所生成就阿耨多羅三藐三菩提普集一切佛功德寶無有少法而不圓滿廣爲一切衆生徧十方刹繫大法鼓普令安住無上正法諸佛所說諸法中王所謂如是大明曰

唵引一薩哩嚩二合達哩摩二合引婆引嚩莎婆引嚩尾秫提二合達哩摩二合作匆二阿阿引暗惡三

一切法自性清淨不生不滅一切如來智身妙吉祥清淨根本所生所謂

阿引惡

一切如來根本心所謂

訶囉訶囉唵引吽引紇哩二合引

一切如來智頂一切如來勝語自在廣大語業一切法無垢虛空清淨法界智藏所謂

阿引

爾時金剛手菩薩　聞佛說是祕密法
歡喜合掌從座起　頂禮釋迦牟尼尊
及彼諸佛賢聖衆　最上金剛祕密主
一切忿怒大明王　普伸敬已作是言
最上歡喜自在尊　善哉善哉能善說
慈悲利我及衆生　成就正等菩提果
佛爲世間大導師　引示咸歸解脫門

宣説最勝清淨道　祕密瑜伽大教主
最上方廣甚深義　普爲世間作利益
此即諸佛聖境界　一切如來盡宣説

佛説最勝妙吉祥根本智最上祕密一切名義三摩地分卷下

音釋

唱烏没切　鎧可亥切甲也　筏房滑切桴也　療力弔切治病也
憧同噇

金剛王菩薩祕密念誦儀軌

金剛頂勝初瑜伽普賢菩薩念誦法經

唐三藏沙門大廣智不空奉　詔譯

清刻龍藏佛說法變相圖

一軌一經同卷

金剛王菩薩祕密念誦儀軌

金剛頂勝初瑜伽普賢菩薩念誦法經

金剛王菩薩祕密念誦儀軌

唐三藏沙門大廣智不空奉　詔譯

我今愍念一切求等覺者或不知此祕密瑜伽速成佛法於三大阿僧祇劫忍諸苦行不至無上菩提我愍是故於金剛頂百千頌中略說毗盧遮那如來自性成就法身金剛界大圓鏡智流出佗受用異名金剛王菩薩念誦儀軌以三密修行大印等能令眞言行菩薩速證如來等覺之位獲得薩婆若智住大普賢地於無盡生死界調伏一切有情悉令

安住無上菩提而無疲倦先應簡擇通達金剛頂瑜伽阿闍黎求受五部灌頂或持明灌頂若不解簡擇者則自墜失既遇眞實阿闍黎應生如來出現之想所有上妙世間資具悉應奉獻何以故此最上乘法三世諸佛所共遵承故於此法中一一諮問悉令曉悟曼荼羅法畫像法自灌頂法息災等五種秘密四印大印一印五智成身三密加持秘密供養皆須通達若眞言行菩薩當住大菩提心所作功德迴向等覺果故大悲利益速得成佛若異此者非但不得悉地是名謗一切佛決定墮三惡趣若所爲所作皆爲菩提利益有情意所求願無不成就眞言者受法已應建立道場安置尊像著新淨衣依瑜伽法四時念誦乃至二時必不可間常與適悅三摩地相應凡初入道場禮佛長跪以二手如開敷蓮華此名淨器界眞言印眞言曰

唵一囉儒播蘖多入聲薩嚩達莫二

不易前印誦淨三業眞言加持四處眞言曰

唵一娑嚩二合婆嚩輸輸律切鑠薩嚩達莫二娑嚩二合婆嚩輸度憾三

次即結金剛起印以二手金剛拳檀慧互相鉤進力以頭側相拄欲結此印先於二手心舌觀五智金剛杵以印三舉誦此眞言警覺盡虛空界一切如來眞言曰

唵一嚩日嚧二合底瑟姹二合二

每一舉誦一徧已即觀諸佛數如恒沙滿虛空界然後長舒二臂於頂上金剛合掌長展二足以身委地禮東方不動如來以身奉獻眞言曰

唵一薩嚩怛佗蘖多布祖引鉢娑佗合二曩也二阿引答麽合二南三涅哩也合二多夜引彌四薩嚩怛佗蘖多五嚩日囉合二薩怛嚩引二合地瑟姹合二娑嚩合二鉿吽六

作如是念爲欲承事供養一切如來故我今獻已身惟願一切如來哀愍故又歛二足以金剛合掌置於心上以額著地禮南方寶生如來以身奉獻眞言曰

唵一薩嚩怛佗蘖多布惹鼻曬引迦也二阿引答麽合二南三涅哩也合二多夜引彌四薩嚩怛佗去聲引蘖多五嚩日囉合二囉怛曩合二鼻詵左娑嚩合二鉿怛咯二合六

作如是念爲欲供養一切如來求請灌頂我今奉獻已身願一切如來以金剛寶與我灌頂又以合掌置於頂上以口著地禮西方無量壽如來以身奉獻眞言曰

唵一薩嚩怛佗蘖多布惹鉢囉合二韈哆曩也二阿引怛麽合二南三涅哩也合二多夜引彌四薩嚩怛佗蘖多五嚩日囉合二達麽鉢囉合二韈哩多合二也鉿紇唎二合六

作如是念我今爲展轉供養一切如來故奉獻已身願一切如來爲我轉金剛法輪

又以金剛合掌置於心上以頂著地禮北方不空成就如來奉獻眞言曰

唵一薩嚩怛佗蘖多布惹羯磨尼二阿引答麽合二南三涅哩也合二多夜引彌四薩嚩怛陀蘖多五嚩日囉合二羯磨倶嚕鉿惡六

作如是念我今爲供養一切如來作事業故奉獻已身願一切如來爲我作金剛事業

次以右膝著地結金剛持印以印置於頂上

想普禮一切如來及菩薩足左覆右仰大小
指互相鉤是爲持印真言曰
唵一嚩日囉二合勿微一切二
次隨喜勸請　迴向及發願　然後半跏坐
二手金剛拳　置於二膝上　心舌及二手
吽字騰金光　猶如婆伽梵　住於說法相
身處淨月輪　如敷明鏡坐　光明徧法界
普淨有情界　即以麼吒眼　瞻視虛空佛
施轉視八方　散射金剛焰　結界及辟除
處等金剛城
次住四無量心三摩地於心月中觀羯磨金
剛以大悲心斷一切有情苦觀羯磨周徧法
界真言曰
唵一摩訶迦嚕拏也二合薩頗二合囉二
次運慈心以羯磨輪徧有情界與無量樂真
言曰
唵一摩訶每底哩二合薩頗二合囉二
次以喜心運羯磨輪徧有情界真言曰
唵一薩嚩輸馱二鉢囉二合母那薩頗二合囉三
次運心羯磨輪徧有情界成就大捨真言曰
唵一摩呼閉訖灑二合薩頗二合囉二
次結金剛合掌印誦金剛合掌真言曰
唵一嚩日囒二合惹里二
即以此前印便爲金剛縛誦金剛縛真言曰
唵一嚩日囉二合滿馱二
次結開心印先於右乳上想怛囉二合字左乳
上安吒字想此二字如啓扇以前縛印拍心
上三掣開之真言曰
唵一嚩日囉二合滿馱怛囉二合吒半音二
次當前一肘觀八葉蓮華於其華上置噁字

放大光明如水精白色即以金剛縛出二風
如捻取其字置心㲉中真言曰
唵一嚩日囉二合吠舍噁二
安其字已歷然在心次以金剛縛並屈二空
入掌以二風各屈柱二空背以印觸胷真言
曰
唵一嚩日囉二合毋瑟致二合鋡二
以是開心門已想其字分明住
次結普賢三麼耶印金剛縛申合二火真言
曰誦一徧
唵一三麼耶薩怛鑁三合二
次結悅喜三麼耶印如前縛忍願入掌交合
地空皆合竪以此大欲箭射彼二乘種真言
曰
唵一三麼耶斛二素囉多薩怛鑁三合三

次結勝三世印以二手金剛拳檀慧背相鉤
二風各正真言曰
唵一遜婆去聲𩕳遜婆吽短呼下同二仡哩二合恨拏
二合仡哩二合恨拏二合吽三仡哩二合恨拏二合播也
吽四阿引曩也斛婆誐鑁五嚩日囉二合吽泮
吒半音六
以是印左旋成辟除右旋成結界次結定印
二羽外相叉仰置臍下以進力捻禪智真言
曰
唵一三摩地鉢納銘二合紇唎二合二
端身正坐作是思惟一切諸法從自心起從
本已來皆無所有入寂滅定已即復觀虛空
中無數諸佛猶如大地滿成胡麻不可稱數
時彼諸佛各舒右手彈指警覺告行者言善
男子汝所證者一道清淨未證一切智海應

當憶念菩提之心成就普賢一切行願行者聞警覺已自觀己身於諸佛前一一作禮而白佛言云何名菩提心諸佛告言汝觀心中字門本性清淨如淨滿月授與眞言曰

唵一質多鉢囉二合底吠鄧迦嚕彌二

行者承旨默誦一徧即觀自心如淨滿月爾時諸佛復作是言善男子菩提之心體相如此復授眞言曰

唵一冐地質多毋怛波二合娜夜彌二

行者默誦一徧已作是思惟菩提之心體性堅固即於月輪上觀五智金剛杵眞言曰

唵一底瑟姹二合嚩日囉二合二

觀金剛猶如金色放淨光明在月輪中猶如水精內外明徹又觀此嚩日囉二合廣大周法界眞言曰

唵一薩頗二合囉嚩日囉二合二

又觀嚩日囉二合漸漸却斂所在虛空中諸如來合同一體量等己身而止眞言曰

唵一僧賀囉嚩日囉二合二

復應作是思惟我今此身成金剛身眞言曰

唵一嚩日囉引二合怛麽二合俱憾二

自知是五智金剛則又變成本尊身身有四臂上二住端箭勢下右手仰當心持金剛杵下左手爲金剛拳安在腰側持金剛鈴顰眉口微笑白色戴五佛冠緋裙天衣半跏坐月輪中蓮華上即結根本印以二手金剛拳檀慧進力反相鉤即是彼印誦眞言曰

吒枳吽惹一

以印加持心額喉頂四處已即結金剛界自在印堅固縛伸二大屈初分相拄舒二風附

背眞言曰

唵步欠

當以印安於頂上誦前眞言

次又安額眞言曰

唵一嚩日囉二合薩怛嚩二合

次安頂右眞言曰

唵一嚩日囉二合囉怛那二合二

次安頂後眞言曰

唵一嚩日囉二合達磨

次安頂左眞言曰

唵一嚩日囉二合羯磨二

次以金剛拳當額分向頂後伸二風三相遶

便自地輪歷展從兩肩下爲鬘帶勢眞言曰

唵一嚩日囉二合麽隷避詵者鈐二

次想唵砧二字在二風面唵右砧左出緑色

光如抽藕絲便以緑索於心上三遶次背臍

二膝又仰至臍次腰後次心次右左兩肩次

頸次額次頂後便如前垂天衣勢并誦唵砧

二字次作悦喜契金剛縛三拍眞言曰

唵一嚩日囉二合覩使也二合斛引二

即觀淨月輪中觀斛字變爲本尊便結金剛

入印縛已二空並入中眞言曰

唵一嚩日囉二合薩怛嚩二合惡二

又誦此眞言曰

唵一嚩日囉二合薩怛嚩二合涅哩二合捨也二

次以四印四明召入身以前悦喜三昧耶二

火爲四攝眞言曰

弱吽鑁斛句一

前所觀者爲之法身今所觀者爲之智身相

合表一體故次應以此心供養門莊嚴世界

壇中觀白蓮　妙色金剛莖　八葉具鬚蘂
衆寶白莊嚴　常出無量光　百千衆蓮遶
其上復觀想　大覺師子座　寶王以校飾
在大宮殿中　寶柱皆行列　徧有諸幢蓋
珠鬘等交絡　垂懸妙寶衣　周帀香華雲
及與衆寶雲　普雨雜華等　繽紛以嚴地
諧韻天妙聲　而奏諸音樂　宮中想淨妙
賢缾與閼伽　寶樹王開敷　照以摩尼燈
三昧總持地　自在之婇女　佛波羅蜜等
菩提妙嚴華　方便作衆妓　歌詠妙法音
以我功德力　如來加持力　及以法界力
普供養而住
即誦大虛空庫明眞言曰
唵一誐誐那三婆嚩嚩日囉(二合)斛(二)
誦三徧所生善願皆得成就

次於壇中師子座上月輪中觀唵字成本尊於本尊前安麼字爲意生金剛右安賀(引)爲計里枳羅金剛後安蘇爲愛樂金剛左安佉爲意氣金剛於西北隅安嚩爲意生金剛女東北隅安日囉(二合)爲計里枳黎金剛女東南隅安薩爲愛樂金剛女西南隅安怛嚩(二合)爲意氣金剛女東門中安弱爲色菩薩南門中安吽爲聲菩薩西門中安鑁爲香菩薩北門中安斛(引)爲味菩薩外院西北角安素爲時春菩薩東北角安囉爲時雨菩薩東南角安多爲時秋菩薩西南角安薩怛鑁(二字)爲時冬菩薩次於畫像心安唵字此字兩邊安弱字成本尊即結鉤索鏁鈴等印迎請
二手金剛拳　地輪反相鉤　二風各正直
右風屈如鉤　結已誦眞言　以右風三招

是爲金剛鉤　即誦眞言曰

唵一嚩日囉二合引央向舍弱二

不易此前印　二風面相合　相蹙令如環

是爲金剛索

眞言曰

唵一嚩日囉二合跛捨吽二

不易於索印　二風反相鉤　是爲金剛鎖

即誦眞言曰

唵一嚩日囉二合薩怖二合吒鍐

不改此前印　二地及二風　悉使面相合

是爲金剛鈴

眞言曰

唵一嚩日囉二合健吒斛二

由結金剛鉤　即便降本尊　由金剛索印

能引於聖者　由金剛鎖印　便能令止住

由結金剛鈴　能悅喜諸聖

次應獻閼伽以金剛合掌印平側向右與眞言俱以梜其器然獻之眞言曰

唵一跛囉麼素佉捨也二娑攞里多曩麼帶三嘌娑囉弭多曩麼弭四娑誐嚩䏚五弱吽鍐斛六係鉢囉二合底車向素漫惹悋曩訖七

次以左金剛拳置腰側右金剛拳仰當心眞言曰

斛嚩日囉二合薩怛鍐三合一素囉多薩怛鍐三合二

即以金剛王印以左拳爲執弓勢右爲引箭勢是爲意生金剛印眞言曰

唵一嚩日囉二合薩怛吠二合吽二

次以二金剛拳右押左交臂抱胷是爲計里枳羅金剛印眞言曰

唵一嚩日囉合二計里吉黎二

次以左金剛拳承右肘右拳竪之如幢相是爲愛金剛印眞言曰

唵一嚩日囉合二儗里斛二

次以二拳各安腰側是爲意氣金剛印眞言曰左顔爲之

唵一嚩日囉合二蘗迷哂你二

次以前挽弓勢稍向下柔輭爲之是爲意生金剛女印眞言曰

弱一嚩日囉合二湼哩合二瑟致合二娑也計麽吒二

次如前抱勢柔輭爲之是爲計里枳黎金剛女印眞言曰

吽一嚩日囉合二計里枳隸吽二

次如前幢印是爲愛金剛女印眞言曰

鏝一嚩日囉合二抳薩麽合二囉囉吒二

次如前安二拳腰側是爲意氣金剛女印眞言曰

斛一嚩日囉合二迦迷失嚩合二哩怛嚂二合二

次以嚩上散是爲時春印眞言曰

唵一嚩日囉合布瑟閉二合二

次二下散是爲時雨印眞言曰

唵一嚩日囉合二度閉二

次以嚩以二空頭相捻以安二目間爲時秋金剛印眞言曰

唵一嚩日囉引二合路計二

次以二塗胷是爲時冬金剛印眞言曰

唵一嚩日囉合二囐提二

次以前鉤是爲色印眞言如前已下同前唯女聲字爲異

次如索是爲聲印眞言如前次如前鎖是爲

香印次如前鈴是爲味印色眞言曰

唵(一)嚩日囉(二合引)央句始弱(二)

聲眞言曰

唵(一)嚩日囉(二合)跛勢吽(二)

香眞言曰

唵(一)嚩日囉(二合)商迦嚕鍐(二)

味眞言曰

唵(一)嚩日囉(二合)健蘇斛(二)

次如前金剛王印以右拳向身旋轉三四高聲誦眞言便能震動十方世界一切佛菩薩加持行人速與悉地眞言曰

吒枳吽惹

次以所舞拳安於心上即能安慰十方世界眞言曰

吽吒枳斛

次結根本印誦百字眞言或七徧或三徧或一徧不解其印誦本眞言七徧即頂上散印

百字眞言曰

唵(一)嚩日囉(二合)薩怛嚩(二合)三麽耶麽努播攞也(二)嚩日囉(二合)薩怛嚩(二合)底尾(二合)努播底瑟姹(二合三)涅哩(二合)住(茶護切)彌婆嚩(四)素覩使喻(二合)彌婆嚩(五)阿努囉訖覩(二合)彌婆嚩(六)素補使喻(二合)彌婆嚩(七)薩嚩悉朕(按寢切)彌鉢囉(二合)也瑳(八)薩嚩羯磨素者彌(九)質多室唎(二合)藥句嚧(十)吽(十一)呵呵呵呵斛(引十二)薄誐鍐薩嚩怛他孽多嚩日囉(二合)麽彌悶遮(十三)嚩日利(二合)婆嚩(十四)摩訶三摩也薩怛嚩(二合)噁(引十五)

次以二手捧珠頂戴然後却至心誦加持念珠千轉眞言七徧眞言曰

唵(一)嚩日囉(二)虞呬也(二合)惹播(二合三)麽曳吽

引三

次當與瑜伽所說念誦四種念中應以金剛念誦最爲相應或萬或千萬至一百八徧或過於萬住心定數已後一切時中取初數爲定數限畢已復陳内外供養奉獻閼伽求自意願復結三世勝印及誦本眞言一徧以印左旋一帀解所結界復結初三麽耶印置於頂上誦金剛解脫眞言奉送聖尊及其眷屬眞言曰

唵一嚩日囉合二薩怛嚩合二穆二

奉送已復結三昧耶印誦眞言加持四處灌頂被甲悅喜印等出道場已於一切時但住大菩提心或常持大印即於現生得成等覺何況諸果不成就邪唯除不利益一切有情心捨菩提心餘所求善願無不剋獲

金剛王菩薩祕密念誦儀軌

金剛頂勝初瑜伽普賢菩薩念誦法經

唐三藏沙門大廣智不空奉　詔譯

歸命禮普賢　法界眞如體　我今依大教
金剛頂勝初　略述修行儀　勝初金剛界
海會諸聖衆　垂慈見加護　利益修行者
是故結集之　若欲求解脫　依於阿闍黎
求受於灌頂　若得許可已　方依本教修
揀擇得勝處　建立於輪壇　即當想自身
同彼普賢體　色白如珂雪　端坐入三昧
舌上想五股　淨妙金剛杵　密誦此眞言
同一法界淨　即誦眞言曰

唵娑嚩(二合)婆嚩戍度含(一句)

由誦此眞言　身器皆清淨　即觀虛空佛
徧滿如胡麻　則誦徧照明　歷然見諸佛
觀佛眞言曰

欠(平聲)嚩日囉(二合)馱覩(一句)

應滿普賢行　求成最正覺　身心不動搖
定中禮諸佛　即誦眞言曰

唵薩嚩怛他誐多波(引)娜滿娜南迦嚕弭(一句)

本尊大印成　次結金剛掌　竪合交初分
密言如是稱

嚩日囒(二合引)惹(引)里(一句)

便爲金剛縛　其明如後陳

嚩日囉(二合引)滿馱(一句)

開縛摧拍心　應誦密言曰

嚩日囉(二合)滿馱怛囉(二合)吒(半音一句)

次前金剛縛　禪智檀慧開　稱徧入眞言
降臨每加護

嚩日囉(二合引)吠捨惡

不改次前契　禪智進力加　是名三昧拳

眞言如是誦

嚩日囉二合引母瑟知二合鉿一句

分彼拳作二　左慢右安心　身語意金剛

形體依初觀　同前縛爲隼　智與進如門

禪逼於其中　祕密三昧契　印心額喉頂

皆誦此眞言

素囉多薩怛鑁三合一句

金剛縛又陳　忍願成刀狀　進力捻刀側

依初第一文　禪押於智端　如結加趺勢

印頂心當想　毗盧遮那佛　儼然鮮白輝

誦此眞言曰

唵部入聲欠平聲一句

次當印其額　應想阿閦鞞　色青處於前

誦此密明句

嚩日囉二合薩怛嚩二合一句

次按於頂右　其名寶生尊　黄色相端嚴

眞言如是誦

嚩日囉二合囉怛那二合一句

舉置在頂後　無量壽如來　色赤殊特儀

稱此眞言曰

嚩日囉二合達磨一句

復至於頂左　不空成就尊　緑色五佛同

稱此祕明句

嚩日囉二合羯摩一句

次作寶鬘印　灌頂以嚴身　用二金剛拳

額前遂縈繞　復分拳腦後　如前又繫鬘

自檀慧徐開　以羽兩傍下　若垂繒帶想

誦次後眞言

唵一嚩日囉二合麽攞避詵左二滿三鉿四

定慧羽皆舒　俱拍契成就　能悦一切聖

真言如是稱
嚩日囉二合覩使也二合斛引
金剛慢印明默心誦一徧
薩鑁矩嚕野他引素上聲欠句一
復具明如上　金剛薩埵冠　以五佛色身
安住相應印　徧照薄伽梵　契住如來拳
次陳阿閦鞞　定羽持衣角　成拳按心上
契觸地如儀　施願寶生尊　智掌仰當乳
無量光勝印　定拳慢執蓮　慧拳似敷華
又如無動佛　智羽三旛相　如拔濟有情
揚掌於乳傍　不空成就印　又作金剛縛
開掌禪智合　檀慧直如峯　忍願入於掌
相和如箭狀　印心額及喉　於頂亦如之
皆用心密語
許

便捧其香水　稱後閼伽明
跛囉摩素上聲佉引捨野一娑攞里多二尾邏
引娑曩弭帶囉曩二合麽引弭婆誐鑁擔三弱
吽鉿斛四呬呬呬呬五鉢囉二合底引車上聲矩
素上聲六滿引惹里囉曩引二合佗七
近額奉獻之　如儀浴衆聖　依前觀滿月
皓白現壇中　大聖處於間　契住金剛慢
後陳四尊位　眼箭在其前　色赤衣服然
冠鬘以嚴飾　二羽彎弓矢　瞻矚薩埵儀
計里計羅尊　色白居其右　金剛拳二羽
交抱三昧耶　於後愛爲名　形服皆青色
二拳竪慧臂　肘以定羽承　共執摩竭幢
於左右爲慢　色黄拳在胯　向左小低頭
羯摩印真言　如持誦安立　大聖金剛慢
應誦心密言

𤙖

諸尊次復陳　自眼箭爲始　二拳各堅固

彎弓放箭儀　密契相已成　祕明如後誦

弱一嚩日囉二合地哩二合瑟知二合二娑引去聲野

計三麽吒四半音

準前拳二羽　交臂抱於胷　計里計羅尊

當誦此後句

𤙖一嚩日囉二合計利吉麗二𤙖三

又跋次前印　慧臂直如幢　定拳承肘間

誦明名愛契

鉿一嚩日哩二合你二娑麽二合囉三囉吒四半音

二拳各居腔　以頭向左傾　慢契相遂成

眞言如後誦

斛一嚩日囉二合迦引冥濕嚩二合哩二怛藍合一三引

次陳內供養　初起東南隅　捧華形服白

金剛妙適悅　金剛適悅性　色黑執香爐

金剛眼獻燈　色赤嚴飾爾　未爲塗香位

金剛大吉祥　形質皆以黃　次陳其契相

俱先二拳舞　如儀遂結成　以二金剛拳

相並上擲散　想妙華供養　眞言如後稱

系一嚩日囉二合囉底三

並拳乃下擲　念焚香雲海　普徧於一切

誦如後眞言

摩訶引囉多嚩日哩一二合斛二

二拳禪智合　如燈應運想　廣施爲佛事

密言如是稱

唵一嚩日囉二合路引者寧三

並覆其二拳　依胷兩向散　若妙塗香勢

當誦此眞言

摩訶引室唎二合一嚩日哩二合二吽三

外供養諸尊　四隅又存想　東南名嬉戲

二拳以當心　笑處於西南　二羽口傍散

歌居於西北　彈執其箜篌　東北舞爲名

如儀旋轉勢　形服皆金色　眞言契又陳

覆並於二拳　繞心應右轉　是名嬉戲印

其明如後稱

系囉底嚩日囉二合一尾邏引賜你二怛囉二合吒半音三

如前印口傍　自檀慧徐散　揚掌極舒臂

含笑誦眞言

系囉底嚩日囉二合一賀引細二訶訶三

定臂如箜篌　改進力微屈　慧羽彈弦熱

爲歌誦其明

系囉底嚩日囉二合一擬引諦二諦諦三

二拳舞於心　頂上合便散　其名舞契相

眞言句遂陳

系囉底嚩日囉二合一你哩二合諦二吠波吠波三

四承旨居門　形儀復當演　初持鉤青色

嚴麗處於間　南羂索皆黃　西執鏁尚赤

其北名爲鏧　具綠色冠鬘　祕契及眞言

復次今當說　二拳背應逼　檀慧及相鉤

進力皆極舒　又稍屈進度　微招是鉤契

其明如後稱

嚩日朗二合引矩勢一弱二

前印進力交　反以頭相拄　其中如環索

稱誦後眞言

嚩日囉二合播引勢一吽二

改進力相鉤　開拳背交臂　遂名鏁契成

密言如是稱
嚩日囉(二合)餉迦麗(一)稔(二)
如鎖背相著　動搖聲明曰
嚩日囉(二合)健𩡧(一)斛(二)
大聖所嚴飾　華座及衣服　并餘見前尊
其色隨身相　殊形具衆德　首戴五佛冠
將建曼荼羅　諸位先存想　月輪圓明現
其中觀念之　半跏面本尊　適悅目瞻仰
又宣三昧印　本尊前所陳　彼契及眞言
如儀勿差謬　餘尊次當設　亦眼箭爲初
準彼所護身　大樂隨心印　極屈其進力
初分背相著　禪智並押之　契相當成就
以禪押於智　染交印乃成　名計里計羅
次陳摩竭相　進鈎於願度　力握其忍端
戒方舒成計　檀慧合而直　禪智自相並

名押進力傍　受契相已成　不改次前印
從外觸其股　先右左亦然　内供養又明
側捩金剛掌　上擲爲華印　下散成燒香
禪智逼爲燈　塗香依胷啓　嬉戲旋轉禮
笑契近口傍　自檀慧徐開　又結其歌印
改力度微屈　進虛撥於門　定羽佉吒迦
慧作三旛相　當心乃旋轉　八供養已周
復結金剛縛　改進力微屈　徐招是鈎契
從縛索當生　禪度智力開　印成又爲鎖
環進禪智力　捻已便相鈎　又作堅固縛
禪智戒方下　當胷遂搖動　爲磬四攝成
三昧耶眞言　同前羯摩句　金剛薩埵位
及行者所居　皆有十六尊　圍遶端嚴位
又誦次所陳　最勝眞實讚　能纔稱念故
速令悉地圓

摩訶引素上聲佉一摩訶引囉引誐二摩訶引
嚩日囉三合摩訶引馱那四摩訶引枳孃二合
那五摩訶引羯摩六嚩日囉二合薩怛嚩二合引
你也二合悉地野二合冥七
誦讃聲畢已　觀念本所尊　身心不散亂
捧戴於珠鬘　當心以加持
而誦眞言曰
唵嚩日囉二合虞呬也二合惹波三摩曳吽句一
次誦本所尊　持珠住等引　不搖動舌端
脣舌二俱合　金剛語離聲　分明觀相好
四時不令間　百千巳爲限　或復過於是
眞言如是稱
唵嚩日囉二合薩怛嚩二合惡句一
念誦分限畢　捧珠發大願　即結根本印
誦本明七徧　復修八供養　以妙聲誦讃

捧獻閼伽水　解界及諸印　即結三昧拳
一誦而掣開　次結羯摩拳　三誦三開手
彼彼所生印　一一自當解
即誦眞言曰
唵嚩日囉二合穆句一
次結奉送印　二羽金剛縛　忍願竪如針
誦已而上擲
而誦眞言曰
唵訖哩二合覩嚩薩嚩薩怛嚩二合囉他一二合悉
地娜多二野佗努誐蘖車特梵二合勃馱尾灑
驗三布那囉誐摩野覩四唵嚩日囉二合薩怛
嚩二合穆五
次當結寶印　二羽金剛縛　進力如寶形
禪智亦復爾　印相從心起　置於灌頂處
分手如繫鬘　亦成甲冑印　眞言如是稱

唵嚩日囉合二囉怛那合二毗詵者䝤一薩嚩母捺囉合二吽捺哩合二稱矩嚕二嚩囉迦嚩制那三吽四

加持被甲已　齊掌而三拍　令聖衆歡喜

以此真言印　解縛得歡喜

而誦真言曰

嚩日囉合二覩瑟也合二斛一引

奉送聖衆已　自作加持竟　便出於道場

任意自經行　轉讀大乘典　調息自身心

心常想本尊　仁者應遵奉

金剛頂勝初瑜伽普賢菩薩念誦法經

音釋

蘖魚列切　靺音末　紇下沒切　顊乃挺切　仡魚乞切　鋄亡敢切　𪘨卓皆切　蘲蒲塵切　鈝烏金切　擕弦雞切提擕也　韾立正切

金剛頂瑜伽金剛薩埵五祕密修行念誦儀軌
無量壽如來修觀行供養儀軌
唐三藏沙門大廣智不空奉
詔譯

清刻龍藏佛說法變相圖

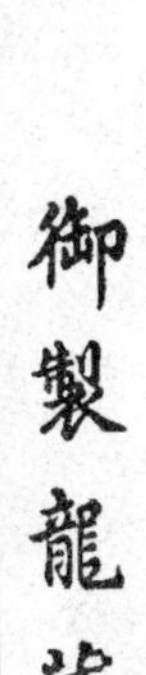

二儀軌同卷

金剛頂瑜伽金剛薩埵五祕密修行念誦儀軌

無量壽如來修觀行供養儀軌

金剛頂瑜伽金剛薩埵五祕密修行念誦儀軌

唐三藏沙門大廣智不空奉　詔譯

如金剛頂經百千頌十八會瑜伽演頓證如來内功德祕要夫修行菩薩道證成無上菩提者利益安樂一切有情以爲妙道一切有情沈沒流轉五趣三界若不入五部五密曼荼羅不受三種祕密加持自有漏三業身能度無邊有情無有是處五趣有情三界所攝所謂欲界色界無色界色無色界修行出三

界道別解脫定慧以爲增上緣其上二界由定地所攝故欲界無禪是散善地設有修定軌則仍假藉頭陀苦行依七方便由根贏劣無學緣覺果尚自難成何況十地大普賢地及成毗盧遮那三身普光地位二乘之人雖證道果不能於無邊有情爲作利益安樂於顯教修行者久經三大無數劫然後證成無上菩提於其中間十進九退或證七地以所集福德智慧迴聲聞緣覺道果仍不能證無上菩提若依毗盧遮那佛自受用身所說內證自覺聖智法及大普賢金剛薩埵地受用身智則於現生遇逢曼荼羅阿闍黎得入曼荼羅爲具足羯磨以普賢三摩地引入金剛薩埵入其身中由加持威德力故於須臾頃當證無量三昧耶無量陀羅尼門以不思議法能變易弟子俱生我執法執種子應時集得身中一大阿僧祇劫所集福德智慧則爲生在佛家其人從一切如來心生從佛口生從佛法生從法化生得佛法財（法財謂三密菩提心教法）纔見曼荼羅能須臾頃淨信以歡喜心瞻覩故則於阿賴耶識中種金剛界種子具受灌頂受職金剛名號從此已後受得廣大甚深不思議法超越二乘十地此大金剛薩埵五密瑜伽法門於四時行住坐卧四威儀之中無間作意修習於見聞覺知境界人法二空執悉皆平等現生證得初地漸次昇進由修五密於涅槃生死不染不著於無邊五趣生死廣作利樂分身百億遊諸趣中成熟有情令證金剛薩埵位瑜伽者在閑靜山林或於精室或隨所樂之處當禮四方如來以身供養

誦本眞言由捨身故則捨三業有漏之體則成受三世無礙律儀戒次於空中想一切諸佛菩薩衆會然後右膝著地結金剛起印誦其眞言心當思惟令一切如來不應貪現法樂住惟願哀愍不越本誓加持覆護當對聖衆發露懺悔隨喜勸請復發五種大願則結金剛薩埵加誦以右脚壓左當結定印誦無上正等菩提心眞言曰

唵薩嚩瑜誐質多母怛跛合二娜野引弭

由誦此眞言故一切如來令瑜伽者獲得不退轉能摧一切魔冤是人等同大菩薩及諸如來瑜伽者作是思惟我應發金剛薩埵大勇猛心一切有情具如來藏性普賢菩薩徧一切有情故我令一切衆生證得金剛薩埵位

又作是思惟一切有情金剛藏性未來必獲金剛灌頂故我令一切有情速得大菩薩灌頂地證得虛空藏菩薩位

又作是思惟一切有情法藏性能轉一切語言故我令一切衆生得聞一切大乘修多羅藏證得觀自在菩薩位

又作是思惟一切有情羯磨藏性善能成辦一切事業故我令一切衆生於諸如來所作廣大供養證得毗首羯磨菩薩位

又作是思惟一切有情旣具四種藏性獲得四大菩薩之身以我功德力如來加持力及以法界力願一切有情速證清淨毗盧遮那佛身眞言曰

唵薩嚩怛他引誐多喬斯多薩嚩薩怛嚩合二南薩嚩悉馱藥三波你演合二耽但佗引孽多

失者(二合)地底瑟姹(二合)耽
即結金剛合掌印
二手掌合十指相交右押左誦眞言曰
唵嚩日囒(二合)惹里
由結此印故十波羅蜜圓滿成就福德智慧
二種資糧
次結金剛縛印
準前金剛合掌便外相叉作拳誦眞言曰
唵嚩日囉(二合)滿馱
由結此印即成金剛解脫智
次以金剛縛二指自心誦眞言曰
唵嚩日囉(二合)滿馱怛囉(二合)吒(半聲呼)
由結此印故能摧身心所覆蔽十種煩惱則
召一切印處在身心隨順行者成辦衆事一
切印者所謂大智印三昧耶智印法智印羯
磨智印
次結金剛阿尾捨印
二羽金剛縛屈禪智各置戒方間誦眞言曰
唵嚩日囉(二合)阿尾捨惡
由結此印令四智印發揮有大威力速得成
就
次結金剛拳三昧耶印
準前印進力捻禪智背眞言曰
唵嚩日囉(二合)母瑟置(二合)鋡
由結此印能縛堅固一切印(一切印者是四印也)常於
行者身心之中而不散失
次結三昧耶印
二手金剛縛合竪忍願安於當心誦眞言曰
三摩耶娑怛梵(三合)
由結契印誦眞言已於背後想有月輪以爲

圓光身處在其中想金剛薩埵由結此印及誦眞言故大智印等一切部中所結一切印一切如來身口意金剛印功不虛棄無敢違越若誦一千徧結一切印皆得成就

次結大三昧耶眞實印

二羽金剛縛忍願入掌相交合檀慧禪智面相合如獨股金剛杵以忍願觸於心上誦眞言曰

娑麼耶斛蘇囉多娑怛梵三合

由結此印觸心故金剛薩埵徧入身心速與成就意欲希望諸願皆得

次結金剛薩埵大智印

即解次前印二羽各作金剛拳左手置於胯右手調擲金剛杵勢置作心上右脚押左誦眞言曰

嚩日囉二合薩怛舞二合含

誦已想自身爲金剛薩埵處大月輪坐大蓮華五佛寶冠容貌熈怡身如月色内外明徹生大悲愍拔濟無盡無餘衆生界令得金剛薩埵身三密齊運量同虛空

由持瑜伽大智印相應故設若越法具造重罪并作諸障持彼大智印故一切供養恭敬若有人禮拜供養尊重讚歎者則同見一切如來及金剛薩埵當住此智印則於身前想金剛薩埵智身如自身觀以四印圍遶同一月輪同一蓮華各住本威儀執持標記各戴五佛寶冠瑜伽者專注身前金剛薩埵心不散動即誦眞言曰

縛日囉二合薩怛嚩二合惡

由誦此眞言故金剛薩埵當阿尾捨顯現誦

眞言曰

嚩日囉合二薩怛嚩合二涅哩合二捨

由誦此眞言故令定中見金剛薩埵了了分

明即誦四字眞言

弱吽鑁斛引

由誦此眞言故金剛薩埵智身令召令入令

縛令喜與瑜伽者定身交合一體

次結素囉多印

二羽金剛縛右智入左虎口中乃於心額喉

頂四處加持各誦眞言一徧眞言曰

蘇囉多薩怛梵合三

由結印加持故四波羅蜜身各住本位常恒

護持

次結五佛寶冠印

二羽金剛縛忍願並竪合屈上節如劒形進

力附著忍願背以印置於頂上次置髮際次

置頂右次置頂後次置頂左各誦眞言一徧

眞言曰

唵薩嚩怛他引孽多囉怛曩合二阿毗曬迦阿

由結此印故獲得一切如來金剛薩埵灌頂

位

次結金剛鬘印

二羽金剛拳額前相遶結二羽分腦後又結

便從檀慧徐徐開如垂冠繒帛誦眞言曰

唵嚩日囉合二麽引羅引阿毗詵者滿鍐即結

甲冑印徧身擐甲

次結歡喜印

二羽平掌拍令歡喜誦眞言曰

嚩日囉合二覩史也合二斛引

次結前金剛薩埵大智印誦根本眞言曰

唵摩訶素佉嚩日囉二合薩怛嚩二合弱吽鍐斛

引素囉多薩怛梵二合

次應結四祕密羯磨印即誦金剛歌讚此讚

四句每結一印當誦一句讚曰

薩嚩弩囉誐素佉薩怛摩二合曩娑怛網二合嚩

日囉二合薩怛嚩二合跛囉莫素囉多入娑嚩二合

冥摩訶引素佉涅哩二合佳製野諾三合鉢囉二合

底跛馱亭夜切悉地者攞虞鉢曩多

次作欲金剛印

二羽金剛拳左羽想執弓右羽持箭如射勢

即成此尊印身稱真言曰

薩嚩引弩囉引誐素佉薩怛摩三合曩娑

次結計里計羅印

準前印二拳交抱於胷即成此尊印身誦真

言曰

薩怛鍐二合嚩日囉二合薩怛嚩二合跛囉莫素囉

多入聲

次結愛金剛印

準前二金剛拳左拳承右肘竪右臂如幢勢

即成此尊印身誦真言曰

薩嚩冥摩訶引素佉涅哩二合佳製野諾

次結金剛慢印

二金剛拳各安髀向左少傾頭如禮勢即成

此尊印身誦真言曰

跛馱亭夜切悉地也二合左攞虞鉢曩多入聲

次結五祕密三昧耶印

即結金剛薩埵三昧耶印作金剛縛屈忍願

入掌相合如前禪智檀慧各相拄如獨股金

剛杵誦真言曰

素囉多薩怛梵三合

由結此印誦眞言故神通壽命威力相好等
同金剛薩埵
次結欲金剛三昧耶印
準前印屈進力上節甲背相合以禪智並押
其上誦眞言曰
弱嚩日囉二合涅哩二合瑟知二合娑野計麽吒
由結此印故能斷細無明住地煩惱即結計
里計羅三昧耶印準前印右智押禪相交誦
眞言曰
吽嚩日囉二合計里吉麗吽
由結此印故能拔濟護持一切受苦衆生界
皆獲大安樂三摩地
次結愛金剛三昧耶印
準前印進力互相握忍願進力並合如眼勢
豎戒方相合檀慧亦然誦眞言曰

鑁嚩日哩二合握娑摩二合囉囉吒
由結此印故獲得大悲解脫憐愍一切有情
猶如一子皆起拔濟安樂之心
次結金剛慢三昧耶印
用次前印觸其二股先右次左誦眞言曰
斛引嚩日囉二合迦冥濕嚩二合哩怛嚂二引
由結此印故獲得大精進波羅蜜剎那能於
無邊世界一切如來所作廣大供養
次結金剛薩埵三昧耶印誦大乘現證百字
眞言
唵嚩日囉二合薩怛嚩二合三麽耶麽努播引攞
野嚩日囉二合薩怛嚩二合底尾二合努波底瑟姹
二合涅哩二合住茶護切弭娑嚩素覩史喻二合冥婆
嚩阿努囉訖覩二合冥婆嚩素補史喻二合冥婆
嚩薩嚩悉朕冥鉢囉二合也瑳薩嚩迦麽素左

冥質多室唎合二藥句噌吽呵呵呵呵斛娑誐梵薩嚩怛佗引孽多嚩日囉合二麽弭闕左嚩日哩合二婆嚩摩訶引三麽耶薩怛嚩合二惡

即入金剛薩埵三摩地并結大智印誦大乘現證金剛薩埵眞言曰

嚩日囉合二薩怛嚩合二

或住大智印或持數珠無限念誦勿令疲頓由住三摩地誦此眞言故現世證得無量三摩地亦能成本尊之身一切如來現前證得五神通遊歷十方一切世界廣作無邊有情利益安樂等事

瑜伽者行住坐卧常以四眷屬而自圍遶處大蓮華同一月輪金剛薩埵者是普賢菩薩即一切如來長子是一切如來菩提心是一切如來祖師是故一切如來禮敬金剛薩埵如經所説金剛薩埵三摩地名爲一切諸佛法此法能成諸佛道若離此更別無有佛欲知金剛者名爲般若波羅蜜能通達一切佛無滯無礙猶如金剛能出生諸佛

金剛計里計羅者是虛空藏三摩地與無邊衆生安樂拯拔無邊衆生溺貧匱泥者所求世出世間希願皆令滿足

愛金剛者是多羅菩薩住大悲解脱愍念無邊受苦有情常懷濟拔施與安樂

慢金剛者是大精進波羅蜜住無礙解脱於無邊如來廣作佛事及作衆生利益

欲金剛持金剛弓箭射阿賴邪識中一切有漏種子成大圓鏡智金剛計里計羅抱金剛薩埵者表淨第七識妄執第八識爲我癡我見我慢我愛成平等性智

金剛薩埵住大智印者從金剛界至金剛鈴
菩薩以三十七智成自受用他受用果德身
愛金剛者持摩竭幢能淨意識緣慮於淨染
有漏心成妙觀察智
金剛慢者以二金剛拳置胯表淨五識質礙
身起大勤勇盡無餘有情皆頓令成佛能淨
五識身成成所作智
欲金剛者是慧眼觀察於染淨分依他性智
一切法非有非無金剛計里計羅者以無染
智觀染智觀察淨分依他與果德中圓成不
即不異知一切法與菩提涅槃不即不異
金剛薩埵者是自性身不生不滅量同虛空
則是徧法界身
愛金剛者以大悲天眼觀見一切有情身中
普賢體不增不減

金剛慢者以清淨無礙肉眼觀一切有情處
在異生位雖塵勞覆蔽本性清淨若與大精
進相應即得離垢清淨
金剛薩埵者是毗盧遮那佛身欲金剛是金
剛波羅蜜計里計羅是寶波羅蜜金剛愛是
法波羅蜜金剛慢是羯磨波羅蜜金剛薩埵
者即彼薄伽梵阿閦如來欲金剛者即是金
剛薩埵計里計羅者即是金剛王愛金剛者
即是金剛愛金剛慢者即是金剛善哉金剛
薩埵者即彼薄伽梵寶生如來欲金剛者即
是金剛寶計里計羅者即是金剛日愛金剛
者即是金剛幢金剛慢者即是金剛笑金剛
薩埵者即彼薄伽梵觀自在王如來欲金剛
者即是金剛法計里計羅者即是金剛利愛
金剛者即是金剛因金剛慢者即是金剛語

金剛薩埵者即彼薄伽梵不空成就如來欲金剛者即是金剛業計里計羅者即是金剛護愛金剛者即是金剛藥叉金剛慢者即是金剛拳内四供養者即彼四眷屬外四供養者亦彼四眷屬

欲金剛以菩提心箭鉤召一切有情安置佛道計里計羅抱印爲大方便金剛乘令證不染智以愛金剛摩竭幢爲大悲金剛鎖經無量劫處於生死心不移易度一切衆生以爲其道金剛慢者以大精進爲般若金剛鈴警悟在無明窟宅隨眠有情

普賢曼荼羅不離五身降三世曼荼羅即同金剛界蓮華部偏調伏曼荼羅依此例之寶部一切義成就亦同此説

金剛薩埵五密爲如來部即是金剛部即是蓮華部即是寶部五身同一大蓮華者爲大悲義同一月輪圓光者爲大智義是故菩薩由大智故不染生死由大悲故不住涅槃如經所説有三種薩埵所謂愚薩埵智薩埵金剛薩埵以金剛薩埵簡其二種薩埵修行得此金剛乘人即名金剛薩埵是故菩薩勝慧者乃至盡生死恒作衆生利而不趣涅槃以何等法能得如此是故般若及方便智度所加持諸法及諸有一切皆清淨諸法及諸有名爲人法二執是故欲等調世間令得淨除故有頂及惡趣調伏盡諸有由住虚空藏三摩地於人法二執皆悟平等清淨猶如蓮華是故如蓮性清淨本不爲垢所染諸欲亦然不染利羣生者作安樂利益事居大自在位是故大欲得清淨大安樂富饒三界得自在

能作堅固利益者菩提心爲因因有二種度無邊衆生爲因無上菩提爲果復大悲爲根兼住大悲心二乘境界風所不能動搖皆由大方便方便者三密金剛以爲增上緣能證毗盧遮那清淨三身果位

金剛頂瑜伽金剛薩埵五秘密修行念誦儀軌

無量壽如來修觀行供養儀軌

唐三藏沙門大廣智不空奉　詔譯

爾時金剛手菩薩在毗盧遮那佛大集會中從座而起合掌恭敬白佛言世尊我爲當來末法雜染世界惡趣衆生説無量壽如來陀羅尼修三密門證念佛三昧得生淨土入菩薩正位不以少福無慧方便得生彼刹是故依此教法正念修行決定生於極樂世界上品上生獲得初地若在家出家願生淨土者應先入曼荼羅得灌頂已然後從師受念誦儀軌或於勝地或隨所居塗拭淨室建立方壇上張天蓋周帀懸旛上壇分布八曼荼羅磨白檀香用塗聖位於壇西面安無量壽像持誦者於壇東坐面西對像或敷茅薦或坐庳脚小牀每日三時散種種華置二閼伽或用螺盃及寶金銀銅器石瓷瓦等未經用者滿盛香水置於壇上於壇四角安四賢缾燒香燈明塗香飲食隨力所辦一一加持慇重供養行者每日澡浴即思惟觀察一切有情本性清淨爲諸客塵之所覆蔽不悟眞理是故説此三密加持能令自他皆得清淨即二手蓮華合掌誦淨三業眞言三徧眞言曰

唵引一娑嚩二合婆去聲引嚩秫詩聿切駄引薩嚩達麽入聲引二娑嚩二合婆去聲引嚩秫準上度憾

由此眞言加持故即成清淨内心澡浴每入道場時對本尊前端身正立蓮華合掌閉目心想在極樂世界無量壽如來并諸菩薩眷屬則以自身五體投地想於一一佛菩薩前恭敬作禮即誦普禮眞言曰

唵引一薩嚩怛佗去聲孽多二播引那滿娜上聲曩

(上聲引)迦嚕(引)弭(三)

即右膝著地合掌當心虔誠發露懺悔無始以來一切罪障則隨喜諸佛菩薩聲聞緣覺一切有情所修福業又觀十方世界所有如來成等覺者請轉法輪所有如來現涅槃者請久住世不般涅槃又發願言我所積集善根禮佛懺悔隨喜勸請以此福聚迴施一切有情願皆得生極樂世界見佛聞法速證無上正等菩提然後結跏趺坐或半跏坐右押於左以香塗手先結佛部三昧耶印二手虛心合掌開二頭指微屈各附中指上節又開二大指各捻二頭指下第一文結印成已想無量壽如來三十二相八十種好了了分明

即誦佛部三昧耶真言曰

唵(一引)怛侘誐覩(二引)納婆(二合)嚩(引)耶娑嚩(二合引)賀(引二)

誦三徧或七徧安印頂上便散由結此印及誦真言警覺佛部一切聖衆皆來加持護念修真言者速令獲得身業清淨罪障銷滅福慧增長

次結蓮華部三昧耶印

二手虛心合掌二大指二小指各頭相著餘六指微屈如開敷蓮華葉形即成結此印已想觀自在菩薩相好端嚴并無量俱胝蓮華族聖衆圍遶即誦蓮華部三昧耶真言曰

唵(引一)跛娜謨(引二合)(二)納婆(二合)嚩(引)耶娑嚩(二合引)賀(引三)

誦三徧或七徧加持安印於頂右便散由結此印及誦真言警覺觀自在菩薩及蓮華部聖衆皆來加持行者獲得語業清淨言音威

肅令人樂聞無礙辯才說法自在

次結金剛部三昧耶印

二手左覆右仰令背相著以右大指叉左小指以左大指叉右小指中間六指博著手腕如三股杵形即成結印當心想金剛藏菩薩相好威光并無量執金剛眷屬圍遶即誦金剛部三昧耶真言曰

唵(引一)嚩日嚧(二合引二)納婆(二合)嚩(引)耶娑嚩(二合引)賀(引三)

誦三徧或七徧加持安印於頂左便散由結此印及誦真言警覺金剛藏菩薩并金剛部聖衆皆來加持行者獲得意業清淨證菩提心三昧現前速得解脫

次結被甲護身印

二小指二無名指右押左內相叉二中指直豎頭相拄二頭指屈如鉤形附中指背勿令相著二大指並豎捻無名指即成結印當心誦真言印身五處各誦一徧先印額次右肩次左肩印心及喉是爲五處即起大悲心徧緣一切有情願皆被大慈悲莊嚴甲冑速令離諸障難證得世間出世間殊勝成就如是觀已即成被金剛甲一切諸魔不敢障難護身真言曰

唵(引一)嚩日囉(二合引)儗你(二合二)鉢囉(二合)捻(叙揖切)跛哆(一合引)野娑嚩(二合引)賀(引三)

由結此印誦真言慈心愍念力故一切天魔及諸障者悉見行者威光赫弈猶如日輪各起慈心不能障礙及以惡人無能得便煩惱諸障身不染著亦護當來諸惡趣苦疾證無上正等菩提

次結地界金剛橛印
先以右中指入左頭中指間右名指入左名小指間皆頭外出以左中指𢹂右中指背入右名小指間二小指二頭指各頭相拄二大指下相捻即成結此印已想印如金剛杵形以二大指向地觸之誦眞言一徧一印於地如是至三即成堅固金剛之座地界眞言曰
唵(引一)枳里枳里(二)嚩日囉(二合)嚩日哩(二合三)步(引)囉滿馱滿馱(四)吽(引)發吒(吒字半音呼五)
由結此印眞言加持下至金輪際成金剛不壞之界大力諸魔不能搖動少施功力大獲成就地中所有諸穢惡物由加持力故悉皆清淨其界隨心大小即成
次結金剛牆印
準前地界印開掌擽竪二大指如牆形即成想從印流出熾焰以印右旋遶身三轉稱前地界即成金剛堅固之城牆界眞言曰
唵(引一)薩囉薩囉(二)嚩日囉(二合)鉢囉(二合)迦(引)囉(三)吽(引)發吒(吒字半音呼四)
由結此印誦眞言及觀行力故隨心大小成金剛光焰方隅牆界諸魔惡人虎狼師子及諸毒蟲不能附近
次結大虛空藏菩薩印
二手合掌二中指右押左外相叉博著手背二頭指相蹙如寶形即成想從印流出無量諸供養具衣服飲食宮殿樓閣等如瑜伽廣說即誦大虛空藏眞言曰
唵(引一)誐誐曩三(去聲)娑(去聲)嚩(二)嚩日囉(二合)斛(引三)
修行者縱使觀念力微由此印及眞言加持力故諸供養物皆成眞實一如極樂世界中

行廣大供養者次想壇中有紇哩(引二合)字放大光明如紅玻瓈色徧照十方世界其中有情遇斯光者無有不得罪障消滅

次結如來拳印

以左手四指握拳直竪大指以右手作金剛拳握左大指即成以此拳印地眞言加持七徧變其世界如來拳眞言曰

唵(引一)步欠(平聲二)

由結此印及眞言加持威力故即變此三千大千世界成極樂刹土七寶爲地水鳥樹林皆演法音無量莊嚴如經所説即誦伽陀曰

以我功德力　如來加持力　及以法界力

願成安樂刹

行者由數習此定現生每於定中見極樂世界無量壽如來在大菩薩衆會闡説無量契經臨命終時心不散動三昧現前刹那迅速則生彼土蓮華化生證菩薩位

次結寶車輅印

以二手仰相叉右押左以二頭指側相拄二大指捻二大頭指下第一文即成送車輅眞言曰

唵(引一)覩嚕(轉舌呼下同)覩嚕吽(引二)

結此印想成七寶莊嚴車輅往彼極樂世界請無量壽如來并諸菩薩眷屬乘此車輅不散此印便以此二大指向身撥二中指頭便誦請車輅眞言曰

娜莫悉底哩耶(四合)地尾(二合)迦(引)南(二)怛他(去聲)蘗跢(引)南(引二)唵嚩日朗(引二合)儗孃(上聲引三)迦囉灑(二合)耶娑嚩(二合引)賀(引四)

則想車輅來至道場住虛空中則結迎請聖

衆印

次結迎請聖衆印

二手右押左内相叉作拳令掌相著左大指屈入掌右大指曲如鉤向身招之即誦迎請眞言曰

唵引一阿去聲引嚧引力迦半音二曀醯去聲引呬娑嚩二合引賀引三

由結此印奉請故無量壽如來不捨悲願赴此三摩地所成淨土道場并無量俱胝大菩薩衆受修行者供養證明功德

次結馬頭觀自在菩薩印作辟除結界

二手合掌二頭指二名指屈入掌各自相背並二大指微屈勿著頭指即成誦馬頭明王眞言曰

唵引一阿蜜嘌二合妬引納婆二合嚩吽發吒半音娑嚩二合引賀引二

誦三徧即以印左轉三帀辟除一切諸魔皆自退散便以印旋三帀即成堅固大界

次結金剛網印

準前地界印以二大指捻二頭指下節一文即成誦眞言三徧隨誦以印於頂上右旋轉便散網界眞言曰

唵引一尾娑普二合囉捺囉二合乞灑二合二嚩日囉二合半惹自攞切囉三吽引發吒半音四

由結此印眞言加持力故即於上方覆以金剛堅固之網乃至他化自在諸天不能障難行者身心安樂三摩地易得成就

次結金剛火院界印

以左手掌掩右手背令相著擽豎二大指即成想從印流出無量光焰以印右旋三帀則

於金剛牆外便有焰圍遶即成堅固清淨火界火院眞言曰

唵(引一)阿三(去聲)莽(上聲)儗寧吽(引)發吒(半音二)

獻閼伽香水以二手捧閼伽器當額奉獻誦眞言三徧想浴聖衆雙足閼伽眞言曰

娜莫三(去聲)滿多沒馱(引)南(引一)誐誐曩三(去聲)麽(上聲引)糝(上聲)摩娑嚩(二合)賀(引三)

由獻閼伽香水供養令修行者三業清淨洗除一切煩惱罪垢從勝解行地至十地及如來地當證如是地波羅蜜時得一切如來授與甘露法水灌頂

次結華座印

準前蓮華部三昧耶印稍屈指令圓滿即是結此印已想從印流出無量金剛蓮華徧此極樂世界中無量壽如來及諸大菩薩一切聖衆各皆得此金剛蓮華座眞言曰

唵(引一)迦摩(上聲)攞娑嚩(二合引)賀(引二)

由結蓮華座印誦眞言加持行者獲得十地滿足當得金剛之座三業堅固猶如金剛

次結廣大不空摩尼普供養印

二手金剛合掌二頭指捻甕如寶形竪二大指即誦廣大不空摩尼供養陀羅尼曰

唵(引一)阿(上聲)謨(引)伽(去聲)布(引)惹(引二)麽(自攞切)抳(尼貞切)跛納麽(二合)嚩日𡃤(二合)怛佗(去聲)蘖多尾路(引)枳帝(三)三(去聲)滿多鉢囉(二合)薩囉吽(引四)

此廣大不空摩尼供養陀羅尼纔誦三徧則成於無量壽如來集會及無邊微塵剎土中雨無量廣大供養所謂種種塗香雲海種種華鬘雲海種種燒香雲海種種天妙飲食雲海種種天妙衣服雲海種種摩尼光明燈燭

雲海種種幢旛寶帳寶蓋雲海種種天妙音樂雲海普於諸佛菩薩衆會成眞實廣大供養由結印誦此陀羅尼供養故獲得無量福聚猶如虛空無有邊際世世常生一切如來大集會中蓮華化生得五神通分身百億能於雜染世界拔濟受苦衆生皆作安樂利益即於現世受無量果報當來得生淨土

次應澄心定意專注一緣觀無量壽如來了了分明如對目前具諸相好并無量眷屬及彼刹土念念欣慕現前獲得三昧成就虔誠一心願生彼國心不異緣念念相續即誦無量壽如來讚歎三徧讚曰

曩謨引弭跢引婆去聲引野曩謨引弭跢引庾曬引一曩謨引曩謨引進底哩二合麌上聲拏上聲迦囉引答麽二合寧引二曩謨引弭跢引婆去聲引野爾慈以切曩上聲引野帝引母寧引三素去聲引佉去聲嚩引底二合引夜引弭多嚩引拏鼻聲劒跛野引四素佉嚩底孕二合引迦曩迦尾喞怛囉二合迦引曩南引五麽上聲拏鼻聲引囉鈴引素孽多帶引囉稜去聲訖哩二合躭引六多嚩室囉二合夜引答鉢囉三合體項以切多麌拏上聲寫地引麽上聲多都各切引七鉢囉二合夜引弭擔引麽護麌拏上聲囉怛囉二合散左琰引

修行者每日三時常誦此讚讚佛功德警覺無量壽如來不捨悲願以無量光明照觸行者業障重罪悉皆消滅身心安樂澄寂悅意久坐念誦不生疲倦心得清淨疾證三昧即入觀自在菩薩三摩地閉目澄心觀自身中圓滿潔白猶如淨月仰在心中於淨月上想日哩二合引字放大光明其字變成八葉蓮華

於蓮華臺上觀自在菩薩相好分明左手持蓮華右手作開華葉勢是菩薩作是思惟一切有情身中具有此覺悟蓮華清淨法界不染煩惱於蓮華八葉上各有如來入定結跏趺坐面向觀自在菩薩項佩圓光身中如金色光明晃曜即想此八葉蓮華漸舒漸大量同虛空即作是思惟以此覺華照觸如來海會願成廣大供養心不移此定則於無邊有情深起悲愍以此覺華蒙照觸者於苦煩惱悉皆解脫等同觀自在菩薩即想蓮華漸漸收斂量等己身則結觀自在菩薩印加持四處所謂心額喉頂其印以手外相叉二頭指相拄如蓮華葉二大指並豎即成誦觀自在菩薩真言曰

唵(引一)嚩日囉(二合)達(轉舌)磨紇哩(二合引二合)

由結此印及真言加持心額喉頂故即自身等同觀自在菩薩

次結無量壽如來根本印

二手外相叉作拳豎二中指頭相拄如蓮華葉形結此契已誦無量壽如來陀羅尼七徧以印於頂上散陀羅尼曰

曩謨(引)囉怛曩(二合)夜(引)耶(一)娜莫阿(引)哩野(二合)弭跢(引)婆(去聲引)耶(二)怛佗(去聲)蘖跢(引)夜囉曷(二合)帝三(去聲)藐三(去聲)沒馱耶(三)怛你也佗(四)唵阿蜜㗚(二合)帝(五)阿蜜㗚(二合)妬(引)納婆(二合)吠(微閉切引六)阿蜜㗚(二合)多三(去聲)婆(上聲)吠(準上七)阿蜜㗚(二合)多蘖陛(八)阿蜜㗚(二合)多悉弟(九)阿蜜㗚(二合)多帝際(自曳切十)阿蜜㗚(二合十一)多尾訖磷(二合引)帝(十二)阿蜜㗚(二合)多誐誐曩吉(引)底(丁以切)迦隸(十三)阿蜜㗚(二合)多嫩(上聲)努枇娑嚩(二合)隸(十四)薩

嚩(引)囉佗(二合)娑(去聲引)馱寧(十五)薩嚩磨訖禮(二合)
(引)捨乞灑(二合)孕迦嚛娑嚩(二合引)賀(引十六)
此無量壽如來陀羅尼纔誦一徧則滅身中
十惡四重五無間罪一切業障悉皆消滅若
苾芻苾芻尼犯根本罪誦七徧已即時還得
戒品清淨誦滿一萬徧獲得不廢忘菩提心
三摩地菩提心顯現身中皎潔圓明猶如淨
月輪臨命終時見無量壽如來與無量俱胝
菩薩衆圍遶來迎安慰行者則生極樂世界
上品上生證菩薩位即取蓮子念珠安於手
中二手捧珠合掌未敷蓮華形以千轉念珠
眞言加持七徧眞言曰

唵(一引)嚩日囉(二合)獄呬耶(二合)惹(自攞切引)跛三(去聲)麼
曳(引)吽(引二)

加持已即捧珠頂戴心發是願願一切有情
所求世間出世間殊勝大願速得成就則當
心以二手各聚五指如未敷蓮華左手持珠
以右手大指名指移珠誦陀羅尼一徧與娑
嚩(二合)賀字聲齊移一珠念誦聲不緩不急不
高不下應不出聲稱呼眞言字令一一分明
心觀此三摩地所成淨土及前所請來無量
壽佛相好圓滿在於壇中如是觀行了了分
明專注念誦不令間斷遠離散動一坐念誦
或百或千若不滿一百八徧則不充祈願徧
數無量壽如來加持故則身心清淨乃至開
目閉目常見無量壽如來則於定中聞說甚
深妙法於一一字一一句悟無量三摩地門
無量陀羅尼門無量解脫門此等同觀自在
菩薩速能至於彼國念誦數畢捧珠頂戴發
是願言願一切有情得生極樂世界見佛聞

法速證無上正等菩提
次結定印
以二手外相叉二頭指背相著從中節已上直竪二大指捻二頭指即成則觀身中菩提心皎潔圓明猶如滿月復作思惟菩提心體離一切物離蘊界處及離能取所取法無我故一切平等心本不生自性空故即於圓滿清淨月輪上想紇哩(二合入引)字門從字流出無量光明於一一光明徧觀成極樂世界聖衆圍遶無量壽佛廣如無量壽經所說如是念誦修習三摩地已欲出道場則結本尊印誦本陀羅尼七徧以印頂上散即誦讚歎
次結普供養印誦廣大不空摩尼供養陀羅尼又獻閼伽心中所有祈願啓白聖衆惟願聖者不越本誓成就我願如是念誦供養發願已即結前火院印左轉一帀解前所結界復結寶車輅印誦前請車輅真言以二大指向外撥二中指頭奉送聖衆於真言句中除迦囉灑(二合)野句加蘖蹉蘖蹉句即成奉送
次結三部三昧耶印各誦三徧然後結被甲護身印印身五處則對本尊前虔誠發願禮佛任出道場隨意經行常讀誦無量壽經心懷增上意樂精勤念誦印佛印塔樂行檀施修持禁戒忍辱精進禪定智慧所修善品皆悉迴向共諸衆生同生淨土上品上生證歡喜地獲得無上菩提記莂此法通一切蓮華部無量壽如來心真言曰
唵(引一)阿蜜㗚(二合)多帝際賀囉吽(引二)
誦十萬徧滿得見阿彌陀如來命終決定得生極樂世界

無量壽如來修觀行供養儀軌

音釋

匱具位切乏也　澡子晧切洗也　腕烏貫切手腕也　弈夷益切光盛貌

皦吉了切明也　拄直主切　曀於計切　糝桑感切　虡偶許切

掞以冉切

甘露軍荼利菩薩供養念誦成就儀軌

唐三藏沙門大廣智不空奉 詔譯

清刻龍藏佛說法變相圖

甘露軍荼利菩薩供養念誦成就儀軌

唐三藏沙門大廣智不空奉　詔譯

歸命金剛手　密主大菩薩　能說最上乘
令速證菩提　甘露軍荼利　能摧諸魔障
以慈慧方便　現大忿怒形　成大威日輪
照曜無邊界　修行者暗冥　速得悉地故
流沃甘露水　洗滌藏識中　熏習雜種子
速集福智聚　獲圓淨法身　故我稽首禮
我今依密言　微妙理趣教　說甘露儀軌
阿闍黎先擇　修密言弟子　淨信三寶者
愛敬於大乘　渴仰瑜伽教　好修菩薩行
其心不怯弱　求學相應門　捨身命及財
無慳倦悋惜　族姓具諸根　多聞護正法
愛樂六度行　愍念諸有情　常被大誓甲
盡度無邊界　一切有情類　令疾證菩提

阿闍黎若見　如是法器者　方便而勸誘
先當爲演說　微妙菩薩道　善巧般若理
速疾菩提路　然與受三歸　令發菩提心
次授與三世　無礙三種戒　菩薩之律儀
方引入輪壇　授與本所尊　持明諸灌頂
應示曼荼羅　告令三昧耶　從今至成佛
勿捨菩提心　恭敬阿闍黎　等同一切佛
猶若執金剛　於諸同學處　深敬不輕慢
從師受金剛　及受金剛磬　爲求悉地故
乃至菩提場　常持不應捨　親對灌頂師
具受本尊教　決定無疑謬　然後勇進修
修瑜伽者從師受得本尊儀軌已當於閑靜
處或於山林幽谷諸教所說勝上之處建立
淨室或於精舍若於塔中淨治其地以瞿摩
夷塗拭又白檀香塗曼荼羅或方或圓隨意
大小以諸名華散於壇上塗香燒香飲食燈
明閼伽隨力所辦陳設莊嚴當於室中安本
尊像面向西修瑜伽者面向東全身委地作
禮奉獻已身諸佛菩薩攝受爲主宰密言曰
唵一引薩嚩怛陀孽多二布惹引鉢囉合二韈多
曩夜三多麼合二南你哩夜合二多夜彌四薩嚩
怛他孽多室者合二地底丁以切下同瑟綻合二擔引五
薩嚩怛他孽多訖穰合二喃阿引尾捨覩六
誦此密言作是思惟盡十方一切世界微塵
刹土諸佛大海會皆有自身於一一聖衆前
捨身奉事由密言加持故蒙諸聖衆皆悉攝
受又應五輪著地作禮復想自徧禮一切如
來及菩薩足密言曰
唵一引薩嚩怛佗引孽多二播引娜滿娜喃迦
路弭三

由此密言加持故能令瑜伽者不起于座徧至十方眞實敬禮一切塵刹海會諸佛如來次應右膝著地合掌當心閉目運心徧觀虛空有無量無邊塵刹海會諸佛菩薩集會降赴瑜伽者所又想已身對一一諸佛菩薩前持種種塗香粖香華鬘燒香天妙飲食燈明寶炬奉獻一切諸佛菩薩不起此座慇念盡無餘有情界漂流六趣由自心虛妄分別迷於眞理作諸不善感招異熟種種苦果觀於人天趣耽著五欲求不得苦於諸天趣作變易苦以妙覺華開敷菩提心觀於寒冰地獄以焚香氛馥遠離寒冰之苦於餓鬼趣中以天妙加持飲食願彼等充飽遠離慳悋之業觀於修羅傍生趣色無色界心器矯誑瞋恚之心更互殘害及耽著三昧味以我般若燈明悉除彼等惑纏則於佛海會前虔誠發露三世之障隨喜一切佛菩薩聲聞緣覺隨喜三世福德智慧資糧則觀無量無邊界雜染世界中一切有情類皆證無上正等菩提又想已身於一一諸佛菩薩前請轉無上法輪久住於世莫入涅槃瑜伽者即結跏趺坐或半跏隨意而坐修瑜伽者不應執著外淨常以勝義自性清淨法水洗滌身心如理相應

誦清淨密言三徧

唵一引娑嚩二合婆引嚩秫鐸二引薩嚩達莫三引娑嚩二合引婆引嚩秫度憾四

如金剛頂瑜伽經中說

身口意金剛　菩提心爲先　淨心爲澡浴

利樂修行者

即取塗香塗二手合掌當心即結如來部三

眛耶契如未敷蓮合掌即以進力忍願上節以禪智各附進力側結成印已誦密言入瑜伽作意觀一切如來徧滿虛空願加持我又想從印流出無量光明照觸盡無餘一切有情速證平等眞如以此佛三眛耶契速證瑜伽願一切有情證得究竟大菩提密言曰

曩莫三滿多沒馱南引一唵引二怛他引蘗妬納婆二合嚩野娑嚩引二合訶引三

由誦結契作意等同如來當獲具相三十二無見頂相三身圓滿以契安於頂上隨便解散

次結蓮華部三眛耶印

又芙蓉合掌當自心前檀慧禪智並竪餘六度散開屈如八葉蓮華結成印已誦密言入甚深大悲瑜伽三摩地觀滿虛空界觀自在菩薩與無量持蓮華者願加持我復起此觀從印流出無量光明照觸六趣有情根本藏識中雜染種子獲得自他平等無緣大悲速得如幻三摩地隨類六趣示現種種身四無礙解脫具六十四種梵音圓音頓應一切有情以成佛道密言曰

曩莫劒麽攞播拏曳一唵引二鉢納謨二合納婆二合嚩引也娑嚩引二合訶引三

由此印密言加持故等同觀自在菩薩當獲十地十自在三種意生身以此契安於自口上解散

次結金剛部三眛耶印

二手相背檀慧禪智互相叉結印成已誦密言入菩提心三摩地觀徧滿虛空界金剛手菩薩與軍荼利無量忿怒眾集會願加持我

復想從印流出無量光明照觸一切有情不定趣異生趣向二乘速成大菩提密言曰

曩莫三滿跢嚩日囉二合赦引一唵引二嚩日嚧二合引納婆二合嚩引也娑嚩二合訶引三

由誦結契作意不久當得金剛薩埵身口意金剛能說密教教令輪以作盡無餘有情上中下悉地速疾頓證悉地因便以此印當自心前解散

復作是念盡無餘世界中有無量無邊有情雖發無上菩提之心雖積集福德智慧資糧闕瑜伽智慧方便加持妙法退失善根諸魔得便云何爲彼引入解脫輪爲一一有情說三密瑜伽微妙大乘速疾頓獲世間出世間殊勝悉地果報發如是心則成被大誓莊嚴甲胄則結金剛明王最勝印內縛忍願並伸以進力二度屈如鉤當忍願初節背如三股金剛杵形禪智並伸直附忍願側密言曰

唵引一嚩日囉二合引二哏你二合鉢囉二合捻引二跛跢二合也娑嚩二合引訶引三

以此印額左右肩心喉等五處頂上散由結此印誦密言作意則成被金剛甲胄身同金剛明王威光赫奕無量無邊金剛族種者侍一切障難及不善心有情無能侵害上於虛空界乃至下風輪際所有空行地居下毗那夜迦等類皆起慈心不能爲障礙修密言行菩薩

次應結金剛輪菩薩印誦密言以入曼荼羅者受得三世無障礙三種菩薩律儀由入曼荼羅身心備十微塵刹世界微塵數三昧耶無作戒禁或因屈伸俯仰發言吐氣起心動

念廢忘菩提之心退失善根以此印契密言殊勝方便誦持作意能除違犯愆咎三昧耶如故倍加光顯能淨身口意故則成入一切曼荼羅獲得灌頂三昧耶應結契誦七徧以二手内相叉進力並伸直忍願纏進力初節前各以峯相拄禪智並伸直當心誦密語曰

曩莫悉底哩也(四合)地尾(二合)迦(引)南(引一)怛佗(引)蘗跢(引)南(引二)闇尾囉爾尾囉爾(三)摩訶嚩日哩(一合四)娑跢娑跢(五)娑囉帝娑囉帝(六)怛囉(二合)以怛囉(二合)以(七)尾馱麼你(八)三畔惹你(九)怛囉(二合)麼底(十)悉馱(引)儗哩(二合)怛覽(二合引)娑嚩(二合引)訶(引一)

誦密言時作是觀念盡虛空界徧法界三界生死六趣有情速得入金剛界大曼荼羅等同金剛薩埵大菩薩次應身前想於下界風輪想憾字黑色漸引形如半月徧相稱如風輪當思眞實句所謂一切法離因緣次應於風輪上想鑁字白色光明漸引圓滿大小如本水輪當思眞實句所謂一切法自性離言說又於水輪上想鉢囉(二合)字門變成金龜放金色光明漸引廣大無量由句當思眞實義所謂一切法勝義不可得以爲方便又於空中想欠字門變成毗盧遮那如來當思眞實義所謂一切法如虛空佛身色如素月光首戴金剛寶冠瓔珞嚴飾身被天妙輕衣結菩提勝印深起悲愍一切有情被貪瞋癡煩惱火焚燒積集無量不善極惡之業想毗盧遮那佛徧身流注甘露八功德水色如珂雪淋灑六趣一切有情煩惱之火盈滿金輪龜背爲大香乳海故當結成就海印十度

内縛仰右旋誦此密言曰

唵一引 尾麽路引 捺地吽二

爲成就變化蓮華故當觀覽字門流散赤焰而成火輪其形三角漸引量同水輪忽然之間從金龜背涌出八葉大蓮華金剛爲莖廣大無量由旬於華臺中觀阿字門當思眞實義所謂一切法本不生從阿字門法界等流涌出蘇彌盧山王爲成就妙高山故當結成就寶山王印十度内相交爲拳相合豎密言曰

唵一引 阿者攞吽二

由此印密言三摩地故便成蘇彌盧山王四寶所成七重金山周帀圍遶山間有八功德水山王傍出四跳四天王等天各住本方無量眷屬衛護金剛峯寶樓閣其山縱廣八萬四千由旬其地平正爲令堅密牢固如金剛下至空際應結金剛橛印戒從慧方背開入掌忍入願力間亦然方願峯從檀戒進忍間向外出餘度各以峯相拄結成以誦密言想印成金剛橛散流無量威猛火焰以大指向地釘之一誦一釘至三徧便止即成堅固地界密言曰

唵一引 枳里枳里二 嚩日囉二合 嚩日哩二合 吻引三 滿馱滿馱吽發吒半音四

由此印密言加持故設於念誦處道場地中不依法除一切過患不祥感招種種障難由此印加持故成金剛座天魔及諸障者不爲惱害少用功力速疾獲大成就隨心大小稱道場地應知

次結方隅

金剛牆印
準前橛印開禪智竪之側如牆形應觀印成
金剛杵從印流出無量熾盛金剛火焰右旋
印遶身三轉稱壇大小即成金剛堅固之城
密言曰
唵引一薩囉薩囉二嚩日囉二合鉢囉二合迦引囉
吽發吒半音三
由結印誦密言作意加持故一切諸佛尚不
違越何況諸餘難調者毗那夜迦及毒蟲利
牙爪者而能侵陵
瑜伽者又應於須彌山頂觀大寶殿其殿無
價摩尼所成四方正等具足四門其門左右
吉祥幢軒楯周環徧垂珠鬘瓔珞鈴鐸繒旛
種種間錯而爲莊嚴彌布殿中微風搖擊出
和雅音復於殿外四角及諸門角以半滿月
等金剛寶而鈿飾之寶柱行列垂妙天衣周
布香雲普雨雜華復於外有無量劫樹行列
諸天競奏衆妙音樂寶絣閼伽天妙飲食摩
尼爲燈作此觀已而誦此偈
以我功德力　如來加持力　及以法界力
普供養而住
說此偈已即結大虛空庫藏印十度金剛縛
進力展如寶禪智並伸逼忍願檀慧戒方合
如幢結是印誦密言想從印流出如上供具
樓閣等眞言曰
唵一引誐誐曩三婆嚩嚩日囉二合穀二引
以此密言印加持故縱觀不成皆成眞實廣
大供養由此法爾所成故
又於寶樓閣中央觀阿字兩邊觀吽引字是
甘露軍荼利法身種子字

次於東方觀吽(短聲)字是降三世法身種子

又於南方觀怛唅(二合)字是忿怒金剛藏法身種子

又於西方觀紇唎(二合)字是金剛軍童子法身種子

次於北方觀惡字是金剛羯抳(古譯云金剛童子)法身種子

即結金剛因菩薩印爲令成就敎令輪曼荼羅故普令一切有情冥然入金剛界等曼荼羅故

瑜伽者則同入一切曼荼羅故得受一切灌頂故約事業所建立一切曼荼羅成吉祥清淨不增不減一切如來稱讚故應結金剛因契及誦密語二手各作金剛拳進力檀慧互相鉤結印安於自口上誦三徧則成入金剛界等敎令輪一切曼荼羅次安於頂上則成受一切灌頂復以印按於所建立事相及觀所成等曼荼羅上則眞實如金剛薩埵親建立輪壇誦此密語曰

唵(引一)嚩日囉(二合)斫羯囉(二合)吽(二)弱吽鑁斛(三)

次結金剛寶車輅印

十度內相叉仰掌進力側相拄以禪智各捻進力根下想金剛使者駕御金剛寶車乘空而往至於妙喜世界誦密言三徧眞言曰

唵(引一)覩嚕覩嚕吽(引二)

由此密語印加持故七寶車輅至阿閦如來妙喜世界大集會中請本尊甘露軍荼利菩薩幷諸大忿怒菩薩眷屬無量諸供養菩薩圍遶乘此車輅

次結請車輅印

準前印以禪智向身撥忍願誦密言三徧密語曰

曩莫悉底哩也(四合)地尾(二合)迦(引)南(引一)怛他孽哆(引)南(引二)唵(引三)嚩日朗(二合)儗(研以切)你也(曩也切二合)迦哩灑(二合)也娑嚩(二合引)訶(引四)

由此印密言加持故聖衆從本土來至道場空中而住

次結請本尊三昧耶降道場印

十度內相叉作拳禪度入掌以智度向身招之誦密言曰

唵(引一)嚩日囉(二合)特嘞(二合二)曀係曳(二合)呬娑誐鑁(三)阿密哩(二合)哆軍拏里娑嚩(二合引)訶(引四)

由此密言印加持菩薩不越本誓願故即赴集會於道場

次應辟除諸魔作障難者當用降三世威怒眼印密言於兩目瞳人上觀呬(引)字變爲日輪流出無量威光於一一光道上有種種金剛火焰猛利杵鞏眉怒目右旋顧視菩薩大衆由此金剛怒眼視諸魔隱在大衆中者皆悉退散以此瞻覩本尊及聖衆咸皆歡喜

次結上方金剛網印

準前牆印以禪智各捻進力下節結印成已觀印爲金剛杵又從印流出無量金剛杵一一杵皆流出無邊威焰相續成網頂上旋印三帀誦此密語曰

唵(引一)尾塞普(二合)囉捺囉(二合)乞叉(二合二)嚩日囉(二合)半惹攞吽發吒(半音三)

由此網印密言加持故即成金剛堅固不壞之網

次結火院密縫印

以左手掩右手背竪禪智結印成已當作此觀從印流出金剛熾盛火焰誦密言三徧右遶身三帀想於金剛牆外火焰圍遶誦此密語曰

唵一引阿三麽哏你二合吽發吒半音二

又結大三昧耶印

十度內相叉爲拳並竪忍願屈進力如鉤在忍願兩邊如三股杵形以禪智附進力側右旋印三帀誦密言三徧護於火院界外誦密語曰

唵一引賞羯禮二二合摩訶三麽琰婆嚩二合訶引三引

由此印密言加持故如金輪王等佛頂經說若有人誦持頂輪王等佛頂五百由旬內修餘部密言者請本所尊念誦聖者不降赴亦不與悉地由一字頂輪威德攝故若結此大界設鄰近持誦頂輪王人不能阻礙本尊威力所持餘部密言皆速得成就

次結獻華座印

二手芙蓉合掌禪智各捻檀慧甲爲臺餘度如金剛印成觀印爲金剛蓮華又想從印流出無量金剛蓮華座奉獻本尊及聖衆等誦此密語曰

唵一引嚩日囉二合味引囉也娑嚩二合訶二引

由結此印誦密言故本尊及眷從則眞實各受得座已

瑜伽者應辦閼伽二新器　商佉或金銀雜寶及熟銅　下至瓦木等　充滿盛香水時華汎於上　二手捧當額　即思惟本尊軍荼佩身色　瑩如碧玻瓈　威光逾劫焰

赫奕佩日輪　顰眉笑怒容　虎牙上下現
千目視不瞬　晃曜咸如日　千手各操持
金剛諸器仗　首冠金剛寶　龍瓔虎皮裙
無量忿怒衆　金剛及諸天　圍遶作侍衛
觀念分明見　住於曼荼羅　復觀閼伽水
流出注本尊　及聖衆二足　能以一渧水
成閼伽雲海　普徧諸佛剎　應誦後密言
曩謨囉怛曩二合怛囉二合夜也　曩謨嚩日囉
二合矩嚕引二合馱引也二唵引三婀容哩二合跢軍
拏里四訶娑訶娑五遏者遏者六吽發吒半音
娑嚩引二合訶引七
由獻閼伽香水故　速獲清淨妙法身
次結金剛塗香印
加持塗香奉獻本尊及諸聖衆其印以左手
握右手腕舒右手五度揚掌如施無畏勢結

印成已誦密語思惟從印流出塗香雲海徧
至一切世界盡虛空界法界徧滿一切微塵
佛剎大海會聖衆前皆有自身持塗香器供
養一一尊而成廣大供養誦此密語曰
唵引一獻馱莽里你二嚩囉涅鉢囉二合夜儗唎
二合恨拏二合娑嚩引二合訶引三
由結印誦密言作意速獲五分法身能除一
切有情煩惱炎熱
次結金剛華印加持諸華奉獻本尊及諸聖
衆下至一華皆成無量雲海周徧供養一切
聖衆若無華但結此印奉獻其印以二手十
度內相叉圓屈進力峯相拄禪智附進力側
結印成已兼誦密語復應思惟從印流出種
種華雲海周徧一切世界虛空界法界徧滿
一切微塵佛剎海會大衆前而成廣大供養

誦此密語曰

唵一引菴引邏引馱𡃱二嚩日囉二合馱𡃱娑嚩二合訶三引

由結此印誦密言加持故速獲三十二相能令一切有情菩提心華開發次結金剛焚香印加持焚香奉獻本尊及聖衆以二手背相合進力峯側相拄禪智各捻進力側結印成已即作是觀從印流出焚香雲海周徧一切世界盡虛空界法界徧滿氛馥供養一切微塵剎土大海會一一聖衆前皆自身持種種和合香燒焯供養誦此密語曰

唵一引度引麽式契矩嚕二嚩日哩二合抳娑嚩二合訶三引

由結此印誦密言加持故速獲無礙智

次結金剛飲食印奉獻本尊及聖衆以二手合芙蓉掌結印成已誦密語又應思惟從印流出無量飲食雲海周徧一切世界盡虛空界法界徧滿一切微塵剎土佛大海會一一聖者前成就無限廣大供養若以此印加持世間微少飲食而成天甘露食雲海周徧奉獻一切聖者誦此密語曰

唵一引麽攞麽攞二冥伽莾里你三鉢囉二合底凝侶二合恨拏二合四嚩日哩二合抳娑嚩二合訶五引

由結此印誦密語故速證三解脫味得法喜禪悅食

次結金剛燈印奉獻本尊及聖衆其印以右手作拳舒忍度以禪押進甲禪峯捻忍中文側右旋照即作是觀從印流出無量金剛燈雲海周徧一切世界盡虛空界法界徧滿一

切微塵刹土佛海會大衆前成廣大供養以此印加持一燈便成無量金剛燈雲海能周徧供養照曜一切佛刹聖衆海會誦此密語

曰

唵(引一)入嚩(二合引)攞(引)莽(引)里你(二)捻跛式契娑嚩(二合引)訶(引三)

由此密語印加持故速獲如來淨五眼

次結普供養印供養本尊及聖衆二手十度初分相交結印成已誦密語思惟從印流出種種供養雲海天妙伎樂歌舞嬉戲等天妙衣服飲食燈明閼伽賢餅劫樹寶幢旛蓋諸寶等類一切人天所有受用之物衆多差別供養具如大乘契經所說供養之具周徧一切世界盡虛空徧法界一切微塵刹土諸佛海會一一聖衆前皆有眞實供養誦此密語

曰

曩莫薩嚩沒馱冐地薩怛嚩(一合)南(引一)薩嚩佗(引)欠嗢娜誐(二合)帝(二)娑頗(二合)囉呬鋡誐誐曩劒(平聲)娑嚩(二合引)訶(引三)

供養已了觀想本尊兼諸眷屬即誦此讚讚揚聖者無量功德

麽訶麽邏(引)也戰拏(引)也(一)尾你也(二合)邏(引)惹(引)也娑(引)馱吠(二)訥難(上聲)跢曩麽迦(引)夜也(三)曩麽悉帝(二合)嚩日囉(二合)播(引)拏曳(四)

讚歎本尊已然後布字令自身成本尊三摩地二手金剛縛仰安齋下閉目澄心定慮起大慈心於一切有情願諸衆生速證本尊三摩地威德熾盛壽命神通等同聖者即於自頂上想唵字赤色具大光明照曜十方次觀婀字當心色如珂雪内外照曜如大月輪又

觀密哩二合字於兩肩上色如虹霓徧照一切世界又觀帝字於齊輪如皓素光明潤澤照於無邊世界一切惡趣次觀吽字於兩髀其色如黄金光明照觸無間惡趣次觀頗字安兩脛其色如玄雲照觸諸修羅速令悟正道次觀吒字安二足掌素色其形如半月流出光明照觸諸外道令捨邪見網歸信於三寶由此布字三摩地自身變成本尊

次說本尊身相應觀四面四臂右手執金剛杵左手滿願印二手作羯磨印身佩威光焰鬘住月輪中青蓮華色坐琴瑟磐石正面慈悲右第二面忿怒左第三面作大笑容後第四面微怒開口即結本尊羯磨印

智押慧度甲餘如三股形慧手亦如之右押左來臂密言曰

唵一引婀密哩二合帝吽發吒半音二

由此密語印加持自身等同甘露尊隨意所樂觀念四臂八臂乃至兩臂千臂住本尊瑜伽三摩地蓋須歷然分明

次結金剛部母莽莫雞印

二手內相叉忍願檀慧禪智並伸如三股金剛杵形結印成已當誦此密言曰

曩謨囉怛曩二合怛囉二合夜也一曩麼室戰二合拏嚩日囉二合播拏曳二摩訶藥乞叉二合細曩跛怛曳三怛你也二合他四唵引五矩蘭馱哩六滿馱滿馱七吽發吒半音娑嚩二合引訶引八

如前印自身五處由部母印加持故速得悉地現前一切魔障悉皆遠離人間所有怨敵不善心者皆得摧壞發大慈心向瑜伽者忽見惡夢或不祥事現誦一百八徧一切皆得

摧壞發大慈心向瑜伽者忽見惡夢或不祥事現誦一百八徧一切皆得消散獲大吉祥瑜伽者即觀此聖者在本尊前坐蓮華臺頭冠瓔珞如天女形左手持五股金剛杵右手施無畏勢即想從部母口中流出金字本尊密言行列具有光明入瑜伽者口於舌上右旋如華鬘作如是觀行已頂上解散此印

次結本尊三昧耶印

檀慧相交入掌並屈戒方押叉間忍願並伸進力屈如鉤住忍願初節後如三股金剛杵形禪智並伸押戒方背處於忍願間誦此密言曰

曩謨囉怛曩(二合)怛囉(二合)夜也(一)曩麼室戰(二合)拏麼賀嚩日囉(二合)俱嚕(引二合)馱(引)也(二)唵(引三)戶嚕戶嚕(四)底瑟咤(二合)底瑟咤(二合五)滿馱滿馱(六)賀曩賀曩(七)阿密哩(二合)帝吽發吒(半音)娑嚩(二合引)訶(引八)

當誦七徧了了分明觀本尊及自身爲本所尊由此印密言加持故聖者不越本誓授與悉地即捻珠安於兩手中如未敷蓮合掌捧戴誦金剛語菩薩密言加持七徧密言曰

唵(引一)嚩日囉(二合)愚(上聲)呬也(二合)惹(引)跛(二)三麽曳吽(引三)

由此密言加持念珠即誦密言一徧移一珠即爲已誦密言一千徧以二手大指頭指當以掐珠餘三指散直左手引珠右手掐珠如轉法輪相念誦一百八徧或一千徧若不滿一百八徧即不充祈願徧數念誦之時心不間斷觀身爲本尊誦之時不應出聲不緩不急至娑嚩(二合)訶字珠齊畢數限滿已還捧心

珠加持安置
又結本尊三昧耶印誦密言七徧然後結部
母印誦七徧想從自口中却流出本所持密
言金字行列入部母口兼所持本尊密言徧
數乃功德付與部母收掌守護終不散失然
後結金剛縛定入本尊密言字輪實相三摩
地即於兩目瞳人上觀嚂字色如燈焰微屈
頸閉目以心慧眼照了心道當於胷臆內觀
想圓滿菩提心月輪秉現在於身器了了分
明離外散動由智慧定水澄淨得菩提心月
影於中現良久心專注一緣即於圓明上以
心密言右旋一一字布列意誦乃至三五徧
即觀初唵字一切法本來無所得與義相應
時但心緣理不緣於字一道清淨徧周法界
即入第二阿字門即觀一切法本不生旣觀
已即入第三密哩(合二)字門一切法我不可得
即成平等眞如自性成就恒沙功德次應入
第四帝字門一切法眞如不可得諦觀已內
有微細能所緣因緣法義即入第五吽字門
一切法因不可得因無所得故果亦無所獲
次入第六頗字門一切法果不可得由果無
所得故即成究竟圓滿法身一切無漏法諸
所依止即觀第七吒字門一切法本不可得
由一切法無諍故一切法本不可得由一切
法無所得故一切法本無生由一切法無生
故一切法我不可得由一切法無我故一切
法眞如不可得由一切法眞如無所得故一
切法因不可得故由一切法因無所得故一
切法果不可得由一切法果無所獲故即一
切法離諍由一切法無諍故獲得清淨無戲

論實相三摩地周而復始由一念清淨心相應故獲得無礙般若波羅蜜無始時來一切業障報障煩惱障一時頓滅十方一切諸佛及本尊現前不久當獲得隨意所樂世間出世間悉地成就現生證初歡喜地菩薩後十六大生證無上正等菩提則從定出二手金剛合掌運心觀本尊及聖衆以微妙讚歎聲調讚揚功德又以五種供養如前運心而獻之又獻閼伽心中所求悉地啓白聖衆惟願聖者不越本誓大悲弘願授與我悉地則以火院密縫印密言左轉解前諸結車輅印想本印想本尊及眷屬乘車輅向外撥忍願奉送聖衆還歸本土妙喜世界密言如前又結前金剛部母以智度向外擲誦此密語曰

唵(一引)嚩日囉(二合)孽蹉孽纔(二)娑誐鏝(三)阿密哩(二合)跢軍拏里(四)娑嚩(二合)娑嚩南(引)補(上)曩囉(引)誐麼曩(引)也那娑嚩(二合引)訶(引五)

又結三部印誦密言三徧結護身印已禮佛菩薩隨意經行讀誦大乘經典以福迴施一切有情心中所求悉地當願衆生速疾獲得瑜伽者喫食時以部主密言印加持自身五處然後喫食寢息時以部母印密言加持自身五處便易及諸穢處用烏樞瑟摩金剛心密言印加持五處諸魔不得其便速得成就

烏樞瑟摩心密言曰

唵(一引)俱嚕(二合)馱曩吽弱(二)

甘露軍荼利菩薩供養念誦成就儀軌

音釋

哏(音銀) 嘞(音勒) 瞬(輸閏切目動也) 𡀔(音路) 婀(烏可切) 埿(音尼) 𡅊(音禮) 焯(職略切爇也) 掐(苦洽切爪刺也) 瞳(徒紅切目童子也) 纔(同縒)

觀自在多羅瑜伽念誦法

聖觀自在菩薩心眞言瑜伽觀行軌儀

唐三藏沙門大廣智不空奉　詔譯

清刻龍藏佛說法變相圖

一法一軌儀同卷

觀自在多羅瑜伽念誦法

聖觀自在菩薩心眞言瑜伽觀行軌儀

觀自在多羅瑜伽念誦法

唐三藏沙門大廣智不空奉　詔譯

歸命瑜伽自在王　善住如幻三昧者
普於淨染諸剎海　能示種種隨類身
我依蓮華相應門　開示多羅大悲法
爲令修習三昧者　離於二乘無悲定
速具神通波羅蜜　即能頓證如來位
行者應發普賢心　從師具受金剛戒
不顧身命起慈心　乃能堪入解脫輪
應從師受三昧耶　契印密語如經說

敬阿闍黎如佛想　於同學所殷重心
或於山間阿練若　流泉浴池悦意處
山峯石窟迥樹邊　建立壇場如法則
莊嚴精室置本尊　隨力供養一心住
徧觀十方諸佛海　懺悔發願皆如教
爲成三業金剛故　當於二手舌心中
吽字想成五智杵　如是加持能悉地
次應結契名警覺　二手皆作金剛拳
檀慧相鉤豎進力　二度相拄名起印
真言曰
唵(一引)嚩日路(二合引)底瑟吒(二合二)
次應敬禮阿閦尊　捨身求請不退轉
金剛合掌舒頂上　全身著地以心禮
真言曰
唵(一引)薩嚩怛他(引)孽多(二)布儒波薩佗那夜
(引)答麼(二合)南(三)涅哩夜(二合)多夜弭(四)薩嚩怛
佗(引)孽多(五)嚩日囉(二合)薩怛嚩(二合六)地瑟咤
(二合七)薩嚩(二合)鉻(引八)
次禮南方寶生尊　捨身求請灌頂位
金剛合掌當於心　以額著地虔誠禮
真言曰
唵(一引)薩嚩怛他(引)孽多(二)布惹毗矖迦(引)耶
怛麼(二合)南(三)涅哩夜(二合)多夜弭(四)薩嚩怛佗
孽多(五)嚩日囉(二合)囉怛娜(二合六)阿毗詵者鉻
(引七)
次禮觀自在王尊　捨身求請三摩地
金剛合掌置頂上　以口著地虔心請
真言曰
唵(一引)薩嚩怛他(引)孽多(二)布惹鉢囉(二合)靺嘌
多(二合)娜耶(引)怛摩(二合)南(三)涅哩夜(二合)多夜弭

四薩嚩怛佗孽多五嚩日囉二合達摩六鉢囉二合韈嘌多二合夜鉿引七

次禮不空成就尊　捨身求請善巧智

金剛合掌安於心　以頂著地稽首請

真言曰

唵引一薩嚩怛佗引孽多二布惹羯磨上聲尼阿怛摩二合南三涅哩夜二合多夜弭四薩嚩怛佗引孽多五嚩日囉二合羯磨句嚧鉿引六

次觀諸佛徧虛空　當結持印普禮足

禪慧檀智反相叉　右膝著地置頂上

真言曰

唵引一嚩日囉二合微二

次以成就妙真言　普願衆生同悉地

一切如來稱讚法　當願加持速成就

真言曰

唵引一薩嚩怛佗孽多餉悉多二薩嚩薩怛嚩二合南三薩嚩悉馱藥四三鉢覗耽五怛佗孽多失者引二合地底瑟綻二合耽六

次當結跏端身坐　淨除三業令清淨

諸法本性清淨故　願令自佗悉無垢

真言曰

唵引一娑嚩二合婆嚩戍馱二薩嚩達磨娑嚩二合婆嚩戍度唅引三

次結蓮華三昧耶　十度相叉堅固縛

忍願竪合如蓮葉　想身同彼多羅尊

真言曰

唵引一嚩日囉二合二鉢娜麼二合三三麼耶四薩怛鑁三合五

次結極喜三昧印　定慧二羽堅固縛

忍辱願度中交合　檀慧襌智竪相著

眞言曰

唵一引三麼耶穀二引素囉多三薩怛鍐三合四

次當開心入佛智　二乳加持怛囉吒

結金剛縛當心前　三掣開心如啓扇

眞言曰

唵一引嚩日囉二合滿馱二怛囉二合吒三

次觀蓮臺阿字門　二點莊嚴成寂智

禪智屈入金剛縛　召字流入於心中

眞言曰

唵一引嚩日囉二合引二吽舍惡三

次結密合金剛拳　以此加持使堅固

入印進力拄禪智　故能堅持不退失

眞言曰

唵一引嚩日囉二合母瑟知二合鋡引二

次結蓮華摧魔印　以此淨除諸障難

應以金剛合掌儀　進力如牙竪禪智

内住慈心現威怒　右旋三帀成界方

眞言曰

唵一引摩訶戰拏二尾始嚩二合嚕波尾迦吒三

鉢娜麼二合能瑟吒囉三合四羯囉囉五毗灑拏

六嚩託怛囉七二合怛囉引婆耶八薩鋡九鉢

娜麼二合藥乞叉二合佉陀十地一十

次應端身住三昧　二羽相叉為定印

空界塵身諸佛海　警覺令觀眞實心

眞言曰

唵一引質多鉢囉二合底二微鄧迦嚕弭三

即觀阿字為月輪　重以眞言使明顯

眞言曰

唵一引冐地質多二母怛波二合娜夜弭三

自心本性清淨故　應妙觀察金剛蓮

眞言曰
唵一引底瑟咤二合鉢娜麼二合二
爲成清淨一相故　漸令開敷周法界
即得大悲三摩地　悉能普淨衆生界
眞言曰
唵一引薩發二合囉鉢娜麼二合二
爲令三昧純熟故　悉令延縮得自在
漸斂智蓮量已身　普發淨光照三昧
眞言曰
唵一引僧訶囉二鉢娜麼二合三
次以堅固妙眞言　加持能令不傾動
眞言曰
唵一引涅哩二合荼二底瑟咤二合三鉢娜麼二合四
虛空所現諸如來　悉入覺華爲一體
應知等同於諸佛　堅固菩提誓願身

眞言曰
唵一引鉢娜麼引二合怛麼二合句唅二三麼諭唅
三麼訶三麼喻唅四薩嚩怛佗孽多引毗三
冐提五鉢娜麼引二合怛麼二合句唅六
即觀妙蓮爲本尊　其身淨滿緑金色
摩尼妙寶爲珠瓔　寶冠首戴無量壽
右現殊勝與願印　左以定手持青蓮
住於三昧處月輪　普放慈光照三界
次以根本青蓮印　心額喉頂徧加持
眞言曰
唵一引多唎二咄多利三吽四引
次結寶印自灌頂　二羽堅固金剛縛
進力襌智如寶形　額上加持繫頂後
眞言曰
唵一引嚩日囉二合二囉怛那引二合三毗詵者鋡四

薩嚩訖捺囉二合五迷涅哩二合俱句嚧六嚩囉
迦嚩制七娜舲八
二手如垂鬘帶已　便應自被堅固甲
結金剛拳舒進力　唵砧二字想指面
心背齊腰及兩膝　喉咽頂後皆三遶
檀慧前散垂天衣　即能堅固無傾動
當以二羽三相拍　是名蓮華喜印儀
真言曰
唵引一鉢娜麽二合二都使也二合穀引三
次應嚴淨佛國土　爲欲奉事諸如來
諦觀無盡香水海　妙蓮上持華藏界
摩尼寶殿以莊嚴　出過諸天妙供具
虛空諸天爲第五　所欲皆從虛空生
心樂供養諸聖衆　願令如意普圓滿
以此真實加持已　當結金剛合掌儀

真言曰
唵引一誐誐娜二三婆嚩三嚩日囉二合穀引四
寶地莊嚴華座上　咄弄二合字門成本尊
放淨光明超日月　蓮華眷屬悉圍遶
次以請召密方便　召集尊身入智體
定慧二羽堅固縛　進力二度屈如鉤
真言曰
唵引一鉢娜忙二合俱舍引迦哩灑二合耶二摩訶
鉢娜麽二合俱蘭三訶也紇唎二合嚩四三摩焰
吽五弱六
次結蓮華索大印　蓮華智入進禪中
以此密印及真言　召請本尊能引入
真言曰
唵引一阿目伽播捨二句嚧二合駄三三摩曳四
鉢囉二合吠舍五鉢囉二合吠捨耶六薩嚩三麽

延吽引七

次結華手爲鎖印　進力禪智相鉤結

以此蓮華止留印　能令本尊堅固住

真言曰

唵引一鉢娜麼二合商迦黎鉿二

次結蓮華鈴密印　禪智屈入蓮華掌

以此密印及真言　能令本尊妙歡喜

真言曰

唵引一鉢娜麼二合健吒二馱哩三施伽囉二合四

摩吠舍耶五三摩耶六殺目佉七惡八

次以悅意妙伽陀　捧持閼伽獻香水

妙音徧至無邊界　以此加持速成就

真言曰

娜莫曳娜薩帝娜一娑誐嚩底二冐地母陀

囉二合三努多囉四嚩日囉二合達磨五鉢囉二合

諭儗娜六諦娜薩諦娜七悉𩕳亭夜切鉿八唵引九多唎十咄多唎十一咄唎十二薩嚩二合訶引十三

次應廣設四內供　華掌竪建禪智度

以此蓮華嬉戲故　能滿檀那波羅蜜

真言曰

唵引一鉢娜麼二合囉底一布而曳二合下同穀引三

次結蓮華鬘密印　以蓮華掌前伸臂

由獻華鬘供養故　當滿淨戒波羅蜜

真言曰

唵引一鉢娜麼三合苾囇迦二布而曳二合囉吒三

次結蓮華歌詠印　華掌從齋至口散

獻此如來妙法音　能滿安忍波羅蜜

真言曰

唵引一鉢娜麼二合二儗多布而曳二合儗三

次結蓮華舞供養　華手旋舞置於頂
由此密印及真言　速具精進波羅蜜
真言曰
唵(一引)鉢娜麼(二合)涅哩(二合)底也(二合三)布而曳
(二合)訖里(二合)吒(四)
次結蓮華焚香印　華掌下散如焚香
由此焚香印威力　當證靜慮波羅蜜
真言曰
唵(一引)度波鉢娜弭(二合)你(二)吽(三引)
次結蓮華華供養　蓮掌上散如獻華
由獻妙華莊嚴故　速證般若波羅蜜
真言曰
唵(一引)鉢娜麼(二合二)母瑟知(二合三)吽(四引)
次結蓮華燈明印　禪智前逼蓮華手
以此燈明供養故　當滿方便波羅蜜

真言曰
唵(一引)鉢娜麼(二合二)句囉(三)遜捺唎(四)達磨(引)
魯計(五)布而曳(二合六)布惹耶(七)吽(八引)
次結蓮華塗香印　散掌心上如塗香
以此真言密印儀　能滿誓願波羅蜜
真言曰
唵(一引)鉢娜麼(二合二)巘提(三)吽(四引)
次結本尊根本印　以印加持自心上
二羽智拳節相背　進力禪智竪相合
真言曰
唵(一引)鉢娜麼(二合二)多嚟(三)吽(四引)
次結不空多羅心　以印加持於額上
準前根本祕印相　改竪檀慧令相著
真言曰
唵(一引)尾補囉(二)多嚟(三)吽(四引)

次結本尊寶冠印　以此大印置頂上
準前心印竪忍額　進力遠屈三度背
真言曰
唵(一引)鉢囉(二合)嚩囉(二)多嚟(三)吽(四引)
次結真實加持印　以此能召於一切
準前灌頂寶冠印　唯以精進度去來
真言曰
唵(一引)阿慕伽(二)多嚟(三)吽(四引)
次結摧壞諸魔印　以此能伏難調者
準前灌頂寶冠印　直伸力度右旋遶
真言曰
唵(一引)三麼耶(二)多嚟(三)吽(四引)
次以字門布已身　唵字頂上哆安額
嚟字兩目咄二肩　哆字當心嚟當臍
咄字二髀嚟二脛　薩嚩(二合)左足訶右足

四明引尊入已身　以此加持無二體
應結青蓮根本印　稱誦蓮華百字明
定慧二羽內相叉　進力禪智竪相拄
真言曰
唵(一引)鉢娜麼(二合下同)薩怛嚩(二合下同)三麼耶(二)麼拏播羅耶(三)鉢娜麼(二合)薩怛嚩(二合四)怛尾(二合)拏波底瑟咤(五)涅里(二合)拏護(二合)寐婆嚩(六)素覩使諭(二合)寐婆嚩(七)阿拏囉訖覩(二合)寐婆嚩(八)素補使諭(二合)寐婆嚩(九)薩嚩悉地寐鉢囉(二合)也瑳(十)薩嚩羯磨素者寐(十一)質多室唎藥(二合十二)句路吽(十三)呵呵呵呵穀(引十四)薄伽梵(十五)薩嚩怛佗孽多(十六)鉢娜麼(十七)麼寐悶者(十八)鉢娜寐(引)婆嚩(十九)摩訶三麼耶薩怛嚩(二十)紇唎(二合引二十一)
稱誦百字真言已　不解前印念本明

真言曰

娜謨囉怛那(二合)怛囉(二合)夜(引)也(一) 莫阿哩也(引)(二合)嚩魯枳帝(引)濕嚩(二合)囉耶(二) 冐地薩怛嚩(二合)耶(三) 摩訶薩怛嚩(二合)耶(四) 摩訶迦嚕抳迦耶(五) 怛你也(二合)佗(六)唵(引)(七)哆嚟(八)咄多嚟(九)咄嚟(十)薩嚩(引二合)訶(引十一)

復以真言加珠鬘　頂上捧戴當心念

真言曰

唵(引)(一)嚩日囉(二合)跛尾怛囉(二合)三麽耶吽(引)(二)

誦持數限終竟已　復獻閼伽誦妙讚
重設八供發願已　解界想尊還本宮
結前蓮華三昧耶　頂上散華便禮足

真言曰

唵(引)(一)訖哩䂿嚩(二合)(二) 薩嚩薩怛嚩(引)(二合)嘌託(三)悉地捺多(四)也佗弩誐(五)孽蹉特鏤(六)没馱微灑焰(七)布那囉我(八)麽那也都(九)唵(引十)鉢娜麽(二合)(十一)薩怛嚩(二合)(十二)穆(十三)

以奉送諸本尊已　加持灌頂被甲冑
堅住本尊三摩地　自恣住止或經行
復應轉讀摩訶衍　常令淨業恒不間
當得多羅親現前　所求勝願皆圓滿
現世得入歡喜地　十六生後成菩提

觀自在多羅瑜伽念誦法

聖觀自在菩薩心真言瑜伽觀行軌儀(出大毗盧遮那成道經)

唐三藏沙門大廣智不空奉 詔譯

夫修瑜伽者先於靜處建立曼荼羅以香水散灑以種種時華散於壇上行者先須澡浴著新淨衣次入道場對尊像前五輪投地發殷重心頂禮一切如來及諸菩薩即結跏趺坐觀想諸佛如在目前然後至誠懺一切罪作如是言我某甲自從無始已來輪迴生死乃至今日所造衆罪無量無邊不自覺知自作教佗見作隨喜我今懺悔不復更造惟願諸佛慈悲攝受令我罪障速得消滅(如是三說)復應自誓受三歸依戒作如是言諸佛菩薩哀愍護我我某甲始從今日乃至當坐菩提道場歸依如來無上三身歸依方廣大乘法藏歸依僧伽諸菩薩衆(如是三說)

我某甲歸依佛竟歸依法竟歸依僧竟從今已往乃至成佛更不歸餘二乘外道惟願諸佛慈悲攝受

次應捨身供養應作是言諸佛菩薩願哀愍故攝受於我從今已往乃至成佛我常捨身供養一切如來及諸菩薩惟願慈悲哀愍加護(如是三說)

次於最下方空中觀賀字黒色其字變成風輪其形半月於風輪上應觀嚩字白色其字變成水輪其形圓滿於水輪上應觀囉字金色其字變成猛利金剛杵流出金剛火焰其形三角從下向上至於地輪及以自身火焰焚燒唯有灰燼即以此灰變成金剛輪其輪白色堅密隨量大小其形正方次於金剛輪

上觀想八葉大蓮華具寶鬚蘂於蓮華臺上想娑(上聲)字黃金色其字具無量光明變此娑字成聖觀自在菩薩結跏趺坐身如金色圓光熾盛身披輕縠繒綵衣著赤色裙左手當齊執未敷蓮華右手當胷作開華葉勢具頭冠瓔珞首戴無量壽佛住於定作是觀已即結三昧耶印以二手當心密合掌並豎二大指誦真言曰

娜莫三滿多母馱(引)南(引)阿(上聲)三(去聲)銘底哩(二合)三銘三(去聲)麼(鼻聲)曳(引)娑嚩(二合)賀(引)

誦真言三徧以印印於五處加持所謂額右肩左肩心喉頂上散之由結此印即能速滿十地行願十波羅蜜能見一切如來地能超過法道界所謂超過勝解地淨心地如來地(名超過法道界)

次結法界生印

以二手各作金剛拳側相著豎二頭指頭側相拄置於頂上即於頂上想囕字從字流出白色光徧照自身及以內外即觀自身等同法界誦真言曰

娜莫三(去聲)滿多母馱(引)南(引)達摩馱(引)都娑嚩(二合)娑(去聲)(引)嚩句(引)憾

誦真言三徧以印從頂上便分二拳兩邊徐徐下散

次結轉法輪印

以二手當心背相附以右押左四指互相鉤左手大拇指捻於右手掌中以右手大拇指頭相拄觀自身如金剛薩埵菩薩左手執金剛鈴置於左胯上右手持五股杵當心作跳躑勢身如白月色頂戴五佛冠坐月輪中誦

眞言曰

娜莫三去聲滿多嚩日囉引二合喃引嚩日囉二合

怛麼二句引憾

誦眞言三徧已即於頂上散印

次結大日如來劒印

以二手當心合掌屈二頭指中節橫相拄以二大拇指並押二頭指上節如劒形結此印已即觀自心中有八葉蓮華於蓮華中想阿字放金色光與印相應想彼阿上聲字了一切法本來不生即誦眞言曰

娜莫三去聲滿多毋馱引南引惡引尾引囉吽

欠

誦眞言八徧以印如前加持自身五處於頂上散印

次結普供養印

以二手合掌右押左交上節即成誦眞言曰

娜莫三去聲滿多毋馱引南薩嚩佗引去聲欠嗢

娜孽帝颰頗二合囉呬引鈝誐誐曩劒平聲娑嚩

二合賀引

引

結印當心誦眞言五徧想從印流出無量無邊香華飲食供養盡虛空徧法界一切賢聖於頂上散印

次觀行布字法

修瑜伽者應觀想自身眉間置吽字赤金色變成白豪相光於腦交縫內置暗字白色光滿其腦中於頂上置覽上聲字作赤色光分焰上掣於佛頂上應想唵字白色光照法界於自右足掌置娑嚩二合字左足掌置賀字即觀自心爲菩提心離一切我離蘊處界能取所取於法平等了知自心本來不生空無自性

是故應當觀察自心非我人衆生壽者等性何以故彼我人等性無所造作無所得故我人等本無寧有自性即得遠離一切我見是心亦非蘊處界性何以故此蘊等世於勝義中實不可得故蘊處界分別自性即非彼心是心亦非能取所取非彼能取妄想之心非彼所取青黄等相故世尊言心不住内亦不住外不住中間何以故本來清淨無分別故如是觀察則知自心無我平等了一切法本來不生離妄分別皆無自性猶如虛空緣諸有情思惟愍念彼無始來不知自心本來清淨妄生分別顛倒鬼魅之所敢嚼於生死中受種種苦我今云何起大精進於諸有情覺悟自心了清淨法令彼遠離虛妄分別如是大悲爲菩提心發是心已於囉字上具圓點即爲囕字爲法界種子想二囉字置二眼中如盛燈光普照一切用此光明智慧之眼觀自心中所置阿(上聲)字了一切法本來不生即於阿字流出白色光明照無邊塵沙世界際一切有情身中無明癡闇即想自身轉成毗盧遮那如來具頭冠瓔珞坐白蓮華身如金色光明照曜作住三摩地相應如是觀一切已

次結觀自在菩薩心印

以二手内相叉翹豎右大拇指印相即成結印當心誦觀自在菩薩心眞言七徧以印加持心額喉頂誦眞言曰

唵阿(去聲引)嚧(引)力迦(迦含音呼力音中含迦字也下同)娑嚩(二合引)賀(去聲引)

隨誦眞言以右大拇指向身招之即成召請

即觀本尊心上有圓滿寂靜月輪於月輪中右旋安布陀羅尼字其字皆放白色光徧周法界其光還來入行者頂於修瑜伽者心月輪中準前右旋布列了了分明其字復放光明準前作觀如是觀已修瑜伽者自身與本尊觀自在菩薩身等無差別如彼鏡像不一不異次應思惟字義阿(上聲)字門者一切法本不生故囉字門者一切法遠離塵故攞字門者一切法相不可得故此攞字爲加聲變成力字從此力字中流出迦字迦字門者一切法無造作故應如是觀繫心於真言文字之上即思字下所詮義門謂本來不生等如上四義如是作觀終而復始名爲三摩地念誦若作出聲念者於真言中應作此句誦真言曰

唵阿(去聲引)嚧(引)力迦枳(引)囉底(二合一以切)洛乞灑弭(去聲)尾步底銘娜娜婆嚩(三合引)賀(引)

次應觀前阿囉攞迦等四字黃金色誦前真言即得增益法中所求皆得前所觀心中阿(上聲)字及腦中暗字體是一也眼中囉字頂上𠻬字如是四字義以成自身等覺句也復觀菩提心即結前三昧耶印及結前法界生轉法輪并劒印等加持自身五處各誦本真言即禮佛發願迴向已出道場常轉大乘華嚴般若等教及印佛印塔經行旋遶窣堵波令速成就

聖觀自在菩薩心真言瑜伽觀行軌儀

音釋

縮(所六切廢也短也)轂(胡谷切)嚟(音棃)摋(毗滅切)韈(音末)

晛(胡典切賢上聲)豪[illegible]

菩薩訶色欲法
四品學法
大虛空藏菩薩念誦法
仁王般若念誦法
後秦三藏鳩摩羅什譯
宋求那跋陀羅譯
唐三藏沙門大廣智不空奉詔譯

清刻龍藏佛說法變相圖

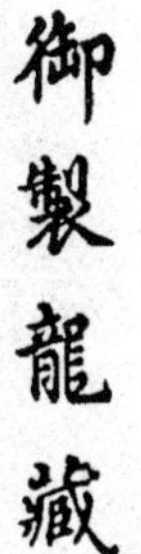

四法同卷

菩薩訶色欲法

四品學法

大虛空藏菩薩念誦法

仁王般若念誦法

菩薩訶色欲法

後秦三藏鳩摩羅什譯

女色者世間之枷鎖凡夫戀著不能自拔女色者世間之重患凡夫因之至死不免女色者世間之衰禍凡夫遭之無厄不生行者既得捨之若復顧念是爲從獄得出還復思入從狂得正而復樂之從病得瘥復思得病智者愍之知其狂而顛蹶死無日矣凡夫重色甘爲之僕終身馳驟爲之辛苦雖復鈇鑕寸斬鋒鏑交至甘心受之不以爲患狂人樂狂

不是過也行者若能棄之不顧是則破枷脱鎖惡狂猒病離於衰禍旣安且吉得出牢獄永無患難女人之相其言如蜜而其心如毒譬如停淵澄鏡而蛟龍居之金山寶窟而師子處之當知此害不可近也室家不和婦人之由毁宗敗族婦人之罪實是陰賊滅人慧明亦是獵圍尠得出者譬如高羅羣鳥落之不能奮飛又如密網衆魚投之刳腸葅肌亦如闇坑無目投之如蛾赴火是以智者知而遠之不受其害惡而穢之不爲此物之所惑也

菩薩訶色欲法

四品學法

宋求那跋陀羅譯

其有三德學號眞學爲上品

其持具戒學號承法爲中品

其受畢戒學號依福學爲下品

其行三事號散侍爲外品

又眞學三德者一曰戒行備具二曰多知經法三曰能化度人是爲三德號眞學者也又承法具戒者純行五戒信審罪福奉承法教也又依福畢戒者但持上四戒不持酒戒隨世習俗不變俗事是爲依福學也又有散侍三事非戒也何謂三一者身所護法二者供養法三者於同學法持自有卷分別無師無所承自然心好無所拘礙名散侍法也眞學功德勝於承法學百倍也承法功德勝依福百倍也依福功德百倍勝散侍也散侍功德勝凡俗百倍也凡俗之人或不如畜生畜生或勝於人所以者何人作罪不止入地獄地獄罪竟爲餓鬼餓鬼罪竟轉爲畜生畜生罪竟乃還爲人畜生中皆畢罪便得爲人是故人當作善奉行三尊之教學上四品之法長離三惡道展轉天上下生人中豪尊世世受福後長解脫若失威儀一事者當自學如法應時自赴誡誨即解若懈怠不勤者應退著下座後有功德乃更復之若受語不用及犯戒者應便彈棄莫著衆中恐敗餘人若新受法未滿三月者其有所犯先不應問也未習故也若諸學者承用此律上下相檢乃可至竟疾成大願

散侍法

問曰若有善男子欲入正道欲依大道而不耐戒當作何行以求福祥師曰亦有三事名散侍法好可奉何謂三一者身所護法二者供養法三者於同學法行此三事即勝作凡俗時百倍也又散侍身所能法者云何雖不持戒當與凡俗小異遊居之處數就有經道之處若見世俗所行善者法之惡者莫用好言識也醜語勿名是爲散侍第一法又散侍供養法者云何當侍三寶朝夕莫懈心常歸向並修經書若居貧窮無用供養者當加勤仂見人福躬親佐助心代其歡是爲散侍第二法又散侍於同學法者云何當敬愛其輩無相憍慢坐起念之出入參之如已觀也若行路者近則相問遠當侍望愼莫背忽是爲散侍第三法師曰行是三事雖未即度猶如地多石多草種雖不好故得少少以續其時猶勝不種也種業不廢會得好地所種乃成收斂有盈斯亦然矣行之不休福德扶持會受眞戒號

四品學法

大虛空藏菩薩念誦法

唐三藏沙門大廣智不空奉　詔譯

我今依瑜伽金剛頂經說寶部虛空藏菩薩眞言教法爲愍念在家出家薄福少德乏少資具者所求世間出世間勝願多不遂意若依此教法修行業報等障皆悉消除福德增長心神適悅淨信大乘利樂有情心無退轉世間出世間所有財寶悉皆獲得於一切衆生能作利益一稱一念所得福聚尚猶虛空何況作意如法修持所願必獲殊勝成就行者先應入灌頂道場親對師前受得儀軌或於山間靜處或於寺舍隨所樂處建立精室作一方壇隨其大小以瞿摩夷塗地作八曼荼羅周帀懸旛上安天蓋於壇西面安虛空藏菩薩像持誦者壇東對像念誦以種種時華散壇上燒香燈明飲食果子隨力所辦以爲供養每入道場對尊像前五體投地禮一切如來及諸聖衆即懺悔隨喜勸請發願已然後結跏趺坐或半跏趺隨意而坐端身正念當以塗香用塗二手虛心合掌如未敷蓮華誦清淨眞言三徧或七徧頂上散印則三業清淨以成勝義澡浴淨三業眞言曰

唵舜入聲第耨戍引馱曩引耶娑嚩引二合賀引

次結佛部心三昧耶印

以止觀十度内相叉作拳以禪智並豎結印成已觀想諸佛徧滿虛空即誦佛部心眞言三徧頂上散印眞言曰

唵爾曩爾迦半音娑嚩引二合賀引

次結蓮華部心三昧耶印

準前佛部心印智度屈入掌直豎禪度結此

契已想於一切如來右邊有觀自在菩薩并諸眷屬即誦蓮華部心眞言三徧頂右散印眞言曰

唵阿(去聲引)嚧(引)力迦(半音呼)娑嚩(二合引)賀(引)

次結金剛部心三昧耶印

準前佛部心印以禪度屈入掌直豎智度想於一切如來左邊有金剛手菩薩并諸眷屬即誦金剛部心眞言三徧頂左散印眞言曰

唵嚩日囉(二合)地力(二合)迦(半音呼)娑嚩(二合引)賀(引)

次結被甲護身印

以觀羽禪度橫於掌內以進忍檀戒四度握拳結此契成印身五處所謂印額右肩左肩心喉是名五處護身眞言曰

唵步(引)入嚩(二合)囉吽(引)

由結此印加持五處即成被金剛光焰堅固甲冑一切諸魔不能障難所持眞言速得成就

次結請虛空藏菩薩印

二羽金剛縛直豎忍願反蹙如寶形進力各屈如鉤想壇中有寶樓閣內有八葉開敷蓮華誦眞言四徧以進力向身招之本尊并及眷屬皆來集會迎請眞言曰

唵薩嚩怛他(去聲)誐哆(引)毗囉(引)迦嚩日囉怛曩(二合)薩嚩(引)舍(引)跛哩布囉迦弱吽鑁斛(引)怛覽(二合引)

次結軍吒利身印

以檀慧右押左相叉入掌以戒方並押交上以禪智並押戒方以忍願直豎頭相拄進力屈如鉤作三股杵形即誦軍吒利眞言隨誦以印左旋三帀辟除一切諸魔右轉三帀便

成結界眞言曰
曩謨囉怛曩二合怛囉二合夜引耶娜莫室戰二合
拏摩賀嚩日囉二合矩嚕二合引馱引耶唵戶嚕
戶嚕底瑟姹二合底瑟姹二合滿馱滿馱賀曩賀
曩阿密哩二合帝吽發吒半音呼娑嚩二合引賀引
次結獻閼伽水行者常於壇上近膝置二淨
器滿盛香水以爲閼伽初迎請時獻右邊者
後奉送時獻左邊者每奉獻時二羽捧閼伽
器當額奉獻印誦眞言想浴本尊及諸聖衆
眞言曰
唵嚩日囉二合娜迦吽
次結獻蓮華座印
以二羽虛心合掌以檀慧禪智各頭相著餘
中間六度微屈頭相離猶如開敷蓮華葉形
眞言曰
唵迦麼攞娑嚩二合引賀引
由結此印眞言加持一切聖衆并及本尊皆
得七寶蓮華爲座
次結大虛空藏普通供養印
以二羽合掌以戒方二度外縛以進力反蹙
如寶形結成契已誦眞言四徧普供養眞言
曰
唵誐誐曩三去聲娑嚩引嚩日囉二合斛
想從印出生無量種種供養香華燈燭塗香
飲食寶幢旛蓋即於本尊及一切聖衆前則
成就眞實廣大供養
次結羯磨印
以止羽當心仰掌以智力相捻反屈力度如
寶形以觀羽仰掌向前作施願勢結此契已
作是思惟我身即同虛空藏菩薩即誦羯磨

眞言曰

唵嚩日囉二合囉怛拏鼻聲二合引憾

由作此觀加持故行者自身即等同本尊虛空藏菩薩

次結三昧耶印

即以二羽金剛縛進力反蹙如寶形禪智並豎置於當心即誦三昧耶眞言七徧眞言曰

唵嚩日囉二合囉怛曩二合吽

即以水精念珠安於掌中合掌當心誦加持念珠眞言三徧眞言曰

唵尾嚧引左曩麽攞娑嚩引二合賀引

即捧珠安於頂上發是願言十方世界所有修眞言行者彼所受持一切眞言願速成就

即止羽承珠觀羽當心移珠不緩不急心離散亂或千或百限數畢已捧珠頂戴又發是願一切有情所希望世出世間殊勝果報以我念誦福力速令成就即安珠於本處復結本尊三昧耶印誦三昧耶眞言七徧頂上散印又結普供養印誦普供養眞言七徧頂上散即誦虛空藏菩薩讚歎曰

嚩日囉二合囉怛曩二合素上聲嚩日囉二合囉佗三合引一嚩日囉引二合迦捨摩賀引麽抳二合阿去聲引迦引捨孽婆去聲嚩日囉二合荼馳夜切三嚩日囉二合孽婆去聲曩謨窣堵二合帝四

誦讚歎已即取左邊閼伽當額奉獻即結前軍吒利印左旋一帀解界

次結三昧耶印奉送一切聖衆奉送眞言曰

唵嚩日囉二合囉怛曩二合穆

舉印安頂上誦眞言七徧即成奉送一切聖衆復結三部心三昧耶印各誦三徧

次結護身印如前印於五處即禮佛發願隨意出道場轉讀大乘印佛印塔廣行檀施常須饒益一切有情

大虛空藏菩薩念誦法

仁王般若念誦法

唐三藏沙門大廣智不空奉　詔譯

爾時佛告波斯匿王令爲王説仁王護國般若波羅蜜多持明之法王當諦受一心善聽

先明入道場儀軌

若諸仁王爲求息災先須沐浴著新淨衣若行王者受近住戒應起殷重大乘之心欲求成就不惜身命於無邊有情廣起悲願濟度之心能如是者速得成就

入道場已五體投地徧禮法界一切三寶右膝著地懺悔三業一切罪障勸十方佛轉正法輪請諸如來久住於世隨喜三乘所修福智以我某甲所修功德悉皆迴向無上菩提願共法界一切有情所求悉地速得滿足次結跏趺坐如其闕緣不得澡浴二手塗香發殷重心結清淨印兩手當心虛心合掌如未敷蓮華誦眞言曰

唵一娑嚩二合婆引嚩輸入聲鐸二引薩嚩達磨上聲三引娑嚩二合婆引嚩輸度憾四

誦此眞言三徧正誦之時運心廣布一切諸法本來清淨是故我身亦悉清淨即閉目運想徧滿虛空一切諸佛菩薩道場衆會執持種種上妙香華三業至誠頭面禮敬

第一結佛部三昧耶印

以兩手當心内相叉作並豎二大拇指誦眞言曰

唵一爾那爾迦娑嚩二合引訶去聲引二

不出聲誦此眞言三徧下皆準知於項上散

由結此印契誦此佛部三昧耶眞言故十方法界一切諸佛悉皆雲集徧滿虛空加持行

法行者離諸障惱三業清淨所修行願速得成就

第二結諸菩薩部三昧耶印

兩手當心如前作拳左大拇指屈於掌中誦真言曰

唵一阿引盧引力迦娑嚩二合訶引二去聲

準前誦三徧於頂上散由結此印契誦此諸菩薩部三昧耶真言故即得觀自在菩薩等十方法界一切菩薩悉皆雲集徧滿虛空加持行法行者三業清淨無諸災難謂諸菩薩承本悲願令所求者皆悉滿足

第三結金剛部三昧耶印

右如前印舒左大拇指屈右大拇指於掌中誦真言曰

唵一嚩日囉二合地力迦娑嚩二合引訶二引

準前誦三徧於頂上散由結此印契誦金剛部三昧耶真言故即得十方法界一切金剛現威怒身如雲而集滿虛空界加持行法行者三業堅固猶如金剛謂彼聖者承佛威神以自願力大則護持國界令無災難小則乃至一身令無諸厄

第四結護身印

又用三部所結印契及誦真言五處加持謂額左肩右肩心喉五處於頂上散即成被金剛堅固甲冑由此加持徧行者身威光赫弈一切諸魔作障惱者眼不敢覩疾走而去

第五結辟除印及金剛方隅寶界印

右以前金剛部印契誦彼真言遶壇左轉三帀即能辟除大力諸魔隨佛菩薩善隱顯者遠去地界隨心大小右轉三帀即成金剛方

隅寶界諸佛菩薩尚不違越況障惱者能得其便於頂上散

第六結請聖衆降壇印

右用前三部印契及誦真言以大拇指向身招請三徧三招即前滿空三部聖衆各依本位不相障礙寂然而住頂上散

第七獻閼伽香水印

右以兩手持捧摩尼寶器盛香水置於眉間誦真言曰

唵一嚩日羅二合引娜迦吽二引

準上誦三徧運心廣大次第普浴一切聖衆於頂上散由獻閼伽故從勝解行地乃至法雲地於地地中十方法界諸佛菩薩皆悉加護諸灌頂者

第八獻寶座印

右以兩手當心虛心合掌二大拇指及二小指相附少屈餘之六指各散微屈如開敷蓮華真言曰

唵一迦磨攞娑嚩二合引訶二引

由結印契及誦真言所獻寶座令諸聖衆皆如實受用則令行法行者至果位中獲得金剛堅固座

第九結普供養印

右以兩手合掌五指互交以右壓左置於心上誦真言曰

娜莫三曼多没馱引南一引薩嚩佗引欠二平聲烏娜誐合二諦薩頗合二囉呬引四鋡三誐誐曩劒娑嚩二合引訶引四

由結此印誦真言故運心廣布周徧法界諸佛菩薩道場海會普雨一切諸供養具初誦

一徧塵沙寶器滿盛塗香普塗聖衆誦第二徧種種華鬘普徧莊嚴誦第三徧燒種種香普徧供養誦第四徧雨諸天中上妙飲食置於寶器普徧供養誦第五徧雨諸摩尼以爲燈明普徧供養諸佛菩薩由誦眞言加持力故所獻香等於諸海會悉皆眞實聖衆受用行法行者於當來世常獲是報

第十結般若波羅蜜多根本印

當以兩手背相附收二頭指以二小指屈於掌中以大拇指各壓二指頭置於心上誦經中陀羅尼七徧由結此印誦陀羅尼故行法行者自身即便變成般若波羅蜜多菩薩而爲一切諸佛之母其菩薩像結跏趺坐白蓮華上身黃金色衆寶瓔珞徧身莊嚴首戴寶冠繫冠白繒兩邊垂下左手當心持般若梵筴右手當乳作說法印以大拇指壓無名指頭即想菩薩從頂至足身諸毛孔流出光明作種種色徧滿法界一一光中化無量佛徧虛空界諸世界中普爲衆生當根宣說般若波羅蜜多甚深之法皆令悟解住三摩地行法行者作此觀已頂上散印手持數珠置於掌中合掌當心誦眞言曰

唵一 尾嚧者那引 麼攞娑嚩引二合 訶二引

誦此三徧加持數珠頂上戴已然後當心左手承珠右手移珠念念相應住佛母三昧觀心莫間斷誦一百八徧或二十一徧誦眞言曰

娜謨囉怛娜二合怛囉二合夜野一 娜莫引阿哩夜二合吠無蓋切嚕者娜引野二 怛佗引孽多引夜囉訶二合諦三 三藐三沒馱引野四 娜莫阿

引哩野(二合五)三滿多跛捺囉(二合引)野(六)冐地薩怛嚩(二合引)野(七)摩賀薩怛嚩(二合引)野(八)摩賀迦(引)嚕抳迦(引)野(九)怛你野佗(引十)枳穰(二合)娜鉢囉(二合)你(引)閉(十一)惡乞叉(二合)野句勢(十二)鉢囉(二合)底婆(引)娜嚩底(十三)薩嚩没馱(引)嚩路枳諦(十四)喻誐跛哩你澀跛(二合)寧(十五)儼避(引)囉努囉嚩誐(引)係(十六)底哩野(二合)特嚩(二合十七)跛哩你澀跛(二合)寧(十八)冐地質多散惹娜你(十九)薩嚩(引)毗曬迦(引)訖諦(二合二十)達磨娑(引)誐囉三步諦(二十一)阿慕伽室囉(二合)嚩儜(女耕切二十二)摩賀三滿多跛捺囉步彌(二十三)涅(奴逸切)哩野(二合)諦(二十四)尾野(二合)羯囉拏(二十五)跛哩鉢囉(二合)跛你(二十六)薩嚩悉馱(二十七)娜麼塞訖哩(二合)諦(二十八)薩嚩冐地薩怛嚩(二合二十九)散惹娜你(三十)婆誐嚩底(丁以切三十一)没馱(引)麽諦(三十二)阿囉你迦囉孏(尼解切三十三)阿囉拏迦囉孏(三十四)摩賀鉢囉(二合)枳穰(二合三十五)播囉弭諦娑嚩(一合引)賀(引三十六)

如是依前志心誦念徧數足已即頂戴數珠置於本處結三摩地印橫舒兩手以右押左置於臍下端身閉目頭少微屈注心心上諦觀圓明鏡智上縱廣一肘漸徧法界布字行列右旋次第觀一一字光明徹照從外向内至於地字從内向外漸觀諸字周而復始至第三徧心善寂定了了分明觀所詮義不生不滅一一平等皆徧法界非動非靜定慧雙運永離諸相即是般若波羅蜜多三摩地觀從此卻結般若波羅蜜多印誦陀羅尼七徧於頂上散次結普供養印如前運心次第供養對聖衆前以向所修所生功德盡將資益所求諸願爲國爲家利佗滿足然後迴施衆

生迴嚴淨土迴向實際迴求無上菩提願共有情速至彼岸次結前結界印誦前眞言三徧左輪即成解界次結前三部印誦前眞言三徧皆以大拇指向外撥之即成發遣聖衆各歸本土行者作禮而去如常經行受持讀誦大乘勿散動也如是五更至於晨朝以爲初時日午後至於未時爲第二時從黃昏後至於中夜爲第三時從中夜後至於五更爲第四時如是時中各依本數精勤不怠一切佗敵自然降伏一切災難永不復生爾時波斯匿王聞佛說巳即從座起作禮圍遶歡喜踊躍信受奉行

仁王般若念誦法

音釋

瘥楚懈切病除也 蹶居月切僵也跌也 鈇鑕鈇斐古切鉞也鑕職日切椹也 刳空胡切剖也 菹臻魚切菹醢也 鏑音的矢鋒也 仂音力勤也

阿閦如來念誦供養法

佛頂尊勝陀羅尼念誦儀軌

唐三藏沙門大廣智不空奉 詔譯

清刻龍藏佛說法變相圖

二經同卷
阿閦如來念誦供養法
佛頂尊勝陀羅尼念誦儀軌

阿閦如來念誦供養法

唐三藏沙門大廣智不空奉　詔譯

敬禮徧照尊　我今依契經　略說阿閦佛
修行念誦儀　行者應當禮　五方諸如來
盡想虛空中　徧滿如胡麻　即對一一佛
盡心而懺悔　隨喜及勸請　我所積集福
迴向諸有情　次即對本尊　應當結跏坐
端身應正直　閉目離攀緣　即起悲愍心
觀察無邊界　初結三昧耶　次誦金剛輪
滅除諸過咎　即當結界印　加持於五處

次作金剛橛　堅牢道場地　復結方隅界
壇中觀大海　中想彌盧山　上觀寶樓閣
閣中師子座　種種供養具　衆寶以莊嚴
次結車輅印　想奉妙喜刹　即淨虛空道
又結請寶車　及以部心請　復應作辟除
及示三昧耶　即結金剛網　奉獻閼伽水
想浴無垢身　復當奉尊座　次第獻五供
即結虛空藏　盡於無邊界　一一想雲海
以身親奉獻　即當誦讚歎　或讚百八名
即結部母印　加持本所尊　及護於自身
次結本尊印　即當捧珠鬘　加持已頂戴
諦住而念誦　即入字輪觀　以此殊勝福
迴向於有情　即結本尊印　次誦部母明
如前五供養　及讚本尊德　即獻閼伽水
應結外院印　左轉而解界　復結寶車輅
外撥而奉送　想尊還本宮　重結三昧耶
五悔如前作　即起隨自意　讀誦大乘經
印塔思六念　以福資悉地

行者入本尊精舍面向東方胡跪合掌諦想一切如來諸大菩薩微塵數衆徧十方界猶如胡麻如對目前於中復想五方如來各禮一拜禮一切如來真言曰

唵一薩嚩怛他誐跢二迦耶嚩吉質多播引娜滿娜曩迦嚕弭三

由誦此真言　作禮於諸佛　即於十方刹
禮事悉圓滿

即右膝著地合掌當心而懺諸咎我從無始時來至于今身所作衆罪十惡四重五無間等無量無邊今對一切諸佛大菩薩前深生悔恨發露一陳已後更不復造

悔眞言曰

唵一薩嚩播引跛娑普合二吒二娜訶曩嚩日囉引二合野娑嚩引二合訶引三

由誦此眞言　實相理相應　諸罪如枯草

焚盡無有餘

次應思惟一切如來諸大菩薩緣覺聲聞及諸凡夫積集福智我今盡隨喜如一切如來隨喜一切福智我今亦如是隨喜

隨喜眞言曰

唵一薩嚩怛他誐路二奔尼野合二枳穰引二合曩努慕娜曩三布惹引冥伽三母捺囉二合引四娑發合二囉拏三麼曳吽五

由誦此眞言　諸佛及菩薩　二乘凡夫福

獲殊勝隨喜

次諦觀一切如來徧周法界初成正覺即想已身處彼海會一一佛前誠心勸請願諸如來哀愍我等轉上法輪

請轉法輪眞言曰

唵一薩嚩怛他引誐路引地曳合二沙拏二布惹冥伽三母捺囉二合三娑發合二囉拏三昧曳吽四

由誦此呪故　一切諸如來　雜染清淨剎

轉無上法輪

次應勸請十方諸佛如來不般涅槃願諸如來哀愍有情久住世間不般涅槃於無量劫廣作利益

請不般涅槃眞言曰

唵一薩嚩怛他誐單引二曩地曳合二沙夜引冥三薩嚩薩怛嚩合二呬哆引囉他引野四達摩馱到悉體二合佗以切底丁栗切婆嚩覩五

由誦此眞言　一切諸如來　復住無量劫
廣利益有情
行者作是思惟我今禮佛懺悔隨喜勸請如是積集無量福智願皆迴向一切衆生佛所稱讚殊勝悉地願諸有情皆得圓滿
迴向發願眞言曰
唵一薩嚩怛佗引誐跢二商悉跢二合引薩嚩薩怛嚩引二合南引三薩嚩悉地藥三鉢覞耽引四怛佗引誐跢室者引二合地底瑟綻二合耽引五
由誦此眞言　諦誠發勝願　一切衆生類
速皆得悉地
行者於本尊像前結跏趺坐或半跏或吉祥乃至輪王等隨意而坐復想一切如來及諸菩薩金剛部衆起大悲慜拔濟安樂一切有情願一切衆生速證無上菩提悉地

即結佛部印　止觀虛心合　開掌定轉進
慧輔於定側　專注於一緣　思惟佛相好
眞言誦三徧　置頂便散之
佛部三昧耶眞言曰
唵一怛佗引誐妬納婆二合嚩引野娑嚩二合引訶引一句
由誦結此印　一切佛部衆　加持於行者
不違自本誓　次結蓮華部　虛心作合掌
微開進念定　即想觀自在　具相持蓮華
而住瑜伽定　分明誦三徧　項右而散之
蓮華部三昧耶眞言曰
唵一跛娜謨二合納婆二合嚩引野娑嚩二合引訶引二
由誦結印故　一切蓮華部　聖衆來雲集
本願而加持　次結金剛部　止觀反相叉

餘力三股形　心想執金剛　威德手持杵
具相身嚴飾　應當誦三徧　頂左而散之
金剛部三昧耶真言曰
唵(一)嚩日嚧(二合)納婆(二合)嚩(引)野娑嚩(二合引)訶(引二)
由誦及結印　一切執金剛　皆集來現前
與願不違誓　次結甲冑印　二羽内相叉
念力並申合　定轉如杵形　額肩心及喉
五處各一徧　思惟身威光　熾盛徧圍遶
諸魔及障者　馳散不敢覩
金剛甲冑真言曰
唵(一)嚩日囉(二合引二)銀你(二合)鉢囉(二合)捻跛跢(二合)(引)也娑嚩(二合引二)訶(引二)
由結甲印故　遠離於諸障　能遮惡趣門
亦護諸衆生　次結金剛輪　大威德印契

二羽内相叉　竪二合定力　二念紏合定
二慧並申合　安契當於心　誠心誦七徧
金剛輪真言曰
娜麽悉底喇(三合)野(一)地尾(二合)迦(引)南(二引)薩嚩怛佗(引)誐跢(引)南(三引)暗(四引)尾囉爾(五)尾囉爾(六)摩賀(引)嚩日哩(二合七)娑跢娑跢(八)些(引)囉帝(九)些(引)囉帝(十)怛邏(二合)異(十一)怛邏(二合)異(十二)尾馱麽你(十三)三畔惹你(十四)怛囉(二合)麽底(十五)悉馱(引)仡隸(二合)怛嚂(二合)娑嚩(二合引)訶(引十六)
由誦此真言　如再入輪壇　失念破三昧
菩薩與聲聞　身口二律儀　四重五無間
是等諸罪障　悉皆得清淨　次當結地界
進念互相交　信定慧竪合　雙慧觸於地
三拍想下方　熾盛獨股杵　徹至金剛際
想際地過患

金剛橛真言曰

唵一枳里枳里二嚩日囉二合嚩哩二合三部律二合四滿馱滿馱吽發吒半音五

由結地印故　盡想道場內　即成金剛地
諸魔不得便　以微少功行　速證三摩地
身心不疲倦　遠離於昏沉　次結金剛牆
準前下方契　拆開三慧竪　三帀兩右旋
心想金剛牆　赫奕起威焰　徧護於道場
以成方隅界

金剛牆真言曰

唵一薩囉薩囉二嚩日囉二合鉢邏二合迦引囉三吽發吒半音四

由結牆印故　諸魔及障者　毗那夜迦等
四散而馳走　次結大海印　止觀仰相叉
即成於海印　當心而旋轉　應想成大海
深廣無邊際　清淨八功德　皆從法界生

大海真言曰

唵一尾麼路娜地吽二

次結須彌印　止觀內叉拳　真言誦三徧
即成妙高山　四寶而成就　七金山圍遶
山頂想樓閣　衆寶以莊嚴

須彌山真言曰

唵一阿左攞吽二

次結虛空藏　菩薩大密印　二羽金剛縛
進力如寶形　餘度盡如幢　止觀平相交
即成供養儀　次第修如是　次想於殿中
本尊與眷屬　各依華位座　塗香及香鬘
燒香摩尼燈　閼伽及賢餅　殊妙天飲食
寶柱而行列　以我功德力　如來加持力
及以法界力　普供養而住

虛空藏大明妃眞言曰

唵一誐誐曩三婆嚩嚩日囉二合穀二

由誦結此印　虛空藏大尊　不越本願力
皆成實供養　次應結寶車　止觀仰相叉
二定側相拄　二慧輔定側　眞言誦三徧
奉送本尊剎

奉車輅眞言曰

唵一覩嚕覩嚕吽二

行者持香爐　即淨虛空道　眞言誦三徧
壞裂魔羅網

淨治道路眞言曰此眞言印合於下請上車輅眞言後用

唵一蘇悉地迦哩二惹嚩二合理路引難引路三慕嘌怛二合曳四惹嚩二合攞惹囉二合羅五滿馱滿馱六賀曩賀曩七吽發吒半音八

心想七寶車　衆寶蓋莊嚴　繒旛寶鈴鐸
珠鬘徧交絡　無量諸天樂　不鼓自然鳴
皆奏和雅音　想至妙喜剎　本尊與眷屬
乘此寶車輅　即當結請車　準前車輅印
慧力撥二念　想車至於空

請上車輅眞言曰

娜麼悉底哩二合野一地尾二合迦引南二薩嚩怛他誐路引南引三唵四嚩日囉二合儗你夜二合引羯沙野娑嚩二合引訶引五

次結部心印　止觀內相叉　左慧向身招
三徧如來句

部心眞言曰

唵一嚩日囉二合引地力二合二翳係係娑嚩二合引訶引三

由誦此眞言　本尊與眷屬　歡喜赴集會
與願令成就　即結辟除印　止觀金剛形

先當舉止羽　外託作辟除　一切諸魔羅
怖畏而馳走
辟除眞言曰
唵一枳里枳里二嚩日囉二合吽發吒半音三
由誦及辟除　諸有魔障者　從聖隱衆會
奔馳而四散　即舉於觀羽　作示三昧耶
聖衆憶昔願　復當赴集會
示三昧耶眞言曰
唵一商羯㘑二三麽野娑嚩二合引訶引三
次結金剛網　準前金剛牆　二慧捻定側
右旋於頂上　即成堅固網　上方諸魔羅
無有能侵惱　修行速得成
金剛網眞言曰
唵一尾塞普二合引囉捺囉二合引叉二嚩日囉二合半惹囉吽發吒半音三

即結密縫印　止掌輔觀背　二慧而申直
眞言誦三徧　右旋及上下　心想金剛焰
密合方隅界　威靈其處所
金剛火院眞言曰
唵一阿三摩引銀你二合吽發吒半音二
次應虔誠心　奉獻閼伽水　持器當於額
運想沐聖衆
奉閼伽眞言曰
娜莫三滿跢没馱引南一誐誐曩三摩引娑摩娑嚩二合引訶引二
次應獻華座　二羽虛心合　進念定微屈
運心而旋轉　本尊與眷屬　想坐華臺上
一一處本位　觀念令分明
華座眞言曰
娜莫三滿跢没馱引南一惡引二

次結塗香印　觀掌向外竪　止羽握右觀
心想塗香雲　徧塗聖衆海
塗香供養真言曰
唵一嵼馱磨引抳你二合二嚩囉茈三鉢囉二合引底吃哩二合疊拏二合娑嚩二合引訶引四
繞結塗香印　無量香天女　各持塗香器
盡於無邊剎　供養佛聖衆　不久當獲得
五分具法身
次結華鬘印　止觀仰相叉　二定屈如環
慧輔定下節　心想奉華鬘　用獻聖眷屬
華鬘供養真言曰
唵一麼引攞引馱𠻤二嚩日囉二合馱囉娑嚩二合引訶引三
繞結華鬘印　徧於印契中　無量華天女
各持華鬘器　盡於無邊剎　供養佛聖衆

不久當獲得　離染如蓮華
即結焚香印　二羽而仰掌　信進念竪背
定慧側相拄　心想燒香雲　以奉聖眷屬
焚香供養真言曰
唵一度跛始契矩噌二嚩日哩二合抳娑嚩二合引訶引三
繞結焚香印　徧於印契中　無量香天女
各持七寶爐　盡於無邊剎　供養佛聖衆
不久當獲得　如來無礙智
次結飲食契　二羽虛心合　契力輔禪側
狀如食器形　心想飲食雲　以奉聖眷屬
飲食供養真言曰
唵一磨攞磨攞二真伽磨引隷你三鉢囉二合底吃哩二合疊拏二合四嚩日哩二合抳娑嚩二合引訶引五

纔結飲食契　徧於印契中　無量食天女
各持寶食器　盡彼無邊刹　供養佛聖衆
不久當獲得　法喜禪悅食
次結燈明印　觀羽密作拳　竪念慧側輔
眞言誦三徧　心想摩尼燈　以奉聖眷屬
寶燈供養眞言曰
唵(一)惹嚩(二合引)攞(引)磨(引)隸你(二)禰跛始娑
嚩(二合引)訶(引三)
纔結燈明印　徧於印契中　無量燈天女
各持摩尼燈　盡彼無邊刹　供養佛聖衆
不久當獲得　清淨五種眼　運心悉周徧
無量佛刹中　種種而奉獻　無邊供養儀
即結虛空藏　大菩薩密印　止觀互相交
即成供養儀　眞言誦三徧
虛空藏眞言曰
娜麼薩嚩怛佗(引)誐帝鼻喻(二合一)尾濕嚩(二合)
目契鼻藥(二合二)薩嚩佗(引三)欠嗢娜誐(二合)帝塞
普(二合)囉呬𨨲(四)誐誐曩劒娑嚩(二合引)訶(引五)
即讚本所尊　無量功德聚　或誦百八名
歌詠聲供養　行者於身中　當心應觀察
圓滿淨月輪　專注令分明　上想金剛杵
金色五智形　光明徧流出　照觸無邊界
警覺魔羅宮　廣大作佛事　以此三麼地
而成阿閦佛　具相觸地印　眷屬以圍遶
即結根本印　加持於四處
無動如來眞言曰
唵(一)惡屈蒭(二合)毗野(二合)吽(二)
次結莽莫計　部母大悲者　二羽內相叉
信念慧如針　三徧如本尊　即當護己身
各誦於一徧　加持於五處

莽莫計真言曰

娜謨囉怛娜二合怛囉二合引夜野一娜麽室戰拏二合嚩日囉二合引播拏曳二摩訶藥叉細曩鉢跢曳三唵四矩蘭馱哩五滿馱滿馱吽發吒半音六

次結如來不動大身印誦本明七徧大身真言曰

娜謨婆誐嚩帝惡屈蒭二合毗夜二合野一怛他誐跢引夜引囉訶二合帝三藐三沒馱引野二怛你野二合他三引迦迦你迦迦你四嚧左你嚧左你五咄嚧二合吒你咄嚧二合吒你六怛邏二合吒你怛邏二合吒你七怛邏二合娑你怛邏二合娑你八鉢囉二合引底丁以切訶跢你鉢囉二合引底訶跢你九薩嚩羯麽跛嚂跛邏野引屈蒭二合毗野二合覩娑嚩二合引訶引十

次應淨念珠　二手捧珠鬘

淨珠鬘真言曰

唵一吠嚧者娜麽攞娑嚩二合引訶引二

次結持念珠　二羽半金剛　以此持念珠
真言誦三徧　即結本尊明　身前觀尊相
自身亦如是　專注離散亂　或以實相理
與法身相應　真言字分明　不緩亦不急
或千或百八　一數常準定　念誦當畢已
捧珠於頂上　徧散付部母　復結三昧耶
誦本明三徧　即入字輪觀　於心月輪上
行列真言字　金色具威光　思惟實相理
應觀唵字門　諸法無流注　次念阿字門
諸法本不生　第三閦字門　諸法無盡滅
第四陛字門　諸法無自性　第五吽字門
諸法無因緣　一一真言字　觀照法界性

從初至究竟　注心勿令間　復結部母印
眞言誦三徧　應以歌詠音　讃揚本尊德
重結五供養　奉獻本所尊　復獻閼伽水
慇懃求本願　隨心上中下　如教請悉地
即結外院印　右旋解諸界　次結寶車輅
及結部心請　送尊皆外撥　復結三部印
護身及五悔　應當如前作　禮佛隨意樂
讀誦方廣乘　十方行感招　無量無邊福
契經思六念　皆以實相理　一一應思惟
相應瑜伽教　若欲除業障　應當印佛塔
或沙及香泥　皆安緣起偈　積數如經說
終畢現奇特　修集念誦法　以此勝福田
一切諸有情　速成阿閦佛

發遣眞言曰　用前車輅印三外撥三念

唵(一)嚩日囉(二合引)地力(二合一)夜吲夜吲娑嚩(二合引)訶(引三)

由誦此眞言即成發遣尊

除萎華眞言曰

唵(一)濕微(二合)帝(二)摩訶濕微(二合)帝(三)佉(引)娜寧娑嚩(二合引)訶(引四)

次掃地眞言曰

唵(一)訶囉訶囉(二)儒(穰古切引)孽囉(二合)訶囉拏(引)隸娑嚩(二合引)訶(引三)

塗地眞言曰

唵(一)迦囉(引)隸(二)摩訶迦囉隸娑嚩(二合引)訶(引三)

阿閦如來念誦供養法

佛頂尊勝陀羅尼念誦儀軌

唐三藏沙門大廣智不空奉　詔譯

夫念誦陀羅尼法先於三昧耶曼荼羅見聖衆得灌頂知本尊從師受得三昧耶即於山間空閑處或於淨室晝本尊尊勝陀羅尼像安於東壁持誦者以面對之其念誦處地掘深一肘半地中若有瓦礫骨灰毛髮及諸穢物等並須除之若無還取本土填滿築令平正土若有餘其地吉祥以瞿摩夷和好土泥地面令平正又取瞿摩夷和水誦無能勝陀羅尼二十一徧加持瞿摩夷其無能勝眞言曰

曩莫三滿多勃馱引南一引唵二引戶魯戶魯三戰拏里四摩引蹬耆五娑嚩二合引賀六引

加持已從東北隅起首右旋塗之塗巳取蜀葵葉或蓮子葉揩拭令其光淨於上取白粉和水以繩分九位拼之石上磨白檀香用塗九位其九位者中央安毗盧遮那佛位右邊安觀自在菩薩位觀自在後安慈氏菩薩位毗盧遮那佛位後安虛空藏菩薩位此菩薩左邊安普賢菩薩位毗盧遮那佛位左邊安金剛手菩薩位金剛手位下安文殊師利菩薩位金剛手右邊安除蓋障菩薩位除蓋障右邊安地藏菩薩位是名九位並用白檀香塗之以爲延請賢聖之位耳上安帳蓋四面懸旛道場四邊晨朝奉獻乳糜齋時獻酪飯并甜脆食及以諸漿兼諸果子四門安四香爐四隅安四淨缾盛香水揷華或青葉樹枝以爲供養四角然四盞酥燈道場前於念誦者座前安置閼伽香水兩椀所盛供養取金

銀熟銅瓷器或新瓦器或螺盃或新淨葉餘並不堪欲盛食時先淨洗器覆之以香煙熏内既盛食已又須香煙熏之以無能勝陀羅尼加持水灑之則於壇中右旋布列然於壇前安庳脚牀子去地半寸或茅草薦或藉以淨物念誦者坐之念誦人應淨澡浴澡浴法如蘇悉地中說或以法澡浴觀法實相以爲澡浴或以在家出家護持本律儀戒無所毁犯以爲澡浴或每日三時佛前禮佛發露懺悔隨喜勸請發願迴向以爲澡浴或以清淨真言誦三徧以爲殊勝清淨澡浴正誦之時觀一切法本性清淨我亦得清淨如是作意即誦澡浴真言曰

唵一引娑嚩二合婆去聲嚩秫輪聿切下同鐸二引薩嚩達莫三引娑嚩二合婆引去聲嚩四秫度引頷五

每日入道場念誦定其時限或二時謂早朝黄昏或三時加午時或四時依瑜伽加中夜若於本教尊勝陀羅尼經每於白月十五日除滅業障增福延命要期誦一千徧證出世三摩地得不忘陀羅尼其日一日一夜不食爲上或食三白食所謂乳酪粳米飯或粥爲中或如常齋食爲下身著淨衣服心應虔誠淨信心不猶豫若欲持誦至道場先雙膝著地禮毗盧遮那佛及八大菩薩發露懺悔發五大願一衆生無邊誓願度二福智無邊誓願集三法門無邊誓願學四如來無邊誓願事五無上菩提誓願成結跏趺坐以香塗兩手結三昧耶印誦真言曰

曩莫三滿多勃馱南一引阿三迷二怛哩二合三迷三三麽曳四娑嚩二合賀引五

結印者二手合掌竪二大指印於五處一額二右肩三左肩四心五咽喉各誦眞言一徧加持頂上散由三昧耶印眞言威神力故能淨如來地波羅蜜圓滿能成就世間出世間悉地

次結法界生印誦眞言曰

曩莫三滿多勃馱(引)喃(引一)達摩馱(引)睹(二)娑嚩(二合)婆(去聲引)嚩句(引)頷(三)

結印者二手大指安於掌中各作拳竪二頭指側並合安於頂上從頂向下徐徐下散誦眞言三徧即觀自身等同法界離諸色相猶如虛空

次結金剛薩埵法輪印誦眞言曰

曩莫三滿多嚩日囉(二合)喃(一)唵(引二)嚩日囉(二合引)怛摩(二合)句(引)頷(去聲三)

結印者二手背相叉以左大指安右掌中與右手大指相拄即成誦眞言三徧獲得自身如金剛薩埵

次結金剛甲冑印眞言曰

曩莫三滿多嚩日囉(二合引)喃(一)唵(引二)嚩日囉(二合引)迦嚩左吽(引三)

其印相二手虛心合掌二頭指各安於中指背二大指並合於中指中節上印於五處各誦眞言一徧五處如前說由加持故即成被金剛甲冑一切天魔無能親近

次結不動尊印眞言曰

曩莫三滿多嚩日囉(二合引)喃(引一)戰拏麽賀(二)嚕(引)灑拏(二合)娑頗(一合引)吒耶(三)吽(引)怛囉(二合)吒(四)憾鋡(引五)

結印二手各以大指捻小指及無名指甲上

各竪中指及頭指並之左手爲稍右手爲刀以右刀印右旋轉辟除道場中諸魔作障者右旋八方上下結方隅界然後想道場中須彌山於山頂上想七寶樓閣於樓閣中毗盧遮那佛與八十俱胝十地滿足菩薩摩訶薩以爲眷屬而自圍遶四門四隅各四菩薩及八供養以内外供養觀想奉獻了了分明

次結奉請聖衆如來鉤印誦真言曰

曩莫三滿多勃馱引喃一引惡引薩嚩怛囉二合引鉢囉引二合底賀多諦二怛他引去聲孽當句奢三冒引地左哩耶二合跛哩布囉迦四娑嚩二合引訶引五

結印者二手内相叉作拳甲右手頭指屈如鉤形誦三徧由印真言威神力故諸佛如來及以聖衆不違本誓皆悉集會

次結奉獻座印誦真言曰

曩莫三滿多勃馱引喃一引阿引聲吽二

結印者二手虚心合掌二小指二大指相合餘六指開舒微屈如蓮華敷誦三徧由此印真言威力流出一切微妙寶座猶如雲海奉獻如來一切聖衆

次奉獻閼伽誦真言曰

曩莫三滿多勃馱引喃一引誐誐曩三麼三麼娑嚩引二合賀引二

以兩手捧器當額跪誦三徧奉獻閼伽沐浴聖衆

次結奉獻塗香印誦真言曰

曩莫三滿多勃馱引喃一引尾輸上聲馱巘度引納婆二合吠無肺切娑嚩二合引賀引二

結印者右手竪掌向外以左手握右手腕誦

眞言三徧由此印眞言威德力故流出一切塗香雲海供養一切如來及諸聖衆

次結奉獻華鬘印眞言曰

曩莫三滿多勃馱引喃一引摩賀引昧怛哩野一合毗庾二合娜孽二合帝二娑嚩引二合賀引三

結印者二手内相叉仰掌頭指相拄誦三徧由此印眞言威力流出一切華鬘雲海供養一切如來聖衆

次結奉獻燒香印眞言曰

曩莫三滿多勃馱引喃一引達磨馱引怛嚩二合孥孽帝娑嚩引二合賀引二

結印者二手仰掌小指中指無名指屈竪相背誦三徧由此印眞言威力流出一切燒香雲海供養一切如來及諸聖衆

次結奉獻飲食印誦眞言曰

曩莫三滿多勃馱引喃一引阿囉囉二迦囉囉三沫隣捺泥四麽賀引沫履五娑嚩引二合賀引六

結印者二手虛心容合開掌如器誦三徧由此印眞言威力流出無邊飲食雲海供養一切如來及諸聖衆

次結奉獻燈明印誦眞言曰

曩莫三滿多勃馱引喃一引怛佗引去聲孽多引旨二薩巨二合囉儜嚩婆去聲引娑曩三誐誐猱引娜引哩耶二合四娑嚩引二合賀引五

結印者右手作拳竪中指以大指捻中指中節誦三徧由此印眞言威力流出一切燈明雲海供養一切如來及諸聖衆又復如來大乘經所説當觀想旛幢蓋網瓔珞衣服繒綵等物諸供養雲海充徧法界誠實言伽陀而

讚曰

以我福德力　如來加持力　及以法界力

普供養而住

次結虛空藏明妃印眞言曰

曩莫三滿多沒馱引喃引一薩嚩佗欠烏娜蘖二合帝二娑叵二合囉呬四引鵮誐誐那劒娑嚩二合引賀引三

結印者二手相叉合掌右押左誦七徧次想自身於心中有圓明月輪了了分明於月輪上想欠字白色放大光明徧照十方一切世界思欠字實相義所謂一切法等同虛空離諸色相離諸障礙則於眞實理中觀自身作金剛波羅蜜佛母菩薩像左手持蓮華其蓮華上有五股金剛杵右手作仰掌垂手爲施願勢具頭冠瓔珞面貌慈愍拔濟一切衆生勢作是觀已二手外相叉作拳竪兩中指以此金剛波羅蜜印加持印於四處謂印心次印額次喉次頂印已便散手誦金剛波羅蜜眞言曰

唵引一薩怛嚩二合二嚩日哩二合三吽引四

當印四處時各誦一徧即用前印安於額上誦三徧以爲灌頂已其印手分兩邊以金剛拳繫頂後誦眞言曰

唵引一嚩日囉二合二鼻詵左三

誦三徧即結被甲印二手各作金剛拳各竪頭指當心相纏如繫甲冑即於背後亦復如是次臍次兩膝即遶腰後漸當心次兩肩亦如是繫次繫項下項後額前即於腦後以金剛拳繫漸垂手兩邊徐下如垂帶勢即以兩手掌相拍三聲誦被甲眞言曰

唵引一砧二

又拍掌眞言曰

唵引一嚩日囉引二合覩史野二合斛引二

自想已身成本尊已二手合掌屈二頭指甲相背以二大指押二頭指頭如彈指勢即誦尊勝陀羅尼曰

曩慕引婆誐嚩帝一怛𡅏二合路引枳也二合鉢囉二合底丁以切三尾始瑟吒二合引也四勃馱引耶五婆誐嚩帝六怛你也二合他七引唵八尾戍引馱也九三麼三滿多引嚩婆娑十薩頗二合羅拏十一薩底丁里切誐賀曩十二薩嚩二合婆引嚩尾秫輪律切下並同第十三阿鼻詵左𤚥四引十素誐多嚩囉嚩左曩五引十蜜㗚二合多引鼻曬罽六十阿引賀囉阿引賀囉十七阿引欲散馱引囉抳十八戍引馱也戍引馱也十九誐誐曩尾秫提二十鄔瑟抳二合沙二十一尾惹也尾秫提二十二娑賀娑囉二合十三囉濕弭二合散祖引儞帝二十四薩嚩怛佗引孽多引十五地瑟吒二合引曩引地瑟恥二合多六二十畝捺㘑二合十七嚩日囉二合迦引耶上聲十八僧賀怛娜秫第二十九薩嚩嚩囉拏尾秫第三十鉢囉二合底你韈多也三十一阿引欲秫第三十二三麼耶引地瑟恥二合帝三十三麼抳麼抳三十四怛闥多引步多俱胝三十五跛哩秫第三十六尾娑怖二合吒三十七勃地秫第三十八惹也惹也三十九尾惹也尾惹也四十娑麼二合囉娑麼二合囉四十一薩嚩勃馱引地瑟恥二合多秫第四十二嚩日㘑引二合孽鞞四十三嚩日覽二合婆嚩覩四十四麼麼某甲四十五薩嚩薩怛嚩二合引難上聲四左迦上聲引也四十六尾秫第四十七薩嚩孽底四十八跛哩秫第四十九薩嚩怛佗引孽多五十三麼

濕嚩(二合引)娑(引)地瑟恥(二合)帝(五十一)勃馱(切身)勃
馱(五十二)冐(引)馱也冐馱也(五十三)滿多跛哩
秫第(五十四)薩嚩怛他(引)孽多(引五十五)地瑟咤(二合)
(引)曩(引五十六)地瑟恥(一合)多(五十七)麼賀(引)敵捺嚇
(二合五十八)娑嚩(二合引)賀(引五十九)
所誦之聲不高不下不緩不急一心緣觀毗
盧遮那佛了了分明誦七徧已印頂上散取
菩提子念珠安於掌中誦加持念珠真言曰
唵(引一)尾嚧遮曩(引)摩羅(二)娑嚩(二合引)賀(引三)
誦七徧已安珠頂上發願以左手當心承珠
右手移珠每與娑嚩(合)賀齊聲移一珠念誦
至一百八徧乃至一千徧却取珠蟠於掌中
合掌安於頂上而發所求清淨之願願一切
衆生皆悉獲得復結尊勝印或誦七徧或三
徧復結金剛波羅蜜印又復結五種供養印

并誦五種真言而供養之具如上說即結不
動尊印誦一徧以印左轉即成解界執閼伽
器奉獻供養即結前三昧耶印當頂上奉送
誦三昧耶真言一徧不解此印便誦金剛解
脫真言曰
唵(引一)嚩日囉(二合二)母訖叉(二合三)穆(四)
奉送諸佛聖衆如前禮拜發露懺悔隨喜勸
請發願迴向已出道場後即於靜處轉讀大
乘經觀第一義諦以此妙福迴向所求助成
悉地若作息災法面向北其壇圓觀聖衆白
色道場中所供養物皆白身著白衣面向北
坐燒沉水香若作增長法面向東坐本尊及
供養并自身衣服悉皆黃色燒白檀香若作
降伏法面向南坐本尊及供養并衣服並青
色或黑色燒安悉香若作敬愛法面向西坐

觀本尊赤色及飲食衣服皆赤燒蘇合香

佛頂尊勝陀羅尼念誦儀軌

音釋

閦初六切 娜奴可切 橛其月切杙也 跛補火切 穰如羊切 閼伽梵語也此云水閼阿葛切 晛胡典切 嚩房可切 捻尼輒切 喇音賴 嚓棃帝切 嵂音律 嵃魚蹇切 舋許刃切 攞力何切 抳乃倚切 𦈢辛合切 礫郎狄切小石也 糜忙皮切粥也 脆七醉切 齗易物切也 庳逋眉切 頷五感切 矟色角切矛屬 囐語蹇切 猱奴刀切 儜女耕切 臍前西切肚臍也 嘌音栗 罽吉器切 韈無發切 鞞駢眉切 糺同糾糾收也糾合也 拟呼典切音顯 苨乃檀切 瓷才資切甆本字陶器堅緻者 你

一法二軌品同卷

圖相變法說佛藏龍刻清

一法二軌品同卷

聖閻曼德迦威怒王立成大神驗念誦法

大乘方廣曼殊室利菩薩華嚴本敎讚閻曼德迦忿怒眞言大威德儀軌品

大方廣曼殊室利童眞菩薩華嚴本敎讚閻曼德迦忿怒王眞言阿毗遮嚕迦儀軌品

聖閻曼德迦威怒王立成大神驗念誦法

唐三藏沙門大廣智不空奉　詔譯

爾時釋迦牟尼佛觀淨居天宮諸菩薩天龍八部告文殊師利言過去十阿僧祇俱胝如來皆於大聖文殊師利菩薩發無上菩提心

說文殊師利眞言教法欲令佛法久住世間加持威力護持國界以十善法化導有情令正是時汝當宣說聖閻曼德迦威怒王身乘青水牛持種種器仗以髑髏爲瓔珞頭冠虎皮爲裙其身長大無量由旬徧身火焰洞然如劫燒焰顧視四方如師子奮迅說勝根本眞言曰

曩莫三滿多没馱引南一 阿鉢囉二合底賀多舍娑那喃二 唵羯囉羯囉三 矩嚕矩嚕四 麼麼迦哩閻二合五 伴惹伴惹六 薩嚩尾覲南二合引七 諾賀諾賀八 薩嚩嚩日囉二合尾曩野建九 暮囉馱二合吒迦十 爾尾旦多迦囉十一 摩訶尾訖哩二合多嚕比儜十二 鉢左鉢左十三 薩嚩訥瑟鴿二合十四 摩訶誐那鉢底十五 爾尾旦多迦囉十六 滿馱滿馱十七 薩嚩孽囉二合憾十八 殺目佉十九 殺步惹二十 殺左囉拏二十一 嚕捺囉二合麼曩野二十二 尾瑟怒二合麼曩野二十三 没囉二合紇麼二合撚 泥嚩那曩野二十四 麼尾覽嚩二十五 羅戶羅戶二十六 曼拏囉末第二十七 鉢囉二合吠舍野二十八 三麼野麼怒娑麼二合囉二十九 吽吽吽吽吽吽 娑頗二合吒娑頗二合吒娑嚩二合引賀引三十

纔誦此眞言三千大千世界六種震動所有天魔毗那夜迦於世間作障者所居宮殿皆大震動恐怖不安皆來雲集頂禮大威德尊白言惟願哀愍令我無畏爾時威怒王白佛言我今所說眞言十地菩薩聞此眞言不隨順教法者尚能銷融況餘諸天龍八部作障難者先誦此眞言滿一萬徧則能作種種猛利調伏法若有惡人怨家於善人起惡意相危害者應當鑄一金銅威怒王像其像隨意

大小於一淨室作三角壇安像壇中壇底畫彼人形或書姓名像面向北持誦者身著黒衣面向南坐結鏁印忿怒厲聲日三時念誦一七日其惡人或患惡疾或患惡瘡或身喪滅

又法畫彼設覩嚧於貝葉上或樺皮上畫了結鏁印按彼心上誦真言加持一百八徧然後置像坐下取熒惑日午時作法又每日於中夜以鏁印按彼像心上誦真言二十一徧想彼設覩嚧在像底并營從眷屬皆衰喪又法先畫三角壇壇中畫設覩嚧形取佉陀羅木作橛可長四寸橛頭如獨股形以真言加持一百八徧真言句中安彼人名於此句下加之便釘彼心上一月於像前三時念誦時別一百八徧隨力供養焚安息香滿一月已設覩嚧即坐卧不安遠走而去久後身患至死持誦者起悲愍爲作息災護摩法彼則如故

次說心真言法真言曰

唵一紇哩二合瑟置哩二合引三尾訖哩二合多娜曩吽四薩嚩設咄論二合曩捨野五塞檐二合婆野六娑頗二合吒半音娑頗二合吒半音娑嚩二合引賀引七

對大聖像前作三角壇誦此真言一萬徧功行即成然後取黒泥捏作設覩嚧形仰卧於腹中著驢糞又取驢骨作橛五枚長六寸一一橛各誦真言一百八徧以二橛釘左右二肩二橛釘兩脞一釘心上面南坐燒安息香要在虔心稱誦真言一萬徧其設覩嚧即患病吐血而死

又法對像前作三角火壇護摩七夜以棘刺柴然火取苦楝葉書二相愛人名以葉相背用蛇皮裹以鼠狼毛爲繩纏葉上用一百八枚於眞言句中稱彼人名誦眞言一徧一擲火中彼二人即互相憎嫌不和

又法欲令惡人遠去取烏翅一百八搵芥子油於三角爐中燒棘刺柴然火護摩一夜於眞言句稱彼人名一徧一擲火中其人不自由即便遠方去

又法欲於軍陣得勝者取茅草葉一百八枚長十二指搵油麻油三角爐中燒棘刺柴然火護摩七夜誦眞言一百八徧於眞言句中稱彼將帥名一徧一擲火中即得彼軍陣破得勝

又法取鐵末六兩誦眞言句中稱彼人名然後取一撮以眞言加持一徧一擲三角爐中護摩七夜彼設覩嚧即自衰喪

又法取佉陀羅木橛長四指於三角壇中以燒屍灰畫設覩嚧形誦眞言加持橛一百八徧釘設覩嚧心上想自身爲大威德忿怒尊以左脚踏設覩嚧心上誦眞言一千徧眞言句中稱彼人名其人即滅亡

次說心中心法眞言曰

唵(一) 瑟致哩(三合引二) 迦囉嚕跛吽(三) 欠娑嚩(二合)賀(引)

念誦作此法時此心眞言印身五處護身及辟除結界用若能每日誦一千徧一切惡人怨家不得其便令彼作惡法不成呪咀厭禱悉皆破壞若見惡夢誦七徧惡夢不應

又法結心中心印遣揮設覩嚕方其家國界

災起疫疾旱澇若欲解時起大悲心遥想彼國界人衆互起慈心相向如父如母如男如女誦眞言一萬徧即得災息

次結根本印法二手内相叉作拳二中指直竪頭相合即成此印有大威力有大神驗纔結此印誦眞言其人等同大威德忿怒明王身無有異

次説心印法如前根本印舒二頭指屈如三戟叉即成結此印誦眞言所作事法皆得成就

次説心中心印如前心印直竪二頭指即成結此印誦眞言能成辦一切事

次隨心眞言曰

唵一瑟致哩二合一迦攞嚕跛吽三欠薩嚩二合引賀

次心頂口心眞言曰

唵噁吽 初結印念誦先想三字青色即成本尊次足六手六臂所以淨六趣滿六度成六通

聖閻曼德迦忿怒王念誦法

次説二十三種供養先攝頌曰

初從掃地誦　請召次閼伽　獻座澡浴鈴
衣塗香焚華　加持五色粉　圓壇誦眞言
次誦寶幢旛　寶軒寶樓閣　扇及寶嚴等
燈眞言獻食　及獻念誦數　奉送拂最後
誦畢依畫像　次第皆如是　此偈智者祕
持誦者自知

此是眞言日計數二十三个從掃地起掃地眞言曰

唵一你寧逸切麼佗你準上麼佗二薩嚩步旦引三

請召眞言曰

唵一殺目佉二殺步惹三殺左囉筝四阿徙牟娑攞五跛囉戍播捨訶娑多二合六

閼伽眞言曰

唵一摩訶尾覲曩二合伽引多迦二

獻座眞言曰

唵一吽吽塞頗二合吒半音塞頗二合吒半音二

澡浴眞言曰

唵一薩嚩步多婆野吒迦二合囉二

金剛鈴眞言曰

唵一阿吒吒訶娑曩引你寗二

衣眞言曰

唵一尾夜二合伽羅二合左麼你嚩娑曩二

塗香眞言曰

唵一矩嚕矩嚕二薩嚩羯麼抳三

焚香眞言曰

唵一親上聲娜親娜二薩嚩滿怛囉引二合三

華眞言曰

唵一頻娜頻娜二跛囉母捺嚫二合三

加持五色粉圓壇眞言曰

唵一薩嚩訥瑟鴿二合二鉢囉引二合吠捨野鉢囉二合吠捨野曼拏羅末第三

寶帳眞言曰

唵一麽引尾覽嚩麽引尾覽嚩二

幢旛眞言曰

唵一吠嚩娑嚩二合引多二貳尾旦引多迦囉三

旛眞言曰

唵一矩嚕矩嚕二麽麽迦引哩焰二合二

寶軒冕眞言曰

唵一薩嚩舍跛哩布囉迦二

寶樓閣眞言曰

唵一三麽邪摩努娑麽二合囉二

扇眞言曰

唵一塞怖二合吒野塞怖二合吒野二

莊嚴眞言曰

唵一阿引羯囉洒二合野阿引羯羅洒二合野二

燈眞言曰

唵一娜訶娜訶鉢左鉢左二

獻食眞言曰

唵一佉佉二佉引呬四佉引呬四三訥瑟吒二合薩

獻念誦徧數眞言曰

怛嚩二合曩麽四

唵係係婆誐門

拂眞言曰

唵尾訖哩二合多曩曩

奉送眞言曰

唵緊至囉野徙

以上眞言修行者但誦三徧或一七徧則具

如上二十三種供養所求悉地速得成就

又於上二十三種明中加持五色粉明應於

建立壇已當用此眞言加持其粉以用圍壇

其奉送眞言念誦畢已欲出道場應誦此明

以遣聖衆

又法欲令聖者疾得降臨速除障難滿本願

者準前建立三角火壇當取安息香及白芥

子與摩努沙嚕地囉和諸毒藥赤芥子并油

獨管之葉一百八枚苦楝枝一百八枚削兩

頭尖長十二指以搵油誦眞言曰

曩謨三滿多沒馱引喃一引阿鉢囉二合底賀多

舍引娑曩引南二引怛你野二合他引係係摩賀

(引)俱嚕(引二合)馱(三)殺目佉(四)殺部惹(五)殺者
囉拏(六)薩嚩尾(引)覲曩(二合)伽(引)多迦(七)吽吽
緊支囉(引)野枭摩賀(引)尾曩(引)野迦(八)貳尾
旦(引)多(上聲)迦囉(九)耨娑嚩(二合)跛難(二合)冥曩(引)
捨野(十)攞護攞護三麽野麽努娑麽(二合)囉(十一)
娑發(二合)吒(半音下同)娑發(二合)吒娑嚩(引二合)訶(引)

誦一徧已及諸香藥一擲火中盡一百八枚已所求之願皆得成就是時聖者不違本誓疾至道場爲作加護若有惡夢由加持力皆悉不現究竟消滅行者作前諸法念誦畢已當出道場起慈悲心勿生怨害經行任意轉讀大乘

聖閻曼德迦威怒王立成大神驗念誦法

大乘方廣曼殊室利菩薩華嚴本教讚閻曼德迦忿怒真言大威德儀軌品

唐三藏沙門大廣智不空奉　詔譯

爾時金剛手大藥叉將在彼衆會從座而起偏袒右肩右膝著地於佛世尊合掌禮敬而白佛言世尊曼殊室利童真不廣說閻曼德迦忿怒王我觀未來有情如來涅槃後佛教隱滅大恐怖末法之時無聲聞緣覺遠離佛刹護持正法故法界久住故制伏一切難調悖逆僞王故不利益三寶者菩薩善巧以此不思議法治罰調伏滿足故以不思議法成熟離惡趣故於佛法磨滅時令住持佛法者依法教持誦閻曼德迦忿怒王皆悉決定成就不益於佛教有情及悖逆僞王於佛教不益者有情應用閻曼德迦忿怒王非餘類者

爾時世尊默然入遊戲神通加持三昧曼殊室利菩薩亦寂默而住一切集會衆六種震動天衆皆悉驚忙惶怖一切天龍阿修羅王及諸毋天一切曜等并天人衆彼等震動心生苦惱惡心布單那暴惡者並皆歸依法王教及祕密主藥叉金剛手大威德及歸依曼殊室利童真真言三昧耶彼等咸作是言曼殊室利願垂哀愍救護我等被此忿怒真言燒爍我輩皆受楚苦悶絶躃地時大威德以曼殊室利童子形而作是言

諸天等勿怖　藥叉羅刹娑　及諸修羅衆
我說三昧耶　無能違越者　人非人鬼神
及諸部多等　汝等發慈心　咸念正等覺
法王兩足尊　釋師子仁王　彼佛說真言
佛頂佛眼等　於三界中輪　光聚勝高頂

最勝頂真言　蓮華手觀音　聖觀自在尊
毗俱胝多羅　名稱明妃尊　白衣及大白
野輪縛底明　威德馬頭尊　蓮華族明王
最勝佛流出　一字轉輪王　真言中主宰
應念天中天　明主大威猛　大忿閻曼德
亦念觀自在　從心起悲愍　先佛故宣說
多羅救有情　觀自在所說　住悲三摩地
聖者現女形　是菩提薩埵　行於菩提行
於諸千世界　復於無數剎　遊歷諸苦難
拔濟諸有情　持妙色女容　調伏皆令順
安立菩提乘　爲諸菩薩說　應念金剛手
勤勇真言王　持族麽莫雞　三界應供者
鉤鎖彌佉羅　金剛拳名稱　忿怒妙月黶
青棒恐怖形　如是使者衆　忿怒名天師
金剛族最勝　若念便加護　世間中香衆
菩薩大威德　得大勢菩薩　大威德長子
普賢端嚴尊　是時若憶念　遠離諸恐怖
復當常憶念　寶賢大自在　最勝藥叉王
聲聞緣覺衆　咸皆離諸怖　若供養彼等
即得大加護　廣果及福生　色無色諸天
離欲大威德　供養三寶者　淨信於佛敎
彼皆無所有　友非友怖畏　則名三昧耶
諸真言難越　此忿怒中勝　閻曼德所說
徧護諸有情　一切天人衆　咸皆生歡喜
各住於本誓　佛子皆稱讚　聞此陵忽言
藥叉主忿怒　於彼時震動　無數千世界
忿怒王無益　何故諸佛子　而已先宣說
忿怒王威德　調伏暴有情　在於大衆中
高聲而告令　金剛手言已　棄擲金剛杵
則彼大威德　妙音智慧尊　童子形嗤誚

復作如是言　勿惡大藥叉　金剛手威德
我所說此聖　忿王大自在　我今授與汝
恣意而廣說　汝豈盡能述　忿怒王威德
是汝所任持　如在身中現　攝召咸來集
心明復問答　不能現變化　忿怒阿尾奢
聽汝廣宣說　除捨三昧耶　不澡浴眈眠
隨順於愛慾　塗油貪與飾　瞋怒心常恒
棄捨勝眞言　不淨信佛教　疑惑於正法
惡行不浮信　於妙法僧寶　謗毀心散動
穢汙於三寶　非清淨境界　不容眞言教
常穢無哀愍　天室寺道場　於中穢汙行
如是諸類等　忿怒皆摧壞　破三昧耶禁
不知相應明　乃至微戲行　忿怒皆治罰
人間一切處　不可免放逸　放逸心染著
若毀三昧耶　忿怒王得便　愚夫一切處
隨順於放逸　修行眞言者　應離欲解脫
如聲聞緣覺　忿王無能逼　曼殊悲愍心
說如是語已　諸佛難思行　及菩薩大威
作如是語已　寂默而安住

爾時吉祥大威德金剛手菩薩既蒙印可踊躍歡喜復引手捫持金剛杵

大乘方廣曼殊室利菩薩華嚴本教讚閻曼德迦忿怒眞言大威德儀軌品

大方廣曼殊室利童眞菩薩華嚴本敎讚閻曼德迦忿怒王眞言阿毗遮嚕迦儀軌品

唐三藏沙門大廣智不空奉　詔譯

爾時金剛手祕密主觀察大集會衆及淨居天宮坐衆作是告言汝等應聽忿怒王無比威猛曼殊室利之所說治罰難調者乃至斷命令順伏故先且說畫像儀軌爾時金剛手祕密主以偈宣說而作是言

不擇日吉宿　亦不限齋戒　怖畏寃敵故
應畫忿怒像　於黑分八日　及以十四日
當於塚間取　纏屍梵志衣　應於中夜間
以血漬其氎　又以水洗之　應令曬曝乾
猛惡性畫師　起忿形可畏　黑分於塚間
三夜畫令成　八夜十四夜　以犬脂然燈
畫人當應住　面向於南方　藉以髑髏坐
護定心身住　或行者自畫　怖寃所陵逼
當於初夜分　寃者自燒然　二更著寒熱
神著皆昏悶　三更捨其命　死已往他世
云何彼安然　懷惡於行者　寃對身枯爛
其家乃滅門　由畫此像故　閻曼德迦像
六面六手足　黑色肚如狼　持髑髏髮怒
虎皮以爲裙　持種種器仗　棒手而可畏
眼赤暴惡形　三目爲標幟　豎髮熾火焰
或暈黑烟色　亦如安善那　夏雨玄雲色
其狀如劫燒　應畫乘水牛　忿怒暴怖事
能壞嚧那囉　亦斷閻摩命　忿猛爲常業
恐怖極操惡　怖中極凶怖　能殺諸有情
應畫是忿怒　自血以爲色　調和色暈淡
犬脂和牛酥　盛以髑髏器　死人髮作筆
管以犬骨爲　斷食而應畫　自作或使人

廣獻食華等　赤鬘紫檀香　犬肉爲焚香
人脂燈莊嚴　正畫像之時　初中後供養
畫像應分明　訓賞畫人功　廣多與價直
令彼心歡喜　無間應作之　大猛利事業
買所用諸物　勇士不訓價　所作剋成就
以種種供養　賞彼畫像人　令喜斷希望
應當護彼身　不爾損於彼　并其家眷屬
亦應護自身　念誦應畫之　是則爲儀軌
分明作此像　纔見滿意願　成辦一切事
暴寃作害者　應持妙像去　隨意所樂求
大用及悖王　大富縱逸人　尤增上慢者
兇暴惡業人　不益於三寶　斷見嫌眞言
不敬眞言士　或嫌敬彼者　亦嫌持誦人
輕忽眞言者　作法如儀則　常不樂善法
逼惱諸有情　爲彼應作法　不久命當絕
取木槵皮葉　并根及子果　醋漿乃相和
及以人骨粖　芥子油并毒　酸思子生薑
及赤芥子粖　盡以人血和　并置於像前
行者面向南　尊像面向北　像前作軍荼
苦木以然火　或燒其刺木　於彼爐應置
相和以護摩　具知儀軌者　則當召火天
以忿怒明王　即結輪羅印　通一切事業
千八徧投火　皆作大忿怒　初則兒凋喪
次及眷屬亡　第二主及妻　并以親族滅
第三彼皆死　如教應當知　對於此像前
中夜應念誦　爲損彼怨故　如是應隨順
彼國當滅亡　軍衆著疫病　火起大風起
暴雨而霖霔　一切軍大衆　他敵來討罰
有種種災難　及諸疾病起　一切身枯悴
爲彼悖王作　成就不應疑　非人徧充滿

其家亂鬪諍　寢息不得安　其地悉旋動
羅刹吸精氣　皆圍遶其家　逼惱悉怖畏
憂煩至楚苦　無能救護彼　自在等地天
梵天等護世　忉利天帝釋　一切真言天
世間諸天等　纔見此威怒　彼命即殞絶
中夜及日中　持誦經若忿　閻魔王躬親
令彼身震裂　隨樂於黒分　安立是尊像
廣作供養食　於曠野塚間　逈樹陵誐廟
山間及巖窟　無侶當獨居　常應作此法
寂靜大蘭若　於空天空中　空屋及河側
海岸應往彼　如是等類處　住彼隨意樂
於百由旬内　應作如是法　如是説事量
清淨當作之　應住不放逸　清淨離愛欲
真言境界不思議　真言所行不思議
真言神通不思議　行者成就不思議
所作事業不思議　所獲果報不思議
令現忿王閻曼德　是大威德業神通
所生遊戲神通境　行者成就不思議
顯現於此贍部洲　一切菩薩大威德
彼皆無能爲加護　何況世間諸真言
一切執曜及母天　伊舍那等爲毗紐
婆藪童子天　乃至天帝釋　不以三昧耶
能護持彼人　佛子及菩薩　威德住十地
縁覺及聲聞　離欲大威德　不能護持彼
所作先本誓　我令略宣説　應聽求富貴
損害持誦者　無有能禁制　不喜持明人
云何得災息　若發淨信心　兼生悲愍意
持誦忿怒王　大威閻曼德　是時災害除
便護其身命　白氎芥子油　五種尾衫藥
犬血及犬肉　三辛鹽芥子　螺粿酸恖子

海鹽陀咄根　及俱舍得枳　蓏麻根麻灰
紅藍華根棘　與摩陀那根　葱蒜波羅奢
區吒迦及韭　蘇羅并藥酒　如是藥等分
投於像前爐　燒滿一千八　寃家根裔殞
親族并朋友　護天及營從　種末皆殄除
至於第二徧　持誦者護摩　則令彼土境
井邑皆飢饉　亢旱及疫疾　羅刹皆充滿
失火并雨石　霹靂與霜雹　於聚落村坊
乃至悖王境　有多逼惱生　敵軍來討罰
彼境生災祥　種種不祥類　燒度度羅根
彼人即癲狂　常燒辛辣物　徧身如火焚
若燒極醋物　彼著寒熱病　生於彼身中
悖王憍慢者　大用冨燥惡　依轉大軍衆
二夜或七夜　令彼命終盡　彼人所事天
及其屬星宿　用以燒屍灰　畫彼等形狀

對於尊像前　以脚踐其頂　念誦仍忿怒
令彼悖僞王　忽然種種病　大患所侵陵
刹那頃殄滅　猛獸嚙咬死　或被損肢節
或復羅刹吞　穢惡非人類　食肉布單那
毗舍遮餓鬼　及與諸母天　自身及侍者
須臾頃壞滅　吉祥持金剛　處衆而說已
徧禮一切佛　默然而安住　利益世間故
復作如是言　一切藥叉衆　藥叉女眞言
菩薩之所說　及藥叉將主　藥叉女敎倫
一切恣受用　鉤召及敬愛　諸惱不蠲除
求染眞言者　愛暗昏其慧　不能於對治
以佛戒制斷　無始墮輪迴　數習深可愍
從苦至於苦　佛故說惡趣　若能護諸根
梵行獲善趣　是故樂寂靜　究竟證涅槃
三業秉平等　獲得證圓寂　顛倒吞惡慧

愚者染昏昧　生死惡稠林　輪轉於五趣
哀愍彼苦故　聽受用貪染　能遮一切罪
及斷三種過　奉順法王敎　解脱諸結縛

爾時寂靜慧菩薩摩訶薩在彼大衆集會而坐即從座起頂禮一切如來於集會中往遶釋迦牟尼佛三帀接佛雙足虔恭長跪即觀金剛手藥叉之主作如是言汝極暴惡金剛手爲諸有情宣説殺害一切有情及聽一切貪染眞言敎法佛子諸菩薩非如是法夫爲大菩薩從大悲所生行菩薩行利益以增上意樂正行故不離諸有縛佛子如來應正等覺爲一切有情説損害諸有情法大悲成就故於諸有情利益安樂增上意樂故爾時金剛手菩薩摩訶薩告寂靜慧菩薩言寂靜慧菩薩如是學如是住如汝所説如汝所顯示如一切佛菩薩大威德者説我亦如是説依勝義實際法作如是説

實際不思議　異熟不思議　佛法不思議
菩薩不思議　調伏有情行　行行不思議
菩薩之所行　故稱不思議　於諸眞言敎
威德不思議　忿怒王眞言　大威閻曼德
神境不思議　大威不思議

寂靜慧不思議菩薩摩訶薩等流界有情界所生如是寂靜慧眞言行菩薩應發如是心若行婬欲於諸有情獲罪無量墮於大那落迦作瞋怒有情亦獲罪無量勿令有情於三種菩提無所堪任寂靜慧如是持眞言菩薩發如是心我以善巧方便作阿毗遮嚕迦於一切事業不應取相不應執不善應學調伏有情方便以大悲纏心復次佛子法非法淨

非淨善非善感應化有情善巧諸佛菩薩從法界所流出修行敎法即以此教於有情方便說成熟有情故應如是正住佛子我等應如是學所謂調伏有情成就有情寂靜有情彼佛子所入曼荼羅集會盡皆應聽淨信善應觀察善不善所謂如來說法深生愛樂不應疑謗爾時寂靜慧菩薩摩訶薩觀察默然而住佛法不思議如是作意則瞻仰如來時金剛手祕密主觀察大衆集會復說忿怒王教法教大衆言汝等天衆有情界所依鬼神衆行者先應護自身取忿怒王像住於一處所謂於摩醯首羅陵誐廟以毒藥芥子犬血和漿水塗有陵誐取白氎葉供養取人腸以爲神線角絡纏之以右手持人髑髏擲打陵誐左手頭指擬大怒而住彼悖王陵蔑及餘惡人大用大富暴惡主宰其作法處閉門躶體披髮以左脚踏摩醯首羅陵誐擗裂兩段聞大吽聲不應怖畏即其日悖王及餘大惡朋黨冤敵則被大寒熱病所持或非人或羅刹所著又更須臾頃念誦其冤敵於剎那頃殞矣若至連夜誦彼家眷屬滅壞

又法日中至於摩醯首羅廟取苦楝葉獻之燒犬肉充焚香誦眞言其冤家被火燒然即著瘧病戰慄若念誦不間瞋怒住摩醯身右邊即彼冤喪滅若欲令如故者又以水洗陵誐復冷牛乳浴之還復如故

又法摩醯首羅陵誐右邊然摩捺那棘木柴以毗黎勒木揾毒血芥子油投火一千八徧其冤家著大患無能醫療者第二日即以大寒熱病及大病所持或著種種病或非人所

持致死第三日三時念誦其命悉皆捨欲求如故以乳摩彼聚落及寃家悉得安樂如是彼人所事一切天一切鬼神以脚踏持誦之書彼人所屬星宿以左脚踏之唯除如來所說眞言諸餘一切世間眞言皆驀以左脚頭指踏而作法持誦未修成就忿怒王纔誦能成辦一切事業亦能壞一切眞言亦能害一切寃敵亦能破一切眞言法我今略說隨修行者依一切世出世間眞言儀軌設本教不說取餘部尚獲一切成就纔念誦能滿一切意願纔讀忿怒王獲得最勝成就隨意樂起心亦能摧一切寃對結輪羅印相應成辦一切事

又法午時至於屍林燒屍處一日一夜不食於黑分十四日取屍林柴燒火毒藥芥子與血相和誦眞言一徧一燒即聞訶訶聲一切餓鬼則來不應怖畏則告彼言爲我害彼寃敵其鬼聞此言已唯然受教隱而不現假使千由旬須臾頃即至當害彼寃敵及家族如是多種事業悉地皆能成辦

又法於清閑寂靜處取白氎子誦眞言一徧一燒一千八徧以左右手各別取其灰以一片淨物分爲兩段撮繫之灰置一灰裹於瓦椀中又以一瓦椀蓋之誦眞言加護其物至於大屍林黑分十四日夜或黑分八日夜住於燒屍處而向南置二器於身前躶體披髮忿怒無怖畏心誦眞言一萬二千徧加持其物即得成就或有非人索成就物不應與之若強奪灰誦忿怒王眞言及稱吽字剎那頃不現左右手所取灰各分明記之不應放逸

作加護至於晨朝澡浴著淨衣服當歸本處以先右手所取灰加持者取是灰散於一切鬼神類天龍藥叉頂上則成敬愛以左手加持灰者散於一切丈夫女人頂上皆令敬愛取右邊灰散於臍即成非男散於生支不能爲世事受用染法行於邪行若人寵愛於彼女人以灰散其隱處不能於餘男子行於非法即其根毀壞若於本夫交會其根再得調適如是散於男子生支便萎悴其男子不能於餘女人受用行染復於本妻生支能起世事男子女人取其本灰散其根門互相情重若餘男子女人强相逼近即彼根蛆爛被蟲唼食因茲困頓月内皆臭惡氣如死屍以大患纏綿其丈夫生支腫由此因緣乃至命終無能救濟者以此灰所作皆得成就又以灰塗手觸彼皆得成就若自作或令他作亦皆隨意成就如其觸不得者取灰吹之其灰到彼身分處或散或想而散之皆成辦一切事又或自作令他作隨意成就無異皆功不唐捐又坐物氈被等種種嚴具種種器仗所乘華屣傘蓋一切資具類飲食等身所用家具華鞦韆藤及果子塗香燒香皆以灰散彼宪敵蚤虱壁虱及餘蟲等充滿唼食極受楚苦乃至七日當殞一切醫師無能療者及餘諸天不能制止一切真言不能擁護除彼人與者作法令如故以甘草青蓮華白檀香以清水相和研令碎塗彼人身從頂至足以聖曼殊室利根本真言加持即愈

又法於上風立一切荼枳尼及憍慢女人處作是法非餘處散其灰非是思惟令彼女人

無根及妳若爲男作即無生支及髭鬚毛髮亦能成辦種種事教彼男子女人令作亦得成就隨想與彼人灰教令作之亦成如是令彼患大疾心思惟觸其頂患頭痛觸口即口中生瘡乃至次第觸心心痛觸肚肚痛觸脚脚痛觸脛脛痛流血惡病血等令彼所患乃至令身死枯竭墮落鉤召令調伏隨彼人所樂作一時成辦皆得乃至損滅鉤召敬愛遙作亦得成就

又法於深井上風立即以二手捧其灰散於城牆劫敵崩倒其將帥屋宅被火所燒被他敵來破令彼大難逼迫棄本所居奔馳逃散被他掩襲

又法他敵來順風散灰設彼軍衆力强即自破壞被大熱病所患象馬車及步兵壞散被他所擒如是無量種事隨意摧壞寃敵皆得成就以此法亦能護自身及營最軍衆若欲令彼如故對忩怒王像前用乳護摩一千八徧彼得安樂無能沮壞

大方廣曼殊室利童眞菩薩華嚴本教讚閻曼德迦忩怒王眞言阿毗遮嚕迦儀軌品

音釋

迅思晉切　鵮苦咸切　撚乃殄切　鎙音朔　䏶部禮切股也　楝郎甸切木名　搵烏没切　寗乃定切　冕美辯切冠冕也　枚謨杯切　枲想里切　悖蒲没切逆亂也　佉丘迦切　魘於檢切　嗤抽知切　誚才笑切　暈禹慍切光氣也　槵音患　粖莫葛切細屑也　陵盧登切　舭必迷切　蔑彌列切敖也　擗匹亦切破也　驀莫白切越也　躶魯果切赤體也　蛆子余切　唼作答切齧也　葧蒲没切　妳曩亥切乳也　髭津私切口上須也　脛下頂切脚脛也　襲席入切掩其不備也

蘇悉地羯羅供養法
唐中印度三藏善無畏譯

圖相變法說佛藏龍刻清

蘇悉地羯羅供養法卷上

唐中印度三藏善無畏譯

歸命諸如來　及法菩薩衆　蓮華金剛部
并諸眷屬等　我今依教說　供養持誦法
省略通三部　次第及相應　先見神室處
復明其事法　對受得真言　及作手印法
於外出入處　分土洗淨法　灑掃神室處
除萎華等法　澡浴自灌頂　獻三掬水法
往於神室門　換衣灑身法　入室便禮拜
辦諸供具法　數珠及神線　茅草鐶等法
奉獻閼伽水　及置寶座法　復示三摩耶
去身障難法　辟除及瀉垢　清淨光澤法
護身及結界　八方上下法　初應想神座
觀念本尊法　隨所在方處　奉請於尊法
以其本真言　啓請本尊已　即除遣從魔

奉座令坐法　復示三摩耶　即奉閼伽水
浴尊奉衣法　次獻塗香華　燒香及飲食
然燈供養法　眞言并手印　運心供養法
讚歎懺悔等　護身及已身　并護其處所
便結大界法　備具嚩日羅　及數珠等法
充滿眞言分　次坐持誦法　求請本所願
及護所念誦　迴施功德法　起廣大發願
又奉閼伽水　塗燒香等法　復視三摩耶
護身及已身　解所結方界　然後發遣法
護摩支分等　謂爐神及地　燒祀之具法
轉讀方廣經　及作制底法　次作慈等觀
思惟六念法　如是等次第　我今略詮竟

見神室處者謂入曼荼羅散華所墮歸依彼尊明其事法者謂得最勝受明灌頂奉阿闍黎之所印可令傳法灌頂乃至令作諸餘灌頂對受眞言及手印者謂受法人澡浴清淨著新潔衣於其淨處胡跪恭敬對阿闍黎親受眞言及作手印時阿闍黎先誦三遍轉授與彼彼受得已自誦三遍深生歡喜頂戴奉持此爲對受隨力所辦奉阿闍黎廣解法已方可作此念誦次第

外出入處者爲晨朝起已所往穢處當用不淨忿怒眞言而作護身眞言曰

唵句嚕(二合)拕曩(上聲平之)吽若(而也切)

其手印相以右手作拳直竪大母指當護五處謂頂兩肩及心咽項上(已上小心印別有大印)次分土洗淨者謂以五聚土當洗下部以三聚土洗小便處以三聚土獨洗左手以七聚土共洗兩手或恐未淨任已洗之以淨爲限已上聚土皆用觸呪及印印及持七遍然後用之

次以真言而用灑身真言曰

唵戍嚕(二合)底(丁也切)娑没嘌(二合)底(同上)陁(重聲)羅尼(上聲)件訶(上聲三遍誦之)

其手印相以右手直舒五指指頭相博次屈無名指中節與相當以大毋指小輔向前其灑水法蹲踞而默兩手置於雙膝之間印手掬水勿有泡沫無聲飲之三度飲已然後用手霑水兩度拭脣于時口中於其齒間舌觸垢穢涕唾欬嗽更復如前飲水拭脣還以此印及誦真言於其印中大指及無名指先拄兩目次口兩耳及兩肩齊心咽頸上拄便成護身諸根清淨

次灑掃神室者謂隨其成就及事差別與彼相應而擇方處及意可樂無諸障難其地除去嚩缾蟲窠坑窟瓦礫糠骨毛髮鹹炭灰等掘去惡土填以淨土於上造室堅牢密作勿令風入門向東開或北或隨事向南作神室已用牛糞塗以淨水灑或以塗香即和淨水當誦此明而塗其地明曰

那(上聲)莽娑底(同上)隸也(二合一)你尾(二合)迦(引)南(二)薩(去聲)囉嚩(二合)怛他(去聲)蘖哆南(去聲三)闇(引四)尾羅視尾囉視(五)摩訶(去聲)嚩日囉(二合六)薩多(上聲)薩多(上聲七)娑(去聲)囉帝(八)娑(去聲)囉底(九)怛囉(二合)以(十)怛羅(二合)以(十一)尾陀莽寧(上聲十二)三(去聲)伴若(而也切)寧(上聲十三)多(上聲)囉莽底(同上十四)悉陀(引)仡隸(一合十五)怛嚂(二合十六)莎(去聲)訶(去聲三徧誦之)

或時忘念法則錯悞犯三摩耶每日當誦此明三七遍或百八遍能除其過除萎華者供養尊華已先誦此明除其萎華曰

唵稅帝摩訶(去聲)稅帝佉(去聲)娜寧(去聲)莎(去聲)訶(去聲)

次說掃地明曰

唵賀羅賀羅囉茹孽囉(二合)賀囉那(引)也莎(去聲)訶(去聲)

次說塗地明曰

唵羯囉(二合引)隸摩訶(去聲)羯羅隸莎(去聲)訶(去聲三遍誦之)

先應灑掃神室除去萎華淨諸供器然後方去澡浴教說如是往澡浴時先以此明及印護諸供具然後可往明曰

唵尸却哩(二合)嚩(無可切)日哩(二合)闇(引三遍誦之)

其手印相以右手作拳直竪大指頭指二指相着先作三摩耶者謂凡作法先作三摩耶然後作護身等一切諸事教如是說

次說三摩耶眞言及手印初佛部眞言曰

唵怛他(去聲)孽姤(一)娜婆(二合)嚩(引)也(二)莎(去聲)訶(去聲三遍誦之此是佛部三摩耶眞言)

其手印相仰兩手十指直向前舒並側相著微屈兩頭指上節(此是三摩耶手印)

次說蓮華部三摩耶眞言及手印眞言曰

唵鉢娜謨(上二合)娜婆(二合)嚩(引)也莎訶(此是蓮華部三摩耶眞言其莎訶皆去音)

其手印相先當合掌中間兩手六指向外舒散勿令相著其大指及小指兩手依舊相著合掌中虛如開蓮華微屈中間六指(此是蓮華部三摩耶手印)

次說金剛部三摩耶眞言及手印眞言曰

唵嚩日路(二合)娜婆(二合)嚩(引)也莎訶(三遍誦之此是金剛部三摩耶眞言)

其手印相右押左兩手背逆相著以右手大指叉其左手小指左手大指著其右手小指

中間兩手六指微令開如三股杵（此金剛三摩耶手印）結縛諸難者謂以軍荼利手印眞言而縛諸難其手印相左手置於右手髆跟上以大指捻小指甲展中三指如三股杵復以右手置於左髆跟上亦以大指捻小指甲展中三指如三股杵面向東立屈其左脚膝臨向前就於右脚右脚闊展二尺以來橫著躡地咬下右脣怒目左視默想自身如軍荼利誦其根本眞言曰

曩（上聲）謨（上聲）囉怛囊（上聲二合）怛囉（二合）夜野囊（上聲）莽室戰拏嚩日囉（二合）皺儜（上聲）曳（引）莽訶（上聲）藥乞沙（二合）細囊鉢多（上聲）曳（引）囊謨嚩日囉（二合）句路（二合）馱野（引）能瑟吒路（二合）得羯（二合）吒婆也珮囉嚩（引）野怛姪他（去聲）唵闇沒嘌（二合）多（上聲）軍（去聲）拏里佉佉佉佉却（引）醯却（引）醯孽囉若（二合）微娑鋪（二合）吒野薩囉（二合）嚩尾近囊（上聲二合）微囊亦迦紉（二合）摩訶（去聲）言（上聲）儜（上聲）鉢底餌尾旦（引）多迦囉（引）野鈝泮吒（二合）（七遍誦之此是繫縛諸難眞言）

眞言㝡下滿馱滿馱句即其兩手三指便作拳把所捻小指依舊勿動其諸難者便成繫縛

澡浴法者先以眞言手印取土作三聚爲淨身故眞言曰

唵寧（上聲）佉囊（上聲）嚩蘇（上聲）提莎訶（五遍誦之此是淨土眞言）

其手印相兩手相叉指捻手背雙竪二頭指相著二大母指並竪博頭指側（以此手印蓋所取土誦眞言五遍然後取之）

辟除者凡所作一切事先須辟除然後方作一切諸事教如是說辟除眞言曰

曩（上聲）謨（上聲）嚩日囉（引二合）也鈝賀囊（上聲）鈍囊（上聲）

莽他上聲尾踰崩二合娑瑜瑳去聲囉也泮吒七遍誦之此是辟除真言

其手印相以左手大指屈入掌中以中指無名指而押大指屈其頭指著中指中節側亦屈小指著無名指中節側即舒努臂頭上右轉三遍及印身五處右手大指押小指甲餘三指直竪作嚩日囉形又其腎側立法如前此是辟除手印

又辟除真言及手印真言曰

唵嚩日囉二合多去聲囉上聲吽泮吒此是辟除真言

其手印相以右手指左手掌如是三遍此是辟除手印

又辟除真言及手印真言曰

唵抧里抧羅去聲囉去聲嚩吒捺囉二合吽泮吒此是辟除真言

其手印相以兩手各作彈指聲三遍此是辟除手印

護身法者以此真言及手印用結十方界及以護身真言曰

唵商僧二合迦隸三莽焰莎訶此是護身結界真言

其手印相以右手大指捻小指甲上餘三指微開直竪名嚩日囉印用結上下及八方界并護身用此是護身結界等印

次以真言手印用印自身及以水土澡豆等物便成瀉垢及與清淨真言曰

唵抧里嚩日囉二合吽泮吒七遍誦之此是瀉垢真言

其手印相以右手大指捻小指甲上餘三指微開直竪又腎間三指向前左手亦作此印用印觸諸物即成瀉垢及與清淨此是瀉垢手印

次以軍荼利真言及手印用作清淨真言曰

唵闍没嘌二合帝吽泮吒七遍誦之此是清淨真言

其手印相以右手作拳取水念誦七遍用灑諸物及手頂上便成清淨(此是清淨手印)

次以眞言及手印用作光澤眞言曰

唵枳里枳里嚩日囉(二合)吽泮吒(七遍誦之此是光澤眞言)

其手印相以左手大指捻小指甲上餘三指微開直竪舒其膊還以右手作此印承左手肘下以右手印印諸觸物及以已身即成光澤(此是光澤手印)

次以眞言及手印用攪其水眞言曰

唵吽賀囊(上聲)嚩日囉(二合)嚩日嚟(二合)儜(上聲)訶(不限遍數惟多誦之此是攪水眞言)

其手印相兩手向外相叉以二大指並竪合頭屈二頭指稍屈頭甲相著(此是攪水手印)

次以眞言及手印取土塗身眞言曰

唵部囉若(而也切)嚩日囉(二合)吽(七遍誦之此是塗身眞言)

其手印相取土和水兩手相指以右手遍塗身(此是土塗身印)

次以軍荼利眞言手印持誦水眞言曰

唵闇没㗘(二合)帝吽泮吒(七遍誦之此是持誦水眞言)

其手印相先平舒右手以大指押其中指無名指甲上稍屈頭指小指持誦眞言以印攪水澡浴(此是持誦水印)

次以眞言及手印遣除身中毗那夜迦難眞言曰

唵闇没㗘(二合)帝賀囊賀囊(上聲)吽泮吒(此是遣除身中毗那夜迦眞言)

其手印相以兩手大指屈入掌中作拳舒二頭指左右相叉入虎口中以印從頭頂向下至足而略去之(此是遣除身中毗那夜迦手印)

次則應以軍荼利眞言及手印護身五處眞

言曰

唵嚩日囉(二合)祇寧(上聲二合)鉢囉(二合)你(去聲)鉢多(二合)也莎訶(五遍誦之此是護身眞言)

其手印相以二小指相叉入掌中無名指雙押二小指叉上二中指頭相著二頭指微屈在中指上節側相去一大麥許直竪二大指在中指側印觸五處印成護身(此是護身手印)

次以眞言及手印持誦一一分土眞言曰

唵度比迦(去聲)也度比鉢囉(二合)支嚩(去聲二合)里寧(上聲)莎訶(三遍誦之此是持誦土眞言)

其手印相以二手頭指小指頭相著二中指二無名指屈入掌中指背相著以二大指各捻中指無名指頭前所置三聚土取一分以印印土持誦三遍用洗從足至齋即洗其手用水灑淨第二第三亦如是洗及以灑淨又取一聚如前持誦用洗從齋至頸又取一聚如前持誦用洗從頸至頂垂巳還誦眞言隨意澡浴還作此印亦誦眞言遍轉於身當心解印是名被甲印(此是持誦土印)

次誦軍荼利根本眞言攪以手印水隨意澡浴眞言曰

曩(上聲)謨(上聲)囉怛曩(上聲二合)怛囉(二合)夜也那莽室戰(二合)拏嚩日囉(二合)皺寧(上聲)曳摩訶(去聲)藥乞沙(二合)細曩鉢多曳那謨嚩日囉(二合)句路(二合)馱也鉢囉(二合)若(而也切)嚩(二合)里多(上聲)你(去聲)鉢多(去聲二合)能(去聲)瑟吒咾(二合)得迦(二合)吒婆(上聲)也珮囉嚩(去聲)也阿徙毋(輕呼)娑囉嚩日囉(二合)鉢囉輸皺捨賀娑多(去聲二合)也怛你也(二合)他唵闇没嘌(二合)多軍(去聲)拏里佉佉佉佉也曩佉曩佉曩佉(去聲)那佉那佉那佉那佉呬佉呬佉呬佉呬底

丁以切瑟吒底瑟咤賀囊賀囊那賀那賀鉢者
鉢者葉嘌二合恨儜二合葉嘌二合恨寧二合滿馱滿
馱葉重呼咽囉若葉嘌若怛囉若怛囉若微娑
鋪吒也微娑鋪吒也娑伽梵囊上聲没嘌二合多
軍去聲拏里慕引呼輕囉彈難二合多拏上聲也嚩曰
囉二合儜上聲薩囉嚩二合尾囊上聲微囊也劒寧上聲
嚩去聲囉也摩訶言儜上聲鉢底餌尾旦多迦囉
也吽泮吒句路二合馱引鑠囊上聲二合曳莎訶三遍
誦之此是澡浴真言

其灌頂真言以此真言及手印而自灌頂真
言曰

唵賀臛二合佉里里吽泮吒三遍誦之此是灌頂真言

其手印相以二小指相叉入掌二無名指雙
押二小指叉上入掌中二中指頭直竪相著
二頭指押二中指上節令頭指中節曲二大
指輔著二頭指側以印相取水持誦真言三
遍而自灌頂此是灌頂手印

次以真言及手印而自結髮真言曰

唵蘇悉地羯里莎訶三遍誦之此是結髮真言通三部用

其手印相右手作拳直舒大母指以屈頭指
押大指頭上令頭指圓曲作此印持誦真言
三遍置於頂上即成結髮此是結髮手印

又佛部結髮真言曰

唵尸祇尸契莎訶去聲三遍誦之

又蓮華部結髮真言曰

唵尸契莎訶三遍誦之

金剛部結髮真言曰

唵尸佉寫莎訶三遍誦之

凡澡浴時不應就於淤泥水中或水有刺或
懸駛水或狹渠淺水旋渦急流多蟲渾水溉

灌田水及坑中水如是之水並勿澡浴又復不應於其水中及以水側大小便利不得水中跳走急行没浮等戲止在水中勿視隱處亦不思想婦人隱處及與胥婇諸餘支分應當寂靜黙然澡浴但令去垢切爲嚴身之想獻三掬水者洗浴了已面向本尊所居之方觀念本尊持誦真言及作手印以印掬水而獻之想浴本尊及奉閼伽或於水中有三種驗水至膝中名爲下驗水至臍邊是爲中驗水至項中是爲上驗於三水中隨意念誦方詣道場

佛部獻水真言曰

唵帝囉隷佛(哺時切)陀莎訶(三遍誦之此是佛部奉三掬水真言)

又蓮華部獻水真言曰

唵避哩避哩鈝泮吒(三遍誦之此是蓮華部奉三掬水真言)

又金剛部獻水真言曰

唵微濕嚩(二合)嚩日隷(二合)莎訶(三遍誦之此是金剛部奉三掬水真言)

通三部手印相平仰兩手側相著以二頭指捻二大指頭六指微似屈以印掬水持誦真言三度奉浴本尊(此是通三部奉三掬水手印)

往於神室者謂入向道場之時勿起瞋恚及與貪欲專念本尊而往去之於中不應陌過器仗及諸藥草謂種種器騎乘鈴鐸及諸印其萎華藥味一切草木皆不應驀制底尊像比丘等影皆不應驀亦勿乘騎象馬駱駝牛羊驢等及一切諸乘畫像印等皆不應蹋身手相觸若犯此等墮三摩耶亦不應起貪瞋癡慢掉舉憍等當著木屐而往神室中遇制底尊容師長及以神廟當脱木屐便申致敬

方至道場

次換衣灑身者謂道場門外而六洗手及足用前所說護淨真言手印飲水拭脣如前重更飲水灑淨已即依行用是為通三部又佛部飲水灑淨真言曰

唵摩訶(去聲)入嚩(二合)囉鈝(此是淨部灑淨水真言)

又蓮華部飲水灑淨真言曰

唵覩(吒矩切)覩(同上)羅俱(上聲)嚕俱嚕莎訶(是蓮華部灑淨真言)

又金剛部飲水灑淨真言曰

唵入嚩(二合)里多嚩(二合)日里(二合)尼(上聲)鈝(是金剛部灑淨真言)

又說佛部飲水灑淨手印仰舒右手屈無名指向內勿著掌(此是佛部灑淨手印)

又說蓮華部飲水灑淨手印仰舒右手無名指向內勿令掌著拳開頭指小指(是蓮華部灑淨手印)

次以真言手印灑淨門外所授之衣真言曰

唵微莽囉莎訶(此是灑淨換衣真言)

其手印相以右手作拳取水持誦用灑淨衣(此是灑淨換衣手印)

次以真言持誦其衣而著真言曰

唵鉢哩嚩囉(上聲二合)跛嚩日哩(二合)尼(上聲)鈝(此是著衣真言無手印)

入室便禮者如教所說行者一心當入神室既入室已面向於尊合掌曲身首不稽地先於室內當置尊容幢或制多或但置座入便禮已而供養之

辦供養具者謂塗香等五種牛淨神線茅環已身之座及閼伽器金剛白芥子繫胃線等是名供具先當辦之入室之時誦真言而入真言曰

唵入嚩(二合)哩多(二合)路者泥𤙖泮吒(七遍誦之此是入室真言三部通用)

次即應作三麼耶真言及印初佛部真言曰

唵怛他蘗妬那婆(二合)嚩也莎訶(五遍誦之此是佛部三麼耶真言)

其手印相仰兩手十指直向前舒並側相著微屈二頭指上節(此是佛部三麼耶手印)

次說蓮華部三麼耶真言及手印真言曰

唵鉢那謨(上聲)那婆(二合)嚩(引)也莎訶(五遍誦之此是蓮華部三麼耶真言)

其手印相先當合掌中間兩手六指向外舒散勿令相著其大指及小指兩手依舊相著令掌中虛如開蓮華微屈中間六指(此是蓮華部三麼耶手印)

次說金剛部三摩耶真言及手印真言曰

唵嚩日路(二合)那婆(二合)嚩(引)也莎訶(五遍誦之此是金剛部三麼耶真言)

其手印相右押左兩手背逆相著以右手大指叉其左手小指左手大指叉其右手小指中間兩手六指微令開如三股杵(此是金剛部三麼耶手印)

此三印名爲大印

諸佛菩薩猶不能違何況諸魔類等各當自部依次第用奉行之法非但順教亦滅諸罪以除諸難所求之法必得順願

次應以真言及手印遣除身中毗那夜迦難真言曰

唵闍没嘌(二合)帝賀曩(上聲)賀曩(上聲)𤙖泮吒(此是遣除身中毗那夜迦難真言)

其手印相以兩手大指屈入掌中作拳舒二

頭指左右相叉入虎口中以印從頂向下至足而略去之此是遣除身中毗那夜迦難等手印

次應以真言及手印辟除真言曰

曩謨上聲嚩日囉引二合也吽上聲賀曩上聲鈍曩上聲莽他上聲尾特綱無奉切一合娑瑜瓏上聲囉也泮吒七遍誦之此是辟除真言

其手印相以左手大指屈入掌中以中指無名指而押大指屈其頭指著中指中節側亦屈小指著無名指中節側即舒努臂頭上右轉三遍及印觸身五處右手大指押小指甲餘三指直竪作嚩日囉二合形叉其胥側立法如前此是辟除手印

又辟除真言及手印真言曰

唵嚩日囉二合多去聲囉吽泮吒三遍誦之此是辟除真言

其手印相以右手拍左手掌如是三遍此是辟除手印

又辟除真言及手印真言曰

唵枳里枳里囉嚩咾捺囉二合吽泮吒此是辟除真言

其手印相以兩手彈指三遍此是辟除手印

云何名爲辟除謂於神室華等衣裳及座等物所有諸難擯隨令去名辟除即得清淨次說真言及手印而作濊垢真言曰

唵枳里枳里嚩日囉二合吽泮吒七遍誦之此是濊垢真言

其手印相以右手大指捻小指甲上餘三指徹開直竪叉胥間三指向前左手亦作此印用印諸物令除穢惡名曰濊垢此枳枳忿怒濊垢手印

次作清淨佛部心真言而拳取香水持誦七遍用灑諸物便成清淨初佛部心真言曰

唵尒曩上聲尒迦三合七遍誦之

蓮華部心真言曰

唵阿(去聲)嚕力迦(此是蓮華部心真言)

金剛部心真言曰

唵嚩日囉(二合)特勒(二合)迦(輕呼此是金剛部心真言)

次作光澤持真言及作手印以印諸物便成

光澤初佛部光澤真言曰

唵啼誓(而曳切)帝若(而也切)徙尾(二合)寧(上聲)徙提(去聲)(重呼)娑(去聲)馱也鉡泮吒(三遍誦之此是佛部光澤真言)

蓮華部光澤真言曰

唵你(去聲)比也(二合)你(去聲)比也(二合)你(去聲)跛也摩訶(去聲)室哩(二合)曳莎訶(三遍誦之此是蓮華部光澤真言)

金剛部光澤真言曰

唵入嚩(二合)羅入嚩(引二合)羅也滿度哩莎訶(三遍誦之此是金剛部光澤真言)

其手印相以左手大指捻小指甲上餘三指微開直竪舒其膊還以右手亦作此印承左手肘下以手印印觸諸物即成光澤通三部用(此是通三部光澤手印)

蘇悉地羯羅供養法卷上

音釋

萎(邕危切蔫也)閼伽(梵語也此云水閼阿葛切)鉡(于吟切)欬(口溉切逆氣也)緝(如止切)窠(苦禾切窠穴也)孽(魚列切)姡(古候切)膊(伯各切肩甲膊也)捻(諾協切指捻也)簸(補過切)渦(烏禾切水回流也)驀(莫自切驀越也)屐(竭戟切木履也)幀(陟孟切開張畫繒也)

蘇悉地羯羅供養法卷中 中下同卷

唐中印度三藏善無畏譯

次作護身法明王手印誦此眞言印頂等五處便成堅固護身眞言曰

唵嚩日囉(二合)祇寧(上聲二合)鉢囉(二合)你(去聲)鉢多(去聲二合)也莎(去聲)訶(去聲)

五遍誦之此是護身眞言

其手印相二小指叉入掌二無名雙押二小指叉上入掌中二中指頭直竪相著二頭指押二中指上節令頭指中節曲入大指直竪輔著中指(此是護身手印)

次作大護身誦此眞言及作手印亦五處成大護身眞言曰

唵入嚩(二合)囉曩也吽泮吒(輕聲五遍誦之此是大護身眞言)

其手印相即前護身印同

次應被甲誦眞言及作手印從頂摩觸下至於足即成被甲眞言

唵度比度比迦(引)也度比鉢囉(二合)入嚩(引二合)里寧(上聲)莎訶(去聲七遍誦之此是被甲眞言)

其手印相散舒

次以眞言及手印而結髮眞言曰

唵蘇悉地羯哩莎訶(此是結髮眞言通三部用)

其手印相右手作拳直舒大母指印於頂上(此是結髮手印通三部用)

又佛部結髮眞言曰

曩(上聲)莽娑怛𠼝(二合)也地尾(二合)迦(引)難(去聲)薩囉嚩(二合)怛他蘗多(去聲)難唵蘇悉馱路者者寧(上聲)莎(去聲)訶(去聲七遍誦之此是佛部結髮眞言)

蓮華部結髮眞言曰

曩(上聲)謨囉怛曩(二合)怛囉(上聲二合)夜也曩(上聲)莽鉢

那莽(二合)斅寧(上聲)曳唵迦醬莎訶(七遍誦之此是蓮華部結髮真言)

金剛部結髮真言曰

囊謨囉怛囊(二合上聲)怛囉(二合)夜也囊莽室戰(二合)拏嚩日囉(二合)斅儜曳摩訶藥乞沙(二合)細囊鉢多(上聲)曳囊(上聲)莽迦(去聲)羅訖嘌(二合)旦(引)多嚕比尼(上聲)昇迦嚇隸扇(引)底　迦哩迦吒你伽吒你斅多也莎訶(七遍誦之此是金剛部結髮真言)

其手印相與前印同

置其寶座者本尊隨在方所先願彼方次應心想大海於中寶山其山頂上想師子座於上復有微妙大蓮華臺於上復觀諸寶樓閣懸以繒旛上有傘蓋幢及羅網而以莊嚴運心想已從誦真言加彼前所想者一一成就

即說成就大海真言曰

唵阿毗莽嚕(平聲)娜地針(七遍誦之此是成就大海真言)

次說成就師子座真言曰

唵阿(上聲)者羅針泮吒(三遍誦之)

次說成就寶山真言曰

唵阿者羅微(去聲)嚇隸莎(去聲)訶(去聲三遍誦之)

次說成就蓮華真言曰

唵迦莽羅莎訶(三遍誦之)

次說成就寶樓閣等種種莊嚴真言曰

唵囊(上聲)莽薩囉嚩(二合)怛他(去聲)蘗多(去聲)囊薩羅嚩(二合)他(去聲)嗚捺蘗(二合)帝吃龕(二合)娑破囉(二合)呬呬莽闍(二合)伽伽(輕聲)囊劍(去聲)莎訶(三遍誦之此是成就寶樓閣真言)

奉獻閼伽水者隨部差別及事成就相應而作瓦器所謂金銀熟銅石木及瓦商却縮枳知(二合)波(此云)樹葉荷葉等作勿令破缺麤澁孔

穴盛滿香水隨部類及上中下而置諸華以
辦事真言持誦復以部母真言等持誦即以
閼伽水持誦置於左邊辦事真言及手印前
所說辟除等真言手印是也次說部母等真
言及手印初說佛部母真言曰
囊(上聲)謨婆(去聲)伽(輕聲)嚩姤瑟膩(二合)沙(去聲)也唵嚕
嚕娑普(二合)嚕什嚩(二合)羅底　瑟咤(二合)悉馱(去聲)
路者寧(去聲)薩囉嚩(引二合)囉他(二合)娑(引)馱寧莎
訶(此是佛部母真言佛眼是也三遍誦也)
蓮華部母真言曰
那囉舍(二合)囊(上聲)娑嚩(二合)囉舍囊(引)弊(毗也切)室
囉(二合)嚩娑莽(二合)囉妳囊者瀉莽(上聲)舍薩囉嚩
(二合)薩怛嚩(引二合)難(去聲)薩囉嚩(二合)微也地指抧
瑳(上聲)迦怛姪他唵迦醯微迦醯迦吒微迦吒
迦損(吒應切)迦醯娑(去聲)伽(輕聲)嚩底　微若(而也切)
曳莎訶(三遍誦之此是蓮華部真言名半拏囉嚩私寧是也)
金剛部母真言曰
囊(上聲)謨(上聲)羅怛囊(上聲二合)怛囉(二合)夜也囊莽室
戰(二合)拏嚩日囉(二合)皺儜(上聲)曳摩訶(去聲)藥乞沙
(二合)細囊鉢多(上聲)曳唵俱(上聲)蘭達哩滿馱泮吒
(三遍誦之此是金剛部母真言忙莽雞是也)
次說部心真言初佛部心真言曰
唵尒囊尒迦(七遍誦之)
蓮華部心真言曰
唵阿(去聲)路力迦(七遍誦之)
金剛部心真言曰
唵嚩日囉(二合)特嘞(二合)迦(七遍誦之)
次說佛部母佛眼手印相合兩手屈二大指
雙入掌中直附中指當中節內勿爲屈節微
屈頭指押二中指上節背(此是佛眼手印相)

次說蓮華母手印相合掌十指並屈頭相著令掌中虛如未開蓮華仍腕相著此是蓮華母半拏羅嚩祇寧手印

次說金剛部母忙莽計手印相合掌屈二頭指及二無名指入掌中背各相著餘六指並直竪相著此是金剛母忙莽計手印

又說合掌屈二頭指及二無名指翻相叉押節頭右押左餘六指者並竪相著亦即是前印

次說部心手印相初佛部心手印相八指相叉入掌中令八指中節露出其二大指直竪勿著頭指仍去半寸此是佛部心印

次說蓮華部心印相依佛部心印惟改右大指屈入掌中獨竪左大指此是金剛心印其闕伽法隨部相應及事成就如教廣說奉獻之時以本真言持誦而獻奉請本尊者持誦之人隨作法處先想坐已次以真言手印成就車輅送本尊所車輅真言曰

唵覩嚕覩嚕吽此是通三部送車輅真言

其手印相二手中指以下六指相叉右押左入掌二頭指相著二大指輔中指側開兩掌腕相著六指互相著掌此是通三部送車輅手印

送車輅已即應誦以此明中安來句及作手印或但獨請本尊或并眷屬召請送則左大指向外而舉迎則右大指向內而屈內外各三遍明曰

囊上聲莽娑怛嚇二合也地尾二合迦引難薩囉嚩二合怛他去聲蘖多去聲難唵嚩囉引二祇你也二合羯囉灑上聲三合也莎訶此是通三部奉請明

此明次應置迎句唯上可知

其手印依前車輅印惟改右大指與左中指

頭相著(此是通三部奉請印)
或以部心真言中置(來句)謂心真言
次安曀曀(去聲)醯薄伽梵次去心真言
即知迎句及手作印而請若以部心真言奉
請本尊歡喜速來
初佛部心真言曰
唵尒囊迩迦(二十五遍誦之)
其手印相依前部心印惟改以二大指向前
招三遍即成請印(此是佛部請召印)
蓮華部心真言曰
唵阿(去聲)路力迦(輕聲五遍誦之)
其手印相依前部心惟改以右大指向前三
遍即成請召(此是蓮華部請召印)
金剛部心真言曰
唵嚩日囉(二合)特嘞(二合)迦(輕聲引五遍)

其手印相依前部心印惟改左大指向前招
三遍即成請印(此是金剛部請召印)
欲奉請時先執香爐誦持真言淨治室中道
路然後奉請淨治真言曰
唵蘇(上聲)悉地迦哩入嚩(二合)里多(去聲)難馱慕(輕聲)
利多(上聲二合)曳入嚩(二合)羅入嚩(二合)囉滿馱賀囊
(上聲)賀囊餅泮吒(輕聲此是金剛部淨治路真言亦呼二部)
佛部淨治路真言曰
唵入嚩(二合)囉(此是佛部淨治路真言)
蓮華部淨治真言曰
唵鉢那咩(二合)寧(上聲)婆(上聲)伽(輕聲)嚩底　慕(輕聲去)
賀也慕(輕聲去)賀也諾蘖知(二合)慕賀寧(上聲)莎訶
(此是蓮華部淨治路真言)
作此法已室中關鑰悉皆開解亦成辟除乃
至清淨及成警覺本尊先作奉請真言其句

曰

曀醯曳呬娑(上聲)伽(輕聲)梵寧賀薄底夜(二合)囊(上聲)

三莾叏囊者閼囉健(二合)者三鉢羅(二合)底　誓

(鳴曳切)南曇(一合)布若闍(二合)柘囉(二合)四(去聲)娜咩(二合)

(此是通二部奉請句真言前已說竟)

隨其本尊坐處立及其歡喜等相乃至顧視

行者作彼形狀相貌相應而奉請尊

除遣從魔者有毗那夜迦名送諸尊請尊至

即用抧里抧里真言及手印而遣除之真言

曰

唵抧里抧里嚩日囉(二合)吽泮吒(輕聲七徧誦之此是抧里抧里真言)

其手印相以左手大指捻小指甲竪三指作

嚩日囉(二合)形向外拓之(此是抧里抧里金剛印而用遣除)

視三摩耶者既除送尊毗那夜迦欲去本尊擬欲隨去是故視三摩耶令住莫去于時即以右手視印誦此真言令住謂其本尊憶惜本願真言曰

唵昇来(二合)羯隸三摩焰莎訶(七遍誦之此是視三摩耶真言)

其手印相以右手大指捻小指甲竪三指作嚩日囉形向外拓之(此是抧里抧里金剛印用視之)

奉座令坐者先結内界金剛橛等地方及上已即奉閼伽然後請坐閼伽以本真言持誦而獻或以通用閼伽真言持誦隨其成就事部差別執閼伽器當置於心乃至胡跪而奉獻之謂三部當額奉獻其天部當心奉地部當膝真言曰

唵藥乞衫(二合)囊(上聲)那(去聲)也見(引)捺囉(二合)達磐(輕聲)鉢哩(二合)也鉢捨(去聲)鉢捨莎訶(此是通用誦閼伽器真言之印)

於晨朝時日中時及日暮時於此三時以其眞言手印奉蓮華座初佛部眞言曰

唵微囉微囉引也莎訶此是佛部奉座眞言

蓮華部眞言曰

唵鉢那莽二合微囉引也莎訶此是蓮華部奉座眞言

金剛部眞言曰

唵嚩日羅微囉引莎訶此是金剛部奉座眞言

其手印相合掌二手頭指中指無名指並相博著開掌中相去四指許大指及二小指並相著直竪此是通三部奉蓮華手印

若辦衣裳瓔珞等以辦事眞言持誦奉獻結界法者以金剛栓法用結地界以金剛爐法用結上方金剛栓眞言曰

唵枳哩枳哩嚩日囉二合嚩日哩二合部囉二合滿馱滿馱吽泮吒此是金剛栓眞言三遍誦之

其手印相以左手中指無名指向外雙入右手中指無名指間以左手無名指挍右無名指二小指頭相著二大指頭相著二頭指直竪頭相著以此印翼兩臂令二大指頭著地而誦眞言成結地界此是金剛栓印

以金剛鈎欄眞言及手印用結上方界眞言曰

唵微娑普羅二合那羅二合乞沙二合嚩日囉二合半若而也切囉吽泮吒半音三遍誦之此是金剛鈎欄眞言

其手印相依前栓印惟改二大指博著二頭指側舉印向上而誦眞言成結空界是金剛鈎欄印

以金剛爐眞言手印作金剛爐眞言曰

唵薩囉薩囉嚩日囉二合鉢囉二合迦囉吽泮吒此是金剛爐眞言

其手印相依前栓印惟改二大指開散直竪

以印從南右轉三遍誦之眞言成就金剛爐此是金剛爐印法云已前三界內視也

次以金剛羂索眞言手印結東方界眞言曰

唵嚩日囉二合簸賒醘唎二合伽伽囊摩囉餅三遍誦之此是金剛羂索眞言

其手印相以左手頭指屈著大指根以大指直竪押頭指甲微開孔餘三指相博著直竪右手亦然以右手三指背著左手三指內此是金剛羂索印用結東方界

次以金剛旛眞言及手印法結西方界眞言曰

唵鉢鐙祇寧上聲囉吒三遍誦之此是金剛旛眞言

其手印相以左手作拳直竪大指舒右五指側置左手大指頭上掌向身結西方界此是金剛旛印拳右手如左亦是此印

次金剛迦引哩眞言手印結北方界眞言曰

唵嚩日囉二合迦引哩囉吒莽吒三遍誦之此是金剛迦里眞言

其手印相以二手大指二小指頭各相拄著餘六指各自屈向掌中勿令指背相著亦勿著掌中結北方界此是金剛迦里手印

次以金剛峯眞言及手印結南方界眞言曰

唵嚩日囉二合尸佉囉囉吒莽吒三遍誦之此是金剛峯眞言

其手印相以左手作拳直竪大指右手大指頭指相捻大指頭少出將右手下側置其左手大指頭上令其右手大指直竪結南方界此是金剛峯印

次用眞言持誦右手掌七遍以指其成結下界眞言曰

唵商昇二合羯隸莎訶七遍誦之此是結下界眞言三遍亦得

次以阿三忙銀引你眞言及手印普作火院眞言曰

唵阿三滕引祇寧梨引咽聲三遍誦之此是阿滕祇寧眞言

其手印相以右手指背置左手指内令無縫二大指向上直竪右轉一遍即成火院此是阿三滕祇寧印

次以眞言及手印重結大界眞言曰

唵商昇二合羯隸莽訶三莽焰莎訶七遍誦之此是結大界眞言

其手印相以二手指無名指相叉入掌直竪二中指頭相著二頭指屈在中指背上節勿著中指如三股杵二大指在頭指側普轉八方上下及誦持眞言成結大界此是結大界印如是作巳假使側近輪王佛頂及餘相違諸眞言者不能爲壞亦不損滅本尊威力諸有破明繫縛及誰却著法皆不得便備縛日囉等者諸金剛數珠指環腰線神線臂釧蓮華摽旗等勿以香水或餘物淨用本尊眞言而持誦之於念誦時及護摩時皆須具備如上等物次説成就縛日囉等諸餘物法其嚩日囉隨其相應置器中當自面前安置座上以紫檀香而用塗之次以香華等執持供養請眞言之主彼眞言持誦香華而用供養又誦千遍即名成就是嚩日囉眞言曰

唵度那嚩日囉訶此是成就嚩日囉眞言

其嚩日囉以紫檀等三股而作持誦千遍次説佛部淨數珠眞言曰

那謨羅怛曩二合怛囉二合夜也唵閼娜薄二合帝微若而也切曳悉地悉馱喋替二合莎訶此是佛部淨數珠眞言

蓮華部數珠眞言曰

那謨鉢特莾合二皺拏曳唵闇沒哩合二登伽袂室里合二曳室唎合二忙里你莎訶此是蓮華部數珠眞言

金剛部淨數珠眞言曰

那謨羅怛囊合二怛羅合二夜也那莾室戰合二拏嚩日囉合二皺儜曳摩訶藥乞沙合二細囊鉢踐曳唵枳里枳里勞知哩合二尼莎訶此是金剛部淨數珠眞言

各以此三部淨數珠眞言隨其本部眞言用穿數珠孔一一珠顆持誦七遍及至穿繫畢已又更持誦眞言百遍復如前法而淨數珠復已此眞言而作成就初佛部成就數珠眞言曰

唵那謨婆伽嚩底悉悌娑馱也悉馱引嘌替莎訶此是佛部成就數珠眞言

蓮華部成就數珠眞言曰

唵縛蘇莾底室里合二曳鉢特莾合二忙里你莎訶此是蓮華部成就數珠眞言

金剛部成就數珠眞言曰

唵那謨嚩日囉引二合尒眈若曳莎訶此是金剛部成就數珠眞言

以此成就數珠眞言請其本部眞言於數珠上乃至供養時持誦千遍以爲成就

次說執持數珠手印之相以右手大指捻無名指頭直舒中指小指微屈以頭指著中指上節側此是通三可執數珠印

次說蓮華部執數珠印相以右手大指捻其中指頭餘三指直舒左手亦然此是蓮華部執數珠印

次說金剛部執數珠印相以右手作拳展直大指捻頭指左手亦然此是金剛部執數珠印

以活兒子佛部爲數珠以蓮華子中部爲數珠以嚕捺囉(二合)叉子金剛部爲數珠又說取活兒子蓮華子嚕捺囉(二合)叉子商法及石木患鍮錫熟銅瑠璃隨取其一數過百量而作數珠以右手執心不散亂眞言誦畢一時當掐勿令前後

次說臂釧之法其臂釧中穿一活兒子等珠以部母眞言手印持誦香華而用供養及香水灑還以部母眞言手印請來加持釧上復以部母眞言手印次第供養乃至持誦千遍以捺婆草作環置無名指用部心眞言如前作法成就乃至持誦千遍各作本部次第應知其腰線法令童女搓合以俱遜婆(此云紅藍華)或鬱金染如前法成就乃至持誦千遍於念誦護摩時及以睡時繫於腰間能止失精

成就腰線眞言曰

唵阿囉阿囉滿馱你(輕聲)縮訖囉(二合)馱(引)囉尼(上聲)悉馱(重聲引)嘌(二合)莎訶(去聲)

蘇悉地羯羅供養法卷中

蘇悉地羯羅供養法卷下

唐中印度三藏善無畏譯

於佛部中其線白色蓮華部中其線黃白色金剛部中其線赤色此等物備具在身方可作法依經依部如經所説結大界已次應供養隨其成就及與事部差別所辦塗香色味香氣與彼相應前所瀉垢乃至光澤塗香以此眞言及本眞言持誦後作手印而奉獻之

奉塗香眞言曰

伊(上聲)吽言(上聲)駄(引)輸(上聲)婆(上聲)你微夜(二合)輸者也輸(上聲)者瑜那(上聲)也莽夜你(輕聲)吠你姤薄訖底夜(二合)鉢羅(二合)底夜仡㗚(二合)呬也(二合)鉢囉(二合)呬那吽唵阿(去聲)賀羅阿賀羅薩囉縛(二合)尾你夜(二合)達囉布尔帝莎訶(七遍誦之此是奉獻塗香眞言通三部用)

其手印相以右手舒五指竪掌向外以左手向上把右手腕四指向外大指在内把之(此是奉塗香印通三部用之)

又佛部奉塗香眞言

唵阿仡路(二合)多(上聲)羅(引)仡囉(二合)微灑曵囊(上聲)莾莎訶(去聲七遍誦之此是佛部奉塗香眞言)

蓮華部奉塗香眞言曰

唵那㗚(二合)知㗚知那㗚(二合)吒鉢寧(上聲)那㗚(二合)帝那㗚(二合)底夜鉢寧(上聲)𤙖泮吒(二合七遍誦之此是蓮華部奉塗香眞言)

金剛部奉塗香眞言曰

唵微薩囉薩囉𤙖泮吒(七遍誦之此是金剛部奉塗香眞言)

前所瀉垢乃至光澤奉華以此眞言及本眞言持誦復作手印而奉獻之奉華眞言曰

伊(上聲)吽蘇(上聲)莽囊你尾夜(二合)輸(上聲)者也輸(上聲)者瑜囊(上聲)也莽夜寧(上聲)吠你多(上聲)薄訖底夜

合二鉢囉合二底仡哷合二吧也合二鉢羅合二吧那咩
唵阿去聲賀羅阿賀囉薩羅嚩合二尾你夜合二達
囉布尒帝莎訶七遍誦之此是奉華眞言通三部用之
其手印相如車輅印惟改二頭指相叉此是奉華印通三部用
又佛部奉華眞言曰
唵尸祇起合二尸契莎訶七遍誦之此是佛部奉華眞言
蓮華部奉華眞言曰
唵戰尼寧健陁謨丁泥合二絆泮吒二合七遍誦之此是蓮華部奉華眞言
金剛部奉華眞言曰
唵部哩合二囉若嚩合二蘭多詣莎訶七遍誦之此是金剛部奉華眞言
次前所瀉沍乃至光澤燒香以此眞言及本
眞言持誦復作手印而奉獻之奉燒香眞言
曰
阿閦嚩曩娑鉢合二底囉素賀哷合二你也一合好心
健陁引値也合二欝馥蘇囉部若天養曩莽夜寧
吠你姤度誠奉獻薄訖底夜合二度報閦鉢囉合二底
仡哷合二吧也合二旦願納受唵阿賀羅賀羅薩囉
嚩合二尾你夜合二達羅布尒帝莎訶七遍誦之此是本燒香眞言通三部用之
其手印相以二手小指無名指中指並向内
曲背相著向上直竪二頭指側相向上一麥
道不著二大指博著二頭指側此是奉燒香眞言通三部用之
又佛部奉燒香眞言曰
那謨仡羅合二蔓拏微灑曳尸棄寧上聲莎訶七遍誦之
蓮華部奉燒香眞言曰

唵戰捺囉(二合)娑夢拏里伽嘌(二合)那祇里尼鉡
泮吒(七遍誦之此是蓮華部燒香真言)
金剛部奉燒香真言曰
唵微薩羅薩羅鉡泮吒(七遍誦之)
次前所瀉垢乃至光澤飲食以此真言及本
真言持誦復作手印而奉獻之奉食真言曰
粤灑悌難囉索憙嘌你也(二合心歡喜)噎灑滿多
囉(二合)設怒麽里莽也(此等等食至誠奉獻)寧你姤薄訖
底夜(二合)鉢囉底訖嘌(二合)四也(二合)鉢囉(二合)四那
咩唵阿賀羅阿賀羅薩囉嚩(二合)尾你夜達囉
布尔帝莎訶(七遍誦之此是奉食通三部用之)
其手印相仰兩手二掌向前側相著二無名
指頭側相著微屈二頭指博著中指側二大
指博著二頭指側小似掬水相(此是奉食印通三部用之)
又佛部奉食真言曰

唵製拏嘌那弭(二合)尼(上聲)莎訶(七遍誦之此是佛部奉食真言)
蓮華部奉食真言曰
唵漸路緊寧(上聲)莎訶(七遍誦之此是中部奉食真言)
金剛部奉食真言曰
唵嚩日哩(二合)尼(上聲)嚩日藍(引二合)藝莎(去聲)訶(七遍)
(誦之此是下部奉食真言)
復當前瀉垢乃至光澤然燈以此真言及本
真言持誦及作手印而奉獻之然燈真言曰
囉訖芻(二合引)近囊(上聲二合)灑者(二合能讃清淨能去無明以此
等虔誠奉獻惟願納受)跛尾怛囉(二合)室者(二合)瞻謨(上聲)尾
曇莽囊(上聲)輸(上聲)娑莽衣寧(上聲)吠你姤薄訖底
夜(二合)你(去聲)報闍鉢囉(二合)底仡嘌(二合)四也(二合)旦
唵阿(去聲)路迦也路迦也薩囉嚩(二合)尾你底(二合)
達囉布尔帝莎訶(七遍誦之此是奉燈真言通三部用之)
其手印相以右手作拳舒中指大頭相捻直

竪(此是奉燈印通三部用之)又佛部奉燈眞言曰

唵阿莽羅于建(引合)二底帝尒寧(上聲)莎訶(三遍誦之)(此是佛部奉燈眞言)

中部奉燈眞言曰

唵戰安(二合)尼(上聲)寧(上聲)茹瑳囊(二合)羯哩許泮吒(二合三遍誦之此是中部奉燈眞言)

下部奉燈眞言曰

唵尾嚩嘌(二合)多路者囊(上聲)許泮吒(二合三遍誦之此是下部奉燈眞言)

眞言并手印運心供養者若當不辦塗香乃至燈明供養但誦如上奉塗香等眞言及作手印亦成圓滿供養次運心供養者以心運想水陸諸華無主所攝遍滿虛空盡十方界及與人天妙塗香雲燒香燈明幢旛繖蓋種種鼓樂歌舞妓唱眞珠羅網懸諸寶鈴華鬘白拂微妙磬鐸衿羯尼網如意寶樹衣服之雲天諸廚食上妙香美種種樓閣寶柱莊嚴天諸嚴身頭冠瓔珞如是等雲行者運心遍滿虛空以至誠心如是供養最爲勝上是發行者以決定心而行此法運心供養誦此眞言及作手印如上所想供養皆悉成就眞言曰

唵薩囉嚩(二合)他(去聲)烏骨那蘖(二合)帝娑頗(二合)囉呬(引)門伽伽(輕聲)囊(上聲)劒莎訶(七遍誦之此是成就運心供養眞言)

其手印相兩手相叉合掌以右押左置於頂上(此是成就運心供養手印)

凡作供養應具此法至誠信心及奉閼伽皆以眞言手印持誦成就及以運心合掌置頂

方成圓滿供養之法已身座者以捺婆草或餘草等而作其座長十六指厚四指闊十二指隨其成就及事差別相應坐之其坐法者略有三種一結跏坐二半加坐三記賢座令身端直勿使動搖而作念誦以其手印而執數珠置當心前而作念誦先禮三寶次禮本尊然後普禮諸餘尊等而作念誦初應須臾觀察本尊然後念誦中間勿起諸惡分別及瞋喜等正念誦持觀本尊形或觀真言所有文字或時觀彼本尊心上有真言文字或寂淨心而作念誦念誦之法不急不緩亦不聲高亦不大小中間不應共餘人語亦不心緣諸外境界真言文字不得訛錯當觀本尊如對目前晨暮二時遍數須足午時減半乃至少分於真言中有其唵字者及歸命字應寂心誦若作息災增益之事應以小聲念誦真言有其𤙖字及泮吒字應瞋猛誦若作損他誦念之時令餘人聞凡真言字數有多少從一至四應誦數滿一俱胝遍從五字至十五字一一字數誦落叉遍十五已上至三十二字誦三落叉數過此者誦一萬遍於一一時如法念誦其數畢已隨所懷願及以成就殷勤求之護本尊者佛部之中以佛眼真言應護未定本尊中部中以半拏羅嚩私寧真言應護本尊下部中以忙莽計真言應護本尊初欲誦及了之時於此二時應護本尊所誦真言若寧靜者應以猛忿真言而護本尊或用部主而護本尊所誦真言若猛忿者應以寧靜而護本尊或用部主而護本尊所誦真言若歡喜者應以寧靜猛忿二種真言而護

本尊迴施功德者誦畢已應以部母護其遍數奉寄部主應知如是言一切有情無明所覆惟求菩提信受我今爲彼非爲已身惟願世尊成就之時還我遍數念誦畢已次閼伽置於頂上而奉獻之復重供養香華等物作三摩耶重作護法以其部母重護本尊亦以部母或以明王自護已身作阿三忙祇寧印其眞言左轉其印前所能護並悉解其手印相准奉請印惟改二大指向外送之即成發遣護摩分者如於念誦次第護摩所有澡浴乃至奉請本尊皆同念誦法則其護摩柴謂烏曇末羅木閼說他木閼迦木羅(引)闍閼迦木莽囊伽木阿輸迦木窓螺木尼俱律木庵没羅木却地羅木閃珎木鉢落叉木阿波末伽木荼度迦木粘目迦木取如是等木截十指量於其乳酥酪蜜之中搵其兩頭於諸成就及與息災增益損他之事而作護摩其護摩物謂蓮華酪飯酥乳胡麻及蜜芥子塩等本尊之前已身中間而置其爐方一肘量下深半肘或復圓作或於室內作或在室外令見對本尊如法而作四面安堦爐口置緣量高四指爐中安輸餘諸物等印各高一指以瞿摩夷和牛尿塗用香水灑於其堦上順布青捺婆草所有護摩柴等物置於右邊其閼伽器置於左邊諸供養物黄白色類隨事而辦然火著已用忿怒王瀉垢而請火神請火神眞言曰

唵噎呬醯莽訶(去聲)部多泥(去聲)嚩哩使(二合)你尾(二合)若薩多(上聲)莽仡㗚(二合)呬(引)怛嚩(引二合)護底莽(引)訶(去聲)囉莽娑泯(二合)散寧(上聲)呬姤婆(上聲)嚩

阿伐囊(上聲二合)曳合尾也(二合)劫尾也(二合)嚩(引)賀囊也莎(去聲)訶(去聲三遍誦之此是請火神真言)

其手印相以右手直豎五指舒掌向外屈其頭指向掌屈大指橫在掌中大指來去(此是請火神手印)

請以右灑香水三遍及與三遍漱口之水即誦此真言護三遍以祀火神真言曰

唵阿仡囊(二合)曳合尾也(二合)劫尾也(二合)嚩賀囊也你(去聲)比也(二合)你(去聲)跛也莎訶

祀火神訖重灑香水及與嗽口以香華等供養令坐本位於其堦外別立一處爲置本尊如法奉請次第供養以本尊真言持誦一華置於其處作如是言惟願尊者加被此處受此護摩次以枳里枳里忿怒王真言及手印重作瀉垢火等真言曰

唵枳里枳里吽泮吒(二合此是瀉垢火等真言)

其手印相左手豎五指掌向外右手豎五指掌向內以右手背相著即以右手頭指已下四指反鉤左手四指向下轉腕向身却合兩掌相向二腕相著(此是瀉垢火等手印)

其灑香水真言曰

唵闍没嘌(二合)帝賀囊賀囊(上聲)吽泮吒(二合此是灑香水真言)

然火真言曰

唵部囉若嚩(二合)攞(此是然火真言)

瀉垢火等了已還灑香水乃至漱口兩手置其兩膝之間初以一杓滿酥護摩一遍次則護摩其柴次則護摩飲次護摩諸穀或以乳粥次則蓮華羯尼迦羅等華隨意護摩隨其本事或寂靜心或歡喜心或忿怒而護摩其

所著衣或白或黃赤隨事應知或面向東或北或南隨事而作其供養物或白黃赤香味等類亦復須知護摩畢已還以一杓滿酥護摩一遍重獻閼伽乃至供養准前重作護身及方等印并與護尊及護己身乃至解界准方可發遣其遣火神手印相如前請火神印惟改頭指與大指相捻（此是發遣火神印）於請火神真言中置其去去字即成發遣然後隨意

牛五淨者謂黃牛尿及糞末塗地者乳酪酥等茅香水一一持誦經一百遍然後相和更復持誦一百八遍於十五日斷食一宿以面向東其牛五淨置於蓮荷等葉之中默飯三兩十五日中所犯穢觸及不淨食皆得清淨

初佛部五淨真言曰

那（上聲）謨（上聲）婆伽（輕聲）嚩帝烏瑟膩（二合）沙（去聲）也微輸（上聲）提微囉誓（而曳切）尸吠扇（引）底羯哩莎訶（三遍誦之此是佛部五淨真言）

蓮華部五淨真言曰

嚩帝鉢那莾（二合）簸儞（上聲）曳奄也輸（去聲）誓（而曳切）莎訶（三遍誦之此是中部五淨真言）

金剛部五淨真言曰

那（上聲）謨（上聲）囉怛曩（上聲）怛囉夜也曩莾室戰拏嚩日囉（二合）皺儞（上聲）曳摩訶（去聲）藥乞沙（二合）細曩鉢多（上聲）曳唵尸棄寧尸棄寧（上聲）囉莾（二合）麗鉢囉（二合）鞞鉢囉婆（二合）婆嚩（去聲二合）隸帝誓（而曳切）帝若嚩底鉢囉（二合）婆（去聲）嚩底莎（去聲）訶（去聲三遍誦之此是金剛部五淨真言）

又以五淨用灑臂釧數珠腰線茅環神線嚩日囉皆得清淨其腰線者令童女右旋搓合

經三合已重更三合若綱調雲作其臂釧者作二十五金剛之結中置一珠兩頭各一其茅環者稱無名指量以茅三纏作金剛結喫食之時以部主眞言持誦其食方可食之睡眠之時以部母護身若見惡夢及以失精當誦部母眞言百遍應用部主眞言護所住處及以己身并弟子等三時灑水淨衣或洗令淨飲食之時先以所持眞言持誦團食奉獻本尊然後方食於諸節日應加供養半月半月用閼伽器以軍荼利等眞言持誦近每日三時作漫荼羅及作制底讀大乘經思惟六念作慈等觀旋遶制底佛堂等處沐浴尊容及以舍利

蘇悉地羯羅供養法卷下

音釋

齧倪結切　腕烏貫切臂節也　輅魯故切車也　咩迷爾切　鑰弋灼切闕下牡也　拓他各切斥開也　栓其月切與橛同　縎扁縣切墨也　鐙下鄧切　朦莫旦切　釧樞絹切臂鐶也　袂彌蔽切　掐苦洽切爪刺也　搓七何切挪也　繖蘇旱切蓋也　搵烏因切以手捺物也

不動使者陀羅尼祕密法
唐三藏沙門金剛菩提奉詔譯
金剛頂經瑜伽修習毗盧遮那三摩地法
唐南天竺國三藏金剛智譯

清刻龍藏佛說法變相圖

二經同卷
不動使者陀羅尼祕密法
金剛頂經瑜伽修習毗盧遮那三摩地法

不動使者陀羅尼祕密法

唐三藏沙門金剛菩提奉　詔譯

如是無量力不動聖者毗盧遮那使者心一切利益成就法欲受持者先當行四種精進行自約身心令念不散一志堅固速得證驗令滿所願云何四種行自約一者斷食二者服氣三者食菜四者節食隨力所辦自約身已專誦根本陀羅尼滿一洛叉乃至三洛叉已即一日一夜水亦不食廣大供養莊嚴道場於畫像前燒苦楝木如大拇指長十二指

兩頭搵酥每誦呪一徧燒一枝滿一千八枝燒了小小世間事便得滿願復次誦數滿已入江海大河深至項處面向東立每日念誦數滿三洛叉已心中所愛福田皆得滿願其水當令無蛟龍惡獸之處恐呪功未成爲他物所損則當須結界若當加功持誦不動使者現身力能縛一切鬼神亦能摧折一切樹木亦令空中飛鳥隨念而墜亦能乾竭龍湫若論議及對外道惡人皆能降伏復次先候月欲蝕時令誦呪滿數先蝕一日一夜不食取新牛糞未落地者作方壇二肘未落地者有二種義一者以器物承取莫令至地二者亦落地時塵土未汙即略取上分不著地者將以泥壇泥壇訖以種種好華散以供養取大般若經安置中心著取同色老犢子牸牛乳作酪旋以取酥一兩熟銅椀盛以可里羅木作篦攪酥從月初蝕即念誦乃至見三種相所謂暖烟焰等得暖相者服之差一切疾病得烟相者將以塗已身可以隱蔽不令惡人所得見也得火焰相者服之通神身能飛行所謂身通也老犢牛乳者犢生經年已上犢大如母而猶食乳者其犢毛色須與母同如是牛乳堪作酥用復次行人誦一洛叉已即往深山高頂之上斷穀不食更誦一洛叉心心相續更莫異緣天之伏藏自然出現凡伏藏者有天有神有人人所埋藏者爲人伏藏鬼神所守名曰神藏亦名地藏諸天守護者爲天伏藏天藏尚能得見況地伏藏及人藏乎應作福事隨意受用復次依護摩法杓子盛牛乳一呪一燒如是滿一千徧能除國

中大疫癘也護摩法者掘地作爐著火令熾杓子法者以堅木剋之頭如杓可受雞子黃已下乳其柄端直長二尺許別以淨器盛乳以此杓子酌而呪之西國疫癘或一家一病遞相染著著皆死盡今呉蜀嶺南亦有此事是法能制復次取百草華和酥酪蜜一呪一燒所求衣服如此華色皆得稱意若求緋者當燒赤華餘皆准此雖不思議神力滿行人願自可量分約事而求則無後患若過分妄取神亦慢人雖得不貴若燒蜜邏嚩一洛叉一一呪燒得國中第一官位度所能作者求之必遂蜜邏嚩外國果子也復次燒畢養魚華得一切人愛樂燒松木以三物點燒誦十萬徧得無量眷屬松木長七寸大如指擘之燒大麥呪之得大丈夫富貴自在大麥馬麥也有皮者是也

畫像法摧伏第一

若欲作法應對像前心有所像神應像感於好絹上畫不動使者著赤色衣斜帔胷襌子亦赤色左邊一髻下垂至耳左眼微斜看左手把羂索右手把劒直豎劒首如蓮華葉狀劒靶寶鈿於寶石上坐曲眉瞋目身赤黃色怒狀令一切衆生皆怕懼相畫此像已於河海岸邊清淨蘭若或淨屋之中行者亦清淨身著赤色衣心想自身皆作赤色不得散亂默然乞食誦念五洛叉滿已取缸豆箕五寸剉之一萬莖三物點燒於此像前至心燒誦不動使者即自現身令行人見見已得如來三摩地心與諸菩薩常得一處復次於此像前每日三時念誦本呪經六箇月隨力供養

華香飲食求種種願皆得滿足若有兵賊來者行人手執一幢誦一千徧立著來處彼寇賊等自然退走怕懼而散若損國損佛法怨家惡人以鹽土相和作其像心上題其姓名形長一肘誦呪呪之一徧割取一段燒之乃至燒盡彼人若不降伏必死又取曼陀羅葉燒呪一呪一稱惡人名字燒之滿一千徧前人必定失心取牛乳燒一千徧還令復本若燒鹽稱名一呪一燒滿一千徧千里內喚人皆至若燒安息香三時常不斷絶得國中上品位右已前法皆於此畫像下用之成就也

又畫像法第二

先於中心畫釋迦牟尼佛右邊畫曼殊室利童子菩薩形狀左邊畫執金剛菩薩作美笑狀右手把金剛杵底下畫不動使者寶瓔珞莊嚴於畫像前念誦五洛叉訖種種使役取蓮華十萬莖以酥蜜酪三物相和點一華上誦呪一徧即燒之如是燒華令盡是時蓮華吉祥天即現自身問行人言所願何事隨汝所求皆得滿足又取蘇末那華一洛叉一呪一燒乃至燒盡即得夜叉女來現身任種種驅使若有人欲結恐怖來求助者取屍陀林中灰呪七徧與之令其護身即得安樂若取牛黄像前呪七徧清水和於額上一點之令一切人見者歡喜降伏一切毗那夜迦若陀蝎等毒以淨土作泥呪七徧點瘡痛之處應時即差

別畫使者法第三

若欲得見不動使者乃至種種千事萬事人間之事皆可稱心者當畫不動使者身赤黄

色上衣斜帔青色下裳赤色左邊一髻黑雲色童子相貌右手執金剛杵左手執羂索口兩邊微出少牙怒眼赤色火焰中坐石山上於此畫像前種種結印念誦皆得成熟放光隱形縛一切鬼神皆得成就假令無畫像但清淨處或寺中得一間淨房無人鬧即得念誦一切世間鬼神病瘧等誦七徧或至二十一徧無不即差於此畫像前淨泥地燒安息香取一明鏡當心安之口加念誦令一小兒女子等看鏡中問其所見即皆言說所求願事須喚龍神但得名字立童男女清淨者誦呪呪之其神等入此童子心中便共行者語三世之事所問皆答若欲得矜羯羅成就者月生一日起首早起清淨畫像前散華檀香粖泥地作壇呪一百八徧日午黃昏各誦一百八徧若多誦不絕最好餘時不能誦呪但向道場中坐一心正念至時而誦亦得至十五日滿即造種種飲食供養畫像前方一肘作坑深一搩手指燒遏伽木若無用苦楝木亦得取白芥子一升五升從黃昏起首誦取杏仁許芥子呪一徧了即投火中燒之其芥子以酥和之令濕如此燒呪至半夜後矜羯羅即現形云須作何驅使行人報云須矜羯羅本日已後有事須問常相隨逐更莫東西矜者問事也羯羅者驅使也若不現者心決定念誦不動使者必須得見莫生狐疑直至平明無不來者現已種種驅使處分皆得乃至洗手或用柳枝令取皆得欲得上天入山亦扶行人將去欲得見欲界上天女等令將來相見亦得何況人間取人及物乃至種種

飲食此神作小童子形有兩種一名矜羯邏恭敬小心者是一名制吒迦難共語惡性者是猶如人間惡性在下雖受驅使常多過失也若無事時向道且去還來莫向道無事好去若向道無事好去即便長去更不來矣第一須記不得邂逅西國有僧驅使多年一朝誤遣遂不復來乃涕哭悔恨不復更至

若欲使古力迦龍王者於壁上畫一劍以古力迦龍王繞此劍上龍形如蛇劍中書此阿字心中亦自觀此劍及字了了分明心念不動使者誦一百八徧一日三時滿六箇月多誦益好若月滿已後古力迦龍王自現其形作人形狀常相隨逐任所驅使不動使者根本陀羅尼曰

那謨三滿多䮑日囉(二合)喃(一)尾迦吒微吃哩多羯邏(二)摩訶閉[illegible]多(二)蜜瑟咤(上聲二合)契註(知古切)叱瑟吒(二合)訶囉(四)按怛囉摩囉達羅(五)折覩嚕木佉(六)濕䮑(二合)囉那囉迦迦比嚕嗶特䮑計舍吽(七引)跋折囉(二合)跋折路(二合)薩囉吽泮娑䮑(二合引)訶(八引)

持此呪者於六月中每日三時誦念不絕每日清淨飲食每欲食時先出一分安淨器中呪二十一徧待身食了將此器食瀉著淨處月滿已後不動使者滿種種願三時者早時午時黃昏時時別一百八徧此名受時根本呪法後更有心呪出食此不動使者毗盧遮那佛之化身一持之後生生加護若求無上出世菩提者當清淨梵行一心精進當得種種不思議三昧不思議境界不思議神通不思議辯才不思議力用如是之事證者乃知

不可具說若世間之人世習未斷雖千度觸
犯種種世業使者皆許其懺悔不即捨離

結界護身法

先作海螺印

以左手中指已下三指握右手中指已下三
指名以當手大拇指捻無名指相捉訖直竪
右手頭指屈左手頭指捻右手頭指第二節
文安口上誦根本呪七徧於頂上右旋三帀
隨心遠近結界即成無能犯者

次作甲印

合二手以二頭指二無名指入掌內相叉直
竪二大拇指二中指二小指相合如三股金
剛杵形名爲甲印誦根本呪七徧已先安額
上次右肩次左肩次心上次喉上五處印之
以護身欲坐念誦皆先作此護身法欲出行
去亦宜作之

次作劒印

以左手大拇指捻無名指小指頭直申頭指
及中指爲劒鞘又以右手大指捻無名指小
指甲上直申中指頭指爲劒內左手掌中名
劒印安心上令中指頭直竪誦不動使者辟
一切惡毒呪呪七徧訖移安頂上呪曰

唵(引)阿者囉迦那步陀制吒迦(一上聲)吽吽(二)
可伊(許伊切)可伊(三)一譚(上聲)蘗哩醯(四)摩訶哩
毗沙颰(蘇急切)多惡紇哩鴟(鵂鴟切)泮(五)

若有人服毒欲死作此印呪七徧即可若欲
結界辟鬼神開惡雲等即安左膝上如拔刀
劒狀用力拔之於頂上右旋三帀隨意遠近
以劒竪安眉間少時而止一切無敢犯者若
欲念誦先作此印然後開手取珠依常念誦

次作無畏清淨印
以右手大指上節捻頭指甲上餘三指並直
申呪七徧所欲供養香華等令清淨者並以
此印三指㸃清水灑之即淨若有恐懼之人
來求依護者衣下結此印稱前人名字七徧
呪訖前人即不復怖名無畏清淨印
次誦不動迎請呪
那麽三曼多跋日囉合喃一阿哩夜合二嚩折
囉合二摩訶俱嚕陀二阿蘖瑳阿蘖瑳三緊之
囉斯四一鄧迦哩蠅俱盧那摩莎訶五
用前劒印安頂上左手中指頭三屈三徧誦
呪招召之即來赴也
次作索印
以右手大拇指捻中指已下三指甲直竪頭
指以左手中指已下三指握右手頭指屈左
手頭指押左手大拇指甲上誦索呪曰
那摩三曼多末實枕果切囉喃一阿播捨判者
那吽泮二
呪七徧已用伏一切鬼神令一千二千里追
人及天龍八部等用此印呪
次作師子奮迅印
如前甲印申二頭指開直竪之身立如金剛
勢以印或左或右摩之怒目瞋意吽聲誦師
子呪曰
那摩三曼多末寔囉喃一唵阿者攞迦那戰
拏娑馱耶吽泮二
誦七徧能降伏一切惡魔等以印摩惡雲雨
應時皆散已解印若惡風雨不止者取棘針
和白芥子燒呪一百八徧更誦根本呪一百
八徧非但風雨散止其龍神等却來擁護行

者
次作根本心中呪印
先結眼印以右手無名指小指握大拇指頭直申頭指中指於額上兩眉間垂頭指中指向下漸向髮際引之向上名不動使者天眼印誦心中呪呪之
唵質路一古婆平聲皤耶莎訶二
作瞋怒意吽字作聲誦稱怨家名字大鬼神捉彼人心令其降伏若常依此誦不斷絕必得眼通見三千大千世界及三界中事如對目前等無有異
次作根本心印
兩手合掌便內相叉令十指頭並入掌中訖直申二頭指頭相拄二大拇指勾取二無名指甲名根本印誦心呪曰

曩莫三滿多嚩日囉引二合喃一怛囉引二合吒半音二阿目伽戰拏摩訶嚧灑拏三娑頗引二合吒耶吽四怛囉二合麼耶怛囉二合摩耶吽五怛囉二合吒半音呼憾𤚥六
每日自食先出種種飲食二分於一盞中著待食了誦呪七徧呪之寫淨處著日別如此所去處常得擁護逐後復有一字呪曰
那摩三滿多末實囉喃一䳈胡浪切二
用前根本印呪之常誦結印不斷絕亦常不離左右也
不動寶山印
兩手十指向內相叉急握成拳名不動寶山印
頭印
右手大拇指屈入掌中四指握爲拳頂上安

之名頭印
一髻印
即此頭印上申頭指中指相並安左頂上便
引向下耳前下名使者一髻印
口印
二手相並以二小指相叉屈二無名指握小
指第二節以二大拇指捻無名指甲二中指
頭相拄二頭指屈捻二中指背第三節從掌
向上數第三也安此印口上名口印
心印
即依口印屈二頭指入二大拇指根安心上
如獨股金剛杵形名曰心印
火焰印
右手大拇指押小指甲上左手握大拇指作
拳甲頭指內右手掌中從右邊遶頭上過向
左猶如旋背光勢名曰火焰印也
遮火印
並二手各握大拇指爲拳屈二頭指入大指
根內拳相向並之能除一切火難已前法印
每念誦時依次用之口誦呪不停但持根本
呪有功已後餘呪印但誦結即用有驗更亦
不須受持總攝慈救不動呪曰
曩莫三滿多嚩日囉(二合)喃(一)戰拏摩訶(引)路
灑拏(二)娑發(二合)吒耶吽(三)怛囉(二合)吒(半音)憾(四)
𤚥(五)
此呪出毗盧遮那經能攝諸印法作前法了
即誦此呪一七徧已心念不動尊亦作前劒
印印額左右肩心上及喉上五處誦此呪呪
一百八徧當自想身如俱摩羅狀然後彈指
而散復次有法於屍陁林中取死人衣裳晝

不動使者取行人已身上血開解之畫像向西行者向東對此像念誦每日三時沐浴著濕衣裳默然念一洛叉滿已至月二十三日饌一切鬼神飲食法取種種米種種豆油麻等並相和作飯於八方散之自身一日一夜不食見一死人具足相貌者洗之令淨著衣裳置畫像前仰卧脚向西燒香自身護身結四面界訖行人坐死人心上念誦一萬徧滿已死人即動不須怕懼但堅壓著急念誦待死人口中吐蓮華出取華執之即變身化如十五六童子相貌乘空而去乃至梵天上無處不至自在遊行也此別行法若有凶宅恐懼之處或有官事逼惱者當一心誦根本呪亦可書呪釘於庭中令入地中萬妖不敢動作亦可釘此慈救呪上好但淨室中結界護身繫心不動使者專念不絕多誦彌佳乃至十洛叉每食出一分食供養不動使者自想心念勤勤莫間斷此最根本速得感驗功盃自知莫向人説一洛叉十萬徧也不動使者法略要畫此下信受奉行

憂丘滿願法（右下偈文亦是和尚譯出並同時）

若有善男女人比丘比丘尼等或有厄難或求官爵或見貴人或有請見者當合五香燒之誦念令滿十萬徧不得間斷若日促須願則多人同念令速得共滿前數亦得滿願呪曰

廻光菩薩　廻喜菩薩　阿耨大天　志德菩薩

憂丘婆丘　清淨比丘　惟願其甲（若自身求當自稱姓名爲人求者前人姓名）

宮事得了　死事即休　諸天菩薩

外國羅漢 救濟某甲 過度災難 假令求官者當於佛前惟願某甲下云得某某官宿殃求滅障難皆休又於此救護某甲過災度難下云所求某官得稱願

惟願慈悲滿弟子願持法先誦令熟念之口不出聲滿十萬徧數訖即獲所願若求速効行住不得間斷事大者衆誦行出即不須燒香若在家坐念必須燒五香也安息香零陵香霍香沉香熏陸香若無沉香以白檀代之亦得必不得闕安息香及零陵霍香也

不動使者陀羅尼祕密法

金剛頂經瑜伽修習毗盧遮那三摩地法

唐南天竺國三藏金剛智譯

歸命毗盧遮那佛　身口意業徧虛空
演說如來三密門　金剛一乘甚深教
我依瑜伽最勝法　開示如實修行處
爲令衆生顯眞實　頓證無上正等故
弟子堅固菩提心　從師已受灌頂位
妙修定慧恒觀察　深入業用善巧門
導諸有情勝菩提　以四攝法而攝取
無猒大悲未甞捨　見行小善便稱美
無住檀施等虛空　能以慧光破愚瞋
有所樂求恒不逆　發言先笑令心喜
能於妙法無染中　善用般若斷諸使
無上法輪恒不退　四辯演說無所畏
諸佛衆生事業中　恒被大誓慈甲冑
摧敗魔羅勝軍衆　堅持諸佛所祕門
有具如斯衆德者　方堪印可爲傳授
先佛聖仙所遊處　種種勝地或山門
建立精室布輪壇　香泥塗拭爲尊位
燈明閼伽皆布列　妙華散地以莊嚴
爲令衆生器世間　純一淨妙爲佛土
以此自佗清淨句　應理思惟密稱誦

眞言曰

唵(一) 薩嚩(二合下同)娑嚩(二合)戍陀(二) 薩婆達摩(三) 薩嚩娑嚩戍度含(四)

次應運心徧法界　塵刹佛海滿虛空
吽字種子加三業　結金剛起徧警覺
檀慧鉤結金剛拳　進力二度合三舉

眞言曰

唵(一) 麽折嚕(二合)底瑟姹(二)

由此眞語印加持　諸佛不貪寂靜樂
悉從定起赴集會　觀察行人同攝受
次結金剛持大印　一一想禮如來足
禪慧檀智反相叉　右膝著地置頂上
眞言曰
唵一麽折囉二合二勿切以一二
纔結金剛持印已　一切正覺皆隨順
即於十方諸佛前　禮事供養皆圓滿
爲欲承事諸如來　捨身奉獻阿閦佛
全身委地以心禮　金剛合掌舒頂上
眞言曰
唵一薩婆怛他引孽多引下同二布儒波薩他二合
娜野引阿怛麽二合南三涅哩夜二合多夜弭四
薩婆怛他蘖多麽折囉二合薩怛嚩二合五阿地
瑟姹二合薩嚩二合䋻六

由此眞言身印故　即得圓滿菩提心
次應敬禮寶生尊　爲奉灌頂供養故
金剛合掌下當心　以額著地爲奉獻
眞言曰
唵一薩婆怛他孽多二布惹引毗曬迦耶引
怛麽二合南三涅哩夜二合多夜弭四薩婆怛他
蘖多五麽折囉二合囉怛那引二合毗詵遮薩婆
䋻六
由獻此身妙請故　不久當爲三界主
爲求供養轉法輪　次應敬禮無量壽
金剛合掌置頂上　以口著地奉其身
眞言曰
唵引薩婆怛他蘖多一布惹鉢囉二合韈嘌多
二合那夜引怛麽二合南三涅哩夜二合多夜弭四
薩婆怛他蘖多五磨折囉二合達摩六鉢囉韈

嘌多(二合)夜𤚥(七)

由獻此身誠請故　當同救世轉法輪

復當敬禮不空尊　爲求供養羯磨故

金剛合掌當心上　用頂著地而奉獻

真言曰

唵(一)薩婆怛他蘖多(二)布惹羯磨抳阿怛麼(二合)南(三)涅哩夜(二合)多夜弭(四)薩婆怛他蘖多(五)麼折囉(二合)羯麼句嚕𤚥(六)

由是獻身方便故　便能示現種種身

次以已身佛海前　合掌胡跪懺諸咎

無始輪迴諸有中　身口意業所生罪

如佛菩薩所懺悔　我今陳懺亦如是

又應深發歡喜心　隨喜一切福智聚

諸佛菩薩行願中　金剛三業所生福

緣覺聲聞及有情　所集善根盡隨喜

復觀諸佛坐道樹　已身各請轉法輪

一切世燈坐道場　覺眼開敷照三有

我皆胡跪先勸請　轉於無上妙法輪

又皆勸請諸世尊　不般涅槃恒住世

所有如來三界主　臨般無餘涅槃者

我皆勸請恒久住　不捨悲願救世間

懺悔隨喜勸請福　願我不失菩提心

諸佛菩薩妙衆中　常爲善友不猒捨

離於八難生無難　宿命住智相嚴身

遠離愚迷具悲智　悉能滿足波羅蜜

富樂豐饒生勝族　眷屬廣多恒熾盛

四無礙辯十自在　六通諸禪悉圓滿

如金剛幢及普賢　願讚迴向亦如是

行者次修三摩地　加坐端身入正受

四無量心盡法界　修習運用如法教

即入普賢三昧耶　體同薩埵金剛故
定慧和合金剛縛　忍願二度建如幢
纔誦本誓印真言　身處月輪同薩埵
真言曰
唵一三磨耶二薩怛梵三合三
次結極喜三昧印　以此悅樂契諸聖
忍願入於滿月掌　禪智檀慧俱申並
真言曰
唵一三麼耶斛引二蘇囉多薩怛梵二合三
由此妙印及真言　一切聖衆皆歡喜
次當開心入佛智　怛囉吒字想孔上
掣金剛縛當心前　二字轉樞如啓扇
真言曰
唵一麼折囉二合滿馱二怛囉二合吒三
八葉白蓮一肘開　炳現阿字索光色

禪智俱入金剛縛　召入如來寂靜智
真言曰
唵一麼折囉二合微舍惡二
次結如來堅固拳　進力屈柱禪智背
以此妙印相應故　即得堅持諸佛智
真言曰
唵一麼折囉二合母瑟知二合鑁二
次以威怒降三世　淨除內外所生鄣
二羽交臂金剛拳　檀慧相鉤豎進力
行者想身發威焰　八臂四面豎利牙
震吼吽字如雷音　頂上右旋成結界
真言曰
唵一遜蘇甚切下同婆你遜婆吽二仡里二合𠷈拏二合仡里二合𠷈拏二合吽三仡里二合𠷈拏二合阿播耶吽四阿難耶斛五薄伽梵麼折囉二合吽發

吒六

次結蓮華三昧耶　爲令成就三摩地

定慧二羽金剛縛　檀慧禪智和合竪

由此眞言密印故　修行三昧速現前

眞言曰

唵一麽折囉二合鉢娜麽二合三昧耶薩怛梵三合三

行者欲入金剛定　先住妙觀察智印

定慧二羽仰相叉　進禪力智各相柱

以此妙印修等引　即得如來不動智

行者次應修阿娑頗那伽三昧端身正坐身

勿動搖舌柱上腭止出入息令其微細諦觀

諸法皆由自心一切煩惱及隨煩惱蘊界入

等皆如幻焰犍闥婆城如旋火輪如空谷響

如是觀已不見身心住於寂滅無相平等以

爲究竟眞實之智爾時即觀空中無數諸佛

猶如大地滿中胡麻皆舒金色臂彈指而警

作是告言善男子汝所證處一道清淨未證

金剛瑜伽三昧薩婆若智勿爲知足應滿足

普賢成最正覺

行者聞警已　定中普禮足　惟願諸如來

示我所住處　諸佛同音言　汝應觀自心

旣聞是說已　如教觀自心　久住諦觀察

不見自心相　復想禮佛足　白言最勝尊

我不見自心　此心爲何相　諸佛咸告言

心相難測量　授與心眞言　如理諦觀心

唵一質多鉢囉二合底二微鄧迦嚕彌三

念頃便見心　圓滿如淨月　復作是思惟

是心爲何物　煩惱習種子　善惡皆由心

心爲阿賴耶　修淨以爲因　六度熏習故

彼心爲大心　藏識本非染　清淨無瑕穢
長時積福智　喻若淨滿月　無體亦無事
即說亦非月　由具福智故　自心如滿月
踊躍心歡喜　復白諸世尊　我已見自心
清淨如滿月　離諸煩惱垢　能執所執等
諸佛皆告言　汝心本如是　爲客塵所翳
菩提心爲淨　汝觀淨月輪　得證菩提心
授此心眞言　密誦而觀照
唵一菩提質多二毋怛跛二合娜夜彌三
能令心月輪　圓滿益明顯　諸佛復告言
菩提爲堅固　善住堅固故　復授心眞言
唵一底瑟姹二合二麼折囉二合
汝於淨月輪　觀五智金剛　令普周法界
唯一大金剛　應當知自身　即爲金剛界
唵一麼折囉二合引二怛麼句含三

自身爲金剛　堅實無傾壞　復白諸佛言
我爲金剛身　時彼諸如來　便勑行者言
觀身爲佛形　復授此眞言
唵一曳佗薩婆怛佗蘖多二薩怛三合佗含三
以證心清淨　自見身爲佛　衆相皆圓備
即證薩婆若　定中徧禮佛　願加持堅固
一切諸佛聞　金剛界言已　盡入金剛中
便說金剛心
唵一薩婆怛佗蘖多引鼻聲二三菩提三涅里二合荼四麼折囉二合底瑟姹二合五
諸佛大名稱　纔說是明已　等覺金剛界
便證眞實智　時彼諸如來　加持堅固已
還從金剛出　普住於虛空　行者作是念
已證金剛定　便具薩婆若　我成正等覺
爲令證入佛地故　當結金剛三昧耶

十度圓滿外相叉　忍願如幢皆正直
印心及額喉與頂　各誦一徧以加持
眞言曰
唵一麽折囉二合薩怛嚩引二合地瑟姹二合薩嚩二合𤚥
即想虛空諸如來　持虛空寶灌我頂
定慧和合金剛縛　進力禪智如寶形
以印額上加持已　五佛智冠在其頂
便分智拳頂後繞　當知已繫離垢繒
眞言曰
唵一麽折囉二合羅怛娜二合二阿避詵者𤚥三
薩婆畝捺囉二合迷四涅里二合值句嚧五嚩囉
迦嚩制六那𤚥七
行者復應作是思惟我今已成正覺當於一
切衆生與大慈心於無盡生死中恒被大誓
莊嚴甲冑爲欲淨佛國土成就衆生歷事一
切諸如來等悉令一切衆生坐菩提樹降伏
天魔成最正覺故應被三世如來慈悲甲冑
智拳繫髮頂後已　便復前垂舒進力
唵砧二度相縈繞　不絶緣光如繫甲
心背臍膂兩膝上　喉頂額前及頸後
悉以進力三旋繞　散掌前下垂天衣
即能普護諸衆生　一切天魔不能壞
眞言曰
唵一麽折囉二合迦嚩制二麽折囉二合句嚧三
麽折嚩二合麽折哩二合娜含四
次應結彼歡喜印　定慧二羽三相拍
由以拍印加持故　一切聖衆皆歡喜
眞言曰
唵一麽折囉二合都使斛二

行者次應以成所作智三摩地想於已身前觀無盡乳海出生大蓮華王金剛爲莖量周法界上想七寶珍妙樓閣天如意寶以爲莊飾華雲香海妓樂歌讚於寶樓中師子座上淨滿月中現妙白蓮觀𤙖字門放大光明普照法界爲毗盧遮那如來身色如月首戴如來冠垂紗縠天衣瓔珞嚴身光明普照無量無數大菩薩衆前後圍遶以爲眷屬行者爲欲令一切如來咸集會故次以金剛王菩薩三摩地召集諸聖

定慧二羽金剛拳　交臂拘胷屈進力

彈指發聲徧世界　諦觀佛海普雲集

真言曰

唵一麽折囉二合三麽惹三弱四

次結金剛鉤大印　一切如來鉤召智

定慧和合外相叉　進度如鉤獨三屈

真言曰

唵一阿夜係弱二

次結金剛索大印　引入尊身於智體

前印禪度入定掌　力智相捻如環勢

真言曰

唵一阿係吽吽二

次結金剛鉤鎖印　能令本尊堅固住

禪智進力相鉤結　是名金剛能止印

真言曰

唵一係薩怖吒𤙖二

次結金剛妙磬印　能令諸聖皆歡喜

禪智屈入金剛縛　是名金剛歡喜印

真言曰

唵一健吒惡惡二

次入平等性智定　捧持閼伽衆香水
想浴諸聖無垢身　當得灌頂法雲地
眞言曰
唵(一)麼折𡂰(二合)娜誐吽(二)
次以金剛法歌詠　讚揚如來諸福智
諦觀相好運清音　以契如如眞性理
眞言曰
唵(一)麼折囉(二合)薩怛嚩僧蘖囉訶(二)麼折囉(二合)囉怛娜(二合)麼努怛囕(三)麼折囉(二合)達摩誐也奈(四)麼折囉(二合)羯磨(二合)羯𡂰婆嚩(五)
次結金剛嬉戲印　成就如來內眷屬
定慧和合金剛縛　禪智二度當心竪
眞言曰
唵(一)摩訶囉底(二)
由以嬉戲供養故　不久當證金剛定

次結金剛華鬘印　觀妙鬘雲普法界
不改前印捧而前　想奉寶鬘用嚴首
眞言曰
唵(一)𡂰波戍鞞(二)
由結金剛鬘供養　當授灌頂法王位
次結金剛歌詠印　以妙音聲讚佛智
前印從臍至口散　演妙樂音娛聖會
眞言曰
唵(一)秫嚧(二合)怛囉(二合)爍谿(二)
由以金剛歌供養　不久當具如來辯
次結金剛舞妙印　觀妙妓雲普供養
定慧當心各旋舞　金剛合掌置頂上
眞言曰
唵(一)薩婆補而曳(二合)(二)
由以妙舞供養故　當得如來意生身

次結焚香外供養　以此普熏佛海會
和合金剛不散掌　想妙香雲周法界
眞言曰
唵一鉢囉二合訶羅二合你你二
由以焚香供養故　即得如來無礙智
次結金剛散華印　以此莊嚴諸世界
縛印上散如獻華　芬馥華雲徧法界
眞言曰
唵一頗攞誐弭二
由結金剛華供養　速證如來四八相
次以金剛燈明印　普照佛會令光顯
禪智前逼金剛縛　摩尼燈光照法界
眞言曰
唵一蘇底惹仡哩二合二
以此金剛燈供養　速具如來淨五眼

次結金剛塗香印　以用供養諸佛會
散金剛縛如塗香　香氣周流十方界
眞言曰
唵一蘇獻盪儗妍以切二
由以金剛塗香印　得具五分法身智
如是廣作佛事已　次應諦心爲念誦
先當一緣觀本尊　四明引入於己體
知身與尊無有二　色相威儀皆與等
衆會眷屬自圍遶　住於圓寂大鏡智
定慧二羽金剛縛　忍願如刀進力附
先誦金剛百字明　爲令加持不傾動
眞言曰
唵一麼折囉二合薩怛嚩二合二三麼耶麼努播
攞耶三麼折囉二合薩怛嚩二合底尾二合努播底
瑟姹二合四涅里二合住衆護切弭婆嚩五素都使

喻二合弭娑嚩六阿努咯訖都二合弭娑嚩七素
補使喻二合弭娑嚩八薩婆悉地彌鉢囉二合也
瑳九薩婆羯磨素遮弭十止多室利二合藥句
嚧十一吽十二呵呵呵呵斛引十三薄伽梵薩婆怛
佗蘖多麼折囉二合麼寐悶遮十四麼折唎二合婆
嚩十五摩訶三麼耶薩怛嚩三合十六惡引十七
由以摩訶衍那百字眞言加持故設犯五無
間罪謗一切諸佛及方廣經修眞言者以本
尊堅住已身故現世所求一切悉地所謂最
勝悉地金剛薩埵悉地乃至如來最勝悉地
不改金剛界大印　便誦本尊根本明
唵一麼折囉二合馱都二鍐三
定慧二羽捧珠鬘　如本眞言七徧已
捧至頂上復當心　堅住等引而念誦
舌端微動脣齒合　逆順修身觀相好
四時勤修不令間　千百爲限復過是
一切神通及福智　現世同於徧照尊
行者念誦分限畢已捧珠頂上勤發大願然
後結三摩地印入法界體性三昧修習五字
旋陀羅尼
諸法本不生　自性離言說　清淨無垢染
因業等虛空　旋復諦思惟　字字悟眞實
初後雖差別　所證皆歸一　不捨是三昧
兼住無緣悲　普願諸有情　如我無有異
行者從三昧出已即結根本印誦本明七徧
復以八大供養供養諸佛以妙音詞稱揚讚
歎獻閼伽水以降三世印左旋解界即結金
剛解脫印奉送諸聖各還本土印者結前三
昧耶印忍願承華至頂上散眞言曰
唵一訖里二合婀嚩入聲呼之薩嚩薩怛嚩二合喋託

二二合悉地捺多曳佗努誐引三蘖瑳特鍐二合没
馱尾灑焰補娜囉引誐麼那引也都四唵麼
折囉二合薩怛嚩二合穆五
作是法已重以三昧耶印誦加持明以印四
處然後灌頂被金剛甲冑依前四禮禮四方
佛懺悔發願等然後依閑靜處嚴以香華住
本尊三摩地讀誦方廣大乘經典隨意經行
若有衆生遇此教　晝夜四時精進修
現世證得歡喜地　後十六生成正覺
金剛頂瑜伽修習毗盧遮那三摩地法

音釋

湫子由切龍池也　牸音字牝牛也　緋甫微切絳色也　帔披義切帬帔也
褌音昆衣也　靶必駕切柄也　豇古雙切豆名　坼丑格切　[口律]音律
鞘音笑刀室也　釁許覲切　腭五各切與齶同齒根肉也　詵所臻切
秫詩聿切

金剛頂瑜伽經文殊師利菩薩儀軌供養法
瑜伽蓮華部念誦法
唐北天竺三藏沙門大廣智不空奉詔譯

清刻龍藏佛說法變相圖

二法同卷

金剛頂瑜伽經文殊師利菩薩儀軌供養法

瑜伽蓮華部念誦法

金剛頂瑜伽經文殊師利菩薩儀軌供養法

唐北天竺三藏沙門大廣智不空奉 詔譯

歸命童真妙吉祥　我依瑜伽說念誦
身口意業金剛念　如來甚深三密門
行者應發普賢心　從師應受金剛戒
不顧身命起慈悲　方可堪入解脫輪
應從師受三摩耶　契印密語如經說
敬阿闍梨如佛想　於同學所殷重心
或於山間阿蘭若　流泉浴池悅意樹
山峯石窟逈樹邊　建立壇場如本法

莊嚴精室置本尊　隨力供養一心住
徧觀十方諸佛海　供養禮諸如來足
爲成三業金剛故　當於二手舌心中
應想五智金剛杵　猶如加持階悉地
次應結契名警覺　二手皆作金剛拳
檀慧相鉤竪進力　二度側拄成覺悟
警覺眞言曰
唵嚩日嚧(二合)底瑟吒(二合一句)
敬禮東方阿閦尊　捨身求請不退轉
全身著地以心禮　金剛合掌舒頂上
捨身求請加持眞言曰
唵薩嚩怛佗誐多(一)布(引)儒跛娑他(引二合)曩(引)耶(引)答摩(引二合)南(二)涅哩夜(引二合)多夜彌(三)薩嚩怛佗(引)孽多(四)嚩日囉(二合)薩怛嚩(二合)地瑟姹(二合)娑嚩(二合)鋡(心想吽字青色五)

次當敬禮寶生尊　捨身求請灌頂位
金剛合掌當於心　以額著地虔誠禮
捨身求請灌頂眞言曰
唵薩嚩怛佗孽多(一)布惹毗曬迦(引)耶(引)答麼(二合)南(二)涅哩夜(二合)多耶彌(三)薩嚩怛佗(引)誐多(四)嚩日囉(二合)羅怛那(引二合)毗詵左鋡(額想黃色)
次禮觀自在王尊　捨身求請三摩地
金剛合掌置頂上　以口著地虔誠禮
捨身求請三昧眞言曰
唵薩嚩怛佗誐多(一)布惹鉢嚩(二合)韈多曩(引)夜(引)答麼(二合)南(二)涅哩夜(二合)多夜彌(三)薩嚩怛佗(引)誐多(四)嚩日囉(二合)達磨鉢囉(二合)韈多野鋡(口想赤色五)
次禮不空成就尊　捨身求請善巧智

金剛合掌安於心　以頂著地稽首禮
捨身求請方便眞言曰
唵薩嚩怛佗誐多一布惹羯麼抳阿答麼(合二)
南二涅哩夜(合二)多夜彌三薩嚩怛佗誐多四
嚩日囉(合二)羯麼句嚕鋡(頂想緑)
次復敬禮十方佛　想身徧在諸佛前
觀想五輪著地禮　當結金剛三麼耶
徧禮十方眞言曰
唵薩嚩怛佗(引)誐多一迦耶嚩(引)枳質(合二)多
嚩日囉(合二)鉢囉(合二)拏梅二嚩日囉(合二)滿娜南
迦嚕彌三唵嚩日囉(合二)勿(微吉切四)
次誦成就妙眞言　所有衆生求勝事
願諸如來悉加持　速令成就無上道
成就一切衆生眞言曰
唵薩嚩怛佗(引去聲)誐多一餉悉鐸(當各切)薩嚩

薩怛嚩(合二)南二薩嚩悉駄藥三鉢睍擔三怛
佗誐多室者(合二)地底瑟姹(合二)擔四
次當結跏端身坐　淨除三業令清淨
諸法本性清淨故　令我此身淨無垢
淨三業眞言曰
唵娑嚩(合二)婆(引)嚩舜(入聲)駄一(引)薩嚩達摩(引二)娑
嚩(合二)婆嚩舜(入聲)度唅三
次結金剛合掌十度初分交誦此眞言曰
唵嚩日囉(合二)惹哩(句一)
深交諸度拳已成金剛縛誦此眞言曰
唵嚩日囉(合二)滿馱(句一)
次當開心入佛智　當於兩乳想二字
怛囉吒字皆白色　其字想爲二戶扇
二手當結金剛縛　三拍當心開戶門
開心眞言曰

唵嚩日囉(合二)滿馱怛囉(合二)吒(半音一句)

當觀妙蓮阿字門　以印召入於心殿

定慧爲月金剛縛　禪智在掌想字入

金剛入字眞言曰

唵嚩日囉(合二)吠舍惡

次當結閉心戶印　如前入印之標幟

進力屈在禪智上　即得堅固不退轉

金剛拳眞言曰

唵嚩日囉(合二)毋瑟知(合二)鈐(一句)

次結文殊三摩耶　十度相叉成滿月

直申忍願金剛劒　想身同等妙吉祥

三摩耶眞言曰

唵嚩日囉(合二)底(丁以切引)乞叉儜(二合一)三摩耶娑怛鍐(三合二)

次結極喜三昧印　定慧爲月堅固縛

忍辱願度中交合　檀慧禪智豎相著

眞言曰

唵三麼耶穀(引)蘇囉多娑怛鍐(二合一句)

次結金剛降三世　想身同彼無差別

止觀二羽金剛拳　檀慧相鉤豎進力

左轉辟除右結界　悲心示現威怒形

降三世眞言曰

唵遜婆(去聲)你遜婆(去聲)你吽(短聲一)仡哩(合二)囂拏(合二)仡哩(合二)囂拏(合二)吽(短聲二)仡哩(合二)囂拏(合二)跛耶吽(短聲三)阿囊耶斛(引四)婆誐鍐(五)嚩日囉(合二)吽(短聲)泮吒(半音六)

次結蓮華三摩耶　爲令觀行成就故

十度相叉作爲月　禪智檀慧豎相著

眞言曰

唵嚩日囉(合二)跛娜麼(二合一句)三摩耶(合二)娑怛鍐

(二合)(二句)
行者應修阿薩頗那伽法修此法者不動支節止出入息令其微細勿使散亂即應觀於虛空一切諸佛由如胡麻徧滿十方以金剛彈指告行者言善男子汝觀本心行者聞已即想自身禮諸佛足禮畢諦觀本心白諸佛言心相無體云何修證諸佛告行者言善男子汝觀心中月輪如在輕霧即誦瑩徹菩提眞言諦觀心月眞言曰

唵質多鉢囉(二合)底(丁以切)吠鄧迦嚕彌(一句)

行者應了了諦觀不久當見清淨菩提心離諸塵垢淨如滿月即誦菩提心眞言曰

唵冐地質多母怛跛(二合引)那夜(引)彌(一句)

想菩提月中有𤙖字如金色輝曜如日放大光明便即變成般若波羅蜜劍離諸分別能斷煩惱想爲智劍眞言曰

唵底瑟吒(二合)渴誐(一句)

想其智劍漸漸增大徧周法界眞言曰

唵娑頗(二合)囉渴誐(一句)

想其智劍漸漸收攝等自身量眞言曰

唵僧賀囉渴誐(一句)

爲令智劍堅固不散復誦眞言曰

唵涅哩(二合)荼底瑟姹(二合)渴誐(一句)

想空中如來盡入智劍同爲一體作是思惟如彼諸佛體性我亦同然眞言曰

唵三麼耶喻(引)含(一)摩訶三麼喻(引)含(二)薩嚩怛他誐多(引)鼻三(去聲)冐(引)地(三)渴誐怛麼(二合)句(引)含(四)

想其智劍漸漸變成文殊師利童眞菩薩具大威德身著種種瓔珞頂想五髻右手持智

劒左手執青蓮華華上有般若波羅蜜經夾
身色如鬱金心誦阿羅跛者曩一遍
次結金剛智劒印　止觀相叉作滿月
忍願皆豎如劒形　印心及額喉頂上
即成護身豎本尊
眞言曰
唵嚩日囉(二合)底乞叉拏(二合引一)地瑟姹(二)娑嚩(二合)鋡(三)
次當灌頂結寶印　二手相叉作爲月
進力反屈如寶形　禪智二度下相捻
置於頂上分兩邊　便結智拳如繫帛
兩手向前徐徐散　當知已繫無垢繒
眞言曰
唵嚩日囉(二合)囉怛曩(二合)莾隸鼻曬計(一)囉鼻詵者婆嚩(二合)鋡(二)薩嚩母捺囉(二合)宜涅哩(二合)雉句嚕(三)嚩囉迦嚩制娜鍐(四)
次結寶劒自灌頂　二手合掌屈進力
禪智皆屈入掌中　置於額上分兩邊
灌頂眞言曰
唵囉怛曩(二合)倶舍佗哩(二合)耶吽(引句一)
次復結於甲冑印　二手皆作金剛拳
置於心前豎進力　左右二度想唵砧
想流清光爲縁色　心前三轉遶背後
復至臍下及兩膝　又轉至臍遶腰後
從腰到心轉兩膊　從膊至喉向頸後
復從頭後至額前　從額至腦結智拳
徐徐散下如垂帶　止觀旋轉如舞勢
二手相叉成滿月
甲冑眞言曰
唵嚩日囉(二合)迦嚩左嚩日哩(二合)句嚕嚩日囉

二合嚩日囉二合舍

次陳金剛拍掌儀　二羽齊拍三相拍
由陳拍印眞言弁　能令聖衆發歡喜
速獲本尊堅固體

歡喜眞言曰

唵嚩日囉二合底引乞叉拏二合覩使野二合斛引一

次當行者座前觀　八葉蓮華具鬚蘂
上觀師子妙高座　座上復有七寶樓
中想七寶蓮華王　上想曇字具威光
徧照法界靡不周　其字變爲金剛利
了了諦觀如本形　召請菩薩入想身
二手作月進如鉤　想身同於彼菩薩

金剛鉤菩薩眞言曰

唵阿夜引呬弱句一

次當結索入尊身　結月禪押智入掌
由此密印加持故　變爲一體無有差

金剛索眞言曰

唵阿呬吽吽句一

次當鎖印令堅固　作月四度猶如環
由此秘印威力故　悉令堅固而不變

金剛鎖眞言曰

唵係娑普二合吒鍐句一

次結鈴印令歡喜　禪智入掌如鈴鐸
令尊及衆皆歡喜　加持令速妙成就

金剛鈴眞言曰

唵健吒噁噁句一

行者次當兩手捧遏伽想洗金剛利菩薩及諸眷屬足或以百字眞言加持遏伽而獻遏伽眞言曰

唵嚩日嚧二合娜迦吽句引一

次結曼殊羯磨印　二羽皆作金剛拳
禪羽置於自心上　右手猶如執鉤勢
由此羯磨妙印力　身獲如尊等無異
羯磨真言曰
唵嚩日囉合二底瑟吒拏合二曇句一
次結金剛利劍印　結月忍願申如劍
由此金剛利妙印　當獲般若甚深智
金剛利真言曰
唵耨佉泚娜句一
次復當結內供養　依前嬉戲直申臂
由結此印加持故　當滿淨戒波羅蜜
金剛鬘真言曰
唵嚕跛戍引鞞句一
次結金剛歌詠印　鬘至臍口垂下散
由結金剛歌密印　速獲安忍波羅蜜

金剛歌真言曰
唵戍嚕合二怛囉合二掃磔句一
次結金剛舞供養　二手拳旋如舞勢
由結舞印加持力　速滿精進波羅蜜
金剛舞印真言曰
唵薩嚩布爾句一
次結金剛外供養　二手作月向下散
由結燒香印力故　當證靜慮波羅蜜
金剛燒香真言曰
唵鉢囉合二賀攞合二你引寧上聲一句
次結金剛散華印　結月向上如散華
由此散華印加持　速證般若波羅蜜
金剛散華真言曰
唵頗囉引誐銘句一
次結金剛燈明印　作月禪智頭相著

由結金剛燈明印　當得方便波羅蜜
金剛燈明眞言曰
唵蘇帝惹引糵哩二合一句
次結金剛塗香印　月當胷散如塗香
由結塗香印加持　速滿誓願波羅蜜
金剛塗香眞言曰
唵蘇健蕩倪倪以切一句
行者次應誦一百八名讚供養本尊又結金剛利劒印於心上誦百字眞言加持自身假使過去世中造種種惡業五無間等一切罪由此百字眞言加持故一切罪障悉皆消滅現身獲得首楞嚴三昧若心散亂數誦此明或一七三七乃至七七一百八遍心離攀緣速得三摩地百字眞言曰
唵渴誐薩怛嚩二合一三摩耶麽努播引攞耶二渴誐薩怛嚩二合三底吠二合怒跛底瑟吒二合四涅哩二合住茶護切銘婆去聲嚩五素覩使喻二合銘婆去聲嚩六阿上聲努囉訖覩二合銘婆去聲嚩七素布使喻引二合銘婆去聲嚩八薩嚩悉的銘鉢囉二合也瑳九薩嚩羯磨素者銘十質多失唎二合藥句嚕一十吽訶訶訶訶斛引婆誐鍐二十薩嚩怛他誐多三十渴誐磨銘門上聲者四十渴倪婆嚩五十摩訶三麽耶薩怛嚩二合惡引六十
不散前印諦觀前有本尊及想自身如本尊無異了了諦觀即誦五字陀羅尼或以金剛語誦或分明蓮華語誦或誦七遍三七遍以印於頂上解散次即把念珠當心念誦不緩不急或一百八遍或一千乃至一萬遍念誦數畢二手捧珠安於頂上然後置本處若三摩地念誦者當心觀大圓鏡智中布五字門

了了諦觀隨意相應心與般若波羅蜜合此名三摩地合誦若身疲懈即結本尊劒印誦五字陀羅尼七遍復以八大供養供養諸佛以妙音辭稱揚讚歎獻閼伽水以降三世印左旋解界即結金剛利劒印奉送諸聖各還本宫真言曰

唵訖哩二合覩引嚩無莫切一薩嚩薩怛嚩二合二囉佗二合悉地捺多引三也他引努誐上聲引四蘖縒特挽二合沒馱尾沙焰五布曩囉引誐六麽囊引也都七唵渴誐薩怛嚩二合目八

作此法已重以三摩耶印誦加持明以自四處然後灌頂被金剛甲冑依前四禮禮四方佛懺悔發願等然後依閑靜處嚴以香華住本尊三摩地讀誦方廣一切大乘經典大般若大品乃至文殊般若等隨意經行

若有智者依此法晝夜六時精進修現世證得歡喜地後十六生成正覺

文殊師利忿怒陀羅尼

唵嚩日囉底乞叉拏俱嚕馱瞋那瞋那吽泮吒

用此真言護身辟除結界淨諸香華及一切供具等並得當願衆生遇此教曼殊常爲善知識速證般若善巧智疾成無上兩足尊五字陀羅尼

阿囉跛左曩一奄嚩日囉底乞叉拏二合唵羯佉泚去聲娜三奄渴誐蘖囉二合欠平聲四唵渴誐薩怛嚩一合五

金剛頂瑜伽經文殊師利菩薩儀軌供養法

瑜伽蓮華部念誦法

唐北天竺三藏沙門大廣智不空奉　詔譯

初入道場至心頂禮懺悔發願回向等已即結蓮華合掌印兩手指虛其掌似未開芙蓉誦一切法清淨眞言印心額喉頂上各一遍即得清淨眞言曰

唵薩嚩(二合)婆嚩戍馱薩嚩達麼薩嚩婆嚩(二合)戍度唅

然後右膝著地蓮華合掌置於頂上誦眞言想禮一切諸佛菩薩本尊足眞言曰

唵鉢娜麼(二合)勿(微一切)

作此法已即於一切諸佛菩薩禮事供養皆悉成就然後結跏趺坐或半跏趺坐即結蓮華三昧耶印兩手外相叉合掌竪二大指二小指相並呈示一切諸佛菩薩本尊即憶本誓願加持攝受眞言曰

唵嚩日囉(二合)鉢娜麼(二合)三麼耶薩怛鍐(二合)

次結極喜印准前手勢但以二手中指下於掌中以指面相合眞言曰

唵三摩耶斛素囉多薩怛鍐(三合)

次結開心印觀二乳上右怛囉(二合)左吒字如戶樞以金剛縛三掣開以開自心猶如啓扇眞言曰

唵嚩日囉(二合)滿馱怛囉(二合)吒

次結入智印准前金剛縛但以二大拇指屈入掌中觀一肘前有白蓮華上置惡字字有白光流入心中住白蓮華上眞言曰

唵嚩日囉(二合)微舍噁

次結閉心門印准前縛但以二頭指並拄二大拇指節以其印觸心眞言曰

唵嚩日囉(合二)毋瑟知鉿(即觀門閉)
次結定印兩手相叉仰安臍下以二大拇指
向上相捻即誦入三摩地真言曰
唵三摩地鉢娜弭(合二)紇唎(合二)
次應端身正念入三摩地舌拄上腭止諸攀
緣觀內外一切法皆無所有若妄念多者應
先數息數息法從一息至七息又從一至七
相續不絕心無攀緣即不須數息深入清淨
無所有處即觀諸佛徧滿虛空其身大小猶
如胡麻具諸相好告行者言善男子汝觀自
心又觀已身徧禮佛足白佛言世尊云何觀
心心何相貌諸佛告言善男子心相難可測
量授與真言密誦觀察真言曰
唵質多鉢囉(合二)底微鄧迦嚕弭
行者密誦諦觀已心猶如淨月諸佛告言善
男子汝心本如是但客塵所翳當知此即是
菩提心又授真言曰
唵冐地質多毋怛波(合二)娜夜弭
誦此真言諦觀心月轉更分明淨無瑕翳即
於月輪中觀紇哩(合二)字成一八葉白蓮華光
明顯照真言曰
唵底瑟吒(合二)嚩日囉(合二)鉢娜麼(合二)
次又觀此白蓮華徧周法界量同虛空真言
曰
唵薩發(合二)囉嚩日囉(合二)鉢娜麼(合二)
次觀白蓮華漸漸取歛虛空諸佛悉入其中
量等已身真言曰
唵僧賀囉嚩日囉(合二)鉢娜麼(合二)
即變蓮華成觀自在菩薩寶冠瓔珞相好莊
嚴放大光明徧周法界冠上有無量壽佛本

尊左手執白蓮華右手作擘開蓮華勢真言曰

唵三摩喻舍麽訶三摩喻舍薩婆怛哆孽哆毗三冐地嚩日囉(合二)鉢娜麽(合二)阿怛麽句舍

入是三昧者一切天龍八部見行者身與觀自在等無差別能除行者無量億劫生死重罪一切勝願無不悉備現得圓滿金剛法身即觀此身便成正覺

次結加持印外相叉金剛結縛已即變屈二頭指捻二大拇指印心額喉頂各誦一遍真言曰

唵紇唎(合二)薩婆迦哩阿地瑟吒(合二)薩嚩(合二)鉿

次結灌頂印合掌已竪二大拇指偃蹙入指如寶形置於頂上誦真言三徧想五如來冠以冠其首真言曰

唵紇唎(合二)摩抳鉢娜麽(合二)阿毗詵者薩嚩(合二)鉿怛喏(合二)紇唎(合二)

次結繫鬘印誦真言以前冠頂印從額分二手於腦後三相繞如繫鬘便向前耳邊下從小指散垂如鬘帶勢真言曰

唵嚩日囉(合二)鉢娜麽(合二)麽隸鉿紇唎(合二)

次結甲冑印結金剛拳如小兒握固以二頭指各拄二大拇指節當心已即申二頭指相掩一節許仍以右指押左指上觀右頭指面有唵字左頭指面有砧字口中仍誦此兩字真言不斷絕想其字並放緑色光如抽藕絲光不斷絕心前三繞背上三繞又至臍又至兩膝又至腰又當心次右肩左肩次至額上又於腦後各三遍繞已却結金剛拳印從小指散如垂天衣即以二縛不得解但以掌三

相拍真言曰

唵嚩日囉(二合)鉢娜麼(二合)覩使也(二合)斛(引)

次於壇中觀阿(上聲)字成月輪於月輪中觀紇唎(二合)字成本尊身放大光明無量眷屬普現於圓光內即結鉤印金剛縛舉右頭指如鉤三招一誦一招真言曰

唵阿夜係弱

次以索印如前縛以二頭指相拄如環引本尊入所觀智身真言曰

唵阿係吽吽

次結鎖印准前縛以二頭指及二小指相串各相捻如聯鎖令本尊止住真言曰

唵係薩普吒(二合)鍐

次結鈴印准前縛屈二大拇指入掌中三撼手如搖鈴令本尊歡喜真言曰

唵尾舍耶斛(引)

次結獻閼伽香水印誦百字真言或餘讚歎兩手外相叉擘開掌以二中指頭相合以二頭指微屈去中指一麥許不相著狀如三鈷杵頭二大拇指慱著二頭指下側即想香水滿掬誦真言向前瀉灌洗本尊足真言曰

唵嚩日囉(二合)娜迦吒

本尊既至次結羯磨印左手金剛拳當心著想把白蓮華右手亦金剛拳於上轉想撥開蓮華即身同本尊事業真言曰

唵嚩日囉(二合)達麼紇唎(二合)

次結三昧耶印金剛縛屈二頭指以二大拇指押同已上加持印令本尊憶本誓願加持攝護真言曰

唵薩嚩迦哩(誦三徧)

然後結金剛嬉戲内供養印金剛縛申二大拇指偃向身相並當心真言曰

唵摩訶囉底丁以切

次結鬘准前印更不改但以二臂相並直伸向前當額真言曰

唵嚕波輸陛

次結歌印不改前印從前至口解散向前垂二手下如發歌音真言曰

唵秫嚧上輸律切下縷音二合　怛囉二合燥溪

次結舞印以二金剛拳相旋繞各從小指散便金剛合掌置於頂上金剛合掌者合掌令指頭右押左頭指相交是也真言曰

唵薩嚩布逝而曳切

已上四内供養

次結焚香印以金剛縛向下散解如焚香真言曰

唵鉢囉二合訶囉二合你寧去聲引

次結華印以金剛縛向上解散如散華真言曰

唵頗攞誐弭

次結燈印准前嬉戲但以二大拇指頭屈前相逼亦不得相著指真言曰

唵素帝惹仡哩二合

次結塗香印以金剛縛解散摩胷上如塗香勢真言曰

唵素嚹蕩儗妍以切

已上外四供養

次結部心根本印合掌以二無名指二頭指初分相交其二小指二大拇指擘開誦百字真言三遍三字半七遍已於頂上散然後執

念珠念誦二手把珠當心念誦諦觀本尊放淨光明流注已頂照於心月月有白蓮華身與本尊色相無二如於明鏡自觀已身與本尊互成影像徧數終訖懺悔發願重獻三昧耶重結八供養然後發遣聖者復還本宮發遣者用前三昧耶印當口解眞言曰

唵鉢娜麽二合薩怛嚩二合穆輕呼

然後結加持灌頂甲冑拍印等然後出道場或讀大乘經或印佛作塔於一切時本尊三摩地不令間斷若觸穢處當觀頂上有法界生字放赤色光所謂囕字於所食物皆加持此字即不成穢觸於一切供養香華皆加持此字放白色光即無穢觸所供養物皆徧法界

蓮華部百字眞言曰

唵一鉢娜麽二合薩怛嚩二合三摩耶二麽怒播羅耶三鉢娜麽二合薩怛嚩二合四怛尾弩波底瑟姹五二合涅哩二合住銘婆嚩六素覩使諭二合銘婆嚩七阿弩囉訖覩二合銘婆嚩八素補使諭二合銘婆嚩九薩嚩悉地寐鉢囉二合也縒十薩嚩羯磨素者銘一十質多室唎二合藥二十句盧吽三十呵呵呵呵斛引四十薄伽梵五十薩嚩怛他誐多六十鉢娜摩二合七十麽寐門者八十鉢娜銘引婆嚩九十摩訶三摩耶薩怛嚩二合二十紇唎二合一二十

瑜伽蓮華部念誦法

音釋

灑所賣切 餉始亮切 晛胡典切 釁許刃切 碪知林切 泚此禮切 磎牽奚切 串樞絹切貫也

金剛頂經瑜伽觀自在王如來修行法
唐南天竺國三藏金剛智譯

清刻龍藏佛說法變相圖

金剛頂經瑜伽觀自在王如來修行法

唐南天竺國三藏金剛智譯

我今依金剛頂經演金剛蓮華達摩法要先須入於灌頂三昧耶曼荼羅發大菩提心捨身命財饒益一切勇猛精進隨念相應慈悲喜捨無有間斷如是之人方應修習其曼荼羅畫像等法廣如餘所說凡入精舍欲順念時先以五輪著地頂禮本尊觀自在王如來次禮北方不空成就如來乃至無動寶生遍照如來悉皆依法至誠敬禮雙膝而跪蓮華合掌懺悔三業一切過咎

我從無量劫　淪滯生死海　今已清淨心
發露而悔過　如諸佛所懺　我今亦如是
願我及衆生　一切皆清淨　誦此眞言曰

唵薩嚩(二合)娑嚩秫馱(上聲)薩嚩達麼薩嚩(二合)娑

嚩秫度憾

次應隨喜過現未來諸佛菩薩所集福智

過現三世佛　菩薩與衆生　所集諸善根

合掌盡隨喜

次應右膝著地虛心合掌置於頂上想禮諸佛如來及菩薩足誦密言曰

唵鉢娜麼(二合)微

禮諸佛已依座印而坐入定思惟觀無量如來周遍法界行者己身悉在彼會然後結秘密三昧耶以六度頭相拄進力少屈押忍願上側文禪智押進力下文置於頂上眞言曰

唵怛他誐覩訥婆嚩耶娑嚩(二合)訶

次結蓮華部三昧耶陀羅尼印即以二羽蓮華合掌禪智檀慧相拄頭六度頭相去一寸置於右耳上誦眞言曰

唵鉢得麼(二合)訥婆嚩耶娑嚩(二合)訶

次結金剛部三昧耶陀羅尼及印即以檀智與禪慧翻覆互相鉤初結在當心妙言置左耳進密語三度言竟頂輪王散眞言曰

唵嚩日嚕(二合)納婆嚩耶娑嚩(二合)訶

次結金剛護身陀羅尼及印即以戒方檀慧内相叉忍願二度建如幢進力屈於忍願背去背三分如鉤形禪智二度當心竪眞言曰

唵嚩日囉(二合)凝你鉢囉(二合)捻跛哆耶娑訶

次結金剛火燄地界陀羅尼及印即以忍度入力願度間戒度入慧方度間以願度從背上入進忍度間方便入檀戒度間檀慧進力禪智各頭相拄覆之向下禪智拄地如釘栓勢誦眞言三遍想如獨鈷金剛火燄杵徹金剛際誦眞言曰

唵枳哩枳哩麽日囉(二合)麽日嚟(二合)部律滿馱
滿馱吽泮吒
金剛火城飛焰電埏院界真言印准前地印
豁開禪智右旋八方誦真言曰
唵薩囉薩囉麽日囉(二合)鉢囉(二合)迦囉吽泮吒
金剛火焰網界真言印亦准前地印豁開直
豎禪智頂上覆來去三度想金剛火焰網上
至有頂密言曰
唵尾薩普囉捺洛(二合)乞灑(二合)嚩日囉(二合)半惹
囉吽泮吒
次結金剛焰火界印以定慧側相著禪智直
豎相去三寸頂上右旋想其墻網誦密言曰
唵阿三忙儗你(二合)娑嚩(二合)訶
此界成已六欲魔羅及一切毗那夜迦惶怖
逋走無所容竄

次結觀音寶車印以二羽仰相叉轉以智禪
招忍願向內三撥誦真言想念本尊隨願至
當以入念密心中幻化浮泡心不已密言曰
唵覩嚕都嚕吽
次結八大蓮華印以二羽相叉進力檀慧頭
相拄禪願智忍各相拄八葉白蓮一肘間想
置車上三密語真言曰
唵劍忙囉娑嚩(二合)訶
次結瑜伽秘密三昧耶印以二手堅固縛檀
慧禪智各相合豎著以印警覺誦密言曰
唵嚩日囉(二合)鉢娜麽(二合)三麽耶薩怛梵(三合)
次結一切如來安樂歡喜悅意三昧耶印
十度堅固縛　忍願中交合　檀慧與禪智
頭相合而豎
真言曰

唵三摩耶護引蘇囉哆薩怛鑁合二

次結開心戶入金剛智字觀於二乳上右怛囉左吒如宮室戶扇殊勝金剛縛三業同時發指心開兩字眞言曰

唵嚩日囉合二滿馱怛囉合二吒半音

無始熏種子　所集之塵勞　今以召罪印
集之欲摧碎　十度堅固縛　忍願申如針
進力屈如鉤　心想召諸罪　想彼衆罪狀
植髮髏黑形　反印刺於心　觸已誦密言
三業相應故　能召諸罪積　誦此召集已
方作摧碎法

密言曰

唵薩嚩婆嚩迦哩灑合二拏尾輸馱娜三摩耶嚩日囉合二吽惹

召入於掌已　方作摧碎法　前印兩相叉
稱拾縛諸罪　忍願俱申直　有怛囉吒字
想爲金剛杵　相拍如摧山　忿鉤及怒形
能盡諸惡趣　誦已忍願拍　三七隨所宜

唵跛日囉合二播尼尾娑普合二吒也薩哆播耶滿馱娜你鉢囉合二毋訖灑合二也薩婆播耶誐底毘藥合二薩嚩娑怛蔓合二薩嚩怛他蘖哆跛日囉合二三摩耶吽怛囉合二吒

慈悲普悉會　召入諸塵垢　相拍摧諸魔
一切皆以除　清淨如滿月　當觀八葉蓮
想內於心中　二羽肘相著　仰豎如寶蓮
十度遠相離　微屈八葉蓮

密言曰

唵紇忙囉娑嚩合二訶

以此相應門　先佛方便故　三業所積罪
無量極重障　作此摧滅已　如火焚枯草

有情常愚迷　不知此理趣　如來大悲故
開此祕妙門
次當結入印内如來智字二羽堅固縛禪智
入於中以進力二度相拄如環勢觀前八葉
蓮其上置娑字二點嚴飾故妙字方召惡色
白珂雪流散千光明想以進力度捻字安心
内三業齊運用誦此密言曰
唵跋日囉二合吠捨惡
既想入心中　字想愈光輝　此即法界體
行者應是觀　不久悟清淨　法本不生故
三世諸如來　金剛身口意　皆以妙方便
持在金剛拳　以此闔心門　智字獲堅固
便屈進力度　拄於禪智背　以印觸胸已
即誦此妙言
唵嚩日囉二合母瑟知二合鍐

次結一切諸佛金剛閉心門印即以八度内
相叉初起從右復轉左三度來去轉戸扇想
閉心門三密語密言曰
唵鉢娜麼二合度閉惡
次結辟除結界印即以二羽當心合戒右押
左外相叉忍願二度建如幢次以進力勾戒
方禪智慧檀頭相捻密言曰
唵阿密嘌二合覩納婆二合嚩吽泮吒
此法是大悲觀世音化爲馬頭明王加被行
人速成佛已作斯結界左轉三遍辟除不善
右旋三遍隨意近遠爲結界
次結加持已　布字想真容　所印置觀音
分明紇哩字　此字皆須現　並在月輪中
便出白毫光　還令而漸斂　二羽合於心
十度内相叉　抽禪直竪押　印頂及額上

兩眼先從右　二膊印心臍　膝中至左散
誦此密言曰
唵阿嚕力娑嚩訶
結此印以布字於身上即自身猶若大悲觀世音如來三十二相八十種好紫磨金色圓滿身光如來加被作是想已以手契觸頂上布唵字觸額上布阿字觸眼布嚕字右以一一依字次第乃至兩足皆以布之

唵想安頭上　其色白如月　放於無量光
除滅一切障　即同佛菩薩　摩是人頂上
阿字安額上　其色遍金色　爲照諸愚暗
能發深慧明　嚕安兩目上　色如紺瑠璃
能顯諸色相　漸具如來智　力想安兩肩
其色如皎素　猶心清淨故　速達菩提路
娑縛安心齊　其狀作赤色　常能想是字
速得轉法輪　訶字置兩足　其色如滿月
行者作是想　速得達圓寂
如是本字想念色　便成大悲勝法門
亦名本尊眞實相　能滅諸罪得吉祥
猶如金剛堅固聚　是名大悲勝上法
若常修行如是法　當知是人速悉地

誦三遍淨契已自心想觀音大悲千眼口中出大悲妙言文字放五色光入行者口中自心月中右旋布置即誦本尊眞言一遍以右手無名指捻一珠顆過周而復始不急不緩亦不高聲分明稱字而令自聞所觀本尊及身上布字念誦記數於一念中並須一時觀見不得有闕使心散亂如觀念疲勞隨心力念誦一百二百三百乃至七百一千限數常定若有緣事亦必念誦不得減闕若求解脫

出離生死作三昧瑜伽觀行無有遍數念者即想自心如一滿月湛然清淨内外分明以唵字安月心中以阿嚕力娑嚩訶從前右旋次第周布輪緣諦觀一一字義與心相應不得差錯唵字者是流注義亦是不生滅義於一切法中爲最勝義阿字者無生義亦是一切如來法中寂靜智嚕字者一切諸法無有行義亦無起住義力字者是一切如來無等覺義亦無取捨義娑嚩字者一切如來無等亦無言說義訶字者無因寂靜義亦無住涅槃義如上所說字義皆是無所說文字義既知無有文字即觀義理實無所說周而復始無記無數亦不斷絶不斷絶者即是流注義不生不滅由不生滅故即無有行爲無有行是故無相違無相違故即無起住爲無起住即無等覺即無取捨爲無取捨即是平等無有言說爲平等言說故即是無因寂靜無住涅槃爲無因寂靜無住涅槃即是不生不滅一切如來最勝法門名三摩地念誦

次結三摩地印二羽仰相叉進力相背而竪禪智捻進力頭置於跏趺上行者次修阿娑頗那伽三昧端身正坐身不摇動舌拄上腭止出入息令其微細諦觀諸法皆由自心一切煩惱如餤如化無有眞實作是觀已唯願諸佛示我行處誦此眞言曰

唵三摩耶鉢娜迷(二合)纈哩(二合引)

正坐之時一一明了觀虛空中無量諸佛一時彈指警覺行者而告之言善哉能作是行汝想心中所布噁字瑩徹於心誦此眞言曰

唵質多鉢囉(二合)底味能迦路弭

當念須見心　圓滿如淨月　復作是思惟
是心從何生　煩惱習種子　善惡皆由心
心爲阿賴耶　修淨以爲因　爲客塵所翳
不能成菩提　即誦此眞言
唵菩提質多毋怛娑（二合）娜耶弭
誦此諦觀心極令澄清淨如處大虛空而無
有障礙即於心中想一蓮華能令心月輪圓
滿益明顯住菩提堅固復授心眞言
唵底瑟吒（二合）跋折囉（二合）鉢頭麽（二合）
想其蓮華與月輪漸漸而引周法界量同虛
空無有礙即是平等眞如門汝於淨月輪觀
五智金剛令普周法界唯一大金剛應當知
自身即爲金剛界密言曰
唵薩頗（二合）囉嚩日囉（二合）鉢娜麽（二合）
誦此眞言想蓮華中出無量光明無量光明

出無量世界一一世界妙寶莊嚴皆有觀自
在王如來與諸聖衆前後圍遶以證自心即
獲清淨當知自身還爲彼佛衆相具足便於
定中遍禮諸佛願加持堅固便說金剛心眞
言曰
唵僧訶囉鉢娜麽（二合）
誦眞言次即具薩婆若智成等正覺
次作加持秘印忍願六度外相叉進力二度
拄如蓮禪智並建想如幢印心及額喉與頂
密言曰
唵嚩日囉（二合）達麽纈哩（二合）
即想虛空諸如來持虛空寶灌我頂定慧和
合金剛嚩進力禪智如寶形以印額上加持
已即成五佛冠在頂密言曰
唵鉢娜麽（二合）囉怛那（去聲二合）阿毗詵者（去聲）薩嚩

合二鉿纈哩合二怛咯合二

次結蓮華鬘印准前二羽當心合禪智屈於本月中忍願六度各爲拳如繫華鬘勢徐徐垂下密言曰

唵鉢娜麼合二囉怛娜合二麼隸鉿牟合切

次結一切慈甲印

二慧固當心　以進力側交　進面想唵字力面想砧字

放綠色光光光不絕如抽藕絲當心定巳智拳繫鬘額後巳便復前垂舒進力唵砧二度相縈繞不絕綠光如繫甲心背齊腰兩膝上胷背喉頸頂額後一一進力三旋繞散掌前下如天衣即能普護諸衆生一切天魔不能壞密言曰

唵阿播耶鉢娜麼合二迦嚩制滿馱囉訖灑合二鉿吽慽引

次結如來歡喜印定慧二羽當心合進力二度外相叉禪智二度當心豎微拍三聲啓諸聖眞言曰

唵鉢娜麼合二覩使野合二護

應以成所作智三麼地想於巳身前見無量乳海出生大蓮華王金剛爲莖量周法界上有寶樓中有師子座於滿月中現妙白蓮觀海中纈哩字變爲開敷蓮華復變華爲觀自在王如來無數菩薩前後圍遶以成眷屬皆集其會

次結金剛王菩薩召集諸聖印定慧二羽金剛拳進度如鉤獨三屈密言曰

唵鉢娜麼合二按去聲句捨吽惹平聲

誦此眞言三遍巳即以進度三迴招眞身菩

薩滿虛空應念十方一時至
次結金剛索大印引入尊身於智體忍願六
度外相叉禪進二度頭相捻誦此眞言曰
唵鉢娜麽(二合)阿毋伽播捨吽
即想菩薩法身來入畫像便爲法身
次結金剛鉤鎖印能令本尊堅固住禪進力
智相鉤結是名金剛能止印密言曰
唵鉢娜麽(二合)塞普(二合)吒鈴
誦此法已聖者本身加持不散
次結金剛妙磬印作此印已能令諸聖皆歡
喜禪智屈入金剛縛進力頭屈拄如環是名
金剛喜印密言曰
唵鉢娜麽(二合)吠舍護(引)
由此眞言及印一切諸佛菩薩及本聖者皆
悉歡喜

次結閼伽水眞言及印以二羽當心合忍願
六度仰直舒進力屈捻禪智甲密言
唵諦麗(引)麗毋駄娑嚩(二合)訶
以此供養一切如來金剛以甘露灌一切衆
生頂滅除無量業障因此供養閼伽故浴諸
聖衆無垢身以斯福利難可量當得灌頂法
雲地
次結一切如來百字密言及印
唵鉢娜麽(二合)薩怛嚩(二合)三摩耶麽努播羅耶
鉢娜麽(二合)薩怛嚩(二合)怛微(二合)努婆底瑟吒(二合)
涅哩(二合)擢(茶護切)茗皤嚩蘇(上聲)覩灑諭(二合)茗皤
嚩阿努囉計覩(二合)茗皤嚩蘇(上聲)報灑諭(二合)茗
皤嚩薩婆悉地茗鉢囉(二合)也車薩婆羯麽蘇
者茗質多失利(二合)藥俱嚧吽訶訶訶訶護(引)
薄伽梵薩婆怛他誐多鉢娜麽(二合)莽茗(去聲)悶

遮鉢娜迷(二合)皤嚩摩訶三摩耶薩怛嚩(二合)惡(引)

由此摩訶衍百字密言加持故設犯五無間罪及謗一切諸佛方等經典如是等罪悉令消滅以本尊堅住巳身故速獲金剛薩埵位及獲菩薩諸佛位

次結金剛嬉戲印(內四供養)定慧和合金剛拳禪智二度當心竪一切嬉戲漸輪昇頂上散之契聖意作此供養一切如來智慧供養諸佛以此爲遊嬉戲密言曰

唵鉢娜麼(二合)邏細呼(引)

次結金剛華鬘印不改前印捧引前想捧寶鬘用嚴首密言曰

唵鉢娜麼(二合)麼隸怛囉(二合)吒

由此印眞言供養當獲灌頂法王位

次結金剛歌詠印前印從於臍漸上至口方散演妙清音以娛聖會密言曰

唵鉢娜麼(二合)擬帝擬(妍以切上同)

由此供養金剛歌不久當具如來辯

次結金剛舞印觀妙妓雲普供養定慧進力各旋舞左脇右脇復當心一一進力三旋遶眞言不絕頂上散

唵鉢娜麼(二合)你哩(二合)帝訖哩(二合)吒

由此妙舞供養故當獲如來意生身

次結焚香外供養印作此普熏佛海會和合金剛下散掌想妙香雲周法界密言曰

唵鉢娜麼(二合)度閉惡

由以焚香供養故即得如來無礙智普周世界獻妙香獲得諸上諸佛智

次結金剛散華印以此莊嚴諸世界縛印上

散如華芬馥華雲徧法界密言曰

唵鉢娜麽(二合)補瑟閉(二合)

由結金剛華供養速證如來四八相亦願有情得成就同於諸佛三十二

次結金剛燈明印忍願六度外相叉進力屈拄如寶形禪智二度各雙屈摩尼燈光照法界密言曰

唵鉢娜麽(二合)你閉你(平聲)

作此法者以如來智燈而爲供養能令有情速成如來智慧以斯供養獲得五眼清淨

次結金剛塗香印以用供養諸佛會散金剛縛如塗香香氣周流十方界普熏聖衆及聲聞密言曰

唵鉢娜麽(二合)唥提哫

作此法者以諸如來智戶羅之香而爲供養能令有情速獲清淨由斯福故具五分法身

次結根本印次應諦想自身如同本尊眷屬圍遶住於大圓鏡智即以定慧二羽金剛縛忍願二度建如幢即誦觀音根本明身處月輪同薩埵密言曰

唵路計濕嚩(二合)囉邏惹紇哩(二合)

次應歌詠種種讚嘆若讚嘆時於晨朝洗灑塗手輪結妙音清雅而歌讚之每日四時所謂晨朝午時黃昏夜半念誦數珠各依本部

次獻閼伽水以降三世印左旋解界印即結金剛解脫印奉送諸聖

次結發遣印以根本印從臍至面然以散之合掌於頂上想觀自在王如來還本宮誦密言曰

唵跋日囉(二合)鉢娜麽(二合)穆

發遣本尊訖隨意發願復以甲印護身以馬
頭明王界印左旋解界任意經行嚴持香華
讀誦大乘四威儀中常念本尊無有間斷若
有衆生修此教者現世之中證歡喜地過此
十六生成等正覺

金剛頂經瑜伽觀自在王如來修行法

音釋

埏式連切 竄取亂切藏匿也 腂魯果切赤體也 紇哩紇胡結切下沒二切哩音里 腭五各切齒根肉也 纈胡結切 砧知林切 噱其虐切

一法一儀軌同卷

圖相變法說佛藏龍刻清

一法一儀軌同卷

金剛頂經觀自在王如來修行法

金剛手光明灌頂經最勝立印聖無動尊

大威怒王念誦儀軌

金剛頂經觀自在王如來修行法

唐北天竺三藏沙門大廣智不空奉　詔譯

我今依金剛頂經演金剛蓮華達摩法要先須入於灌頂三昧耶曼荼羅發大菩提心捨身命財饒益一切勇猛精進隨念相應慈悲喜捨無有間斷如是之人方應修習其曼荼羅畫像等法廣如餘經所說凡入精舍欲念誦持先以五輪著地頂禮本尊觀自在王如來次禮北方不空成就如來乃至無動寶生遍照如來悉皆依法至誠敬禮雙膝而跪蓮

華合掌懺悔三業一切過咎

我從無量劫　淪滯生死海　今以清淨心
發露而悔過　如諸佛所懺　我今亦如是
願我及衆生　一切皆清淨

密言曰

唵一 馺嚩二合 婆去聲嚩秫入聲陀二 薩嚩達摩三
薩嚩二合 婆去聲嚩四 秫入聲度憾

次應隨喜過現未來諸佛菩薩所集福智過去三世佛菩薩與衆生所集諸善根合掌盡隨喜次應右膝著地虛心合掌置於頂上想禮諸佛如來及菩薩足誦密言曰

唵鉢納摩上聲二合 尾多多字半音與尾字合呼

禮諸佛已依座印而坐入定思惟觀無量如來周徧法界行者已身悉在彼會然後結密三昧耶印堅固縛以檀慧禪智相合而豎以此驚覺聖衆誦密言曰

唵一 嚩日囉二合 跛娜莽二合 三昧耶四 薩怛梵五

次應結一切如來歡喜三昧耶印准前印唯以忍願入掌中密言曰

唵一 三昧耶呼引二 蘇去聲囉多三 薩怛梵三合四

次結開心觀二乳上有怛囉二合吒字以金剛縛三拍開之密言曰

唵一 嚩日囉二合 滿馱三 怛囉二合 吒四

次結入智字印於面前觀一紅蓮華上有娑字以堅固縛禪智入中進力相拄想捻其字內於心中誦密言曰

唵一 嚩日囉引二合 吠捨二 惡

次結閻智字印不易前進力柱禪智背想閻心門密言曰

唵一嚩日囉二合母瑟致二合鈐
次結辟除結界印戒方右押左外相交忍願
相拄以進力鉤戒方禪智捻檀慧頭密言曰
唵一阿密栗二合都娜娑二合嚩二吽三泮吒四
以此印左轉三帀辟除不善右旋三帀隨意
遠近以爲結界次結三摩地印二羽仰叉進
力相背而豎禪智捻進力頭置於跏上誦密
言曰
唵一三摩引地二鉢娜名二合三頡哩引二合四
其出入息一一明了觀虛空中無量諸佛一
時彈指警覺行者而告之言汝今云何成無
上覺不知諸佛實相法要行者爾時聞警覺
已白佛言云何名真實唯願如來爲我解說
爾時諸佛告行者言善哉善哉能作是問淨
想心中所內惡字瑩徹於心誦密言曰

唵一唧多鉢囉二合底二味鄧迦嚕弭三
當默誦一遍便想爲月輪如在輕霧爲欲令
其月輪得清淨故誦此密言曰
唵一冐地唧多毋怛跛二合娜夜弭三
誦已諦觀心月極令清淨如處太虛廓無瑕
翳復於心月想一蓮華誦密言曰
唵一底瑟吒二合嚩日囉二合三鉢娜麽二合四
其引蓮華中放無量光隨光流出無量無邊
際極樂世界一一世界妙寶莊嚴皆有觀自
在王如來與聖衆前後圍遶如是觀已漸斂
其蓮華誦密言曰
唵一僧賀囉二合鉢娜麽二合三
如是一切世界諸佛如來隨華而斂量等本
身即變已身爲無量壽佛身紅玻瓈色放大
光明結三摩地印金剛蓮華座想行者已身

爲如來已復恐散亂而有退失次作加持印
而加持之堅固縛以進力屈如蓮葉禪智並
竪印心額喉頂隨所印想頡哩二合字誦密言
曰
唵一嚩日羅二合達摩三頡哩二合
次結灌頂印蓮華合掌進力相蹙如寶檀慧
竪相遠置於額上密言曰
唵一鉢娜麽二合二囉怛那二合引三毗詵遮四薩
嚩鉿五頡哩二合六怛路二合七
次結蓮華鬘印以前印從額分手繞至頂後
結蓮華拳如繫華鬘勢徐徐前下散誦密言
曰
唵一鉢娜麽二合二囉怛那二合三麽引棣四鉿年合切五
次結甲冑印結蓮華拳前後繞身如環甲法
誦密言曰
唵一阿婆耶二鉢娜麽二合三迦嚩制四滿馱
五囉乞灑二合鉿六吽七憾八
次結歡喜印蓮華合掌微拍三聲誦密言曰
唵一鉢娜麽二合二覩使野二合護引三
復於面前觀安樂世界瑠璃爲地功德乳海
於其海中觀頡哩二合字變爲微妙開敷蓮華
即變其華爲觀自在王如來色相莊嚴如前
身觀次結蓮華鉤印蓮華合掌進力如鉤誦
密言曰
唵一鉢娜懵二合引二句捨三吽四惹五
次結蓮華索印即以前印進力如環密言曰
唵一鉢娜麽二合引二毋伽播二吽四
次結蓮華鎖印芙蓉合掌進禪相捻力智亦
爾相鉤成鎖密言曰

唵二鉢娜麽二合二塞怖二合吒三鋡四

次結蓮華鈴印以蓮華合掌禪智入中進力如環誦密言曰

唵一鉢娜麽二合引二吹捨惡三

次結蓮華部百字密言捧閼伽器以鬱金龍腦相和香水而爲供養誦百字密言曰

唵一鉢娜麽二合二薩怛嚩二合三三摩耶四磨努播攞耶五鉢娜麽二合六薩怛嚩二合七帝尾二合努波底瑟吒二合八涅哩二合擢茶護切茗皤嚩九蘇覩灑諭二合茗皤嚩十阿努囉訖覩二合茗皤嚩十一蘇報灑諭二合茗皤嚩十二薩嚩悉簟䆅鉢囉二合也瑳十三薩婆羯麽蘇者茗十四即多失唎二合藥十五句嚧十六吽十七訶十八訶十九訶二十訶二十一護二十二薄伽梵二十三薩婆怛多誐多二十四鉢娜麽二合二十五莽茗悶左二十六鉢娜茗二合皤嚩二十七摩訶三麽野二十八薩怛嚩二合二十九惡引三十

次結蓮華內四供養嬉戲印芙蓉合掌禪智並竪誦密言曰

唵一鉢娜麽二合二邏細三呼引四

次結蓮華鬘印即以前印二臂俱伸誦密言曰

唵一鉢娜摩二合二麽隸三怛囉二合吒半音

次結蓮華歌印以芙蓉合掌屈柱諸度從臍而上至口方散誦密言曰

唵一鉢娜麽二合二擬帝三擬同上

次結蓮華舞印以芙蓉合掌左右而旋於頂上散誦密言曰

唵一鉢娜麽二合二你哩二合帝三訖哩二合吒四

次結蓮華外四供養燒香印蓮華合掌下散

猶如焚香誦密言曰

唵一鉢娜麼二二合度閉三二合噁四

次結蓮華散華印蓮華合掌前上散猶如散華勢誦密言曰

唵一鉢娜麼二二合補瑟閉三二合唵

次結蓮華燈印蓮華合掌禪智豎相逼誦密言曰

唵一鉢娜麼二二合你引閉三你

次結蓮華塗香印十度作蓮華合掌當心分散如塗香勢誦密言曰

唵一鉢娜麼二二合唦提三虐

次結根本印堅固縛以忍願相拄如蓮葉形誦密言曰

唵一路計什嚩二合囉二囉引惹三頡哩二合四

結根本印誦明七遍已然後執蓮子珠相應念誦於四時中隨力而作若欲止時重結根本印復誦七遍根本陀羅尼次結八供養印然後發遣本尊發遣印以前根本印從臍至面方散合掌於頂上想觀自在王如來復還本宮誦密言曰

唵一嚩日囉二二合鉢娜麼二合穆

發遣本尊已隨意發願復以甲印護身以馬頭明王結界印左旋解界隨意經行往諸淨處讀大乘大般若經華嚴涅槃及楞嚴等經行住坐臥常念本尊無令間斷

金剛頂經觀自在王如來修行法

金剛手光明灌頂經最勝立印聖無動尊大威怒王念誦儀軌

唐北天竺三藏沙門大廣智不空共中天竺婆羅門僧偏智奉 詔譯

爾時金剛手菩薩入三摩地名金剛等至熾盛光焰其光普照一切佛土周徧焚燒三界其中所有一切魔囉作障難者一切尾曩也迦囉刹娑等皆被是大火焚燒疼楚徧入肢體苦痛絞結纏身心迷悶絶咸皆高聲大叫譬如世人遇大苦逼唱言寃寃其聲徧滿三千大千世界所有一切衆生聞此聲者皆悉惶怖奔走投佛咸作是言世尊我等今並歸命三寶時金剛手菩薩從三昧起告文殊師利言汝云何見諸天帝釋等來至於此文殊師利菩薩語金剛手言我不能知唯如來了作是語已二大士便無言説時金剛手菩薩復告文殊師利言有大威怒王名聖者無動我今説是心及立印故一切大衆咸來至此時金剛手菩薩復告文殊師利菩薩言善男子諦聽無邊功力勇健無邊如來奉事是不動尊大威怒王復有六十萬恒河沙俱胝如來皆蒙教示得成無上正等菩提復有無量天龍八部等恒常供養恭敬承事若纔憶念是威怒王能令一切作障難者皆悉斷壞一切障者不敢親近常當遠離是修行者所住之處無有魔事及諸鬼神等時金剛手菩薩從三摩地警覺召集一切聲聞辟支佛一切天龍藥叉乾闥嚩阿素囉誐嚕拏緊那囉麽護囉誐人及非人一切群生等皆來集會復抽撮彼群生衆差別之心合同一體住三摩地名俱胝焚燒世界大威唯成一大火聚如

七日光照大馬口等衆流俱湊吞納無餘盡
成猛焰說是大威怒王聖無動尊微妙心亦
如大馬口吞㰥一切衆生若干種心等成大
火光界
曩謨薩嚩怛佗引誐帝毘藥二合薩嚩目契毘
藥二合薩嚩佗引怛囉引一合吒半音賛拏摩訶引
嚧灑拏欠佉引呬佉引呬薩嚩尾覲南引二合
吽怛囉二合吒半音憾引鋡引
纔說妙眞言一切衆身如劒揮斷時掰地猶
如利刃斷芭蕉林亦如大暴惡旋嵐猛風飄
樹葉吹擲大衆置於輪圍山間唯除十地大
菩薩等一切佛國土三千大千世界咸被大
忿怒王威光焚燒同一體相成大火聚蘇彌
盧山摩訶蘇彌盧山鐵圍山大鐵圍山一切
海大海皆悉枯涸乾燒成就灰燼大衆咸見

欲作諸事業　先結三摩耶　二羽裔輪合
並建於二空　由是加持故　身同諸如來
三昧耶眞言曰
曩謨三曼跢引沒馱南引同婀三謎底哩二合三
謎三麼曳莎嚩引二合訶引
次結法界印　以二金剛拳　二風側相拄
眞言曰
曩謨三曼跢嚩日囉引二合赦引達麼馱引娠
引娑嚩二合娑引嚩句唅同前皈命
結轉法輪印　二羽反相叉　二空峯相合
加身分五處　身同執金剛
眞言曰
娜謨三曼多嚩日囉二合赦嚩日囉二合怛麼二合
句唅
次結　精進　慧劒祕密印　二手三補吒

風屈初節合　峯拄空上節　由結是印故
結使皆斷壞
眞言曰
娜謨三曼多没馱南命(飯)摩訶渴誐尾惹也達
麼散捺囉合二捨曩婆訶惹婆得迦引二合也你
哩合二娜迦怛佗誐多地目訖帝合二你囉惹跢
尾囉引誐達麼你乞厠合二多吽
劒印改二空　出於風火間　是名法螺印
眞言曰
娜謨三曼多没馱南暗
復次獻華座　名金剛蓮華　定慧芙蓉合
水火俱散開　猶如蓮華葉　二風屈附火
初節之側住　奉諸佛菩薩
眞言曰
娜謨三滿多没馱南引阿引

二羽忿怒縛　二風屈如鉤　是名鉤密印
能辦攝召等
眞言曰
娜謨三曼多毋馱南阿引薩嚩怛嚩合二鉢囉
二合底訶跢怛佗引誐多引俱舍冐地佐哩
也引跛哩布囉迦婆嚩引二合訶引
次奉獻閼伽　以前向佉印　誦是祕密言
娜謨三曼多没馱引南誐誐曩引三麼三麼
娑嚩合二訶引
塗香供養印　二羽芙蓉合　風各如彈指
空並押風輪
眞言曰
娜謨三曼多毋馱引南尾秫馱嗲度訥婆合二
嚩娑嚩合二訶引
以前塗香印　二空住風側　中節之下際

名華供養印
眞言曰
娜謨三曼多毋馱引南麽訶眛底哩夜合二毘庋合二娜誐合二帝娑嚩合二訶引
二手三補吒　地堅住水下　二火屈上節
和合少下水　二風屈中節　峯拄住空頭
名焚香供養
眞言曰亦有皈命
達麽馱怛嚩合二拏誐帝娑嚩合二訶引
飲食供養印　二手虛心合　定慧空入目
眞言曰有皈命
婀囉囉迦囉囉麽隣上聲娜弭麽隣上聲娜遲麽訶麽哩娑嚩合二訶引
以前飲食印　唯改二空輪　並建離滿月
名燈明供養
眞言曰有皈命
怛佗誐多囉上合二娑頗合二囉拏嚩婆引娑曩誐誐怒奴典切那引哩曳娑嚩合二引訶引已上眞言一切同用誦眞言皈命
次結無動尊　根本祕密印　二羽內相叉
輪輪各如環　二空住水側　火風住空面
二空和合豎　次寶山印相　定慧內相叉
二空入滿月　以二金剛拳　定置慧拳上
名頭祕密印　以印置於頭　二羽內相叉
二空入滿月　風輪和合豎　印眼及眉間
是名眼密印　次結口密印　地輪內相叉
水押地叉間　二火並甲直　空各加水甲
二風加火甲　以印置於口　復次密印相
二羽三補吒　風空如彈指　是名心密印
復次三補吒　二火建如幢　風住火初節

二水如寶形　二地及二空　各各而建立
印心及兩肩　喉位頂上散　次作惡叉波
名師子奮迅　不改前密印　開豎慧風輪
次結火焰印　以慧手空輪　加於水火甲
風豎拄定掌　右旋成界方　左轉名解散
火焰輪止印　定慧各爲拳　空出火風間
二拳背相合　能制止諸火　次商佉密印
定空加地水　慧羽亦如是　二火甲如針
觀風附火節　止風開豎之　不動渴誐印
止空加地水　風火並甲直　是名三昧鞘
慧手亦如之　觀風火輪入　定空水地環
輪面與月合　即劒住定鞘　抽出辦諸事
斷結辟護等　次結羂索印　慧空加火水
及地等三輪　風建入定月　止地水火拳
空風住如環　是名索幖幟　三鈷金剛印

觀空加風甲　三輪如金剛　所有諸供具
散灑作淨除　密印已說竟　聖者無動尊
說一切眞言　用前金剛印　當誦是眞言

曩莫三漫多嚩日囉(二合引)赧(引此皈命)吽尾訖哩(二合)跢尾迦吒尾羯囉(引)路囉特嚩(二合)計舍吽嚩日囉(二合引)仡囉(二合引)仡囉吽發吒(半音)

此眞言用金剛印能爲成辦一切事業復次眞言曰　用渴誐印

曩莫三漫跢嚩日囉(二合引)赧唵婀左攞迦(引)拏沒馱際吒迦吽吽佉(引)呬佉呬伊南(上聲)仡哩(二合)囉怛娜(三合)鉿賀(引)攞賀攞尾沙索(入聲)跛跢(二合)惡紇哩(二合入聲)(引)郝賀(引)發吒阿哩夜(二合)左攞(引)誐縒緊止囉(引)也徙伊南(上聲)迦(引)哩養(二合)矩嚕娑嚩(二合)訶(引)

以此眞言用前劒印一切事業皆能成辦次

一眞言　用前索印

曩莫三漫多嚩日囉(二合引)喃暗播捨盆(去聲)惹娜吽發吒(半音)

眞言用索印　能成一切事　復次心眞言

用金剛密印

曩莫三滿多嚩日囉(二合引)喃婀左攞迦拏賛拏娑(引)馱也吽發吒(半音)

此之眞言　用金剛印　能爲成辦　一切事業

次說不空　聖者無動

威怒眞言曰

曩莫三滿多嚩日囉(二合引)喃怛囉(二合)吒(半音)阿暮伽賛拏摩訶路沙拏娑頗(二合引)吒也吽怛囉(二合)麼也怛囉(二合)麼也吽怛囉(二合)吒(半音)憾鋡

行者每食訖　以是眞言加　殘餘置淨處

奉獻無動尊　次說聖無動　大威怒之王

一字心眞言曰

曩莫三滿多嚩日囉(二合引)喃憾(引已上諸眞言皈命同上)

用是一字心　眞言能成辦　一切事業作

通用一切印　復次聖無動　布字祕密法

從頂乃至足　一一安布之　頂上安長久

而成於頂相　頂相眞言曰

曩莫薩嚩怛他誐帝毘藥(二合)薩嚩目契毘藥(二合)薩嚩陁唵阿左囉企孕(二合)企孕(二合引皈命如頂明)

棄布於頂左　成一髮索垂　垂髮眞言曰

曩莫薩嚩怛他誐帝毘藥(二合)薩嚩目契毘藥(二合)薩嚩他(引)唵賛拏(已上眞言皆當安此)

棄長憾安於額

成攞攞吒相　毫相眞言曰

憾(引)

長吅布兩耳　成就金剛耳　耳相眞言曰

吽
左眼布怛囉　其字戴長聲　吒置於左眼
半義不應全　眼相眞言曰
怛囉(二合)吒(半音)
長吽布兩鼻　布誦是眞言
吽
賀字第九轉　名護安於口　誦是口眞言
護
賀短加空點　名憾布舌端　成金剛舌相
誦是舌眞言
憾
長莽布兩肩　誦是肩眞言
莽
莽短加空點　名牷布於喉　誦是喉眞言
牷

短多安空點　名膽布兩乳　布誦是眞言
膽
短摩安空點　名滿安於心　誦是心眞言
滿
短吒并空點　布於齋輪中　大空嚴飾故
而成就吒暗　誦是齋眞言
吒暗(二合)
吒字第九轉　頂戴大空點　安布於兩脇
誦是脇眞言
吒唵(二合引)
最初聲吒字　當用置於腰　布誦是眞言
吒
賀字十二轉　名郝布兩髀　誦是髀眞言
郝
賀第十一轉　名憾布兩膝　布誦是眞言

憾
賀字第二轉　弃以大空點　名憾布兩足
誦是印眞言
憾引同前𠰒命
是聖無動尊　摩訶威怒王　布字秘密法
十九種眞言　并布諸支分　修眞言菩薩
作是布置已　自身成聖尊　一切天素囉
及十地菩薩　不復起動摇　一切天及龍
八部諸鬼神　於是等衆中　爲自在囉惹
復次聖無動尊大威怒王說大身眞言曰
曩莫三滿多嚩日囉二合赧阿暮伽噎呬阿鉢
囉二合底賀跢噎呬娜左攞際吒娜難跢迦引
曩底瑟吒二合底瑟吒二合左引拏左引拏跢抳
怛吒二合尾覩南二合伽引跢也莽引囉也佉引
娜也薩跢單左茗婀努滿馱婀訖娘引二合矩
嚕婀娑荷馱曩引仡囉二合羯吒羯吒莽吒莽
吒憾憾婀底麼攞噎呬摩訶愚拏避灑拏捺
吒捺吒婀尾捨引尾捨阿左攞制吒薩嚩怛
囉引努跢噸迦際吒跢吒跢吒娜麼娜麼發
吒半音發吒半音憾銓引
聖者無動尊大威怒王復說三三摩耶攝召
眞言曰
曩莫三滿多引慕伽引鉢囉二合底賀跢嚩日
囉引二合赧婀鉢囉二合底賀多引矩施婀那也
吽婀慕伽摩訶麼朗引矩施婀引那也吽引
摩訶帝哩二合三摩養矩施吽引怛囉引二合吒
半音下同怛囉二合吒嚩日禮二合囉吒囉吒嚩日禮
二合迦吒迦吒嚩日禮二合曩吒曩吒嚩日禮二合
跢呬跢呬黨矩嚕三摩也嚩日囉引二合麼訶
摩囉尾羯囉引二合茗婀引曩也施引伽覽二合

娑佗合二跛也薩鍐引滿馱也娑引禮底哩粖里你慕止計慕左也滿蕩引婀難跢麼麼底你婀三茗底哩合二三麼也麼訶麼朗引矩施婀娑荷阿娑忙銀你合二吽荷囉荷囉婀三茗怛囉引二合唖麼訶麼朗引矩施吽婀羯灑也婀三忙隁你合二娑嚩合二訶引

聖者無動尊大威怒王復說護身結界三摩耶真言曰

曩莫三漫跢嚩日囉引二合赦怛囉引二合吒半音婀慕伽賛拏摩訶駱洒拏娑破合二吒也婀引曩也婀娑荷婀三麼隁你合二吽吽尾覲南合二吽怛囉合二吒半音

聖者無動尊大威怒王復說加護所住處真言曰

曩莫三漫跢嚩日囉合二赦怛囉引二合吒半音婀慕伽賛拏麼訶嚕灑拏娑頗合二吒也薩嚩尾覲南引二合麼麼娑嚩引二合娑底合二扇引底始鍐茗婀惹囉黨引矩嚕怛囉引二合麼也怛囉引二合麼也吽怛囉引二合吒半音憾鈐

復說無比力　聖者無動心　能成辦一切
事業之法門　菜食作念誦　數滿十萬徧
斷食一晝夜　方設大供養　作護摩事業
應以苦練木　兩頭揾酥燒　八千枚爲限
已成初行滿　心所願求者　皆悉得成就
發言咸隨意　所攝召即至　欲驗法成者
能推折樹枝　能墮落飛鳥　河水能令竭
陂池使枯涸　能使水逆流　能移山及動
制止諸外道　呪術力不行　復次成就法
候月蝕之時　斷食一日夜　應以未至地
黄牛瞿摩夷　塗拭曼荼羅　置大般若經

以諸妙華香　布散於壇上　應取黃牛酥
犢母同色者　酥數滿一兩　置於赤銅器
以佉陁羅木　攪酥作加持　令現三種相
煖能成敬愛　烟相變顏色　令壽命增長
火光相出現　足踐於虛空　得成就大仙
復次於山頂　不食而念誦　滿一洛叉徧
能見諸伏藏　取與皆自在　次除死災法
以乳作護摩　一千徧爲限　能除死災難
又除大死法　以骨濾草揾　酥乳蜜護摩
滿一十萬徧　能除大死難　復次成就法
以酥酪蜜等　蓮華揾護摩　滿一洛叉徧
蓮華大吉祥　天女而現前　滿修行者願
復次成就法　入赴海河水　深至於肩處
於中作念誦　滿三洛叉徧　得一大聚落
隨所護摩物　得如是色衣　若以稻穀護
獲得無盡穀　又一護摩法　以蜜攞嚩果
護摩十萬徧　當獲得惹位　復次護摩法
以比哩孕愚　華護摩十萬　成就敬愛事
又法以松木　護摩十萬徧　得衆人歸敬
又法以大麥　護摩十萬徧　得成大長者
次說無動尊　畫像儀則法　於袈裟上畫
聖者無動尊　左垂一索髮　左目而現眇
右手操銳劒　左手執羂索　安坐寶盤山
現叱咤暗嗚　作怖三界相　其身徧青色
上言袈裟畫　或赤或乾陁　褐色等繒綵
是名爲袈裟　畫像作成就　置赴海河邊
修行者衣服　所著色如像　棄捨諸世務
斷諸異言說　乞食作念誦　滿五洛叉徧
數畢便斷食　滿一日一夜　應以戰娜迦
其形似華豆　和酥作護摩　一萬數爲極

無動尊現身　奉事修行者　猶如婆誐鍐
得三摩地成　與諸大菩薩　得同共止住
復次畫像法　取死人衣服　畫聖無動尊
相貌如前說　刺取自身血　畫無動像眼
安像面於西　真言行菩薩　面東對像坐
三時皆澡浴　著所浴濕衣　斷語作誦持
滿一十萬徧　以諸雜飲食　施一切鬼神
黑月分八日　斷食一日夜　取一未壞屍
徧身無瘢痕　諸根皆具全　少年好丈夫
得如是死屍　當坐於心上　念誦一萬徧
其屍即動搖　明者不應怖　屍口出妙蓮
便即須割取　執之便騰空　成就持明仙
身狀如梵天　得爲仙中王　若對像三時
念誦滿六月　隨力辦供養　燒焯沉水香
得成就慈位　又法加幢旛　一千徧滿足
能降伏他軍　若止諸寃敵　畫黃色大身
四面手亦四　口出現利牙　作大暴惡形
徧身成火燄　作吞佗力相　所有戰陣時
置像於軍前　猶如以羂索　作攝縛彼相
令使佗歸降　若欲成敬愛　以鹽作彼形
稱名而片割　護摩七日內　設有大威德
咸來伏從之　又一成就法　若底華護摩
滿一十萬徧　得藥厠抳來　伏從持明者
復次護摩法　以旋風所飄　葉作護摩事
得彼著顛狂　又攝召護摩　鹽作護摩事
能攝諸天女　及召仙女等　又法安息香
作護摩事業　得爲國大臣　又法畫釋迦
牟尼如來像　右邊畫文殊　童子之形像
左畫金剛手　菩薩微笑形　於下畫無動
大威怒金剛　著種種瓔珞　嚴飾身支分

畫畢於像前　念誦五十萬　一切皆成辦
持賊用眼印　誦吽字真言　所有諸冤敵
能使著顛狂　真言者不捨　乃至置殞滅
復次敬愛事　以燒死屍灰　加持一七徧
散於彼身上　即敬愛成就　又法以牛黄
加持一七徧　點置於眉間　一切皆伏從
無復違拒者　復次觀自身　成本尊形像
以真言文字　布身諸支分　二百由旬内
所有難調御　鬼神所持者　皆悉能散壞
又正報盡者　能延六月住　又法壁畫劒
以俱哩迦龍　纏交於劒上　加持一千徧
劒中觀婀字　發生威燄光　令病者看之
便即阿尾捨　問者皆實説　若能於每日
誦一百八徧　無動尊常逐　修真言菩薩
每日餘殘食　以置於淨處　奉獻無動使

隨心獲悉地　又法於忿怒　誦吽字真言
能止雲雨等　又法以刺木　作護摩事業
能止大風雨　復能成衆事　復次畫像法
於袈裟上畫　應作青黒色　髮向左邊垂
作童真形狀　手操鑠訖底　或執嚩日囉
眼睛色微赤　威燄光赫奕　坐於盤山上
其山赤色黄　著青色衣服　作孩子相貌
對此畫像形　結一切密印　皆悉得成就
光所思念事　若舊若新等　皆悉得成就
所有隱形法　輪劒飛空藥　若無是畫像
但於寂靜處　念誦皆成就　又法或以鏡
中看一切事　或壁畫像上　問看諸事等
皆得隨意應　又法以無病　童男或童女
作阿尾捨法　問三世諸事　皆悉得成辦
復次説使者　成就之法門　起黒月一日

對像三時念　各一百八徧　至白十五日
月輪圓滿時　如前所演說　最初承事法
以苦練木柴　及以白芥子　從黃昏起首
護摩至夜半　使者即來起　不來盡一夜
決定來出現　來問持明者　求乞進止等
隨意而處分　皆悉依奉行　若欲往天宮
使者戴接往　使取天帝釋　妃后婇女等
亦皆能將來　若所須宮觀　皆悉能成辦
若齒木淨水　塗掃等事業　悉皆能爲作
所使令作者　一切能成辦　如聖者所須
皆使成辦之　若一夜護摩　使者不出現
彼即決定死　聖者無動使　法門說已竟

金剛手光明灌頂經最勝立印聖無動尊大威怒王念誦儀軌

音釋

馺悉合切　憾戶感切　內奴合切與納同　闔轄臘切　頡胡結切　蹙子六切迫近也　詵䟽臻切　擐胡慣切貫也　懵毋總切　瞨蒲禾切　痠蘇官切痠痛也　撮麤括切取也　嵐盧含切　燼徐刃切火之餘也　謎莫計切　赧乃版切　訥奴骨切　韒仙妙切刀室也　鉆戶公切　縒蘇可切　䏶部禮切　鏒亡敢切　眇彌沼切目小也　銃俞芮切利也　叱咤叱尺栗切咤陟駕切叱咤怒呵也

略述金剛頂瑜伽分別聖位修證法門

唐大興善寺三藏沙門大廣智不空奉　詔譯

一字佛頂輪王念誦儀軌

唐特進試鴻臚卿三藏沙門大廣智不空奉　詔譯

清刻龍藏佛說法變相圖

一門一儀軌同卷

略述金剛頂瑜伽分別聖位修證法門

一字佛頂輪王念誦儀軌

略述金剛頂瑜伽分別聖位修證法門

唐大興善寺三藏沙門大廣智不空奉　詔譯

夫眞言陀羅尼宗者是一切如來祕奧之教自覺聖智修證法門亦是菩薩具受淨戒無量威儀入一切如來海會壇受菩薩職位超過三界受佛教勑三摩地門具足因緣頓集功德廣大智慧於無上菩提皆不退轉離諸天魔一切煩惱及諸罪障念念融證佛四種身謂自性身受用身變化身等流身滿足五智三十七等不共佛法然如來變化身於閻

浮提摩竭陀國菩提道場成等正覺爲地前菩薩聲聞緣覺凡夫説三乘教法或依他意趣説或自意趣説種種根器種種方便如法修行得人天果報或得三乘解脱果或進或退於無上菩提三無數大劫修行勤苦方得成佛王宫生雙樹滅遺身舍利起塔供養感受人天勝妙果報及涅槃因不同報身毗盧遮那於色界頂第四禪阿迦尼吒天宫雲集盡虚空徧法界一切諸佛十地滿足諸大菩薩證明警覺身心頓證無上菩提自受用佛從心流出無量菩薩皆同一性謂金剛性對徧照如來受灌頂職位彼等菩薩各説三密門以獻毗盧遮那及一切如來便請加持教勅毗盧遮那佛言汝等將來於無量世界爲最上乘者令得現生世間出世間悉地成就

彼諸菩薩受如來勅已頂禮佛足圍遶毗盧遮那佛已各還本方本位成爲五輪持本標幟若見若聞若入輪壇能斷有情五趣輪轉生死業障於五解脱輪中從一佛至一佛供養承事皆令獲得無上菩提成決定性猶如金剛不可沮壞此即毗盧遮那聖衆集會便爲現證窣堵波塔一一菩薩一一金剛各住本三昧住自解脱皆住大悲願力廣利有情若見若聞悉證三昧功德智慧頓集成就矣爾時金剛界毗盧遮那佛在色界頂阿迦尼吒天宫初受用身成等正覺證得一切如來平等智即入一切如來金剛平等智印三昧耶即證一切如來法平等自性光明智藏成等正覺已一切如來從薩埵金剛出虚空藏大摩尼寶以灌其頂令發生觀自在法王智

安立一切如來毗首羯磨善巧智令往詣須彌山頂金剛摩尼寶峯樓閣集聖衆已於是毗盧遮那佛加持一切如來施設四方坐師子座時不動如來寶生如來觀自在王如來不空成就如來復加持毗盧遮那佛然受用身有二種一自受用二他受用毗盧遮那佛於內心證自受用四智大圓鏡智平等性智妙觀察智成所作智外令十地滿足菩薩他受用故從四智中流出四佛各住本方坐本座毗盧遮那佛於內心證得五峯金剛菩提心三摩地智自受用故從五峯金剛菩提心三摩地智中流出金剛光明徧照十方世界淨一切衆生大菩提心還來收一聚爲令一切菩薩受用三摩地智故成金剛波羅蜜形住毗盧遮那如來前月輪毗盧遮那佛內心證得虛空寶大摩尼功德三摩地智自受用故從虛空寶大摩尼功德三摩地智流出虛空寶光明徧照十方世界令一切衆生功德圓滿還來收一聚爲令一切菩薩受用三摩地智故成金剛寶波羅蜜形住毗盧遮那如來右邊月輪毗盧遮那佛於內心證得大蓮華智慧三摩地智自受用故從大蓮華智慧三摩地智流出蓮華光明徧照十方世界淨一切衆生客塵煩惱還來收一聚爲令一切菩薩受用三摩地智故成法波羅蜜形住毗盧遮那如來後邊月輪毗盧遮那佛於內心證得羯磨金剛大精進三摩地智自受用故從羯磨金剛大精進三摩地智流出羯磨光明徧照十方世界令一切衆生除一切懈怠成大精進還來收一聚爲令一切菩薩受用

三摩地智故成羯磨波羅蜜形住毗盧遮那如來左邊月輪毗盧遮那佛於内心證得金剛薩埵勇猛菩提心三摩地智自受用故從金剛薩埵勇猛菩提心三摩地智流出五峯金剛光明徧照十方世界令一切衆生頓證普賢行還來收一聚爲令一切菩薩受用三摩地智故成金剛薩埵菩薩形住阿閦如來前月輪毗盧遮那佛於内心證得金剛鉤四攝三摩地智自受用故從金剛鉤四攝三摩地智流出金剛光明徧照十方世界以四攝攝一切衆生安於無上菩提還來收一聚爲令一切菩薩受用三摩地智故成金剛王菩薩形住阿閦如來右邊月輪毗盧遮那佛於内心證得金剛愛大悲箭三摩地智自受用故從金剛愛大悲箭三摩地智流出金剛箭光明徧照十方世界射害一切衆生於無上菩提肰離心者還來收一聚爲令一切菩薩受用三摩地智故成金剛愛菩薩形住阿閦如來左邊月輪毗盧遮那佛於内心證得金剛善哉歡喜王踊躍三摩地智自受用故從金剛善哉歡喜踊躍三摩地智流出金剛善哉印光明徧照十方世界時一切衆生憂感於普賢行生劣意者令得身心以踊躍智還來收爲一聚爲令一切菩薩受用三摩地智故成金剛善哉菩薩形住阿閦如來後月輪毗盧遮那佛於内心證得金剛寶灌頂三摩地智自受用故從金剛寶灌頂三摩地智流出金剛寶光明徧照十方世界灌灑一切衆生頂獲得菩薩不退轉職位還來收爲一聚爲令一切菩薩受用三摩地智故成金剛寶

菩薩形住寶生如來前月輪毗盧遮那佛於內心證得金剛威光三摩地智自受用故從金剛威光三摩地智流出金剛日光明徧照十方世界破一切衆生無明愚暗發大智光還來收一聚爲令一切菩薩受用三摩地智故成金剛威光菩薩形住寶生如來右邊月輪毗盧遮那佛於內心證得金剛寶幢三摩地智自受用故從金剛寶幢三摩地智流出金剛幢光明徧照十方世界滿一切衆生意願還來收一聚爲令一切菩薩受用三摩地智故成金剛幢菩薩形住寶生如來左邊月輪毗盧遮那佛於內心證得金剛笑印授記三摩地智自受用故從金剛笑印授記三摩地智流出金剛笑印光明徧照十方世界不定性衆生授與平等無上菩提記還來收一聚爲令一切菩薩受用三摩地智故成金剛笑菩薩形住寶生如來後邊月輪毗盧遮那佛於內心證得金剛法清淨無染三摩地智自受用故從金剛法清淨無染三摩地智流出金剛光明徧照十方世界淨除一切衆生五欲身心清淨猶如蓮華不染塵垢還來收一聚爲令一切菩薩受用三摩地智故成金剛法菩薩形住觀自在王如來前月輪毗盧遮那佛於內心證得金剛利劒般若波羅蜜三摩地智自受用故從金剛利劒波羅蜜三摩地智流出金剛利劒光明徧照十方世界斷一切衆生結使離諸苦惱還來收一聚爲令一切菩薩受用三摩地智故成金剛劒菩薩形住觀自在王如來右邊月輪毗盧遮那佛於內心證得金剛因轉法輪三摩地智自

受用故從金剛因轉法輪三摩地智流出金剛輪光明徧照十方世界能除一切衆生惡種子還來収一聚爲令一切菩薩受用三摩地智故成金剛因菩薩形住觀自在王如來左邊月輪毗盧遮那佛於內心證得金剛容語離言説三摩地智自受用故從金剛容語離言説三摩地智流出金剛舌相光明徧照十方世界能除十方一切衆生惡慧令得四無礙解樂説辯才還來収一聚爲令一切菩薩受用三摩地智故成金剛語菩薩形住觀自在王如來後月輪毗盧遮那佛於內心證得金剛業虛空庫藏三摩地智自受用故從金剛業虛空庫藏三摩地智流出金剛業光明徧照十方世界令一切衆生於一切如來諸菩薩所成廣大供養還來収一聚爲令一切菩薩受用三摩地智故成金剛業菩薩形住不空成就如來前月輪毗盧遮那佛於內心證得金剛護大慈莊嚴甲冑三摩地智自受用故從金剛護大慈莊嚴甲冑三摩地智流出金剛甲冑光明徧照十方世界能除暴惡恚怒衆生速獲大慈心還來収一聚爲令一切菩薩受用三摩地智故成金剛護菩薩形住不空成就如來左邊月輪毗盧遮那佛於內心證得金剛藥叉方便恐怖三摩地智自受用故從金剛藥叉方便恐怖三摩地智流出金剛牙光明徧照十方世界降伏剛彊難化衆生安置於菩提道還來収一聚爲令一切菩薩受用三摩地智故成金剛藥叉菩薩形住不空成就如來右邊月輪毗盧遮那佛於內心證得金剛拳印威靈感應三摩地

智自受用故從金剛拳印威靈感應三摩地智流出金剛拳光明徧照十方世界令除一切衆生業障速獲世間出世間悉地圓滿還來収一聚爲令一切菩薩受用三摩地智故成金剛拳菩薩形住不空成就如來後邊月輪毗盧遮那佛於内心證得金剛嬉戲法樂標幟三摩地智自受用故從金剛嬉戲法樂標幟三摩地智流出金剛嬉戲標幟光明徧照十方世界供養一切如來及破凡夫貪染世樂獲得嬉戲法圓滿安樂還來収一聚爲令一切菩薩受用三摩地智故成金剛嬉戲天女形菩薩住毗盧遮那如來東南隅月輪毗盧遮那佛於内心證得金剛華鬘菩提分法三摩地智自受用故從金剛華鬘菩提分法三摩地智流出金剛華鬘光明徧照十方世界供養一切如來除諸衆生醜陋之形獲得三十二相八十種隨形好身還來収一聚爲令一切菩薩受用三摩地智故成金剛華鬘天女形菩薩住毗盧遮那佛西南隅月輪毗盧遮那佛於内心證得金剛歌詠淨妙法音三摩地智自受用故從金剛歌詠淨妙法音三摩地智流出金剛歌光明徧照十方世界供養一切如來能令衆生破除語業戲論獲得六十四種梵音具足還來収一聚爲令一切菩薩受用三摩地智故成金剛歌詠天女形菩薩住毗盧遮那如來西北隅月輪毗盧遮那佛於内心證得金剛法舞神通遊戲三摩地智自受用故從金剛法舞神通遊戲三摩地智流出金剛舞光明徧照十方世界供養一切如來及破一切衆生無明獲得六

通自在遊戲還來收一聚爲令一切菩薩受用三摩地智故成金剛法舞天女形菩薩住毗盧遮那佛東北隅月輪毗盧遮那佛於内心證得金剛焚香雲海三摩地智自受用故從金剛焚香雲海三摩地智流出金剛焚香光明徧照十方世界供養一切如來及破一切衆生臭穢煩惱獲得適悦無礙智香還來收一聚爲令一切菩薩受用三摩地智故成金剛焚香侍女菩薩形住東南角金剛寶樓閣毗盧遮那佛於内心證得金剛覺華雲海三摩地智自受用故從金剛覺華雲海三摩地智流出金剛覺華光明徧照十方世界供養一切如來及破一切衆生迷惑開敷心華證無染智還來收一聚爲令一切菩薩受用三摩地智故成金剛覺華侍女菩薩形住西南角金剛寶樓閣毗盧遮那佛於内心證得金剛燈明雲海三摩地智自受用故從金剛燈明雲海三摩地智流出金剛燈明光明徧照十方世界供養一切如來能破一切衆生無明住地獲得如來清淨五眼還來收一聚爲令一切菩薩受用三摩地智故成金剛燈明侍女菩薩形住西北角金剛寶樓閣毗盧遮那佛於内心證得金剛塗香雲海三摩地智自受用故從金剛塗香雲海三摩地智流出金剛塗香光明徧照十方世界供養一切如來及破一切衆生身口意業非律儀過獲得五分無漏法身還來收一聚爲令一切菩薩自受用三摩地智故成金剛塗香侍女菩薩形住東北角金剛寶樓閣毗盧遮那佛於内心證得請召金剛鉤三摩地智自受用故

從請召金剛鉤三摩地智流出金剛鉤光明徧照十方世界請召一切如來金剛界道場及拔一切衆生惡趣安於無住涅槃之城還來収一聚爲令一切菩薩受用三摩地智故成守菩提心戸金剛鉤菩薩形住東門月輪毗盧遮那佛於内心證得金剛引入方便羂索三摩地智自受用故從引入方便羂索三摩地智流出金剛羂索光明徧照十方世界引入一切如來聖衆及羂索一切衆生沉於二乘實際三摩地淤泥安置覺王法界宮殿還來収一聚爲令一切菩薩受用三摩地智故成衛護功德戸金剛索菩薩形住南門月輪毗盧遮那佛於内心證得堅固金剛鎖械三摩地智自受用故從堅固金剛鎖械三摩地智流出金剛鎖械光明徧照十方世界令巳入一切如來聖衆界道場以大悲誓繫縛而住及摧一切衆生外道諸見住無上菩提不退堅固無礙大城還來収一聚爲令一切菩薩受用三摩地智故成金剛鎖械菩薩形守智慧戸住西門月輪毗盧遮那佛於内心證得般若波羅蜜金剛鈴三摩地智自受用故從般若波羅蜜金剛鈴三摩地智流出金剛鈴光明徧照十方世界歡喜一切如來海會聖衆住金剛界道場者及破一切衆生二乘異見安置般若波羅蜜宮還來収一聚爲令一切菩薩受用三摩地智故成金剛鈴菩薩形守精進戸住北門月輪若依次説前後有差據報身佛頓證身口意三種淨業徧周法界於一一法門一一理趣一一毛孔身分相好盡虚空界不相障礙各住本位以成徧

照光明毗盧遮那自受用身他受用身若依二乘次第而説若不具修三十七菩提分法證得道果無有是處若證自受用身佛必須三十七三摩地智以成佛果梵本入楞伽偈頌品云自性及受用變化并等流佛德三十六皆同自性身并法界身總成三十七也最初於無上乘發菩提心由阿閦佛加持故證得圓滿菩提心由證菩提外感空中寶生佛灌頂受三界法王位由觀自在王佛加持語輪能説無量修多羅法門由不空成就佛加持於諸佛事及有情事所修行利樂皆悉成就由金剛波羅蜜加持故證得圓滿周法界徧虚空大圓鏡智由寶波羅蜜加持故於無邊衆生世間及無邊器世間證得平等性智由法波羅蜜加持故於無量三昧陀羅尼門諸解脱法得妙觀察智由羯磨波羅蜜加持故於無量安立雜染世界清淨世界證得成所作智由金剛薩埵菩薩加持故刹那猛利心頓證無上菩提由金剛王菩薩加持故於諸有情利樂門中備具四攝法門由金剛愛菩薩加持故於無邊有情無緣大悲曾無間斷由金剛善哉菩薩加持故於諸善法渴仰無猒見微少善即便稱美由金剛寶菩薩加持故證無染智猶如虚空廣大圓滿由金剛光明菩薩加持故證得慧光喻若日輪無不照曜由金剛幢菩薩加持故能滿有情世間出世間所有希願如真多摩尼寶幢心無分別皆令滿足由金剛笑菩薩加持故一切有情若見若聞心生踊躍於法决定受法利樂由金剛法菩薩加持故證得法本性清淨

悉能演說微妙法門知一切法皆如筏喻由金剛利菩薩加持故以般若波羅蜜劒能斷自他無量雜染結使諸苦由金剛因菩薩加持故於無量諸佛世界請一切如來轉妙法輪由金剛語菩薩加持故以六十四種法音徧至十方隨衆生類皆成法益由金剛業菩薩加持故於無邊佛刹海會成大供養儀由金剛護菩薩加持故被大誓願莊嚴甲冑返入生死廣作菩薩引育衆生置於佛法由金剛藥乂菩薩加持故能摧天魔一切諸障能羸無始煩惱寃敵由金剛拳菩薩加持故於三密門無量真言三昧印契合成一體由金剛嬉戲菩薩加持故於受用法圓滿快樂得受用智自在由金剛鬘菩薩加持故得菩提分法華鬘以爲莊嚴由金剛歌菩薩加持故

得如來微妙音聲聞者無厭於聖德解脫了覺諸法猶如呼響由金剛舞菩薩加持故得刹那迅疾分身頓至無邊世界由金剛焚香菩薩加持故得如來悅意無礙智香由金剛華菩薩加持故能開衆生煩惱淤泥覺意妙華由金剛燈明菩薩加持故獲得五眼清淨自利利他照法自在由金剛塗香菩薩加持故得佛五種無漏淨身由金剛鉤菩薩加持故得召集一切聖衆速疾三昧由金剛羂索菩薩加持故得如虚空無障礙善巧智由金剛鎖菩薩加持故得佛堅固無染觀察大悲解脫由金剛鈴菩薩加持故得如來般若波羅蜜音聲聞者能摧藏識中諸惡種子以三十七内證無上金剛界分智威力加持頓證毗盧遮那之身從無見頂相流出無量佛頂

法身雲集空中以成法會光明徧覆如塔相
輪十地滿足莫能覩見冥加有情身心罪障
悉令殄滅無能知者雖不能知能息諸苦而
生善趣從光流出十六菩薩及八方等内外
大護展轉出光照觸惡趣以成窣堵波階級
衞護諸佛窣堵波法界宫殿成爲全身現證
金剛界如來毗盧遮那徧照之身也

略述金剛頂瑜伽分別聖位修證法門

一字佛頂輪王念誦儀軌

唐特進試鴻臚卿三藏沙門大廣智不空奉　詔譯

我今依忉利天宮會釋迦牟尼如來所説無比力超勝世間出世間真言上上一切佛頂主宰一字頂輪王念誦儀則修行者先當入此頂輪王大曼荼羅得阿闍黎灌頂印可方受此法須善明解然後於清淨處安本尊像面西稽首禮受三歸捨身説罪受戒發菩提心隨喜勸請發願回向已應結佛部三昧耶印以二手內相叉雙並豎二大拇指即成是名一切如來心印真言曰

唵迩那迩入聲

次結蓮華部三昧耶印

准前佛部心印屈左大拇指入掌右大指准前直豎即成是名蓮華部心印真言曰

唵阿嚧力

次結金剛部三昧耶印

准前佛部心印屈右大指入掌直豎左大拇指即成是名金剛部心印真言曰

唵嚩日囉二合地力二合

次結甲冑印

以二手內相叉豎二中指各屈上節如鉤形以二頭指各拄中指背以印加持額右肩左肩心喉五處一徧真言曰

唵斫羯囉二合韈㗚底二合鉢囉二合賖弭多囉捺囉囉引二合捺囉引二合婆去聲娑麼引二合車盧瑟吒二合沙嚕乞灑二合嚕乞灑二合鈴引吽發吒半音

娑訶引

次結佛眼印

以二手合掌屈二頭指各拄中指背並屈二

大拇指入掌以印眞言加持五處眞言曰

曩謨三滿多没馱引南引唵嚕嚕薩普二合嚕入嚩二合羅底瑟吒二合悉馱盧者寧薩嚩㘑佗二合娑達尼娑嚩二合引訶引

次結大海印

以二手内相叉仰掌擘開二大指以右旋三帀想成大海水眞言曰

唵微摩嚧娜地娑嚩二合引訶引

次於大海中想須彌盧山四寶所成以二手内相叉急握作拳合腕並竪即成眞言曰

唵阿者羅吽

次於須彌盧山上想七寶樓閣即結加持寶樓閣印

以二手金剛合掌左右十指各交初分即成眞言曰

曩謨三滿多没馱引南引唵薩嚩佗欠唱娜誐諦薩頗二合囉呬引翰誐誐曩劒平聲娑訶

次結佛頂輪王印

二手内相叉作拳竪二中指屈上節如劒形並竪二大指屈二頭指捻二大指頭上即成印五處加護眞言曰

曩謨三滿多没馱引南引步嚕唵三合

次結網橛印

准前根本印屈二頭指上節背不相著以二大拇指各壓上下揮轉即成結上下界眞言曰

曩謨三滿多没馱引南引阿鉢囉二合底賀多舍娑娜南唵微枳囉拏微特防二合娑尼迦比羅貳嚩二合里尼怛囉二合娑耶嚩日囉二合吠賒薩帝奴引囉特嚩二合能上聲瑟吒囉三合洛乞沙

羚發吒半音吽
次結墻印
准前根本印屈二頭指兩節相逼平竪二大
指附二頭指右旋三帀即成金剛墻界眞言
曰
嚧引莫叡鉢命目前
次結車輅印
二手内相叉仰掌申二頭指令甲側相拄屈
二大指各拄頭指根下想於佗方世界奉迎
本尊眞言曰
唵覩嚕覩嚕吽
次結迎車輅印
准前車輅印以二大指各撥中指頭向身三
招眞言曰
曩謨悉底哩也四合地尾二合迦南怛佗誐多南

唵嚩日嘲一合凝妍以切你也二合羯哩沙二合耶娑
訶
若奉送除羯哩沙二合耶字加尾薩惹耶
次結迎請印
准前根本印屈右頭指於中指後向前三招
眞言曰
娜謨婆誐嚩帝阿鉢囉二合底賀覩瑟尼二合沙
耶翳呬翳呬婆誐吻達麼囉惹鉢囉二合底掣
鵐奚切南遏鉗哆談補濕奔補甘切度奔上聲末隣
你半者滿遮避嚕乞沙二合阿鉢囉二合底訶多
麼囉鉢囉二合羯囉二合摩耶娑嚩二合引訶引
次結一切辦事佛頂印
以二手内相叉竪二中指屈上節如鉤形諸
供養物及浴水洗淨土等並用此眞言加持
辟除去垢結界皆用此眞言左旋辟除右旋

結界真言曰

曩謨三滿多没馱南唵吒嚕唵(三合)滿馱娑訶

次重結前網橛印一用結上方界

次結阿娑莽俔尼印

側二手左掩右竪二大指即成右轉一帀即

成密縫真言曰

唵阿娑莽俔尼吽發吒(半音)

次結獻閼伽印

准前根本印屈二頭指各附中指竪二大指

各附頭指根側真言曰

娜謨三滿多没馱南唵閼伽囉訶閼伽必哩

(二合)野鉢囉(二合)底觢娜末鉗娑嚩(二合引)訶

次重結根本印

次結獻師子座印

准前根本印屈二頭指於二大指甲側真言

曰

唵阿者囉尾囉耶娑嚩(二合引)訶(引)

次結塗香印

准前根本印屈右頭指倚於右中指下節真

言曰

曩謨三滿多没馱南唵怛嚬(二合)盧枳也(二合)喭

馱蘖帝吽吽發發娑嚩(二合引)訶(引)

次結獻華印

准前塗香印改右頭指倚左中指下節真言

曰

曩謨三滿多没馱南(引)唵薩嚩嚧迦補澁波

(二合)步多耶吽吽發發娑嚩(二合)訶(引)

次結燒香印

准前根本印屈二頭指各倚於中指下節真

言曰

曩謨三滿多沒多南唵尾囉誐多微誐多麼跛耶吽吽發發娑嚩引二合訶引

次結獻食印

准前根本印屈二頭指上節各附於大指側眞言曰

曩謨三滿多沒馱南唵薩嚩盧迦麽哩必哩二合夜引耶吽吽發發娑嚩引二合訶引

次結獻燈明印

准前根本印屈二頭指兩節令不相著二大指各附於頭指上眞言曰

娜謨三滿多沒馱南唵薩嚩盧迦珊捺羅二合捨那耶吽吽發發娑嚩引二合訶引

次結普供養加持印

二手虛心合掌十指各兩節相交眞言曰

娜謨三滿多沒馱南冐地薩怛嚩二合南唵薩嚩怛囉二合僧俱蘇弭多避枳惹二合囉始寧曩謨薩覩二合帝娑嚩引二合訶引

次結徧照佛頂印

二手内相叉爲拳令二中指節微起眞言曰

娜謨三滿多沒馱南噁引莫唅

次結光聚佛頂印

准前白傘蓋印拆開二頭指即成眞言曰

娜謨三滿多沒馱南阿鉢囉二合底賀多舍娑娜南唵怛佗誐覩瑟尼二合沙阿娜嚩嚧枳多莫嘌馱帝儒囉始吽入嚩二合攞入嚩二合攞馱迦馱迦娜羅

次結白傘蓋佛頂印

以二手大指各捻二無名甲上側相合二頭指屈如蓋形二中指微屈相合二小指各竪相合眞言曰

娜謨三滿多没馱南阿鉢囉合二底賀多舍娑

娜南唵摩麼吽匿你異切娜囉微娜囉微娜囉

瞋那瞋那頻那頻那吽吽發發娑嚩合二訶引

次結高佛頂印

准前白傘蓋印屈二頭指各拄中指中節背

真言曰

娜謨三滿多没馱南阿鉢囉合二底賀多舍娑

娜南唵你馳畀瑜合二娜誐合二覩瑟尼合二沙吽

吽發發娑嚩合二訶引

次結勝佛頂印

准高佛頂印移二頭指向上兩横麥許真言

曰

娜謨三滿多没馱南阿鉢囉合二底賀多舍娑

娜南唵入嚩合二攞惹瑜瑟尼合二沙吽吽發發

娑嚩合二訶引

次結摧毁佛頂尾枳囉拏印

二手内相叉作拳竪二中指屈節以右中指

拄左中指面令出半節許真言曰

娜謨三滿多没馱南阿鉢囉合二底賀多舍娑

娜南尾枳囉拏度那度那櫝引

次結摧碎佛頂印

准前改左中指拄右中指面亦出半節許真

言曰

曩謨三滿多没馱南阿鉢囉合二底賀多舍娑

娜南唵阿鉢囉合二底賀覩瑟尼合二沙耶薩嚩

尾伽曩合二尾特望合二娑那迦囉耶怛嚧合二吒

耶娑嚩合二賀引

次結輪王佛頂心印

准前根本印屈二頭指各拄中指上節真言

曰

曩謨三滿多没馱南阿鉢囉(二合)底賀多舍娑
娜南唵怛他誐覩瑟尼(二合)沙阿娜嚩嚧枳多
没馱尼斫羯囉(二合)靺嘌底吽(入聲)入嚩(二合)攞馱
迦馱迦馱迦度那微度那怛囉(二合)娑耶麽囉
逾瑳囉耶賀那賀那伴惹伴惹暗惡嬌鉢龍
(二合)企尼君吒哩尼阿鉢囉(二合)爾多薩怛囉(二合)
馱哩尼吽發娑嚩(二合)訶(引)
次結心中心印
准前根本印屈二頭指各加於二中指上節
上眞言曰
曩謨三滿多没多南阿鉢囉(二合)底賀多舍娑
那南唵阿鉢囉(二合)爾多特(地翼反)
普通諸佛頂印
二手虛心金剛合掌如華在掌中修行者若
忽遽不能徧結諸佛頂印但結此印誦諸佛
頂眞言
次結頂印
准前根本印屈右頭指竪於右中指後合不
相著眞言曰
曩謨三滿多没馱南阿鉢囉(二合)底賀多舍娑
那南唵斫羯囉(二合)靺嘌底唵吽
次結頭印
准前根本印開二頭指各直竪於中指後令
不相著微屈眞言曰(歸命同上)
唵斫羯囉(二合)靺嘌底吽發娑嚩(二合)訶(引)
次又結根本印
次結大三昧耶印
加護本尊二手内相叉竪二中指屈三頭指
中指後如鉤相去一穬麥許二大指各附頭
指根下右旋三帀眞言曰

唵商羯哩摩訶三昧耶娑嚩二合訶引

次誦一百八名讚歎·

欲念誦先以五支成本尊或五相成本尊瑜伽或於三處頂舌心也想一字頂輪成本尊坐八葉蓮華於一一華上想相七寶唯當前蓮華葉上想佛眼尊次應持珠此依菩提道場所說經　次持珠合掌捧珠誦淨珠眞言七遍眞言曰

唵阿娜步二合低尾若也悉地悉地囉梯娑嚩二合訶引

次結持珠印

二手各以大指捻無名指甲上直豎二中指二小指屈二頭指於中指後令不相著如毗盧遮那經半金剛杵印眞言曰

曩謨婆誐嚩底蘇悉帝娑馱耶悉馱囉帝二合娑嚩二合訶引

次應淨其心　如法而念誦　持珠令當心
繫心於鼻端　字句分明呼　不緩亦不急
不頻伸噦嗌　咳嗽與唾涕　涤等心相應
及心緣苦受　如是等過患　皆不得成就

當念誦時身心不得疲怠若勞倦時即應結五供養印誦讚歎獻閼伽念誦畢持珠頂上

次結前密縫印

左轉一帀即成解界

次結奉送印

准前根本印左頭指外擲誦迎請眞言除唵呬噎呬加誐車誐車句即成奉送

次應復結墻及網橛等印加護處上下及所成就物

次結計哩枳哩印

以左大指押左小指甲上餘三指頭拆開直

竪如三股杵形旋轉三帀成結界眞言曰

唵枳哩枳哩嚩日囉合二吽癹吒半音

次結軍吒利印

二小指於掌中交以二無名指小指上以二大指押二無名上竪二中指相合屈二頭指於中指後令一麥許不相著右旋三帀即成

結界眞言曰

曩謨囉怛那合二怛囉合二夜引也娜謨室戰合二拏嚩日囉合二跛拏曳摩訶藥乞叉合二細曩跛多曳娜謨室戰拏嚩日囉合二句嚕合二馱耶唵虎嚕虎嚕底瑟吒合二底瑟吒合二滿馱滿馱訶那訶那阿密哩合二帝吽癹娑嚩合二訶引

從一字眞言　乃至三十字　應誦三洛叉

應作先事法　三十字已上．應誦一萬遍

一字佛頂輪王念誦儀軌

音釋

窣堵波梵語也此云方墳窣蘇没切　幟昌志切幡也　械下戒切器械也　贏怡成切贏輸之義也　擘博厄切釽也　䍐年含切　喭魚戰切咽也　⿰骨也卑也切　穬古猛切　屩訖約切　噦嗌噦於月切也嗌伊昔切

仁王護國般若波羅蜜多經道場念誦軌儀

唐北天竺三藏沙門大廣智不空奉　詔譯

清刻龍藏佛說法變相圖

仁王護國經道場念誦軌儀序

唐大興善寺翻經沙門慧靈述

我皇帝聖德廣運仁育群品亦既纂曆吹大法螺刊梵言之輕重警迷徒之耳目偉矣哉迺大興善寺大廣智三藏不空與義學沙門良賁等一十四人開府魚朝恩翰林學士常袞等去歲夏四月於南桃園再譯斯經至秋九月詔資聖西明兩寺各五十人百座敷闡下紫微而千官作禮經出內而萬姓觀瞻遂感卿雲呈瑞嘉氣浮空左右兩街威儀整肅旙華前引音樂後隨內外咸歡京城共喜阡郭充滿循墻堵焉稽緇衣覽青史自摩騰入漢僧會遊吳瑞法西來莫茲並矣經云若未來世有諸國王建立正法護三寶者我令五方菩薩往護其國令無災難又云五菩薩自

於佛前發弘誓言我有陀羅尼能加持擁護是一切佛本所修行速疾之門若人得聞一經於耳所有罪障悉皆消滅況復誦習而令通利佛即讚言若有誦持此陀羅尼者我及十方諸佛悉常擁護諸惡鬼神敬之如佛不久當得阿耨菩提則知此陀羅尼諸字母之根底衆瑜伽之藪澤玆實秘藏眞詮者矣是以菩薩演之王者建之黎人念之諸佛讚之俾其福而廣俾其利而大於斯傳者可以見聖人之心也其功既妙利益隆深克念應時殊祥必降我三藏譯貝多之文命良賁法師受從簡素觀行印持其道場念誦儀修爲五門第以位次一一昭著庶無懵焉凡我道俗將保厥躬同崇出世之因共踐菩提之路登仁壽域者何莫由斯之道矣

仁王護國般若波羅蜜多經道場念誦軌儀

唐北天竺三藏沙門大廣智不空奉 詔譯

第一明五菩薩現威德

第一東方金剛手菩薩

經東方金剛手菩薩摩訶薩手持金剛杵放青色光與四俱胝菩薩往護其國解曰金剛手者依三藏所持梵本金剛頂瑜伽經云堅固利用具二義也依彼經者然五菩薩依二種輪現身有異一者法輪現眞實身所修行願報得身故二教令輪示威怒身由起大悲現威猛故此金剛手即普賢菩薩也手持金剛杵者表起正智猶如金剛能斷我法微細障故依教令輪現作威怒降三世金剛四頭八臂摧伏一切摩醯首羅大自在天諸魔軍衆侵害正法損害衆生皆令調伏故放青色光者顯能除遣魔等衆也與彼東方持國天王及將無量乾闥婆衆毗舍闍衆而爲眷屬與四俱胝菩薩往護其國

第二南方金剛寶菩薩

經南方金剛寶菩薩摩訶薩手持金剛摩尼放日色光與四俱胝菩薩往護其國解曰言金剛寶者如彼經云虛空藏菩薩也依前法輪現勝妙身修施等行三輪清淨手持金剛摩尼者梵云摩尼此翻爲寶體淨堅密猶如金剛即是金剛如意寶也隨諸有情所求皆得依教令輪現作威怒甘露軍吒利金剛示現八臂摧伏一切阿脩羅衆眷屬及諸鬼神惱害有情行疾疫者令調伏故放日色光顯能除遣脩羅等衆也與彼南方增長天王及將無量恭畔荼衆薜荔多衆而爲眷屬四俱

胝者且一俱胝如華嚴經云百洛叉爲一俱胝即當此方百億數矣餘三俱胝准此應悉與如是等衆往護其國

第三西方金剛利菩薩

經西方金剛利菩薩摩訶薩手持金剛劒放金色光與四俱胝菩薩往護其國解曰言金剛利者如彼經云文殊師利菩薩也依前法輪現勝妙身正智圓滿得自在故手持金剛劒者示現所作能斷自他俱生障故依教令輪現作威怒六足金剛手臂各六坐水牛上摧伏一切諸惡毒龍興惡風雨損有情者令調伏故放金色光者顯能除遣惡龍等也與彼西方廣目天王及無量諸龍富單那衆而爲眷屬與四俱胝菩薩往護其國

第四北方金剛藥叉菩薩

經北方金剛藥叉菩薩摩訶薩手持金剛鈴放瑠璃色光與四俱胝藥叉菩薩往護其國解曰梵云藥叉此云威德又翻爲盡能盡諸怨故如彼經云摧伏一切魔怨菩薩也依前法輪現勝妙身事智圓滿得自在故手持金剛鈴者鈴音振擊覺悟有情表以般若警群迷故依教令輪現作威怒淨身金剛示現四臂摧伏一切可畏藥叉常於晝夜伺求方便奪人精氣害有情者令調伏故放瑠璃色光者顯能除遣藥叉等也與彼北方多聞天王及將無量藥叉衆羅刹娑衆而爲眷屬與四俱胝菩薩往護其國

第五中方金剛波羅蜜多菩薩

經中方金剛波羅蜜多菩薩摩訶薩手持金剛輪放五色光與四俱胝菩薩往護其國解

曰言金剛波羅蜜多者此云到彼岸也如彼經云轉法輪菩薩也依前法輪現勝妙身行願圓滿住等覺位也手持輪者毗盧遮那初成正覺請轉法輪以表示故又以法輪化導有情令無數無量至彼岸故依教令輪現作威怒不動金剛摧伏一切鬼魅惑亂諸障惱者令調伏故放五色光者顯具衆德破諸闇也與天帝釋及將無量諸天而爲眷屬與四俱胝菩薩往護其國

第二建立曼荼羅軌儀

夫依經建立護國護家及自身除災轉障從凡成聖修行瑜伽至究竟曼荼羅者先於寂靜清潔之處有舍利處最爲殊勝或於精室或於山林巖窟之所或於兩河合流之處或於園林華果茂盛蓮華池側或於賢聖得道之處及於行者所愛樂之處或於船上及重閣上磐石之上或於悦意林樹之下如是等處堪立曼荼羅於吉祥日掘地深兩肘廣四肘或六肘乃至十二肘除去瓦礫髮毛灰土骨等諸雜穢物盡皆除去別取淨土兩河岸土如法作壇於取土處無諸穢物却填舊土如有賸最上之地祈願速滿填若平滿其地爲中所願則中填若不足其地則下所願遲晚難得成遂填築平滿如於舍利塔下上上重閣上磐石處及清淨無觸穢地即但如法建立曼荼羅則不須掘於壇中既平填已擇吉祥日取日初分時掘深一尺縱廣亦爾以五穀種子及諸香藥各取少分置之於中誦地天眞言曰

南謨三漫多没馱喃唵畢哩(二合)體(聽以切)微曳

二合娑嚩引二合訶引

誦二十一遍加持香等安置其中填土平滿次於壇上面向東坐於壇中心縱廣一肘取諸香水塗一圓壇以諸時華徧布其上及以乳粥珍果飲食志心供養以右手按其壇上誦前地天真言一百八徧即說偈曰

汝天於佛所　親證成正覺　我建曼荼羅
當願常加護

誦此偈三徧即取瞿摩夷不墜地者以器物承取和諸香水誦前真言加持二十一徧即從壇東北角右手漸次如法右旋塗誦前真言至塗壇畢不得間斷勿作異語壇既乾已又准前法純用瞿摩夷汁如前再塗誦前真言並皆如上乾已又取蓮子草或蜀葵華或龍葵華摘以摩拭令壇光淨次於壇上張青色蓋稱壇大小遶壇懸旛二十四口次於壇中如法彩畫畫人須沐浴著新淨衣受近住戒其壇三重莫用皮膠用諸香膠如無香膠即煎糯米汁用和彩色於壇中心畫十二幅輪東畫五股金剛杵南畫金剛寶西畫金剛劒北方畫金剛牙此上五事即是五方菩薩手中所執祕密之契東南隅畫三股金剛杵西南隅畫寶冠西北隅畫箜篌東北隅畫羯磨金剛杵當四角上置四賢瓶金銀銅瓷等新瓦亦得可受一升已下物滿瓶盛水插枝條華用四色繒各長四尺青黃赤綠如上次第繫四缾項次第三重東門畫金剛鉤南門畫金剛索西門畫金剛鎖北門畫金剛鈴東南角畫香爐西南角畫荷葉於中畫雜華西北角畫燈東北角畫塗香器所畫杵等皆有

光焰三重壇外一重界道四面畫門當外界道於壇四角釘佉陀羅木橛如無此木鐵橛紫檀木橛亦得長十二指入地四指誦下第三金剛眞言加持橛二十一徧已然後釘也以五色縷令童女右合麤細如其小指以繫橛頭周圍壇上於壇四門置四香爐燒沉檀薰陸蘇合等香於壇四角畫三股半金剛杵四角之上各然一盞燈於四門外左右兩邊各置二華椀金銀銅瓷等用盛閼伽香水每時皆換其水灑於淨處不得踐踏若要祈請一七日二七日乃至七七日即每日晨朝以八椀乳粥八椀酪飯八楪珍果八楪甜脆等各下八分日日新潔恭敬供養若不要祈請尋常供養焚香燈閼伽塗香及採時華日常供養每月十四日十五日於此兩日乳粥華果等供養若爲國爲家爲自身除災難者面向北坐觀想本尊及諸供養皆作白色寂靜黙誦爲求增益面向東坐想本尊等皆作黄色歡喜寂靜不出聲誦爲降伏者面向南坐想本尊等作青黒色内起大悲外現威怒大聲念誦爲求敬愛者面向西坐想本尊等皆作赤色以喜怒心出聲念誦隨此四種若息災者從月一日至月八日若求增益從月九日至十五日若求敬愛者從月十六日至二十二日若求調伏者從月二十三日至月盡日建立道場終而復始如有急切不得依日但晝夜分依時建立若息災者取初夜時若增益者取初日分若敬愛者取後夜分若調伏者取日中及中夜若建道場及以念誦要祈求等四種依上時日以爲常則若求出離

至無上菩提修瑜伽者即晝夜四時後夜日中黄昏中夜運心供養最爲上勝至下當悉恐煩難解故畫壇耳

第三入道場軌儀

夫欲求息災者先須著新淨衣及沐浴等若在家者受近住戒應起慇重大乘之心欲求成就不惜身命於無邊有情廣起悲願濟度之心能如是者速得成就入道場已五體投地徧禮法界一切三寶右膝著地懺悔三業一切罪障勸請十方佛轉正法輪請諸如來久住於世隨喜三乘所修福智以我某甲等所修功德皆悉回向無上菩提願共法界一切有情所求悉皆速得滿足次結跏趺坐如有缺緣不得澡浴以手塗香發慇重心結清淨印兩手當心虛心合掌如未敷蓮華誦眞言曰

唵一引娑嚩二合婆引嚩輸入聲鐸二引薩嚩達磨入聲引娑嚩二合婆嚩輸度撼三

誦此眞言三徧正誦之時運心廣布一切諸法本來清淨是故我身悉亦清淨即閉目運想徧滿虛空一切諸佛菩薩道場衆會執持種種上妙香華三業志誠頭面禮敬

第一結佛部三昧耶印

以兩手當心内相叉作拳並竪二大母指誦眞言曰

唵一引爾那爾迦許半音娑嚩引二合訶二引

不出聲誦此眞言三徧向下皆准知於頂上散由結此印契誦此佛部三昧耶眞言故十方法界一切諸佛悉皆雲集徧滿虛空加持行者離諸障惱三業清淨所修行願速得成

就

第二結諸菩薩部三昧耶印

兩手當心如前作拳左大母指屈於掌中誦

真言曰

唵(引一)阿(引)嚧(引)乃迦(半音)娑嚩(二合引)訶(引二)

准前誦三徧於頂上散由結印契誦此諸菩薩部三昧耶真言故即得觀自在菩薩等十方法界一切菩薩悉皆雲集徧滿虛空加持行者三業清淨無諸災難謂諸菩薩承大悲願令所求者皆得滿足

第三結金剛部三昧耶印

如前印舒左大拇指屈右大拇指於掌中誦

真言曰

唵(引一)嚩日囉(二合)地力(二合)迦(半音)娑嚩(二合引)訶(引二)

准前誦三徧於頂上散由結此印契誦金剛部三昧耶真言故即得十方法界一切金剛現威怒身如雲而集滿虛空界加持行者三業堅固猶如金剛謂彼聖者承佛威神以自願力則能護持國界令無災難乃至一身令無諸厄

第四結護身印

又用三部所結印契乃誦真言五處加持謂額上左肩右肩上心及喉等五處於頂上散即成被金剛堅固甲冑由此加持徧行者身威光赫奕一切諸魔作障惱者眼不敢觀疾爾而去

第五結辟除印及金剛方隅寶界印

右以前金剛部印契誦彼真言遶壇左轉三帀即能辟除大力諸魔隨佛菩薩善隱顯者遠去他界隨心大小右轉三帀即成金剛方

隅寶界諸佛菩薩尚不違越況障惱者能得其便於頂上散

第六結請諸聖衆降壇印

右用前三部印契及誦眞言以大拇指向身召請三徧三召即前滿空三部聖衆各依本位不相障礙寂然而住於頂上散

第七獻閼伽香水印

右以兩手持捧摩尼寶器盛滿香水置於肩中誦眞言曰

唵(一引)嚩日囉(二合)娜迦吽(二引)

准上誦三徧運心廣布次第普浴一切聖衆於頂上散由獻閼伽香水故從勝解行地乃至法雲地一一地中法界十方諸佛菩薩皆悉加護獲諸灌頂

第八獻寶座印

右以兩手當心虛心合掌二大拇指及二小指相附少屈餘之六指各散微屈如開敷蓮華誦眞言曰

唵(一引)迦磨攞娑嚩(二合引)賀(二引)

由結印契及誦眞言所獻寶座令諸聖衆皆如實受用則令行者至果位中獲金剛堅固寶座

第九結普供養印

右以兩手合掌五指互交以右押左置於心上誦眞言曰

那莫三曼多没䭾(引)喃(引)薩嚩佗欠(二)烏那誐(二合)諦薩頗(二合)囉呬(形以切)羚(三)誐誐曩(上聲)劒娑嚩(引二合)賀(四引)

由結此印誦眞言故運心廣布周徧法界諸佛菩薩道場海會普雨一切諸供養具初誦

一遍塵沙寶器滿盛塗香普塗聖衆誦第二遍種種華鬘普遍莊嚴誦第三遍燒種種香普遍供養誦第四遍雨諸天中上妙飲食置於寶器普遍供養誦第五遍雨諸摩尼以爲燈明普遍供養諸佛菩薩由眞言加持力故所獻香等於諸海會悉皆眞實聖衆受用行者當來常獲是報

第十結般若波羅蜜多根本印

右以兩手背相附收二頭指以二小指屈於掌中以大拇指各押二指頭置於心上誦經中陀羅尼七遍由結此印誦陀羅尼故行者自身即變成般若波羅蜜多菩薩爲一切諸佛之母其菩薩像結跏趺坐白蓮華上身黄金色衆寶瓔珞遍身莊嚴首戴寶冠白繒兩邊垂下左手當心持般若梵夾右手當乳作說法印以大拇指押無名指頭即想菩薩從頂至足身多毛孔流出光明作種種色遍滿法界一一光中化無量佛遍滿虚空諸世界中普爲衆生當根宣說般若波羅蜜多甚深之法皆令悟解住三摩地行者作此觀已頂上散印手持數珠置於掌中合掌當心誦眞言曰

唵一引尾盧者那引磨𪓰娑嚩引二合賀二引

誦此眞言三遍加持數珠頂上戴已然後當心左手承珠右手移珠念念相應住佛母三昧觀心莫間斷誦一百八遍或二十一遍數足已頂戴數珠置於本處結三摩地印横舒兩手以右押左置於臍下端身閉目頭少微屈注心心上諦觀圓明鏡上縱廣一肘漸遍法界布字行列右旋次第觀一一字光明徹

照從外向内至於地字從内向外漸觀諸字周而復始至第三徧心善寂定了了分明觀所詮義不生不滅一一平等皆徧法界非動非靜定慧雙運永離諸相即是般若波羅蜜多三摩地觀從此却結般若波羅蜜多印誦陀羅尼七徧於頂上散

次結普供養印如前運心次第供養對聖衆前以向所修所生功德盡將資益所求諸願為國為家利他滿足然後迴施衆生回嚴淨土迴向實際迴求無上菩提願共有情速至彼岸次結前結界印誦前真言三徧右轉即成解界次結前三部印誦前真言三徧皆以大拇指向外撥之即成發遣聖衆各歸本土行者作禮而去如常經行受持讀誦大乘勿令散亂也

第四釋陀羅尼文字觀行法

那謨此云歸命囉怛哪二合此云寶怛囉二合夜引野此云三順此方言歸命三寶謂由持經誦陀羅尼者密語乃云歸命三寶何故須歸命耶為梵本金剛頂瑜伽經云何須歸依佛歸依佛故即得諸佛五菩薩等一切菩薩與諸眷屬皆來加護謂諸菩薩尊敬菩提心見發菩提心歸依佛者常加護故歸依法者即得帝釋并諸眷屬四大天王皆來加護謂由帝釋往因危難得般若法加護獲益故歸依僧者得色究竟天五淨居等并諸眷屬皆來加護謂諸菩薩及聲聞衆多居彼天住現法樂故常尊敬那謨此云歸命阿引哩也二合引此云遠離惡不善法會意翻云聖者也吠無蓋切嚕者那引野此云徧照亦云大日如世間日唯照一邊不照一邊晝照夜不照照一世界不照餘世界但得名日不得名大日毗盧遮那名大日者色身法身普周法界十方世界悉皆照耀若人稱名歸命禮拜則得法界一切諸佛菩薩賢聖乃至八部加持衛護怛佗引蘖多夜此云如來囉訶二合諦此云應供亦云害怨亦云不生三藐此云正三沒馱引野此云等覺順此方言歸命聖者徧照如來應供正等覺那莫此云歸命阿引哩也二合此云聖者三滿多此云徧亦云普亦云等跋捺囉此云賢野

依聲明法八轉聲中第四爲聲爲彼作禮故名爲也下諸野字皆准此釋謂此菩薩說三密門廣明行願若有諸佛不修三密門不依普賢行願得成佛者無有是處若成佛已於三密門普賢行願有休息者無有是處是故歸命也冒地薩怛嚩引二合野舊云菩提今云冒地舊云薩埵今云薩怛嚩於上五字此方語略略彼三字但云菩薩摩賀引薩怛嚩引二合野此云大勇猛者摩賀引迦嚕抳迦引野此云大悲者順此方言歸命聖者普賢菩薩大勇猛大悲者由歸命此故即得十方諸佛菩薩悉皆加護謂佛菩薩修三密門行普賢行證得勝果故常尊敬怛你也二合佗引此云所謂古云即說枳攘娜此云智鉢囉二合你引閉此云燈由此智燈破諸闇故瑜伽釋云以無所得智爲方便無智無得即成般若波羅蜜多智燈普照一切法界無分別故惡梵本云此是阿字此翻爲無隨文便作惡字呼今此須云阿字上聲短呼也乞叉二合也此翻云盡句引勢此云藏即無盡藏也瑜伽釋云阿字爲種子阿字者詮一切法本不生故然此阿字是一切字母能生一切字若得阿字門瑜伽相應即得諸佛無盡法藏則悟一切法本不生猶如虛空一相清淨平等無二即成無分別智鉢囉二合底婆引娜此云辯才嚩底此云具也順此方言具辯才也瑜伽釋云鉢囉字爲種子

鉢囉字者詮般若波羅蜜多無所得也由證諸法本來不生故復諸佛無盡法藏於後得智得四無礙解辯說自在故薩嚩此云一切沒馱此云覺者嚩路引枳諦此云所觀察即是一切佛所觀實相也瑜伽釋云薩字爲種子薩字者詮一切法平等第也爲瑜伽者能緣所緣悉皆平等智證眞理入法駛流即同無邊一切諸佛所觀察故喻引誐此云相應跛哩你澀跛二合顊此云圓成順方言圓成相應也瑜伽釋云喻字爲種子喻字者詮一切乘無所得故觀智相應證圓成理即於諸乘教理行果悉皆證得一眞法性儼避引囉此云甚深努囉嚩誐引係此云難測謂前圓成甚深難測也瑜伽釋云儼字爲種子儼字者詮眞如法無來無去性離言詮唯自覺聖智離相而證底哩野三合特嚩二合此云三世跛哩你澀跛二合顊此云圓成即三世圓成也瑜伽釋云底哩野三字是梵一字以爲種子底哩也者詮一切法眞如平等塵沙功德性自成就也此眞如法雖徧一切體非三世也然過去現在未來世者從虛妄生是不相應行蘊所攝有爲法故眞如非彼悉皆遠離冒引地質多此云覺心散惹引曩你此云能生順此方言即前三世圓成能生菩提心瑜伽釋云冒字爲種子冒字者詮一切法無嚩義也若能知自身中菩提之心自性成就三世平等猶如虛空離一切相則能了

知一切有情心及諸佛心皆如自心本來清淨則一起大悲深生矜愍種種方便令諸有情離苦解脫得至究竟無縛無解是爲廣大菩提心也薩嚩引毗曬迦引此云一切灌頂毗色訖諦二合此云所灌頂會意以翻灌頂法以灑其頂法者彼經有五所謂寶冠印契及水光明名號而灌頂也瑜伽釋云薩字爲種子薩字者詮一切法無染著義由觀自他及諸佛之心同一真如得同體悲是故獲得不染著則得十方一切諸佛法水灌頂獲勝地也謂十地中地皆得勝上灌頂三業加持於無量修多羅演說自在達磨此云法也娑誐囉此云海也三步諦此云出生順此方言諸法海出生無縱解脫無斷盡故瑜伽釋云達字爲種子達字者詮一切法染淨二體皆不可得以正體智斷本識中俱生所知障則成法海流出教法廣利樂故阿去聲暮引佉此云無間斷古云不空者謬也室囉二合嚩儞此云聞也順此方言於諸佛所無間聽聞瑜伽釋云令依聲明論釋無間者阿字爲種子阿字者詮一切法本來寂靜本來涅槃由證此法周徧法界諸佛刹土大集會中於諸佛前所聞教法悉皆憶持永不忘故摩賀引此云大也三漫多此云普也跋捺囉二合此云賢也步彌此云地也涅哩野二合引諦此云出生順此方言從前諸地所修行願能出生此大普賢地即十地後等覺地也然瑜伽中從凡至聖總爲

四地一勝解行地通目地前二普賢行願地通目十地三大普賢地即等覺地四普照曜地即成正覺地依彼釋者摩字爲種子摩字者詮一切法我法空故爲瑜伽者斷微細障證我法空即超出此大普賢地證普照曜地成正等正覺福智莊嚴受用法身俱圓滿故也尾野二合引羯囉拏此云授記跛哩鉢囉二合跛儞此云獲得順此方言獲得授記即是先得授記令獲滿足也瑜伽釋云尾野字爲種子尾野字者詮一切法究竟不可得由果圓滿究竟證得一切諸法自性寂靜自性涅槃能證所證皆同一性不增不減常圓滿故也薩嚩悉馱引此云成就人即是十地諸菩薩也那摩塞訖哩三合諦此云作禮禮有二義一者禮彼般若之法二者禮彼成正覺人具此二義故十地之所作禮也瑜伽釋云薩字爲種子薩字者詮生滅義於薩字中有阿字詮無生義然果位中由證阿字不生不滅體常堅固猶若金剛勝用自在即能普現無邊應化種種利樂亦有生滅實無生滅故薩嚩此云一切冒地薩怛嚩二合引此云菩薩散惹曩你此云出生順此方言出生一切菩薩地也瑜伽釋云薩字爲種子薩字者詮一切法無等等義也由觀此字心與真如平等一相清淨即是般若波羅蜜多出生一切菩薩地故婆誐嚩底敬對翻云具福智者會意釋云世尊沒馱引此云覺麼引諦此云母也順此方言佛世

尊母婆伽梵者男聲呼也婆誐嚩底女聲呼也二俱會意釋云世尊若依聲明敵對釋者婆伽云破梵翻為能能破四魔名婆伽梵又云薄阿梵依聲明論云薄名為破阿名無生梵名為證智能證阿名為阿梵由阿梵故能破煩惱故佛世尊不生不滅不來不去不一不異不斷不常不增不減具如是德名薄阿梵又云薄伽梵薄伽云福智梵名為具會意釋云由具福智莊嚴滿足名薄伽梵又薄伽梵亦是男聲瑜伽釋云婆字為種子婆字者詮一切法有不可得由心由心染故有生死由心淨故有涅槃彼二離心俱不可得謂由般若為生了因即能出生一切諸佛故名為母上十六句如瑜伽經中亦為普賢菩薩十六行也

阿囉𡛥迦囉𡛥阿囉拏迦囉𡛥(然此十二字明三祕)密也即是身語意三密也瑜伽釋云阿字名者詮一切法本來不生由知一切法本來不生故悟一切法離塵囉字門者詮一切法離塵義也由知一切法離塵即悟一切法無諍妳字門者詮一切法無諍義也由知一切法無諍故即悟一切法無造作迦字門者詮一切法無造作由知一切法無造作即悟一切法清淨羅字門者詮一切法清淨由知一切法清淨故即悟一切法無諍妳字門者詮一切法無諍由知一切法無諍故即悟一切法本來寂靜阿字門者詮一切法本來寂靜由知一切法本來寂靜故即悟一切法無垢囉字門者詮一切法無垢由知一切法無垢故即悟一切法無諍拏字門者詮一切法無諍由知一切法無諍故即悟一切法無造作迦字門者詮一切法無造作由知一切法無造作故即悟無分別智羅字門者詮一切法無分別故由知一切法無分別即悟一切法無動妳字門者詮一切法無動由知一切法無動故即證摩訶般若波羅蜜多無住道也

摩訶(引此云大)鉢囉(二合)枳穰(二合此云極智)播(引)囉弭諦依聲明論分句釋云播藍伊[illegible]多伊多者此岸也播藍者彼岸也乘大極智離生死此岸到涅槃彼岸得無住處大涅槃也娑嚩(二合引)賀(引此云成就義亦云吉祥)義亦云圓寂義亦云息災增益義亦云無住義今依無住義即是無住涅槃依此涅槃盡未來際利樂有情無盡期故此上言種子者是引生義攝持義且如十字合為一句以初一字而為種子下之九字所有觀智依所引生攝入初字由此而言若知一法即知一切法若知一法空即知一切法空能於一字專注觀察修諸行願一切行願皆得滿足故

第五明陀羅尼觀想布字輪

若修行者於此般若波羅蜜多經修瑜伽觀智者為此陀羅尼從初至末所有文字一一句一一字思惟觀察於自心中清淨圓明大圓鏡上想一金輪外第一重有十六輻次第

右旋想十六句分明顯現次第二重有十二輻想十二字右旋安布次第三重布列十字中有一地字此中意者攝前長行乃至諸會大般若等爲十六句攝十六句爲十二字攝十二字爲其十字攝彼十字歸于一字從廣至略漸減漸深一字現前周于法界性相平等至究竟故然修行者觀諸梵字了了分明周而復始若心專注於諸文字屈曲次第心不異緣即成定品觀所詮理即成慧品二法雙運任運現前通達無礙念念消滅一切業障報障煩惱障身心轉依皆得自在獲諸神通至究竟位三身具矣

仁王護國般若波羅蜜多經道場念誦軌儀

音釋

篆作管切纏也　賁彼義切　藪蘇后切　薜荔多梵語也此云餓鬼　薜蒲細切　荔郎計切　磐蒲官切大石也　賸石證切餘也　龍盧東切　瓷才資切陶器也　楪徒協切椀楪也　脆七芮切物易斷也　撼戶感切

金剛頂蓮華部心念誦儀軌
唐北天竺三藏沙門大廣智不空奉　詔譯

清刻龍藏佛說法變相圖

金剛頂蓮華部心念誦儀軌

唐北天竺三藏沙門大廣智不空奉　詔譯

歸命禮普賢　金剛蓮華手　說修瑜伽法
先應禮三寶　長跪合蓮掌　運心對聖衆
陳罪應隨喜　次觀一切法　遠離於塵垢
應誦此眞言　器界皆清淨
淨地眞言曰
囉儒波誐哆薩嚩達摩
次當淨三業　觀法本清淨　誦此眞言明
三業皆清淨
淨身眞言曰
娑嚩(二合)娑嚩秫馱薩嚩達摩
由此眞言故　其身成法器　於虛空觀佛
徧滿如胡麻　則誦徧照明　歷然見諸佛
觀佛眞言曰

欠嚩日囉(合二)馱覩

吽字想於心　變成五股杵　應想徧身中
所有微塵數　爲金剛薩埵　金剛掌舒臂
全身委地禮　捨身徧法界　奉獻阿閦尊
盡禮事諸佛

眞言曰

唵薩嚩怛他誐多布儒波薩佗(合二)曩也怛摩(二合)喃你哩耶(合二)多夜弭薩嚩怛佗誐多嚩日囉(合二)薩怛嚩(引二合)地瑟姹(合二)娑嚩(合二)鈝

次想怛𠿒字　於額金剛寶　想身爲寶形
身中微塵數　想成金剛藏　全身以額禮
金剛掌於心　奉獻寶生尊　想於無邊剎
首持五佛冠　灌一切佛頂

眞言曰

唵薩嚩怛佗誐多布惹毗曬迦耶怛麼(合二)喃你哩耶(合二)多夜弭薩嚩怛佗誐哆嚩日囉(合二)囉怛曩(引二合)毗詵者鈝怛咯(合二)

觀紇哩於口　即想八葉蓮　觀身爲蓮華
身中微塵數　想成金剛法　全身以口禮
金剛掌於頂　奉獻無量壽　想徧諸佛會
而請轉法輪

眞言曰

唵薩嚩怛他誐多布惹鉢囉(合二)嚩哩多(合二)那耶怛麼(合二)喃你哩耶(合二)多耶弭薩嚩怛他誐多嚩日囉(合二)達麼(引)鉢囉(合二)嚩哩多(合二)耶鈝紇哩(合二)

惡字想於頂　變爲業金剛　觀身普金剛
身中微塵數　皆成金剛業　全身以頂禮
當心金剛掌　奉獻不空尊　想於普集會
觀金剛業身　而作大供養

眞言曰

唵薩嚩怛他誐多布惹羯磨抳阿怛麽(二合)喃你哩耶(二合)多夜弭薩嚩怛他誐多嚩日囉(二合)羯麽矩嚧䋽噁噁噁

次結金剛持大印　檀慧禪智反相叉
右膝著地置頂上　一一想禮如來足
舒指從頂如垂帶　從心旋轉如舞勢
金剛合掌置頂上

眞言曰

唵薩嚩怛他誐多迦耶嚩訖只(二合)多嚩日囉(二合)嚩娜南迦嚕弭唵嚩日囉(二合)勿(微一切)

歸命十方正等覺　最勝妙法菩薩衆
以身口意清淨業　慇懃合掌恭敬禮
無始輪迴諸有中　身口意業所生罪
如佛菩薩所懺悔　我今陳懺亦如是
諸佛菩薩行願中　金剛三業所生福
緣覺聲聞及有情　所集善根盡隨喜
一切世燈坐道場　覺眼開敷照三有
我今胡跪先勸請　轉於無上妙法輪
所有如來三界主　臨般無餘涅槃者
我皆勸請令久住　不捨悲願救世間
懺悔隨喜勸請福　願我不失菩提心
諸佛菩薩妙衆中　常爲善友不猒捨
離於八難生無難　宿命住智相嚴身
遠離愚迷具悲智　悉能滿足波羅蜜
富樂豐饒生勝族　眷屬廣多恒熾盛
四無礙辯十自在　六通諸禪悉圓滿
如金剛幢及普賢　願讃廻向亦如是
行者廣大願　次應發勝心　願一切有情
如來所稱讃　世間出世間　速成勝悉地

眞言曰

唵薩嚩怛他誐多啇斯哆引薩嚩薩埵喃薩嚩悉馱藥三波佽演二合耽引怛他誐多室者二合地底瑟姹折諫切耽

麼吒爲兩目　應觀爲日月　二手金剛拳
各安於腰側　徧視空中佛　諸佛皆歡喜
所有香華等　及餘供養具　因此目瞻覩
去垢成清淨　辟除成結界

眞言曰

唵嚩日囉二合涅哩二合瑟致二合麼吒

福智二羽合　十度初分交　名爲金剛掌
一切印之首

眞言曰

唵嚩日囒引二合惹哩

即彼金剛掌　十度結爲拳　名爲金剛縛
能解結使縛

眞言曰

唵嚩日囉引二合滿馱

即以金剛縛　能淨第八識　亦除雜染種
怛囉吒二字　想安於兩乳　二羽金剛縛
掣開如户扇

眞言曰

嚩日囉二合滿馱怛囉吒吒半音

即以金剛縛　禪智屈入掌　檀慧戒方間
想召無漏智　入於藏識中

眞言曰

嚩日囉引二合吠奢噁

即以前印相　進力拄禪智　以附於心門
無漏智堅固

眞言曰

嚩日囉合二母瑟致合二鍐
二羽金剛縛　忍願竪如針
自身成普賢　坐於月輪上
身前觀普賢　纔誦眞言已
眞言曰
唵三摩耶薩怛鍐合二
行者次應結　大誓眞實契　二羽金剛縛
檀慧禪智竪　忍願交入掌
指面令相合　以二度刺心
名爲大悲箭　以射猒離心
極喜三昧耶　警覺本誓願
眞言曰
三昧耶斛引蘇囉多薩怛鍐合三
行者次應結　降三世大印
二羽忿怒拳　檀慧皆鉤結
進力二皆竪　身想忿怒王
八臂而四面　笑怒恐怖形
四牙熾盛身　右足蹈左直
踏大天及后　厲聲誦眞言
旋轉於十方　左轉成辟除
右旋成結界
眞言曰
唵蘇婆你蘇婆吽孽哩訶拏孽哩訶拏吽孽哩訶拏播野吽阿曩野斛婆誐鑁縛日囉合二吽發吒半聲吒
次結金剛蓮　二羽金剛縛
檀慧禪智竪　蓮華三昧耶
得成蓮華部　轉輪之主宰
眞言曰
唵嚩日囉合二鉢娜摩合二三摩耶薩怛嚩合三
阿賴耶識中　違背菩提種
次結法輪印　摧彼猒離輪
即前蓮華印　檀慧而交竪
摧制於自心　即滅一乘種
眞言曰
吽吒枳薩怖合二吒耶摩訶尾囉誐嚩日藍合二嚩日囉合二馱囉薩帝曳合二曩拆勑角切

即結大欲印　二羽金剛縛　禪入智虎口
隨誦而出入
真言曰
唵蘇囉多嚩日藍二合弱吽鍐斛引三昧耶薩
怛梵三合
大樂不空身　印契同於上　普願諸有情
速證如來地　修行瑜伽者　應發如是心
成熟衆生已　次當召一切　自成大染智
菩提大欲滿　圓成大悲種
真言曰
唵摩訶蘇佉嚩日蘭二合娑馱耶薩嚩薩怛吠
二合毗喻二合弱吽鍐斛
次結召罪印　二羽金剛縛　忍願申如針
進力屈如鉤　起大悲愍心　來去而觀想
召諸有情罪　自身三惡趣　衆罪召於掌
黑色如雲霧　衆多諸鬼形
真言曰
唵薩嚩播波迦哩灑二合拏嚩日囉二合薩怛嚩
二合三摩耶吽發吒半音
次結摧罪印　八度內相叉　忍願如前竪
應觀獨股杵　當應自身相　變成降三世
厲聲誦真言　內心起慈悲　忍願應三拍
摧諸有情罪　三惡皆辟除
真言曰
唵嚩日囉二合播尼尾薩普吒二合耶薩嚩播耶
滿馱那你鉢囉二合謀訖灑二合耶薩嚩播耶誐
底丁以切一毗藥二合薩嚩薩怛嚩二合薩嚩怛他誐
多嚩日囉二合三摩耶吽怛囉二合吒半音
次淨三業障　令滅決定業　二羽金剛掌
進力屈二節　禪智豎二度　結此業障除

眞言曰

唵嚩日囉(二合)羯磨尾輸馱耶薩嚩嚩囉拏你

母馱薩底曳(二合)曩吽

次成菩提心　自他令圓滿　印如蓮華勢

安於頂之左

眞言曰

唵戰捺嚧(二合)多枲三曼多婆捺囉(二合)枳囉尼

摩訶嚩日哩(二合)尼吽

蓮心諸有情　月上如來威　速成如普賢

瑜伽經所說　應結加趺坐　肢節不搖動

應結等持印　二羽金剛縛　仰安於臍上

端身勿搖動　舌拄於上腭　止息令微細

諦觀諸法性　皆由於自心　煩惱隨煩惱

蘊界諸入等　皆如幻與焰　如乾闥婆城

亦如旋火輪　又如空谷響　如是諦觀已

不見於身心　住寂滅平等　究竟眞實智

卽觀於空中　諸佛如胡麻　徧滿虛空界

想身證十地　住於如實際　空中諸如來

彈指而警覺　告言善男子　汝之所證處

是一道清淨　金剛喻三昧　及薩婆若智

尚未能證知　勿以此爲定　應滿足普賢

方成最正覺　身心不動搖　定中禮諸佛

眞言曰

唵薩嚩怛佗誐多波娜滿娜南(引)迦嚕弭

行者聞警覺　定中普禮已　惟願諸如來

示我所行處　諸佛同音言　汝應觀自心

旣聞是說已　如教觀自心　久住諦觀察

不見自心相　復想禮佛足　白言最勝尊

我不見自心　此心爲何相　諸佛咸告言

心相難可測　授與心眞言　卽誦徹心明

觀心如月輪　若於輕霧中　如理諦觀察
眞言曰
唵只多鉢囉(合一)底吠鄧迦嚕弭
藏識本非染　清淨無瑕穢　由具福智故
自心如滿月　復作是思惟　是心爲何物
煩惱習種子　善惡皆由心　心爲阿賴耶
修淨以爲因　六度熏習故　彼心爲大心
藏識本非染　清淨無瑕穢　長時積福智
喻如淨滿月　無體亦無事　即說亦非月
由具福智故　自心如滿月　踊躍心歡喜
復白諸世尊　我以見自心　清淨如滿月
離諸煩惱垢　能執所執等　諸佛皆告言
汝心本如是　爲客塵所翳　菩提心爲淨
汝觀淨月輪　得證菩提心　授此心眞言
密誦而觀察

眞言曰
唵冐地只多母馱波那夜弭
能令心月輪　圓滿益明顯　諸佛復告言
菩提心堅固　復授心眞言
觀五股金剛蓮華眞言曰
唵底瑟侘(合二)嚩日囉(合二)鉢娜麼
汝於淨月輪　觀八葉蓮華　令普周法界
唯一大蓮華　應當知自身　金剛蓮華界
眞言曰
唵嚩日囉(合二)怛麼(合二)句含
自身爲蓮華　清淨無染著　復白諸佛言
我爲蓮華身　時彼諸如來　更勑行者言
觀身如本尊　復授此眞言
唵野他(引)薩嚩怛他誐多薩怛他(引二合)含
既成本尊身　結如來加持　不改前印相

應誦此眞言

眞言曰

唵薩嚩怛他誐多引避三冐地涅哩合二荼嚩日囉二合地瑟姹合二

次結四如來　三昧耶印契　各以本眞言

而用加持身　不動佛於心　寳生尊於額

無量壽於喉　不空成就頂

眞言曰

唵嚩日囉二合薩怛嚩引二合地瑟姹合二娑嚩合二鉿

唵嚩日囉二合囉怛曩引二合地瑟姹合二娑嚩合二鉿

唵嚩日囉二合達麼引地瑟姹合二娑嚩合二鉿

唵嚩日囉二合羯麽引地瑟姹合二娑嚩合二鉿

既已加持身　次應授灌頂　五如來印契

各如三昧耶　徧照灌於頂　不動佛於額

寳生尊頂右　無量壽頂後　不空成就佛

應在頂之左

眞言曰

唵薩嚩怛他蘖帶引濕嚩合二囉耶引二合毗曬引迦吽

唵嚩日囉二合薩怛嚩引二合毗詵遮鉿引吽

唵嚩日囉二合囉怛曩引二合毗詵遮鉿怛洛合二

唵嚩日囉二合鉢娜麽合二毗詵遮鉿引紇哩合二

唵嚩日囉二合羯磨引毗詵遮鉿引噁

次於灌頂後　應繫如來鬘　四万諸如來

皆三昧耶契　額前二羽分　三結於頂後

向前如垂帶　先從檀慧開

唵嚩日囉二合麽羅毗詵遮鉿鍐

唵嚩日囉二合囉怛曩合二麽羅毗詵遮鉿鍐

唵嚩日囉(二合)鉢娜麽(二合)麽羅毗詵遮鉿鏝

唵嚩日囉(二合)羯麽麽羅毗詵遮鉿鏝

次於諸有情　當興大悲心　無盡生死中

恒被大誓甲　爲淨佛國土　降伏諸天魔

成最正覺故　被如來甲冑　二羽金剛拳

當心舒進力　二度相縈遶　心背齊兩膝

齊臂心兩肩　喉頂額又頂　各各三旋遶

徐徐前下垂　先從檀慧散　即能護一切

天魔不能壞

真言曰

唵砧

次應金剛拍　平掌而三拍　由此印威力

縛解解者縛　便成堅固甲　聖衆皆歡喜

獲得金剛體　如金剛薩埵

真言曰

唵嚩日囉(二合)覩瑟也(二合)斛

次結現智身　二羽金剛縛　禪智入於掌

身前想月輪　於中觀本尊　諦觀於相好

徧入金剛已　本印如儀則　身前當應結

思惟大薩埵

真言曰

唵嚩日囉(二合)薩怛嚩(二合)噁

次結見智身　印契如前相　見彼智薩埵

應觀於自身　鉤召引入縛　令喜作成就

真言曰

唵嚩日囉(二合)薩怛嚩(二合)怛哩(二合)捨也(二合)

次結四字明　印如降三世　初進如鉤形

次進力互交　仍屈頭相拄　次應互相鉤

次腕合而振　由此四明印　召引縛令喜

真言曰

弱吽鍐斛(引)

此三昧耶印　當結金剛縛　忍願竪如針

成本尊瑜伽

誦三昧耶薩埵鍐背後徧入賛捺囉於中等

觀薩埵體我三昧耶薩怛鍐

真言曰

三摩喻哈摩訶三摩喻哈

次應想大海　八功德之水　於上想金龜

七金山圍遶　想山間有河　皆入德水成

想種子并誦　哈鍐與鉢囉

真言曰

唵尾摩嚧娜地吽

次想須彌盧　皆以四寶成

真言曰

唵阿者攞吽

上想寶樓閣　則結金剛輪　由此印威力

則成諸輪壇　二羽金剛拳　進力檀慧鉤

於中應觀想　輪壇如本教　即於寶閣中

而觀曼荼羅

真言曰

唵嚩日囉(二合)斫迦囉(二合)吽

次應誦啓請　不改前印相　想白諸聖尊

降此曼荼羅

啓請曰

野(引)毗焰(引二合)涅(你逸切)尾竭那娑(上聲)斫迦囉(二合)悉地寫(去聲)多畝陛穌嚛嚩日囉(二合)軍荼利係都毗焰(二合)哆(引)毗焰(二合)麼薩覩(二合)娑娜曩莫

次結開門契　想開大壇門　二羽金剛拳

檀慧應相鉤　進力竪側合　每門誦真言

應吽而擘開　從東而右旋　每方面向門
若方所小狹　即應觀想中　運心如本教
眞言曰
唵嚩日囉二合娜嚩二合嚧嗢茄二合吒也三摩耶
鉢囉二合吠舍耶吽
次結啓請契　啓白於聖尊　二羽金剛縛
忍願應竪合　進力屈如鉤　中後而不著
稱名而啓請　三唱伽佗曰
阿演去聲都薩吠慕嚩乃迦娑囉引鉢囉二合拏
弭哆引世沙迦菔勑句切囉摩囉引娑乞叉二合
訖哩二合哆難二合哆娑嚩娑嚩二合娑嚩娑嚩二合
演慕尾難多娑嚩娑嚩二合娑嚩
次觀佛海會　諸聖普雲集　交臂作彈指
指聲徧法界
眞言曰
唵嚩日囉二合娑摩惹弱
諸如來集會皆在於虛空誦一百八名讚禮
曼荼羅衆讚曰
嚩日囉二合薩怛嚩二合摩訶薩怛嚩一二合嚩日
囉二合薩嚩怛他蘖多二三曼多跋涅囉二合嚩
日囉引二合你耶三嚩日囉二合三播儜曩牟薩都
二合帝四
嚩日囉二合囉惹蘇没馱誐哩耶一二合嚩日嘲
二合矩捨怛他蘖多二阿目伽囉惹嚩日囉二合
你耶三嚩日囉二合喝沙曩牟薩覩二合帝四
嚩日囉二合囉誐摩訶爍企也一嚩日囉二合嚩
拏嚩商迦囉二摩囉迦摩摩訶嚩日囉三二合
嚩日囉二合賭波南牟薩覩二合帝四
嚩日囉二合娑度蘇嚩日囉二合蘖囉一嚩日囉
二合都瑟鯠二合摩訶囉諦二鉢囉二合毋你耶二合

囉惹嚩日囉二合你耶三二合嚩日囉二合喝沙曩
牟薩覩二合帝四
嚩日囉二合囉怛那二合蘇嚩日囉二合囉他一嚩
日囉二合阿迦捨摩訶摩尼一阿迦捨孽婆嚩
日囉二合荼雉也切三嚩日囉二合孽婆曩牟薩覩二合
帝四
嚩日囉二合帝惹摩訶入嚩二合攞一嚩日囉二合
素哩耶二合爾曩鉢囉二合婆二嚩日囉二合囉濕
彌二合摩訶帝惹三嚩日囉二合鉢囉二合婆曩牟
薩覩二合帝四
嚩日囉二合計都蘇娑怛嚩引二合囉他一嚩日
囉二合特嚩二合惹蘇都灑迦二囉怛那二合計都
摩訶嚩日囉二合嚩日囉也三二合瑟䣝曩牟薩
都二合帝四
嚩日囉二合賀娑摩訶賀娑一嚩日囉二合悉弭

二合多摩訶步多二必哩二合低丁移切鉢囉二合母
你耶嚩日囉二合儗哩耶三嚩日囉二合必哩二合
帝曩牟薩覩二合帝四
嚩日囉二合達摩蘇上聲娑怛嚩引二合囉佗一嚩
日囉二合鉢娜摩二合蘇戍馱迦三路計濕嚩二合
囉蘇嚩日囉二合乞叉三二合嚩日囉二合儜上聲怛
囉南牟薩覩二合帝四
嚩日囉二合底丁以切乞叉二合拏摩訶也那一嚩
日囉二合句捨摩訶庚馱二曼殊室唎二合嚩日
囉二合儼只甘切鼻哩耶三嚩日囉二合没第南牟
薩覩二合帝四
嚩日囉二合係覩摩訶曼茶一嚩日囉一合斫羯
囉二合摩訶曩耶二蘇鉢囉二合韈怛曩嚩日路
二合囉他三嚩日囉二合曼茶南牟薩覩二合帝四
嚩日囉二合婆沙蘇微微切一你耶引二合孽囉一

嚩日囉合二惹波蘇悉地那二阿嚩遮嚩日囉合二微上同你耶引一合孽囉三嚩日囉合二娑沙南牟薩覩合二帝四

嚩日囉合二羯摩蘇嚩日囉合二枳孃一羯麼嚩日囉合二蘇娑嚩合二孽囉二嚩日囉合二目伽摩呼娜哩耶三二合嚩日囉合二尾濕嚩合二南牟薩覩合二帝四

嚩日囉合二囉乞叉合二摩訶吠哩耶一二合嚩日囉合二韈摩摩訶涅哩合二荼二去聲訥哩庾合二馱那蘇微上同仡哩耶三二合嚩日囉合二尾哩耶合二南牟薩覩合二帝四

嚩日囉合二藥乞叉合二摩呼播耶一嚩日囉合二鄧瑟吒囉合三摩訶婆耶二麼囉鉢囉合二末你嚩日囉合二路龒囉三二合嚩日囉合二戰拏南牟薩覩合二帝四

嚩日囉合二散地蘇娑寧上聲地耶一嚩日囉合二滿馱鉢囉合二毛斫迦二嚩日囉合二母瑟吒合二耶引孽囉三摩耶三嚩日囉合二母瑟[齒*來]合二南牟薩覩合二帝四

次結四明印　印如降三世　鉤屈進度招
索進力如環　鎖開腕相鉤　鈴合腕以振

各誦本眞言曰

嚩日嘲引二合矩捨弱嚩日囉合二播捨吽吽嚩日囉合二薩普引吒鍐嚩日囉合二吠捨惡

次結金剛拍　令聖衆歡喜

眞言曰

唵嚩日囉合二哆囉覩瑟也合二斛引

次入平等智　捧閼伽香水　想浴諸聖身
當得灌頂地

眞言曰

唵嚩日盧二合娜迦吽
次結振鈴印　右杵左振鈴　心入聲解脫
觀照般若理　各如本佛印
眞言曰
唵嚩日囉二合健吒覩使也二合斛引
次結羯磨印　於心而修習　諦觀心月輪
而有羯磨印　應結金剛拳　等引而兩分
右羽金剛拳　以握力之端　左拳安於齋
右羽垂觸地　左拳如前相　右羽爲施願
二羽仰相叉　進力竪相背　禪智橫其端
左拳復安齋　右羽施無畏　是五如來契
彼彼眞言曰
唵質多鉢囉二合底微鄧迦嚕弭唵冐地只多
母怛波那夜弭唵底瑟吒二合嚩日囉二合唵嚩
日囉引二合怛摩句唅唵曳佗薩嚩怛佗引孽
多薩怛佗引唅
次當結羯磨　四波羅蜜契
而誦於眞言
彼彼眞言曰
薩怛嚩二合嚩日哩二合囉怛那嚩日哩二合達摩
嚩日哩二合羯磨嚩日哩二合
次結十六尊　羯磨契之儀　左拳安胷側
右羽掐擲杵　二拳交抱胷　進力鉤以招
二拳如射法　當心作彈指　進力如寶形
於心旋日輪　右肘拄左拳　二拳口仰散
左蓮右開契　左手想持華　右手如把劒
覆拳進力拄　於齋而半轉　並至口仰散
先從禪智舒　旋舞心兩頰　金剛掌於頂
二拳被甲冑　進力禪慧牙　二拳而相合
十六大士印　內外八供養　并及於四護

印相今當說　二拳各胷側　向左小低頭
二拳以繫鬘　從額頂後垂　二拳側相合
從齊至口散　二拳生舞儀　旋轉掌於頂
以金剛拳儀　燒香等四印　以降三世印
鉤鎖等四攝　並拳向下散　仰散如捧獻
禪智竪如針　開掌塗胷前　進屈如鉤形
進力曲相捻　二度便相鉤　合腕微搖動
彼彼真言曰

嚩日囉(二合)薩怛嚩(二合)阿嚩日囉(二合)囉惹弱嚩日囉(二合)囉誐護嚩日囉(二合)娑度索嚩日囉(二合)囉怛那唵嚩日囉(二合)帝惹暗(引)嚩日囉(二合)計都怛藍(二合)嚩日囉(二合)賀娑郝嚩日囉(二合)達磨紇哩(二合)嚩日囉(二合)底(引)乞叉(二合)瑟拏淡嚩日囉(二合)曳都鋡嚩日囉(二合)娑沙藍嚩日囉(二合)羯磨劒嚩日囉(二合)囉乞叉(二合)啥嚩日囉(二合)藥乞叉(二合)吽嚩日囉(二合)散(引)地鍐嚩日囉(二合)邏(引)細護(引)嚩日囉(二合)摩黎怛囉(二合)吒(半音)嚩日囉(二合)儗(引)帝儗(引)嚩日囉(二合)涅哹(二合)帝訖哩(二合)吒嚩日囉(二合)度箄婀嚩日囉(二合)補澀箆(二合)唵嚩日囉(二合)路(引)計你(引)嚩日囉(二合)巘提虐嚩日朗(二合)矩捨弱嚩日囉(二合)播捨吽嚩日囉(二合)薩普(二合)吒鍐嚩日囉(二合)吠捨斛

右心左按地　遶輪壇四面　各一稱真言
安立賢劫位
真言曰
吽

次結三昧耶　於舌觀金剛　先合金剛掌
便成金剛縛　忍願如劒形　進力肘於背
忍願竪如針　反屈如寶形　移屈如蓮葉
面合於掌中　檀慧禪智合　是爲五佛印

彼彼眞言曰

嚩日囉二合枳蒄二合南阿引去聲嚩日囉二合枳蒄二合喃吽嚩日囉二合枳蒄二合南怛咯二合嚩日囉二合枳蒄二合南頡唎嚩日囉二合枳蒄二合南惡

次結三昧耶　四波羅蜜契　各如本佛印

別別誦眞言

彼彼眞言曰

嚩日囉二合室哩二合吽嚩日囉二合憂百列切唎怛藍二合嚩日囉二合多囉嚬哩二合佉鞢日哩二合尼斛引

次結十六尊　八供與四攝　三昧耶印契

忍願豎如針　小大開而豎　次以金剛縛

進力屈如鉤　因鉤便交豎　不解縛彈指

大豎次叉屈　不改大與次　舒六而旋轉

前二亦不改　中縛下四幢　不易前印相

反開散於口　由縛禪智豎　進力屈如蓮

由縛豎忍願　屈上節如劒　忍願復入禪

四豎五豎交　由縛進力蓮　禪智開偃附

六度叉而覆　大各捻小甲　進力針當心

進力檀慧開　小豎進力鉤　縛大捻小根

進力豎其背　縛偃豎禪智　此印展當額

從臍口仰散　旋舞掌於頂　由縛而下散

從縛仰開獻　由縛禪智針　解縛摩於胷

由縛進如鉤　禪智入虎口　上四交如環

禪智入掌搖　四印而一縛

彼彼眞言曰

三昧耶薩怛鑁二合阿曩耶薩怛鑁二合阿斛引蘇佉娑度娑度蘇摩訶怛鑁二合嚕褒你庚二合多遏囉佗二合鉢囉二合必底丁以切呵呵吽壑薩嚩迦哩藕佉砌那毋馱冐地鉢囉二合底攝那

蘇嚩始怛鍐合二涅你逸切娑也怛鍐合二設咄嚕
二合博乞叉合二薩嚩悉地摩訶囉底丁以切嚕波
戍陛輸嚕合二怛囉合二爍引埶企耶切薩婆布而
見移切鉢囉合二訶邏引你你破邏引誐弭素帝
惹引佗哩合二素嚩蕩儗魚枳切阿夜引呬弱阿
呬吽吽係薩普引二合吒鍐健吒噁噁
次大供養埶　供養諸如來　應結金剛縛
印相從心起　初結徧照尊　羯磨之印儀
唵薩嚩怛佗誐多嚩日囉合二馱怛嚩合二訥多
羅布惹娑發合二囉拏娑摩曳吽
次金剛薩埵羯磨印
唵薩嚩怛他誐多嚩日囉合二薩怛嚩二䅸多
羅布惹娑發合二囉拏娑摩曳吽
金剛寶羯磨印
唵薩嚩怛他誐多嚩日囉合二囉怛那引二合䅸

多囉布惹娑發合二囉拏娑摩曳吽
次金剛法羯磨印
唵薩嚩怛他誐多嚩日囉合二達摩䅸多囉布
若娑發合二囉拏娑摩曳吽
次金剛業羯磨印
唵薩嚩怛他誐多嚩日囉合二羯磨引䅸多囉
布惹娑發合二囉拏娑摩曳吽
次心上金剛縛密語曰
唵薩嚩怛他誐多薩嚩怛摩合二涅哩耶合二怛
那布引惹娑發合二囉拏羯磨嚩日哩合二阿引
左脅密語曰
唵薩嚩怛他誐多薩嚩怛麼合二涅哩耶合二怛
那布惹薩發合二囉拏羯磨吃哩合二弱
右脅密語曰
唵薩嚩怛他誐多薩嚩引怛磨涅哩耶合二怛

那努囉誐拏布惹薩癹二合囉拏羯磨嚩儜擘
切護引
腎後密語曰
唵薩嚩怛他誐多薩嚩引怛摩二合涅哩耶二合
怛那娑度迦囉羯磨覩瑟置索
額上密語曰
唵那莫薩嚩怛他誐多引毗囇引迦囉怛寧
二合驃嚩日囉二合摩尼唵
心上旋轉如日輪相密言曰
唵那莫薩嚩怛他誐多蘇哩耶二合嚩日囉二合
帝爾你嚩日囉二合以翊引二合
頂上長舒二臂密語曰
唵娜莫薩嚩怛他誐多引捨跛哩布囉拏眞
多摩尼特嚩惹吃利二合驃嚩日囉二合特嚩二合
惹吃哩二合怛嚂

口上笑處解散密語曰
唵娜莫薩嚩怛他誐多摩訶必哩二合底鉢囉
二合毋你耶二合迦黎驃嚩日囉二合賀西郝
口上密語曰
唵薩嚩怛他誐多嚩日囉二合達磨多三摩地
避薩覩努彌摩訶達磨吃哩二合嚬唎二合
左耳眞言曰
唵薩嚩怛佗誐多鉢囉二合枳惹二合波羅蜜多
避引哩哩二合賀嶷薩覩拏彌摩訶具沙努霓
淡
右耳眞言曰
唵薩嚩怛佗誐多斫羯囉乞叉二合囉鉢唎二合
韈怛那薩嚩蘇怛嚹二合多柰耶曳引薩覩努
弭薩嚩曼荼黎吽
頂後眞言曰

唵薩嚩怛佗誐多散馱婆沙没馱僧儗魚以切底丁以切避引誐南蘇覩努弭嚩日囉二合嚩日唎引斫

頂上眞言曰

唵薩嚩怛佗誐多度播寘伽三母捺囉二合薩癹二合囉拏布惹羯迷迦囉迦囉

右肩上眞言曰

唵薩嚩怛佗誐多補澀波二合鉢囉二合娑囉二合薩癹二合囉拏布惹羯迷枳哩枳哩

右胯上眞言曰

唵薩嚩怛他誐多路迦入嚩二合攞薩癹二合囉拏布惹羯迷跛囉跛囉

復置心上眞言曰

唵薩嚩怛佗誐多巘陀三母捺囉二合薩癹二合囉拏布惹羯迷矩嚧矩嚧

次結散華契　觀察於十方　言我今勸請
諸佛轉法輪　復應作是念　今此贍部洲
及於十方界　人天意生華　水陸所有華
皆持獻十方　一切大薩埵　部中諸眷屬
契明密語天　我爲普供養　一切諸如來
而作事業故

密語曰

唵薩嚩怛他誐多補澀波二合布惹吽伽三母捺囉二合薩癹二合囉拏三摩曳吽引

又結燒香契　而作是思惟　人天本體香
和合變易香　如來羯磨故　我今皆奉獻

密語曰

唵薩嚩怛他誐多度波布惹吽伽三母捺囉二合薩癹二合囉拏三摩曳吽引

次結塗香契　人天本體香　和合變易香

如是差別香　如來羯磨故　我今皆奉獻

密語曰

唵薩嚩怛他誐多巘陀布惹咩伽三母捺囉(二合)薩發(二合)囉拏三摩曳吽(引)

次結燈契已　而作是思惟　人天本體生

及差別光明　爲作事業故　我今皆奉獻

密語曰

唵薩嚩怛佗誐多你波布惹咩伽三母捺囉(二合)薩發(二合)囉拏三摩曳吽(引)

三摩耶寶契　應作如是念　此界及餘界

寶山諸寶類　地中及海中　彼皆爲供養

如來羯磨故　我今皆奉獻

密語曰

唵薩嚩怛佗誐多尾特勝(二合)誐囉怛那(引二合)稜迦囉布惹咩伽三母捺囉(二合)薩發(二合)囉拏三摩曳吽(引)

結嬉戲契已　應作是思惟　人天之所有

種種諸戲弄　玩笑妓樂具　皆爲供養佛

而作事業故　我今當奉獻

密語曰

唵薩嚩怛佗誐多賀寫(斯耶切)邏寫訖唎(二合)拏囉底燥勢耶(二合)稺怛囉(二合)布惹咩伽三母捺囉(二合)薩發(二合)囉拏三摩曳吽

結薩埵三昧耶　應作是思惟　如是劫樹等

能興種種衣　嚴身資具者　彼皆爲供養

而作事業故　我今當奉獻

密語曰

唵薩嚩怛他誐多嚩日嚕(二合)跛麼三摩地婆嚩那(引)播那胃惹那嚩娑那布惹咩伽三母捺囉(二合)薩發(二合)囉拏三摩曳吽

羯磨三昧耶　而作是思惟　於虛空藏中
所有諸如來　爲我承事故　想一一佛前
而作有已身　以親近侍奉
密語曰
唵薩嚩怛佗誐多迦引耶涅哩夜合二怛那布
惹吽伽三母捺囉合二薩發合二囉拏三摩曳吽
達摩三昧耶　而作是思惟　我今即此身
與諸菩薩等　觀得法實性　平等無有異
既作是觀已　而誦此密言
密語曰
唵薩嚩怛他誐多只多涅哩夜合二怛那布惹
吽伽三母捺囉合二薩發合二囉拏三摩曳吽
寶幢三昧耶　應觀生死中　一切衆生類
苦惱之所纏　深生哀愍故　我今爲救護
并護菩提心　未度者令度　未安者令安
皆令得涅槃　及雨種種寶　所求令滿足
作是思惟已　而誦此密言
密語曰
唵薩嚩怛他誐多摩訶嚩日路合二捻嫟邑切婆
嚩娜那波羅蜜多布惹吽伽三畝涅囉合二薩
發合二囉拏三摩曳吽
次結香身契　三昧耶塗香　而作是思惟
願一切衆生　三業諸不善　願悉皆遠離
一切諸善法　願悉皆成就
密語曰
唵薩嚩怛他誐多努多囉摩訶冐皺賀羅迦
尸羅波羅蜜多布惹吽伽三母涅囉合二薩發
合二囉拏三摩曳吽
結羯磨觸地　復應作是念　願一切衆生
慈心無惱害　遠離諸怖畏　相視心歡喜

諸相好莊嚴　成甚深法藏

密語曰

唵薩嚩怛他誐多穆怛囉(二合)摩訶達摩嚩目佉乞鏟(二合)底波囉蜜多布惹吽伽三母捺囉(二合)薩發(二合)囉拏(三)摩曳吽

鬬戰勝精進　三昧耶甲冑　而作是思惟
願一切衆生　修菩薩行者　被堅固甲冑

密語曰

唵薩嚩怛他誐多僧娑(去聲)囉鉢嘌丁夜(二合)誐努怛囉摩訶尾(引)哩耶(二合)波羅蜜多布惹吽伽三母涅囉(二合)薩發(二合)囉拏(三)摩曳吽

結三摩地契　華方佛羯磨　應作是思惟
願一切衆生　調伏於煩惱　隨煩惱怨讎
獲甚深禪定　而誦此密語

密語曰

唵薩嚩怛他誐多穆怛囉(二合)摩訶燥企耶(二合)尾賀(引)囉薩那波羅蜜多布惹吽伽三母捺囉(二合)薩發(二合)囉拏三摩曳吽

結徧照世尊　羯磨勝契已　而作是思惟
願一切衆生　成就五種明　世間出世間
智慧普成就　而得眞實見　除煩惱障智
辯才無畏等　佛法嚴其心　而誦此眞言

密語曰

唵薩嚩怛他誐多穆怛囉稽(上聲)賖抳(尼曳切上聲)耶嚩囉拏嚩(引)娑那尾那也那摩訶鉢囉(二合)惹(而耶切)波囉蜜多布惹吽伽三母涅囉(二合)薩發(二合)囉拏三摩曳吽

勝上三摩地　印契次應結　二羽外相叉
禪智令相捻　仰安於懷中　應作是思惟
證法眞實性　空無相無作　諸法悉如是

觀已誦密言
密語曰
唵薩嚩怛他誐多嚬呬耶摩訶鉢囉二合底丁以
切鉢底丁切移布惹哷伽三母涅囉二合薩癹二合
囉拏三摩曳吽
次應合指爪　而作是思惟　我今出語言
願一切衆生　悉皆令得聞　而誦此密言
密語曰
唵薩嚩怛他誐多嚩引俱詳半涅哩夜二合怛那
布惹哷伽三母涅囉二合薩癹二合囉拏三摩曳
吽
如是廣作佛事已　次應諦心為念誦
衆會眷屬自圍遶　住於圓寂大鏡智
當結金剛三昧耶　而誦金剛百字明
次誦金剛薩埵明　或三或五或七徧

誦百字眞言曰
唵嚩日囉二合薩怛嚩二合三摩耶摩努播攞耶
嚩日囉二合薩怛嚩二合底尾二合努播底瑟姹二合
涅哩二合濁呼輕弭婆嚩素覩使喻二合弭婆嚩阿
努咯訖覩弭婆嚩素補使喻二合弭婆嚩薩嚩
悉地弭鉢囉二合也瑳薩嚩羯磨素者弭只多
室唎二合藥句嚧吽呵呵呵呵斛薄伽梵薩嚩
怛他誐多嚩日囉二合麽弭悶遮嚩日唎二合婆
嚩摩訶三昧耶薩怛嚩二合噁
次應捧珠鬘　誦眞言七徧　復以加持句
如法而加持　端坐如儀則　應以金剛語
一千或一百　隨意而念誦
眞言曰
唵嚩日囉二合薩怛嚩二合噁
次結蓮華三昧耶　誦本眞言七徧已

即誦蓮華百字明　或一或三或至七
此蓮華百字眞言同上金剛百字眞言唯改
鉢娜麼及後種子字爲噴唎也即是二羽捧
珠鬘本眞言七徧捧珠頂及心眞言以加持
眞言曰
唵嚩日囉(二合)噴呬(四)也惹波三摩曳吽
既加持珠已　住等引而誦　不極動舌端
脣齒二俱合　成就語密教　金剛語離聲
修身觀相好　四時不令闕　百千是爲限
又復應過是　神通及福智　現世同薩埵
念誦分限畢　捧珠發大願　結三摩地印
入法界三昧　行者出三昧　即結根本印
誦本明七徧　復修八供養　以妙音讚歎
獻閼伽香水　以降三世印　左旋而解界
次結三昧拳　一誦而掣開　次結羯磨拳
三誦三開手　從彼彼出生　所有一切印
於彼彼當解　由此眞言心
眞言曰
唵嚩日囉(二合)穆
次結奉送印　二羽金剛縛　忍願如蓮葉
指端安時華　誦已而上擲　爲奉送聖衆
眞言曰
唵訖哩(二合)覩嚩薩嚩薩怛嚩(二合)囉佗(一)(二合)悉
地娜多(二)野佗努蘖車特梵(二合)勃馱尾灑鹽
(三)布娜囉誐摩那野覩(四)唵鉢娜麼(二合)薩怛
嚩(二合)穆(五)
次當結寶印　二羽金剛縛　進力如寶形
禪智亦復然　印相從心起　安於灌頂處
分手如繫鬘　次結甲冑印
眞言曰

唵嚩日囉(合二)囉怛那(合二)毗詵者鉿薩嚩毋捺囉(合二)吽捺囉哩(合二)埵矩嚕囉迦嚩制那梵

次應被甲已　齊掌而三拍　令聖衆歡喜
以此心真言　解縛得歡喜　獲得金剛體

真言曰

嚩日囉(合二)覩瑟也(合二)斛(引)

奉送聖尊已　當結加持契　誦明加四處
灌頂被甲冑　又爲指印儀　如前四佛說
懺悔并發願　然後依閑靜　嚴飾以香華
住於三摩地　讀誦大乘典　隨意任經行

金剛頂蓮華部心念誦儀軌

音釋

噁(烏故切)　囒(音蘭)　跙(慈呂切)　[口+梵](音梵)　喉(音侯)　靺(音末)　[口+朗](音朗)
[齒+來](卓皆切)　搊(初尤切)　媵(音孕)

佛說如意輪蓮華心如來修行觀門儀
妙吉祥平等瑜伽祕密觀身成佛儀軌
宋大契丹國師中天竺摩竭陀國三藏法師慈賢譯

清刻龍藏佛說法變相圖

二儀軌同卷

佛說如意輪蓮華心如來修行觀門儀

妙吉祥平等瑜伽祕密觀身成佛儀軌

佛說如意輪蓮華心如來修行觀門儀

宋大契丹國師中天竺摩竭陀國三藏法師慈賢譯

爾時薄伽梵　與諸大菩薩　在須彌山頂

爲諸有情等　演說如意輪　修行秘密法

佛言此蓮華　摩尼如意輪　金剛王如來

具無量無邊　大不思議行　威德冣勝力

降伏一切魔　衆惡不能入　汝等應善聽

我今廣分別　於後末世中　若有求法者

先禮阿闍黎　受三種灌頂　先聽受諸法

令根性純熟　啓白阿闍黎　次第方傳受

如意輪心法　弟子受法竟　當發志誠心
香華及燈明　塗香飲食等　先供養諸佛
如法供養已　口中含於寶　想告求諸佛
願於此法門　獲得速成就　即結輪壇印
二羽先旋舞　後背交十度　旋轉至頂散
由結此印已　遍通一切壇　悉能入密言
輪壇眞言曰
唵引嚩日囉合二拶訖囉合二吽
次結三昧耶　蓮華秘密印　二羽而相合
進力禪智度　屈如初開蓮　名爲如意輪
蓮華三昧印　三昧眞言曰
曩謨囉怛曩合二怛囉合二夜野一娜莫阿入聲哩也合二嚩路枳帝濕嚩合二囉野二冒地薩怛嚩合二野摩訶薩怛嚩合二野三摩訶哥嚕抳哥野四唵引五薩麼曳掃謎曳合二羶帝難帝六薩囉嚩合二娑摩耶七耨鉢囉合二尾瑟置八二合努囉努藝九娑嚩合二訶
結前三昧耶　及誦此眞言　於自身頂上
五方及四隅　加持於九位　次加持六根
及與兩膝上　至額而散印　次結召請印
二羽金剛拳　戒方進力度　背交而相鉤
禪智押忍願　以進力二度　往上方來去
鉤請諸聖衆　請已作旋舞　二羽合如蓮
召請眞言曰
曩謨引麼訶室哩合二夜曳一唵二扇底曳合二娑麼掃謎曳三二合悉地悉地四娑馱野史味五唵六引設哥哩史嚩謎七阿去聲嚩賀八薩囉嚩合二囉闍合二娑馱野九娑嚩合二訶十
誦此眞言已　當於作法前　先入於河中
應取身前面　及與右邊土　安於左手中

捏作自身形　以手於面前　三遶自已身
當以眼視之　想身口意業　及與六垢觸
入彼泥身中　當往隱密處　作法而擲之
以自已二手　當於隱密處　用水淨九遍
然後用澡豆　淨洗於二手　以二手掬水
想沐浴於佛　及諸菩薩衆　并法阿闍黎
三獻而用之　二手再掬水　右手母指間
傾下掌中水　洗浴於父母　當九遍浴之
當淨洗已身　最後以右手　取水灌頂上
當想自已身　內外皆清淨　如上洗浴已
至於壇門首　當於壇門外　用水先洗足
次應洗二手　右手仰如器　以右手戒度
屈戒安於掌　取水傾掌內　三吸掌中水
想三業清淨　次用於淨水　向壇門內灑
表爲淨壇法　當誦本眞言　加持於淨水

淨水眞言曰

唵(一引)戍(上聲)弟穪戍馱曩野(二)娑嚩(二合)訶(三引)

誦此眞言已　想內外清淨　次應請十方
一切佛菩薩　應次諦思惟　內心想普請
當五體投地　想禮諸聖衆　禮敬請召曰

曩謨(一引)薩囉嚩(二合)沒馱(二)冐地薩怛味(二合)毗喻(二合)(三)娜捨你我曩多鉢哩耶(二合)路哥馱覩(五)尾也(二合)嚩悉地(二合)帝毗喻(二合)(六)𩕳囉嚩勢灑(七)薩怛嚩(二合)馱覩(八)跛哩怛囉(二合)拏哥嚓毗耶(二合)(九)瞖底(十引)

誦此告召已　內想辦諸事　復當更作法
用水灑壇中　四方及四隅　壇中所用物
灑淨令清淨　行者次應想　光明寶樓閣
復想金蓮華　想華令寬廣　四面悉平正
想成寶閣基

眞言曰

唵一引阿左攞地隸二娑嚩合二訶三引

行者次應想　樓閣基四面　次復想於海

其水變爲乳　海水眞言曰

唵一引尾麼路娜地二吽三

復想乳海中　金色蓮華上　想安四角地

上安須彌山　八角令方正　上想寶樓閣

種種寶莊嚴　不動眞言曰

唵一引阿左攞二吽三引

次想寶樓閣　層級皆嚴飾　四面安四門

置種種瓔珞　及與七寶蓋　安於樓閣中

復以摩尼珠　而砌成牕牖　次用雜寶珠

貫串懸周帀　如上諸寶類　悉放種種光

普遍皆供養　十方諸如來　及諸菩薩衆

供養眞言曰

曩謨一引薩囉嚩合二怛他誐多南二薩囉嚩合二

他勘三鄔娜我合二帝四娑頗合二囉呬給五誐

誐那紺六娑嚩合二訶切引

運心供養已　當於寶樓閣　先布於黄金

上想師子壇　上安寶蓮華　莖葉有鬚蘂

華葉具六色　當於華葉中　用百千寶珠

間雜而嚴飾　於中師子壇　外想百千種

蓮華師子壇　周帀而圍遶　莊嚴悉具足

蓮華眞言曰

唵一引哥麽嚟二吽三

誦眞言運想　如法布置已　而用於寶器

滿中盛七寶　五穀香華等　想於聖衆前

右足散奉施　而伸於禮敬　於蘇佉嚩底

運心請聖衆　及與觀自在　菩薩之眷屬

志心普奉請　下降於壇中　當於聖衆前

置種種香華　白拂幢旛蓋　妓樂與燈明
前迎諸聖衆　慈悲來降赴　次結奉施印
二羽戒方交　檀慧並直竪　忍願進力度
微曲如蓮葉　禪智二微曲　奉施真言曰
唵一引鉢娜麽合二唧多麽抳二摩訶鉢娜謎合二
吽三阿囉伽合二薩鉢囉合三低瑳去聲四娑嚩合二
訶
次結請召印　二羽戒方度　交背而相鉤
禪智押忍願　進力來去鉤　請召真言曰
唵一引伊呬伊合二呬二撥訖囉合二嚩哩底二合三
耶多麽抳四麽訶鉢娜謎二合五阿怛囉合二散
你呬姡娑嚩合二訶六引
如上迎請已　奉請聖衆坐　請坐真言曰
唵一引娑嚩合二誐多婆誐鍐二伊呬曳合二呬三
鉢囉合二散南四娜悉也合二多弭賀五屹囉合二

賀拏六布惹麽娑麽合二哥七鉢囉合二散娜八
即地野古嚕九娑嚩合二訶
次結奉座印　二羽禪智曲　戒方微曲開
餘度並開散　奉座真言曰
唵一引撥訖囉合二嚩哩底二合二麽訶鉢娜謎合二
三阿答麽合二南四鉢囉合二底瑳去聲五娑嚩合二
訶六引
次想洗佛足　洗足真言曰
唵一引鉢囉合二嚩囉二薩訖灑合二囉三鉢囉合二
底瑳去聲四娑嚩合二賀五引
十方諸聖衆　想皆洗足已　所有諸供養
平等而奉獻　次結普供養　平等圓滿印
右羽戒忍進　三度並直竪　屈禪度押檀
當安於胸側　左羽仰安心　想捧供養物
運心普供養　十方諸如來　一切諸聖衆

供養真言曰

唵一引儻哥𠲓二娑麼耶三娑嚩二合訶四引

結如意寶印　二羽金剛拳　進力背相鉤
心想如寶形　進力而掣開　如意輪心寶
真言曰

唵一引撥訖囉二合嚩哩底二二合　唧多麼抳三吽

次以如意輪　蓮華心寶印　加持於五處
所謂頂及額　喉心與兩肩　用印而加持
當想此五處　安諸聖衆位　三誦本真言
次以心寶印　當欄界四方　及四隅上下
内想成欄界　欄界真言曰

唵一引撥訖囉二合嚩哩底二二合　唧多麼抳三嚩怛嚩二合嚩怛嚩二合你舍四吽五癹吒六二合娑嚩訶

結印誦真言　内外成欄界　次念甲冑明
當護自已身　甲冑真言曰

唵一引撥訖囉二合嚩哩底二二合唧多麼抳三摩賀鉢娜謎四二合嚕嚕底瑟姹五二合入嚩二合攞阿割哩哂二合野六囉訖洒二合鉿七吽癹吒二合娑嚩訶

如上加持已　結金剛橛印　二羽内相叉
進力拄直竪　禪智並相合　當用於此印
先加持護身　念前甲冑明　加持護身已
用印當擬地　内想如釘橛　用印而右轉
心想結壇界　想如金剛城　内外令堅固
如法運想已　行者應志誠　以五種供養
奉獻諸聖衆　願垂哀納受　先結塗香印
二羽先旋舞　禪智二度交　餘八度直竪
向外而塗拭　想塗聖衆足　摩拭佛胷臆
塗香真言曰

唵一引鉢娜麼合二唧多麼抳二巘帝三娑嚩訶

次結散華印　二羽頭相拄　形如擲物勢

想華安佛頂　散華真言曰

唵一引鉢娜麼合二唧多麼抳二補瑟畔合二鉢囉合二底瑳三娑嚩合二訶四引

次結燒香印　二羽仰相叉　忍度而直竪

燒香真言曰

唵一引拶訖囉合二嚩哩底二二合麼訶鉢娜謎合二三度跛野吽

次結然燈印　二羽仰相叉　忍願頭相交

禪智當安於　忍願二度側　燈明真言曰

唵一引拶訖囉合二嚩哩底合二顊二泥閑娑嚩訶

次結飲食印　二羽戒方度　二度頭相拄

餘度頭微曲　猶如捧飯勢　佛飯真言曰

唵一引拶訖囉合二嚩哩底二二合麼訶鉢娜謎合二比多三鉢怛覽合二屹囉合二賀拏四娑嚩合二訶五

如是供養已　行者應志心　內想普供養

十方諸聖衆　供養真言曰

那謨薩囉嚩合二沒馱一冐地娑怛嚩合二南二薩囉嚩合二他勘三鄔娜我合二帝四娑頗合二囉四給五誐誐那紺六娑嚩合二訶七引

真言供養已　運想禮八身　謂頂上五方

及額口心等　當志誠想禮　禮佛真言曰

曩謨薩囉嚩合二沒馱一冐地薩怛嚩合二南二薩囉嚩合二怛囉合二僧三去聲古素上聲弭四多鼻枳孃合二曩五囉史顊六曩謨窣覩合二帝七娑嚩合二訶八引

禮敬聖衆已　當捨自已身　想為寶樓閣

當於內心上　想蓮華金剛　上安日月輪

上想眞如體　當凝然湛寂　在於月輪中
次於月輪上　復想如意輪　蓮華王如來
端然住而座　運想應一心　勿生於散亂
當告白聖衆　願垂大悲心　示我方便行
我所作勝事　施一切有情　悉令登正覺
告白聖衆已　復於輪王心　內想安月輪
月上想吽字　形如大麥量　周遍有光明
普遍十方界　眞言如是稱
[悉曇字] 吽
誦此吽字已　次應想吽字　化爲六色光
當於此光中　變爲六菩薩　各執供養物
遍滿三千界　普供養諸佛　三世薄伽梵
化光供養已　復收攝吽字　還歸心月輪
當於吽字上　復變月輪壇　蓮華卧金剛
如前日月輪　與前師子壇　嚴飾皆無異

上想如意輪　大蓮華如來　狀貌黃金色
右手當捧持　如意摩尼寶　左手當執持
金色大蓮華　身掛上妙衣　以摩尼寶珠
貫串爲瓔珞　次結如意輪　摩尼根本印
二羽先合掌　進力屈如寶　忍願申如針
檀慧戒方度　當直竪散開　禪智並微曲
想如開敷蓮　而誦根本明

眞言曰

曩謨囉怛曩(二合一)怛囉(二合)夜野(二)曩謨阿哩也(二合二)嚩路枳帝濕嚩(二合)囉野(四)冒地薩怛嚩(二合)野(五)摩訶薩怛嚩(二合)野(六)摩訶哥嚕捉哥野(七)怛你也(二合)他(八)唵(引九)撥訖囉(二合)嚩哩底(二合十)津(引)多麽捉(十一)摩訶鉢娜謎(二合十二)嚕嚕底瑟吒(二合十三)入嚩(二合)囉阿哥哩洒(二合)野(十四)吽(十五)登吒(二合十六)娑嚩(二合)訶(引十七)

次復結心印　二羽六度頭　各安指鏬內
進力二度屈　頭相去半寸　禪智而開竪
形如初開蓮　復當想此印　心內而安置
心眞言曰
唵(一引)鉢娜麽(二合)唧多摩抳(二)入嚩(二合)攞吽(三)
結心中心印　二羽禪智屈　指面令相合
餘八度直竪　低印而向下　想安心印上
心中心眞言曰
唵(一引)嚩囉娜(二)鉢娜謎(二合)吽(三)
如是於已身　運心安布已　如意輪心法
及心中心印　復於心中心　化出骨嚕(二合)馱
名爲如意輪　蓮華心明王　其狀淡紅色
串華爲瓔珞　種種而嚴飾　右手把鉤杖
左手持羂索　佛前右邊立　而白言世尊
願佛當教敕　令我作諸事　次於佛左邊
想佛數珠母　左膝胡跪坐　形狀赤白色
頸掛於數珠　二手如捻珠　狀同持課勢
(部母表爲身明王表爲力)數珠身眞言
唵(一引)阿没哩(二合)擔(二)我謎室哩(二合)曳(三)室哩(二合)摩哩額(四)娑嚩(二合)賀(五引)
誦此眞言已　貫串於八識　二手捧數珠
先當頂上禮　數珠眞言曰
唵(一引)嚩素麽底(二)室哩(二合)曳(三)娑嚩(二合)賀(四引)
眞言加持已　復當於心上　想安置月壇
上安於數珠　想珠如佛母　明王及眞言
合一無有異　凡於持課時　當於佛左邊
先想數珠母　在月輪上坐　內心伸禮敬
七遍誦眞言　如是運想已　更復內心想
香華及燈明　運心再供養　如意輪如來
及佛母明王　次誦佛母名　佛母眞言曰

唵一引濕吠二合帝跋帝二囉嚩臬顉三惹吒麼
古吒四馱囉抳五娑嚩二合訶六引
加持法事已　內心再供養　一切佛聖衆
告召伸禮敬　結前蓮華印　二羽如開蓮
想捧諸聖衆　還歸於本位　奉送眞言曰
唵一引拶訖囉二合嚩哩帝二二合唧多麼抳三誐
蹉誐蹉四娑嚩二合賀五引
誦此奉送明　想諸佛聖衆　各歸於淨土
奉送聖衆已　次結解界印　二羽戒方度
及與進力指　皆交而鉤結　禪智押忍願
進力二度撥　想如開壇門　左三遶成解
所用金剛橛　及與欄界線　以印皆收攝
解界眞言曰
唵一引阿娑莾儗上聲寧二微帝吽三發吒四娑
嚩二合賀五引

以印誦眞言　內外解界已　當於奉送時
復想諸聖衆　降於甘露水　洗滌自己身
罪業並消除　內外皆清淨　佛告言行者
汝勤修此法　莫生於懈倦　誦持勿間斷
不久當成就　與佛等無異

佛說如意輪蓮華心如來修行觀門儀

妙吉祥平等瑜伽祕密觀身成佛儀軌

宋大契丹國師中天竺摩竭陀國三藏法師慈賢譯

凡欲課誦法事供養先皈命佛念八大願眞言曰

唵一沒騰達囉羚二合左二僧伽左三怛哩二合囉怛曩二合誐囉二合四麽努怛嘲二合五母兎唧黨六迦嚕弭也二合扇上聲七娑嚩二合鉢囉剌闥二合鉢囉二合悉達曳八作舍拏薩嚩播波南九奔抳也二合喃左努謨那南十訖哩二合姤鉢嚩僧左哩舍也二合弭十一阿哩也二合瑟吒二合下勑降切誐播施達十二伊羚吠攞毋播那野十三夜嚩怛二合囉底也二合囉誐弭頞十四夜嚩左薩素哩曳十五阿底養二合哆哩鉢囉二合抳嚩馱十六鉢囉寫賀囉喃十七阿沒嚂二合賀左哩養二合十八怛那嚩迦二合鼻努麽兎播惹那拏十九播拏尾迦攞薩拏二十麽攞嚩囉那二合迦哩你二合底耶二合儗怛嚩你多二十一阿你也二合憾你尾二合囉閉怛哩二合囉閉引二十二

初入道場　面向於佛　坐想此身　碎如微塵返收攝身　如金剛體

眞言曰

唵囉祖波誐哆薩囉嚩達麽二合

口四業清淨

唵嚩枳也二合秫馱薩嚩達囉麽二合嚩枳也二合秫度唅

心三業清淨

唵唧哆秫馱薩嚩囉摩二合唧哆秫度唅

身三業清淨

娑嚩二合婆嚩秫馱薩嚩達囉麽二合娑嚩二合婆嚩秫度唅

三業清淨已　運心六道中　一切諸衆生
報障業障煩惱等障悉皆消滅獲得清淨次
想上方佛壇運心供養又想自手作金剛手
足眼心等亦復如是以金剛身禮事諸佛然
後又想自手五指取金剛智五甘露水自灌
其頂洗滌五身十業六塵想凡夫身都無所
有如淨月輪輪上已身吽字之形猶如光燄
依月輪住如燈光量念此眞言加持七遍眞
言曰

唵冒地唧多母怛跋(合二)那耶弭

復想吽字形月輪上而住如大光明聚想身
火星散良久而復収眞言七遍

唵素佉麼(合二)嚩日囉(合二)

復想月輪上　有小光明住　而誦此眞言
應當一七遍

眞言曰

唵底瑟吒(合二)嚩日囉(合二)

小光明不動　想身旋復去　而念此眞言
亦應一七遍

眞言曰

唵(引)娑頗(合二)囉嚩日囉(合二)

復想身而來　念眞言七遍

眞言曰

唵(引)僧賀囉嚩日囉(合二)

復想身而入　將成大覺身　念此秘密言
加持一七遍

眞言曰

唵(引)嚩日囉(合二)尾捨吽(引)

想小光明住　如同大覺身　誦此陀羅尼
復應一七遍

真言曰

唵引嚩日囉二合怛麼　句唅

又復觀自身　為金剛之體　猶如如來身

等同無有異　三誦此真言

唵野多薩嚩怛他誐哆娑怛二合佉憾

次應右手執金剛杵左手執鈴作波羅蜜菩薩持課杵表佛印其杵五鈷表如來鈴表四波羅蜜菩薩諦想自身作寶生佛擲杵三遍次當舞轉作蓮華印印已頂禮禮已執杵指頂口心誦唵阿去聲吽三種智字

想頂作壇先想安置頂內蓮華其蓮八葉安蓮華已次卧金剛其金剛上有日月輪於日輪上有十二字月輪之上復有十六梵字之母出生之法不可得故於月輪上想安唵字又觀唵字旋復而去良久乃來作輪字形復想一返為毗盧佛餘四方佛次第安置悉皆同等四波羅蜜應念種智而居四隅坐三重座無其月輪下至明王應皆如是已上九位住第一院內八菩薩念種智字於第二院次第分布外十二尊十明王等亦念種智及其密號處第三院依位安立想壇畢已觀身為佛即念佛壇真言曰

沒馱嚩日囉二合達囉室哩二合滿曩一底哩二合嚩日囉二合二鼻你也二合婆尾曩三阿底瑟吒二合曩播能上聲弭你養四二合迦嚕涑迦野嚩日哩二合曩五那舍捺儗二合僧悉體二合哆沒馱六屈嘌二合鍐觀七迦野嚩日哩二合曩八引唵薩嚩怛他誐哆九迦野嚩日囉十二合娑嚩二合婆嚩怛麼句唅十一

次想口中法壇位想阿字形去而復來成寶

蓮華復想一返爲阿彌陀同前觀想應念法
壇真言曰
達囉麼合二吠嚩迦播他室哩合二滿曩一底哩
嚩日囉合二鼻你也合二娑尾曩二阿地瑟吒合二
娜播能弭你養二二合迦嚕凍嚩誐嚩日哩合二
娜四那舍捺儗合二僧悉帝合二哆没馱五屈嘌
二合鍐覩六嚩誐嚩日哩合二曩七引唵薩嚩八怛
他誐多九嚩日囉合二娑嚩十二合婆嚩怛麼合二
句憾十一
次想心内僧壇位觀吽字形去而復來即爲
金剛想一返成阿閦尊同前觀行當念僧壇
陀羅尼曰
唧哆嚩日囉合二達囉室哩合二滿曩一底哩合二
嚩日囉合二鼻你也合二娑尾娜二阿地瑟吒合二
娜播能弭你養二二合迦嚕凍唧哆嚩日哩合二

娜四那舍那儗合二僧悉帝合二哆没馱五屈嘌
二合鍐覩六唧哆嚩日哩合二曩七唵薩嚩怛他
誐多八唧多嚩日囉九二合娑嚩合二婆嚩怛麼
合二句哈十
想成三寶已　安心寂不動　即以金剛索
繫閉六根門　隨念隨一繫　如被金剛甲
真言曰
唵砧切胝陰吽嚩日囉合二咯乞囉引二合
次應懇重心皈命三寶壇即誦陀羅尼
娜謨没馱野一娜謨達摩野二娜謨僧伽野
三阿娑吠娑嚩曩娑嚩四娑嚩曩泥嚩娑嚩
曩五伊底娑吠摩娑嚩悉養六二合娑嚩喃努
播攞吡夜合二帝七阿你也合二弭薩頗楞上聲惹
囉鈴八二合阿你也合二弭薩頗楞上聲哆播九阿
你也合二弭薩頗楞上聲地也合二喃十阿你也合二

弭尾頜謨乞哩二合黨一引十

皈命三寶已　面前想一壇　下是風火水
土輪冣居上　土上四色鐵　鐵上三角土
是為雜寶地　次以兩手叉　掌心安於地
金剛不用壇　如此而安置　應觀阿字形
而在壇中住　想字去復來　在寶蓮華上
次應想吽字　而住寶金剛　復想勃弄唵
字作七寶樓　內有三重壇　而復有四門
四門各四色　東白南青色　西黃北金色
想於其閣中　而有日月輪　復念唵阿吽
想於月輪上　又觀唵字身　化為佛輪形
復應想阿字　而成寶蓮華　復想吽字體
而作智金剛　然後想三字　同去而復來
而在壇中住　五佛波羅蜜　內外十二尊
十大明王等　種智與次第　廣如上所說

次以兩手作蓮華形想往上方捧接如來以此真言而誦三遍

唵一吒計阿迦嚓野二鉢囉二合吠灑野三滿馱野四姤沙野五吽弱吽鍐斛賀賀引吽引

想請上方佛　已降於壇內　而念此真言
運心東門拜

唵薩嚩怛他誐多一布祖播薩他二合娜野阿怛麽二合喃二你哩也二合哆野弭三薩嚩怛他誐哆四嚩日囉二合薩怛嚩五　地瑟吒二合娑嚩二合鈝六吽

想佛至壇已　求寶缾灌頂　而念此真言
運心南門禮

唵薩嚩怛他誐哆一布惹鼻曬迦野阿怛麽二合喃二你哩也二合哆野弭三薩嚩怛他誐哆四嚩日囉二合囉怛曩二合五鼻詵左娑嚩二合鈝

怛喈六
復想灌頂已　皈命於如來　依法而修行
廣陳法供養　而誦此眞言　想於西門禮
唵薩嚩怛他誐多一布惹鉢囉合二嚩哆曩野
阿怛麼合二喃二你哩也合二哆野弭三薩嚩怛
他誐多四嚩日囉合二達囉麼五二合鉢囉合二嚩
哆野娑嚩合二給六紇哩以三合七
次應想自身　堅固不生滅　辦事無有窮
當供養於佛　願一切有情　皆獲悉地果
而誦此眞言　想於北門禮
唵薩嚩怛他誐多一布惹迦摩抳阿怛麼合二
喃二你哩也合二哆也弭三薩嚩怛他誐多四
嚩日囉合二迦摩五俱嚕娑嚩合二給六噁
復懇告於佛　我今當志誠　隨分而供養
皈命於如來　而誦此伽陀　東門禮中方

唵薩嚩怛他誐多一迦野弭嚩枳唧哆二合二
嚩日囉合二鉢囉合二拏梅三嚩日囉合二滿那喃
迦嚕弭四唵嚩日囉合二勿微一切五
次以五佛讚　歌詠於如來　四方禮四佛
東方禮中尊　名智金剛身
噁乞嚕合二毗夜合二嚩日囉一二合摩賀抳也合二
曩二嚩日囉合二馱覩三摩賀没馱四底哩合二
曼拏攞五底哩合二嚩日囉合二誐囉六二合俱灑
嚩日囉七二合曩謨窣覩合二帝八引
毗盧如來佛金剛身
吠嚕左曩一摩訶秣馱二嚩日囉合二爽哆三
摩訶囉帝四鉢囉合二迦哩合二底五鉢囉合二娑
娑嚩合二囉六佗囉合二誐覽七二合你吠合二沙嚩
日囉八二合曩謨窣覩合二帝九
寶生如來寶金剛身

囉怛曩二合囉惹一素儼鼻囉佉二嚩日囉二合迦沙三寧哩二合摩攞四娑嚩一合婆去聲嚩秫馱五寧隸播六迦野嚩日囉二合七曩謨窣覩一合帝八

阿彌陀如來金剛甘露身

嚩日囉二合没哩哆一摩賀抳也二合曩二寧哩二合尾迦攞二合鉢蝎三嚩日囉二合達哩二合迦四囉誐播囉弭哆五鉢囉二合鉢怛六二合娑沙嚩日囉二合七曩謨窣覩二合帝八

不空成就如來金剛覺有情身

阿穆佉嚩囉一二合三部哆二薩囉嚩二合沙跛哩布囉迦三娑嚩二合婆嚩秫馱四額哩隸二合播五嚩囉二合薩怛嚩六二合曩謨窣覩二合帝七

讃唄五佛已　運心想地壇　起置於頂上
猶若戴頭冠　二壇如水乳　和合一處坐
各各不分別　安坐諦思惟　結契念本明
彼彼諸尊位　下當次第說
阿閦如來契　左拳安於齋　右羽垂觸地

唵阿乞噜二合毗夜二合吽

毗盧遮那佛　右羽金剛拳　以握力指端

唵嚩日囉二合馱覩鍐

寶生如來印　左拳安於齋　右羽為施願

唵囉怛曩二合三婆去聲嚩怛啰二合

阿彌陀如來　一羽仰相叉　進力竪相背
禪智橫其端

唵阿彌哆婆去聲紇哩引二合

不空成就佛　左拳復安齋　右羽施無畏

唵阿謨佉悉地惡

金剛波羅蜜　二羽金剛縛　忍願竪如針

唵悉馱路左你一吽二娑嚩二合賀三引

寶波羅蜜契　不改前印相　進力如寶形
唵計哩計哩一摩末計二吽三娑嚩二合賀
法波羅蜜印　二羽金剛掌　開忍願進力
附忍願上文　禪智曲微開
唵濕吠二合帝一絆拏囉嚩悉你二薩嚩達娑
捺你三吽四娑嚩二合賀五引
羯磨波羅蜜　二羽金剛縛　忍願檀慧豎
唵哆利一咄哆唎二咄唎三娑嚩二合賀四引
菩薩二十尊　印相應當說　二羽金剛縛
左右而掣開　地藏菩薩契　二手旋舞儀
便成金剛縛　仰手而開散　下至諸尊位
先縛後旋舞
唵乞哩二合帝一誐婆去聲野二娑嚩二合賀三引
金剛手菩薩　左拳安腰側　右羽如施願
禪押於忍度

唵嚩日囉二合缽拏哦一娑嚩二合賀二引
空菩薩密契　左拳復安腰　右手在心前
以禪押忍度
唵揭誐婆去聲野一吽二娑嚩二合賀三引
觀自在菩薩　左拳安腰側　右羽屈戒度
右旋住心散
唵路計濕嚩二合囉一囉上聲惹野二娑嚩二合賀
三引
除蓋障菩薩　二羽進力鉤　掣開而散印
奄薩嚩抳嚩囉那一尾舍劍二合娑哦二吽三
薩埵菩薩印　左拳安於腰　右手於齋側
屈忍禪掐進
唵三滿哆跋捺囉二合野吽
妙吉祥菩薩　左拳復安腰　右羽禪捻忍
兩眼隨手視

唵滿祖室哩合二拏闥吽
彌勒菩薩印　左拳安腰側　右羽在心前
掐忍指中文
唵每怛哩合二野吽一娑嚩合二賀二引
衣供養菩薩　左拳安於腰　以右羽面前
彈忍指而散
唵嚩囉合二阿𢌞吽
貫華菩薩印　右左手懷中　猶若取華勢
想安佛頂上
唵嚩日囉合二麼哩也合二吽
散華菩薩契　左羽智捻願　右羽禪捻忍
面前向外散
唵嚩日囉合二補澀波合二吽
塗香菩薩契　二羽執香爐　如供養佛契
唵嚩日囉合二度閉噁

燈供養菩薩　左手捧右羽　忍指伸供養
唵嚩日囉合二路計你
甘露菩薩契　想左手掌中　而有甘露水
右手名指彈
唵嚩日囉合二𦢤那迦覩灑薩
鏡供養菩薩　左拳安於腰　右手於面前
猶如執鏡勢
唵嚩日囉合二尾舍噁
舞供養菩薩　二手作舞勢
唵縛日囉合二帝吽
歌供養菩薩　左拳安腰側　右羽忍進指
直竪而相拍
唵嚩日囉合二儗帝吽引
此處應用十大明王眞言印契廣如別卷
祕密供養已　更以飲食獻　華果及塗香

種種而供養　若有心疲倦　不盡諸法式
欲出於道場　當念奉送明　復自諦思惟
仰啓諸如來　我運心供養　或有錯悞者
願佛哀愍我　再降甘露水　洗滌一切罪
悉皆令消滅　奉送眞言曰
唵訖哩二合䖃嚩一薩嚩薩怛嚩二合二囉他二合那悉騰三那怛嚩二合野他去聲拏誐怛二合四誐蹉特鍐二合薩嚩没馱尾灑演五尾賀囉特鍐二合野他去聲素欠六野怛囉二合野怛囉二合薩母怛播二合南七母捺囉二合薩嚩薩嚩薩麽薩哆八母哩底曳二合嚩薩母左哩養九二合怛怛囉二合怛怛哩二合縛謨乞叉二合哦十薩摩鉢怛十二合一薩必哩二合曩抳也二合曩曩薩怛嚩十二合二唱薩他二合野滿怛哩十三二合尾賀里野囉他二合素欠十四野怛緊唧迦囉摩二合顉十五迦哩二合哆你奔你養二合曩十六薩嚩薩怛鍐十七二合播哩曩麽哦哆十八訖哩二合哆顉迦囉摩二合顉十九素那嚕曩顉二十鉢囉二合迦舍曳曩二十一鉢囉二合帝蹉那曳哆二十二矩弭怛囉二十三二合三鉢迦嚩舍迦那唧二十四囉訖帝二合曩幪上聲儞曩二十五尾謨四帝曩迦曳曩嚩枳也二十六二合麽曩薩迦哩二合囊弭囊薩嚩鉢畔鉢囉二合帝你沙野弭引二十七

金剛阿闍棃　與弟子灌頂　如上先想壇
亦應誦密語　所謂四明王
鉢羅二合抳也二合怛迦眞言用掐華打弟子五
障鉢納麽二合明王
而燒白芥子　熏授法之者　一切諸煩惱
吒枳囉惹王　加持於淨水　以灑弟子身
而除諸罪垢　播多攞眞言　用加持生飯
供養於諸天　龍神八部等　此法甚秘密

不得妄言傳　除逢智慧人　乃可爲宣說

妙吉祥平等瑜伽秘密觀身成佛儀軌

音釋

顐乃頂切　瞖壹計切　掣昌折切拽也　撥子末切　哂失忍呼兮二切　巘語蹇切　閇必計切　枲想里切　嘌匹招切　唄蒲芥切梵誦也　乜寧也切

法集要頌經

宋西天中印度惹爛馱囉國三藏明教大師天息災奉詔譯

清刻龍藏佛說法變相圖

法集要頌經卷第一

尊者法救集

宋西天中印度惹爛馱囉國三藏明教大師天息災奉詔譯

有爲品第一

能覺悟煩惱　宜發歡喜心　今聽我所集
佛所宣法頌　如是佛世尊　一切智中師
慈悲爲有情　廣說眞實語　一切行非常
皆是興衰法　夫生輒還終　寂滅最安樂
如燭熾燄時　擲物在暗處　不使智燈尋
恒爲煩惱覆　人身有形器　棄散在諸方
骸骨如鴿色　觀斯有何樂　譬如人初夜
識託住母胎　日涉多遷變　逝而定不還
晨朝覩好事　夜至則不現　昨所瞻視者
今夕則或無　榮富燄熾盛　無常無時節
不揀擇貴賤　常被死王降　或有在胎殞

或初誕亦亡　盛壯不免死　老耄甘心受
若老或少年　及與中年者　恒被死來侵
云何不懷怖　命如果自熟　常恐會零落
生已必有終　誰能免斯者　譬如陶家師
埏埴作坏器　諸有悉破壞　人命亦如是
如人彈琴瑟　具足衆妙音　絃斷無少聲
人命亦如是　如囚被繫縛　拘牽詣都市
動則向死路　壽命亦如是　如河急駛流
往而悉不還　人生亦如是　逝者皆不迴
諸愚集成身　生多衆苦惱　人命亦如是
爲老死所伺　所造成功勞　永世獲安樂
如杖擊急水　暫開還却合　如人操杖行
牧牛飲飼者　人命亦如是　亦即養命去
夫人欲立德　晝夜勿空過　既獲得人身
一心思命盡　不寐覺夜長　疲倦道路長

愚迷生死長　希聞於妙法　有子兼有財
慳惜遇散壞　愚夫不自觀　何恃有財子
百千非算數　族姓富男女　積聚多財產
無不皆衰滅　富貴非聖財　恒爲無常伺
猶如盲眼人　不能自觀察　聚集還散壞
崇高必墜落　生者皆盡終　有情亦如是
行惡入地獄　修善則生天　若能修善者
漏盡得涅槃　諸佛與菩薩　緣覺及聲聞
尚捨有爲身　何況諸有情　非空非海中
非入山窟間　無有地方所　脫止不受死
若住現在世　過去及未來　一切有爲事
終歸於盡壞　智者能離繫　恒正念觀察
常思無漏道　是名真智者　如囚被繫縛
所欲無能益　亦如朽故車　不久見破壞
色變爲老耄　戀家如在獄　不覺死來侵

愚夫不能知　雖壽滿百歲　亦被死相隨
爲老病所逼　患終至後際　老至苦纏身
晝夜多痛惱　辛楚有千般　如魚入灰火
江河無停止　駛流去不迴　保惜膿漏軀
雖戀不能住　四大聚集身　無常詎久留
地種散壞時　神識空何用　此身多障惱
膿漏恒疾患　愚迷貪愛著　不猒求寂滅
今歲雖云在　冬夏不久停　凡夫貪世樂
中間不驚怖　父母與兄弟　妻子并眷屬
無常來牽引　無能救濟者　如是諸有情
舉動貪榮樂　無常老病侵　不覺生苦惱
剃髮爲苾芻　宜應修止觀　魔羅不能伺
度生到彼岸

愛欲品第二

欲我知汝根　意以思想生　我不思惟汝
則汝欲不有　因欲生煩惱　因欲生怖畏
離欲得解脫　無怖無煩惱　從愛生煩惱
從愛生怖畏　離愛得解脫　無怖無煩惱
果先甜後苦　愛欲亦如斯　後受地獄苦
燒煮無數劫　愚迷貪愛欲　戀著於妻子
爲愛染纏縛　堅固難出離　賢聖示愛欲
莊嚴諸眷屬　遠離於妻子　堅固能利益
貪欲難解脫　離欲眞出家　不貪受快樂
智者無所欲　世間貪欲人　種種非思惟
若能調伏者　是名眞離欲　若人恒貪欲
處縛難解脫　唯慧能分別　煩惱斷不生
正念常興起　寂靜欲易除　自制以法戒
不犯善增長　常行貪欲人　愚者共狎習
念定不放逸　次第獲無漏　刹那修止觀
能離諸罪垢　我慢自消除　解脫獲安樂

若人不斷欲 如皮入火燒 剎那見燋壞
受罪無央數 苾芻慎欲樂 放逸多憂愁
若離於愛欲 正念受快樂 無猒有何足
不足何有樂 無樂有何憂 有愛有何樂
寂靜智慧足 能長無漏道 貪愛若不足
非法受中夭 見色心迷惑 不自觀無常
愚以爲美善 不知其非眞 愚以貪自縛
不求度彼岸 貪財爲愛欲 害人亦自縛
世容衆妙欲 此欲最味少 若比天上樂
迦哩灑跛拏 衆山盡爲金 猶如鐵圍山
此猶無猒足 正覺盡能知 世間苦果報
皆因於貪欲 智者善調伏 應依此中學

貪品第三

極貪善顯現 有情懷疑慮 若復增貪意
自作堅固縛 離貪善觀察 疑慮得消除
棄捨彼貪愛 堅固縛自壞 以欲網自弊
以愛蓋自覆 愚情自恣縛 如魚入鉤手
死命恒來逼 如犢逐愛母 貪著放逸者
如猿逢果樹 貪意甚堅牢 趣而還復趣
夫貪愛潤澤 思想爲滋蔓 貪欲深無底
老死是用增 貪欲多虛誑 貪欲懷悋惜
若以慧分別 正觀獲安樂 由貪受生死
奔波樂向前 羣生無慧眼 不能自觀察
愚迷貪所執 沉淪豈覺知 若修瑜伽行
魔王不能伺 貪垢難消釋 如犢戀愛母
離貪免沉淪 離貪得解脫 因貪增喧諍
因愛饒毀謗 苾芻修止觀 證得寂靜果
貪意如良田 遇風雨增長 若遠離貪愛
煩惱不能侵 貪欲若薄劣 如水滴蓮上
彼煩惱易除 可說爲智者 伐樹不伐根

雖伐猶增長　拔貪不盡根　雖伐還復生
貪欲如種田　耕之去雜穢　愛苗若不耘
善果不堅貞　貪心與愛心　分別本不二
造惡俱苦受　云何不生悔　貪性初爲種
愛性受胞胎　有情戀不息　往來難出離
諸天及人民　依愛而止住　愛往衆結隨
刹那亦不停　時過復生憂　入獄方自覺
緣流愛不住　欲網覆瘡根　枝蔓增飢渴
數數增苦受　譬如自造箭　還自傷其體
内箭亦如是　愛箭傷有情　能覺知是者
愛苦共生有　無欲無有想　苾芻眞度世

放逸品第四

戒爲甘露道　放逸爲死徑　不貪則不死
失道乃自喪　智者守道勝　終不爲迷醉
不貪致喜樂　從是得聖道　恒思修善法
自守常堅固　智者求寂靜　吉祥無有上
迷醉如自禁　能去之爲賢　已昇智慧堂
去危乃獲安　智者觀愚人　譬如山與地
當念捨憍慢　智者習明慧　發行不放逸
約已調伏心　能善作智燈　黑暗自破壞
正念常興起　意靜易滅除　自制以法命
不犯善名稱　專意莫放逸　習意牟尼戒
不親卑漏法　不與放逸會　不種邪見根
不於世增惡　正見增上道　世俗智所察
歷於百千生　終不墮地獄　修習放逸人
愚人所狎習　正觀不散亂　如財主守藏
莫貪樂鬭諍　亦勿嗜欲樂　思念不放逸
可以獲大安　不爲時自恣　能制漏得盡
放逸魔得便　如師子搏鹿　放逸有四事
好犯他人婦　初獄二尠福　毀三睡眠四

無福利墮惡　畏而畏樂寡　王法加重罪
身死入地獄　本情不自造　情知不自爲
不慮邪徑路　愚者念力求　智者喻明燈
闇者從得燭　示導世間人　如目將無目
若所作不善　如彼無目人　涉道甚艱難
路險懷恐怖　善法若增長　魔羅不得便
漏盡證寂滅　可獲真實果　惡法若增長
魔羅常伺便　失彼寂滅道　受苦無窮盡
所謂持法者　不必多誦習　若少有所聞
具足法身行　雖誦習多義　放逸不從正
如牧數他牛　難獲沙門果　若聞惡而忍
説行人讚歎　消除貪瞋癡　彼獲沙門性
讚歎不放逸　毀彼放逸人　恒獲人天報
最上爲殊勝　若人不放逸　智者所讚歎
所作善增長　能生諸善法　若行放逸者
現法無能益　安情如不動　爾乃説爲智
苾芻懷謹慎　放逸多憂愆　如象拔淤泥
難救深海苦　苾芻懷謹慎　放逸多憂愆
抖擻諸罪塵　如風飄落葉　苾芻懷謹慎
放逸多憂愆　結使深纏縛　如火焚枯薪
苾芻懷謹慎　放逸多憂愆　各各順次第
得盡諸結使　苾芻懷謹慎　放逸多憂愆
義解分別句　寂靜永安寧　苾芻懷謹慎
放逸多憂愆　煩惱若消除　能得涅槃樂
放逸不發起　善法應須修　今世至後世
得行法快樂　放逸不發起　煩惱自然伏
善法堅習學　決定得涅槃　長行於放逸
刹那無暫息　命終入地獄　刹那亦無歇
放逸不憶念　亦不習威儀　耽睡不相應
此是戒障礙　常離不相應　使不壞其念

猶念恒調伏　塵垢得消除　苾芻懷謹慎
持戒勿破壞　善守護自心　今世及後世
苾芻勿放逸　捨家順佛教　抖擻無常軍
如象出蓮池　依此毗尼法　不懷放逸行
消除生死輪　永得盡苦惱

愛樂品第五

愛處生憂愁　愛處生怖畏　若無所愛樂
何愁何怖畏　由愛生憂愁　由愛生怖畏
若遠離念愛　遂捨狂亂終　夫人懷憂愁
世苦無數量　斯由念恩愛　無念則無愁
是故不生念　念者是惡累　彼則無諸縛
無念無不念　念爲求方便　非義不設權
權慧致大義　自致第一尊　莫與愛念會
亦莫不念俱　念愛不見苦　不愛念憂感
於中生愁感　消滅人善根　愛念就後世
朋友多親眷　長夜憂愁恨　念離爲甚苦
念色金色容　天身而別住　樂極而害至
爲死王所録　若人處晝夜　消滅念愛色
自掘深根源　不越死徑路　不善形善色
愛色言非愛　若謂樂著色　放逸之所使
夫自念欲者　不與惡共居　此則難獲得
樂爲惡根本　夫欲自念者　宜自善守護
如防護邊城　乃牢固墻塹　夫欲自念者
藏巳仍堅密　猶如防邊城　内外悉牢固
當自善防護　後剎那虛悔　時過則生憂
須臾墮地獄　徧於諸方求　令心中閒察
頗有斯等類　不愛乃愛彼　以巳喻彼命
是故不害人　一切皆懼死　莫不畏刀杖
恕己可爲喻　勿殺勿行杖　譬如久行人
從遠吉却還　親厚亦安和　歸來懷慶悅

好福行善者　從此達於彼　自受多福祚
如親厚來喜　起從至聖教　禁制不善心
近者則見愛　離道莫親愛　近者與不近
所往皆有異　近道則生天　不近墮地獄
樂法戒成就　成信樂而習　能誡自身者
爲人所愛敬　爲人所敬故　皆由巳所造
現世得名譽　後生於天上　教習使稟受
制止非法行　善者之所念　惡者當遠離
善與不善者　此二俱不別　善者生天上
不善墮地獄

持戒品第六

智者能護戒　福致三種報　現名聞得利
終後生天上　當見持戒者　護之爲明智
得成眞正見　彼獲世安靜　持戒得快樂
令身無煩惱　夜寐眠恬淡　寤則長喜悅
戒終老死安　戒善止亦寧　慧爲人之寶
福德賊難脫　何法終爲善　何法善安止
何法爲人寶　何盜不能取　戒法終爲安
戒法善安止　慧爲人之寶　唯福不能盜
修戒行布施　作福爲良田　從是至彼岸
常到安樂處　苾芻立戒德　守護諸根門
飲食知節量　寤寐意相應　意常生覺悟
晝夜精勤學　漏盡心明解　可致圓寂道
智者立禁戒　專心習智慧　苾芻無熱惱
盡果諸苦際　以戒常伏心　守護正定意
內學修止觀　無忘爲正智　蠲除諸罪垢
盡慢勿生疑　終身求法戒　勿遠離聖念
戒定慧解脫　應當善觀察　彼巳離塵垢
盡煩惱不生　集白淨解脫　無智皆以盡
超越魔羅界　如日光明照　我慢及迷醉

苾芻應外避　戒定慧三行　求滿勿遠離
既不放自恣　諸有勿想念　是故捨陰蓋
不生如是障　苾芻防禁戒　恒見學此者
直趣涅槃路　速得淨如是　華香不逆風
芙蓉栴檀香　德香逆風薰　德人徧聞香
烏鉢嚩哩史　多誐羅栴檀　如是等華香
勿比於戒香　若人能持戒　清淨不放逸
正智得解脫　是名安樂處　此道無有上
消除禪定魔　賢聖德難量　得達八正路

善行品第七

守護身惡行　自正護身行　守護身惡者
常修身善行　守護口惡行　自正護口行
守護口惡者　常修口善行　守護意惡行
自正護意行　守護意惡者　恒修意善行
身當棄惡行　及棄口惡行　意亦棄惡行
及諸穢惡法　身當修善行　修口善亦然
及修意善者　無欲盡諸漏　身當修善行
修口意亦爾　今世及後世　永得生善處
慈仁行不殺　常能善攝身　彼得無盡位
所適皆無患　不行殺爲仁　常能慎過言
彼得無盡位　所適皆無患　過去身惡業
應當自悔恨　今身不放逸　智生罪除語
過去口惡業　應當自悔恨　今若不妄滅
智生罪除滅　過去意惡業　應當自悔恨
今意常清淨　智生罪除滅　慎身爲勇悍
慎口悍亦然　慎意爲勇悍　一切結亦然
此處名不死　所適無憂患　護身爲善哉
護口善亦然　護意爲善哉　護一切亦然
苾芻護一切　能盡諸苦際　護口意清淨
身終不爲惡　能淨此三業　是道大仙說

語言品第八

妄語入地獄　作之言不作　二罪後俱受
是行自牽去　恒懷暴惡人　斧在口中出
所以自傷身　由其出惡言　說法自悅人
口出無量義　使我懷妊身　不慚此儀式
譽惡惡還譽　是三俱爲惡　好以口快鬬
彼後皆無安　爭爲微少利　如掩失財寶
從彼致鬬諍　合意向惡道　百千尼羅浮
三十六五獄　誹謗賢聖者　口意發惡願
無道墮惡道　自增地獄苦　遠愚修忍意
念諦則無犯　若倚內寶藏　依賢聖活命
愚者墮惡道　猶願邪見作　以失今良會
更立誓願求　終不見聖諦　況欲見究竟
竹蘆生實乾　還害其自軀　若吐言當善
不演惡法教　從善得解脫　爲惡不得解
善解者爲賢　是爲脫惡趣　聖賢解不然
如彼愚得解　苾芻扼損意　不躁言得忠
義說如法說　所語言柔軟　善說賢聖教
法說如法二　念說如念三　諦說如諦四
是以言語者　必使心無患　亦不尅有情
是爲能善言　言使投意可　亦令得歡喜
不使至惡意　出言衆悉可　至誠甘露說
說法無有上　諦說義如法　是爲立道本
如說佛言者　是吉得滅度　爲能斷苦際
是謂言中上

業品第九

應遠離一法　所謂妄語人　無惡不經歷
不免後世苦　寧吞熱鐵丸　渴飲洋銅汁
不以無戒身　食人信施物　犯戒放逸人
國中如肉團　無慚不畏罪　後受地獄殃

若人畏苦報　亦不樂行苦　勿造諸惡行
念尋生變悔　至誠爲諸惡　自作教他作
不免於苦報　欲避有何益　非空非海中
非入山石間　莫能於此處　避免宿惡殃
衆生有苦惱　不免於老死　唯有仁智者
能免纏縛罪　妄語求賄賂　自所行不正
怨譖良善人　以枉治善士　罪纏斯等人
没溺深險坑　夫士爲行者　好之與暴惡
各自爲已身　終以不敗亡　動轉屈身形
唯影恒親附　或起或往來　不離其形影
不但影隨形　形亦自隨影　猶行善惡行
終不離自身　遂貪食毒味　不從吾往言
爲毒之所害　後乃自覺悟　愚心不開悟
習惡不從吾　受地獄苦痛　後方悟其教
戲笑爲其惡　已作身自受　號泣受罪報
隨行而罪至　惡不即時受　如㲉牛湩汁
罪在於陰伺　譬如灰覆火　惡不即時受
如彼鋒利劍　不慮於後世　當受其苦報
惡爲惡所縛　爲惡不自覺　至惡知惡至
受惡惡根源　如鐵生翳垢　反食其自身
惡生於自心　還當壞其體

正信品第十

信慚戒布施　上士譽此法　斯道明智說
得生於天界　愚不修天行　亦不讚布施
正直隨喜施　彼得後世樂　信者眞人長
念法所安住　近者應得上　智壽中中賢
人業何者上　何行致歡樂　何要出要者
何壽壽中上　信者眞人長　念法所安住
實者意得上　智壽壽中賢　信財乃得道
自致法滅度　善聞從慧得　得脫一切縛

信之與戒法　慧意則能行　健夫度恚怒
從是得脫淵　信使戒成就　亦獲壽及慧
在在則能行　處處見供養　施共與鬬集
此業智不處　施時非鬬時　速施何疑慮
此方出世利　慧信爲智毋　是財出世寶
家產則非常　欲見諸眞者　樂聽聞法教
能捨慳垢心　此乃爲上信　信能渡有河
其福難侵奪　能禁止竊盜　閑靜沙門樂
沙門恒來至　智者所見樂　及餘篤信者
聞則生歡喜　若人懷懊惱　貪他人衣食
彼人晝夜寐　不獲三摩地　若人能斷貪
如截多羅樹　彼人則晝夜　及獲三摩地
無信不修行　好剥正言說　如掘取清泉
掘泉揚其泥　智者習信行　樂仰清淨流
如善取泉水　思冷不擾濁　信智不染他
惟智與賢仁　非好則遠之　可好則近學
樂信與不樂　寂默自應思　遠離無信者
信仁應行之　無常及欲貪　放逸與愛樂
戒善行語言　業信爲第十

沙門品第十一

斷漏降伏他　離欲名梵行　不犯牟尼戒
無一願不滿　行力若緩慢　作善與不善
梵行不清淨　不獲於大果　所有緩慢業
劣意盡除之　修習清淨行　獲果盡無餘
譬如執利劒　執緩則傷手　沙門不禁制
地獄縛牽引　又如執利劒　執緊不傷手
沙門禁制戒　漸近涅槃路　難曉則難了
沙門少智慧　諸想多擾亂　愚者致苦惱
沙門爲何行　如意不自禁　步步數黏著
但隨思想走　學難捨罪難　居在家亦難

會止同利難　艱難不過是　袈裟在肩披
爲惡不捐棄　常念行惡者　斯則墮惡道
畏罪懷驚懼　假名爲沙門　身披僧伽胝
如刳娑羅皮　所謂長老者　不必以耆年
形熟鬢髮白　愚惷不知罪　能知罪福者
身淨修梵行　明遠純清潔　是名爲長老
所謂沙門者　不必剃鬚髮　妄語多貪愛
有欲如凡夫　世稱名沙門　汝亦言沙門
形服似沙門　譬如鶴伺魚　如離實不離
袈裟除不除　持鉢實不持　非俗非沙門
所言沙門者　消除窣免羅　守護微細愆
是名眞梵行　所言沙門者　息心滅意想
穢垢盡消除　故說爲出家

法集要頌經卷第一

音釋

埏埴　埏尸連切埴丞職切埏埴和黏土也
坏　鋪枚切未燒陶器也
駛　踈士切疾也
飼　祥吏切餵也
跛　補火切
拏　女加切
尠　蘇典切少也
抖擻　抖當口切擻蘇后切抖擻振舉貌
寤寐　寤五故切覺也寐密二切卧也
誐　五可切
悍　俟幹切勇急性也
賄賂　賄呼罪切貨財也賂魯故切以財遺人也
譖　側禁切讒毀也
𣫭　古侯切取牛羊乳也
湩　多貢切乳汁也
黏　尼占切相著也
刳　空胡切剖也
惷　陟降切愚也

法集要頌經卷第二

尊　者　法　救　集

宋西天中印度惹爛馱囉國三藏明教大師天息災奉詔譯

正道品第十二

正道四聖諦　智慧所觀察　破壞愛輪迴
如風吹塵散　能見聖諦者　寂靜應觀察
滅除煩惱見　如雨灑微塵　八正最上道
四諦爲法迹　是道名無爲　智燈照愚暗
道爲八眞妙　聖諦四句上　無欲法之最
明眼善觀察　智爲出世長　快樂證無爲
知受正教者　永盡生老死　一切行無常
如慧所觀察　若能覺此苦　行道淨其迹
一切諸行苦　如慧之所見　若能覺此苦
行道淨其迹　一切諸行空　如慧之所見
若能覺此苦　行道淨其迹　一切法無我
如慧之所見　若能覺此苦　行道淨其迹
吾已說道迹　愛箭而爲射　宜以自勗勵
諦受如來言　吾已說道迹　拔愛堅固刺
宜以自勗勵　諦受如來言　此道無別法
見諦之所淨　趣向滅衆苦　能壞魔羅軍
此道無有餘　見諦能證果　趣向滅衆苦
能破魔羅軍　是道更無過　一趣如淵流
如能仁入定　在衆頻演道　一入見生死
得道爲祐助　此道度當度　截流至彼岸
究竟道清淨　已盡生死源　辯才無邊界
明見宣說道　可趣服甘露　前未聞法輪
轉爲哀衆生　禮拜奉事者　化之度三有
三念可念善　三念當離惡　從念而有行
滅之爲正斷　三觀爲轉念　逮獲無上道
得三除三窟　無量修念待　能除三有垢

攝定用縛意　智慧禪定力　已定攝外亂
世間生滅法　一一彼無邊　覺道獲解脫
快樂無窮盡　積善得善行　讚歎得名譽
逮賢聖八品　修道甘露果

利養品第十三

芭蕉以實死　竹蘆實亦然　駏驢坐妊終
人爲貪利喪　如是貪無利　當知從癡生
愚爲此害賢　首落分于地　貪利不善性
苾芻勿羨之　住處多愛戀　希望他供養
在家及出家　族姓諸愚迷　貪利興嫉心
我爲降伏彼　愚爲愚計想　欲慢日夜增
異哉得利養　圓寂趣不同　能論知足者
苾芻眞佛子　不貪著名譽　喜悅是智人
不愛著一切　不諂於他人　不依他活命
當自守法行　自利尚無貪　豈貴他名譽
百味如膏車　支形得行道　苾芻貪利養
不得三摩地　知足常寂靜　止觀可成就
苾芻遠利譽　常足不貪求　但三衣飲食
眞活命快樂　苾芻不捨利　如毒蛇同室
坐臥睡寐畏　皆由貪活命　苾芻不捨利
下劣中劣喜　一法應觀察　少智難得脫
謹慎常依戒　無貪智者讚　淨行正根力
應當自思惟　具足得三明　解脫獲無漏
寡智尠識人　無所憶念知　其於諸飲食
依於他人得　而有惡法生　由利養憎嫉
自利多結怨　徒服三法衣　但望美飲食
不奉諸佛教　當知是過失　利養爲大怖
少智不審慮　苾芻應釋心　苾芻說出家
三業應調伏　不邪命自活　心善常思惟
微細病難忍　利養最難離　供養心不動

天龍致禮拜

怨家品第十四

不怨而興怨　不謗而造業　愚迷受輪迴
令世及後世　先自作漏業　然後害他人
彼此相興害　如鳥墮羅網　破他還自破
寃家遇寃家　毀他還自毀　瞋他還自瞋
斯何沙門行　不知正法本　壽既獲短促
捨寃復結寃　衆相共毀謗　各發恚怒聲
歡心平等忍　此忍最無比　斷骨而命終
牛馬死財失　國界則喪亂　聚集還復得
汝等不興惡　此法得離怨　他怨能忍受
說之名爲智　若知此說勝　愚迷求快樂
現在無怨意　未來亦無恨　不可怨以怨
終已得快樂　行忍怨自息　此名如來法
若人致毀罵　彼勝我不勝　快樂從意者
怨終得休息　若人親善友　共遊於世間
不積有寃餘　專念同其意　設不得善友
獨遊無伴侶　應觀諸國土　獨善不造惡
學無同伴侶　又不得親友　寧獨守善行
不與愚人偕　樂戒學法行　奚用伴侶爲
如龍好深淵　如象樂曠野

憶念品第十五

入息出息念　具滿諦思惟　常依次第行
按如佛所說　是則照世間　如雲開月現
起止覺思惟　坐卧不廢忘　苾芻立是念
現利未來勝　始得終最勝　逝不覩生死
若見身所住　六觸以爲最　苾芻常一心
便自知圓寂　以有是諸念　自身恒逮行
若其不如是　終不得意行　是隨本行者
如是度愛勞　若能寤意念　一心定歡喜

若能寤意念　解脫一心樂　應時等法行
得度生死地　苾芻寤意念　當令念相應
生死煩惱斷　獲得圓寂果　常當聽妙法
自覺寤其意　能覺之爲賢　終始無怖畏
以覺意得應　晝夜慕習學　解脫甘露要
決定得無漏　若人得善利　而來自歸佛
是故當晝夜　一心常念佛　若人得善利
而來自歸法　是故當晝夜　一心常念法
若人得善利　而來自歸僧　是故當晝夜
一心常念僧　善知自覺者　是瞿曇聲聞
應當於晝夜　一心恒念佛　善知自覺者
是瞿曇聲聞　應當於晝夜　一心恒念法
善知自覺者　是瞿曇聲聞　應當於晝夜
一心恒念僧　善知自覺者　是能仁弟子
應當於晝夜　一心恒念戒　善知自覺者

是能仁弟子　應當於晝夜　一心恒念施
善知自覺者　是能仁弟子　應當於晝夜
一心恒念天　善知自覺者　是能仁弟子
應當於晝夜　一心恒念身　善知自覺者
是能仁弟子　應當於晝夜　一心念靜慮
善知自覺者　是能仁弟子　應當於晝夜
一心念不殺　善知自覺者　是能仁弟子
應當於晝夜　一心念不盜　善知自覺者
是能仁弟子　應當於晝夜　一心常念空
善知自覺者　是能仁弟子　應當於晝夜
一心念無相　善知自覺者　是能仁弟子
應當於晝夜　一心念無願　善知自覺者
是能仁弟子　應當於晝夜　一心念出世
善知自覺者　是能仁弟子　應當於晝夜
一心念意樂　善知自覺者　是能仁弟子

應當於晝夜　一心念圓寂

清淨品第十六

當念自覺悟　作時勿虛妄　行要修亦安
所造時眞實　人當求方便　自致獲財寶
故自觀亦然　意願卽果之　坐臥求方便
發起於精進　如工鍊眞金　除其塵垢冥
不爲闇所蔽　永離老死患　不羞而反羞
反羞而不羞　不畏而現畏　現畏而不畏
生爲人邪見　死定入地獄　人先爲放逸
後止而不犯　是光照世間　如月現雲消
人先爲放逸　後止而不犯　以善而滅之
是光照世間　若人爲罪惡　修善而能除
世間由樂著　而空念其義　少年而出家
求佛深妙法　是光照世間　如月昇雲散
現世不施害　死而無憂慼　彼見道無畏
離苦獲安隱　現世不施害　死而無憂慼
彼見道無畏　眷屬中最勝　除斷濁黑業
惟修白淨行　度愛得清淨　棄捨穢惡行
持戒常清淨　清淨晡沙他　三業恒清淨
清淨名出家　愛欲意爲田　婬怒癡爲種
故施度世者　得福無有量　猶如穢惡田
瞋恚滋蔓生　是故當離恚　施報無有量
猶如穢惡田　愚癡滋蔓生　是故當離愚
獲報無有量　猶如穢惡田　憍慢滋蔓生
是故當離慢　獲報無有量　猶如穢惡田
慳悋滋蔓生　是故當離慳　獲報無有量
猶如穢惡田　愛樂滋蔓生　是故當離愛
獲報無有量　六識王爲主　愛染爲眷屬
無染則離愛　染著是愚癡　骨幹以爲城
肉血而塗飾　門根盡開張　結賊得縱逸

有緣則增苦　觀彼二因緣　滅之由賢衆
不從外愚除

水喻品第十七

淨心常憶念　無所有貪愛　已度愚癡淵
如鵝守枯池　彼心既棄捨　翺翔昇虛空
修行出世間　能破魔羅衆　少不修梵行
至老不積財　愚癡樂睡眠　由已不修善
少不修梵行　至老不積財　鴛鴦守空池
守故有何益　莫輕小惡罪　以爲無殃報
水滴雖極微　漸盈於大器　惡業漸漸增
纖毫成廣大　莫輕小善業　以爲無福報
水滴雖極微　漸盈於大器　善業漸漸增
纖毫成廣大　猶如人度河　縛栰而牢固
彼謂度不度　聰叡乃謂度　佛世尊已度
梵志度當度　苾芻入淵池　聲聞縛牢固
是泉而何用　水恒而停滿　拔愛根本除
復欲何所望　水工調舟船　弓師能調角
巧匠樂調木　智者能調身　猶如深淨泉
表裏甚清徹　聞法得清淨　智者生歡喜
猶如深淨泉　表裏甚清徹　智者聞妙法
歡喜無窮盡　忍心如大地　不動如虛空
聞法喻金剛　獲味免輪迴

華喻品第十八

何人能擇地　捨地獄取天　惟說善法句
如採善妙華　學人能擇地　捨地獄取天
善說妙法句　能採衆妙華　截林勿截樹
因林生怖畏　截林而滅已　苾芻得圓寂
截林不斷根　因林生怖畏　未斷分毫間
令意生纏縛　截林勿斷根　因林生怖畏
心纏最難離　如犢戀愛母　當自斷愛戀

猶如枯蓮池　息跡受正教　佛說圓寂樂
猶如可意華　色好而無香　巧言華如是
無果不獲報　猶如可意華　色好而香潔
巧言善如是　必獲其好報　猶如蜂採華
不壞色與香　但取味飛去　苾芻入聚然
不違他好惡　勿觀作不作　但自觀身行
若正若不正　如田糞穢溝　而近于大道
其中生蓮華　香潔甚可悅　有生必有終
凡夫樂處邊　慧人愛出離　真是佛聲聞
多集衆妙華　結鬘爲歩搖　有情積善根
後世轉殊勝　如末哩妙華　末拘羅清淨
貪欲瞋若除　苾芻淨香潔　如人採妙華
專意不散亂　因眠遇水漂　俄被死王降
如人採妙華　專意不散亂　欲意無猒足
常爲窮所困　如人採妙華　專意不散亂

未獲真財寶　長爲窮所困　若不見死王
慧照如淨華　苾芻到彼岸　如蛇脫故皮
貪瞋癡若斷　如棄毒華根　苾芻到彼岸
如蛇脫故皮　貪根若除斷　如華水上浮
苾芻到彼岸　如蛇脫故皮　恚根若除斷
如華水上浮　苾芻到彼岸　如蛇脫故皮
癡根若除斷　如華水上浮　苾芻到彼岸
如蛇脫故皮　如人結華鬘　意樂貪無足
不盡現世毒　三根常纏縛　觀身如坏器
幻法如野馬　斷魔華開敷　不覩死王路
是身如聚沫　知此幻化法　斷魔華開敷
不覩死王路　我慢根除斷　如華水上浮
苾芻到彼岸　如蛇脫故皮　慳悋根若斷
如華水上浮　苾芻到彼岸　如蛇脫故皮
愛支根若斷　如華水上浮　苾芻到彼岸

如蛇脱故皮　若無煩惱根　獲報善因果
苾芻到彼岸　如蛇脱故皮

馬喻品第十九

譬馬調能軟　隨意如所行　信戒及精進
定法要具足　獲法第一義　利用故無窮
一心行和忍　得免輪迴苦　忍和意得定
能斷諸苦惱　從是得住定　如馬善調御
斷恚獲無漏　如馬能自調　棄惡至平坦
後受生天樂　不恣在放恣　於眠多覺悟
如羸馬比良　棄惡乃爲賢　若人有慚愧
智慧可成就　是故易誘進　如策於良馬
譬馬若調平　可堪王乘騎　能調爲人賢
乃受誠信語　雖爲常調伏　如彼新馳馬
亦如善龍象　不如自調者　彼人不能乘
人所亦不至　惟自調伏者　乃到調方所
彼人不能乘　人所亦不至　惟自調伏者
乃滅一切苦　彼人不能乘　人所亦不至
惟自調伏者　得至圓寂路　應常自調伏
亦如止奔馬　能自防制者　念度苦原際
如馬可王乘　彼地希有生　苾芻善調伏
解脱一切苦　惟自調伏者　善意如良馬
亦如大象龍　自調最爲上　如王乘智馬
國中所希有　苾芻善調伏　能斷於纒縛
惟自調伏者　此善最無比　亦如善象龍
念念到彼岸　自師自衛護　自歸求自度
是故躬謹慎　如商賈智馬

瞋恚品第二十

除瞋去我慢　遠離諸煩惱　不染彼名色
寃家無有伴　除恚得善眠　恚盡不懷憂
恚爲毒根本　苾芻爲甘甜　賢聖悉能除

斷彼善眠睡　人與恚怒心　作諸不善業
後恚若得除　智火漸熾盛　無慚復無愧
復好生瞋怒　爲瞋所纏縛　彼闇失明燈
彼力非爲力　以恚爲力者　恚爲凡朽法
不知善響應　有力近猛軍　無力退怯弱
能忍爲上將　宜當忍勿羸　舉衆共輕之
有力名爲忍　能忍最爲上　宜當懷忍羸
自我與彼人　大畏不可救　如知彼瞋恚
宜滅己中瑕　二俱行其義　我與彼亦然
如知彼瞋恚　宜忍彼中瑕　俱行於二義
我忍彼亦然　愚謂我無力　觀法亦復爾
若愚勝於智　麤言及惡語　欲常得勝者
於言宜寂默　常習智者教　不與愚人集
能忍穢陋言　故說忍中上　恚者不發言
處衆若屏處　人恚以熾然　終已不自覺
諦說不瞋恚　乞者念以施　三分有定處
自然處天宮　息意何有恚　自檢壽中明
等智定解脫　知已無有恚　若爲惡意者
怒有怒果報　怒不報其怒　勝其彼鬬負
忍辱勝於怨　善勝不善者　勝者能施善
眞誠勝欺善　無恚亦不害　恒念眞實行
愚者自生恚　結怨常存在　恚能自制斷
如止奔走車　是爲善調御　去冥入光明
沙門及正道　利養怨憶念　清淨水兼華

馬恚爲第十

如來品第二十一

自獲正覺最無等　不染世間一切法
具一切智力無畏　自然無師亦無證
自獲正覺最無等　不染一切世間法
具一切智力無畏　自然無師無保證

善逝獨證無等倫　應現世間成正道
如來諸天世中尊　一切神通智圓滿
我爲佛世尊　斷漏無婬欲　諸天及世人
一切從吾心　我既無師保　亦獨無伴侶
積諸行得佛　自然通聖道　已勝不受惡
一切世間勝　叡智廓無邊　誘蒙吾爲勝
今往波羅㮈　欲擊甘露鼓　當轉於法輪
未曾有轉者　智人不處愚　觀世而隨化
說於無垢迹　永息無有上　勇猛師子吼
正法名如來　法說及義說　覺者永安寧
勇健立靜慮　出家日夜滅　諸天常衛護
爲佛所稱記　於彼天人中　歎說正等覺
速修而自覺　最後離胎身　說諸過去佛
及以當來者　現在正等覺　多除羣生憂
盡皆尊重法　已敬今敬者　若當生恭敬
是謂佛法要　若欲自求要　正身最第一
信敬於正法　憶念佛教戒　諸有不信佛
如此羣盲類　當墮於惡道　如商遇羅刹
船師能度水　精進爲橋梁　人以種姓繫
度者爲勇健　如來無等倫　愛盡無所積
解脫心無漏　恩慧天世人　思惟二觀行
善觀二閑靜　除冥超神仙　善獲得自在
譬人立山頂　徧見村落人　審觀法如是
如登樓觀園　若人恒觀察　煩惱永不生
降甘露法雨　連注無窮盡

多聞品第二十二

多聞善能行　修善無煩惱　所行業障消
沙門獲妙果　愚迷不覺知　好行不死法
善解知法者　病如芭蕉樹　猶如蓋屋密
闇冥無所見　雖有衆妙色　有目不見明

猶如有一人 智達廣博學 不聞則不知
善法及惡法 譬如執明燭 悉見諸色相
聞已盡能知 善惡之所趣 雖稱爲多聞
禁戒不具足 爲法律所彈 所聞便有闕
行人雖少聞 禁戒悉具足 於法律所稱
於聞便有闕 雖少多有聞 持戒不完具
二俱被訶責 所願而皆失 多聞能持固
奉法爲垣墻 精進難毀譽 從是三學成
多聞能奉法 智慧常定意 如彼閻浮金
孰能說有瑕 智慱爲多聞 持戒悉完具
二俱得稱譽 所聞而盡獲 多聞如寶鏡
照法盡無餘 自照兼照他 二俱生喜悅
多聞如瓔珞 自身先嚴飾 有情生喜悅
愛樂無窮盡 諸有稱已色 有歎說名德
斯皆諸貪欲 然自不覺知 聞爲知法律
解疑亦見正 從聞捨非法 行到不死處
內無人自知 外無人所見 內不見其果
便隨聲而住 內既而知之 外無人所見
二果俱已成 便隨聲而住 內有而所知
外有而所見 彼有其明智 不隨聲而住
耳識多所聞 眼識多所見 聞見不牢固
事由義析理 智牢善說快 聞知定意快
彼不用智定 速行放逸者 賢聖樂於法
所行應於口 以忍思惟空 聞意則牢固

已身品第二十三

常習善語言 沙門思坐起 一坐而所樂
欲求於息心 一坐而一卧 獨步而無伴
當自降伏心 自樂居山林 千千而爲敵
一夫能勝之 莫若自伏心 便爲戰中勝
自勝而爲上 如彼衆生心 自降爲大士

衆行則具足　非天彥達嚩　非魔及梵天
棄勝最爲上　如智慧苾芻　先自而正已
然後正他人　若自而正者　乃謂之上士
先自而正已　然後正他人　若自而正者
不侵名眞智　當自而修剋　隨其教訓之
已不被教訓　焉能教訓他　念自而修剋
使彼而信解　我已意專心　智者所習學
爲已或爲彼　多有不成就　其有學此者
自正兼訓彼　身全得存道　爾時豈容彼
已以被降伏　智者演其義　自已心爲師
不隨他爲師　自已爲師者　獲眞智人法
自已心爲師　不依他爲師　自已爲師者
得譽獲利樂　自已心爲師　不依他爲師
自已爲師者　獲智爲天人　自已心爲師
不依他爲師　自已爲師者　久受生天樂
自已心爲師　不依他爲師　自已爲師者
親族中最勝　自已心爲師　不依他爲師
自已爲師者　煩惱中無憂　自已心爲師
不依他爲師　自已爲師者　斷除一切縛
自已心爲師　不依他爲師　自已爲師者
能破諸惡趣　自已心爲師　不依他爲師
自已爲師者　長作眞智師　自已心爲師
不依他爲師　自已爲師者　解脫一切苦
自已心爲師　不依他爲師　自已爲師者
速證圓寂果

法集要頌經卷第二

音釋

朂勵　朂吁玉切勵力制切朂勵勉也　駏驉　駏臼許切驉休居切駏驉似贏而小　栰　房越切編竹木箄也　叡　俞芮切深明通達也　析　先擊切分剖也

法集要頌經卷第三

尊者法救集

宋西天中印度惹爛駄囉國三藏明教大師天息災奉 詔譯

廣說品第二十四

雖說百伽陀　句義不周正　不如解一句
聞乃得解脫　雖說百伽陀　不明有何益
不如解一義　聞乃得止息　雖解多伽陀
不行無所益　不如行一句　習行可得道
若人壽百歲　毀戒意不息　不如一日中
供養持戒人　若人壽百歲　懈怠劣精進
不如一日中　勇猛行精進　若人壽百歲
不觀生滅法　不如一日中　而解生滅法
若人壽百歲　不觀成敗事　不如一日中
觀微知所忌　若人壽百歲　不見無漏句
不如一日中　得見無漏道　若人壽百歲
不見無動句　不如一日中　得見無漏道
若人壽百歲　不覩難見句　不如一日中
得見微妙道　若人壽百歲　不見無生句
不如一日中　得見無生道　若人壽百歲
不見無作句　不如一日中　得見無作道
若人壽百歲　不見最上句　不如一日中
得見最上道　若人壽百歲　不見寂滅句
不如一日中　得見寂滅道　若人壽百歲
不見甘露句　不如一日中　得服甘露味
若人壽百歲　不見無垢句　不如一日中
得見清淨道　若人壽百歲　不見離垢句
不如一日中　離垢得解脫　雖復壽百歲
山林祭火神　不如須臾間　觀身而積行
雖復百歲中　山林祭火神　不如須臾間
正見得解脫　從月至於月　愚者用飲食

彼人不信佛　十六不獲一　若人禱神祀
經歲望其福　彼於四分中　亦不獲其一
從月至於月　愚者用飲食　不生慈愍心
十六不及一　從月至於月　愚者用飲食
彼不知法數　十六不及一　從月至於月
常行平等會　彼人不信佛　十六不及一
從月至於月　常行平等會　彼人不信法
十六不及一　從月至於月　常行平等會
彼人不信僧　十六不及一　月月常千祀
恒施於平等　彼無慈愍心　十六不及一
月月常千祀　恒施於平等　彼不恤蠕動
十六不及一　月月常千祀　恒施於平等
若無悲念心　十六不及一　月月常千祀
恒施於平等　彼懷怨恨心　十六不及一
月月常千祀　恒施於平等　不見擇滅法
十六不及一　月月常千祀　終身而不輟
不如須臾間　一心念眞法　一念福無邊
勝彼終身祀　雖終百歲壽　奉事祀火神
不如須臾間　供養佛法僧　一念供養福
勝彼終身祀

善友品第二十五

無信懷憎嫉　鬬亂彼此人　智者所棄嫌
愚習以爲樂　有信無憎嫉　精進信多聞
智者所敬待　賢聖以爲樂　不親惡知識
不與非法會　親近善知識　恒與正法會
行路念防慮　持戒多聞人　思慮無量境
聞彼善言教　各各知差別　近惡自陷溺
習善致名稱　妙者恒自妙　此由身眞正
善者終以善　斯由親近善　智慧爲最上
持戒求寂滅　如魚湊臭爛　人貪競取之

意著不覺臭　習惡亦如是　多誐波羅葉
衆生往採取　葉薰香遠布　習善亦如是
親近惡知識　罪垢日夜增　如猪身不淨
自汙兼汙他　已自不習惡　親近習惡者
爲人所輕笑　惡名日夜熾　觀習而習之
知近而親近　毒箭在其束　淨者被其汙
勇夫能除汙　去惡不爲伴　是故知果報
智人悉分別　非親慎莫習　習當近於賢
苾芻修行道　忍苦盡諸漏　愚人盡形壽
承事明智人　亦不知眞法　如杓斟酌食
智者須臾間　承事賢聖人　一一知眞法
如舌了衆味　智者尋一句　演出無量義
愚者誦千句　不解一句義　一句義成就
智者所修學　愚者好遠離　眞佛之所說
怨憎有智勝　不隨親友義　愚者訓非道
漸趣地獄徑　愚者自稱愚　當知善黠慧
愚人自稱智　是謂愚中甚　若復歎譽愚
毀呰智者身　毀智猶有勝　歎愚不爲上
莫見愚聞聲　亦莫與愚居　與愚同居難
猶如怨同處　當選擇共居　如與親親會
是故事多聞　并及持戒者　如是人中上
如月在衆星

圓寂品第二十六

如龜藏其六　苾芻攝意想　無倚無害彼
圓寂無言說　忍辱第一道　佛說圓寂最
不以懷煩熱　害彼爲沙門　言當莫麤獷
所說應辯才　少聞共論難　反受彼屈伏
數自興煩惱　猶彼器敗壞　生死數流轉
長沒無出期　若不自煩惱　猶器完牢具
如是至圓寂　永無諸塵翳　無病第一利

知足第一富　知親第一友　圓寂第一樂
飢爲第一患　行爲第一苦　如實知此者
圓寂第一樂　最妙聖言教　流布無窮際
世共傳習者　實無有猒時　如是無等倫
所説善言教　身苦所逼迫　何過飢患苦
趣善之徒少　趣惡之徒多　如實知此者
速求於圓寂　有緣生善處　有緣生惡趣
有緣般涅槃　如斯皆有緣　鹿歸於田野
鳥歸於虛空　義歸於分別　眞人歸寂滅
不以懈怠意　怯弱有所至　欲求於圓寂
焚燒諸縛著　苾芻速杼船　以杼便當輕
求斷貪欲情　然後至圓寂　我有本以無
本有我今無　非無亦非有　如今不可獲
難見諦不動　善觀而不動　當察愛盡原
是謂名業際　斷愛除其欲　竭河無流兆
能明此愛本　是謂名苦際　無身滅其想
諸痛得清涼　衆行永止息　識想不復興
如實知此者　是謂名苦際　住動虛則靜
非近非有樂　無動得輕安　靜乃獲圓寂
亦不由往來　往來絕生滅　老死煩惱除
斷苦獲圓寂　吾已無往來　不去而不來
不沒不復生　此際名圓寂　智生之本末
有爲知無爲　生死所纏縛　縛者而難制
如是四大身　五蘊苦惱集　安住觀實苦
盡苦獲圓寂　諸法無往來　往來恒生滅
老病死遷流　無漏獲圓寂　苾芻有世生
有造無作行　有無生無有　無作無所行
苾芻吾已知　無復諸地入　無有虛空入
無諸入用入　無想非想入　無今世後世
亦無日月想　無往亦無來　從食因緣有

從食致憂樂　而此要滅者　諸苦法已盡
非食命不濟　孰能不摶食　夫立食爲先
然後乃至道　地種及水火　是時風無吹
光燄所不照　亦不見其實　非月非有光
非日非有照　審諦觀此者　乃應宜圓寂
端正色從容　得脫一切苦　非色非無色
得脫第一苦　究竟不恐懼　越縛無狐疑
未斷有欲刺　豈知身爲患　所謂究竟者
圓寂爲第一　盡斷諸想著　文句不錯謬
知節不知節　最勝捨有行　內自思惟行
如卵壞其膜　衆施法施勝　衆樂法樂上
衆力忍力最　愛盡圓寂樂

觀察品第二十七

善觀已瑕隙　使已不露外　彼彼自有隙
如彼飛輕塵　若已稱無瑕　罪福俱并至
但見他人隙　恒懷無明想　知慚壽中上
焉以貪牽縛　力士無畏忌　斯等命短促
知慚不盡壽　恒求清淨行　威儀不缺漏
當觀眞淨壽　世間普盲冥　智眼尠尠耳
羣鳥墮羅網　生天不足言　觀世衰耗法
但見衆色變　愚者自繫縛　爲暗所纏繞
亦不見於行　觀而無所有　衆生皆有我
爲彼而生患　一一不相見　不覩邪見刺
觀此刺因緣　衆生多染著　我造彼非有
彼造非我有　衆生爲慢纏　染著於憍慢
爲見所迷惑　不免生死際　已得與當得
二俱受塵垢　習於病根本　及覺諸所學
觀諸持戒者　梵行清淨人　瞻侍病瘦者
是謂至邊際　當觀水上泡　亦觀幻野馬
如是不觀身　亦不見死至　當觀水上泡

亦觀幻野馬　如是不觀世　亦不見死王
如是當觀身　如王雜色車　愚者所染著
善求遠離彼　如是當觀身　如王雜色車
愚者所染著　智者遠離之　如是當觀身
衆病之所因　病與愚合會　焉能可恃怙
當觀畫形像　摩尼紺青髮　愚者以爲縁
不求越彼岸　當觀畫形像　摩尼紺青髮
愚者以爲縁　智者所猒患　强以彩畫形
莊嚴醜穢身　愚者以爲縁　亦不求自度
强以彩畫形　莊嚴醜穢身　愚者以爲縁
智者求自度　爪髮爲八分　雙部眼耳璫
愚者所染著　亦不求自度　著欲染於欲
不究結使縁　不以生結使　當度欲有流
非園脫於園　脫園復就園　當復觀此人
脫縛復就縛　今捨天王位　不造生死本

求離地獄苦　願説圓寂樂　青衣白蓋身
御者御一輪　觀彼未離垢　求便斷縛著
人多求自歸　山川樹木神　園觀及神祀
望免苦患難　此非自歸上　亦非有吉利
如有自歸者　不脫一切苦　若有自歸佛
及法苾芻僧　修習聖四諦　如慧之所見
苦因縁苦生　當越此苦本　賢聖八品道
滅盡甘露際　是爲自歸上　非不有吉利
如有自歸者　得脫一切苦　觀已觀當觀
不觀亦當觀　觀而復重觀　觀而不復觀
觀而復重觀　分別彼性本　計晝以爲夜
寶身壞不久　觀而不重觀　雖見亦不見
如見而不見　觀而亦不見　云何見不見
何說見不見　因何見不見　因爲出何見
猶若不觀苦　常當深自觀　以解苦根原

是爲明妙觀　誰令凡夫人　不觀衆行本
因彼而觀察　去冥見大明

罪障品第二十八

諸惡業莫作　諸善業奉行　自淨其意行
是名諸佛教　慧施獲福報　不藏恚怒懷
以善滅其惡　欲怒凝無餘　獨行勿逐愚
欲羣當逐智　智者滅其惡　如鵝擇乳飲
觀世若干變　知法起滅跡　賢聖不樂世
愚者不處賢　解知念待味　思惟休息義
無熱無飢想　當服於法味　人不損其心
亦不毀其意　以善永滅惡　不憂隨惡道
人欲鍊其神　要當數修琢　智者易彫飾
乃名世之雄　能親近彼者　安隱無憂惱
永息無過者　柔和不卒暴　吹棄諸惡法
如風落其葉　無故畏彼人　謗毀清淨者
尋惡獲其力　煙雲風所吹　人之爲善惡
各各自知之　修善得善果　爲惡隨惡趣
達已淨不淨　何處他人淨　愚者不自鍊
如鐵鑽純鋼　若眼見非邪　黠人求方便
智者善壽世　亦不爲衆惡　商人在路懼
伴少而貨多　經過險難處　然有折軸憂
有身無瘡疣　不爲毒所害　毒無柰瘡何
無惡無所造　多有行衆惡　必爲身作累
施善布恩德　此事甚爲難　善哉修善者
傷哉爲甚惡　惡惡自爲易　惡人爲善難
愚者自謂正　猶惡不成熟　惡已成熟滿
諸苦亦復熟　賢者見於惡　不爲惡所熟
如惡以不熟　惡者觀其惡　賢者觀其惡
乃至賢不熟　設以賢熟者　賢賢自相觀
人雖爲惡行　亦不數數行　於彼意不樂

知惡之爲苦　人能作其福　亦當數數造
於彼意願樂　善愛其福報　先當制善心
攝持惡根本　由是興福業　心由樂於惡
爲惡雖復少　後世受苦深　當獲無邊福
如毒在心腹　爲福雖微少　後受大福德
當獲大果報　如種獲眞實　無過而強輕
無恚而強侵　當於十品處　便當趣於彼
痛癢語麤獷　此形必壞敗　衆病所逼切
心亂而不定　宗族別離散　財貨費耗盡
爲賊所劫掠　所願不從意　或復無數變
爲火所焚燒　身壞無智慧　亦趣於十品
作惡勿言無　人作言無罪　屏隈言無罪
斯皆有證驗　作惡言有憂　久作亦言憂
憂屏隈亦言　憂彼報亦憂　此憂彼亦憂
惡行二俱憂　彼憂彼受報　見行乃審知
此喜彼亦喜　福行二俱喜　彼行彼受報
見行自清淨　此煮彼亦煮　罪行二俱煮
彼煮彼受報　見行自有驗　作福不作惡
皆由宿行法　終不畏死徑　如船截流渡

相應品第二十九

夜光照于冥　至日未出間　日光布大明
夜光便黤黮　察者布光明　如來未出頃
佛出放大明　無察無聲聞　不堅起堅想
堅起不堅想　後不至於堅　由起邪見故
堅而知堅者　不堅知不堅　被入求於堅
正治以爲本　愚者以爲堅　反被九結縛
如鳥墮羅網　斯由愛深固　諸有懷狐疑
今世及後世　禪定盡能滅　無惱修梵行
無塵離於塵　能持此服者　無御無所至
此不應法服　若能除垢穢　修戒等慧定

彼應思惟業　此應服袈裟　不以柔和言
名稱有所至　人有善顏色　乃懷巧僞心
有能斷是者　永拔其根本　智者除諸穢
乃名爲善色　不以色從容　暫覩知人意
世多違行人　遊蕩在世界　如彼虛僞鍮
其中純有銅　獨遊無畏忌　內穢外不淨
貪餮不自節　三轉隨時行　如圈被養猪
數數受胞胎　人能專其意　於食知止足
趣欲支其形　養壽守其道　觀淨而自淨
諸根不具足　於食無猒足　斯等凡品行
轉增於欲意　如屋壞穿漏　當觀不淨行
諸根無缺漏　於食知止足　有信執精進
不恣於欲意　如風吹泰山　空閑甚可樂
然人不樂彼　無欲常居之　非欲之所處
難移難可動　如彼重雪山　非賢則不現

猶夜射冥室　賢者有千數　智者在叢林
義理極深邃　智者所分別　多有衆生類
非射而不值　今觀此義理　無戒人所恥
觀有知恐怖　變易知有無　是故不樂有
當念遠離有　無信無反復　穿牆而盜竊
斷彼希望思　是名爲勇士　除其父母緣
王家及二種　徧滅其境界　無垢爲梵行
若人無所依　知彼所貴食　空及無相願
思惟以爲行　鳥飛於虛空　而無足跡現
如彼行行人　言說無所趣　諸能斷有本
不依於未然　空及無相願　思惟以爲行
希有諸衆生　多不順其性　有度不度者
爲滅甚爲難　諸有平等說　法法共相觀
盡斷諸結使　無復有熱惱　行路無復憂
終日得解脫　一切結使盡　無復有衆惱

如鳥飛虛空　而無有所礙　彼人獲無漏
空無相願定　如鳥飛虛空　而無有所礙
行人到彼岸　空無相願定　無造無有造
造者受煩惱　非造非無造　前憂後亦憂
造者爲善妙　以作不懷憂　造而樂而造
生天受歡樂　虛空無轍迹　沙門無外意
衆人盡樂惡　唯佛淨無穢　虛空無轍迹
沙門無外意　世間皆無常　佛無我所有
諸天及世人　一切行相應　得脫一切苦
離愛免輪迴　諸天及世人　一切行相應
能遠諸惡業　不墮於惡趣　亦復不知論
賢愚無差別　若復知論義　所說無垢跡
說應法議論　當竪仙人幢　法幢爲仙人
仙人爲法幢　或有寂然罵　或有在衆罵
或有未聲罵　世無不罵者　一毀及一譽
但利養其名　非有亦非有　則亦不可知
智人所稱譽　若好兼及醜　智人無缺漏
慧定得解脫　如紫磨眞金　內外徹清淨
猶如安明山　不爲風所動　智人亦如是
不爲毀譽動　如樹無有根　無枝況有葉
健者以解縛　誰能毀其德　無垢無有住
身壍種苦子　最勝無有愛　天世人不知
猶如網叢林　無愛況有餘　佛有無量行
無跡誰跡將　若有不欲生　以生不受有
佛有無量行　無跡誰跡將　若欲滅其想
內外無諸因　亦無過色想　四應不受生
捨前及捨後　捨間越於有　一切盡皆捨
不復受生老

法集要頌經卷第三

音釋

恤思律切慇也 蠕而兖切蟲動貌 湊千候切聚也 杓豐灼切挹杼之器 獷古猛切惡也 杼直呂切 隟乞逆切纍隟也 疣于求切瘤也 掠力灼切刼奪也 隈烏回切 黤黮黤乙減切黮徒感切黤黮黑色也 鍮他侯切 餮他結切貪食也 圈其願切畜閑也 塹七豔切

法集要頌經卷第四

尊者法救集

宋西天中印度惹爛馱囉國三藏明教大師天息災奉詔譯

樂品第三十

忍勝則怨賊　自負則自鄙　息意則快樂
無勝無負心　若人擾亂彼　自求安樂世
遂成其怨憎　終不得解脫　善樂於愛欲
以杖加羣生　於中自求安　後世不得樂
人欲得歡樂　杖不加羣生　於中自求樂
後世亦得樂　樂法樂學行　慎莫行惡法
能善行法者　今世後世樂　護法行法者
修法獲善報　此應法律教　行法不趣惡
護法行法者　如蓋覆其形　此應法律教
行法不趣惡　惡行入地獄　所生墮惡道
非法自陷溺　如手把蚖蛇　不以法非法
二事俱同報　非法入地獄　正法生於天
施與戰同處　此德智不譽　施時亦戰時
此事二俱等　人遭百千變　等除憍慢怨
時施清淨心　健夫最爲勝　忍少得勝多
戒勝懈怠多　有信慧施者　後身受善報
快樂施福報　所願皆全成　速得第一滅
漸入無爲際　若彼求方便　賢聖智慧施
盡其苦原本　當知獲大報　愛法善安隱
心意潔清淨　賢聖所說法　智者所娛樂
若人心樂禪　亦復樂不起　亦樂四意止
并及七覺意　及彼四神足　賢聖八品道
善樂於摶食　善樂攝法服　善樂於經行
樂處於山藪　已逮安樂處　現法而無爲
已越諸恐懼　超世諸染著　善樂於念待
善觀於諸法　善哉世無害　養育衆生類

世無欲愛樂　越諸染著意　能滅已憍慢
此名第一樂　耆年持戒樂　有信成就樂
分別義趣樂　不造衆惡樂　世有父母樂
衆集和亦樂　世有沙門樂　靜忘樂亦然
諸佛出興樂　說法堪受樂　衆僧和合樂
和則常有安　持戒完具樂　多聞廣知樂
覩見眞人樂　解脱行跡樂　德水清涼樂
法財自集快　得智明慧快　滅慢無邪快
得覩諸賢樂　同會亦復樂　不與愚從事
畢固永已樂　不與愚從事　經歷無數日
與愚同居難　如與怨憎會　與智同處易
如共親親會　人智甚難遇　終不虛託生
設當託生處　彼家必蒙慶　一切得安隱
梵志取滅度　不爲欲所染　盡脱於諸處
盡斷不祥結　降伏內煩惱　永息得睡眠

心識得清徹　愼莫著於樂　當就護來行
當念捨於世　觀於快樂事　如世欲歡樂
及彼天上樂　此名爲愛極　十六未獲一
欲捨於重擔　更不造重業　重擔世之苦
能捨最快樂　盡斷諸愛欲　及滅一切行
幷滅五蘊本　更不受三有　義聚則有樂
朋友食福樂　彼滅寂然樂　展轉普及人
苦以樂爲本　猶彼燄火爐　赫燄而熾然
漸漸而還滅　不知所湊處　如是等見人
免於愛欲泥　去亦無處所　以獲無動樂
中間無有恚　有變易不停　除憂無有愁
寂然觀世有　有樂無有惱　正法而多聞
設見有所損　人人貪於色　無結世善壽
大法知結源　人當明結瑕　人人心縛著
亦縛於色本　一切受辱苦　一切任已樂

勝負自然興　竟不有所獲　諸欲得樂壽
能忍彼輕報　忍者忍於人　不忍處諸有
諸欲得樂壽　於惑而無惑　惑者惑於人
我斯無有惑　諸欲得樂壽　終巳無結者
當食於念食　如彼光音天　恒以念爲食
意身無所燒　衆生見苦樂　聖法無損壞
雖值觸樂跡　無跡爲有觸　如苾芻在定
不著一切垢　衆生遭苦樂　而不能覺知
如來與多聞　巳身廣善友　圓寂觀罪障

相應樂第十

護心品第三十一

心輕難調伏　爲欲所居懷　降心則爲善
以降便輕安　如魚在旱地　以離於深淵
心識極惶懼　魔衆而奔地　心走非一處
猶如日光明　智者所能制　如鉤止惡象
今我論此心　無堅不可見　我今欲訓誨
愼莫生瑕隙　汝心莫遊行　恣意而放逸
我今還攝汝　如御暴逸象　生死無有量
往來無端緒　求於屋舍者　數數受胞胎
以觀此居屋　更不造諸舍　梁棧看巳壞
臺閣則摧折　心巳離諸行　中間是巳心
心多爲輕躁　難持難調護　智者能自正
如匠搦箭直　有恚則知恚　有恚知有恚
是意皆自造　非干父母爲　除邪就正定
爲福勿迴復　蓋屋若不密　天雨則常漏
人不思惟行　恒歷婬怒癡　蓋屋若不密
天雨則常漏　人自思惟行　永無婬怒癡
心爲諸法本　心尊是心使　心若念惡行
即言即惡行　罪苦自追隨　車轢終于轍
心爲諸法本　心尊是心使　心若念善行

即言即善行　福慶自追隨　如影隨其形
不以不淨意　亦及瞋恚人　欲得知法者
正等覺所説　諸有除貢高　心意極清淨
能捨傷害懷　乃得聞正法　心不住止息
亦不知善法　迷於出世事　無有正知見
三十六使流　并及心意漏　數數有邪見
依於欲想結　捨意放其根　人隨意迴轉
爲少滅名稱　如鳥捨空林　在靜自修學
慎勿逐欲跡　莫吞熱鐵丸　嗥哭受其報
應修而不修　恃力不精勤　自陷人形卑
懈怠不解慧　亂觀及正觀　皆由意所生
能覺知心觀　愚心數數亂　智者如是觀
念者專爲行　咄嗟意無著　惟佛能滅此
觀身如空瓶　安心如丘城　以慧與魔戰
守勝勿復失　觀身如聚沫　如陽燄野馬

以慧與魔戰　守勝勿復失　心念七覺意
等意不差違　當捨愚惑意　樂於不起忍
盡漏無有漏　於世取滅度　當自護其意
若犛牛護尾　有施於一切　終不離其樂
一能出衆龍　龍中六牙者　心心自平等
獨樂於曠野　不以能害心　盡爲一切人
慈心爲衆生　彼無有怨恨　慈心爲一人
便護諸善本　盡當爲一切　賢聖福稱上
普慈於一切　愍念衆生類　修行於慈心
後受無極樂　若以踊躍意　歡喜不懈怠
修於諸善法　獲致安隱處　自則致歡喜
身口意相應　以得等解脱　苾芻息意快
一切諸結盡　無復有塵勞　正使五音樂
不能悦人意　不如一正心　向於平等法
最勝得善眼　亦不計有我　諸有心樂禪

不樂於欲意　最勝踊躍意　亦不見有我
諸有心樂禪　不樂於欲意　諸結永已盡
如山不可動　於染無所染　於恚不起恚
諸有如此心　焉知苦蹤跡　無害無所染
具足於戒律　於食知止足　及諸床卧具
修意求方便　是謂諸佛教　行人觀心相
分別念待意　以得入禪定　便獲甚安樂
護意自莊嚴　嫉彼而營已　遭憂不患苦
智者審諦住　人不守護心　爲邪見所害
兼懷掉戲意　斯等就死徑　是故當護心
等修清淨行　正見恒在前　分別起滅法
苾芻降睡眠　盡苦更不造　降心復於樂
護心勿復調　有情心所誤　盡受地獄苦
降心則致樂　護心勿復調　護心勿復調
心爲衆妙門　護而不漏失　便在圓寂道

苾芻品第三十二

苾芻若乞食　以得勿積聚　天人所歎譽
生淨無瑕穢　苾芻爲慈愍　愛敬於佛教
深入妙止觀　滅穢行乃安　苾芻諸愛盡
捨愛去貢高　無我去吾我　此義孰不親
當知是法行　身之出要徑　如象御强敵
苾芻恒習行　人不壽劫盡　內與自心諍
護身念道諦　苾芻惟淨安　念親同朋友
正命無雜糅　施知應所施　亦合威儀具
苾芻備衆行　乃能盡苦際　樂法意欲法
思惟安隱法　苾芻依法行　正而勿廢忘
當學入空定　苾芻常安靜　愛樂非人處
觀察平等法　當制於五蘊　服意如水流
清淨恒和悅　爲飲甘露味　如彼極峻山
不爲風所動　苾芻盡愚癡　所在不傾動

一切諸名色　非有莫生惑　不近則不愛
乃名眞苾芻　苾芻非剃髮　慢誕無戒律
捨貪思惟道　乃應眞苾芻　息心非剃髮
放逸無志信　能滅衆苦惱　爲勝大沙門
苾芻得慈定　承受諸佛教　極得滅盡跡
無親愼莫親　心喜極歡悅　加以受念者
苾芻多熈怡　盡空無根源　息身而息意
攝口亦乃善　捨世爲苾芻　度苦無有礙
無禪則無智　無智則無禪　道從禪智生
得近圓寂路　禪行無放逸　莫爲欲亂心
無呑洋銅汁　自惱燋形軀　能自護身口
護意無有惡　後獲禁戒法　故號爲苾芻
諸有修善法　七覺意爲本　此名爲妙法
故名定苾芻　如今現所說　自知苦盡源
此名爲善本　是無漏苾芻　不以持戒力

及以多聞義　正使得定意　不著於文飾
苾芻有所倚　盡於無漏行　當觀正覺樂
勿近於凡夫　觀此現世事　分別於五蘊
修行勿作惡　必强自制心　捨家而得解
意猶復染著　習行懈緩者　勞意勿除之
非淨則梵行　焉致大財寶　心得永休息
苾芻攝意行　以盡老病死　便脫魔羅縛
心已得永寂　苾芻攝意行　以盡老病死
更不復受有　以斷於愛相　苾芻攝意行
以盡老病死　更不復受有　無有結使心
苾芻攝意行　以盡老病死　更不復受有
不能斷有根　苾芻攝意行　以盡老病死
更不復受有　能斷三毒根　苾芻攝意行
以盡老病死　更不復受有　以脫於魔界
以勝叢林刺　及除罵詈者　猶憑妙高山

苾芻不受苦　不念今後世　觀世如幻夢
苾芻勝彼此　如蛇脫故皮　能斷愛根本
盡竭欲深泉　苾芻勝彼此　如蛇脫故皮
能斷於五欲　斷於欲根本　苾芻勝彼此
如蛇脫故皮　能斷於五結　拔於愛欲刺
苾芻勝彼此　如蛇脫故皮　諸有無家業
又斷不善根　苾芻勝彼此　如蛇脫故皮
諸有不熱惱　又斷不善根　苾芻勝彼此
如蛇脫故皮　斷欲無遺餘　如拔不牢固
苾芻勝彼此　如蛇脫故皮　愛生如流濫
猶蛇含毒藥　苾芻勝彼此　如蛇脫故皮
諸有斷相觀　內不造其心　苾芻勝彼此
如蛇脫故皮　貪根若斷盡　是名眞苾芻
降伏魔羅軍　得盡苦輪迴　瞋根若斷盡
是名眞苾芻　解脫諸煩惱　得盡苦輪迴
癡根若斷盡　是名眞苾芻　遠離於纏縛
得盡苦輪迴　慢根若斷盡　是名眞苾芻
能離於愛染　得盡苦輪迴　慳悋若斷盡
是名眞苾芻　信樂於正覺　得盡苦輪迴
貪心聚落刺　苾芻應思惟　若能遠離彼
佛說眞苾芻　瞋心聚落刺　苾芻應思惟
能離於瞋恚　佛說眞苾芻　癡心聚落刺
苾芻應思惟　若離於愚癡　佛說眞苾芻
慢心聚落刺　苾芻應思惟　若能離憍慢
佛說眞苾芻　慳悋聚落刺　苾芻應思惟
若能離慳悋　佛說眞苾芻　調伏貪愛念
如藥解蛇毒　苾芻能破壞　如蛇脫故皮
調伏瞋恚念　如藥解蛇毒　苾芻能破壞
如蛇脫故皮　調伏愚癡念　如藥解蛇毒
苾芻能遠離　如蛇脫故皮　調伏憍慢念

如藥解蛇毒　苾芻能遠離　如蛇脫故皮
調伏慳悋念　如藥解蛇毒　苾芻能遠離
如蛇脫故皮　貪欲彼若發　斷截如蘆葦
煩惱如海深　苾芻應精進　瞋恚彼若發
斷截如蘆葦　煩惱深如海　苾芻應精進
愚癡彼若發　斷截如蘆葦　煩惱如海深
苾芻應精進　憍慢彼若發　斷截如蘆葦
煩惱深如海　苾芻應精進　慳悋彼若發
斷截如蘆葦　煩惱如海深　苾芻應精進
持戒謂苾芻　有空乃行禪　行空究其源
無爲最爲樂　苾芻忍所憂　分別牀卧具
當習無放逸　斷有愛無餘

梵志品第三十三

所謂梵志者　不但在倮形　居險卧荊棘
而名爲梵志　棄身無依倚　不誦異法言
惡法而盡除　是名爲梵志　今世行淨因
後世無穢果　無習諸惡法　是名爲梵志
若倚於愛欲　心無所貪著　已捨已得正
是名滅終苦　諸有無所倚　恒習於正見
常念盡有漏　是名爲梵志　愚者受猥髮
弃及牀卧具　內懷貪著意　文飾外何求
被服弊惡衣　躬稟善法行　閑居自思惟
是名爲梵志　見凡愚往來　墮塹受苦惱
欲獨度彼岸　不好他言說　惟滅惡不起
是名爲梵志　截流而已渡　無欲如梵天
智行以盡漏　是名爲梵志　不以水清淨
多有人沐浴　能除弊惡法　是名爲梵志
非剃爲沙門　稱吉爲梵行　若能滅衆惡
是則爲道人　彼以不二行　清淨無瑕穢
諸欲斷縛著　是名爲梵志　出家爲梵行

入正爲沙門　棄捨衆穢行　是則名捨家
人無幻惑意　無慢無疑惑　無貪無我想
是名爲梵志　我不説梵志　託父母生者
彼多衆瑕穢　滅則爲梵志　身口及與意
清淨無過失　能攝五種行　是名爲梵志
見駡見相擊　默受不生怒　有大忍辱力
是名爲梵志　若見相侵欺　但念守戒行
端身自調伏　是名爲梵志　世所稱善惡
脩短及巨細　無取若無與　是名爲梵志
身爲善行本　口意應無犯　能辨三妙處
是名爲梵志　來不作歡悦　去亦無憂慼
於聚應遠聚　是名爲梵志　以斷於恩愛
離家無愛欲　愛欲若已盡　是名爲梵志
適彼則無彼　彼彼適亦無　捨離於貪欲
是名爲梵志　適彼則無彼　彼彼適則虚

不染三惡處　是名爲梵志　能捨於家業
拔於愛欲本　無貪能知足　是名爲梵志
如今盡所知　究其苦源際　無復欲愛心
是名爲梵志　於罪并與福　兩行應永除
無憂無有塵　是名爲梵志　於罪并與福
兩行應永除　三處無染著　是名爲梵志
猶如衆華葉　以針貫芥子　不爲欲所染
是名爲梵志　心喜無塵垢　如月盛圓滿
謗毀以盡除　是名爲梵志　如月清明朗
懸處於虚空　不染於愛欲　是名爲梵志
避諍而不諍　犯而不慍怒　惡來以善待
是名爲梵志　深解微妙慧　辯道不正道
體解無上義　是名爲梵志　諸在世間人
乞索而自濟　無我若無著　不失梵志行
説智無涯際　是名爲梵志　若能棄欲愛

去家捨諸受　以斷於欲漏　是名爲梵志
慈愍於有情　使不生恐懼　不害有益善
是名爲梵志　避怨則無怨　無所於傷損
去其邪僻見　是名爲梵志　無前及無後
及中則無有　無操無捨行　是名爲梵志
去其婬怒癡　憍慢諸惡行　針貫於芥子
是名爲梵志　城以壍爲固　來往受其苦
欲適度彼岸　不宜受他語　惟能滅不起
是名爲梵志　人能斷愛欲　今世及後世
有愛應已盡　是名爲梵志　有情無希望
今世及後世　以無所希望　是名爲梵志
自已識不知　天人彥達嚩　能知無量觀
是名爲梵志　歸命人中尊　歸命人中上
不審今世尊　爲因何等禪　惟願天中天
敷演其教戒　自識於宿命　得見天人道

知生盡苦原　智心永寂滅　自知心解脫
脫欲無所著　三明已成就　是名爲梵志
自識於宿命　知有情因緣　如來覺無著
是名爲梵志　盡斷一切結　亦不有熱惱
如來覺無著　是名爲梵志　仙人龍中上
大仙最爲尊　無數佛沐浴　是名爲梵志
所有煩惱盡　度流而無漏　從此越彼岸
是名爲梵志　苾芻塚間衣　觀於欲非眞
坐樹空閑處　是名爲梵志　人若無識知
無語無言說　體冷無溫暖　是名爲梵志
棄緣捨居家　出家無所畏　能服甘露味
是名爲梵志　斷絕於世事　口無麤獷言
八正道審諦　是名爲梵志　遠逝獨遊行
隱藏無形影　難降能自調　是名爲梵志
無形不可見　此亦不可見　解知此句者

念則有所由 覺知結使盡 是名爲梵志
能斷生死河 能忍超度世 自覺出苦壍
是名爲梵志 當求截流度 梵志無有欲
内自觀諸情 是名爲梵志 能知如是者
乃名爲梵志 學先去其母 率君及二臣
盡勝諸境界 是名爲梵志 諸有知深法
不問老以少 審諦守戒信 猶祀火梵志
於已法在外 梵志爲最上 一切諸有漏
皆盡皆無餘 或復觀於法 皆盡皆無餘
或復觀合會 皆盡皆無餘 或復觀因緣
皆盡皆無餘 猶如内法本 梵志爲在表
若使共牀褥 如彼薄俱羅 猶如内法本
梵志爲在表 知生知老病 轉知於死徑
日照照於晝 月照照於夜 甲兵照於軍
禪照於道人 佛出照天下 能照一切冥
梵志無有是 有憂無憂念 如如意所轉
彼彼滅狐疑 出生諸深法 梵志習入禪
能解狐疑網 身知其苦痛 出生諸深法
梵志習入禪 徧照一切世 猶日在虛空
出生諸深法 梵志習入禪 能禦魔羅敵
如佛脫衆垢 護心及苾芻 梵志品在末
依次品而說 具足三十二

聖尊者法救集諸佛法頌偈竟

法集要頌經卷第四

音釋

棧仕限切棚閣也 搦尼角切捉搦也 澓房六切洄澓水漩流也 轢狼狄切車所踐也 嘷胡刀切大哭也 犛謨交切長髦牛也 糅女救切混雜也 倮郎果切赤體也 猥烏每切

勸發諸王要偈　宋天竺三藏求那跋摩譯
龍樹菩薩勸誡王頌　唐三藏法師義淨譯

清刻龍藏佛說法變相圖

一偈一頌同卷
勸發諸王要偈
龍樹菩薩勸誡王頌

勸發諸王要偈

龍樹菩薩撰

宋天竺三藏求那跋摩譯

明勝功德王　我無餘求想　諸佛所說法
莊嚴要何義　略撰賢聖頌　大王所宜聞
如以衆雜木　造立如來像　智者恭敬禮
依佛故存木　我今以非辯　光宣眞寶藏
慧者應信樂　依法聽所述　大王雖數聞
如來梵音說　勝悟由多聞　屢聞則深信
如日照素質　豈不增其鮮　三寶施戒天

最勝說六念　隨順諸功德　如實善觀察
身口意常行　清淨十業道　遠酒不醉亂
離修邪正命　知財五家分　無常不牢固
惠施諸有德　貧苦及親屬　所生常隨逐
布施爲最勝　不斷亦不滅　不離不望果
如是諸淨戒　宜應善受持　是則爲良田
生諸功德故　施戒忍精進　禪定無量慧
是諸波羅蜜　慧者當修習　能度三有海
逮得牟尼尊　若人孝父母　至心盡供養
是名禮教門　清淨天勝族　名聞遠流布
捨身生天上　離殺盜婬欺　飲酒及三枝
成就八分齋　隨順諸佛學　捨身生六天
所欲悉隨意　慳諂幻僞慢　懈怠貪恚癡
族姓好容色　少壯多聞樂　如是諸迷惑
當視如怨家　若修不放逸　是則不死路

放逸爲死徑　世尊之所說　爲增善法故
當修不放逸　若人先爲惡　後能不放逸
是則照世間　雲除月光顯　忍辱無與等
不隨瞋恚心　佛說能遠離　是得不還道
有瞋如畫水　或如畫土石　若說起煩惱
初人則爲勝　改惡修慈忍　第三則爲上
最勝說衆生　三種善惡語　初名引人心
美言如飴蜜　次名眞實語　猶如妙華敷
後名不誠實　鄙浮如糞穢　慧者應分別
捨後修初二　從明明至終　從闇闇究竟
有從闇入明　或從明入冥　慧者應諦了
捨三界初明　有人生似熟　或復熟似生
或二俱生熟　明者諦分別　不視他妻色
視則母女想　如是猶生惑　當修不淨觀
心意善馳亂　當勤善守持　如人護勝聞

寶藏愛子命　當觀五欲樂　猶如惡毒蛇
怨憎及刀火　方便修猒離　五欲生非義
猶如頻婆果　覆相善欺誑　縛人住生死
智者當觀察　棄捨勿染汙　諸根常輕躁
馳散六塵境　若能善調伏　是則大勇健
是身爲行廁　九道常流穢　穿漏難可滿
薄皮隱不淨　愚者爲所欺　智者當猒離
如人病疥蟲　向火欲除患　少樂後苦增
貪欲亦如是　能善知欲過　從是離衆苦
欲見第一義　佛說觀緣起　應當勤修習
最勝無過是　族姓身端嚴　多聞自瓔珞
若不修戒慧　此則非殊勝　能具二功德
無三猶奇特　利衰及毀譽　稱譏與苦樂
八法不傾動　是則爲聖王　莫爲諸天神
沙門婆羅門　宗親及賓客　害生造惡業
命終入地獄　獨受彼不代　若人作惡業
不即受楚毒　命終受苦報　後悔將何及
信戒施多聞　智慧有慙愧　佛說不共財
餘財一切共　愽奕大聚會　孄惰習惡友
飲酒縱昏蕩　夜遊無羞恥　此六汙名稱
智者應遠離　知足爲大財　世尊所稱說
若能修知足　雖貧則大富　譬如多頭龍
多頭則多苦　自性結恨深　是名怨家婦
傲慢不承順　名爲輕夫婦　費用夫主財
是則名賊婦　慎哉賢丈夫　宜遠此三婦
隨順爲姊妹　愛樂爲善友　安慰則爲母
隨意爲婢使　此四賢良妻　則是天眷屬
飲食爲湯藥　無貪恚癡服　唯爲止身苦
勿爲肥放逸　晝則勤修業　初後夜亦然
中夜亦正念　無令空夢過　慈悲喜捨心

日夜常修習　設未出世間　其福勝梵天
離欲覺歡喜　苦樂修四禪　梵光淨果實
受此諸天樂　若人少行惡　廣修無量善
如以一把鹽　投之大恒水　若人多行惡
少修淨功德　如以多惡毒　置之小器食
五陰闇冥賊　劫人善珍寶　信五根力士
是能善守護　生老病死苦　所愛者別離
淪沒不超度　斯由自業過　求生天解脫
當勤修正見　邪見雖行善　一切得苦果
無常苦不淨　應當善觀察　若不正思惟
四倒盲慧眼　端正色非我　我色亦非主
四陰亦復然　唯是空苦聚　非時非無因
亦非自性有　非自在天生　無明愛業起
身見戒取疑　是三障解脫　聖慧開脫門
自力不由他　淨戒學禪定　精勤修四禪
增上戒心慧　常當勤修學　諸戒智三昧
悉入三學中　身念處大力　佛說一乘道
常當繫心念　方便善守護　若忘是正念
則失諸善法　身命極浮脆　喻風吹水泡
夢覺難可保　出息無必迴　倏忽成微塵
當知無堅固　大地須彌海　七日皆燒然
廓然無遺燼　況復危脆身　無常不可依
亦非覆護法　是身不可怙　如何不生猒
譬如海盲龜　值遇浮木孔　畜生復人身
難得復過是　如何人道中　不修勝果業
寶器盛糞穢　是則愚癡人　已得人身寶
而用造惡行　當知此士夫　極愚復過是
得生有道國　遭遇善知識　正見心成就
宿命有功德　四寶輪具足　能出生死路
親近善知識　具足修梵行　佛說如是人

心常得寂滅　邪見三惡趣　不聞佛法音
邊地闇冥處　聾瘂長壽天　王已離八難
得此無礙身　宜應修善業　方便求泥洹
生死長夜中　無量種種苦　展轉作六親
尊卑無常序　求劫生死中　未曾不爲子
計飲慈母乳　量踰四大海　凡夫方受生
所飲復過是　一人從本來　積骨高須彌
所經諸人天　大地微塵數　先作轉輪王
後復爲僕使　或上爲帝釋　諸天所奉事
下生糞土中　往返亦無量　或時生天上
婇女極娛樂　目眩衆妙色　耳聞萬種聲
觸身皆細輭　快樂難可名　後墮地獄中
苦毒靡不經　若生劒林樹　身首隨刃零
或遊須彌頂　昇降隨所念　與衆天女俱
沐浴曼陀池　寶華列莊嚴　清涼極快樂

復入沸灰河　烹煮悉糜爛　六天五欲歡
梵世離欲樂　亦入無擇獄　備受衆苦毒
或作日月天　光明照四域　後生黒闇獄
不自見其形　王當然慧燈　勿復隨長冥
入大地獄中　燒炙屠裂苦　備經衆楚毒
無量不可譬　若人隨癡惑　具造衆惡業
出息未反間　聞是諸大苦　其心不驚怖
是則木石人　眼見報應像　復聞智者說
披采佛經典　内心正思惟　則應大怖畏
何況身自經　一切受苦中　無擇最大苦
一切受樂中　愛盡第一樂　日夜各三時
三百槍貫身　欲比無擇苦　百千倍非譬
無量諸楚毒　求死不可得　受罪百千歲
惡業盡乃畢　不淨苦果報　身口業爲種
不種則不有　王其斷苦本　若墮畜生趣

繫縛殺害苦　貪害狂亂心　怨結更相食
或爲取珠寶　毛尾皮肉骨　由是喪身命
解剥斷截痛　駿足有大力　穿頸服乘苦
狂逸不調馴　策勤而榜楚　餓鬼思飲食
所念未曾有　飢渴寒熱逼　長夜無休息
或身如太山　咽口若針鋒　飢渴内燒然
對食食無從　或見糞膿唾　羣走競馳趣
到則自然滅　望絶增苦惱　飢渴煎其内
瘤癭發癰疽　更共相摑搏　齟齬唼膿血
羸瘦皮骨連　裸形被長髮　身長若枯木
熾焰從口出　還自焚其身　狀燒多羅樹
處夏希夜涼　月光增其熱　在冬思晝溫
日出愈冰結　向樹果即消　趣河水輒竭
經萬五千歲　業持命不絶　久受無量苦
斯由宿罪緣　種種諸惱逼　純苦初無間

貪惜極慳著　佛說餓鬼因　生天雖快樂
福盡極大苦　斯非賢聖果　慧者所不怙
身體不光澤　不樂本所坐　華冠卒萎落
塵垢忽著身　腋下流汗汁　當知死時至
善趣淨業盡　復墮三惡道　或生阿脩羅
貪嫉常苦惱　雖有智聰明　終不見眞諦
生死六趣中　輪轉常不息　勝法不受生
生者衆苦器　假令頂火然　正意愼勿念
不受後有業　專心勤修習　戒品禪定慧
寂靜調不動　常求涅槃道　究竟離生死
念擇及精進　喜猗三昧捨　此七菩提分
清淨甘露道　無智則不禪　無禪亦不智
是二俱成就　能出生死流　無邊大苦海
視如牛跡水　十四無記論　佛說不應思
是非安隱道　亦非寂滅處　無明緣諸行

即緣彼生識　名色從識起　六入因名色
六入生六觸　從觸起諸受　諸受爲愛因
從愛生四取　四取生三有　因有愛後生
從生致老死　憂悲諸苦惱　無量衆苦聚
生盡即苦滅　最勝所顯示　甚深緣起法
若能正觀察　眞實見之上　如是眞實見
是則爲見佛　正見正思惟　正語正業命
正念正方便　及正三摩提　八分聖賢道
寂滅當修習　生爲眞諦苦　恩愛則是集
苦滅名解脱　到彼謂八道　爲見彼眞諦
當勤修正智　雖處五欲樂　慧者能出離
能證正法者　皆從凡夫起　不從虛空墮
亦不從地出　明哲無畏王　領要不待煩
宜修正法橋　越度生死淵　如上諸深法
出家猶難精　況復御世主　而能具足行
隨時漸修習　勿令日空過　一切人修善
常生隨喜心　自行三種業　正迴向佛道
當於未來世　受此無量福　常生天人中
得爲自在王　與大菩薩衆　遊戲諸神通
方便化衆生　嚴淨佛國土　施戒慧爲種
往反人天中　無垢淨名稱　流布十方國
世間導人主　上生化天王　令捨五欲樂
遠離諸放逸　衆生迷正濟　漂浪隨四流
無量生死苦　度令至彼岸　緣此成佛道
究竟大涅槃

勸發諸王要偈

龍樹菩薩勸誡王頌

唐三藏法師義淨譯

此頌是龍樹菩薩以詩代書寄與南印度親友乘土國王一首此書已先譯神州處藏人多不見遂令妙語不得詳知爲此更定本文冀使流通罔滯沙門義淨創至東印度躭摩立底國譯

有情無知覆心故　由此興悲爲開解
大德龍樹爲國王　寄書與彼令修學

此一行頌乃是後人所述標書本意也

具德我演如如教　爲生福慶而興述
眞善宜應可審聽　此頌名爲聖祇底
隨何木等雕佛像　諸有智者咸供養
縱使我詩非巧妙　依正法說勿當輕
王雖先解如如教　更聞佛語增勝解
猶如粉壁月光輝　豈不鮮明益姝妙

佛法幷僧衆　施戒及與天　一一功德聚
佛說應常念　十善諸業道　身語意常親
遠離於諸酒　亦行清淨命　知財體非固
如法施苾芻　貧賤及再生　來世爲親友
衆德依戒住　如地長一切　勿亢瘦雜怖
佛說應常習　施戒忍勇定　慧不可稱量
此能到應修　渡有海成佛　若孝養父母
其家有梵王　現招善名稱　來世生天堂
殺盜婬妄語　躭食愛高牀　斷諸酒歌舞
華彩及塗香　若女男能成　此八支聖戒
欲界六天上　長淨善當生　慳諂誑貪怠
慢婬瞋氏族　多聞年少嬌　並視如怨賊
說無生由勤　有死因放逸　勤能長善法
爾可修謹慎　先時離放逸　後若改勤修

猶如雲翳除　良霄覩明月　孫陀羅難陀
央具理摩羅　達舍綺莫迦　翻惡皆成善
勇進無同忍　勿使忿勢行　終得不還位
佛證可除瞋　他人打罵我　欺陵奪我財
懷恨招怨諍　捨恨眠安樂　知於水土石
人心盡彼同　起煩惱前勝　愛法者如後
佛說三種語　人美實虛言　猶如蜜華糞
棄後可行前　今明後亦明　今闇後還闇
或今明後闇　或今闇後明　如是四種人
王當依第一　自有生如熟　亦有熟如生
亦有熟如熟　或復生如生　菴沒羅果中
有如是差別　人亦同彼四　難識王應知
勿覩他妻室　設覩如母女　姊妹想隨年
起貪思不淨　如聞子藏命　防持躁動心
獸藥力怨火　無令欲樂侵　由欲作無利

譬如兼博果　佛說彼應除　生死牢枷鎖
譎誑常摇境　能除斯六識　執仗掃衆怨
許初爲勇極
臭氣九門衆穢室　行軀難滿薄皮纏
請看少女除莊彩　析別形骸惡叵言
癩蟲穿已痛　求安就火邊　止息無由逸
躭欲亦同然　爲知眞勝理　作意觀衆事
唯斯德應習　無餘法可覩　若人具族望
貌美復多聞　無智破尸羅　是人何足貴
若人無族望　貌醜寡知聞　有智護尸羅
人皆應供養　利無利苦樂　稱無稱毀譏
了俗世八法　齊心離斯境　再生天乞士
父母妻子人　勿由斯造罪　獄果他不分
若行諸罪業　非如刀斬傷　待至臨終際
惡業果全彰　信戒施淨聞　慚愧及正慧

七財牟尼説　共有物誠虚
博弈樂觀諠雜境　嬾隋惡友敦親志
飲酒非時行六過　此劫芳名爾應棄
求財少欲最　人天師盛陳　若能修少欲
雖貧是富人
若人廣求諸事者　還被爾許苦來加
智者若不修少欲　受惱還如衆首蛇
稟性抱怨如殺者　欺輕夫主如勇愚
縱使片物必行偷　宜可棄茲三賊婦
順若姊妹慈如母　隨從若婢伴猶親
如茲四婦宜應供　應知此室號天人
受餐如服藥　知量去貪瞋　不爲肥憍傲
但欲任持身　勤軀度永日　於初後夜中
眠夢猶存念　勿使命虛終　慈悲喜正捨
修習可常研　上流雖未入　能生梵世天

捨離欲苦尋喜樂　隨業當生四地中
大梵光音及遍淨　廣果天生與彼同
若恒修對治　德勝愍衆生　此五行爲善
不行爲大惡　雨鹽鹹少水　豈若瀉江池
縱令微罪業　善大殄應知　瞋掉舉惡作
昏睡欲貪疑　如斯五蓋賊　常偷諸善利
有五最勝法　信勇念定慧　於此應勤習
能招根力頂　病苦死愛別　斯皆自業爲
未度可勤修　對品忘憍恣　若希天解脱
爾當修正見　設使人行善　邪見招惡果
無樂常無我　不淨審知人　妄念四倒見
難苦在茲身　説色不是我　我非有於色
色我非更在　知餘四蘊空　不從時節生
非自然本性　非無因自在　從愚業愛生
戒禁見身見　及毗織吉蹉　應知三種結

能縛木叉門　解脫終依巳　不由他伴成
勤修聞戒定　四眞諦便生　增上戒心慧
玆學可常修　百五十餘戒　咸歸此三攝
於身住身念　玆路善修常　如其虧正念
諸法盡淪亡　壽命多災戹　如風吹水泡
若得瞬息停　卧起成希有　卒歸灰燥爛
糞穢難久持　觀身非實法　滅壞墮分離
大地彌盧海　七日出燒然　況此極微軀
那不成煨燼
如是無常亦非久　無歸無救無家室
生死勝人須猒背　併若芭蕉體無實
海龜投木孔　一會甚難遭　棄畜成人體
惡行果還招　金寶槃除糞　斯爲是大癡
若生人作罪　全成極惷兒　生中依善友
及發於正願　先身爲福業　四大輪全獲
佛言近善友　全梵行是親　善士依佛故
衆多證圓寂　邪見生鬼畜　泥犂法不聞
邊地篾戾車　生便癡瘂性　或生長壽天
除八無暇過　閑暇既巳得　爾可務當生
愛別老病死　斯等衆苦處　智者應生猒
說少過應聽　母或改爲婦　父乃轉成兒
怨家翻作友　遷流無定規　一一飲母乳
過於四海水　轉受異生身　更飲多於彼
過去一一生身骨　展轉積若妙高山
地土丸爲酸棗核　數巳形軀豈盡邊
梵主世皆供　業力終淪地　縱紹轉輪王
迴身化奴使
三十三天妓女樂　多時受巳墮泥犂
速疾慘毒經諸苦　磨身拭體鎮號啼
妙高岑受樂　地輭隨其足　轉受糖煨苦

行經糞屎獄　歡喜芳園裏　天女隨遊戲
墮落劒林中　截手足耳鼻
或入曼陀妙池浴　天女金華艷彩容
捨身更受泥犁苦　熱炎難當灰澗中
欲天受法樂　除貪大梵天　更墮阿毗止
薪焰苦恒連　或生居日月　身光遍四洲
一朝歸黑闇　展手見無由　三種燈明福
死後可持將　獨入無邊闇　日月不流光
有命黑繩熱　合叫無間下　斯等恒纏苦
燒諸惡行者　或若麻牀枇　或粉如細末
如利斫斧木　猶如鋸解割　猛火恒煎煮
令飲熱銅漿　驅令上劒刺　又身熱鐵牀
或時高舉手　鐵牙猛狗餐　鷹鳥觜爪利
任彼啄心肝　虫蠅及諸蟲　其數過千億
利觜唼身軀　急墮皆餐食

若人具造衆罪業　聞苦身肉百千墮
如此頑騃金剛性　氣盡泥犁遭猛火
時觀畫變聞應念　讀誦經論常尋鞫
泥犁聽響已驚惶　如何遣當斯異熱
於諸樂中誰是最　愛盡無生樂最精
於衆苦內誰爲極　無間泥犁苦極成
人間一日中　屢刺三百槊　比地獄輕苦
毫分寧相掐　此處受極苦　經百俱胝秋
如其惡未盡　命捨定無由　如是諸惡果
種由身語心　爾勤隨力護　輕塵惡勿侵
或入旁生趣　殺縛苦恒親　遠離於寂善
更互被艱辛　或被殺縛苦　求珠尾角皮
錐鞭鉤斵頂　踏拍任他騎　受鬼望不遂
無敵苦常臨　飢渴及冷熱　困怖苦恒侵
口小如針孔　腹大等山丘　飢纏縱已糞

得少定無由 形如枯杌樹 皮方作衣服
炬口夜夜然 飛蛾隨充食 血膿諸不淨
福少獲無從 更相口排逼 還飡瘦熟癰
月下便招熱 日中身遂寒 望果唯空樹
瞻江水剩乾 如是受衆苦 經萬五千年
長時繫身命 良由苦器堅 若生餓鬼中
遭斯一味苦 非賢澀者愛 佛說由慳垢
生天雖受樂 福盡苦難思 終歸會墜墮
勿樂可應知 猒坐衣沾垢 身光有變衰
腋下新流汗 頭上故華萎 如斯五相現
天衆死無疑 地居人若卒 悶亂改常儀
若從天處墮 衆善盡無餘 任落旁生鬼
泥犂墮一居 阿蘇羅本性 縱令全覺慧
忿天生苦心 趣遮於見諦
如是漂流生死趣 天人畜及阿蘇羅
下賤業生衆苦器 鬼趣兼投捺落迦
縱使烈火然頭上 遍身衣服焰皆通
此苦無暇能除拂 無生住想涅槃中
爾求尸羅及定慧 寂靜調柔離垢殃
涅槃無盡無老死 四大日月悉皆亡
念擇法勇進 定慧喜輕安 此七菩提分
能招妙涅槃 無慧定非有 決定慧便溺
若其雙運者 有海如牛跡 十四不記法
日親之所說 於此勿應思 不能令覺滅
從無知起業 由業復生識 識緣於名色
名色生六處 六處緣於觸 觸生緣於受
受既緣於愛 由愛招於取 取復緣於有
有復緣於生 生緣於老死 憂病求不得
輪迴大苦蘊 斯應速斷除 如其生若滅
衆苦殄無餘 最勝言教藏 深妙緣起門

如能正見此　便觀無上尊　正見命正念
正定語業思　此謂八聖道　爲寂可修治
無由集愛起　託身衆苦生　除斯證解脫
八聖道宜行　即此瑜伽業　四種聖諦因
雖居舍嚴飾　智遮煩惱津　不從空處墮
如穀因地造　諸先證法人　皆凡具煩惱
何假多陳述　除惱略呈言　事由情可伏
聖談心是源　如上所陳法　苾芻難總行
隨能修一事　勿令虛天生　衆善皆隨喜
妙行三自修　迴向爲成佛　福聚爾恒收
後生壽無量　廣度於天人　猶如觀自在
極難等怨親
生老病死三毒除　佛國託生爲世父
壽命時長量叵知　同彼大覺彌陀主
開顯尸羅及捨惠　天地虛空名遍彰
大地居人及天衆　勿使妖姸女愛傷
煩惱羈纏有情衆　絕流生死登正覺
超度世間但有名　由獲無生離塵濁
阿離野那伽曷樹那菩提薩埵蘇頡里離佉了（阿離野是聖那伽是龍是象曷樹那義翻爲猛菩提薩埵謂是覺情蘇頡里即是親密離佉者書也先云龍樹者訛也）

龍樹菩薩勸誡王頌

音釋

飴（盈之切餳也）燼（徐刃切火餘也）糜爛（糜忙皮切爛郎旰切糜爛腐敗也）槍（千羊切稍也）榜（搏旁切笞打也）馴（松倫切從也善也）齟（莊所切齒不相值也）齘（胡戒切齒怒也）唼（作荅切入口也）譎（古穴切詐也）析（先的切分也）惷（陟降切愚也）煻煨（煻徒郎切煨烏回切煻煨灰火也）枇（疾移切木名也）鋸（居御切刀鋸也）騃（語駭切癡也）槊（色角切矛屬）掐（乞洽切爪刺也）錐（朱惟切鑽屬）剩（石證切益也）

普賢金剛薩埵瑜伽念誦儀
唐大興善寺三藏沙門大廣智不空奉詔譯
金剛頂瑜伽護摩儀軌
師子國三藏沙門阿目佉跋折羅奉勅改名智藏譯

清刻龍藏佛說法變相圖

二經同卷

普賢金剛薩埵瑜伽念誦儀

金剛頂瑜伽護摩儀軌

普賢金剛薩埵瑜伽念誦儀

唐大興善寺三藏沙門大廣智不空奉詔譯

我今說普賢菩薩身口意金剛念誦法由修此法等同金剛薩埵修行者住勝解行地曾入金剛界大曼茶羅受菩提心戒於諸有情有大悲愍拔濟安樂心不惜身命剎那剎那常懷證得普賢菩薩身於身業勤勇常習徧觀一切諸佛菩薩如對目前所居山間阿蘭若或於精室或於僧伽藍或於宅舍建立道場面向東方或西隨取穩便端身結加趺坐

或全加或普賢加或隨意坐心徧緣一切有情界令有情三業身口意淨密語曰

唵(引一) 娑嚩(二合)婆嚩戍(入聲)度憾(引二)

次應觀如來相好圓備心運想供養以天妙塗香華鬘燒香燈燭飲食種種讚歎則依四種禮印契密語禮四方如來捨身供養則成受三世無礙智律儀戒則起右膝著地結持金剛三麼耶印當心誦密語於頂上散由結此印誦密語則成徧禮供養承事一切如來密語曰

唵(引一) 嚩日囉(二合)勿(微一切二)

次應發露說罪隨喜勸請迴向發願已則結加趺坐作是思惟願一切有情獲得出世無上悉地成就密語曰

唵(引一) 薩嚩怛佗(引)孽多餉悉多(去聲二合)(二) 薩嚩薩怛嚩(引二合)南(三引) 薩嚩悉馱藥(四) 三鉢撚眈(五) 怛佗蘖多室者(引二合) 地底瑟姹(二合)眈(六)

次應思惟於他有情願獲平等清淨如來之法及我身三業清淨密語曰

唵(引) 娑嚩(二合)婆嚩戍(入聲)度憾

次結金剛掌印誦密語三徧密語曰

嚩日蘭(二合)惹里(一句)

由結此印誦密語所修瑜伽相應門悉皆成就

次應結金剛縛印誦密語曰(三徧下同)

嚩日囉(二合)滿馱(一句)

由結此印於十種煩惱結使縛皆得解脫十波羅蜜圓滿即以縛印三掣拍胷間誦密語曰

嚩日囉(二合)滿馱怛囉(二合)吒(半音一句)

由結此印當入曼荼羅時阿闍梨所引入金剛薩埵三業金剛體令入弟子心自性金剛智令得發動顯現

次結金剛徧入印即前金剛縛二大指入掌安於無名指間誦密語曰

嚩日囉(引二合)吠奢噁(一句)

由結此印三業金剛於身中作大阿吠奢獲大神驗威德不解前金剛縛以二頭指各屈拄二大指背即成金剛拳印密語曰

嚩日囉(二合)母瑟知(二合)銛(一句)

由結此印誦密語令三業金剛堅住不散失

次以金剛嚩合竪二中指是金剛薩埵三麼耶印密語曰

三麼邪薩怛鑁(三合)(一)

由結此印修行者當住普賢大菩薩三摩地坐於滿月中背倚於月輪令身色相好圓備

次則結素囉多大誓真實印以縛二大指二小指各以頭相拄如獨股金剛杵二中指入掌竪合令拄心上即成應作是思惟我身既成普賢菩薩發是心成熟解脫無邊有情界於此三摩地中觀一切有情自他無別同體大悲即誦大真實密語曰

三摩耶斛(一)素囉多娑怛鑁(三合)(二)

次應住勝三世忿怒金剛三麼地立印四面八臂威德赫奕光明熾盛如劫燒焰左脚踏摩醯首羅右踏烏摩即以二手金剛拳二小指叉相鉤竪二頭指以印左旋辟除人天諸魔障者右旋則成結方隅界諸佛菩薩尚不違越何況三界中作障者即以印加持心額喉頂四處誦密語曰

唵引一遜婆去聲你遜婆去聲吽二短聲仡哩二合恨拏二合仡哩二合恨拏二合吽三仡哩二合恨拏二合波耶吽四阿娜耶斛引五婆誐鑁六嚩日囉二合吽泮吒半音七

由結此印誦密語三密相應阿賴耶識中所有雜染種子以此金剛智火焚燒悉盡一切外障不能爲障難

次結蓮華族三摩耶印以二手金剛縛合竪二大指及二小指以印安於口三誦密言當觀自身等同金剛法大菩薩密言曰

唵引一嚩日囉二合跛納麽二合三麽耶薩怛鑁三合二

由結此印所修三摩地瑜伽悉皆現前

次結定印徧觀虛空界一切諸佛猶如胡麻即誦此密語曰

唵引一薩嚩瑜誐質多二母答波二合娜夜引彌三

由結印誦密言滅一切障獲得安樂悅意超魔羅境即同諸佛得一切世天供養即誦通達心密語曰

唵引一質多鉢囉二合底吠鄧迦嚕彌二

次入九種緣生三摩地智觀一切法如幻如陽焰如夢如影像如聲響如光影如水中月如變化如虛空遊作是觀已是心於染淨通達無礙猶若虛空次應入菩提心觀誦菩提心密語曰

唵引一冐地質多二母答波二合娜夜引彌三

則於身中當胷臆間觀圓滿月皎潔清涼無限數多誦通達菩提心密語畢得心水澄淨菩提心月影現於中次則此滿月上觀五股

金剛杵了了分明誦密語曰

唵(一引)底瑟姹(二合)嚩日囉(二合二)

由作如是觀誦此密語是心成如金剛次觀身如五股金剛杵誦密語曰

嚩日囉(二合引)怛磨(二合)俱舍(一句)

次觀徧滿虛空中佛悉入金剛杵中合爲一體由作如是瑜伽觀智并誦密語修行者三業成如金剛修行者當觀自身如普賢菩薩戴五佛冠身如水精月色右手持五股金剛杵左手持金剛鈴身處在滿月輪了了分明則誦密語曰

唵(一引)嚩日囉(二合)薩怛嚩(二合)三母地(引)舍(二)

次用素囉多金剛印結金剛嚩以右大拇指入左虎口即成以此印加持心額喉頂密語曰

唵(一引)素囉多娑怛鍐(三合二)

次二手結金剛縛豎二中指屈上節如劒二頭指各屈附二中指令相著二大指如結加即成是名金剛界印亦名五佛冠印密語曰

唵(一引)薩嚩怛他蘖多(二)囉怛曩(二合引)毗曬迦

噁(引三)

以此印安於頂誦一徧次安額次頂右頂後頂左各誦一徧金剛鬘真言曰

唵(一)嚩日囉(二合)麼鋉鼻詵(上聲)者給鍐(二)

次以二手作金剛拳當額如繫鬘繒次移腦後亦如前繫已從小指散下如垂引繒帶勢

次結被甲印密語曰

唵(一引)砧(二)

即以二金剛拳展二頭指於指端想唵砧二字便以二指當心相遶三徧次背後却至齊

二膝又至齋次膂却至心左右肩頸次頂後額腦後結拳如繫甲勢便二手旋拳如舞便用金剛掌三相拍誦悅喜聖衆密語曰

唵一引嚩日囉二合覩使也二合斛二引

次想自身在須彌頂本初心無二邊普賢境界曼荼羅中央普賢菩薩與八金剛明妃圍遶四隅嬉戲等內供養金剛鉤女等四門無量菩薩圍遶則瑜伽者結金剛輪曼荼羅印二手金剛拳二頭指二小指互相鉤結即成若先有念誦壇以此印安身前壇上按地誦密語三徧隨意則成普賢曼荼羅密語曰

唵一引嚩日囉二合斫羯囉二合吽二引弱吽鑁斛三

次應結警覺一切聖衆印以二手交臂右押左彈指每誦一徧一彈指令滿四徧密語曰

唵一引嚩日囉二合三摩惹弱二

由作此印普賢菩薩及一切眷屬應時雲集在於空中則誦普賢菩薩一百八名讚誦已則結金剛薩埵大誓眞實印并誦密語請聖衆降曼荼羅中密語曰

系摩訶素上佉嚩日囉二合一薩怛嚩二合夜引呬二試仡嚂二合三摩訶引素上聲佉嚩日囉二合引毋引佉三昧耶四摩弩播引攞野五鉢囉二合毋駁鉢囉二合毋駁六素上聲囉多薩怛鑁三合七阿弩囉訖覩二合茗婆嚩八素上聲覩瑟庚二合茗婆嚩九素上聲覩瑟庚二合茗婆嚩十素上聲涅哩二合住茶護切茗婆嚩十一素上聲布瑟庚二合茗婆嚩十二婆誐鑁十三阿曩引你顎馱諾薩怛嚩二合十四薩嚩悉朕提寢切茗十五鉢囉二合野車翳沙怛梵二合十六阿引訖哩二合使也二合鉢囉二合吠奢十七三摩曳囉麼二合特嚩二合十八嚩試引迦嚕彌十九

昧毋娜二合引二十滿怛囉二合跛乃二十一弱二十二
吽二十三鍐二十四斛二十五
由結印誦此密語能警覺普賢菩薩并諸聖
眷屬歡悅不越本誓來降道場此印及密語
能召引入縛令喜悅誦至弱字掌中二指如
鉤來去至吽字屈如環則成索至鍐字則交
結則名鎖至斛字則如鈴搖動能悅諸聖或
誦三徧或四徧
次結閼伽印以二手金剛掌二中指頭指合
二頭指在中指後如鉤形二大指各捻二頭
指根下即成以印捧閼伽器當額奉獻若道
場中先無閼伽但唯改二大指相交即名閼
伽印但想捧八功德水浴諸聖尊足密語曰
跛囉摩素上聲佉引捨也一娑攞里多二尾邏
娑曩彌帶囉曩二合麼彌婆伽汶擔二合三弱吽
鍐斛四呬呬呬呬五鉢囉二合底車上聲六矩素
上聲滿惹里囉曩二合佗七
由獻閼伽故能洗滌無始煩惱塵垢速獲身
口意清淨次當於曼荼羅中位想圓滿月於
月中有普賢菩薩住金剛鬘印次於大聖前
想欲金剛形服色赤衣冠鬘瓔珞種種嚴飾
目瞻大聖住金剛弓箭印次於大聖右想計
里計羅尊色白以二金剛拳交臂住抱印於
大聖後想愛金剛形服皆青竪左臂執摩竭
幢以右金剛拳承其肘亦共持於幢於大聖
左邊想金剛慢尊形服皆黃以二金剛拳各
安胯頭向左少低此五聖尊皆住羯磨印欲
金剛密語曰
弱一嚩日囉二合涅哩二合瑟知二合二娑去聲引也
計三麼吒四平聲

計里計羅尊密語曰
吽一嚩日囉合二計里二引吉麗吽三
愛金剛密語曰
鍐一嚩日哩合二抳二娑麽合二囉囉吒平聲四
金剛慢菩薩密語曰
斛一嚩日囉合二迦引冥濕嚩合二哩三怛𠷈合二四
次以二金剛拳初如舞便以二拳相並上如散華勢是春金剛菩薩印當想聖者居中院東南隅色服俱白持華以爲印誦密語曰
唵一引麽度嚩日哩合二共共三
次結雲金剛菩薩焚香印以二拳相並下擲即成想此尊在壇内院西南隅形服皆黑持香爐以爲印作是觀已誦密語曰
唵一引茗伽去聲嚩日哩合二虞魯虞魯三

次結秋金剛菩薩燈燭印以二拳並豎二大指即成當想此尊在内院西北隅形服皆赤持燈以爲印想成已誦密語曰
唵一引舍囉娜嚩日哩合二暗引暗引三
次結金剛霜雪菩薩印並覆二金剛拳摩其胷兩向散若塗香勢即成當想此菩薩住内曼荼羅東北隅形服皆黄色持塗香器以爲印作是觀已誦密語曰
唵一引嚩日囉合二勢始嚩吽短聲吽短聲二
次結外供養諸尊東南嬉戲菩薩以二金剛拳當於心西南金剛笑菩薩以二拳各在傍向後散勢西北金剛歌菩薩左手作拳竪臂展頭指向身持箜篌爲印右作彈弦勢東北金剛舞菩薩以二拳旋轉結舞印此四尊服形皆作金色初嬉戲印以二拳遶心右轉即

成誦密語曰

系囉底嚩日囉一二合尾邏賜你二怛囉二合吒三

如前印安口傍翻掌向外從小指漸開各向後散住笑容誦密語曰

系囉底嚩日囉一二合賀引細二訶訶三

次以左手作拳竪頭指屈臂向身如箜篌右手拳竪頭指作彈弦勢是爲歌印密語曰

系囉底嚩日囉一二合擬引諦二諦諦三

以二拳從心旋轉舞漸上至頂合掌使散是舞印密語曰

系囉底嚩日囉一二合你哩二合諦二吠波吠波三

次結四門菩薩印儀初東門金剛鉤菩薩居曼荼羅門中青色南門中金剛索菩薩黄色持索爲印西門中金剛鎖菩薩赤色持鎖爲印北門中金剛鈴菩薩緑色持鈴以爲印此四菩薩各具冠鬘種種嚴麗以二金剛拳二小指反相鉤直竪左頭指屈右頭指上節上下來去是鉤印密語曰

嚩日嘲二合引矩勢一弱二

不解前印改二頭指以頭相拄如環是索印密語曰

嚩日囉二合播引勢一吽二

前印二頭指互相鉤結交屈其臂是鎖印密語曰

嚩日囉二合餉迦麗一鋡二

如前鎖印以二拳背相著動揺是鈴印密語曰

嚩日囉二合健𪘨一斛二

次結三昧耶印令本尊不越大悲赴其本願則二手金剛縛以二中指入掌交合二小指二大指各竪頭相拄如獨股杵形是普賢菩薩三昧耶印用前羯磨密語已後十六聖尊三昧耶亦並前羯磨密語

次結欲金剛三昧耶印准前印合其掌屈二頭指以甲相背以二大指押即成

次結金剛計里吉羅印即以前欲金剛印交二大指右押左即成

次結愛金剛印以前普賢菩薩二小指合竪二無名指舒如針二中指右押左内交入二虎口屈二頭指各鉤中指二大指並竪押即成

次結金剛慢印用前愛金剛印先觸右脞次左脞即成

次結春金剛印金剛合掌左右繚上擲如散華勢即成

次結雲金剛印以此前印左右繚覆掌下散即成

次結秋金剛印以金剛掌二大指頭相逼即成

次結冬金剛印以前印磨胷向後散如塗香勢即成

次結金剛嬉戲印以金剛縛左右旋轉如舞勢即成

次結金剛笑印以此前印翻掌向外從二小指漸次於口兩傍散即成

次結金剛歌印以金剛縛竪左頭指令微屈以右頭指虛撐如彈弦勢即成

次結金剛舞印以右手大指頭指頭相捻作

佉吒迦左手三飜當心旋轉舞即成

次結金剛鉤印以金剛縛竪右頭指屈上節招即成

次結索印即縛印右大指入左虎口即成

次結鎖印即縛印各以大指捻頭指如連鎖即成

次結鈴印即金剛縛以二大指入掌令拄著無名中指間以此印搖動即成所結如上十七聖尊三昧耶印當結印之時於曼荼羅中想一一聖尊形色衣服華坐月輪及己身住大印皆有諸聖尊并無量眷屬圍遶皆須明了次當誦普賢菩薩讚曰

薩嚩引砮囉引誐素上聲佉薩怛莾二合曩娑去聲怛網二合嚩日囉二合薩怛嚩二合一跛囉莫素上聲囉多入聲二婆嚩冥摩訶素上聲佉涅哩二合住掣囉也諾三鉢囉二合底跛儞也二合悉馱者攞虞鉢囉三合拏多入聲四

誦第一句讚當結欲金剛羯磨印次誦第二句結計里吉羅金剛羯磨印誦第三句結愛金剛羯磨印誦第四句結慢金剛羯磨印則成四種歌詠四種舞印正結印誦讚時入大三摩地則住普賢菩薩大印誦大樂不空三昧耶眞實密語曰

唵一摩訶素上聲佉嚩日囉二合薩怛嚩二合二弱吽鑁斛三素囉多薩怛鑁三合四

住大印等同普賢菩薩若欲成就普賢菩薩應一月念誦每日四時無限數念誦若疲倦解印全身金剛合掌作四禮以此爲憩息令其心不疲猒其滿月夜結大印一夜念誦至於晨朝普賢菩薩來身光如月輪抱其行者

自身入徧支分其行者身等同普賢五佛冠
身著天妙瓔珞華鬘身口意如金剛薩埵所
有親族見彼人成如是威德皆生驚愕恭敬
禮拜彼人常在自家作大神通亦作佛身現
大神通亦現三世勝金剛身調伏難調者悉
皆調伏隨意騰空自在往於無量世界供養
諸佛受天妙五欲樂壽命盡虛空利樂無邊
有情成大利益成毗盧遮那佛身

普賢金剛薩埵瑜伽念誦儀

金剛頂瑜伽護摩儀軌

師子國三藏沙門阿目佉跋折羅奉　勅改名智藏　譯

我今說護摩　由此速成就　由護摩業儀
相應不間斷　如是一切事　隨明當應作
隨類作護摩　無上成就業　護摩說多種
略說有五類　廣說大瑜伽　於秘密教說
我今則略說　持明之遊戲　由護摩儀軌
成就於族壇　護摩五種事　一一有多種
息災及增益　第三爲降伏　鉤召爲第四
第五是敬愛　如是五護摩　敬愛爲最勝
我今說軍荼　依瑜伽相應　息災爐正圓
應當如是作　增益應正方　三角作降伏
金剛形軍荼　鉤召爲最勝　長作蓮華葉
敬愛爲相應　已說五種類　軍荼業無上
息災初夜起　增益初日分　中日分應作
降伏猛利法　鉤召一切時　於夜作敬愛
如是五瑜伽　作業而等引　面北作息災
增益向東方　面南作降伏　應面西而坐
仰視徧諸方　是爲鉤召儀　若敬愛相應
應住面向西　息災結佛印　增益寶幖幟
金剛怒降伏　金剛鉤鉤召　火召而相應
敬愛蓮華部　如是五瑜伽　應作護摩事
息災燒甘木　增益用果木　苦木降伏葉
刺木爲鉤召　華木說敬愛　如是五種木
瑜伽者應用　息災爐作輪　增益三股杵
降伏一股作　鉤召應作鉤　敬愛作蓮華
息災爐應量　横金豎半肘　增益兩肘量
豎量應用半　降伏軍荼相　三角各一肘
豎量應半之　鉤召長一肘　横豎各減半
敬愛亦一肘　横豎如鉤召　五種軍荼壇

應畫作三重 中院羯磨杵 四隅畫蓮葉
第二院四契 謂四波羅密 四隅內供養
第三院應畫 八方天眷屬 四隅於四門
外供養四攝 中安徧照尊 此息災軍荼
餘四軍荼相 三院皆如是 增益於中院
應畫羯磨寶 四隅畫蓮葉 第二院應畫
寶生佛眷屬 第三院及門 亦如前所說
降伏於中院 獨股羯磨杵 四隅畫蓮葉
第二院應畫 降三世眷屬 四種忿怒相
第三院及門 亦如前所說 而皆忿怒相
鉤召於中院 應畫金剛鉤 四隅畫蓮葉
第二院應畫 不動佛眷屬 第三院四隅
八方及四門 如初軍荼知 敬愛於中院
畫蓮華羯磨 四隅三股杵 第二院應畫
無量壽眷屬 應畫四種尊 第三院四隅

八方及四門 所說亦如前 此是五護摩
瑜伽經所說 修行者應知 四契及四攝
內外八供養 布列在壇位 阿闍梨今說
行人南方坐 金剛應在南 寶部而在西
法契當北面 羯磨在東方 嬉戲西南隅
鬘應西北角 歌契處東北 舞印在東南
燒香如嬉戲 華供准鬘方 燈應如歌詠
塗香如舞位 鉤在金剛後 索與寶部對
鎖應隨法契 鈴如羯磨知 隨行人右旋
諸壇當如是 循環而安立 息災第二院
四波羅蜜契 金剛三股杵 寶契如寶形
法如獨股杵 上戴開敷蓮 羯磨羯磨杵
嬉戲三股杵 鬘如寶冠形 詞應畫箜篌
舞獨股羯磨 鉤為金剛鉤 索如盤索勢
一頭半獨股 而在於中心 鎖如並兩環

其中如連環　鈴作金剛鈴　燈作蠟燭相
塗香畫香器　燒香作香爐　散華爲華盤
增益第二院　寶生尊眷屬　光相如日形
笑如横三股　其中開安齒　幢如竪寶幢
降伏四忿怒　薩埵三股杵　王如並二股
善哉並雙手　以作彈指相　愛如竪弓箭
鉤召第二院　亦如降伏壇　而無有增减
敬愛第二院　無量壽眷屬　法如法波羅
利當爲劒形　語應畫舌相　因作日輪形
中獨股羯磨　延命如增益　爐外畫甲冑
如人被甲形　而令雙袖垂　袖如三獨股
下如覆熏籠　上作三峯形　如三獨股杵
内外八供養　及與四護等　諸爐皆如一
一一所畫契　皆坐蓮華上　而有火焰光
八方天眷屬　亦如諸契等　皆隨行人座
而起於東方　帝釋獨股杵　繒繫左右飛
火天畫軍持　蓮座上火焰　焰摩兩股叉
其中安人頭　繒飛如帝釋　羅刹主畫刀
座焰如火天　水天畫羂索　兩頭獨股頭
風天作幡旗　而坐蓮華中　毗沙門作棒
繒繫亦如上　舍那半三股　蓮座火焰光
智者應善知　審諦無錯謬

其爐縁高兩指闊四指縁内爐口本地闊兩指於中契印高兩指其爐近身開竪項闊四指長兩指次横長十指竪闊四指次作蓮華葉形令大小相稱從項至葉末都十二指高下並與縁齊五種爐並同其治地法如大曼荼羅掘地加持所用鍬等印二羽金剛縛禪智進力各相並竪眞言二十一徧眞言曰

唵(引)你佉那嚩蘇(上聲)提薩嚩(引二合)訶(引)

加持泥及瞿摩夷塗香等二羽合掌屈進力
戒方二節相合禪智並竪去進力令如口形
眞言二十一徧眞言曰
唵(引)阿(上聲)蜜哩(二合)都納婆(上聲)嚩吽發吒薩嚩(二合引)訶(引)
加持五色粉印及眞言並如瑜伽經所說加
持酥蜜酪乳及木五穀香華等並以金剛羯
磨菩薩眞言加持各七徧印二羽各以禪智
捻檀慧甲餘三度磔開竪如金剛杵形即相
又右壓左眞言曰
唵(引)嚩日囉(二合)羯磨撿(平聲)
所燒護摩支皆安右邊酥於蓮葉臺上蜜酪
乳乳飯麋等近爐右邊安左邊置二器盛香
水(器用金銀熟銅白瓷商佉等並通用香用白檀鬱金龍腦等)二器一用
灑淨火及供養物等一用聖衆漱口灑淨印

禪捻檀甲餘三度磔開竪如三股杵形以灑
水眞言曰
唵(引)阿蜜哩(二合)諦吽發吒(半音)
漱口印右羽金剛拳舒進度攪水加持七徧
訖便屈四度作掬抄水垂臂合掌向身右旋
灑火眞言曰
唵(引)嚩囉娜嚩日囉(二合引)曇
息災本尊火天及爐衣服飲食華皆用白作
吉祥坐與慈心相應(交兩脚竪膝右壓左)
增益皆用黃全加坐　降伏皆用黒蹲踞坐
鉤召皆用赤半加坐　敬愛色同鉤召賢坐(跋物垂脚)
迎請從三昧耶至迎請皆依本法或隨五種
護摩隨部部主五相成身迎請已誦讚歎以
四攝安立聖衆圍遶爐然後獻閼伽各結本

羯磨印安立示本三昧耶誦護摩眞言一百八徧然後取一華以火天眞言加持三徧或七徧擲火中然後結火天印以左羽握右羽腕右羽舒掌向外屈襌度横在掌中進度如鈎來去招以迎請獻已以襌捻進度即成發遣眞言曰

唵引翳呬翳呬摩訶部多泥上聲嚩哩使你尾二合惹薩哆摩薜哩二合呬怛嚩二合虎帝摩訶囉麼悉泯平聲珊你呬都婆嚩阿誐那二合曳訶微也二合迦微也二合嚩訶娜耶娑嚩二合引訶引

迎已以香水三灑三漱口然後用本眞言以大杓三滿酌酥投火想投火天口中至於心

蓮華眞言曰加持華亦用此

唵引阿誐那曳娑嚩二合引訶引

即以此眞言小杓三投蜜酪乳及木乃至香華等想火天四臂右手無畏第二手持珠右手仙枝第二手執軍持想從心徧身中流出無量塗香雲華雲燒香雲飲食燈明種種供養供養一切佛菩薩緣覺聲聞及一切世天於火天眞言娑嚩訶上稱所求事投之然以大杓三滿投供養加持一華置本方坐處請出爐還本座然後三淨火以四字明迎請佛菩薩各坐本座三獻漱口以滿三大杓獻然後以小杓三酌蜜酌乳乳糜飯及木五穀華香等各三投想投聖尊口中至心若作息災法五穀中須十倍加油麻木用一百八或五十四或二十一眞言曰

唵引薩嚩播波娜訶那嚩日囉二合耶娑嚩二合引訶引

或有教中說用本部母眞言爲息災或本尊

真言或毗盧遮那真言皆娑嚩訶上加所爲自佗願除一切災語心專注於爐中聖衆想聖衆皆從心外徧身毛孔流出供養雲海至無邊世界供養一切佛及除一切三惡趣苦惱護摩已以滿三大杓獻聖衆所殘五穀香華等聚一器中獻十方世天餘爐並同若作增益如前迎火天即獻聖衆三大杓木及香華等並如前燒粳米或欲延命燒屈蔞草其延命爐如前增益爐外作甲冑形餘香華等並如前唯粳米屈蔞草加餘物十倍增益真言曰

唵引嚩日囉引二合補瑟吒㪍平聲娑嚩引二合訶引

延命契二羽各金剛拳舒進力相鉤置頂上想身爲降三世於印上想毗盧遮那佛從身中流出天甘露灌注行人身延命真言曰

唵引嚩日囉二合喻瞩師切皆娑嚩引二合訶引

於娑嚩訶上加爲自佗願增益或延命語或當時心所願安如是語心專注於爐中聖衆想從聖衆心外徧身毛孔中流出供養雲海至無邊世界供養一切佛及光明照觸一切有情六道四生皆獲榮盛富貴及延壽命即以此光明想自宅中雨七寶及所資用物又想天甘露灌注自身周徧毛孔若作降伏法如前迎火天或用蔓菁或芥子等油或水牛酥或用嚕地囉先獻聖衆三大杓已用無香華及臭華安悉香鹽毒等或唯用鐵末或作彼形段段截投之芥子蠟鹽毒藥等作投火天時即想從火天心外徧身中流出器仗投彼身上想火天及本尊皆作忿怒形真

言曰

吽嚩日囉(合二)薩怛嚩(合二)耶癹吒(半音)

於癹上加彼名號或用本尊法或用不動尊眞言或降三世眞言或文殊師利六足尊眞言想忿怒尊身中流出器仗雲海供養盡虛空一切忿怒尊即此器仗落彼上及家若作鉤召法迎請火天及所用木華等物皆如增益唯華用有剌木赤華或用本尊法中所燒物眞言曰

唵(引)嚩日囉(合二)羯哩灑(合二)耶弱

於弱上加彼人名即想從本尊心外徧身流出無量金剛鉤供養盡虛空一切佛菩薩賢聖即此鉤鉤召三惡趣有情安置人天善處即以此衆鉤入彼心召來

若作敬愛法迎請及所用物並同上唯華用赤色華或用本尊法中所用物眞言曰

吽嚩日囉(合二)勿捨野弱

於弱上加彼名號即想本尊身中流出華箭徧無量世界供養一切佛賢聖及射聲聞緣覺猒離心及六道四生互增恚心即以此衆箭射彼人五處(所謂額兩乳心及下分處)凡諸爐若無酥用乳亦得若遥加持人或抄名或取前人衣標心而加持供養聖衆已用大杓三滿杓獻聖衆并三灑三漱即取小杓以滅三惡趣眞言爲一切有情護摩七徧或二七或三七眞言曰

唵(引)嚩日囉(合二)波尼尾薩普(合二)吒耶薩嚩䟦耶滿陀娜你鉢囉(合二)謨訖灑(合二)耶薩嚩䟦耶誐帝毗藥(合二)薩嚩薩怛挽(合二)薩嚩怛佗誐多嚩日囉(合二)三磨耶吽怛囉吒(半聲)

即心奉送聖衆還本座即以四字明引十方世天入爐中依前三灑漱即以所殘香華五穀酥蜜等投各誦本眞言一徧或三徧各於薩嚩訶上加所求事即結聖衆羯磨及三昧耶契誦讚歎發願結降三世左旋解界即奉送如念誦法即出道場於道場外八方敷茅草或蓮葉或諸餘青草或塗圓壇爲十位於帝釋右左置梵天地天位與八方而十若道場外無置位處即於道場前閑靜處爲方界於中布八方於中央布兩位置梵天地天以施十方天食應用雜粥所謂粳米油麻菉豆相和煮令極清淨香美盛一器中每座先置一淨葉循環巒置葉上先以淨餅盛香水即瀉少香水於葉上以獻次以右手中無名二指彈少塗香以獻次獻一華置之於座次獻燒香以爐焚香於座前獻諸座同此一爐次巒一杓粥置葉上以獻次用小蠟燭或紙燭以獻便插粥上從香水至燭各以本眞言加持三徧每位從水至燭獻畢然向其次其燭作意獻諸位未徧巳來不用令滅須助伴或驅使數人各執一物以供事若一一自取即燭必不終事每位於薩嚩訶上加所求願語

東方天帝釋眞言曰

南莫三曼多没馱南引印捺囉二合耶娑嚩二合引訶引

東南方火天眞言曰

南莫三滿多没馱南阿誐那二合曳娑嚩二合引訶引

南方焰摩天眞言曰

南莫三曼多没馱南焰摩耶娑嚩二合訶引

西南方羅剎主天真言曰

南莫三曼多没馱南引乃哩底曳二合娑嚩二合引訶引

西方水天真言曰

南莫三曼多没馱南引嚩嚕拏引野娑嚩二合引訶引

西北方風天真言曰

南莫三曼多没馱南引嚩耶吠微洗切娑嚩二合引訶引

北方毗沙門天王真言曰

南莫三曼多没馱南引吠室囉二合嚩拏娑嚩二合引訶引

東北方伊舍那天真言曰

南莫三曼多没馱南引伊舍那耶娑嚩二合引訶引

上方梵天真言曰

南莫三曼多没馱南引没囉二合唅音憨給寧尼奚切娑嚩二合引訶引

下方地天真言曰

南莫三曼多没馱南引畢哩二合體以他切㗚曳二合娑嚩二合引訶引

七曜真言曰

南莫三曼多没馱南引孽囉二合醯濕嚩二合哩耶鉢囉二合跛多而渝二合底丁以切摩耶娑嚩二合引訶引

二十八宿真言曰

南莫三曼多没馱南引諾乞灑二合怛囉二合涅寧吉切那佉曳娑嚩二合訶引如是從東方至此歸命並同

於八方中加兩位與上下天對曜東宿西諸獻並同若須別祀獨用亦得若護摩壇中各

依本方標心令住亦不設位

次說三波多護摩法

安所成就物於酥器前或物大即安於右邊或左邊行人自身酥器及物并爐聖衆如是爲五集循環次第應安立取小杓滿杓酥加於所盛物上誦眞言至薩嚩字即舉杓投火與訶聲俱下便長引訶聲令杓却至物上訶聲方絶徧別如此若加持人即安杓頭上若用本尊眞言無薩嚩訶字者當加之而誦餘如上所說

次說杓相儀軌

我今次應說　注杓寫杓相　於此住成就
持誦者速疾　注杓一肘量　法木令堅密
無孔穴應作　口應妙端嚴　横當四指量
深量用一指　形如吉祥子　於中三股杵
應令極端嚴　柄圍足人把　近口與柄末
應作蓮華文　寫杓長及圓　并及刻鏤文
皆如注柄相　木亦如前說　或用佉陀羅
口用禪上節　旋帀爲其量　横應一寸餘
深量當半之　於中作蓮華　亦或金剛杵
我今已略說　注寫二杓相　是大仙所說
求悉地應作　持誦修行人

金剛頂瑜伽護摩儀軌

音釋

臨 音臨　綟 郎計練結二切　撐 丑庚切斜柱也　瓷 疾資切瓦器也　菉 音錄豆名　攣 俱願切捋也

二儀一勝相同卷

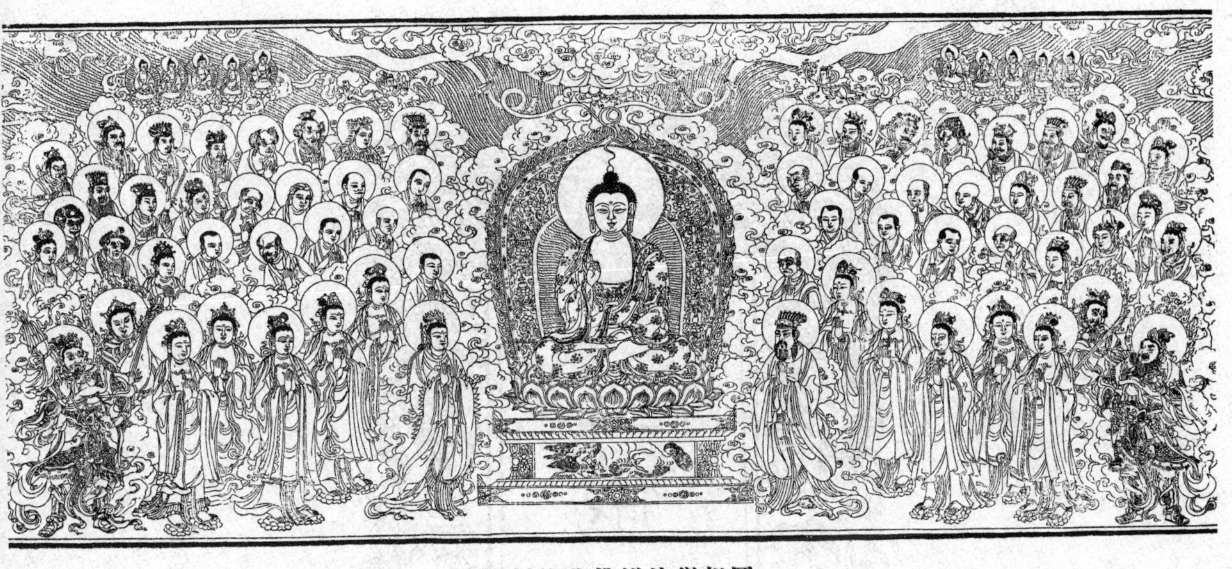

清刻龍藏佛說法變相圖

二儀一勝相同卷

大悲心陀羅尼修行念誦略儀

妙吉祥平等觀門大教王經略出護摩儀

金剛頂超勝三界經說文殊五字真言勝相

大悲心陀羅尼修行念誦略儀

唐北天竺三藏沙門大廣智不空奉詔譯

依灌頂道場經說修陀羅尼法門求速出離生死大海疾證無上菩提者應須先入諸佛如來海會灌頂道場受灌頂已發歡喜心從師親受念誦法則後於淨室山林流水最爲上勝建立道場安置本尊修真言者面向東方應以瞿摩夷塗拭其地以白檀香摩爲香泥以用塗壇或方或圓隨意大小而於壇上散華燒香供養取二淨器盛滿香水安置壇

中以用供養行者澡浴或不澡浴悉無障礙
但當運心思惟觀察一切衆生本性清淨爲
諸客塵之所覆蔽不見清淨真如法性爲令
清淨故應當至心念此真言三遍七遍真言
曰
唵引娑嚩二合婆嚩戍馱薩嚩馱麼娑嚩二合婆
嚩戍度憾
由此真言加持故身口意業悉得清淨然後
五輪著地歸命禮十方一切諸佛諸大菩薩
方廣大乘右膝著地懺悔隨喜勸請發願
歸命十方等正覺　最勝妙法菩薩衆
以身口意清淨業　慇懃合掌恭敬禮
無始輪迴諸有中　身口意業所生罪
如佛菩薩所懺悔　我今陳懺亦如是
諸佛菩薩行願中　金剛三業所生福
緣覺聲聞及有情　所集善根盡隨喜
一切世燈坐道場　覺眼開敷照三有
我今胡跪先勸請　轉於無上妙法輪
所有如來三界主　臨般無餘涅槃者
我皆勸請令久住　不捨悲願救世間
懺悔勸請隨喜福　願我不失菩提心
諸佛菩薩妙衆中　常爲善友不厭捨
離於八難生無難　宿命住智相嚴身
遠離愚癡具悲智　悉能滿足波羅蜜
富樂豐饒生勝族　眷屬廣多常熾盛
四無礙辯十自在　六通諸禪悉圓滿
如金剛幢及普賢　願讚迴向亦如是
次禮本尊及諸聖衆真言曰
唵引鉢那摩二合吠微閉切
由此真言作禮故本尊聖衆受爲主宰次對

本尊前結跏趺坐或半跏趺坐起大悲心我修此法爲一切衆生速出生死大海疾證無上正等菩提先磨諸香以用塗手然後結於佛部三昧耶印

以二手虛心合掌開二頭指屈輔二中指上節二大指屈輔二頭指下節其印即成置印當心想於如來三十二相八十種好了了分明如對目前至心誦真言七遍真言曰

唵怛他誐姤那婆(二合)嚩野娑嚩(二合)賀

由此印及誦真言故即警覺一切如來悉當護念加持行者以光明照觸我身所有罪障皆得消滅壽命延遠福德增長佛部聖衆擁護歡喜生生世世離諸惡趣蓮華化生速證無上正等菩提

次結蓮華部三昧耶印

以二手虛心合掌散開二頭指二中指二無名指屈如蓮華形安印當心想觀自在相好具足誦真言七遍於頂右散印真言曰

唵(引)鉢那麽(二合)捺婆(二合)嚩野娑嚩(二合)賀(引)

由此印及誦真言故即覺悟觀自在等持蓮華者一切菩薩蓮華部聖衆悉皆歡喜加持護念一切菩薩光明照觸其身所有業障皆得除滅一切菩薩常爲善友

次結金剛部三昧耶印

以左手覆掌向外以右手掌背安左手背用左右大指小指手相鉤如金剛杵形置印當心想金剛手菩薩誦真言七遍頂左散之真言曰

唵(引)嚩日嚕(二合)那婆(二合)嚩野娑嚩(二合)賀(引)

由此印及誦真言故警覺金剛部聖衆一切

持金剛者加持擁護所有罪障皆悉除滅一切痛苦不著於身當得金剛堅固之體

次結護身三昧耶印

以手内相叉右押左竪二中指頭相拄屈二頭指如鈎形於中指背勿令相著並二大指押二無名指即成印身五處所謂額次右左肩次心喉於頂上散印各誦真言一遍真言曰

唵嚩日囉(二合)儗𩕳(二合)鉢囉(二合)儞鉢多(二合)野娑嚩(二合)賀

由結此印及誦真言加持故即成被金剛甲冑所有毗那夜迦及諸魔作障礙者退散馳走悉見行者光明被身威德自在若居山林及在險難皆悉無畏水火等災一切厄難虎狼師子刀杖枷鎖如是等事悉皆消滅見者歡喜命終已後不墮惡趣當生諸佛淨妙國土

次結金剛輪大菩薩大威德契已入曼拏羅者受得三世無障礙三種律儀由入曼拏羅身心備十微塵刹世界微塵數三摩耶無作禁戒或因屈身俯仰發言吐氣起心動念廢忘菩提之心退失善根以此印契密言殊勝方便誦持作意能除違犯僁咎三摩耶如故倍加光顯能淨身口意故則成入一切曼拏羅獲得灌頂三摩耶應結印誦真言七遍二羽内相叉竪二定以二念糺二定二慧並申直安契當於心誠心誦七遍真言曰

曩莫悉底哩野(四合)地尾(二合)迦喃(一)薩嚩怛他誐哆喃(二)闇(三)尾囉尒尾囉尒(四)摩訶作羯囉(二合)嚩日哩(二合)(五)娑哆娑哆(六)娑囉帝娑囉

帝(七)怛囉(二合)以怛囉(二合)以(八)尾馱摩顊(九)三
畔惹顊(十)怛囉(二合)摩底悉馱(十一)儗哩(二合)怛覽
(二合)(十二)娑嚩(二合)賀(引)(十三)
誦此真言時作是觀念盡虛空界遍法界生
死六趣有情速得入普集會大曼拏羅等同
聖者
次結定印入四無量心觀初入慈無量心定
以殷淨心遍緣六道四生一切有情皆具如
來藏備三種身口意金剛以我修三密功德
力故願一切有情等同普賢菩薩如是觀已
即誦大慈三摩地真言曰
唵(引)摩賀昧怛囉(二合)野　娑頗　囉
次入悲無量心三摩地智以悲愍心遍緣六
道四生一切有情沉溺生死苦海不悟自心
妄生分別起種種煩惱業是故不達真如平
等如虛空起恒河沙功德以我修三密加持
力故願一切有情等同虛空藏菩薩如是觀
已即誦大悲三摩地真言曰
唵摩賀迦嚕拏野娑頗(二合)囉
次入喜無量心三摩地智以清淨心遍緣六
道四生一切有情本來清淨由如蓮華不染
客塵自性清淨以我修三密功德力故願一
切有情等同觀自在菩薩如是觀已即誦大
喜三摩地真言曰
唵(引)秫馱鉢囉(引)(二合)謨那　娑頗(引)(二合)囉
次入捨無量心三摩地智以平等心遍緣六
道四生一切有情皆離我所離蘊界及離能
取所取於法平等心本不生性相空故以我
修三密功德力故願一切有情等同虛空藏
菩薩如是觀已即誦大捨三摩地真言曰

唵麽護閉羯灑引二合娑頗引二合囉

修真言者由習四無量心定誦真言故所有人天種種魔難業障悉皆滅除頓集無量福智身心調柔堪任自在

次結輪壇印

二手各作金剛拳進力檀慧互鈎結印於口誦真言即成入一切曼拏羅次安於頂於所建立道場處皆成大曼拏羅如本尊親自建立輪壇真言曰

唵嚩日囉引二合作訖囉引二合吽弱吽鑁斛

由結此印誦真言加持故修行者設有越法悞失三業破三摩耶戒能除諸過皆得圓滿

次結請本尊印

二手內相叉作拳左大指入掌以右大指向身招之真言曰

唵阿嚕禮迦伊引二合呬伊引一合呬娑嚩引二合賀

由此真言印加持故本尊菩薩不越本誓將諸聖衆來赴道場加持修行者速滿本願

次結馬首明王印辟除結界

二手合掌屈二頭指無名指於掌內甲相背竪開二大指即成以印左轉三帀心想辟除諸作障者魔鬼神毗那夜迦退散馳走以印右旋三帀及揮上下即成堅固大界真言曰

唵引阿蜜栗引二合覩捺婆引二合嚩吽吽泮吒娑嚩二合賀

次獻閼伽香水印

二手捧閼伽器滿盛香水沉以時花當額奉獻真言曰

唵麽娑麽入聲娑嚩二合賀引

由獻閼伽香水供養令修行者三業清淨洗
除一切煩惱罪垢從勝解行地至十地及如
來地當證如是地波羅蜜時得一切如來與
甘露法水灌首
次結獻座印
二手蓮華合掌舒開二無名指頭屈如開敷
蓮華形真言曰
唵引迦摩攞娑嚩引二合賀
由此真言印加持故本尊聖衆真實受持蓮
華寶座而坐
次結普供養印
二手合掌微交右押左置印心上誦真言五
遍從印流出種種供養雲海塗香華鬘燒香
飲食燈明賢缾天妙妓樂普通供養諸佛菩
薩本尊聖衆真言曰

曩上聲莫入聲薩嚩怛他引孽帝毗喻引二合一尾濕
嚩引二合母契毗藥二合二薩嚩他三欠四嗢娜
誐二合帝娑頗二合囉呬輪五誐誐曩劍六娑嚩
二合引賀
由此真言印加持故諸佛菩薩本尊聖衆皆
獲真實廣大供養法爾成故次誦讚歎
迦麼攞目佉一迦麼攞路佐曩二迦麼攞薩
曩三迦麼攞賀娑哆四迦麼攞婆母顉五迦
麼攞迦麼攞三婆嚩六娑迦攞麼攞乞叉二合
攞七曩曩謨娑覩二合帝八
次結本尊心密印　順教相應爲念誦
諦觀本尊身相好　普放無量大光明
所有受苦衆生類　蒙光照觸皆安樂
誦本真言七遍已　頂上散印如垂帶
心印兩手合掌虛掌內合腕二頭指來去

聖千手千眼觀世音自在菩薩摩訶薩廣大圓滿無礙大悲心陀羅尼真言如文

次取數珠捧持頂戴加持七遍真言曰

唵尾路左曩麽攞娑嚩二合賀

次以千轉真言加持七遍真言曰

唵嚩日囉二合虞呬野二合惹跛三麽曳吽

加持已即發是願願我及一切有情所求世間出世間殊勝大願速得成就二手持珠當心誦真言一遍與末後字聲移移一珠不緩不急不高不下稱呼真言字令一一分明或作金剛誦舌端微動脣齒合離諸散亂一心專注本尊勿緣異相或千或百常定其數念誦終畢捧珠頂禮志誠發願安珠本處復結本尊心密印念誦散印如前

讚歎供養倍懇懃　再奉閼伽稱本願

復以馬首明王印　三轉真言成解界

如前請尊降入印　大指外撥成奉送

真言曰

唵阿嚕力迦誐瑳誐瑳娑嚩二合引賀

行者奉送聖衆已　復結定印起慈悲

三部加持被甲冑　禮佛辭退任經行

如是依法修行者　速集福智獲神通

現世得入歡喜地　後十六生成正覺

大悲心陀羅尼修行念誦略儀

妙吉祥平等觀門大教王經略出護摩儀

宋大契丹國師中天竺摩竭陀國三藏法師慈賢譯

歸命一切佛　諸大菩薩衆　我今説護摩
種種之儀式　先誦於眞言　加持其鍬钁
後應廣分別　加持眞言曰

唵引一顊佉曩嚩蘇第二娑嚩二合賀

誦此眞言加持鍬钁掘護摩爐於掘爐前先取河水盛淨器中誦本部佛眞言加持以水灑地及淨鍬钁灑掘爐人灑淨眞言曰

唵引一阿蜜哩二合姤二納婆二合嚩野三吽四發吒五娑嚩二合賀引六

若依護摩法於未掘爐前一宿以上方明王眞言加持生飯供養土地及天龍八部然可掘爐其爐內土收於淨處然於河內取砂先以眞言加持其砂眞言曰

唵引一嚩蘇麽底二嚩蘇室哩二合曳三唵四引

誦此眞言加持已其砂塡於爐內次用五橜七寶四鐵末擦於其上方可用淨墼砌護摩爐勿用瓤作先誦金剛羯磨菩薩眞言加持淨墼眞言曰

唵引一嚩日囉二合羯囉磨二合二鈉三

如是加持已當用淨墼如法砌之護摩法者説其四種其四種者一訕底此言息災二補瑟置此云增益或云富貴三嚩舍此云敬愛四阿尾左囉此云降伏此四護摩爐亦四種其四種者若求訕底當作圓爐若求補瑟置二合爐如半月或作八角若求嚩舍爐作四角若求阿尾左囉爐作三角此之四種隨所應作次説護摩爐量略有三種第一供養爐八肘是八角爐也量深二肘第二供養爐一肘半量深一肘半四面共六

肘第三供養爐一肘四面共四肘深亦一肘隨爐大小作三重緣於爐前面第三緣上西邊量比正半亦用淨墼砌作九重至上漸小於正半右邊壘作層級正半左邊上下直砌爐緣三重表爲三界其九層級表爲九地也如是作已當於爐内砂上墼下捺於七寶四鐵末五穀想如五種子及七寶四鐵所成七寶者（金銀真珠水精玉瑠璃琥珀）四鐵者（金銀銅鐵）五穀者（稻糯大麥菉豆油麻）其五穀四鐵末誦毗盧佛真言加持真言曰

唵（一引）嚩日囉（二合）馱（二）覩鍐（三）

誦此真言已次念四波羅蜜菩薩真言加持七寶末真言曰

金剛波羅蜜菩薩

唵（一引）薩怛嚩（二合）嚩日哩（二合二）吽（三）

寶波羅蜜菩薩

唵（一引）囉怛曩（二合）嚩日哩（二合二）怛啰（二合三）

法波羅蜜菩薩

唵（一引）達嚩磨（二合）嚩日哩（二合二）紇哩以（三合三）

羯磨波羅蜜菩薩

唵（一引）羯囉磨（二合）嚩日哩（二合二）惡（三）

誦四明加持已用捺爐内應用一切香末而和於泥加持泥真言曰

唵（一引）嚩蘇麼底（二）室哩（二合）曳（三）室哩（二合）嚩蘇弟（四）娑嚩（二合）賀（五引）

誦此真言已當用香泥而泥於爐如上次第布置訖應於爐中諦想壇場運心安布作訫底法當想佛身形如白色復觀已身形相亦爾應於左手力度第二文上捻數珠燒物供養用水精數珠一百八箇面向東坐作補瑟

置(二合)法想佛金色自身亦爾於願度中節內捻數珠用菩提子一百箇面向南坐作嚩舍法想佛赤黃色自身亦爾於方度中節內捻數珠用蓮子九十箇面向西坐作阿尾左囉法想佛綠色自身亦爾於力度第一文上捻數珠用槵子七十箇面向北坐若作護摩法時隨四種所求之事當於爐內各別想壇隨所作部主想安中方若於四種護摩法外如恒常供養中方想阿閦佛數珠或一百八或所用不定其上想壇法廣如大教說如是運想已應取吉祥草(用青妙細輭草代之)當用於八結安於爐八方表想淨八位又用草三結安布於爐中表淨三寶位又以吉祥草三結爲一繫三繫共九結護摩最初燒而表淨爐法更用草二結一結安灌頂瓶內一結安右手戒度上想如護摩杵亦表淨手法表爲金剛手其草結如金剛杵形以四智真言加持真言曰

唵(引一)悉駄路左顊(二)薩嚩囉他(二合)娑駄顊(三)娑嚩(二合)賀(引四)

唵(引一)計哩計哩麽麽計(二)薩嚩囉他(二合)娑駄顊(三)娑嚩(二合)賀(引四)

唵(引一)濕吠(二合)帝(二)半拏囉嚩悉顊(三)惹致顊(四)薩嚩囉他(二合)娑駄顊(五)娑嚩(二合)賀(引六)

唵(引一)哆哩(二)咄哆哩(三)咄哩吽(四)娑嚩(二合)賀(引五)

如是加持已當取所燒柴如法乾好者可等於施主一肘之手量以香水灑之誦毗盧真言加持真言曰

唵(引一)嚩日囉(二合)駄覩(二)鍐(三)

作法加持已安柴於爐內根梢應順用若是

剌木柴法中不得用如上布置已當呪護摩柴亦誦毗盧明而用加持之梵云半左薩曳囉瑟耻(二合此云五乳柴)表是五如來五種供養飯所用五乳柴者謂尼俱律陀樹等此方緣無但取不凋者及無果子柴枝條令纖細梢根揾於酥三枝或五枝或二十五枝而投於火中想供養於佛當用五種穀作法燒供養誦金剛波羅蜜菩薩真言先加持五穀真言曰

唵(引一)薩怛嚩(二合)嚩日哩(二合二)吽(三)

加持五穀已次第而供養表是食之根酥蜜乳酪等亦誦於金剛波羅蜜真言先用加持之次以五般粥護摩燒供養五粥者謂乳酪酥蜜沙糖乳糖粥念法波羅蜜菩薩真言加持真言曰

唵(引一)達囉磨(二合)嚩日哩(二合二)紇哩以(三合三)

如是加持已表是淨供養當以根本波羅蜜真言加持五般飯(與五粥同)真言曰

唵(引一)商迦哩(二)訕底迦哩(二)齲吒𩕳伽吒野(四)薩嚩囉他(二合)娑馱𩕳(五)娑嚩(二合)賀(引六)

加持五飯已表法亦同前如上依法加持訖當於爐上想一明王身如舍利塔又想諸佛皆於塔內所作護摩運心供養然可取火其火想隨所作部主佛種子字為火或用本明加持或內想智火發大光焰或想明王遍身火焰變用燒物而作供養燃其火已或以淨水及與塗香灑火作淨次下於水表為淨水方用酥蜜乳酪及五柴五穀粥飯先各五投火中各別供養五如來隨彼如來各念本明燒物供養五如來真言曰

毗盧遮那如來

唵一引嚩日囉二合馱覩二鑁三

阿閦如來

唵一引惡乞蒭二合毗夜二合吽三

寶生如來

唵一引囉怛曩二合三婆嚩二怛咯二合三

阿彌陀如來

唵一引阿弭多婆二紇哩以三合三

不空成就如來

唵一引阿謨伽悉弟二噁三

先想供養五佛已次下水供養想與佛漱口

下水真言曰

唵一引訖哩二合嚕娜地二吽三訖哩二合囉塢娜迦四唵五引

次以華供養乃擲於爐內想華安佛頂上

華供養真言

唵一引薩嚩怛他誐哆二補瑟跛二合布惹三

次用塗香獻而灑於火中想塗灑諸佛塗香供養真言曰

唵一引薩嚩怛他誐哆二巘馱布惹

又以香供養想於佛鼻入供養諸如來燒香供養真言曰

唵一引薩嚩怛他誐哆二度播布惹三

次振鈴念讚或誦伽陀一切臨時

次燒五穀念隨所求者部主真言加持燒物

如別無所求事只念法舍利真言燒物供養真言曰

唵一引達囉磨二合馱覩二誐囉陛二合三娑嚩二合賀

燒五穀已當用酥蜜乳酪各三投火中次應下水運想供養一如前法次以粥供養先燒

乳粥次下燒粥隨意當燒粥時取八所淨器或取八葉以塗香灑之用粥飯盛於淨器中以十方天真言加持安於爐八方供養十方天上下二方心想供養十方天明次第當説

東方帝釋天真言曰

曩謨三滿哆没馱南一印捺囉二合野二娑嚩二合賀

東南方火天真言曰

曩謨三滿哆没馱南一阿仡曩二合曳二娑嚩二合賀

南方燄摩天真言曰

曩謨三滿哆没馱南一燄摩野二娑嚩二合賀

西南方羅剎主天真言曰

曩謨三滿哆没馱南一銘伽舍曩野二娑嚩二合賀

西方水天真言曰

曩謨三滿哆没馱南一縛嚕拏野二娑嚩二合賀

西北方風天真言曰

曩謨三滿哆没馱南一嚩野吠二娑嚩二合賀

北方毗沙門天真言曰

曩謨三滿哆没馱南一吠室囉末拏野二娑嚩二合賀

東北方伊舍那天真言曰

曩謨三滿哆没馱南伊舍娜野二娑嚩二合賀

上方梵天真言曰

曩謨三滿哆没馱南没囉二合憾麽二合野二娑嚩二合賀

下方地天真言曰

曩謨三滿哆沒馱南一必哩二合替　尾曳二合二娑縛二合賀

此等十方天先於爐八方安置八坐位梵天地天等於爐上下想然以瓶內水瀉供養飯內次用香華塗香隨位而供養各念本真言加持供養物本明誦三遍安於本方位然可燒粥供養燒粥已酥蜜乳酪等各三投火中下水次第一如前法次以飯供養先燒於乳飯次酥後酪飯如是燒飯已酥蜜乳酪等各三投火中下水次第並同前法又以護摩柴梢根搵於酥投於火中又用酥蜜乳酪各三投火中如是次第訖然後起立手執酥器并護摩匙振鈴念誦用酥瀉於火中所有隨喜人各令塗手執華候念讚瀉酥訖各擲華於爐內往火壇禮拜表供養圓滿次用淨帛揩酥覆火燒之想爲佛衣如上了畢應用淨瓶繞爐下水再想漱口作淨若作護摩時運想應志心供養勿須忙所抄供養物如菴摩羅果子許此方如杏子大所說護摩壇當如七佛舌俱胝諸天口一切供養中護摩最爲上所有燒不盡五穀粥飯等更用別飲食及諸華果實共盛一器中用塗香灑之復用燒香薰先作鈎召契三昧耶蓮華及金剛縛印次下水半振鈴念加持飯真言想供養天龍八部及火壇外諸天運心皆供養如是護摩供養已然後奉送諸聖衆所集祕蜜殊勝福普霑一切諸含識

妙吉祥平等觀門大敎王經略出護摩儀

金剛頂超勝三界經說文殊五字真言勝相

唐北天竺三藏沙門大廣智不空奉詔譯

爾時金剛手菩薩摩訶薩等一切菩薩皆於毗盧遮那佛前各自說心真言印於是曼殊室利菩薩摩訶薩從座而起白佛言世尊我今爲欲利益未來一切諸有情故速得成就摩訶般若波羅蜜多若人纔誦一徧如誦八萬四千十二圍陀藏經若誦兩徧文殊師利普賢隨逐四衆圍繞加被是慈無畏護法善神在其人前阿難白文殊師利言當說此真言時有十萬億佛現如是諸佛一一毛孔出十萬億菩薩一一菩薩毛孔各出十萬億龍王一一龍王毛孔各出十萬億龍女一一龍女毛孔復出十萬億青象一一青象毛孔各出十萬億白象一一白象毛孔各出十萬億香象一一香象毛孔復出十萬億山象一一山象毛孔復現十萬億寶院一一寶院復現十萬億八功德水池其池四寶合成一一寶池皆出十萬億閻浮檀金光復於一一光中皆現十萬億圓光一一圓光化出十萬天女嚴持種種供養如是殑伽沙數四衆一時共集大會同音說此真言現三摩地三昧我今略說少耳知其功德無量即說五字真言曰

𑖀𑖨𑖢𑖓𑖡

阿囉跛左曩

若善男子善女人有能持此真言纔誦一徧即入如來一切法平等一切文字亦皆平等速得成就摩訶般若爲諸弟子受此心真言時令結密印以二手金剛縛並建忍願屈上節如劒形印上盛華散壇供養然應告言此

法門一切如來祕密最勝慎勿輕爾爲愚人說破汝三昧戒善諦思惟

𑖀阿者是無生義

𑖨囉者清淨無染離塵垢義

𑖢跛者亦無第一義諦諸法平等義

𑖓左者諸法無有諸行義

𑖡曩者諸法無有性相言說文字皆不可得義以曩字無有性相故左字無有諸行以左字無有諸行故跛字無第一義諦以跛字無第一義諦故囉字無有塵垢以囉字無有塵垢故阿字法本不生義善男子當觀是心本來清淨無所染著離我我所分別之相入此門者名三摩地是真修習當知是人如來印可殊勝功德不可思議若誦一徧能除行者一切苦難若誦兩徧除滅億劫生死重罪若誦三徧三昧現前若誦四徧總持不忘若誦五徧速成無上菩提若能一心獨處閑靜梵書五字輪壇依法念誦滿一月已曼殊菩薩即現其身或於空中演說法要是時行者得宿命智辯才無礙神足自在勝願成就福智具足速能階證如來法身但心信受經十六生决成正覺若不辦建立壇場香華供養及畫本尊以用香泥塗舍利塔梵寫五字真言旋繞念誦五十萬徧文殊菩薩現其人前而爲說法當得宿命辯才一切如來諸菩薩等及執金剛恒沙聖衆常加護念速滿諸願疾證菩提廣如金剛頂經說

金剛頂超勝三界經說文殊五字真言勝相

音釋

鏒亡敢切 閼伽梵語也此云水閼阿葛切 孽魚列切 嗢烏骨切

鉿牟含切 瑳七何切 鍬七遙切臿也 钁居縛切大鉏也 榖古祿切與穀同

墼古歷切未燒土磚也 訕所晏切 壘力軌切疊壘也 捒桑感

捦奴協切指捦也 搵烏困切手捺也 齵驅雨切 巘魚蹇切

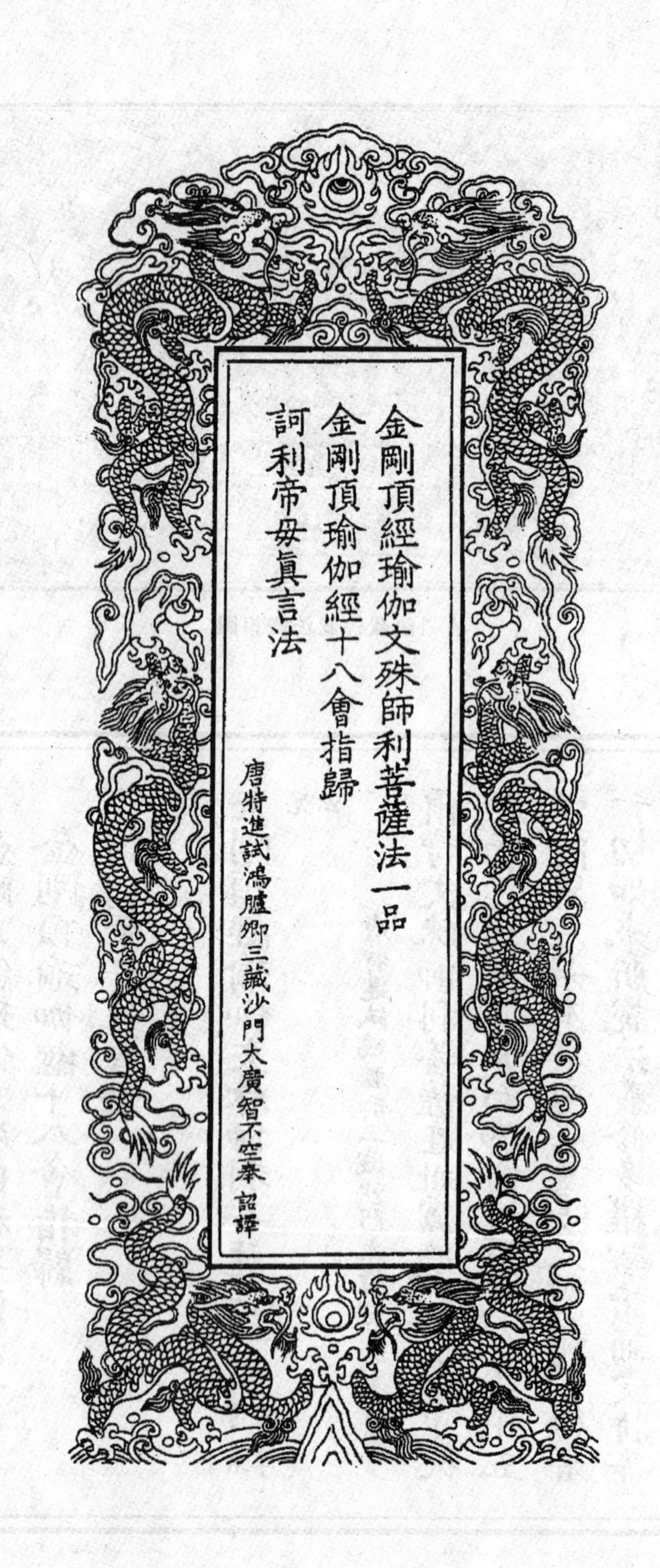

金剛頂經瑜伽文殊師利菩薩法一品

金剛頂瑜伽經十八會指歸

訶利帝母眞言法

唐特進試鴻臚卿三藏沙門大廣智不空奉 詔譯

清刻龍藏佛說法變相圖

三經同卷

金剛頂經瑜伽文殊師利菩薩法一品

金剛頂瑜伽經十八會指歸

訶利帝母真言法

金剛頂經瑜伽文殊師利菩薩法一品（亦名五字呪法）

唐特進試鴻臚卿三藏沙門大廣智不空奉　詔譯

爾時文殊師利菩薩在毗盧遮那大會中從座而起頂禮佛足白佛言世尊我今說本五字陀羅尼若有善男子善女人纔誦一徧者一切如來所說法義修多羅藏讀誦受持等彼功德毗盧遮那佛告文殊師利言隨意說之爾時文殊師利即說明曰

婀囉跛者曩

纔說此陀羅尼一切如來所說法攝入五字陀羅尼中能令利益衆生般若波羅蜜多成就我今當說曼荼羅法或十四日十五日選擇極清淨處作曼荼羅以瞿摩夷塗地復以白檀香泥塗之隨意大小於曼荼羅中畫文殊師利童子形狀身如鬱金色種種瓔珞莊嚴其身右手把金剛劒左手把梵夾坐於月輪中於月輪四面周旋書五字陀羅尼阿闍黎對於此壇結金剛劒印念誦時文殊師利加持此阿闍黎即得無礙辯才仍爲現身一一解釋此陀羅尼甚深義理時阿闍黎即當禮拜出道場外爲弟子授菩薩戒即以緋帛覆眼引入壇場門次而立時阿闍黎告弟子言汝今獲一切如來般若波羅蜜自今已後不應向人而說此明勿令破汝三摩耶法此

陀羅尼極應祕密婀囉跛者曩者是滿一切願義何以故婀字者樂欲菩提義囉字者染著不捨衆生義跛字者第一義諦義者字者妙行義曩字者無自性義樂欲菩提不捨衆生染第一義諦中行行修習諸法無有自性若如是修滿一切願此諸願中證如來位及執金剛不求當得

我今又說契經印曼荼羅壇中畫金剛劒四面各於本方畫八供養契及四攝契對於此壇念誦不久即當成就我今又說三摩耶曼荼羅壇中書五字及八供養四攝種子字對此壇念誦而作是言婀字門者諸法本不生日日念誦不久一切罪障消滅速得成就我今又說羯磨曼荼羅壇中安般若波羅蜜經卷日日讀誦念誦以種種供養而供養之不

久即當成就我今當說畫像法或白氎綃素等中畫文殊師利菩薩坐月輪中輪內周旋書五字四面畫八供養及四攝如大壇法對此像前如法念誦而作是言諸法自性成就念誦數滿五十萬徧即獲無盡辯才如文殊師利菩薩等無有異飛騰虛空所求世間出世間事悉得成就又念誦數滿一俱胝徧離諸苦惱滿二俱胝徧五無間等一切罪障永盡無餘三俱胝徧證悟一切諸三昧門四俱胝徧獲大聞持五俱胝徧成阿耨多羅三藐三菩提又法於舍利塔四面周旋右轉書五字陀羅尼遶塔行道念誦勿令斷絕滿五洛叉徧爾時如來及文殊師利執金剛等於虛空中而現其身仍爲說法

金剛頂經瑜伽文殊師利菩薩法一品

金剛頂瑜伽經十八會指歸

唐特進試鴻臚卿三藏沙門大廣智不空奉　詔譯

金剛頂經瑜伽有十萬偈十八會初會名一切如來眞實攝教王有四大品一名金剛界二名降三世三名徧調伏四名一切義成就表四智印於初品中有六曼荼羅所謂金剛界大曼荼羅并說毗盧遮那佛受用身以五相現成等正覺五相者所謂通達本心修菩提心成金剛心證金剛身佛身圓滿此則五智通達成佛後以金剛三摩地現發生三十七智廣說曼荼羅儀則爲弟子受速證菩薩地法第二說陀羅尼曼荼羅具三十七此中聖衆皆住波羅蜜形廣說入曼荼羅儀軌爲弟子受四種眼說敬愛鉤召降伏息災等儀軌第三說微細金剛曼荼羅亦具三十七聖衆於金剛杵中畫各持定印廣說入曼荼羅儀軌爲弟子令心堪任令心調柔令心自在說微細金剛三摩地修四靜慮法修四無量心及三解脫門第四說一切如來廣大供養羯磨曼荼羅亦具三十七彼中聖衆各持本幖幟供養而住廣說入曼荼羅法弟子說受十六大供養法第五說四印曼荼羅法弟子受四種速成就以此曼荼羅求悉地成就像如上四曼荼羅中所求悉地於此像前求成就第六說一印曼荼羅若持毗盧遮那眞言及金剛薩埵菩薩具十七尊餘皆具十三亦說入曼荼羅儀與弟子受先行法修集本尊三摩地

次說降三世大品有六曼荼羅如來成等正覺已於須彌盧頂轉金剛界輪已與諸菩薩名號受職已摩醯首羅等剛彊難化不可以

寂靜法而受化盡虛空徧法界一切如來異口同音請以一百八名讚禮金剛薩埵如是諸天不可以寂靜法而受化一切如來請以即入忿怒金剛三摩地現大威德身以種種方便調伏乃至至死摩醯首羅死已自見於下方過六十二恒河沙世界名灰莊嚴彼世界中成等正覺名爲怖畏自在王如來執金剛菩薩以脚按上誦金剛壽命眞言復得穌旣受化已金剛薩埵則說大曼荼羅引入諸天受金剛名號諸天有五類第一居上界天王摩醯首羅等無量諸天及后第二遊虛空諸天日天子等無量諸天及后第三居虛空天魔王等無量諸天及后第四地居天主藏天等無量諸天及后第五地下嚩囉呬天等無量諸天及后悉皆引已入勑諸天建立諸曼荼羅汝等赴會所求一切悉皆與成辦此等皆是外金剛部

第一說曼荼羅儀則皆具三十七說降伏法及修神通法第二說祕密曼荼羅具三十七說引弟子儀此中諸音聲及金剛歌舞第三說曼荼羅具三十七說引入弟子儀此中說以慈悲喜捨作阿毗遮嚕迦法微細金剛調心軌儀第四說羯磨曼荼羅具三十七說入曼荼羅儀令弟子學護摩儀軌於無量佛菩薩所成廣大供養速得悉地現前說二十五種護摩爐隨類所求法第五說四印曼荼羅具二十一成就諸藥法等已上四曼荼羅中成就法於此曼荼羅中成就法於此曼荼羅像前求第六說一印曼荼羅具十七說引入弟子及先行法

次爲外金剛部衆說四種曼荼羅各說本真言本印契獻佛佛爲說教勑大曼荼羅具三十七說引入弟子儀說爲弟子使役金剛部軌則此中說大佛頂及光聚佛頂真言及契亦通一字頂輪法次說第二教勑三昧耶曼荼羅彼諸天后等各獻本真言佛爲說曼荼羅具三十七說爲弟子說修藥叉女法廣說諸儀軌次第三說教勑法曼荼羅諸天說真言獻佛佛爲彼等說曼荼羅具三十七說引入弟子儀爲弟子說諸天之法法印由此印不違越本誓次第四說教勑羯磨曼荼羅具三十七說引入弟子儀彼等諸天各說本真言佛爲說曼荼羅說諸天舞儀說成就諸事業速疾法

次說徧調伏大品有六種曼荼羅第一大曼荼羅具三十七皆觀自在菩薩變現說引入弟子儀此中說十六種成就速疾神通三摩地儀第二說三昧耶曼荼羅具三十七皆觀自在菩薩變現說引入弟子儀此中說鉤召敬愛十六種三摩地第三說法曼荼羅具三十七皆觀自在菩薩變現說引入弟子儀此中說修心及求智慧辯才法十六種第四說羯磨曼荼羅具三十七皆觀自在菩薩變現說引弟子儀此中說蓮華部供養儀及轉罪障報障蓋纏業障法第五說蓮華部四印曼荼羅具二十一皆觀自在菩薩變現說引入弟子儀此中說成就先行法及成就先行如上四種曼荼羅法第六說蓮華部印一印曼荼羅具十三皆觀自在菩薩變現說引入弟子儀此中說修本尊法通修世間出世間法

次說一切義成就大品中有六曼荼羅第一大曼荼羅具三十七此中說引入弟子儀由入此曼荼羅除貧匱業說求豐財求佛菩薩位及世間榮位第二秘密三昧耶曼荼羅具三十七此中說引入弟子儀說求伏藏法速滿檀波羅蜜福德聚法第三法曼荼羅具三十七此中說引入弟子儀說寶部中修三摩地法令心安住令心堪任令心調柔令心自在見虛空藏菩薩第四羯磨曼荼羅具三十七此中說引入弟子儀說加持掘伏藏事業法并說寶部中廣大供養諸佛儀第五四印曼荼羅具二十一說引入弟子儀說修先行法及說修四曼荼羅中悉地法第六一印曼荼羅具十三說引入弟子儀說修一尊法及修諸藥等三摩地皆是則彼婆伽梵執金剛虛空藏變化次都說如前一一曼荼羅中秘密助成方便散誦次後示釋迦牟尼佛降於閻浮提變化身八相成道皆是普賢菩薩幻化一切如來還以一百八名讚揚金剛薩埵如是第一會次說第二會名一切如來秘密主瑜伽於色究竟天說具四大品廣說微細實相理及廣說降摩醯首羅天以偈與金剛菩薩酬答

次說第三會名一切教集瑜伽於法界宮殿說一切如來異口同音問金剛薩埵菩薩一百八問金剛薩埵菩薩一一答此經中說大曼荼羅五部一一部中五曼荼羅各具三十七都成一大曼荼羅一一尊各各說四印所謂大印三昧耶印法印羯磨印各說成就法此經中說一百三十五種護摩爐一一爐所

求各異次説第四會名降三世金剛瑜伽於須彌盧頂説金剛藏等八大菩薩一一尊各説四種曼荼羅初會説降伏摩醯首羅及説天人曼荼羅受職受名號四種曼荼羅所謂大曼荼羅三昧耶曼荼羅法曼荼羅羯磨曼荼羅及一切尊説引入弟子儀及成就法後都説尊三昧耶結印次第及説秘密禁戒及秘密修行第五會名世間出世間金剛瑜伽於波羅柰國空界中略説五佛曼荼羅及諸菩薩諸外金剛部曼荼羅一一曼荼羅具四種各説引入弟子儀及求悉地法第六會名大安樂不空三昧耶眞實瑜伽於佗化自在天宮説此經中説普賢菩薩曼荼羅次説毗盧遮那曼荼羅次後説金剛藏等至金剛拳菩薩及外金剛部説般若理趣一一尊具説四種曼荼羅各説引入弟子儀授理趣般若波羅蜜多及授四種印法品中各説求世間出世間悉地法第七會名普賢瑜伽於普賢菩薩宮殿中説普賢菩薩等至金剛拳菩薩及外金剛部一一尊各説四種曼荼羅説引入弟子儀説受四種印修世間出世間悉地此經中説修行人無時無方不依世間禁戒以菩提心爲先無爲戒爲本第八會名勝初瑜伽於普賢宮殿説普賢菩薩等至外金剛部各各説四種曼荼羅説實相理及分別諸曼荼羅儀則稍廣於第七會説大略同第九會名一切佛集會拏吉尼戒網瑜伽於眞言宮殿此中説立自身爲本尊瑜伽訶身外至形像瑜伽者廣説實相理并説五部根源并説瑜伽法具九味所謂華麗（金剛薩埵）勇健（毗盧遮那）

大悲（持金剛）喜笑（觀自在）瞋怒（金剛光）恐怖（降三世）猒
愚（釋迦牟尼佛）奇特（金剛笑）寂靜（瑜伽中毗盧遮那）說普賢
菩薩等至金剛拳各說四種曼荼羅及引入
弟子儀及授四種印并說五部中歌讚舞儀
第十會名大三昧耶瑜伽於法界宮殿說普
賢菩薩等至金剛拳十六大菩薩各各說四
種曼荼羅說引入弟子儀授四種印法此中
說偈云
愚童覆無智　不知此理趣　餘處而求佛
不悟此處有　十方世界中　餘處不可得
心自爲等覺　餘處不說佛
第十一會名大乘現證瑜伽於阿迦尼吒天
說毗盧遮那佛等金剛至毗首羯磨菩薩及
八大供養四攝出生同眞實攝瑜伽一一尊
具四種曼荼羅四種印廣說實相理心建立
曼荼羅儀則第十二會名三昧耶最勝瑜伽
於空界菩提場說毗盧遮那等四部中上首
菩薩金剛拳等第八菩薩及外金剛部各各
說四種曼荼羅四印等此經中於自身上建
立曼荼羅說自身本尊瑜伽廣說阿字門通
達於染淨有爲無爲無礙第十三會名大三
昧耶眞實瑜伽於金剛界曼荼羅道場說十
方一切佛異口同音請金剛薩埵惟願說三
昧耶眞實教法我等先已受訖惟願金剛薩
埵爲諸菩薩說得請已說普賢菩薩十七字
眞言說適悅不空曼荼羅具十七亦說四種
曼荼羅說一百八道契說通求世間出世間
悉地隨此諸菩薩及外金剛部各各說本曼
荼羅本眞言本印契竟普賢菩薩說祕密中
曼荼羅十七尊支分各復入本尊身共成五

尊同居一蓮華臺說一字真言從眼口及一切支分變異即成印但住大印結羯磨印不待先行不藉結護加持亦不假迎請宿業罪障不能淩逼亦不障礙速疾成就第十四會名如來三昧耶真實瑜伽此經中普賢菩薩十六大菩薩四攝成一身說四種曼荼羅四印廣說五部互圓融如來部即金剛蓮華部即寶部互相涉入法界即真如般若即實際於假施設有異於本即一體次普賢後諸菩薩及外金剛部各各說本真言本曼荼羅本印契第十五會名秘密集會瑜伽於秘密處說所謂喻婆伽處說號般若波羅蜜宮此中說教法壇印契真言住禁戒以如世間貪染相應語會中除蓋障菩薩等從座而起禮佛白言世尊大人不應出麤言雜染相應語佛言汝等清淨相應語有何相狀我之此語加持文字應化緣方便引入佛道亦無相狀成大利益汝等不應生疑從此廣說實相三摩地諸菩薩各各說四種曼荼羅四印第十六會名無二平等瑜伽於法界宮說毗盧遮那佛及諸菩薩并外金剛部等各各四種曼荼羅具四印此中說生死涅槃世間出世間自他平等無二種心舉自聲香味觸雜染思慮住亂心無二同真如法界皆成一切佛身第十七會名如虛空瑜伽住實際宮殿說毗盧遮那佛普賢菩薩及外金剛部一一說四種曼荼羅具四種印此中修行者與一一尊相應皆量同虛空法身相應利一切萬物法體光明量同虛空無來無去此經中說虛空三摩地相應法第十八會名金剛寶冠瑜伽於

第四靜慮天金剛薩埵菩薩佛爲大梵天娑訶世界主說五部瑜伽曼荼羅引入弟子儀具三十七亦說四種曼荼羅具四印下至外金剛部爲弟子授學心念誦於月輪上有旋列真言字住心於一一字實相理相應周而復始亦通成就世間出世間悉地不假持珠徧數以爲剤限但證理門心不散動住本尊瑜伽爲限微細說不成就二十種相及說鄰近悉地多種相瑜伽教十八會或四千頌或五千頌或七千頌都成十萬頌具五部四種曼荼羅四印具三十七尊一一部具三十七乃至一尊成三十七亦具四曼荼羅四印互相涉入如帝釋網珠光明交映展轉無限修行者善達此瑜伽中大意如徧照佛一一身分一一毛孔一一相一一隨形好一一福德資糧一一智慧資糧住於果位演說瑜伽三乘不共佛法說曼荼羅三昧邪法門事業量同虛空證者如上所說各各分剤各不雜亂圓證四身所謂自性身受用身變化身等流身是能作頓利樂一切有情諸菩薩聲聞緣覺及諸外道名瑜伽金剛乘教法

金剛頂瑜伽十八會指歸

訶利帝母真言法

唐特進試鴻臚卿三藏沙門大廣智不空奉　詔譯

爾時訶利帝藥叉女在佛衆會從座而起五體投地禮佛雙足而白佛言我有心真言猶如眞多摩尼寶能滿一切意願爲利益安樂閻浮提諸善女人及男女故惟願世尊哀愍聽許我今說之真言曰

唵引一弩弩麼引里迦引四帝娑嚩引二合訶引二

若有女人不宜男女或在胎中墮落斷敘不收皆由四大不宜男女不能調適或被鬼神作諸障難此是宿業因緣不宜男女應取白氎或一肘或一磔手或長五寸或隨意大小畫訶利帝母作天女形像金色身著天衣頭冠瓔珞坐寶臺上垂下兩足於垂足兩邊畫二孩子傍寶臺立於二膝上各坐一孩子以左懷中抱一孩子於右手中持吉祥果畫師應受八戒其彩色中不用皮膠畫像成已淨治一室嚴儀塗拭以香泥作方壇置像壇中以種種華散於壇上復以甘脆飲食乳糜酪飯及諸果子閼伽香水燒沉水香而供養像面向西持誦者面東對像念誦每日三時時別誦一千徧取月生五日起首先誦千萬徧然後對像前念誦所求一切事皆悉圓滿

又法女人欲得男女者月經後澡浴取黃牛乳母子同色者犂乳一升置銀器中以右手無名指攪乳誦真言加持一千八十徧然後取服至五日內則得有胎

又法欲令佗人歡喜敬愛者或飲食果子或華或香加持一百八徧於真言句中加彼人名將與彼人則得歡喜敬愛

又法若有人作留難口舌者畫彼人形左脚踏之誦眞言一千八十徧則得無難

又法欲令一切人歡喜取牛黃末置銀器中准前以無名指攪誦眞言加持一百八徧點於額上一切人見皆歡喜順伏

又法若新衣服對像前加持一百八徧然後取著一切人見亦皆歡喜敬愛

又法若有惡夢誦眞言一百八徧則得惡夢消除

又法若月蝕時取酥五兩置器中以金筯攪無間斷念誦加持乃至月却得圓滿爲限然後取一分供養訶利帝母餘者漸喫即有胎孕所生男女聰慧福德

又法取牛膝根作齒木加持一百八徧嚼及揩齒所出言詞令人樂聞意欲所求佗人之事皆得隨意成就

又法欲得壽命長遠者取骨屢草嫩苗搵酥蜜酪護摩七夜夜別誦眞言一千八十徧一擲火中則得長壽

又法欲得所爲所作隨意成就者每月生五日二十日塗飾道場散華種種飮食乳糜酪飯及諸果子閼伽香水燒沉香薰陸以用供養先供養一切如來文殊師利菩薩普賢等一切菩薩然後供養我訶利帝 母何以故我本藥叉女如來受與我三歸五戒菩提心律儀戒對諸十地菩薩故是先供養諸佛菩薩供養已對此像前誦一萬徧所求事業皆得滿足訶利帝母念誦法

愛子心眞言

唵(引一)知(上)尾知(上)顭娑嚩(二合引)訶(引二)

印合掌屈二大拇指入掌中誦心眞言供養
訖於頂上放二大拇指即散去請召發遣皆
倣此印以白檀香横量六指作童子形具足
兩手各把果子與人頭上作三髻角子於閑
靜處安置誦眞言萬徧即現身問言喚我何
事隨心答之取黄牛肉方寸一加持一燒日
三時滿四日得大自在隨意
又法牛肉安息香爲丸月八日三時念誦燒
上香一千八徧至十日巳夜半現大光相得
大神力安息香爲丸一加持一燒日三時時
別一千八徧五日調伏一切人
又法百草華一一加持散身上得千人衣食
又法日誦眞言燒蘇合香七日見地下金藏
巳種種華果飲食壇中供養日日如是得一
切財寶

又法安息香和乳粥一加持一燒七日日三
時時別一千八徧現身共語任意問
又法被禁閉誦一萬徧即解脱治病加持菴
羅果葉乳中漬燒加持除一切病

訶利帝母眞言法

六經同卷

清刻龍藏佛說法變相圖

六經同卷

大方廣佛華嚴經入法界品四十二字觀

般若波羅蜜多理趣經大安樂不空三昧真實金剛菩薩等一十七聖大曼荼羅義述

陀羅尼門諸部要目

金剛頂瑜伽三十七尊禮

受菩提心戒儀

大聖文殊師利菩薩讚佛法身禮 此法出大乘一切境界智光明莊嚴經

大方廣佛華嚴經入法界品四十二字觀

唐特進試鴻臚卿三藏沙門大廣智不空奉 詔譯

爾時善財童子從天下向迦毗羅城至善知衆藝童子所頭頂禮敬於一面立白言聖者我已發阿耨多羅三藐三菩提心而未知菩

薩云何學菩薩行云何修菩薩道我聞聖者
善能教誨願爲我說時彼童子告善財言善
男子我得菩薩解脫名善知衆藝我恒稱持
入此解脫根本之字

阿(上聲)字時名由菩薩威德入無差別境界
般若波羅蜜門悟一切法本不生故

囉字時入無邊際差別般若波羅蜜門悟
一切法離塵垢故

跛字時入法界際般若波羅蜜門悟一切
法勝義諦不可得故

左(輕呼)字時入普輪斷差別般若波羅蜜門
悟一切法無諸行故

曩(舌頭呼)字時入無阿賴耶際般若波羅蜜
門悟一切法性相不可得故

攞字時入無垢般若波羅蜜門悟一切法
出世間故愛支因緣永不現故

娜字時入不退轉加行般若波羅蜜門悟
一切法調伏寂靜真如平等無分別故

摩字時入金剛場般若波羅蜜門悟一切
法離縛解故

拏(上)字時入普徧輪般若波羅蜜門悟一
切法離熱矯穢得清涼故

灑字時入海藏般若波羅蜜門悟一切法
無礙故

嚩字時入普徧生安住般若波羅蜜門悟
一切法言語道斷故

多(上)字時入照曜塵垢般若波羅蜜門悟
一切法真如不動故

野字時入差別積聚般若波羅蜜門悟一
切法如實不生故

瑟吒(上二合)字時入普徧光明息除熱惱般若波羅蜜門悟一切法制伏任持相不可得故

迦(上)字時入差別種類般若波羅蜜門悟一切法作者不可得故

娑(上)字時入現前降霔大雨般若波羅蜜門悟一切法時平等性不可得故

莾(輕呼)字時入大迅疾衆峯般若波羅蜜門悟一切法我所執性不可得故

誐字時入普徧輪長養般若波羅蜜門悟一切法行取性不可得故

他(上)字時入真如無差別般若波羅蜜門悟一切法處所不可得故

惹字時入世間流轉窮源清淨般若波羅蜜門悟一切法能所生起不可得故

娑嚩(二合)字時入念一切佛莊嚴般若波羅蜜門悟一切法安隱性不可得故

馱字時入觀察法界道場般若波羅蜜門悟一切法能持界性不可得故

捨字時入隨順一切佛教般若波羅蜜門悟一切法寂靜性不可得故

佉(上)字時入現行因地智慧藏般若波羅蜜門悟一切法虛空性不可得故

訖灑(二合)字時入決擇息諸業海藏般若波羅蜜門悟一切法窮盡性不可得故

娑多(上二合)字時入摧諸煩惱清淨光明般若波羅蜜門悟一切法住持處非處令不動轉性不可得故

孃(輕呼)字時入生世間了別般若波羅蜜門悟一切法能所知性不可得故

囉佗上二合字時入逆生死輪智道場般若波羅蜜門悟一切法執著義性不可得故

婆去引字時入一切宮殿道場莊嚴般若波羅蜜門悟一切法可破壞性不可得故

蹉上字時入修行加行藏蓋差別道場般若波羅蜜門悟一切法欲樂覆性不可得故

娑麽二合字時入現見十方諸佛旋般若波羅蜜門悟一切法可憶念性不可得故

訶縛二合字時入觀察一切衆生堪任力徧生海藏般若波羅蜜門悟一切法可呼召性不可得故

哆娑二合字時入一切功德海趣入修行源底般若波羅蜜門悟一切法勇健性不可得故

伽去字時入持一切法雲堅固海藏般若波羅蜜門悟一切法厚平等性不可得故

姹上字時入願往詣十方現前見一切佛般若波羅蜜門悟一切法積集性不可得故

儜上字時入字輪積集俱胝字般若波羅蜜門悟一切法離諸諠諍無往無來行住坐卧不可得故

頗字時入成熟一切衆生際往詣道場般若波羅蜜門悟一切法徧滿果報不可得故

塞迦上二合字時入無著無礙解辯地藏光明輪普照般若波羅蜜門悟一切法積聚蘊性不可得故

也娑下同二合字時入宣說一切佛法境界般

若波羅蜜門悟一切法衰老性相不可得故

室左上二合字時入一切虛空以法雲雷震吼普照般若波羅蜜門悟一切法聚集足跡不可得故

侘上字時入無我利益衆生究竟邊際般若波羅蜜門悟一切法相驅迫性不可得故

荼去字時入法輪無差別藏般若波羅蜜門悟一切法究竟處所不可得故

善男子我稱如是入諸解脫根本字時此四十二般若波羅蜜爲首入無量無數般若波羅蜜門又善男子如是字門是能悟入法空邊際除如是字表諸法空更不可得何以故如是字義不可宣說不可顯示不可執取不可書持不可觀察離諸相故善男子譬如虛空是一切物所歸趣處此諸字門亦復如是諸法空義皆入此門方得顯了若菩薩摩訶薩於如是入諸字門得善巧智於諸言音所詮所表皆無罣礙於一切法平等空性盡能詮持於衆言音咸得善巧若菩薩摩訶薩能聽如是入諸字門印列阿上字印聞已受持讀誦通利爲他解說不貪名利由此因緣得二十種殊勝功德何等二十謂得彊憶念得勝慚愧得堅固力得法旨趣得增上覺得殊勝慧得無礙辯得總持門得無疑惑得違順語不生恚愛得無高下平等而住得於有情言音善巧得蘊善巧處善巧界善巧得緣起善巧因善巧緣善巧法善巧得根勝劣智善巧他心智善巧得觀星曆善巧得天耳智善

巧宿住隨念智善巧神境智善巧死生智善巧得漏盡智善巧得說處非處智善巧得往來等威儀路善巧是爲得二十種殊勝功德善男子我唯知此入諸解脫根本字智如諸菩薩摩訶薩能於一切世間善巧之法以智通達到於彼岸而我云何能知能說彼功德行時善財童子頭面敬禮衆藝之足繞無數帀戀仰而去

大方廣佛華嚴經入法界品頓證毗盧遮那法身字輪瑜伽儀軌

夫欲頓入一乘修習毗盧遮那如來法身觀者先應發起普賢菩薩微妙行願復應以三密加持身心則能悟入文殊師利大智慧海然修行者最初於空閑處攝念安心閉目端身結跏趺坐運心普緣無邊剎海諦觀三世一切如來徧於一一佛菩薩前慇懃恭敬禮拜旋繞又以種種供具雲海奉獻如是等一切衆聖廣大供養已復應觀自心心本不生自性成就光明徧照猶如虛空復應深起悲念哀愍衆生不悟自心輪迴諸趣我當普化拔濟令其開悟盡無有餘復應觀察自心諸衆生心及諸佛心本無有異平等一相成大菩提心瑩徹清涼廓然周徧圓明皎潔成大月輪量等虛空無有邊際復應於月輪內右旋布列四十二梵字悉皆金色放大光明照徹十方分明顯現一一光中見無量剎海有無量諸佛有無量衆前後圍繞坐菩提座成等正覺智入三際身徧十方轉大法輪度脫羣品悉令現證無住涅槃復應悟入般若波羅蜜四十二字門了一切法皆無所得能觀

正智所觀法界悉皆平等無異無別修瑜伽者若能與是旋陀羅尼觀行相應即能現證毗盧遮那如來智身於諸法中得無障礙圓明字輪四十二字頌曰

阿(上聲)曪跛左曩　攞娜麽拏(上聲)灑　縛須野

瑟吒(上聲)迦　娑莽誐佗(上聲)惹娑縛(二合)　馱捨

佉訖灑(二合)娑頦(二合)　攘囉佗(上聲二合)婆蹉(上聲)

娑麽(二合)訶縛(二合)哆娑(二合)伽姹儜頻娑迦(二合)

野娑(二合)室左(二合)吒荼

大方廣佛華嚴經入法界品四十二字觀

般若波羅蜜多理趣經大安樂不空三昧真實金剛菩薩等一十七聖大曼荼羅義述

唐大興善寺三藏阿目佉金剛依釋略序

昔毗盧遮那如來於他化自在天王宮爲諸大菩薩等說此般若波羅蜜多甚深理趣十七清淨句門蓋是十七大菩薩三摩地之句義也爲令能住持者疾至菩提故遂演此十七聖位大曼荼羅如來與諸大士等所說密語依此修行速疾成就何者爲一十七聖其一所謂大安樂不空三昧真實金剛菩薩蓋表諸佛普賢之身周徧器世間及有情世間以其無邊自在理常體寂不妄不壞故有是名也左持金剛鈴是適悅義置胷之左表大我焉右持五鈷金剛是五智義轉拳向外示衆生也於曼荼羅據有中位而總其衆相除是而有一十六位焉蓋正覺之徑路其二所謂意生金剛菩薩以大悲欲箭害二乘心所以手持是箭而現其欲離俱幻平等智身其三所謂髻利吉羅金剛菩薩於中國之言名觸以不捨衆生必令解脫故欲明觸性即菩提故所以住抱持相而現其觸淨俱幻平等智身其四所謂悲愍金剛菩薩以悲愍故以愛念繩普縛衆生未至菩提終不放捨亦如摩竭大魚吞啗所遇一入口已更無免者所以持此摩竭魚幢而現其愛縛捨離俱幻平等智身其五所謂金剛慢菩薩以無過上智令一切衆生悉證毗盧遮那如來體於世出世間皆得自在所以住傲誕威儀而現其我無我俱幻平等智身其六所謂金剛見菩薩以寂照大慧之眼於雜染果妙淨土乃至真

諦俗諦唯見一切法勝義眞實之諦不散不動所以持意生之羿而現其三昧之身其七所謂金剛適悅菩薩於身塵而得適悅清淨於生死解脫不猒不住所以持觸金剛相而現其三昧之身其八所謂金剛貪菩薩即貪愛而得清淨故遂能以貪而積集功德智慧疾至菩提由住貪愛性故所以持悲愍之羿而現其三昧之身其九所謂金剛自在菩薩出入三界自在無畏於生死涅槃而得大我之體所以住金剛慢相而現其三昧之身其十所謂金剛春菩薩能以菩提覺華起供養雲海亦以方便授與衆生作功德利以華是春事遂以名之故亦持華以爲其羿其十一所謂金剛雲菩薩能以法澤慈雲滋潤含識亦以方便授諸身心使無始無明臭穢不善化成無量供養香雲以鑪煙像雲遂以爲號故持焚香之器以爲羿焉其十二所謂金剛秋菩薩常以智燈破諸黑暗亦以方便授與衆生起無量光明供養雲海以其空色清爽黄如秋時依智光之體遂以名之故執燈明以爲其羿其十三所謂金剛霜雪菩薩能以五無漏蘊香塗衆生心體滅煩惱之熱成五分法身之香亦以方便授與衆生起塗香供養雲海以旃檀塗香解諸毒熱有似霜雪遂以名之故執塗香以爲其羿其十四所謂金剛色菩薩以色清淨智於淨妙界起受用色身於雜染界起變化色身而攝來之事故以持鉤爲羿其十五所謂金剛聲菩薩以聲清淨智能表六十四種梵音普周法界而爲引入之事故持索以爲其羿其十六所謂金剛

香菩薩以香清淨智發金剛界自然名稱之香入一切心以爲止留之事故以持鎖爲契其十七所謂金剛味菩薩以味清淨智持瑜伽三摩地無上法味以爲歡樂之事故持鈴爲契如是等大菩薩

十七清淨三摩地智依文廣述有無量名義體用理事成證之門今但粗舉綱目而已

般若波羅蜜多理趣經大安樂不空三昧真實金剛菩薩等一十七聖大曼荼羅義述

陀羅尼門諸部要目

唐特進試鴻臚卿三藏沙門大廣智不空奉詔譯

瑜伽本經都十萬偈有十八會初會經名一
切如來真實攝其經說五部佛部毗盧遮那佛以為部
主金剛部阿閦佛以為部主寶部寶生佛以為部主蓮華部
阿彌陀佛以為部主羯磨部不空成就佛以為部主彼五部主各
有四菩薩以為眷屬前右左背而安列四內
供養各屬四部次第應知四外供養亦屬四
部四門鉤索鎖鈴四部次第應知
又有四方賢劫中十六大菩薩表賢劫中一
千菩薩
又外有五類天一一類有四天總有二十并
后復有五類成二十五類者上界四天
住虛空四天　遊虛空四天　地居有四天
居地底四天

瑜伽部曼荼羅有四一金剛界二降三世三
徧調伏四一切義成就此四曼荼羅表毗盧
遮那佛內四智菩薩又一一曼荼羅建立六
曼荼羅所謂大曼荼羅三昧耶曼荼羅法曼
荼羅羯磨曼荼羅四印曼荼羅一印曼荼羅
唯降三世曼荼羅具十曼荼羅餘皆具六一
切印契一切法要以四智印攝盡大智印以
五相成本尊瑜伽三昧耶印以二手和合金剛縛發生成印
法智印名本尊種子法身三摩地一切契經文義
羯磨智印以二金剛拳加執持器仗幖幟如身威儀形
又瑜伽中四種眼法眼敬愛熾盛眼鉤召忿怒眼
降伏心殺害煩惱慈眼除毒息寃
又一切如來教集瑜伽中一百二十種護摩
依二十五種爐護摩爐中執印幖幟各異所
求迅速成辦世間出世間成就果報諸會浩

汗文義稍多恐繁文且略指方隅依毗盧遮那成道經大本十萬偈可有三百卷經唐國所譯略本七卷此經中說一百六十心十緣生句五輪地輪水輪火輪風輪空輪此經中二種修行菩提心以爲因大悲以爲根方便爲究竟依勝義世俗若依勝義修行建立法身曼荼羅是故此經中說先絣虛空中曼荼羅是故觀本尊法身遠離形色猶如虛空住如是三摩地若依世俗諦修行依四輪以爲曼荼羅本尊聖者若黃色住地輪曼荼羅(其形方名金輪)聖者若白色住水輪曼荼羅(其形圓名水輪)聖者若赤色住火輪曼荼羅(其形三角)聖者若青色若黑色住風輪曼荼羅(其形如半月)大曼荼羅安於八葉蓮華臺五佛四菩薩安於臺葉中曼荼羅外又有三種曼荼羅一切如來曼荼羅釋迦牟尼曼荼羅文殊師利曼荼羅此曼荼羅名爲大悲胎藏曼荼羅弟子受灌頂法小曼荼羅極微妙委曲餘部所不代此中修行供養兼存二種事與理此經中護摩火天有四十種就中一十二種火爲最勝爐形及木有乳果類苦練所用各不同東西南北祈願各殊内外護摩亦依五輪求四種事速疾成就息災增益降伏敬愛所請火天各各不同寂靜熈怡忿怒喜怒次第應知

蘇悉地經教中依三部所謂佛部(五佛頂等)蓮華部種類甚多金剛部金剛薩埵等變化無量有三種三昧耶佛部蓮華部金剛部有三部心真言爾那羅迦(半音呼)阿嚧力(二)嚩日囉(二合)地力(三)

部主有三種金輪王佛頂佛部主蓮華部主

馬頭觀自在金剛部主三世勝金剛
三種部母佛部佛眼以爲部母蓮華部白衣
觀自在以爲部母金剛部忙麽雞菩薩以爲
部母
三種明妃佛部無能勝菩薩以爲明妃蓮華
部多羅菩薩以爲明妃金剛部金剛孫那利
菩薩以爲明妃
三種忿怒不動尊佛部忿怒忿怒鈎蓮華部
忿怒軍荼利金剛部忿怒
有四種界金剛橛地界金剛牆八方界金剛
網上方界密縫阿三莽儗你界又有四種界
結護曼荼羅金剛索護東方金剛幢旛護西
方金剛迦利護南方金剛峯護北方又大界
名商羯羅設佛頂護輪王等隣近不被障礙
此經中修真言者成就世間悉地依時依處

時者謂三時處謂本尊像前供養五種除閼
伽一者塗香二者華鬘三者燒香四者飲食
五者燈明白北黄東黒南赤西隨息災增益
降伏敬愛所求應知成就者十八種物隨身
廣如經說三時澡洗三時浣衣
一月分爲四時月生一日至八日應作息災
從九日至十五日應作增益從十六日至二
十三日應作降伏從二十四日至月盡日爲
敬愛法蕤呬耶經亦同蘇悉地分布曼荼羅
及絣地法此經中極微細不可具録
及八方其護持帝王營從兵法五天竺國深
敬信佛法於帝王可傳蘇婆呼童子經此經
中辯求成就人護摩杵金銀銅鐵石水精佉
陀羅木等無量種各不同杵五股三股一股
長十六指爲上十二指爲中八指以爲下乃

至一指節爲下此經中說不持金剛杵無由得成就金剛杵者菩提心義能壞斷二邊契中道中有十六菩薩位亦表十六空爲中道兩邊各有五股五佛五智義亦表十波羅蜜能摧十種煩惱成十種真如便證十地證金剛三業獲金剛智坐金剛座亦是一切智智亦名如來自覺聖智若不修此三摩地智得成佛者無有是處恐文繁不能廣述若廣釋窮劫不可說盡怛唎三昧耶經同毗盧遮那集會所有聖衆修行教法自性成就此教中修行者但住菩提心大悲志願不捨無盡衆生界所應不違事設違之不應食啗若有食者不成破三昧耶戒此經中說誦大輪金剛真言不染諸愆過以爲方便現生一切真言速疾成就此經中不動尊等四十二如來僮僕使者若修真言行菩薩堅持菩提心我等承事供養擁護食彼修行者殘食彼等至無上菩提諸障者毗那夜迦不得便速證無上菩提

陀羅尼門諸部要目

金剛頂瑜伽三十七尊禮

唐特進試鴻臚卿三藏大廣智不空奉詔譯

南慕清淨法身毗盧遮那佛
南慕金剛堅固自性身阿閦佛
南慕功德莊嚴聚身寶生佛
南慕受用智慧身阿彌陀佛
南慕作變化身不空成就佛
南慕大圓鏡智金剛波羅蜜出生盡虛空徧法界一切波羅蜜菩薩摩訶薩
南慕平等性智寶波羅蜜出生盡虛空徧法界一切波羅蜜菩薩摩訶薩
南慕妙觀察智法波羅蜜出生盡虛空徧法界一切波羅蜜菩薩摩訶薩
南慕成所作智業波羅蜜出生盡虛空徧法界一切波羅蜜菩薩摩訶薩
南慕一切如來菩提心金剛薩埵菩薩等盡虛空徧法界同一體性金剛界生身一切菩薩摩訶薩
南慕一切如來菩提心金剛王菩薩等盡虛空徧法界同一體性金剛界生身一切菩薩摩訶薩
南慕一切如來菩提心金剛欲菩薩等出生盡虛空徧法界一切波羅蜜菩薩摩訶薩
南慕一切如來菩提心金剛善哉菩薩等出生盡虛空徧法界一切波羅蜜菩薩摩訶薩
南慕一切如來功德聚金剛寶菩薩等出生盡虛空徧法界一切波羅蜜菩薩摩訶薩
南慕一切如來功德聚金剛光菩薩等出生盡虛空徧法界一切波羅蜜菩薩摩訶薩
南慕一切如來功德聚金剛幢菩薩等出生

盡虛空徧法界一切波羅蜜菩薩摩訶薩
南慕一切如來功德聚金剛笑菩薩等出生
盡虛空徧法界一切波羅蜜菩薩摩訶薩
南慕一切如來智慧門金剛法菩薩等出生
盡虛空徧法界一切波羅蜜菩薩摩訶薩
南慕一切如來智慧門金剛利菩薩等出生
盡虛空徧法界一切波羅蜜菩薩摩訶薩
南慕一切如來智慧門金剛因菩薩等出生
盡虛空徧法界一切波羅蜜菩薩摩訶薩
南慕一切如來智慧門金剛語菩薩等出生
盡虛空徧法界一切波羅蜜菩薩摩訶薩
南慕一切如來大精進金剛業菩薩等出生
盡虛空徧法界一切波羅蜜菩薩摩訶薩
南慕一切如來大精進金剛護菩薩等出生
盡虛空徧法界一切波羅蜜菩薩摩訶薩

南慕一切如來大精進金剛牙菩薩等出生
盡虛空徧法界一切波羅蜜菩薩摩訶薩
南慕一切如來大精進金剛拳菩薩等出生
盡虛空徧法界一切波羅蜜菩薩摩訶薩
南慕一切如來適悅心金剛嬉戲菩薩等出
生盡虛空徧法界同一體性金剛界生身一
切供養海雲菩薩摩訶薩
南慕一切如來離垢繒金剛鬘菩薩等出生
盡虛空徧法界一切波羅蜜菩薩摩訶薩
南慕一切如來妙法音金剛歌菩薩等出生
盡虛空徧法界一切波羅蜜菩薩摩訶薩
南慕一切如來神通業金剛舞菩薩等出生
盡虛空徧法界一切波羅蜜菩薩摩訶薩
南慕一切如來真如薰金剛焚香菩薩等出
生盡虛空徧法界一切波羅蜜菩薩摩訶薩

南慕一切如來勝莊嚴金剛華菩薩等出生
盡虛空徧法界一切波羅蜜菩薩摩訶薩
南慕一切如來常普照金剛燈菩薩等出生
盡虛空徧法界一切波羅蜜菩薩摩訶薩
南慕一切如來戒清涼金剛塗香菩薩等出
生盡虛空徧法界一切波羅蜜菩薩摩訶薩
南慕一切如來四攝智金剛鉤菩薩等出生
盡虛空徧法界同一體性金剛界生身一切
成辦波羅蜜菩薩摩訶薩
南慕一切如來善巧智金剛索菩薩等出生
盡虛空徧法界同一體性金剛界生身一切
奉教波羅蜜菩薩摩訶薩
南慕一切如來堅固智金剛鎖菩薩等出生
盡虛空徧法界同一體性金剛界生身一切
如來使者波羅蜜菩薩摩訶薩

南慕一切如來歡樂智金剛鈴菩薩等出生
盡虛空徧法界同一體性金剛界生身一切
如來隨順波羅蜜菩薩摩訶薩
普爲梵釋四王天龍八部帝主人王師僧父
母及善知識道場衆等法界有情並願斷除
諸障歸命懺悔
至心懺悔弟子衆等自從無始曠大劫來至
于今日迷無我覺計有我人我計既興常緣
我所根塵浩繞識陰奔波擊動身心猶如電
轉清淨眼耳鼻舌身意一念不覺飄作六師
偷法王財供邊見賊賊既熾盛破涅槃城殘
害法身焚燒慧命如此等罪數越塵沙從迷
至迷莫測終始今始覺悟深悔自慚曉夜驚
惶身心戰慄永斷迷覺貪愛我人投涅槃城
歸安樂國以無我覺降伏六師收法王財納

三堅藏資給慧命增益法身然法性燈常照無盡行願理事塵界不違三寶三乘誓當弘護迷覺之罪隨懺消滅懺悔迴向已至心歸命禮三寶

至心發願弟子衆等及法界有情始從今日乃至無上菩提念念堅固念念勝進身心自在辯説無礙於一念之中具足一切種智須知諸法畢竟空寂而常度脫一切衆生同證涅槃不以涅槃爲證發願已至心歸命禮三寶

金剛頂瑜伽三十七尊禮

受菩提心戒儀

普賢瑜伽阿闍黎集

唐特進試鴻臚卿三藏沙門大廣智不空奉詔譯

最上乘教受戒懺悔文

弟子某甲等稽首歸命禮徧虛空法界十方諸如來瑜伽總持教諸大菩薩衆及禮菩提心能滿福智聚令得無上覺是故稽首禮

禮佛真言曰

唵薩嚩怛佗蘖多(引)跛娜滿那喃迦嚧彌

次應運心供養

弟子某甲等　十方一切剎　所有諸供養
華鬘燈塗香　飲食幢旛蓋　誠心我奉獻
諸佛大菩薩　及諸賢聖等　我今至心禮

普供養虛空藏真言曰

唵誐誐曩(引)三婆嚩嚩日囉(二合)斛

次應懺悔

弟子某甲等　今對一切佛　諸大菩薩衆
自從過去世　無始流轉中　乃至於今日
愚迷真如性　起虛妄分別　貪瞋癡不善
三業諸煩惱　及以隨煩惱　違犯他勝罪
及餘罪愆等　毀謗佛法僧　侵奪三寶物
廣作無間罪　無量無邊劫　不可憶知數
自作教他作　見聞及隨喜　復依勝義諦
真實微妙理　聖慧眼觀察　前後中三際
彼皆無所得　自心造分別　虛妄不實故
以爲慧方便　平等如虛空　我悉皆懺悔
誓不敢覆藏　從今懺已後　永斷不復作
乃至成正覺　終更不違犯　惟願十方佛
一切菩薩衆　哀愍加護我　令我罪障滅
是故至心禮

懺悔滅罪真言曰

唵薩嚩跛波捺賀引　曩嚩日囉二合野引　娑嚩二合引賀引

次當受三歸依

弟子某甲等　從今日已往　歸依諸如來
五智三身佛　歸依金剛乘　自性真如法
歸依不退轉　大悲菩薩僧　歸依三寶竟
終不更歸依　自利邪見道　我今至心禮

三歸依真言曰

唵步引欠

次應受菩提心戒

弟子某甲等　一切佛菩薩　從今日以往
乃至成正覺　誓發菩提心
有情無邊誓願度　福智無邊誓願集
佛法無邊誓願學　如來無邊誓願事
無上菩提誓願成
今所發覺心　遠離諸性相　蘊界及處等
能取所取執　諸法悉無我　平等如虛空
自心本不生　空性圓寂故　如諸佛菩薩
發大菩提心　我今如是發　是故至心禮

次誦受菩提心戒真言曰

唵冐地唧多毋怛波二合那野引彌

最上乘教受發菩提心戒懺悔文

弟子某甲等歸命十方一切諸佛諸大菩薩大菩提心為大導師能令我等離諸惡趣能示人天入大涅槃是故我今至心頂禮弟子某甲等十方世界所有一切最勝上妙香華旛蓋種種供養奉獻一切諸佛菩薩至心頂禮弟子某甲等自從過去無始已來乃至今日貪瞋癡等種種煩惱及忿恨等諸隨煩惱

惱亂身心廣作一切身業不善殺盜邪婬口業不善妄言綺語惡口兩舌意業不善貪瞋邪見種種煩惱無始相續纏染其心令身口意造罪無量或殺父母殺阿羅漢出佛身血破和合僧毀謗三寶打縛衆生破齋破戒飲酒食肉及食五辛如是等罪無量無邊不可憶知今日誠心發露懺悔一懺已後永斷相續更不敢造惟願十方一切諸佛諸大菩薩加持護念能令我等罪障消滅

弟子某甲等自從今身乃至當坐菩提道場於其中間歸依如來無上三身歸依方廣大乘法藏歸依一切不退菩薩僧歸依佛竟歸依法竟歸依僧竟從今已往更不歸依二乘外道惟願十方一切諸佛證知我等至心頂禮弟子某甲等始從今身乃至當坐菩提道場於其中間誓發無上大菩提心

衆生無邊誓願度　福智無邊誓願集

法門無邊誓願學　如來無邊誓願事

無上菩提誓願成

今所發心復當遠離我法二相顯明本覺真如平等鏡智現前得善巧智具足圓滿普賢之心惟願十方一切諸佛諸大菩薩證知我等至心頂禮

南無東方阿閦佛　南無南方寶生佛

南無西方阿彌陀佛

南無北方不空成就佛

南無清淨法身毗盧遮那佛

最上乘教受戒懺悔文

受菩提心戒儀

大聖文殊師利菩薩讚佛法身禮 并序

唐特進試鴻臚卿三藏沙門大廣智不空奉 詔譯

皇帝以深仁馭宇大明燭物普灑甘露沃蕩黎元不空叨沐聖慈濫當飜譯特奉恩命令集上都義學沙門良賁等一十六人於内道場飜仁王護國般若及大乘密嚴等經畢願讚揚於至覺冀介福於聖躬竊見大聖文殊師利菩薩讚佛法身經據真梵本有四十禮先道所行但唯有十禮於文不備歎德未圓恐乖聖者懇誠又闕羣生勝利不空先有所持梵本並皆具足今譯流傳庶裨弘益其餘懺悔儀軌等並如舊本此不復云于時唐永泰元年維夏四月也

經云

如是我聞一時佛住王舍城鷲峯山中與大比丘衆二萬五千人俱皆是阿羅漢與大菩薩摩訶薩七十二那庾多俱胝文殊師利菩薩而爲上首爾時文殊師利菩薩從座而起整理衣服偏袒右肩頂禮佛足合掌恭敬稱揚如來說伽他曰

無色無形相　無根無住處　不生不滅故
敬禮無所觀　不去亦不住　不取亦不捨
遠離六入故　敬禮無所觀　不住於諸法
離有離無故　行於平等故　敬禮無所觀
出過於三界　等同於虛空　諸欲不染故
敬禮無所觀　於諸威儀中　去來及睡寤
常在寂靜故　敬禮無所觀　去來悉平等
已住於平等　不壞平等故　敬禮無所觀
入諸無相定　見諸法寂靜　常在三昧故
敬禮無所觀　無住無所觀　於法得自在

慧用常定故　敬禮無所觀　不住於六根
不著於六境　常在一相故　敬禮無所觀
入於無相中　能斷於諸染　遠離名色故
敬禮無所觀　不住於有相　亦離於諸相
入於無相故　敬禮無所觀　無分別思惟
心住無所住　諸念不起故　敬禮無所觀
無藏識如空　無染無戲論　遠離三世故
敬禮無所觀　虛空無中邊　諸佛心亦然
心同虛空故　敬禮無所觀　諸佛虛空相
虛空亦無相　離諸因果故　敬禮無所觀
不著於諸法　如水月無取　遠離於我故
敬禮無所觀　不住於諸蘊　不著於處界
遠離顛倒故　敬禮無所觀　常等於法界
我見悉皆斷　遠離二邊故　敬禮無所觀
不住於諸色　非取亦非捨　遠離非法故

敬禮無所觀　證無障礙法　通達於諸法
遠離魔法故　敬禮無所觀　非有亦非無
有無不可得　離諸言說故　敬禮無所觀
摧折我慢幢　非一亦非二　遠離一一故
敬禮無所觀　身口意無失　三業常寂靜
遠離譬喻故　敬禮無所觀　一切智常住
應現無功用　遠離諸過故　敬禮無所觀
微妙無漏念　無限無分別　等情非情故
敬禮無所觀　以於無礙故　悉知一切心
不住自他故　敬禮無所觀　無礙無所觀
常住無礙法　遠離諸心故　敬禮無所觀
心常無所緣　自性不可得　平等難量故
敬禮無所觀　以無所依心　悉見諸刹土
知諸有情故　敬禮無所觀　諸法薩婆若
畢竟無所有　佛心難測故　敬禮無所觀

諸法猶如幻　如幻不可得　離諸幻法故
敬禮無所觀　佛常在世間　而不染世法
不染世間故　敬禮無所觀　一切智常住
空性空境界　言說亦空故　敬禮無所觀
證無分別定　得如幻三昧　遊戲神通故
敬禮無所觀　非一亦非異　非近亦非遠
於法不動故　敬禮無所觀　一念金剛定
剎那成等覺　證無影像故　敬禮無所觀
於諸三世法　成就諸方便　不動涅槃故
敬禮無所觀　涅槃常不動　無此岸彼岸
通達方便故　敬禮無所觀　無相無所有
無恚無戲論　不住有無故　敬禮無所觀
智處悉平等　寂靜無分別　自他一相故
敬禮無所觀　一切平等禮　無禮無不禮
一禮徧含識　同歸實相體

爾時世尊讚文殊師利菩薩言善哉善哉汝今善說如來功德一切諸法本來清淨文殊師利假使有人教化三千大千世界一切有情成辟支佛不如有人聞此功德一念信解即超過彼百千萬倍如是展轉無稱計譬喻校量具如本經所說

大聖文殊師利菩薩讚佛法身禮

音釋

頦（丁可切）　鈷（公戶切）　啗（徒敢切與噉同）　慓幟（慓通遙切幟昌志切慓幟猶表識也）　[illegible]（儒佳切）　絣（悲萌切以繩絣直也）　賁（彼義切）

一百五十讚佛頌
唐沙門義淨於那爛陀寺譯
百千頌大集經地藏菩薩請問法身讚
唐特進試鴻臚卿三藏沙門大廣智不空奉詔譯

清刻龍藏佛說法變相圖

一百五十讚佛頌 百千頌大集經地藏菩薩請問法身讚

尊者摩咥利制吒造

唐沙門義淨於那爛陀寺譯

世尊最殊勝　善斷諸惑種　無量勝功德
總集如來身　唯佛可歸依　可讚可承事
如理思惟者　宜應住此教　諸惡煩惱習
護世者已除　福智二俱圓　唯尊不退沒
縱生惡見者　於尊起嫌恨　伺求身語業
無能得瑕隙　記我得人身　聞法生歡喜
譬如巨海內　盲龜遇楂穴　妄念恒隨逐
惑業墮深坑　故我以言詞　歎佛實功德
牟尼無量境　聖德無邊際　爲求自利故
我今讚少分　敬禮無師智　希有衆事性
福慧及威光　誰能知數量　如來德無限
無等無能說　我今求福利　假讚以名言

我智力微淺　佛德無涯際　唯願大慈悲
拯我無歸處　怨親悉平等　無緣起大悲
普於衆生界　恒作真善友　內財尚能捨
何況於外財　尊無悋惜心　求者滿其願
以身護彼身　以命贖他命　全軀救一鴿
歡喜無慳悋　尊不畏惡道　亦不貪善趣
但爲心澄潔　尸羅由此成　常離諸邪曲
恒親質直者　諸業本性空　唯居第一義
衆苦逼其身　尊能善安慮　正智斷諸惑
有過悉與悲　殉命濟他難　生無量歡喜
如死忽重穌　此喜過於彼　怨對害其身
一切時恒惱　不觀其過惡　常起大悲心
正徧菩提種　心恒所珍玩　大雄難勝智
無有能及者　無等菩提果　苦行是其因
由此不顧身　勤修諸勝品　豪貴與貧賤

等引以大悲　於諸差別中　而無高下想
勝樂等持果　心無有貪著　普濟諸羣生
大悲無間斷　尊雖遭極苦　於樂不希求
妙智諸功德　殊勝無能共　滌淨諸雜法
簡僞取其真　如清淨鵝王　飲乳棄其水
於無量億劫　勇猛趣菩提　於彼生生中
喪身求妙法　三僧祇數量　精勤無懈倦
持此爲勝伴　以證妙菩提　尊無嫉垢心
於劣除輕想　平等無乖諍　勝行悉圓成
尊唯重因行　非求果位圓　徧修諸勝業
衆德自成滿　勤修出離法　超昇衆行頂
坐卧經行處　無非勝福田　拔除衆過染
增長清淨德　斯由積行成　唯尊最無上
衆福皆圓滿　諸過悉蠲除　如來淨法身
塵習皆已斷　資糧集更集　功歸調御身

欲求於譬類　無能與佛等　徧觀諸世間
災橫多障惱　縱有少分善　易得爲比對
遠離諸過患　湛然安不動　最勝諸善根
無能爲譬喻　如來智深遠　無底無邊際
世事喻佛身　牛跡方大海　深仁荷一切
世間無有比　大地持重擔　喻此實爲輕
愚癡闇已除　牟尼光普照　世智非能譬
如螢對日光　如來三業淨　秋月皎空池
世潔喻佛身　俱成塵濁性　如上諸所引
世中殊勝事　佛法逈超過　俗事可哀愍
聖法珍寶聚　佛最居其頂　無上無比中
唯佛與佛等　如來聖智海　隨樂歎少分
鄙詞讚勝德　對此實多慚　時俗覩降魔
一切咸歸伏　觀彼同真性　我謂等輕毛
假令大戰陣　智勇能摧伏　聖德超世間

降彼非爲喻　隣次降魔後　於夜後分中
斷諸煩惱習　勝德皆圓滿　聖智除衆闇
超過千日光　摧伏諸邪宗　希有無能比
三善根圓滿　永滅貪恚癡　種習悉已除
清淨無能喻　妙法尊恒讚　不正法恒非
於斯邪正處　心無有憎愛　於聖弟子衆
及外道師徒　於彼違順中　佛心初無二
於德情無著　德者亦非貪　善哉極無垢
聖智恒圓潔　諸根常湛寂　永離迷妄心
於諸境界中　現量由親覩　念慧窮真際
非凡愚所測　善安立語言　證彼亡言處
寂靜無礙光　皎潔逾輝映　妙色世希有
孰不懷敬心　若有暫初觀　或復恒瞻覩
妙相曾無二　前後悉同歡　最勝威德身
觀者心無猒　縱經無量劫　欣仰似初觀

所依之德體　能依之德心　性相二俱融
能所初無異　如斯善逝德　總集如來躬
離佛相好身　餘非所安處　我因先世福
幸遇調御師　仰讚功德山　遠酬尊所說
一切有情類　皆因煩惱持　唯佛能善除
由悲久住世　誰當先敬禮　唯佛大悲尊
聖德超世間　悲願處生死　尊居寂靜樂
處濁爲羣生　永劫久精勤　慈心爲一切
從真還利俗　由悲所引生　如呪出潛龍
興雲注甘雨　恒居勝定位　等觀以怨親
兇嶮倡聒人　投身歸聖德　神通師子吼
宣言三界尊　久已猒名聞　由悲自稱讚
常修利他行　曾無自利心　慈念徧衆生
於己偏無愛　悲願無邊際　逐器化羣生
隨處皆饒益　猶如散祭食　深心念一切
恒不捨須臾　利彼反遭辱　由悲非佛咎
慈音演妙義　誠諦非虛說　廣略任機緣
半滿隨時轉　若聞尊演說　孰不歎希奇
縱令懷惡心　有智咸歸信　義詞恒善巧
或復出麤言　利益悉不虛　故並成真妙
柔輭及麤獷　隨事化衆生　聖智無礙心
一味皆平等　勝哉無垢業　善巧喻良工
成此微妙身　演斯珍寶句　覩者皆歡喜
聞說並心開　美顏宣妙詞　如月流甘露
慈雲灑法雨　能清染欲塵　如彼金翅王
吞滅諸龍毒　能殄無明闇　喻如千日光
摧碎我慢山　譬猶天帝杵　現證非虛謬
靜慮除亂心　如實善修行　三事皆圓滿
創聞佛所說　心喜已開明　從此善思惟
消除諸垢染　遭苦能安慰　放逸令生怖

著樂勸猒心　隨事皆開誘　上智證法喜
中根勝解生　淺劣發信心　尊言徧饒益
善拔諸邪見　引之趣涅槃　罪垢能洗除
由尊降法雨　一切智無礙　恒住正念中
如來所記莂　一向非虛謬　無非處非時
亦無非器轉　尊言不虛發　聞者悉勤修
一路勝方便　無雜可修學　初中後盡善
餘教所皆無　如斯一向善　狂愚起謗心
此教若生嫌　無怨與斯等　歷劫爲羣迷
備經衆苦毒　此教縱非善　念佛尚應修
況能大饒益　復宣深妙義　縱使頭被焚
先應救此教　自在菩提樂　聖德恒淡然
皆由此教生　證彼亡言處　世雄真實教
邪宗聞悉驚　魔王懷惱心　人天生勝喜
大地無分別　平等普能持　聖教利羣生
邪正俱蒙益　暫聞佛所說　金剛種已成
縱未出樊籠　終超死行處　聞法方思義
如實善修行　次第三慧圓　餘教皆無比
唯獨牛王仙　妙契真圓理　斯教不勤修
寧有怨過此　暫聞除渴愛　邪見信心生
聽者發喜心　依斯具淨戒　誕應時咸喜
成長世皆歡　大化利羣生　示滅與悲感
讚詠除衆毒　憶念招欣慶　尋求發慧明
解悟心圓潔　遇者令尊貴　恭侍勝心生
承事感福因　親奉除憂苦　尸羅具清潔
靜慮心澄寂　般若圓智融　恒沙福所集
尊容及尊教　及尊所證法　見聞思覺中
此寶最殊最　漂流作洲渚　害已恒爲護
怖者作歸依　引之令解脫　淨戒成妙器
良田生勝果　善友能饒益　慧命由此成

行恩及和忍　見者成欣悅　廣集仁慈心
功德無邊際　身口無過惡　愛敬由之生
吉祥衆義利　咸依善逝德　導師能善誘
墮慢使翹勤　等持調曲心　迷途歸正道
善根成熟者　駕馭以三乘　懱悷不調人
由悲故暫捨　於遭厄能救　安樂勸善修
悲愍苦衆生　利樂諸羣品　違害興慈念
失行者生憂　暴虐起悲心　聖德無能讚
恩深於罔極　舉世所咸知　於此返生怨
尊恒起慈愍　亡身救一切　自事不生憂
於諸崩墮人　親能爲援護　二世行恩造
超過諸世間　於闇常照明　尊爲慧燈炷
人天所受用　隨類有差殊　唯尊正法味
平等無差別　不觀於氏族　色力及年華
隨有善根人　求者皆蒙遂　廣現諸希有

無緣起大慈　聖衆及人天　合掌咸親近
嗚呼生死畏　佛出乃光暉　饒益諸衆生
皆能滿其願　惡人與共處　推樂取憂危
謗惱害其身　猶如受勝德　爲物行勤苦
曾無染著心　世尊希有德　難以名言說
尊遊嶮惡道　馬麥及牛鏘　苦行經六年
安受心無退　尊居最勝位　悲愍化羣生
縱愚輕賤人　身語逾謙敬　或位尊貴主
曾無憍慢心　屈巳事衆生　卑恭如僕使
機情億萬種　論難百千端　如來慈善音
一答疑皆斷　恩深過覆載　背德起深怨
尊觀怨極境　猶如極重恩　怨於尊轉害
尊於怨轉親　彼恒求佛過　佛以彼爲恩
邪宗妬心請　毒飯與火坑　悲願化清池
變毒成甘露　以忍調恚怒　真言銷謗毀

慈力化魔慾　正智除邪毒　羣迷從曠劫
習惡以性成　唯尊妙行圓　一念翻令善
温柔降暴虐　惠施破慳貪　善語伏麤言
唯尊勝方便　難提摧巨慢　鴦掘起慈心
難調能善調　誰不讚希有　唯尊聖弟子
法味自怡神　草座以爲安　金床非所貴
善知根欲性　攝化任機緣　或有待其請
或無問自説　初陳施戒等　漸次淨心生
後談真實法　究竟令圓證　怖畏漂流處
唯佛可歸依　勇猛大悲尊　拯濟諸羣品
身雲徧法界　法雨灑塵方　應現各不同
隨機故有異　善淨無違諍　唯尊可承奉
廣利諸人天　咸應興供養　身口無起作
善化徧羣方　所説妙相應　此德唯尊有
久修三業淨　妙瑞現無邊　普觀諸世間
曾無此勝德　況於極惡者　純行最上悲
廣利諸衆生　勇猛勤精進　聲聞知法者
於尊恒奉事　設使證涅槃　終名爲負債
彼等諸聖衆　爲已而修學　由捨利生心
不名還債者　無明睡已覺　悲觀徧羣方
荷負起翹勤　聖善宜親近　魔慾興惱害
佛力已能除　無畏功德中　斯但顯少分
悲心化一切　聖意絶希求　利樂無不施
能事斯皆畢　如來勝妙法　若或可遷移
調達與善星　不應投此教　無始流轉中
互爲不饒益　由斯佛出世　開示化衆生
鹿苑度俱隣　堅林化須跋　此土根緣盡
更無餘債牽　法輪久已轉　覺悟諸羣迷
恒沙受學人　皆能利三有　以勝金剛定
自碎堅牢身　不捨於大悲　自化猶分布

二利行已滿　色法兩身圓　救攝一闡提
雙林顯佛性　悲心貫三有　色像應羣方
粟粒以分身　爾乃居圓寂　善哉奇特行
希有功德身　大覺諸法門　世所未曾有
流恩徧含識　身語恒寂然　凡愚背聖恩
於尊興謗怒
法聚寶藏真無際　德源福海實難量
若有衆生曾禮尊　禮彼亦名爲善禮
聖德神功無有盡　我今智劣喻微塵
欲讚如來功德山　望涯怯退由斯止
無量無數無邊境　難思難見難證理
唯佛聖智獨了知　豈是凡愚所能讚
一毫一相充法界　一行一德徧心源
清淨廣大喻芳池　能療衆生煩惱渴
我讚牟尼功德海　憑斯善業趣菩提
普願含生發勝心　永離凡愚虛妄識

一百五十讚佛頌

百千頌大集經地藏菩薩請問法身讃

唐特進試鴻臚卿三藏沙門大廣智不空奉　詔譯

歸命禮法身　住於諸有情　彼由不徧知
輪迴於三有　其性即生死　淨時亦復然
清淨是涅槃　亦即是法身　譬如乳相雜
醍醐不可得　如煩惱相雜　法界不可見
譬如淨乳已　酥精妙無垢　如淨其煩惱
法界極清淨　如燈在其缾　光耀無所有
如在煩惱缾　法界不照曜　彼彼令一邊
其缾若得穴　由彼彼一邊　光明而外出
以三摩地杵　破壞煩惱缾　徧滿於虛空
普徧光照耀　法界亦不生　亦不曾壞滅
一切時不染　初中常無垢　譬如吠瑠璃
常時極光明　石藏以覆蔽　彼光不照曜
如是煩惱覆　法界妙清淨　不照於生死
於涅槃光明　有性若有功　則見於真金
無性若有功　困而無所獲　如糠覆其上
不名爲粳米　煩惱覆其上　亦不名爲佛
若得離於糠　顯現於粳米　遠離於煩惱
法身得顯現　世間作譬喻　芭蕉無堅實
而有真實果　食味如甘露　如無實生死
流轉煩惱海　其果即佛體　甘露施有施
如是於諸種　相似生其果　無種亦無果
智者必不信　種子則其性　諸法之所依
次第若能淨　獲得成佛位　日月常無垢
以五種覆蔽　雲霧與烟等　羅睺手及塵
如是心光明　覆蔽以五垢　貪愛瞋恚眠
掉舉與疑惑　如火洗其衣　種種垢不淨
若擲於火中　燒垢不燒衣　空類諸契經
所有如來説　一切斷煩惱　不曾壞其性

譬如地下水 常住而清淨 智隱於煩惱
清淨亦復然 法界亦非我 非女亦非男
遠離一切執 云何分別我 諸法無所著
女男不可得 貪盲調伏故 示現男女相
無常苦空性 心淨慮有三 最勝心淨慮
諸法無自性 如胞胎孕者 有之而不現
如煩惱所覆 法實不可見 分別有四種
所生大造者 分別我我所 名想及境界
一切佛大願 無所有無相 自覺相應故
諸佛常法性 如言兎有角 分別而非有
如是一切法 分別不可得 分析如微塵
分別不可得 如初後亦尒 智云何分別
如是和合生 和合亦滅壞 一法自不生
云何愚分別 兎牛二角喻 此名徧計相
依住於中道 如善逝法性 如月及星宿

現於清水器 影像而顯現 如是圓成相
初中亦爲善 常恒不欺誑 彼無五種我
云何我分別 譬如熱時水 故名爲熱水
是則其冷時 則名爲冷水 覆蔽煩惱網
是則名爲心 若離其煩惱 則名爲等覺
眼識縁於色 影像極清淨 不生亦不滅
法界如是知 耳識縁於聲 清淨識三種
以自分別聞 法界無形相 鼻依香而齅
無色亦無形 鼻識是真如 法界應分別
舌界自性空 味界性遠離 無依亦無識
法界自性故 清淨身自性 所觸和合相
遠離於所縁 我説爲法界 諸法意爲最
離能所分別 法界無自性 法界而分別
能見聞而齅 是味及所觸 瑜伽法是知
如是圓成相 眼耳及與鼻 舌身及末那

六處皆清淨　如是彼之相　心見有二種
世間出世間　我執爲流轉　自覺是真如
無盡是涅槃　若盡貪及癡　覺彼是佛體
有情歸依處　一切於此身　有智及無智
繫縛自分別　由悟得解脫　菩提不遠近
不來亦不去　壞滅及顯現　於此煩惱網
說於衆契經　住於自思惟　照以智慧燈
即得最勝寂　菩提不遠想　亦無隣近想
是六種影像　皆由如是知　如水與乳合
同在於一器　鵝飲盡其乳　其水如常在
如是煩惱雜　智在於一器　瑜伽者飲智
棄捨於煩惱　如是我我執　乃至所取執
若見二無我　有種而滅壞　是佛般涅槃
常恒淨無垢　愚夫二分別　無二瑜伽句
種種難行施　以戒攝有情　一切損忍辱
界增此爲三　於諸法精進　靜慮心加行
常習於智慧　復得菩提增　方便共爲慧
以願皆清淨　以力妙堅智　界增爲四種
不應禮菩薩　此爲甚惡說　不親於菩薩
不生其法身　憎於甘蔗種　欲食於石蜜
若壞甘蔗種　無由石蜜生　若護甘蔗種
三種而可得　糖半糖石蜜　於中必得生
若護菩提心　三種而可得　羅漢緣覺佛
於中必得生　如護於稻芽　農夫必當護
如初勝解行　如來必作護　如黑十五日
而見月輪形　如是勝解行　影現佛形相
如是初月輪　剎那剎那增　如是入地者
念念見增益　如白十五日　月輪得圓滿
如是究竟地　法身而得生　勝解彼堅固
常當於佛法　能發如是心　得爲不退轉

染依得轉依　得受爲淨依　由分得覺悟
名爲極喜地　常時於染汙　欲等相種垢
無垢得清淨　名爲離垢地　滅壞煩惱網
照曜得離垢　無量之暗瞑　離名發光地
清淨常光明　遠離世吉祥　圍繞智慧燄
名爲燄慧地　一切明工技　種種淨慮飾
難勝於煩惱　得勝難勝地　於三種菩提
攝受令成就　生滅於甚深　名爲現前地
遊戲於光網　徧以帝釋嚴　超越欲暴流
名爲遠行地　一切佛加持　預入於智海
自在無功用　不動於魔使　於諸無礙解
瑜伽到彼岸　於說法談論　名爲善慧地
身以智所成　如虛空無垢　諸佛皆所持
普徧如法雲　佛法之所依　行果皆所持
所依皆得轉　故名爲法身　離不思議熏

及離流轉習　汝不思思者　云何而得知
超過諸語境　一切根非境　意識所取者
如所有我禮　次第而積集　佛子大名稱
皆以法雲智　微細見法性　爾時洗濯心
超度生死海　彼以大蓮華　安立爲大座
無量寶葉光　寶光明爲臺　無量億蓮華
普徧爲眷屬　先以十種力　以無畏四種
餘佛不共法　大自在而坐　一切善皆集
福智以資糧　圓月在星宿　徧滿而圍繞
則以佛日手　以寶光無垢　灌頂於長子
普徧皆令灌　彼住大瑜伽　皆見以天眼
無明攪擾出　惡習苦怖畏　狀如金光色
從彼瑜伽光　彼無知所覆　得開無明門
以福智感招　彼獲無執受　隨緣而圓寂
心得皆變化　諸法無自性　自性於境界

菩薩王妙見　法身妙無垢　皆以無垢身
安住於智海　即作衆生利　如巧摩尼珠
一切瑜伽者　大瑜伽自在　佛影皆變化
徧滿而流出　或有八臂者　三目熾盛身
彼皆瑜伽王　普徧而流出　皆以慈悲法
勝喜執持弓　射以般若箭　皆斷細無明
以大力昇進　執持智慧棒　一切無明㲉
普徧皆碎壞　強力諸有情　金剛熾盛身
調伏有情故　則爲金剛手　自爲作業者
示現種種果　敎誡如敎理　變爲平等王
饑渴猛熾身　能施諸飲食　常患諸疾者
則爲善醫王　魔王於營從　魔女於莊嚴
菩薩作親友　能施菩提場　猶如日月形
彼光皆悅意　流出如電光　照曜俱胝刹
由以一燈故　徧照皆得然　若一燈滅盡

一切皆隨盡　如是異熟佛　示現種種光
一化現涅槃　餘佛示歸寂　一亦無滅度
日光豈作暗　常現於出沒　示現刹土海
於無智暗世　能淨智慧眼　往於俱胝刹
矜愍諸有情　彼皆不疲倦　由被大慈甲
一切於神足　瑜伽皆彼岸　皆觀時非時
令彼得流轉　則強於諂曲　暫時而棄捨
無量調有情　頓作令清淨　無量佛變化
頓時得暫變　於三界海中　而擲調伏網
舒展妙法網　普徧令成熟　則以調伏網
普徧令成熟　普徧令舉出　於中漂流者
則如千有情　普徧令度已　度已令覺悟
妙法不生疑　世尊汝法鈴　普徧令得聞
由此振聲故　除落煩惱塵　增上無明人
令淨於一時　以日光明威　破壞衆翳瞋

隨從暗煩惱　及餘罪身者　令彼作利益
積漸令清淨　彼彼人現化　安住如水月
煩惱攪擾心　不見於如來　如餓鬼於海
普徧見枯竭　如是少福者　無佛作分別
有情少福者　如來云何作　如於生盲手
安以最勝寶　云何而能見　無上之法身
俱胝日光形　光網以圍繞　諸天以少善
不能而得見　上次於大天　云何而得見
彼色不能見　諸仙離煩惱　天脩羅梵等
云何餘少慧　然以佛威力　清淨自心故
能見如是類　獲得一切盛　有情福端嚴
佛住彼人前　光明照曜身　三十二勝相
彼如是大天　當見如大海　不經於多時
即得智如海　世尊被色身　安住於多劫
能調可調利　趣於戒種類　廣壽大瑜伽
少壽何因故　多人俱胝餘　示現增減壽
無量俱胝劫　以命命增長　因緣皆無盡
獲得無盡果
若有相應顯此理　唯身以慧作分析
彼人生於淨蓮華　聞法所說無量壽

百千頌大集經地藏菩薩請問法身讚

音釋

咥（丑栗切）　隙（乞逆切，釁也）　楂（鋤加切，水中浮木也）　殉（松閏切，從也）
重酥（重，儲用切，再也；酥，素姑切，更生也）　獷（古猛切，惡也）　翹（渠遥切，企也）
儱悷（儱，力董切；悷，郎計切；儱悷，多惡不調也）　析（先擊切，分析也）

佛吉祥德讚

宋西天三藏朝奉大夫試光祿卿傳法大師施護奉　詔譯

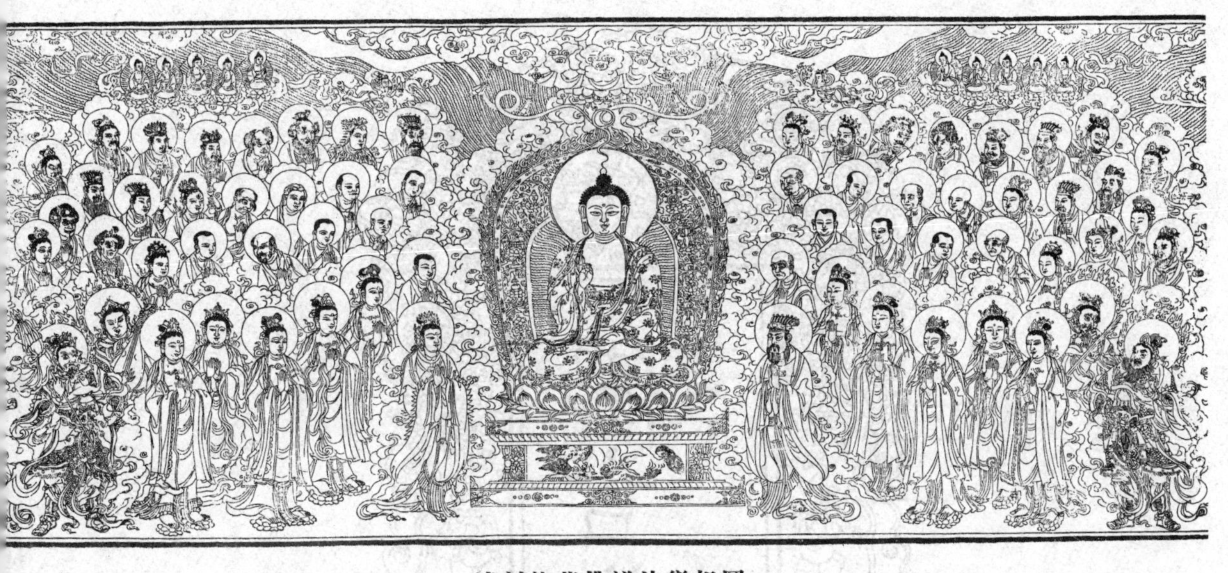

清刻龍藏佛說法變相圖

佛吉祥德讚卷上 中下同卷

尊者寂友造

宋西天三藏朝奉大夫試光祿卿傳法大師施護奉　詔譯

我今歸命佛世尊　稱讚最上諸功德
時語如語不誑語　實語法語如義語
正語寂語無我語　顯示第一義諦門
出現諸身普徧眼　善於光明常觀照
開諸有情智慧目　破彼所有癡暗冥
十力真實而出生　已到最上清涼地
四無所畏等具足　作大光明持燈炬
開發明燄布光照　施彼熾盛大明聚
發起堅固精進行　不減一切勝功德
釋迦師子大吼音　能說無縛正法者
世間八法不能染　最上清淨大悲者
梵王帝釋毗沙門　及餘天等咸恭敬

我佛常出妙巧語　甘美甚深復廣大
正眞如理解脱音　復能了知一切語
廣大清淨如虛空　最上族氏王宮生
佛光明如日月光　天人阿脩羅供養
已得七覺支妙寶　建立最上法寶幢
愚癡暗翳悉開明　黄金光聚身照耀
人中最上人中尊　已斷貪恚癡等染
人中奔拏利迦華　人中諸妙蓮華等
清淨生死憂悲惱　無明憍慢悉已除
永塞鬬戰諍訟門　永斷相續諸染種
付授諸法不祕惜　摧我慢幢豎法幢
轉正法輪利衆生　壞生死輪息諸苦
奢摩他水湛然淨　如海流注深無底
已能枯竭愛源流　是故充滿功德水
見者咸生忻悦心　於一切處無有著
能捨已身爲衆生　寃親二處悉平等
色如眞金初出燄　舌比蓮華廣清淨
身光照曜淨復明　熾盛如金亦如電
精進勤策以爲腰　安住三摩地爲頸
智慧通達爲頂門　次第而表莊嚴相
如來勇猛無畏尊　一切廣遠悉通達
能摧魔力大象龍　善說最上諸法語
安住勝妙忍辱樂　已斷一切愛纒縛
正智安立智堅牢　智慧深廣無破智
最上難得優曇華　具百千種勝功德
如來聖尊值復難　具足無邊功德法
如地能持諸種子　安定寂靜復廣大
如來智慧亦復然　具足無邊功德法
無垢無染本清淨　沐浴身心調伏尊
引導衆生彼岸行　宣說正法救世者

三十二相悉具足　八十種好復莊嚴
百福俱圓勝妙身　廣大最上無等比
已於諸法得自在　顯示清淨勝義門
智能徧諸境界中　智金剛破諸煩惱
已能調伏世間境　發悟希望性已除
對治煩惱盡無餘　廣大辯才無障礙
布施持戒及忍辱　精進禪定并智慧
諸波羅蜜悉已圓　阿私陀僊常供養
佛是高勝功德山　功德藏并功德海
自覺覺他覺行圓　聲聞十方而普震
無邊言說無邊德　辯才無盡亦無邊
佛一切智無上尊　歸命佛爲大恩者
歸命善作世間護　隨應諸法悉已聞
自智通達諸法門　稽首最勝知法者
先以自智見諸法　證得無上大菩提
後覺衆生利亦然　稽首自他眞覺者
眞實了知諸梵行　無破無斷色力堅
具足清白復周圓　稽首淨修梵行者
無忘失法已安住　勇猛堅固最勝尊
佛心廣大量無邊　悉能照達苦樂性
佛爲最勝善調御　復稱無上二足尊
諸沙門中大沙門　稽首沙門無過者
佛已具修諸淨行　能作世間大醫王
復爲勝觀解脫尊　稽首導師大智慧
調伏寂靜近寂靜　安住最上調伏心
得入第一義諦門　稽首已到清涼地
一切合掌作恭敬　應受人天最初供
堪爲人天施福田　歸命福生無上士
知法知義知時量　如實知自亦知他
自他根性悉了知　了知此彼數取趣

三摩呬多諸根寂　諸行所作悉周圓
戒禁具足妙無瑕　稽首大力三摩地
安住無滅三摩地　無患無動離諸危
已無高下取捨心　結生相續悉永離
如妙高山心安固　不退轉智悉能成
徧一切處智常隨　稽首無勝無滅智
了知諸法無能勝　佛是愛見善見尊
智愛善愛德無邊　稽首愛憎平等者
最上威儀衆喜愛　具足美妙諸辯才
辯才隨意破愚癡　稽首宣暢正語者
名稱廣大復希有　徧三界中而普聞
世間智者隨問言　佛皆善答無隱覆
佛威儀相勝無比　見者咸生適悅心
普令世間喜愛生　稽首善施歡喜者
迅疾言說無重復　平等無等無差別

美味具足妙言音　稽首語言無等等
佛是人中大智者　復爲最上人中僊
世間異見悉不生　稽首遠離邪思覺
已息憂悲諸苦惱　蠲除染法盡無餘
輕浮動亂過不生　稽首永離諸過者
毀呰如來心不下　讚譽如來心不高
稱譏平等智安然　稽首不著於謗讚
平坦高下及染淨　苦法樂法與愛憎
佛智無著亦無差　稽首如來善語者
衆生惡語無義利　如來善覆無顯彰
行諸施法攝世間　稽首正眞能語者
惡人惡語固觸嬈　佛心無動而安然
善言惡語等無差　稽首愛恚平等者
黃金瑠璃眞珠寶　斯爲世間最上珍
如來已離貪愛心　觀同草木土石等

如來巳離三種慢　其心安定而寂然
牀敷卧具及諸珍　見來求者皆給施
於利非利無喜恚　輕慢亦生喜捨心
無憂無惱過不生　稽首智破邪法者
巳能遠離諸嬈惱　常說親近諸善人
不說世間利養言　亦無虛妄等言說
言說隨意復自在　言說調寂離喜樂
言說純一淨無瑕　稽首言說寂靜者
言說甘美而無著　言說能伏一切魔
言說決定離世間　稽首巳離諸無智
巳能遠離顛倒見　巳離輕浮動亂緣
巳離一切非語言　稽首善言攝化者
常行無諂無誑行　順行清淨眞實心
廣行愛敬實無虛　稽首巳度生死難
一切所作善成就　是爲正法出生門

見者歡喜世間尊　稽首歸命清淨士
歸命親說諸法教　隨宜無轉煩惱除
正善了知出離門　趣證菩提眞實法
無破高勝歸向法　善啓世間寂靜門
乃至正妙廣宣揚　天人世間利樂法
如來所說諸法語　離諸愛欲染著聲
不調伏聲悉巳除　稽首善說法教者
如來久修諸淨命　心無動亂本安然
三處平等念住心　稽首能仁三不護
佛巳斷除疑惑語　平等分位常所行
涅槃無異勝愛門　稽首廣大證入者
佛爲最上勝道者　具足衆德天人尊
神通方便悉圓成　稽首巳得諸自在
稽首歸依衆德圓　十號滿足無比等
如來應供正等覺　明行具足善逝尊

世間解了無上士　調御丈夫天人師
佛世尊號普稱揚　是故我今伸讚禮
如來無染無發悟　離胎藏生殊勝生
能滿衆生諸願求　稽首善攝一切法
示生清淨聖王種　廣大富貴復尊高
悉能棄捨而出家　稽首下心離高舉
具足最上諸色力　端嚴相好見者忻
世諸妙境悉棄捐　稽首清淨解脱者
戒律清淨具無缺　如應能說即能行
大智大慧大聖尊　稽首同事攝益者
佛語正白復妙善　斷除貪欲過不生
一切染法悉斷除　宣說正因正業語
說諸行語離纏縛　常以柔輭愛言宣
沙門婆羅門衆中　如來語言常先勝
面相圓正離顰蹙　正順先導而安然

善來愛語攝衆生　稽首正說攝諸過
所出語言皆具足　無畏語業善稱揚
深語正語智語言　稽首如來息惡語
佛語無著無依止　亦無違背諸語言
所有言語悉無邊　稽首能數了義語
巧美語言善辯才　利樂悲愍諸衆生
廣啓衆生調伏門　稽首聖法性調伏
佛是正法調伏士　離塵諸法調伏尊
無等法門調伏師　以無量法調伏者
如來戒具足同等　定慧具足亦無差
解脱具足本同源　解脱知見具無異
聖正吉祥大覺者　最上調伏同一門
常於林野息衆緣　隨意坐卧而安止
以不害相而說法　無綺語相而說法
無動轉相而說法　示出離相而說法

已斷輪迴相說法　可愛涅槃相說法
無他苦相而說法　善自性相而說法
世間利益相說法　離邪見相而說法
同異生相而說法　不轉相續相說法
稽首無住相說法　照明真實義真實
若法若智實亦然　說明了義破疑惑
說法正白善分別　平等高下普言宣
正道邪道悉顯彰　利非利事皆善了
若善不善悉分別　通達正教邪教門
功德已圓過已除　稽首自他能度者
能以善法破惡趣　樂中非樂方便說
世間生滅真實知　善說最勝諸法寶
如來真實最上教　三界所作能成就
善趣惡趣悉了知　善惡事中智無倒
了知縛脫本來性　而能善說縛脫門
邪正染淨悉能知　善不善義皆明了
已能具足最上善　具善行者普稱揚
救拔一切惡趣中　如來悲爲一味藥
稽首天僊最上士　不著甚深禪定樂
不生適悅喜愛心　誓度愚迷貪欲海
自身廣大諸色相　畢竟圓滿可稱揚
三界最勝應供尊　我今歸命不思議

佛吉祥德讚卷上

音釋

誑古況切欺也　解脫解下介切脫音奪　翳於計切蔽也　拏女加切　永塞塞悉則切　鬪丁候切　諍側迸切　染種種主勇切　頸經郢切頭莖也　纒呈連切繞也　梵行行下孟切　數取趣數音朔數數取趣謂數數取諸趣也　四虛器切　隱覆覆敷救切蓋也　呰蔣氏切口

毀也**譏**居希切**謗**補曠切訕也**嬈**而沼切亂也**諂**丑琰切**輭**孔兗切柔也**顰蹙**顰毗賓切蹙子六切顰蹙愁貌

佛吉祥德讚卷中

尊者寂友造

宋西天三藏朝正大夫試光祿卿傳法大師施護奉詔譯

歸命如來勝妙相　足下平滿善安住
千輻輪文現足心　輞轂衆相皆圓滿
如兜羅綿手足輭　縵網光現手足間
手足諸指妙纖長　足跟圓滿趺相稱
足趺脩高復充滿　腨如伊泥耶鹿王
雙臂脩圓摩膝輪　陰相藏密猶龍馬
髮毛端潤皆上靡　一一身毛悉右旋
身皮細滑垢不侵　身真金色光晃耀
手足頸肩七處滿　項及膊腋悉充圓
容儀敦肅妙端嚴　身相脩廣復傭直
如諾瞿陀身圓滿　上半身如師子王
常光面向各一尋　四十齒平不踈缺
四牙鮮白妙鋒利　常得味中最上味
舌相薄淨廣復長　梵音深妙猶天鼓
音聲聞者皆悅意　復如迦陵頻伽聲
眼睫齊整狀牛王　眼睛皎潔紺青色
眉間柔輭妙毫相　右旋清淨如螺白
烏瑟膩沙項莊嚴　稽首大丈夫相具
歸命如來隨形好　指爪狹長如赤銅
手足指圓悉纖長　手足諸指皆次第
筋脉盤結復深隱　兩踝俱隱而不麤
充滿柔輭足安平　迴顧右旋鹿王等
行步直進如象王　明顯端嚴無障礙
自在次序狀鵝王　舉身隨轉步安審
身分次第而高顯　平等隨轉身不曲
善相屬著堅固身　身淨光明離翳暗
身支安定不掉動　端直身相善圓滿

妙童子相清淨身　柔輭妙好悉無比
隨形方正無欠缺　不窊不凸廣復圓
右旋深厚妙臍輪　淨無點竅無減下
身支近觸離諸過　悉無黶點疣贅等
譬如蓮華垢不侵　亦復離諸不寂靜
面輪圓滿皎清淨　身相具足而無減
舌相廣長如赤銅　柔輭復如蓮華葉
脣色光潤而可愛　如頻婆菓及赤銅
水雲擊響等音聲　復如象王大震吼
音聲深遠復美妙　一切聞者咸悅意
手輭猶如兜羅綿　手文深明而不斷
四牙鋒利妙堅固　最上清淨復齊平
諸齒方整鮮白齊　眼相脩廣如蓮葉
眼睫稠密而不白　眉潤不白復脩長
耳輪長廣厚復圓　身毛一一皆潤澤
額廣平正相殊妙　上半身分悉充圓
首髮稠密整復長　紺青旋轉而光潤
乃至廣及佛胷臆　俱有喜旋德相文
螺髻紺青妙莊嚴　稽首不可見頂相
歸命處非處智力　過現未來業皆知
禪定解脫等持門　了別自他諸根性
種種信解悉通達　種種界趣亦悉知
他心種類了無差　宿住隨念智具足
照明一切生滅法　諸漏已盡漏無餘
如是十力智周圓　稽首如來大精進
如來漏盡無餘染　覺了諸法亦無餘
故稱正等正覺尊　我今稽首伸敬禮
一切染法平等說　諸出離道亦善宣
一切覺了盡無餘　稽首能仁初覺者
佛具不壞正智慧　普盡無餘現覺尊

正智破諸邪智心　佛真覺已無餘覺
自境界及他境界　一切境界所作成
於彼一切根義中　佛是無能勝根者
相中無餘相所緣　非色種現皆悉斷
無生重擔久已除　已徹緣生河流底
二種無智癡暗離　發生二種智光明
復離二種疑求心　建立二種決定智
已得盡智世間句　智障已離法圓明
具足勝依寂止門　具足勝處善安住
具足一切所應行　明行具足色相圓
具足種姓及語言　獲神通果善救度
身語意業悉不護　無著無盡智凝然
決定不退轉智門　智説不壞因時相
種種因門皆覺了　種種果門亦悉知
種種煩惱及對治　稽首如來善覺者

無二言説無盡辯　善説不退轉法者
世間八法不染心　稽首善達功德岸
佛三阿僧祇劫中　積集難行一切行
運大悲心而普覆　自他能渡煩惱流
了知三苦極微細　由愍苦故起大悲
三界所緣諸性中　大悲普及一切處
如來智性中平等　若冤若親而等觀
悲心廣大不可量　普攝一切衆生類
佛爲衆生説一藥　身病心病普令安
畢竟極苦亦蠲除　稽首善説妙藥者
純一真實決定行　決定純善無染尊
決定不復染法生　一向爲他善長養
不以已利求於他　自所得樂悉棄捨
隨宜方便悲愍心　決定調伏衆生病
衆生所應調伏時　如來善知而無失

爲衆生作不請友　普令得度起悲心
能仁善說妙法藥　治彼生法苦根源
照明衆生過現身　了知煩惱無邊性
斷除衆生煩惱病　佛知時量悉無差
隨其何病藥堪除　世尊如應爲說藥
如來所行一切行　修習如理悉周圓
若一若多出現門　和合了知皆無礙
如來功滿已能到　一切智智清涼地
知道識道說道尊　勝道衆道歸向者
拯拔一切輪迴苦　令諸衆生離纏縛
普令得渡煩惱流　堅固慚愧具足者
能善建立聖法幢　表示諸行無常法
開示盡滅離貪門　顯示寂滅出離道
能善表示諸法者　能以諸法教授尊
能作利益大導師　稽首善施歡喜者

常說示教利喜語　具大威德大神通
最上清淨大梵尊　稽首自在復熾盛
已息種姓諸言論　復斷族氏諸語言
世間人事語亦亡　稽首常說正法語
如來行步常寂靜　無闊無狹平正行
順善而行見者忻　表示如來善行相
如來不壞正知見　具足如先所作性
成諸福事斷疑根　離分位心入聚落
出必顯明衆所覩　無依無轉最上尊
勝妙殊特衆吉祥　純一具足梵行者
能善了知五蘊法　復能具足七法行
已能摧滅我慢心　稽首能破愚癡網
如來已得無動法　復能具足深廣心
善能成就七聖財　稽首善學三學者
佛大丈夫所應讚　邪異諸境不能怖

遠離一切不吉祥　稽首已到調伏地
梵行真實善安立　上下縱廣悉歸依
常以無畏施衆生　稽首於法離取著
歸命佛大阿羅漢　一切漏盡無染尊
所作已辦德圓明　稽首已除諸重檐
遠得已所作義利　盡諸有結障蠲除
安住正智解脫心　稽首出離解脫者
已證無言解脫理　愛盡取盡而解脫
心無忘失解脫圓　稽首無顛倒心者
佛心無量復廣大　無別異法善修心
心得離繫煩惱除　稽首已破諸異類
盡諸染業得清淨　已證無餘依涅槃
人中最勝解脫尊　戰死魔軍而得勝
於諸善法不放逸　善住正念正智慧
善開寂眼視衆生　稽首善救生死苦
善覺衆生無明睡　善破衆生諸愚癡
佛勤勇起精進心　策發一切懈怠者
諸不善中施善法　諸惰學中開學門
諸怖畏中施無畏　不安隱者令安隱
諸暗冥中作明照　諸不善中令修善
諸過失中功德生　諸罪業中除罪業
令違逆者知恩德　能滿衆生意所求
呪明成就真實修　稽首能破煩惱者
佛已遠離諸誑妄　心無躁動不高舉
尊勝顯示吉祥門　稽首佛爲福生處
一刹中生一切行　不共一切神通種
畢竟成就最上門　一切處離非句義
一切疑惑及雜說　決定正語悉能破
諸吉祥行平等修　善知一切衆生意
已能攝伏諸他語　猶如猛火焚乾薪

燒諸煩惱義亦然　稽首安住正士法
具諸吉祥具慚愧　世間主宰勝寂默
釋迦牟尼大導師　盎儗囉娑瞿曇族
離諸煩惱癡黑暗　悲愍普攝諸衆生
常於利他攝益中　具足廣多諸勝行
佛於一切衆生類　一切增上所行中
佛以大智常觀察　普集世間利益事
具足六通調伏智　德智說智及時智
一切對治勝神通　界趣勝解業障智
說法最勝神通具　三調伏事善開化
一切文義善解圓　稽首辯才無盡智
佛已具足如說辯　善滿諸行到彼岸
一切功德解脫周　顯示勝身心清淨
聞佛音者心歡喜　佛自所行悉周圓
不墮一切言說中　不取自分功德相

平等先說最初道　次集大行不遺餘
衆生大擔負堪任　於諸相中得寂靜
已圓大慈等功德　未嘗遠離於捨行
以正智慧攝衆生　於長夜中徧觀察
如來常發大勇悍　以諸善行教衆生
復於一切衆生中　已得悲心善平等
佛是悲愍世間者　第一義諦善解了
如來三眼已圓明　三種稱讚善具足
如來已具三不護　顯示三界無垢尊
四念處行廣通達　名句文身自在者
巧妙無盡隨意辯　一切說示智悉通
種類語言善解知　隨處辯才悉無礙
諸違背中作順向　諸恚怒中作清淨
於諸慢中發敬心　棄捨一切利養事
所行正眞復最上　以自力能現證尊

清淨一切言説門　稽首語言無執著
出善來語如義語　具足一切正所行
如來一切功德圓　稽首無忘失法者
最上攝益勝調御　歡喜悲愍諸衆生
悲心堅固欲利他　稽首常欲利樂者
佛與衆生有恩德　常爲善友及知識
如父如母能出生　欲令衆生得善樂
佛爲衆生親教師　善説勝義諸法教
最上句義如理宣　使令了知一切性
如來常以無著説　無增無減善稱揚
大悲不斷相續生　稽首善見處非處

佛吉祥德讃卷中

佛吉祥德讚卷下

尊者寂友造

宋西天三藏朝奉大夫試光祿卿傳法大師施護奉詔譯

歸命作大師子吼　出生一切善行門
於一切性如實知　無勝知見徧一切
善化衆生時無間　宣說無邊諸法門
最先破彼無明卵　隨覺一切諸法者
覺了衆生大正士　覺悟微妙諸法尊
於無我理已覺明　善覺諸業自性者
覺了一切界分量　了知生滅本來性
於諸苦法如實知　善悟真實自性者
善能覺悟無嬈惱　世間自性悉覺知
破諸惡見智開明　覺了一切因果者
覺了三界出離相　故復修諸極難行
身無疲倦執相亡　然於小法不猒離
畢竟方便善攝益　宣說中道諸法門
善哉釋迦牟尼尊　頂禮歸命應供者
最上說者寂默者　最上最勝我大師
善攝衆生諸意樂　於諸事相悉不取
具足二種稱讚者　善能成就四攝法
六和敬法善宣揚　六常行行已圓滿
安立甚深正知見　得諸等持寂靜善
善法中無放逸心　已證先佛所成道
覺了甚深正道者　開發甚深智光明
於彼無尋無伺道　稽首如來證悟者
總聚智者所知境　微細甚深悉覺知
顯示二種涅槃界　盡證一切涅槃道
衆生長夜起虛妄　佛方便說無妄法
衆生沒在生死泥　佛為垂手善接度
衆生墮在惡趣者　佛方便力為拯拔

諸衆生起生等怖　佛爲引示無畏處
自具廣大威神力　身現一切色相寶
内藏心寶妙圓明　宣說無比正法寶
佛不爲他所攝伏　一切無能違佛者
安住一切歡喜門　佛一切相皆圓滿
無上沙門正真行　如蓮華開智清淨
普集梵行盡無餘　稽首梵行已立者
雖明世間圍陀典　不壞一切聖法教
洗滌一切諸罪垢　獲得第一增上法
善能成就持明法　能善引示寂靜處
導師開示善樂門　輪迴曠野爲善導
常離一切諸暗冥　開熙怡眼常觀視
畢竟無染清淨尊　罪福無動行解脫
能於自身觀空性　愛見已盡善無染
於諸欲境離想心　離染煩惱及分別
心住寂靜諸事業　默然法中得解脫
最上寂靜大牟尼　一切清淨無染者
出世功德已廣大　善布世間大明照
世間妄境悉能觀　圓滿真實諸法想
愛繩已斷神通具　善發智慧大光明
破彼一切依著心　於諸意樂皆寂靜
如來已離諸過失　所應敬禮及供養
一切無利惡法除　一切利益相應者
佛與衆生爲善友　無足二足第一者
安住念慧諸性中　善具無忘失法者
佛於義無義自性　和合依止而不著
生死此岸怖已除　能證涅槃彼岸樂
佛善依止正道行　聽聞無謬心無減
諸清淨中佛最尊　廣大色相慧光照
世間所有躭欲味　佛智久已善出離

智慧稱讚涅槃門　稽首如來決定説
無染見及無染思　無染語并無染業
無染命與無染勤　無染念兼無染定
解脱無染智無染　於戒定慧善安住
一切結縛悉斷除　破諸煩惱顛倒處
如來梵行所出生　已住最上清涼地
一切所作寂靜尊　不著世間敬愛事
已能斷除五分結　復能具足六分法
起一平等護念心　四依成就而無缺
純一真實無别異　平等棄捨世所愛
無倒思惟真正心　已得一切輕安者
心善解脱慧解脱　純一梵行善安立
如來最上勝丈夫　是故歸命廣稱讚
稽首勝大阿羅漢　離名離相離分位
出過名相分位門　名相分位皆寂靜

善見心能息欲談　欲境貪愛染皆除
於諸欲染離舍藏　及離一切欲過失
善修七種觀想法　善説菩提分法門
一切已能勝伏他　佛是勇猛無畏者
離癡斷染勝中勝　戒力增上無罪者
具足智慧微妙心　内攝種種功德行
無疑離染常喜足　已息世間諸妄源
大沙門事作已成　稽首真實歡喜者
佛爲摩耨惹中勝　已於其身善觀察
應得已得諸説門　稽首如來無比喻
正念勝觀一切覺　不爲他伏能伏他
已得寂靜無所爲　稽首牛王勝上者
無量甚深住寂默　正智常行安樂行
如其法律妙威儀　稽首身嚴心寂靜
諸行妙圓語善説　身現頭陀難行相

言無戲論住正真　稽首離貪正命士
如來尊勝復自在　猶如帝釋天中勝
所向正順復善觀　語言謙下而和美
一切清淨清淨者　善愛無著廣清淨
成熟功德香充滿　稽首巳到最上處
佛是最上大僊王　廣積功德滿無滅
淨行巳圓諂巳除　稽首正智光明聚
身心清淨復輕安　巳息一切諸冤對
寂慧廣慧大慧尊　塞忿恚源常歡喜
補特伽羅中無勝　不可稱量離諸著
句身通達巳無疑　稽首能仁善解者
教化調伏中最上　無上可愛作光明
無求無慢無愛著　稽首無誑清淨者
巳離暗翳無所染　補特伽羅中最上
巳得善寂大名稱　稽首無著無纏縛

迷惑躭著久巳離　無我取相我見除
初中後善法宣揚　善文善義皆圓滿
衆生處苦無疲懈　佛方便故令休息
衆生不趣出離門　佛方便故令出離
如來不住於滅法　常行救度攝世間
復於廣大正法門　稽首大智悉包攝
巳息邪妄諸分別　善離一切尋求道
摧諸惡法號勝人　離七種染圓梵行
如空欲泥不能染　清淨常依止梵行
離除染法了空性　出過語言心無著
佛常安住身念性　佛心巳過於二邊
正智深密勇力尊　吉祥門中善身者
稽首大悲不思議　一切所作自通力
他劣弱者助營修　他善美者必隨順
佛是金剛堅固身　從真實處所出生

安住一切相應門　得大涅槃最上樂
如來已得最上利　棄捨自樂而不著
引示世間安隱處　廣爲衆生說正道
歸命大覺尊　現證正覺道　不修梵行者
佛善爲建立　佛是知道者　識道說道者
佛爲正道尊　諸道所歸向　佛從照明生
復是智生者　義生及法生　善說明了義
諸義出離者　人中大師子　人中大象龍
人中大僊王　人中正知者　人中智勇尊
人中勝無比　人中極最上　人中殊妙士
人中白蓮華　無怖及無驚　無怯亦無懼
佛是離怖者　無畏無奔競　怖畏險難除
斷滅諸怖難　自出過怖境　復令他亦出
自斷滅怖難　復令他亦斷　自渡怖難海
復令他亦渡　離身毛喜豎　離身毛悚立
佛勝無比等　亦復無等等　功德不可稱
已過於稱量　復不可取像　亦無各分別
勝補特伽羅　唯一而無二　佛是自然智
而無同等者　廣利諸衆生　稽首一切智
諸天人世間　梵魔沙門中　佛是最上尊
復爲無勝者　佛寶甚希有　而亦復難得
遇佛寶出生　實希有難得　佛是廣大眼
復爲大光明　大曜大明照　大燈大光炬
無暗大熾明　已得最上法　根力覺道圓
不與聲聞共　若無利益事　如來即不生
無利不現化　無利亦不隱　佛爲諸羣品
利益故出生　悲愍諸世間　作諸利樂事
於諸天人中　佛是正見者　以正道法律
普教示一切　復一切衆中　佛爲所愛尊
咸起敬愛心　作尊重觀想　佛是所親近

及隨從恭敬　頂禮見真如　吉祥最上寶
佛慧眼光明　復從慧眼生　開發慧燄明
持廣大慧炬　燃慧燈普耀　大慧破諸暗
一切性自性　如來悉照了　如來勝慧根
微妙復最上　如來大慧力　而不可屈伏
積無盡慧財　具無價慧寶　持快利慧刀
執勝慧器仗　秉鋒利慧劒　慧無墮無滅
佛善開正慧　覺了一切法　廣慧爲宮殿
正智者安處　堅固慧爲牆　周帀而密護
不思議正慧　爲階梯進趣　無屈伏勝尊
無異心安住　不爲他所伏　亦復無所取
而於三界中　所應供養者　一切現觀察
一切無所著　所應知已知　所應離已離
所應得已得　勝所作已作　已事悉周圓
爲世間教授　佛是大聖者　精進未曾有

已安立清淨　希有廣大行　現證最上道
希有難思法　獲得最上句　飲涅槃甘露
拔除愛網根　絶諸過失本　善行無別異
無染法能著　善生及善體　勝善而出家
善本所從來　稽首善來者　無動不思議
智者智中尊　諂曲過染除　已渡煩惱海
相應行解脫　解脫諸纏縛　已得無取心
已盡一切漏　已盡過失邊　已破一切毒
已斷一切障　盡燒諸見網　所有邪妄言
及邪妄見鬧　邪念邪作事　佛一切已離
蘊處界諸法　隨廣略善說　依止淨無縛
諸依止中勝　無救者爲救　無歸者作歸
諸無趣向者　佛爲作趣向　已渡生死海
徧入諸境界　所應現化處　一切皆能到
諸墮惡趣者　佛常知常思　即以善方便

而普爲救度　無貪及無瞋　無癡善根具
大身常住身　悲愍利益者　身被釋種服
廣作吉祥事　希有精進力　大智正識者
戒忍法真實　内心常清淨　廣大復甚深
具足諸功德　光明大照耀　調伏心潔白
猶湛水澄淨　善種現圓滿　世間清淨眼
青優鉢羅華　廣大而殊妙　周徧十方界
寂止性潤澤　一切智妙月　佛德廣無邊
是故我稱讚

佛吉祥德讚卷下

音釋

腨市兗切腓腸也　膊補各切肩膊也　臃丑容切圓直也　睫即葉切眼上毛也　踝胡瓦切腿兩旁也　窊烏瓜切不滿貌　凸徒結切高起貌　竅苦弔切穴也　黶么減切黑痣也　疣羽求切結肉也　贅之芮切贅瘤也　盎烏浪切

阿育王傳
西晉安息國三藏安法欽譯

清刻龍藏佛說法變相圖

阿育王傳卷第一

西晉安息國三藏安法欽譯

本施土緣第一

歸命一切智婆伽婆住王舍城迦蘭陀竹林爾時世尊日時已到著衣持鉢將諸比丘前後圍繞向王舍城次行乞食說者曰

不動如金山　容豫如象王　圓足如滿月

比丘衆圍繞　詣王舍大城　威儀甚庠序

乃至到城足躡門閫大地即時六返震動說者曰

海以莊嚴地　山城亦復然　牟尼足躡閫

一切皆涌沒　如是入城時　男女生淨信

城中悉變動　如風吹海浪　皆出和雅聲

世間未曾有　當佛入城時

丘墟平整　無諸沙礫　荆棘糞穢　皆沒於地

盲視聾聽　瘂言躄伸　狂者得正　貧窮得財
疾病除愈　一切衆樂　不鼓自鳴　寶器相和
出種種音　佛光普照　如百千日　明徹内外
皆如金色　所放光明　映蔽日月　照於衆生
鬱蒸涼藥　譬如栴檀　塗彼熱病　無不消滅
爾時世尊與阿難在巷中行見二小兒一名
德勝是上族姓子二名無勝是次族姓子弄
土而戲以土爲城城中復作舍宅倉儲以土
爲麨著於倉中此二小兒見佛三十二大人
之相莊嚴其身放金色光照城内外皆作金
色無不明徹見已歡喜德勝於是掬倉中土
名爲麨者奉上世尊無勝在傍合掌隨喜德
勝於是說偈讚曰
大悲無師覺　圓光顯照身　強顔生敬信
以土施如來　稽首於世尊　已斷生死者

爾時德勝童子施土已訖而發願言使我將
來蓋於天地復設供養說者曰
佛知彼小兒　心念發正願　以勝福田故
必獲於大果　大悲救世者　即時受彼土
使其心歡喜　以種王業緣
爾時世尊即便微笑阿難長跪合掌白佛言
世尊佛不以無緣而笑何因緣故現於微笑
爾時阿難便作偈言
斷憂憍慢者　世界中最上　終不無因緣
現珂藕根齒　如雲出雷音　牛王眼相者
願說施土報　及與微笑事
佛告阿難如是如是阿難佛不無緣而微笑
也汝今見是二小兒不已見世尊佛言我若
涅槃百年之後此小兒者當作轉輪聖王四
分之一於華氏城作正法王號阿恕伽分我

舍利而作八萬四千寶塔饒益衆生爾時世尊即說偈言

令吾滅度後　有王阿恕伽　名稱廣流布
莊嚴吾舍利　遍滿閻浮提　人天所供養
以少土施緣　受是大果報

佛說偈已便以此土授與阿難使塗如來經行之地因作是言阿難頻婆娑羅王子名阿闍世阿闍世子名優陀那跋陀羅優陀那跋陀羅子名文荼文荼子名烏耳烏耳子名莎破羅莎破羅子名兜羅貴兜羅貴之子名莎訶蔓荼羅莎訶蔓荼羅子名波斯匿波斯匿子名難陀難陀子名頻頭莎羅王華氏城頻頭莎羅子名宿尸魔時瞻婆羅國有婆羅門生一女寶相師占言必爲王后爲王寵愛當生二寶子一者當作轉輪聖王王四分之一二者出家當得羅漢婆羅門聞極大歡喜便將是女至華氏城衆寶瓔珞以莊嚴之嫁與頻頭莎羅王爲妻王即納娶置於後宮宮中妃后皆生嫉心而作念言王必愛重薄賤我等當教賤業令王惡之遂便教使善解剃除鬚髮伺王眠時令爲王剃鬚王眠覺已語言當爲我剃鬚答言已剃王即以鏡自照知鬚剃竟即語之言汝欲得何願答言唯求與王交會王言我是刹利汝身卑賤何由交會女答王言我非下賤我是婆羅門女婆羅門本以我與王爲妻宮人嫉妬教我賤業王即語之自今已後莫爲此事遂便立作第一夫人共相愛樂而生一子毋言我憂患盡除即爲作字名阿恕伽阿恕伽者此言無憂復生一子名爲盡憂阿恕伽身體麤澀父不愛念頻頭莎

羅亦於諸妃多生子息集諸相師相諸子等有一相師名賓陵伽婆蹉王語此相師占我諸子誰中爲王相師答言王將諸子向金地園就彼相之王與諸子至金地園中毋敕阿恕伽言今王相子於金地園汝亦可往阿恕伽言王不愛我何爲至彼毋復告言汝當必往阿恕伽言我去之後送食與我即辭而去出華氏城見輔相子羅提掘多羅提掘多問阿恕伽言欲何處去答言王集諸子詣金地園我今欲往爾時掘多乘一老象語阿恕伽言可乘此象阿恕伽即乘此象向金地園既到園所從象而下於諸子邊在地而坐諸子皆食種種餚饍時阿恕伽食粳米飯盛以瓦器用酪和之渴則飲水王語相師言和尚願相諸子我死之後誰中爲王相師念言阿恕伽者必應爲王我若答王言彼應王者王不愛之必當殺我便答王言不中説名字可説形相其所服用事第一者相應爲王諸王子等各各自以乘第一乘坐第一座食第一食用第一器飲第一漿阿恕伽念言我應爲王所以者何象爲第一乘地爲第一座粳米第一飯瓦器爲第一盛酪爲第一味水爲第一漿以是義故我應爲王相師相已王將諸子還入城中相師語阿恕伽毋言阿恕伽必得爲王毋語相師言且莫復道並遠藏避如護身命待阿恕伽得紹王位汝可來出頻頭莎羅王以得叉尸羅城叛逆不順即遣阿恕伽往討彼國唯與四兵不與刀仗時阿恕伽受命即出華氏之城左右人言無有刀仗如何得共怨敵鬭戰阿恕伽言我有福力應爲王

者所須刀仗自然當有作是語已地神開地授刀仗與遂便前進四兵圍繞到得叉尸羅國國中人民聞阿恕伽來自然歸伏莊嚴城池平治道路各各持瓶盛滿中物以華覆上名爲吉瓶以現伏相半由旬迎而作是言我不叛於王亦不叛王子唯逆王邊諸惡臣耳供養恭敬隨從入城人民調順還來歸國王復遣阿恕伽罰佉沙國彼國人民承迎調順如前無異既調順已即還本國有二大力士親近阿恕伽阿恕伽即與二人封邑天神爾時即護國土天神作是唱言慎莫叛逆何以故阿恕伽應爲轉輪王王四分之一漸漸征伐四海之內悉皆歸伏阿恕伽兄名蘇深摩者方入華氏城第一輔臣復欲出城道中相逢輔臣頭禿落蘇深摩戲笑故以手打輔臣頭輔相念言此王子者未紹王位便用權勢打我頭上若紹王位必當以刀而斬我首即向五百輔相說蘇深摩過狀言不中爲王唯阿恕伽者相師記言當作轉輪聖王王四分之一我等諸臣應共立之後得叉尸羅國爲惡臣所教復還叛逆王即遣蘇深摩往彼討之蘇深摩到不能令彼人民調伏頻頭莎羅王聞其不能調伏彼國即生疾病便勑諸臣喚蘇深摩以爲太子令阿恕伽而往討伐時輔臣爲其作計使以黄物塗阿恕伽身以羅叉汁洗盛而棄之詐稱阿恕伽得吐血病不任征伐

阿育王本緣第二

爾時頻頭莎羅王疾病唯篤餘命無幾輔相莊嚴阿恕伽已而白王言請當並立阿恕伽

爲王以理國事蘇深摩來還當廢之阿恕伽念言我若有福德力應爲王者天當以天繒結我頂上作是語巳應言即結王見阿恕伽天繒結頂極大瞋恚沸血從面出而便命終立阿恕伽爲王羅提掘多作第一輔相蘇深摩聞父王命終阿恕伽得立爲王心生忿怒還華氏城阿恕伽聞蘇深摩來嚴備一大力士置第一門下第二力士置第二門下第三力士置第三門下置羅提掘多東門之下阿恕伽而自當之置機關白象象上畫作阿恕伽像周帀四邊造大火坑糞草覆上蘇深摩來向第三門下羅提掘多語蘇深摩言今阿恕伽在東門下從彼入去若得入者即爲汝臣若不能害阿恕伽從此門入亦無所能於是蘇深摩即往東門直趣象上欲捉阿恕伽不覺墮於火坑而自滅沒時蘇深摩有一力士名曰賢勇將數萬軍衆入佛法中出家得阿羅漢道諸輔相大臣輕懱阿恕伽阿恕伽密欲治之即語諸大臣斫取好華果樹圍於棘刺大臣白言由來正聞以諸棘刺圍華果林不聞以好華果之樹以圍棘刺乃至三敕臣固不從王極瞋恚即便殺此五百大臣至後春時與諸宫人共相圍繞至園林間有樹名阿恕伽華極可愛阿恕伽以此樹與巳同名愛念此樹阿恕伽身體麤澀諸婇女等以阿恕伽身體麤澀情不愛敬不喜親近伺其眠時園中遊戲見阿恕伽樹即時折其華枝王於眠覺見樹毀壞問左右言誰毀此樹答言宫人毀之王大忿怒捉五百宫人繞樹燒殺舉國人民皆稱暴惡遂號名爲惡阿恕伽

時羅提掘多而啓王言自行殺害非王所宜王今應當揀選惡人以治有罪王可其言即使遣使募覓惡人於國邊陲山下有一織師生育一子名曰耆棃爲人極惡罵父罵母手則掣網脚則頓機毒塗草葉蟲獸觸者無不即死凡是衆人稱爲大惡舉國號之爲惡耆棃使往其所語耆棃言汝能爲阿恕伽王治罪人不耆棃答言天下惡人使我治者猶故能爲何況一阿恕伽豈可不能使聞此語具以啓王王即召之耆棃聞使來召即辭父母父母不聽即便殺之使問耆棃何以故遲耆棃答言父母不聽我乃殺之以是故遲於是隨使見王而白王言爲我作獄極令嚴峻使可愛樂作獄已竟名愛樂獄又白王言若有人入要不聽出王即聽可時彼惡耆棃往到

鷄頭末寺時彼寺中有一比丘誦惡嬰愚經言喜鑊湯者以碓擣之喜碓臼者以鑊煑之在地獄中吞大鐵丸鎔銅灌口聞是語已即自念言我獄城中亦當作此時有長者夫妻相將入海採寶到於海中生一男兒即爲立字名之爲海經十二年乃出於海逢五百賊劫其財物殺害長者於是子海便出家學道展轉乞食至華氏城不識村落入愛樂獄中而作是言外相可愛內如地獄便欲出去耆棃不聽語比丘曰汝今於此當受死罪如何欲出比丘聞已即便大哭耆棃問言何爲大哭如嬰兒也比丘答言我不畏死而作是哭畏失善利何以故我新出家未證道法人身難得佛法難值是故哭耳耆棃言王先聽我入此城者不令使出必索治罪比丘言活我

七日隨汝殺之即便聽許時阿恕伽王見其宫人共他男子有愛著語便生瞋忿付愛樂獄者棃尋時即以碓擣杵下打頭眼睛脱出比丘見已得猒惡心而作是念嗚呼大悲所言誠諦説色危脆猶如聚沫不堅速朽無有暫停端正容貌今安所在好顔薄皮亦俱敗壞怪哉生死嬰愚所樂非是聖法見此境界不没有海於是比丘通夜觀察斷衆結使得成須陀洹果如是精勤乃至復獲阿羅漢道已滿七日者棃語言七日已過八日欲出可受刑罰比丘答言我夜已過我日已出利益時到隨汝刑治者棃問言云何名爲我夜已過我日已出利益時到廣爲我説比丘答言吾昔黑闇無明之夜結使怨賊悉已永滅是則名曰我夜已過智慧空心諦見三界是則名爲我日已出佛之所爲我今悉成是則名之利益時到但令汝老壽任意見治者棃心惡殘害無罪不信後世作重瞋恚便設大鑊以水置中脂膏血髓屎尿穢惡俱充滿之即以比丘擲著中下然大火薪草欲盡不能令熱於是者棃瞋然火者以杖打之手自著火薪柴都盡亦復不熱又以屋椽塗蘇衆氎悉然使盡水冷如故怪其所由便看鑊中見向比丘結跏趺坐坐千葉蓮華上爾時者棃甚驚所以便往白王王即來看壞墻而入一切人民隨從王者數千億萬觀此比丘是時比丘見無量衆應受化者皆已聚集即從鑊出衣服潔淨一切大衆無不覩見踊身虚空作種種變身上出水身下出火譬如大山顯于虚空中王見此已生希有心瞻仰恭敬合

掌觀察而作是言今此比丘同與我等俱禀人身威德尊妙出過世表踊在虛空現大神足我今未解唯願善說使得了知汝之聖事隨我力能而當服習爾時比丘知阿育王是大檀越必能分布佛之舍利饒益天人時佛說言我是大悲斷結使者佛之法子於三有中已得解脫爲調御者所調爲寂滅者所滅爲解脫者所解大王當知佛亦記汝將來佛滅百年後王華氏城號阿恕伽轉輪聖王王四分之一爲正法王廣分舍利而起八萬四千寶塔王今乃反造大獄城如似地獄殘害百千衆生之命大王汝今應當施於一切衆生無畏亦復應當滿足佛意人中帝釋必施無畏起悲愍心分布舍利廣作眞濟王聞是語於佛法中深生信悟合掌恭敬十力之子而作是言我先所作極有罪過聽我懺悔今歸依佛歸依如來所說勝法當開福業莊嚴大地爾時比丘即乘空出王亦欲出惡耆棃言王先與我有要入此獄者盡不聽出王便語言欲殺我耶荅言欲殺王言汝爲先入我在前入耶荅王言我在前入王言汝在前入應前受罪王即遣人捉耆棃置胡膠舍中以火燒殺壞愛樂獄施衆生無畏便詣王舍城取阿闍世王所理四升舍利即於此處造立大塔第二第三乃至第七所理舍利王悉皆取之於是復到羅摩聚落海龍王所欲取舍利龍王即出請王入宮王便下船入於龍宮龍白王言唯願留此舍利聽我供養愼莫取去王見龍王恭敬供養倍加人間遂即留置而不持去王還於本處便造八萬四千寶篋

金銀瑠璃以嚴飾之一寶篋中盛一舍利復造八萬四千寶甕八萬四千寶蓋八萬四千疋綵以爲莊校一舍利付一夜叉使遍閻浮提其有一億人處造立一塔於是鬼神各持舍利四出作塔有一夜叉齎一舍利至得叉尸羅國欲作浮圖其國人言我國人民凡有三十六億今當與我三十六篋時夜叉鬼具以上事還白於王王自念言人衆甚多若爾作者舍利不足滿閻浮提當設方便斷而不與即遣夜叉復語之曰除却汝國三十五億唯留一億與一舍利彼國人言我寧不用三十六篋得一便休願莫殺我等便從其意唯與一篋於是王言多一億處莫與舍利少一億處亦莫與之作此語已向鷄頭摩寺到於上座夜舍之前合掌而言我今欲於閻浮提内造立八萬四千寶塔上座荅言善哉善哉王若欲得一時作塔我於大王作塔之時以手障日可遍敕國界手障日時盡仰立塔於是後即以手障日閻浮提内一時造塔造塔已竟一切人民號爲正法阿恕伽王廣能安隱饒益世間遍於國界而起塔廟善得滋長惡名消滅天下皆稱爲正法王阿恕伽王作塔已訖歡喜踊躍群臣圍繞至鷄頭摩寺詣上座前而問之言此閻浮提頗有如我爲佛記者不上座夜舍即荅王言亦有如王佛所記者昔者佛在烏萇國降阿波波龍於罽賓國降化梵志師於乾陀衛國化真陀羅於乾陀羅國降伏牛龍於是復往末突羅國告阿難言我百年後末突羅當有長者名爲毱多其子名曰優波毱多雖無相好化導如佛能

不入定知一由旬衆生心相教授禪法最為第一種種化導而作佛事又復告阿難汝今見是青色園不已見世尊佛言此名優留慢荼山那羅拔利阿蘭若處房舍敷具最為第一能生定心如是之事皆是佛記王聞之語白上座言彼清淨尊者為出世未也荅言已出消滅結使得羅漢道與萬八千阿羅漢衆圍繞在於優留慢荼山那羅拔利阿蘭若處具一切智最勝清淨為諸賢聖衆生之類開說法門天龍夜叉人與非人皆使得入解脫之城王語諸臣急疾莊嚴車兵步兵象馬之兵我今欲往優留慢荼山觀解脫衆尊者大德優波毱多得漏盡者輔相咨王彼國隘小士衆極多但遣使喚彼自當來王即荅言彼應往見何以故我今未得金剛心故云何屈彼如佛之人即遣使白尊者優波毱多我今欲往覲問尊者尊者聞已自思惟言若使王來國土隘小困苦者衆我當自往尊者即便並合諸船作大長舫廣十二由旬與萬八千諸阿羅漢共乘並船來向華氏城有人告王尊者毱多為利益王故躬自來至以大饒益為大船師王聞歡喜自脫瓔珞價直百千兩金賞此語者約敕左右擊鼓號令欲得大富生於天者欲求解脫見如來者當共供養優波毱多而說偈言

諸有欲見兩足尊　大悲世雄無師覺
教化如佛照三有　各來聚集共出迎

王說偈已乃莊嚴城郭掃除巷陌共諸羣臣一切人民作倡伎樂以種種香出華氏城半由旬迎遥見尊者與萬八千阿羅漢等譬如

半月圍繞而來王即下象一脚登船一脚在地扶接尊者優波毱多王身甲伏五體投地嗚尊者足起而恭敬瞻仰尊顔合掌而言我今摧滅一切怨敵得閻浮提諸城山海富有天下歡喜之時不如今日目視尊者所以者何今見尊者便爲見佛於三寶中深生敬信而說偈言

佛雖入寂滅　尊今補處生　慧日已潛没
尊者繼大明　今應垂教授　我當隨順行

尊者於是即以右手摩王頂上以偈荅曰

謹愼恐懼莫放逸　王位富貴難可保
一切皆當歸遷滅　世間無有常住者
三寶難遭汝值遇　恒當供養莫休廢

大王當知佛以正法付囑於汝亦付囑我我等當共堅固護持王復說偈言

佛所付囑我已作　種種塔廟猶山林
寶蓋幢旛已施設　各用衆寶而莊嚴
皆使大地極嚴淨　流布舍利滿閻浮
已身妻子及庫藏　宮殿屋舍并人民
一切大地盡用施　供養佛法比丘僧

尊者讚言善哉善哉大王應作此事施身命財應取堅法後致不悔則生天上作是語訖王請尊者入於宮中爲敷牀座即扶尊者安置座上其身柔軟如兜羅綿王便合掌白尊者言尊體柔軟如兜羅綿我之少福身體麤澀尊者荅言我昔修施常以清淨勝妙之物未曾以土而用布施王言我昔愚小無智值佛世尊最上福田便以土施今得此報尊者和色而言福田勝妙能令施土獲尊貴報王聞是語生未曾有歡喜之心敕諸羣臣我以

土施得轉輪王以是義故宜當勤心供養三寶王白尊者言佛所遊方行住之處悉欲起塔所以者何爲將來衆生生信敬故尊者讚言善哉善哉大王我今當往盡示王處王以香華瓔珞雜香塗香種種供養尊者毱多即集四兵便共發引至林牟尼園尊者舉手指示王言此佛生處此中起塔最爲初塔佛之上勝始生之日行七步處遍觀四方舉手唱言此是我之最後生也末後胞胎王聞是語五體投地恭敬作禮合掌涕泣而作偈言

修勝福吉利　得見牟尼尊　後見佛生處
得聞所說語　我無勝福業　不得見世尊
復不見初生　亦不聞所說

復次尊者優波毱多示王摩耶所攀樹枝生菩薩處尊者舉手語菴羅樹神言汝本見佛今可現身以示於王使王得見增長信心時此樹神即現其身尊者毱多語於王言此樹神者見佛生時王即合掌向於樹神說偈問言

汝見相好身　莊嚴生時不　爲見脩廣目
蓮華葉眼不　汝聞於牛王　說柔軟音不

樹神即便以偈荅言

我見真金色　兩足最勝尊　舉足行七步
聞彼世尊說

王又問言莊嚴生時其事云何樹神荅言語所不及言不能宣今當略說便作偈言

身出金色光　人天所樂見　大地山海動
如船在海浪

王以百千兩金置此處起塔而去於是尊者將王復至迦毗羅城舉右手而言此是抱菩

薩示淨飯王處又示諸釋天祠之處時將菩薩入此天祠泥木天像皆來恭敬曲躬禮拜恕頭檀王因是之故號爲天中天又示喚諸相師相菩薩處阿私陀仙相菩薩子必作佛處又復示王波闍波提養菩薩處又示菩薩學書之處菩薩騎象項處學乘馬處乘車之處學射之處菩薩散勞之處菩薩以六萬婇女相娛樂處菩薩見老病死生猒患之處又復將王至閻菩樹舉手指言此是菩薩坐涼之處又至林中示菩薩思惟棄欲惡不善有覺有觀離生喜樂獲得初禪樹爲曲蔭影不移轉即時五體投地爲菩薩作禮亦指城門而語王此是菩薩將百千諸天前後圍繞出迦毗羅處又示以馬瓔珞付車匿還處又示菩薩一身一已入林之處又示菩薩以刀剃髮擲虛空中帝釋捧接處又示菩薩而以寶衣從獵師邊博袈裟處又示頻婆娑羅王以半國請菩薩處又示菩薩至阿蘭迦羅鬱頭藍處又示菩薩苦行六年之處即便說偈

菩薩六年難苦行　身卧灰土棘刺上
知此邪行非真道　便捨苦行修正法

復示菩薩受難陀跋難陀百味乳糜之處又示菩薩向菩提樹處所示之處王於此中悉皆起塔尊者又示迦羅龍王讚菩薩處於是王乃禮尊者足合掌而言我今欲問迦羅龍王曾見佛事尊者即時語龍王言速起速起王欲問汝見佛時事龍王便起向尊者邊合掌白言大德有何約敕尊者語王言此是迦羅龍王偈讚佛者王即合掌以偈問言

汝見真金　熾然之色　無上世尊　面如滿月

汝爲我說　十力少分　云何端嚴　向菩提樹
龍王荅言端嚴之事非言所及今當略說即
作偈言
佛足蹋地　大地山河　踊躍駈駴　六種震動
如來身光　過絶日月　普照十方　一切蒙益
王於此處起塔而去遂與尊者向菩提樹尊
者舉手而示王言此處是菩薩以慈悲心爲
佛力處壞破魔衆成阿耨多羅三藐三佛陀
處王乃於此起塔以百千兩金而布施之此
是四天王天奉佛四鉢如來受之拍成一鉢
處亦是五百賈客施食之處又示菩薩向波
羅柰女處又示婆羅門讃佛之處王於此處
亦皆起塔尊者將王復至古仙林中舉右手
而言此是如來轉法輪處王於此處起塔以
百千兩金與之又示如來度千婆羅門處又
示頻婆娑羅王聽法得見諦處亦是八萬四
千天王遠塵離垢得法眼淨處亦是無量婆
羅門及居士得須陀洹處又示帝釋受化處
又示如來作神變處又示如來忉利天上爲
母說法來下之處王於上來所示之處皆起
寶塔尊者將王復至拘尸那城舉手而言此
是如來化緣已訖入涅槃處王聞是語懊惱
悶絶以水灑面令得醒悟施百千兩金於此
起塔而更合掌敬禮尊者足復作是言我今
欲禮佛大弟子聲聞之塔尊者讃言善哉善
哉王能發是重信敬之心即將王至祇陀林
中舉手而言大王此是舍利弗塔應當供養
王問言曰此有何德尊者答言此是第一世
尊法之大將能轉法輪如來所記智慧第一
唯除如來一切衆生所有智慧十六分中不

及其一但可略說誰能盡其智慧之藏王聞歡喜即以百千兩金奉施此塔即時皈命舍利弗而作偈言

解脫諸有結　名稱滿世間　於諸智慧中
是最爲第一

復示於王目揵連塔令王供養王又問言此有何德尊者荅言如來所記神足第一能以右足動帝釋宮復能降伏難陀跋難陀龍王略而言之不能說盡其功德彼岸王以百千兩金供養此塔王即合掌而說偈言

歸依大名稱　神足第一者　於生死憂苦
而得於解脫

遂復示王迦葉之塔舉手而言此是摩訶迦葉之塔亦應供養王問言曰有何功德尊者荅言少欲知足頭陀第一如來分座而與令坐佛自脫衣以與迦葉憐愍窮苦護持佛法令爲略說豈能盡其苦行功德王以百千兩金施迦葉塔即便合掌而作偈言

坐於山窟　去除鬬諍　無諸忿怒　常行禪定
少欲知足　功德最上　我今頂禮　至心歸命

復示於王婆駒羅塔教使供養王言此有何德荅如來所記無諸衰病少欲第一未曾教人一四句偈王即使人持一金錢布施此塔輔相白王同是大德阿羅漢塔云何獨以一錢用施荅言以其自度不能化人是故唯以一錢與之塔神不受還授與王輔相復言實是少欲乃至一錢猶尚不肯取尊者於是復示於王阿難之塔語王供養王言有何功德荅言如來所記總持第一執持佛法念力智慧多聞如海美妙言說人天供養能知佛意

一切善巧功德衆法之篋王聞是語極大歡喜以一億兩金布施此塔大臣問言云何諸供養中於此最勝王言以其總持法身之故能令法燈至今不滅阿難之力譬如牛跡不受海水佛智慧海阿難能受以是因緣諸供養中於此最多王以供養諸大弟子聲聞塔竟歡喜敬禮尊者之足合掌恭敬而說偈言

設百千祠　方得爲人　我今便爲　不空受身
值良福田　具造人果　以危脆財　而修堅法
我所起塔　嚴閻浮提　猶如白雲　莊校虛空
我遭佛法　一切清淨

說是偈已作禮而去阿恕伽王於佛生處塔菩提樹塔轉法輪塔般涅槃塔雖各各施與百千兩金於菩提樹塔其心最重所以者何佛於此處成正覺故於是已後所得珍寶常以奉施菩提之塔王第一夫人帝舍羅叉心自念言王得好寶盡與菩提曾不見與即語真陀羅摩登伽言汝能爲我懷怨嫉不答言若與我金則能壞之便許金錢時摩登伽不解其意謂爲道彼菩提之樹即結呪索繫菩提樹而欲呪殺轉轉乾枯王守樹人來告王言菩提之樹今將欲枯即說偈言

如來在此處　覺悟諸世間　逮得菩提道
證於一切智　此樹今將壞　轉轉欲乾枯

王聞斯語悶絶躃地以水灑面久乃得醒啼哭而言我見樹王猶如見佛菩提樹壞我必定死帝舍羅叉而白王言菩提樹雖死我亦能與大王之樂王言菩提之樹非女人也乃是佛得無上道處帝舍羅叉聞是語已心生驚悔語摩登伽言汝今還能令菩提樹生如

本不荅言若未枯盡有少生氣能令如本故於是乃解呪結縷恒以千缾乳灌未久之間樹還生如故王守樹人復來告王樹還復生與本無異王聞是語踊躍歡喜詣菩提樹觀樹而言頻婆娑羅王等所不能作我於今日當作二種云何二種一者當造千枚寶缾以盛香湯灌菩提樹二者當作般遮于瑟極大之會王便即以金銀瑠璃作千寶缾滿中香湯以灌於樹幷衆華鬘末香塗香復莊嚴之王自洗浴著新淨衣受持八齋上高樓上遍觀四方請佛弟子聲聞之衆修正見者諸根寂定摧滅欲結人天阿脩羅等所應供養者願見憐愍受我之請諸樂禪定及智慧者解脫衆僧最勝真子善逝法中之所生者哀受我請居住罽賔晝夜無畏摩訶婆那離越諸聖亦垂哀愍而受我請阿耨大池峻嶮之處及與河邊諸山谷間舍利窟住者香山住者皆願垂矜受我之請王如是請已四方來者三十萬僧十萬僧者是阿羅漢二十萬僧者是須陀洹斯陀含阿那含及清淨凡夫悉皆就座唯留上座所坐之處無敢坐者王問上座以何義故留此空處荅言更有上座當坐此處王復問言更有上座大於汝耶夜舍荅言昔佛所記師子吼中最爲第一名賔頭盧拔羅豆婆闍尊重於我王聞此語衣毛皆竪如迦曇華樹又問言頗有得見如來者不夜舍荅言有賔頭盧阿羅漢見佛在時王言可得見不荅言正爾當來使王見之王歡喜而言我得極大利益令哀愍我第一得見賔頭盧即便合掌瞻仰而待見賔頭盧猶如半月

亦如鵝王與數千萬阿羅漢等從空中來下坐上座頭三十萬衆皆起恭敬王見賓頭盧頭白眉秀身體相好如辟支佛即爲作禮五體投地嗚尊者足起而胡跪說於偈言

如來雖滅度　尊者補處生　哀愍垂教授　我當隨順行

說此偈已問尊者言見如來不荅言我見色如金聚面如滿月三十二相莊嚴其身梵音深妙大悲窟宅王又問言於何處見尊者言佛與五百阿羅漢等在王舍城夏安居時我在其中見盛福田在舍衛國現大神變摧伏外道時莊嚴化佛次第上至阿迦膩吒我於爾時亦在其中佛在忉利天爲毋說法諸天圍繞來下之時我亦在其中至僧伽尸沙池側時我亦在中蓮華比丘尼化作轉輪聖王具足千子禮佛足時亦在其中蘇摩伽帝滿富城內請佛之時五百羅漢各現神變至滿富城我於爾時化作寶山寶窟中坐往滿富城佛入王舍城次行乞食汝以土施羅提毱多合掌隨喜佛記汝時我亦得見王又問言尊者近來在何處住尊者荅言在香山住復問言曰將從幾許荅言六萬大王且止何須多問日時已到可與僧食食訖當更爲王具說王言請從尊者教先發起我念佛之心灌菩提樹然後與食王喚維那薩婆蜜多而語之言我以十萬兩金施於衆僧以千寶瓶盛滿香湯灌菩提樹可打揵椎稱我名字用爲檀越作般遮于瑟王子拘那羅在右面立不發口言便舉兩指我倍與之見人皆笑王亦自笑語羅提毱多汝所爲也荅言人衆極多

貪福者衆王復言曰我以三十萬兩金奉施於僧以三千寶瓶盛滿香湯灌菩提樹時拘那羅復舉四指王語羅提毱多誰與我競羅提毱多長跪而言誰能敢與人帝共競拘那羅嬰孩小兒與父戲耳時王右顧見拘那羅即語上座言我盡庫藏一切宫人并諸輔相及與我身子拘那羅等一切施僧請稱我名般遮于瑟布施以訖僧爲呪願受呪願竟於菩提樹四邊縛格自上其上以四千寶瓶盛滿香湯灌菩提樹灌菩提樹已欲與僧食上座夜舍言王遇勝福田莫生優劣心王自行食乃至於沙彌時有二沙彌行和敬法一者以麨用施於彼彼還以麨而與此此以餅復施於彼彼亦用餅還與施之此更復以歡喜丸用施於彼彼亦還以歡喜丸而復報與王見已笑而言曰如小兒戲耳時王行食到上座頭上座問言王見非威儀事能不生嫌心也王言不也見二沙彌如小兒戲上座言大王莫生譏嫌此二沙彌是俱解脱阿羅漢也王聞是語生歡喜心而自念言我今當施一切衆僧人一張氎時二沙彌已知王心作是思惟令當使王倍生信敬於是二沙彌一者具鑊一者辦染具王見是已語沙彌言欲作何物沙彌言王以我故欲與衆僧人一張氎今辦染具欲以染之王聞此語便自念言彼二沙彌已知我心王大歡喜五體投地禮沙彌足起合掌言我之眷屬極得大利獲勝福田今盡我力而用布施語沙彌言以汝之故一切衆僧人與三衣於是便造般遮于瑟以四十萬兩金國土宫人輔相已身子拘那羅

等盡施衆僧而還歸家阿恕伽王信敬具足起八萬四千塔作般遮于瑟竟閻浮提内多分之人信向佛法

阿育王傳卷第一

音釋

躡尼輒切蹈也 閫若本切門限也 礫郎狄切小石也 麨尺沼切乾粮也 掬居六切兩手捧也 珂丘何切珂貝也 澀色立切不滑也 蹉倉何切 懱莫結切輕易也 陲是爲切邊疆也 碓都內切杵臼也 脆此芮切物易斷也 甕烏貢切汲瓶也 烏萇梵語正云烏仗那此云苑萇音長 舫甫妄切方舟也 駊騀駊普火切騀語可切駊騀傾側貌 懊烏皓切懊惱恨痛也 鬘莫班切 峻嶮嶮虛檢切與險同峻嶮高危也 揵椎梵語也此云磬又云鐘隨有瓦木銅鐵鳴者皆曰揵推揵巨寒切椎音槌

阿育王傳卷第二

西晉安息國三藏安法欽譯

阿恕伽王本緣三

阿恕伽王弟名宿大哆信敬外道譏說佛法作是言出家沙門無有得解脫者時阿恕伽王語宿大哆言何以知之荅言諸沙門等不修苦行好著樂事故阿恕伽王語宿大哆言汝今莫於不可信處而強生信可信之處而不信敬於佛法僧應生重信阿恕伽王曾於一時共宿大哆出行遊獵見一婆羅門五熱炙身宿大哆心生信敬徃到其邊禮足問言苦行已來經今幾時荅言經十二年常何所食荅言食果食根著何物衣荅言著於草衣為敷何物荅言敷草為座問言汝今所行何事最苦荅言唯見蟲鹿行合之時慾心熾盛以此為苦宿大哆言汝著惡衣食於惡食猶生貪慾況沙門釋子著好衣服而食好食能無欲也我兄阿恕伽王無所別知為諸沙門之所欺誑時阿恕伽王聞弟此言語輔相曰善作方便使宿大哆令得信解輔相荅言隨王教勑王脫天冠瓔珞服飾著洗浴衣入浴室浴輔相語宿大哆言王若死者汝當代之今試著是天冠瓔珞為好不也宿大哆即隨其語而便著之坐御座上王出浴室見宿大哆坐御座上而語之曰我猶未死汝已為王便作是言此中有誰時有真陀羅一手捉劒一手捉鈴前白王言何所約勑王言宿大哆我今已捨付汝治罪輔相言宿大哆是王親弟唯願聽使懺悔改過王言用汝之語聽七日為王然後殺之於七日中為作百千音樂

百千婆羅門合掌稱善百千妓女圍繞給侍有四真陀羅以血塗手面狀欲殺人在四門下高聲唱言一日已過餘六日在屠裂汝身𠂆分支體絶斷汝命將不云遠如上一日乃至七日亦如是唱七日既滿將宿大哆至於王所王問弟言汝七日中極爲樂不宿大哆荅言我七日中目不見色耳不聞聲鼻不齅香舌不别味何以故見真陀羅捉劒唱言汝已一日爲王餘六日在日日如是乃至七日爲死火逼惱思惟怖畏通夜不寐有何樂也王言汝憂一身之死猶尚不以王位爲樂況沙門釋子觀生老病死憂悲之苦地獄種種燒炙之苦畜生重擔更相殘害恐怖之苦諸餓鬼等飢渴之苦人中福樂猶有八苦隨逐其身況無福者諸天雖樂衰退時苦一切三界受生之類身苦心苦如是等苦之所逼切五陰如真陀羅六情如空聚五塵如怨賊三界皆爲無常大火之所熾然一切無常苦空無我以是義故云何當言沙門釋子不能苦行無解脱也沙門之心於諸樂事都無所染譬如蓮華不著於水猒患生死棄背世間亦復如是云何不得解脱果也阿恕伽王以種種方便教宿大哆宿大哆於是合掌白王言大王我今當歸依三寶阿恕伽王即抱弟頭而作是言我欲使汝信敬佛法故作是方便不必殺汝宿大哆即以香華供養佛塔而聽說法供養衆僧便向鷄頭摩寺到於上座夜奢之所在前而坐聽其說法爾時夜奢觀宿大哆過去之世種諸善根今已成熟應當現身得入涅槃即爲讚歎出家之法宿大哆聞

是語已便生歡喜於佛法中欲求出家即起合掌白尊者言今願聽我於佛法中出家學道荅言子先應當白王宿大哆即往白王言大王聽我出家我本狂醉如惡象無鉤王以方便鉤我令得柔伏調順重垂哀愍聽我於彼大明之所修出家法王聞是語抱頭哀泣而語弟言莫發此意何以故出家名爲受醜陋法著糞掃衣食乞於人所棄之食宿則樹下敷以草葉病則服於陳棄之藥汝少來婉樂不堪受此飢渴寒熱可息汝心宿大哆言我今不爲猒患王位亦復不求天上之樂亦復無有衆苦惱逼亦不貪於錢財珍寶亦不怖畏怨敵之難而求出家也唯畏生老病死之苦而求出家爲得涅槃而求出家王聞是語舉聲大哭宿大哆言王不須哭生死輪轉不曾休息會必別離何用哭爲王言汝今並可試學乞食坐此樹下草敷上宿於是便與鉢盂錫杖使從宮人次第乞食宮人皆與美好飲食王責宮人言何以與彼好美飲食與麤惡食使令調習宮人受教與麤惡食得亦復食不生增減王見是已即語弟言聽汝出家汝若出家必來見我宿大哆既得聽已向鷄頭摩寺而生念言若我於此出家必多妨鬧即便往至他方遠國出家學道精勤修習得阿羅漢道便生心念昔阿育王與我要言若出家者必來見我今宜往見即於中前著衣持鉢詣華氏城漸次乞食到王宮門語守門人言宿大哆欲求見王守門之人即往白王言宿大哆今在門外欲見於王王言疾將來入宿大哆入王門阿育王見其弟便下御

座五體投地爲之作禮起而合掌看宿大哆泣淚而說偈言

一切有生類　聚集爲歡樂　我今觀汝眼
不見親愛相　汝必得勝果　甘露滿汝心

羅提毱多見宿大哆著糞掃衣執持瓦鉢平等乞食好惡皆受亦向於王而說偈言

觀宿大哆　少欲知足　所作已辦　故能歡喜
棄王種族　弃華氏城　珍寶庫藏　及與榮禄
如捨涕唾　履行聖種　永斷結使　滿足王種
得大名稱　莫不歡喜

於是阿恕伽王扶宿大哆著御座上以上妙飲食手自過與飲食已竟行清淨水取一小座在前而坐求使說法宿大哆便爲說偈

王位尊豪莫放逸　三寶難值當供養

說此偈已從座起去王與五百輔相城內人民圍繞恭敬送到門外是名現證沙門之果宿大哆作是念言我兄昔以多種方便化我令入佛法之中今當使彼增益信敬即踊身虛空作種種變阿育王與諸羣臣舉手說偈

斷絶恩愛親　如鳥飛空去　我爲王位縛
保愛於世事　訶嫌譏賤我　而自獨解脫
如此之果報　由心得自在　禪定之果報
愚闇盲不見　汝今飛騰去　破我之憍慢
我智力亦微　使我得猒離

於是宿大哆飛向邊地到他國已即遇大病頭髮墮落王聞其病遣醫齎藥往彼療治病得瘥已髮生如故遺醫還去後宿大哆食酪之時身則安隱爲易得故從就曠野牧牛邊住時弗那槃達有尼乾陀弟子畫作佛像而令禮拜於尼乾子像時佛弟子優婆塞者語

阿恕伽王言外有尼乾陀弟子畫作佛像令人禮拜外道尼乾子像王聞瞋恚即便驅使上及四十里夜叉鬼下及四十里諸龍等一日之中殺萬八千尼乾陀子於華氏城華氏城中復有尼乾子亦畫佛像令人禮拜外道尼乾陀像時有優婆塞已告於王王聞大瞋捉尼乾陀并其眷屬以火燒殺擊鼓唱言若有能得尼乾子頭當賞金錢後宿大哆於尼乾子舍寄宿著惡衣服頭髮極長與尼乾陀子形貌相類有鬼持刀在一面立宿大哆自生念言我之宿緣應爲此鬼之所殺害時鬼謂是尼乾陀子即便斬頭持至王所而索金錢王見識是宿大哆頭復聞一臣道外沙門被殺害者多所有者少極爲懊惱悶絶躃地以水灑面久乃得穌輔相白王言今諸沙門濫死者多王當施於沙門無畏王即作號令言自今已後一切沙門制不聽殺諸比丘等心生疑網而問尊者優波毱多言有何因緣宿大哆爲鬼所殺荅言若欲知者至心諦聽過去之世有一獵師水邊著羂有辟支佛乞食來過在其羂邊樹下而坐時彼獵師不能得鹿自思惟以何意故鹿今都不近我羂耶便四顧望見辟支佛於其羂傍一樹下坐即以劒斬頭爾時獵師今宿大哆是以其往昔斬辟支佛故墮地獄中無量億劫受大苦惱乃至得道猶爲此鬼之所斬殺比丘問言復以何因緣生貴族家成阿羅漢荅言過去久遠迦葉佛時供養衆僧以此福報得生貴族又於爾時信心出家一萬歳中修行梵行由是善因今成羅漢

半菴摩羅果緣第四

阿恕伽王於佛法中已得信心問優波毱多言佛在世時誰最大施答言有長者名須達多最爲大施問言以幾許施答言以真金百億阿恕伽王言彼長者尚能布施爾所珍寶况我今者王閻浮提豈可不能於是便以己身及拘那羅羣臣大地用盡布施而起八萬四千寶塔及聲聞塔灌菩提樹合集計校都得九十六億兩金於是阿恕伽王遇病知命不全涕泣不樂羅提毱提於阿恕伽王昔施土時在傍隨喜今得作最大輔相見王不樂合掌而言大王王之威德譬如盛日一切人民無敢正視唯有八萬四千婇女得見王面今王遇病如日將没三界遷流有必磨滅當思無常何爲不樂王答言曰我今不以失王位故而懷懊惱亦不以捨身命故而作憂苦又亦不以捨宫人庫藏而作憂惱正以遠離諸賢聖衆以爲懊惱我本望滿百億金施今方得施九十六億四億不滿用爲懊惱羅提毱提言庫藏甚多可施使足於是王便以金銀珍寶與鷄頭摩寺王立拘那羅子式摩婁以爲太子邪見惡臣語太子言阿恕伽王命臨欲終散諸庫藏悉與欲盡汝當爲王夫爲王者以庫藏珍寶以爲力用今應遮截莫使費盡於是式摩婁共諸臣等因王疾患一切所有斷絶不與唯聽以一金盤銀盤爲王送食王得此盤即用施與鷄頭摩寺於是乃至瓦盤瓦器爲王送食最後與王半菴羅摩勒果王得果已即集諸臣而問言曰此閻浮提誰爲其主諸臣答言唯王爲主王言汝等虚

妄道我是主我非是主何以故我唯於此半
菴摩勒而得自在咄哉富貴甚可惡賤我爲
人帝臨終貧匱唯有半邊菴摩勒果亦如瀑
河觸山則止即說偈言
佛語是真實　所說無不然　說一切恩愛
皆有別離苦　我昔作詔令　無能遏絕者
今日如瀑水　觸山則流滯　今我之教令
不行亦如是　我昔於大地　普爲覆蓋主
諸王有憍慢　我皆能制伏　貧苦無力者
我皆救濟之　先爲他陰覆　今日勢力盡
譬如敗壞車　乃至無所直　猶阿恕伽樹
根枯而被杌　華果及枝葉　一切皆無有
我之無所直　其喻亦如是
說是偈已即喚傍臣授菴摩勒與而敕之曰
汝持此果向鷄頭摩寺施彼衆僧可白上座

言阿恕伽王最後所施唯於此半菴摩勒果
而得自在一切所有悉皆喪失衆僧哀愍受
我貧苦最後之施使我得福上座夜奢約敕
衆僧汝等皆見阿恕伽王受福快樂於一天
下總攬自在今日爲諸羣下所制斷絕王物
使不自由唯於是半菴摩勒果隨意得用以
慇重心來施於僧即敕與事磨著羮中使一
切僧普得其供告諸比丘言以此之故當於
生死深生猒惡富貴快樂不久敗壞威勢自
在不久皆失咄哉生死甚可猒患傳告後世
諸王富貴得自在者莫如阿恕伽王爲諸羣
臣之所禁制宜及勢力未衰患時應當盡心
作諸功德阿恕伽王臨欲命終語羅提毱提
今日於此閻浮提中誰得自在羅提毱提答
於王言尊得自在王聞此語即起合掌遍觀

四方而作是言唯除庫藏令以四海一切大地悉施佛僧并諸前後所作功德不求轉輪聖王釋梵尊位人天之樂正欲願我將來生處心得自在速成聖果便作詔書以齒印付與輔相羅提毱提於是氣絶遂便命終諸臣乃以轉輪王法種種莊嚴供養殯葬立式摩婁爲王羅提毱提諸羣臣言阿恕伽王以大地布施衆僧何以故欲學須達長者滿百億施故存在之日唯施九十六億若以四億贖閻浮提則滿先王所願羣臣共議用四億金贖閻浮提還與後嗣式摩婁子名耆呵提耆呵提子名弗舍摩弗舍摩子名弗舍蜜哆弗舍蜜哆共諸臣議言云何當使名字流布於世耶時有輔相荅言汝昔先王阿恕伽王閻浮提起八萬四千塔以百億金施隨佛法幾時住世名字常在王能學起八萬四千塔名字亦可久流於世荅言昔者先王威德能辦此事我今何能作如是業更可以其餘方便同阿恕伽王不有邪見輔相言修福作惡二俱得名先王能起八萬四千塔名德久流汝能壞之名流後世弗舍蜜哆便集四兵向鷄頭摩寺欲壞寺門爾時寺門有師子吼王大恐懼不敢入寺復還歸來如是三返猶不得入後乃使人喚諸比丘而語之言我欲壞佛法汝等比丘欲留浮圖爲留僧房比丘荅言欲留佛圖於是蜜哆殺害衆僧毀壞僧房如是次第至舍伽羅國而作募言有得沙門頭來者當賞金錢時彼界內大浮圖中有阿羅漢化作數萬沙門之頭告語人民使持與王王聞是已欲殺羅漢時此羅漢入滅盡定不

能得殺王即捨去往至偷羅厥吒國欲破佛法其國土中有護佛法神作是思惟我受持佛戒不能作惡云何當得護持佛法禁蜜舍鬼昔求我如以彼行惡故我不與今爲佛法當與彼女以是因緣偷羅厥吒有大鬼神爲作擁護弗舍蜜哆無所能壞於是菩提鬼神誘進守王鬼神將至南海禁蜜舍鬼擔大石山而壓殺王及諸軍衆此處即名爲深藏摩伽提王種於是即斷

拘那羅緣本第五

阿恕伽王夫人字曰蓮華産生一子名爲法益有一輔相白於王言王應歡喜所以者何王生一子面貌端正其眼最勝王聞此語心生慶悅而作是言先王之種有大名稱我今復能增長於法而生此子故遂立名以爲法益乳母將兒來至王所王見兒已心生愛厚即說偈言

此子眼最勝　甚有大福德　如初生青蓮
莊嚴在於面　亦如圓滿月　見者無不喜

說此偈已語輔相言頗見人眼有似我此小兒眼不輔相荅言一切人中未曾聞見唯聞雪山有鳥名拘那羅眼最爲好王即敕夜叉言可疾取彼雪山之中拘那羅鳥吾欲見之時有夜叉即應王命一剎那頃取彼鳥來至王所王觀此鳥眼小而好與兒之眼等無有異是故字兒爲拘那羅此名流布普皆聞知故遂號之名拘那羅也及年長大爲之取妻字真金鬘王與其子至雞頭摩寺時彼上座觀拘那羅不久之頃必當失眼即語王言何故不使拘那羅子常令聽法王便敕子言汝

今應當順上座教時拘那羅合十爪掌向上座所而作是言有何教敕唯請從之上座敕言眼者無常不可恃怙當懃修習定慧之行於是拘那羅受教即退在宮靜處而自思惟觀眼苦空無常無我時阿育王第一夫人名帝失羅叉向拘那羅所見其獨坐愛惑眼故抱拘那羅而作是言猛火熾然燒於山野婬欲逼我亦復如是汝今與我宜相愛樂拘那羅聞是語已以手覆耳而說偈言

此語不和善　塞耳不欲聞　云何以母道
於子有欲想　非法欲不斷　是爲惡趣門

帝失羅叉瞋恚而言汝不從我不久之間必當滅汝拘那羅復說偈荅言

願守淨法死　不受婬欲生　破壞天人道
賢智所訶責

帝失羅叉從是已後常求其短時北方有國名乾陀羅其國有城名得叉尸羅彼城人民叛逆不順王躬欲往討伐其城輔相諫言王不須往可遣一子征撫而已王便問子拘那羅言汝能伐彼得叉尸羅國不荅言能伐王知子意歡喜欲去莊嚴道路諸有老病死亡憂苦乞匃之徒約敕國界使遠道側阿恕伽王親共其子乘羽葆車而自送之將欲别時抱頭而哭視子而言彼人福德得見汝眼時有相師婆羅門占言王愛子眼而其子眼不久之間必當破壞今見兒眼無不歡喜後若壞者一切憂苦拘那羅已漸前進至得叉尸羅城城中人民開拘那羅來㢠治道巷捉持吉瓶以示伏相半由旬迎既見拘那羅合掌而言我等人民不叛於王亦不叛王子但叛

王邊諸惡臣耳極設供具恭敬圍繞將入城中阿恕伽王生大重病口中糞臭身諸毛孔皆糞汁流出無人能治王敕大臣可喚拘那羅以爲王位我死不久用惡活爲王大夫人帝失羅叉聞是語已而自思惟若拘那羅爲王我無活理即作方便白王說言莫聽醫入我能治王王便斷醫不聽使入帝失羅叉遍敕一切男子女人若有重患如王病者慎莫治之皆敕將來時有一兒得如此病婦詣醫所而作是言我之夫主有如此病醫即荅言速往將來爲汝治之遂將至醫邊醫便將向帝失羅叉所帝失羅叉得即殺之破腹而看見其腹中有一大蟲蟲上去時糞亦隨去蟲若下時糞亦遂去於是便以末椒而與亦復不死種種辛物持用與之猶故不死乃至與葱蟲便即死遂糞道去以是因緣勸王食葱王言我是刹利之種云何食葱帝失羅叉重白王言爲治病故必應服之於是食葱而蟲即死遂糞道出王病得差語帝失羅叉言汝欲得何願荅言欲得七日作王王即聽使作王七日帝失羅叉既得聽已而自念言我今正是報拘那羅怨惡之時便詐作詔書語得叉尸羅國人言挑拘那羅眼何以故拘那羅有大罪過急挑眼出阿恕伽王極爲嚴峻莫復稽遲以犯王制封書之時要得王齒印封其書帝失羅叉伺王眠睡欲印此書王輒怖畏而自覺悟帝失羅叉問於王言何以卒覺我向惡夢見二鷲鳥欲挑我子拘那羅眼作是語已而復還眠第二亦復眠中卒覺語夫人言我復惡夢夫人問言見何等夢荅言夢

見拘那羅頭髮甚長在地而坐夫人言但好安眠誰害王子王還睡眠夫人以王齒印印書遣使齎書敕得叉尸羅國人挑拘那羅眼王復夢見齒墮落王至早起便喚相師而占此夢相師占言如此之夢必是王子失眼之相王聞此語合十指掌歸命四方護佛道神信法信僧者願護我子書既至彼得叉尸羅城城中人民愛敬法僧仁篤之厚乃至無有示此書者而共議言王尚不能恩及其子於我人民何能愛惜拘那羅者每於一切羣生之類恒懷悲愍普欲救拔諸根調順無有憍慢如此之子而欲毀害況我等輩便隱此書久乃方出與拘那羅拘那羅得書即信其語而作是言隨諸人意取我之眼時無有人取其眼者便喚真陀羅使令挑眼真陀羅不肯而言寧可壞我目云何當壞如此之眼於是用一寶篋價直十萬兩金雇真陀羅以挑已眼猶故不肯業緣應熟自然有人面十八醜來求挑眼拘那羅見已便憶上座夜奢說眼無常之語乃作是念良由見我必應受此壞眼業報故作此語真是我之善知識也憐愍我故預垂教敕欲使我心受報之時不生恐怖昔者上座又敕我言三有無常危脆如幻我乃久知眼之壞相當取堅法即語醜人言可取一眼著我手中時彼醜人便即向於拘那羅所欲挑眼取著其手中一切人民稱怨大喚皆作是言怪哉苦哉明淨之月自然崩墮極妙蓮華而被毀壞數萬億人啼哭懊惱不能自勝於是拘那羅觀掌中眼而作念言咄哉此眼汝今何故不觀色也本謂汝好今

但是凡鄙肉團誑惑愚人謂中有我橫生愛重直是衆緣假合成耳都無實眼如水上泡不放逸者能作此觀便脱生死作是思惟時得須陀洹道已得見諦語醜人言更取一眼便從其語挑其眼取著其掌中時拘那羅重觀是眼得斯陀含捨肉眼故得法眼淨而作是語挑我肉眼而得慧眼捨生死父作法王子雖失富財得於法財永離憂苦後時拘那羅乃知此書帝失羅叉之所詐作實非王教便爲願言使大夫人帝失羅叉長壽安樂無諸衰患何以故由彼方便壞我目緣獲得法利拘那羅婦真金鬘者聞其夫主被挑兩眼即向夫所見挑眼血汚其身體懊惱哽咽悶絶躃地以水灑面還得醒悟起立啼哭而作是言妙好清淨眼毀壞乃如此拘那羅以偈荅言

自作此惡業　今日自受之　一切世界苦
恩愛會别離　汝應遠苦惱　何用啼哭爲

城中人民驅拘那羅夫婦二人令出外去而其夫婦生來處樂不堪苦事執持作役彈琴歌乞以自存活展轉而去向華氏城至王宮門欲入宮中守門之人不聽使入拘那羅即於門邊象廄中宿天明彈琴琴中説巳辛苦挑眼得道因縁智者門之自觀陰入皆得出離生死之苦王聞歌琴聲而作是言此琴之聲似拘那羅聲其聲之中作辛苦言亦復更作自大之聲我聞此聲剛強心滅如象失子遣人徃看見拘那羅無眼黑瘦而不識之還白王言有一乞人眼盲黑瘦婦在其邊王聞是語巳而作念言我本夢見拘那羅子失其

兩目此非是也憶念我子心不暫停當速喚之即遣人復至象廐問盲人言汝是何人爲誰之子盲人荅言我父是彼阿恕伽王主閻浮提於一切人皆得自在我是彼子字拘那羅亦更有父爲大法王號名佛陀使人即將盲人夫婦至於王所王見拘那羅眼盲黒瘦衣裳弊壞都欲不識見少形相而生髣髴即問言曰汝是拘那羅也荅言我是王聞其語悶絶躃地以水灑面還復穌息捉拘那羅著於膝上手摩捫眼涕泣而言汝眼本似拘那羅故遂以爲字今悉無有以何爲名今可道之誰挑汝眼譬如虛空無月無星誰無悲心能壞汝眼誰於汝眼作終身苦拘那羅子誰令汝眼乃使如此速疾語我我今見汝身形骸憔悴燒我身心都悉壞盡如似被於金剛之雹拘那羅言願莫憂惱父不聞也佛亦受報緣覺聲聞及諸凡夫等無有脫者應受報者善惡之業終不敗亡我自造業不可怨他非刀劒害亦非金剛非火非毒非怨惡蛇非爾所苦來逼我身先作此業今受其報使他憂苦甚非所宜一切有身皆如射的衆箭著之此身亦爾衆苦集之阿恕伽王雖聞此語猶爲憂火焚燒其心復告子言阿誰無愛生挑汝眼拘那羅言父赦使挑王言我若赦人使挑汝眼當自截舌拘那羅言得父齒印王言若與齒印當拔我齒若以眼見自挑其眼帝失羅叉喚蓮華夫人而語之言令挑我眼當與我子乞索自活王聞此語便作是念必帝失羅叉挑我子眼即喚帝失羅叉而告之曰不吉惡物何地載汝不自陷没破壞法物

汝實我怨詐懷親附王轉懊惱瞋恚火起諦視羅叉復作是言汝壞我子眼今當爪摑汝之身肉生貫著於高樹之上以鋸節節解汝之形刀截汝舌捉大鈍斧刻汝骨髓推汝身骸著火坑中以衆惡毒灌汝之口作種種罵拘那羅聞便生悲心而白王言帝失羅叉修行惡法是以如此王今應當修於聖法不宜殺害於彼女人嬰兒愚小不應生瞋王猶不聽作胡膠舍以火燒殺亦復燒殺得叉尸羅城中人民諸比丘等見是事已心生疑網便問尊者優波毱多言拘那羅者有何因緣今被挑眼尊者答言善聽當爲汝說昔者波羅㮈國有獵師夏住人間冬入山獵將向雪山值天雹雨有五百鹿共入一窟作是念言若都殺者肉則臭爛挑其眼出日食一鹿即便挑取五百鹿眼以是業緣今被挑眼爾時獵師拘那羅是從爾已來五百身中常被挑眼又問言曰復以何緣生於王家形貌端正得見諦道答言昔者人壽四萬歲時有佛名迦羅迦孫馱化緣已訖入無餘涅槃爾時有王名曰端嚴爲佛起石塔七寶莊嚴辟方四十里其端嚴王已死後更有一王名曰不信偷取塔寶唯留土木衆多人民於此塔所涕泣懊惱有長者子問衆人言何以涕泣答言迦羅迦孫馱佛塔七寶所成今爲人壞盡取其七寶唯土木在是以涕哭時長者子還以七寶修治此塔莊嚴如故又告大衆與迦羅迦孫馱佛身齊等因發正願使我未來如似此佛得勝解脱清淨妙果以其爾時造寶塔故今生尊貴豪族之家由其往昔造佛像故今

得端正以其往時發正願故今獲道跡

阿育王現報因緣第六

昔阿恕伽王時師子主國貢獻五枚如意寶珠王得珠已即以一者施佛生塔二者施與菩提樹塔第三施與轉法輪塔第四施與佛涅槃塔餘有一珠欲與諸夫人若與一者恐餘者恨阿恕伽王即遣人入宫唱言其有衣服瓔珞最第一者當與此珠一切夫人皆自肆力方便求好衣服瓔珞唯有一小夫人字須闍哆憶念佛語戒衣服瓔珞最爲第一作是念已受持八戒著純白衣阿恕伽王次第觀諸夫人后妃服飾瓔珞見諸夫人各以伎樂而自娱樂到須闍哆夫人所見其徒黨悉皆寂默容儀齊整著鮮白衣王心自然甚生恭敬又其衆中有説法座即時禮敬而語之言諸夫人等皆著上服伎樂自俱汝等何以寂默而住夫人答王言佛説慚愧爲上服戒德爲勝瓔珞法音爲伎樂我等諸人受持八戒以當瓔珞自各著於慚愧素服更共説法以爲音樂王聞此語欣然歡喜復語言曰我先有教其有著第一上服瓔珞者當與寶珠今汝等最爲第一與汝寶珠諸夫人見得寶珠後皆相學受持八戒昔阿恕伽王常請衆僧入宫飲食有一比丘名優鉢羅年在盛壯端正殊特口作優鉢羅蓮華之香王自行水下食聞此道人口氣作優鉢羅華華香王即作念此比丘年少端正口中含香將不欲動我宫人之心王時即語以水洗口口倍復香王問之言久近含此香也答言過去有佛號名迦葉人壽二萬歲我於爾時爲高座法師

以讚歎佛法故四十九億歲生於人天之中不墮三塗八難之處口中恒作如是之香王聞語已生歡喜心倍加恭敬作禮而去昔阿恕伽王使道人說法時以步障遮諸婦女使其聽法爾時法師爲諸婦女說法恒說施論戒論生天之論有一婦女分犯王法撥幕向法師前問法師言如來大覺於菩提樹下覺諸法時覺悟施戒也更悟餘法法師荅言佛覺一切有漏法皆苦猶若融鐵此苦因從集而生猶如毒樹修八正道以滅苦集是女人得聞此語獲得須陀洹道以刀繫頸往到王所而白王言我今日犯王重法願王以法治我王問言汝犯何事荅言我破王禁制至道人所譬如渴牛不避於死我實渴於佛法是以冒突聽法王問言汝聽法頗有所得不荅言得法見四真諦解陰入界及以諸大皆知無我逮得法眼王聞是語踊躍歡喜即爲作禮即唱令言自今已後不聽障隔樂聽法者聽直至法師所對面聽法歎言奇哉我宮內乃出人寶以是因緣當知聽法有大利益昔阿恕伽王見一七歲沙彌將至屏處而爲作禮語沙彌言莫向人道我禮汝時沙彌前有一澡瓶沙彌即入其中從澡瓶口復還出來而語言王慎莫向人道沙彌入澡瓶中復還來出王即語沙彌言我當現向人說不復得隱是以諸經皆云沙彌雖小亦不可輕王子雖小亦不可輕龍子雖小亦不可輕沙彌雖小能度人王子雖小能殺人龍子雖小能興雲致雨雷電霹靂所謂小而不可輕也昔阿恕伽王深信三寶常供養佛法衆僧諸婆羅

門皆生嫉妬共相聚集簡選宿舊取五百人皆誦四圍陀大典天文地理無不博達共集議言阿恕伽王一切盡供養剃頭禿人我等宿舊未曾被問當設何方便使彼意迴有一善呪婆羅門語諸婆羅門言諸賢但從我後却後七日我當以呪力作摩醯首羅身飛行到王宮門汝等應當步從我後我能使其大作供養汝等都得諸婆羅門皆共然可到七日頭善呪婆羅門即自呪身化作摩醯首羅於虛空中飛到王門頭諸婆羅門亦皆侍從到王門頭遣人白王言虛空中有摩醯首羅將四百九十九婆羅門從空來下今在門外餘婆羅門在地而立欲得見王阿恕伽言喚使來前便喚來入坐於兩廂牀上王言小坐共相問訊即語之言摩醯首羅何能屈意故來相見欲何所須答言須飲食即敕廚中擎五百案飲食著前摩醯首羅等皆手推言我從生已來未曾食如此食阿恕伽答言先不約敕不知當食何食摩醯首羅等皆同聲言我之所食食剃頭禿人阿恕伽王即敕一臣汝往到鷄頭摩寺語尊者耶奢王宮內有五百婆羅門一自稱言摩醯首羅不知爲是人爲是惡羅刹請問所以願阿闍梨來爲我驅遣所使之人是邪見婆羅門弟子到彼衆中不稱實如王所言語衆僧作如是言阿恕伽王有五百婆羅門顏貌狀似人語似羅刹作是言正欲得汝沙門作食上座耶奢即語維那鳴椎集僧起辭衆僧言我年已老耄我爲衆僧當知此事衆僧安隱護持佛法聽我使去第二上座言上座不應去我身無所堪能

唯我應去第三者言第二上座不應去正應我去如是展轉乃至沙彌十六萬八千僧中其最下頭七歲沙彌起衆僧中長跪合掌而作是言一切大僧不足擾動我既幼小不能堪任護持佛法唯願大衆必聽我去上座耶奢極大歡喜手摩沙彌頭言子汝應去使人不待即於先去阿恕伽言頗有來者無使人答王言更相移致科次最下沙彌來王作是言大者羞恥故使小者來使作對阿恕伽王聞沙彌來即出門迎坐此沙彌著御座上諸婆羅門皆大瞋恚阿恕伽王大不識別我等宿德尚不起迎為此小兒而自出迎沙彌問王言何以見喚王時答言此摩醯首羅欲得阿闍梨為食隨阿闍棃欲為作食不為作食沙彌言我年幼小朝來未食王先施我食然後我當與彼令食王即敕廚宰擎食來與食一案食悉皆都盡如是擎五百案食與皆都盡問言足未答言都未足王復敕廚言所有餘食盡擎來與沙彌沙彌得食忽爾都盡問言足未答言未足飢渴如本廚監白王飲食都盡王言庫中麨備千人食一切都般來倏忽都盡王問言足未答言猶未足王答言一切飲食悉皆都盡更無有食沙彌言最下頭婆羅門將來我欲食之即時噉盡如是悉食四百九十九婆羅門悉皆令盡摩醯首羅極大驚怖飛向虛空沙彌即時座上舉手從虛空中摁頭復噉使盡王即時驚怕噉諸婆羅門使盡復不敢我不沙彌知王心念即語王言王是佛法檀越終無損減慎莫驚怕即語王言王能共至鷄頭摩寺不王言阿闍棃將

我上天入地皆當隨從沙彌即時共王到雞頭摩寺王見沙彌朝所食之食諸衆僧等皆分共食所食五百婆羅門皆剃除鬚髮被著法衣在諸衆僧下行末坐最初食者最在上座頭摩醯首羅最在行末五百人見王沙彌極生慚愧我等尚不能與此沙彌共戰何況與諸大衆而共捔力猶如鵠毛俟於爐炭猶如蚊子與金翅鳥捔飛遲疾猶如小兔共師子王捔其威力如此之比不自度量五百婆羅門心生慚愧得須陀洹道昔阿恕伽王見出家者不問大小悉皆禮拜諸邪見臣怪其所作若見宿舊有大德者爲可禮敬幼小無德何煩自屈禮敬王王閻浮提名有聖德應當自重云何輕作禮敬此言展轉王得聞之王既聞已集諸羣臣不聽殺生各仰人得一種頭若馬牛若百獸之頭唯敕耶奢大臣使得自死人頭一仰使於市賣之一切諸頭悉皆得售唯有人頭獨不得售諸人皆言所賣之頭普悉得售唯有人頭獨不得售王時問言何以不售一切物中何者爲貴諸臣答言唯人最貴王言人爲最貴應得多價云何不售諸臣答言人生時雖貴死爲最賤人頭尚無有欲見況當有買者王問言一切皆賤唯此頭賤答言一切皆賤王言若一切人頭皆賤令我頭亦賤耶爾時耶奢怕不敢答王言耶奢真實答我耶奢答言實如王言實亦不異王言我頭與此不異者汝何爲遮我不使禮拜汝若是我真知識者應當勸我禮拜何緣我自作禮汝便嗤笑我今頭有所直應當敬禮貿易貴頭後無所直云何可用貿易勝

頭若是我親善知識者曼我頭有所直應當勸我作禮使我將來得諸天身賢聖勝頭昔阿恕伽王供養衆僧爾時宫中有一下賤婢見王作福自責先業心生不樂作是念言王福復轉增我罪轉多何以故王先身修福今得富貴今日重作將來轉深我先身有罪今爲厮下今日無以可用修福將來轉賤何有出期衆僧食訖此女糞掃中得一銅錢以此一錢即施衆僧心生歡喜其後不久得病命終生王夫人腹中滿足十月生一女子端正殊妙然其右手急拳年滿五歲夫人白王所生女子一手急拳王喚著前王爲摩手手即得展當手掌中有一大金錢隨取隨生不曾有盡王怪所以將問耶奢此女先身作何福德令此掌中常生金錢耶奢荅言先身之時是王宫人糞掃中得一銅錢用施衆僧以是因緣得生王宫以此布施衆僧因緣手把金錢用不可盡昔阿恕伽王庫藏之中有一鈌如意珠是昔阿闍世王寶鎧一甲上有文字阿恕伽王見此珠上有文字而作是言遺將來世貧窮阿恕伽王王得是語極生瞋恚作是言曰阿闍世作一國王而我王閻浮提云何言我貧窮也有一智臣荅言試珠所能王即遣人試珠所能有捉珠者能使斫刺都不得近身上有瘡捉便得愈寒時得暖熱時清涼此珠力故能使服毒自然消化著濁水中能使四十里濁水自然澄清王庫藏中雖有種種珠乃無此一珠王自思惟我實貧窮彼阿闍世王有此寶鎧唯留鈌壞一甲德量如是當知先舊佛在時人福德深厚我之薄福

生在佛後昔阿恕伽王使上座耶奢請尊者賓頭盧耶奢語王好煎酪酥極令香美尊者賓頭盧將八萬四千羅漢一時來至僧集坐定王自行水手自過食與尊者賓頭盧飯純酥用澆王白尊者酥性難消能不作病尊者荅言不作患也何以故佛在世時水與今日酥氣力正等我身是彼時身以是之故今不爲患王問言何由乃爾尊者賓頭盧伸手入地下至四萬二千里取地肥示王而語王言今人薄福肥膩之事肥中肥膩皆流入地以是因故知佛在時人福德深厚昔阿恕伽王時太史占相白如是言王有衰相王問太史云何禳却太史荅言唯有修福可得禳却王時即造八萬四千塔作諸功德王問太史惡相滅未太史對曰猶故未滅復問尊者耶奢何由得滅尊者荅言王自修福專於一已故此福輕勸一切共修福者斯誠寬曠福鍾亦重可以禳災可以除害王聞是語即著微服勸諸國人索物作福到一貧女人舍爾時女人唯有一氎以障身體聞作福聲心生歡喜即入屋裏向中過氎授與王語言何不自出過與荅言唯有此氎以障於身今脫布施身形裸露不得自出王聞是語歎未曾有還至宮中以諸夫人衣服瓔珞來迎此女請爲姊妹封大村落以布施之功華報如此受果在後昔阿恕伽王遍行勸索欲用作福到一貧家夫婦二人著麤弊衣粗得遮體語言阿恕伽王憐愍百姓欲使得福勸共作會貧人夫婦心中自責我先身時由慳貪故今得貧窮今日無財可以修福夫婦議言我等當以身

質財福業難值得財與者不亦快乎夫婦相將即詣富家語言與我七枚金錢夫婦身質滿七日若不得者我身及婦爲汝奴婢長者聞已歡喜即與七錢于時夫婦尋齎此錢與勸化者勸化者問言汝從何處得此錢來以用布施夫婦答言貧乏絕無錢財欣遭福田無以修福從富長者假此錢以身爲質若其過限夫婦二人許爲婢奴勸化者言如是質假其事甚難何用布施貧人答言先身不作今日以厄受此貧苦故今努力傭假布施以是因緣願使將來之身必得富樂王到宮中自以已衣服瓔珞及所乘馬并諸夫人衣服瓔珞即與彼封大村邑阿恕伽王如是勸化作福惡相即滅也昔阿恕伽王欲取阿闍世王所舉舍利阿闍世王著恒河中作大鐵𨋢輪使水輪轉著舍利處種種方便取不能得問蓮華比丘云何可得比丘答言擲數千斛柰著中可得止輪尋用此語以柰著於水中偶試一柰柰墮機關孔中𨋢輪即定更不迴轉然大龍王守護都不可得王時問言何由可得答言龍王福勝無由可得問言云何知彼福勝答言以金鑄作龍像及以王像以秤秤之重者福勝即時秤量龍像倍重王見此事即勤修福既修福已復更鑄像復更秤量王像龍像秤量正等王更修福復更鑄像秤看王像轉重王知像重將諸軍衆往到水邊龍王自出獻種種寶王語龍言阿闍世王遺我舍利我今欲取龍王自知威力不如即將王至舍利所開門取舍利與阿闍世王所造油燈始欲盡漸舍利既出燈亦盡滅王怪而

問蓮華比丘云何阿闍世王裁量油燈至取舍利方始乃滅尊者荅言彼時有善筭者計百年中用爾許油用如是計故使至今

阿育王傳卷第二

音釋

炙之石切燔炙也 齅許救切以鼻檻氣也 唾湯卧切口液也 瘥楚懈切病瘳也 躃毗亦切倒也 羂古縣切網也 瀑蒲報切與暴同 机五忽切木無枝也 羽葆葆博浩切羽葆采羽幢也 麃居又切象馬舍 髣髴髣妃兩切髴數勿切髣髴若似也 捫音門拭也 骸户皆切骸骨也 憔悴憔慈消切悴秦醉切憔悴憂瘠也 ⿰瓜國工作攫厥縛切爪持也 幕末各切帷幕也 揔先才切 捔訖岳切校也 售承呪切賣去手也 嗤充之切笑也 貿莫候切市易也 鎧可亥切甲也 禳如陽切祀除癘殃也 祼郎果切赤體也 秤秤上昌孕切權衡也下蚩承切知輕重也 澌斯義切索盡也

阿育王傳卷第三

西晉安息國三藏安法欽譯

優波毱多因緣第七

佛於摩突羅國告阿難言我百年後摩突羅國有毱多長者之子名優波毱多教授禪法弟子之中最爲第一雖無相好化度如我我涅槃已後當大作佛事其所教化阿僧祇衆生皆令解脱得阿羅漢者人使捉一四寸之籌擲著窟裏積滿其中此窟長短四十六尺廣狹則有二十四尺復告阿難言汝今見是青樹林不唯然已見阿難此是優留曼茶山我百年後有比丘名商那和修於優留曼茶山當作僧房而度優波毱多摩突羅國有二長者子一名那羅二名跋利於優留曼茶山當起僧房閑假清淨能生禪定房舍卧具悉皆具足遂名那羅跋吒阿練若處阿難白佛言世尊優波毱多所化度者多所利益佛告阿難優波毱多非但今日多所化度乃於往昔無量劫時亦多所利益欲得聞者至心聽之當爲汝説往昔優留曼茶山有五百辟支佛止住一面五百仙人復在一面五百獼猴亦住一面爾時五百獼猴之主往辟支佛所生歡喜心採華拾果與辟支佛時辟支佛結跏趺坐入於禪定獼猴合掌在其下頭學辟支佛結跏趺坐後辟支佛入於涅槃獼猴過華果與都無取相於是獼猴挽衣推排亦不動揺知涅槃去用爲懊惱便向山一面見五百婆羅門或卧棘刺或卧灰土或翹一脚或舉一手或自倒懸或五熱炙身卧棘刺上者獼猴便收棘刺遠棄卧灰土者亦收灰土而

遠棄之舉一手者挽手令下倒懸之者挽其索絶翅一御者挽其脚展五熱炙身者遠棄其火怪彼所作即於其前結跏趺坐五百仙人各作是言獮猴今怪我等所作我等試學獮猴所作便跏趺坐思惟繫念無師自悟七覺意法自然在前即得辟支佛而作是念我等今得辟支佛道皆由獮猴之所教授具以華果供養獮猴獮猴壽終使以香薪燒而供養阿難爾時獮猴者今優波毱多是昔爲獮猴猶能利益五百仙人使得道證佛語阿難汝捉我衣即便捉衣遂即相將向罽賓國到罽賓國已佛告阿難此地平整甚大寛廣阿難白佛言如是世尊復告阿難我百年後有比丘名摩田地當安佛法於罽賓國此罽賓國多饒房舍卧具坐禪第一佛從是漸進向拘尸那城佛欲般涅槃告摩訶迦葉言於我滅後當撰法眼使千年在世利益衆生迦葉荅言請受尊教佛入世俗心而作念言釋提桓因應來我所釋提桓因知佛心念即至佛所佛語釋提桓因我去世後汝當護持我之遺法釋提桓因白佛言世尊唯然受教佛亦入世俗心而作心念四天王天應至我所時四天王知佛心念即來佛所佛告四天王我涅槃後當擁護善法唯然世尊當受聖教佛敕摩訶迦葉釋提桓因四天王等已便至拘尸那城娑羅林中雙樹間宿涅槃時至告阿難言汝於娑羅林中北首敷置我於今日中夜當入涅槃而説偈言

諸有皆迴復　生老如波浪　渡死之大海
捨身如棄栰　至無畏涅槃　免魔竭大怖

三有海淵廣　解脱師能渡

説此偈已即入涅槃如是乃至起八舍利塔第九缾塔第十灰炭塔乃至釋提桓因及四天王以香華音樂末香塗香供養舍利而作是言佛付囑我等法而般涅槃從今已去當護持佛法帝釋告提頭賴吒汝當擁護東方佛法復告毗樓勒汝當擁護南方佛法告毗樓博叉汝當擁護西方佛法告毗沙門天王汝當擁護北方佛法所以者何未來當有三邪見王毀滅佛法佛之所記汝當護持佛滅度後數千億萬阿羅漢等悉入涅槃諸天空中出大音聲而作是言諸佛弟子皆從佛去法燈欲滅大闇將至若不聚集三藏經書若諸羅漢入涅槃已佛法即滅釋提桓因將四天王及諸天衆往尊者摩訶迦葉所頭面作禮而白迦葉言尊者如來之法付囑尊者尊者今當聚集法眼令諸天人千載之後利益衆生迦葉即時於虚空中打大揵椎三千世界皆聞其聲五百羅漢即來集於拘尸那城迦葉語阿那律言諸羅漢中誰有不來荅言唯有尊者憍梵波提在尸利沙宫而未來至迦葉問言今此衆中誰爲下座弗那荅言我是下座尊者語言汝能從僧如法教不弗那荅言我能從順尊者言善哉善哉汝能爲下座莊嚴衆僧今可往彼尸利沙宫語憍梵波提言迦葉等比丘僧喚汝此閻今有僧事喚於大德弗那即往至尸利沙宫白憍梵波提言迦葉等比丘僧今有僧事暫喚尊者荅言長老弗那應言如來等比丘僧何以乃言迦葉等比丘僧佛不入涅槃耶將非外道壞佛

法也將非惡比丘破和合僧也弗那言如尊者語如來已入涅槃法橋已壞法須彌山已崩聲聞由乾陀山已壞尊者憍梵波提言世尊若在閻浮提者我可往彼今已滅度閻浮提內空曠不樂我何故去我今乃欲入於涅槃遙以我心頂禮迦葉及衆僧足作是語已即入涅槃於是弗那還閻浮提到衆僧前向上座言憍梵波提不肯來下禮上座足并諸衆僧即入涅槃到此命已而作言曰十力大象没象子亦隨没諸阿羅漢等多有隨佛而涅槃者摩訶迦葉作是制言未集法藏不聽比丘入於涅槃乃集五百諸阿羅漢皆共和合欲集法藏又語阿難長老汝是佛弟子多聞總持有大智慧常隨從佛有清淨行知見具足最後法中利安衆僧佛所讚歎尊者迦葉告諸比丘佛般涅槃衆人雲集此處妨鬧我等宜向閑靜之處撰集經法於是乃與五百羅漢向王舍城尊者阿難將弟子婆闍弗哆遊行婆利闍聚落時彼聚落四部之衆聞佛涅槃皆生悲苦悶絶懊惱阿難見已生哀愍心昇師子座爲說法要解喻其意時有弟子婆闍弗哆觀其和上尊者阿難猶是學人未得羅漢即向阿難而說偈言

安靜樹下坐　寂滅證涅槃　瞿曇應入定
莫修放逸行　不久得寂滅　涅槃清淨法

婆闍弗哆說如此偈覺悟阿難阿難聞已竟夜經行坐禪念定於後夜初右脇亞地頭未到枕豁爾意解得阿羅漢即向王舍城尊者摩訶迦葉亦將五百羅漢到王舍城阿闍世王韋提希子聞迦葉將五百羅漢在王舍城

莊嚴城池修治道路出城往迎王先獲得無根信故見世尊時自投象下令見尊者摩訶迦葉亦投象下尊者以神通力接令無患即語王言如來神足捷疾不似聲聞聲聞極用功夫方得神足自今已往若見我等莫投象下如見佛時王言唯然受教時阿闍世王五體投地頂禮尊足合掌而言如來涅槃我不得見尊者涅槃必使我見荅言爾許可王已即告王言我今欲集如來法眼唯願大王爲我檀越王言願諸比丘終身受我房舍卧具病瘦醫藥衣服飲食尊者迦葉即便印可往至竹林作是念言此中多饒房舍多諸比丘或能妨鬧畢鉢羅窟房舍卧具不多不少當於彼中撰集法眼於是迦葉即共五百羅漢至畢鉢羅窟敷卧具坐而作是言未來比丘

少憶念力我等於日前集法句偈於其食後當集法眼時諸比丘五百羅漢等悉皆已集而作是言我等先集何法尊者迦葉荅言先集修多羅諸比丘言今此衆中誰可使集修多羅者迦葉言阿難多聞第一諸修多羅藏阿難盡持我等今共問於阿難而修集之即告阿難言阿難法眼者是佛所出諸多聞者去世已盡守法藏者唯汝一人今當集法汝可說之阿難言如尊者語即上座前觀察衆心而說偈言

比丘所行道　離佛不莊嚴　如似虛空中
衆星之無月　衆僧中無佛　醜陋亦如是

說是偈已禮上座足即昇高座心自念言有修多羅從佛聞者有修多羅從聲聞聞者尊者迦葉即便問言佛於何處最初說修多羅

阿難荅言如是我聞一時佛住波羅柰鹿野苑中古仙住處爲五比丘三轉法輪此苦聖諦如是廣說尊者憍陳如便作是念昔本佛爲我說如是法今阿難說與本無異即從座起在地而坐說是偈言

咄哉諸有苦　迴動如水月　不堅如芭蕉
譬如幻影響　如來大雄猛　功德盡三界
猶爲無常風　漂流而不住

五百羅漢聞是偈已皆從座起在地而坐尊者摩訶迦葉告諸比丘阿難所說爲是實不皆荅言如是阿難如是乃至廣說修多羅藏尊者迦葉心復念言今當使誰說於毗尼又念尊者優波離佛說持律最爲第一一切毗尼皆從佛受當問優波離撰集毗尼摩訶迦葉即語優波離汝讀毗尼今欲撰集汝可說之優波離荅言爾迦葉問言佛於何處說最初戒荅言在毗舍離國因須達迦蘭陀子制於初戒如是第二第三乃至廣集毗尼藏尊者迦葉作是念我今當自誦摩得勒伽藏即告諸比丘摩得勒伽藏者所謂四念處四正勤四如意足五根五力七覺八聖道分四難行道四易行道無諍三昧願智三昧增一定法百八煩惱世論記結使記業記定慧等記諸長老此名摩得勒伽藏集法藏訖尊者迦葉而說偈言

以此尊法輪　濟諸羣生類　十力尊所說
皆當勤奉行　此法是明燈　壞破諸黑闇
無明之障翳　攝心莫放逸

尊者阿難作是念言佛臨涅槃時作是語若放捨細微戒僧得安樂我今當向僧說是語

尊者阿難向上座頭合掌說言我親從佛聞作是言若捨細微戒僧得安樂住尊者迦葉告阿難言何者是細微戒汝問佛不荅言不問迦葉語言汝不問此事犯突吉羅罪阿難荅言我本不以無慙愧故而不問也我以憂惱故不問耳又復告言汝更有過佛臨涅槃時從汝索水而汝不與汝亦是犯突吉羅罪阿難荅言我實不以無慚愧故而不取水直以爾時有五百乘車新入水過使水擾濁是以不取又復告言汝亦曾以足躡如來金色衣上亦是汝罪阿難荅言我實不以無慙愧心更無比丘共捉此衣迦葉言若無人共捉何不仰擲空中若擲空中諸天自當取之汝更有過如來爲汝說言若比丘善修四如意足者則能住壽一劫半劫如意足中我最善修如是三說汝時默然而不請佛久住於世此亦是汝犯突吉羅罪阿難荅言我非無慙愧爾時惡魔蔽我心都不覺知又復告言汝更有過汝以如來陰馬之藏示諸女人亦是汝罪阿難荅言我不無慙愧故示諸女人所以示者欲使女人猒患女身求男子身又復告言汝更有過汝昔慇懃勸請如來度諸女人令使出家亦是汝過阿難荅言我實不以無慙愧故強勸如來所以勸者我聞過去諸佛皆有四部衆是故勸諸尊者迦葉使阿難作六突吉羅懺悔訖告諸比丘言我等不應捨微細戒何以故諸比丘當言七滅諍是微細戒復有比丘當言衆學法是細微戒復有比丘當言四波羅提提舍尼法是細微戒復有比丘當言波夜提是細微戒若捨此細微

戒諸比丘當言捨二不定法十三事乃至四事一切皆捨諸外道若聞當言瞿曇沙門所有之法如似於烟隨佛在時修持諸戒佛涅槃後諸比丘等欲持者持欲捨者捨尊者迦葉告諸比丘言佛作是語我所制者皆悉制之我所不制者愼莫制之如我所制不增不減諸比丘等當奉禁戒使善法增長不善法者當令永滅以是義故佛所制戒皆應護持若如是者法得久住

摩訶迦葉涅槃因緣經第八

尊者迦葉集修多羅及阿毗曇毗尼已訖入願智三昧觀所集法藏無闕少不思惟已訖知無闕少五百羅漢亦入願智如是觀察迦葉自念如來是我大善知識當報佛恩報佛恩者所謂佛所欲作我已作訖以法饒益同梵行者爲諸衆生作大利益示未來衆生作大悲想欲使大法流布不絕爲無慙愧者作擯羯磨爲慙愧者作安樂行如是報恩皆悉已竟重作思惟我極年邁身爲老壞臭爛之身甚可猒患涅槃時到尊者迦葉以法付囑阿難而作是言長老阿難佛以法藏付囑於我我今欲入涅槃以法付汝汝善守護阿難合掌荅尊者言唯然受教時王舍城有一長者生一男兒合衣而出衣名商那即名此兒爲商那和修以漸長大將入大海迦葉語阿難言商那和修發意入海得寶來還欲作般遮于瑟若作會已汝度令出家以法付囑迦葉付囑阿難佛法已作是思惟我今應當至於大悲難行苦行婆伽婆善知識無量淨善功德之所熏修真妙舍利所在之處皆自往

至禮拜供養便飛至四塔所極上恭敬禮拜已復更往入大舍利塔所禮拜供養如大鴈王飛至大海娑竭羅宮敬禮佛牙敬禮佛牙已向於天上如金翅鳥屈伸臂頃至忉利天時釋提桓因與諸天衆禮拜供養尊者迦葉已釋提桓因觀察摩訶迦葉而作是言尊者今來欲供養舍利而入涅槃故來至此迦葉答言我今欲來敬禮如來牙禮如來髮如來天冠如來鉢今者是我最後供養時釋提桓因及諸天等聞最後語低頭悲慘憂愁苦惱釋提桓因自取佛牙恭敬授與尊者迦葉尊者迦葉舉著額上以牛頭栴檀曼陀羅華供養佛牙供養已語諸天衆愼莫放逸作是語已從彼天沒還王舍城時尊者阿難受付囑已恒常隨逐未曾捨離畏入涅槃或不覩見是故隨逐尊者迦葉語阿難言汝獨入王舍城乞食我亦欲獨入王舍城乞食尊者阿難於中前著衣持鉢入王舍城乞食以三種善事一以真善色根二以多聞總持真善說法能令聽者無有猒足三以阿難之名真善利益尊者摩訶迦葉亦中前著衣持鉢入城乞食作是念阿闍世王本與我有要若涅槃時必當語我我今當往即到阿闍世王門中語守門人言爲我白王摩訶迦葉今在門外欲見於王守門人言王今眠睡尊者復言可覺語之守門人言王甚難惡不敢覺之後自覺時我當白語尊者復言今若覺者好爲我語摩訶迦葉欲入涅槃故來相語於是尊者迦葉至鷄脚山三岳中坐草敷上跏趺而坐作是念言我今此身著佛所與糞掃衣自持已

鉢乃至彌勒興世之時令不朽壞使彌勒弟子皆見我身而生猒惡尊者迦葉作是念言若阿闍世王不見我身沸血當從面出命不存濟尊者迦葉已捨命行唯留少壽即時大地六種震動尊者迦葉將欲入定作是念言若阿難阿闍世王來時山當為開令其得入若還去時山復還合釋提桓因將數萬諸天以天曼陀羅華天末香供養尊者摩訶迦葉舍利禮拜供養已山即自合覆尊者身釋提桓因見尊者迦葉放捨身命心中惱熱如來涅槃若惱少息今日尊者迦葉入於涅槃將復重苦畢鉢羅窟神聞尊者涅槃作如是言今日此窟即便空曠摩竭國界悉皆空寂里巷窮酸苦厄羸劣貧賤之者彼恒悲愍為作利益令彼諸苦厄之衆失於覆護從今已去遂當貧窮乏於善法今日法岳崩壞法船已没法樹已摧法海枯竭令日諸魔得大歡喜一切天人哀摧悲泣讚已即還天上尊者阿難乞食已訖深自思惟諸行無常時阿闍世王夢天梁折壞覺已心生驚怖守門者來白王言向者摩訶迦葉故來白王欲入涅槃王聞是語悶絶躃地以水灑面小得醒悟於是王即詣竹園禮阿難足白言尊者迦葉今日欲入涅槃阿難荅言已入涅槃王復問言示我尊者身處我欲供養於是阿難將王向雞足山王既至已山自開張王與阿難即見尊者天曼陀羅華天末香牛頭栴檀覆其身上阿闍世王即舉兩手舉身投地從地起已索栴檀薪阿難問言欲作何等荅言欲闍維尊者阿難言尊者摩訶迦葉以定住身待於彌

勒不可得燒彌勒出時當將徒衆九十六億至此山上見於迦葉爾時衆中皆作是念聲聞身小彼佛亦然皆生輕想摩訶迦葉踊身虛空作十八變變身爲大即時彌勒從迦葉取釋迦文佛僧伽棃當摩訶迦葉現神變時九十六億沙門見其身小道德克備神通如是深自慚愧憍慢心息皆成羅漢阿闍世王設供養已即便還去阿難亦去二人去後山自還合阿闍世王合掌白尊者阿難言如來涅槃我不得見尊者迦葉入於涅槃我亦不見若尊者入涅槃時必使我令見阿難荅言爾至後商那和修安隱得還安置珍寶而向竹林時尊者阿難在精舍門前經行商那和修直向阿難所禮阿難足在一面立作是言我本發意入海期安隱還當爲佛及僧作般遮于瑟令佛在何所尊者荅言佛已入涅槃即時悶絶躃地以水灑面還得醒悟又問尊者舍利弗目揵連摩訶迦葉爲何所在荅言盡入涅槃商那和修白阿難言大德我欲作般遮于瑟尊者荅言可隨意作乃作般遮于瑟訖阿難語言汝已作財施今可作法施問言尊者欲使我作何等法施尊者荅言於佛法中出家是名法施商那和修荅言爾爾時阿難即度令使出家爲受具足乃至爲白四羯摩商那和修言我本生時著商那衣我今盡形受持此衣即得總持阿難所持八萬四千法藏悉能受持得阿羅漢三明六通具知三藏尊者阿難在竹林園中聞一比丘誦法句偈言若人生百歲不見水老鶴不如生一日得見水老鶴尊者阿難在傍邊過已語言

子佛不作是說佛所說者若人生百歲不解生滅法不如生一日得解生滅法阿難語言子有二種人謗佛何等爲二一者多聞不解義理空無果報二者顛倒解義是名爲毒若解正義得涅槃果彼比丘往至和尚所而白師言尊者阿難道此偈非是佛語彼比丘和尚言尊者阿難老朽忘愼汝但如前讀誦阿難還來聞讀此偈如前不異阿難語言子我不語汝佛不作是說耶比丘荅言我和尚言阿難年已老耄不憶此語汝但如本讀阿難思惟言我躬自爲說終不信受阿難入定觀頗有比丘能使此比丘改是語不亦復無有能使改者舍利弗目揵連摩訶迦葉皆入涅槃我今當向誰說如此事我亦當入於涅槃佛之法眼足千年住我今但當涅槃我同學善伴久已過去今日親厚莫過身念處尊者阿難語商那和修佛以法付囑尊者迦葉迦葉以法付囑於我我今欲入涅槃汝當擁護佛法摩突羅國有優留曼荼山當於彼立塔寺時有長者兄弟二人一名那羅二名跋利佛記此二檀越當於此優留曼荼山造僧阿練若處摩突羅國有長者名鞠多當生一子名優波鞠多汝好度使出家佛記此人我百年後當大作佛事商那和修荅言唯然受教尊者阿難付囑商那和修佛法已於晨朝著衣持鉢入城乞食而生念言阿闍世王與我有要我今當往辭阿闍世王即到阿闍世王門語守門者言汝往白王阿難今在門外欲得見王時守門人見王眠睡還白尊者阿難言王今睡眠阿難語言汝往覺之荅阿難言

王甚性惡我不敢覺又復語言王若覺時可白王言阿難今者欲入涅槃故來語王尊者阿難乞食食訖思惟我若於王舍城入於涅槃阿闍世王與毗舍離常不相能阿闍世王以我舍利不與毗舍離我若毗舍離入涅槃者毗舍離人以我舍利亦不與阿闍世王二國共諍於理不可我今於恒河中當入涅槃尊者阿難往詣恒河所阿闍世王夢見爲王捉蓋之人折於蓋莖王夢見已恐怖即覺守門者言向者阿難故來辤王欲入涅槃王聞此語悶絶躃地以水灑面還得醒悟王醒悟已問言阿難去可近遠欲在河邊入於涅槃時竹林園神來語王言阿難向毗舍離入般涅槃王聞此已即集四兵往詣恒河毗舍離神悟毗舍離人尊者阿難向此涅槃毗舍離人聞神語已即集四兵往趣恒河既至河已尊者阿難乘船在於恒河中流阿闍世王見尊者時頭面禮足合掌而言如來三界明燈已棄我去汝是我明燈是我歸依願見哀愍莫見棄捨入於涅槃毗舍離人禮尊者阿難足合掌而言唯願尊者在毗舍離入般涅槃尊者阿難欲入涅槃即時大地六種震動時雪山中五百仙人皆具五通而作是念今此大地以何因緣六種震動觀見阿難欲入涅槃是以大地六種震動彼仙人中有一導首將五百仙人翼從而來至阿難所敬禮其足合掌而言聽我出家阿難心念言我諸賢聖弟子今當來至作是念已五百羅漢自然來至尊者阿難化彼河水變成金池乃至五百仙人出家皆得羅漢是諸仙人在恒河中受

戒故即名爲摩田提所作已辦得阿羅漢禮阿難足合掌而言佛最後弟子須抜陀先佛涅槃我今亦是阿難最後弟子欲入涅槃不忍見於和尚涅槃尊者阿難語言世尊以法付囑於我而入涅槃我今亦付囑汝之佛法而入涅槃汝等當於罽賓國中竪立佛法佛記我涅槃後當有摩田提比丘當持佛法在罽賓國尊者阿難以法付囑摩田提比丘已踊身虛空作十八變令諸檀越作喜樂心已入風奮迅三昧分身爲四分一分向忉利天與釋提桓因一分至大海中與娑竭羅龍王一分與阿闍世王一分與毗舍離諸梨車等如是四處各皆起塔供養舍利

摩田提因縁第九

摩田提作是念言和尚阿難付囑我佛法使我以佛法安置罽賓國時罽賓國有一大龍先在彼住摩田提即向罽賓國結跏趺坐作是念若不惱觸龍此龍終不可降即時入定令罽賓國六種震動龍瞋恚而起放雷電霹靂雨大雹雨尊者摩田提入慈心三昧乃至不能動衣一角況能動身化彼雷電霹靂及以大雨作鉢頭摩華拘物頭華分陀利華優鉢羅華龍復雨於劒輪刀矟種種器仗摩田提復化作七寶復雨大樹復雨大石山摩田提化彼樹山爲飲食衣被復注大雨七日七夜尊者接雨著大海中又口中出火欲燒尊者尊者變火爲真珠彼復化作數千龍身尊者化作數千金翅鳥龍見金翅鳥恐怖走來至尊者所問言尊者欲何所爲荅言可受三自歸龍復問言欲作何事尊者荅言與我此

處龍言不與尊者復語龍言佛臨涅槃時記此國當作安隱坐禪之處龍問言是佛所記耶荅言是佛所記龍問言欲得幾許地荅言欲得一坐處摩田提即時現身滿罽賓國跏趺而坐龍問言用爾許地爲荅曰我今有諸伴黨即復問言有幾伴黨荅言有五百羅漢龍言若減一人還歸我土尊者入定觀於佛法隨幾時住世此阿羅漢常能滿足五百不耶觀必常有五百不減荅言爾龍言與之尊者將無量人來入此國自安村落城邑摩田提將人飛向香山中欲取鬱金種來至罽賓種之時香山龍瞋恚護之龍復問言須幾時種荅言隨有佛法時問曰佛法幾時荅言佛法千歲龍言隨有佛法時與汝鬱金摩田提作是念我和尚約敕我以佛法著罽賓國廣作佛事我已作竟今涅槃時到即踊身虛空作十八變使諸檀越得歡喜心而大饒益同梵行者譬如以水滅火入於涅槃以栴檀薪燒訖收骨起塔

阿育王傳卷第三

音釋

挽武遠切曳也　翹祈堯切舉也　洄澓洄胡隈切澓房六切洄澓水漩流　栰房越切簰筏也　矟色角切矛屬也

阿育王傳卷第四

西晉安息國王藏安法欽譯

商那和修本緣第十

尊者阿難將入涅槃商那和修向摩突羅國於其道中到一寺邊名爲泚多會值日没即宿彼寺時此寺中有二摩訶羅比丘共論議言我昔聞商那和修作是言若有比丘小戒不犯是名勝戒聞事都盡更無異聞名爲多聞商那和修聞此言已語摩訶羅言商那和修不作是語其所説者作如是言見清淨者名淨持戒持戒淨者名第一戒如聞而行名爲多聞不如汝言摩訶羅言汝是商那和修耶荅言我是摩訶羅問言汝以何縁名商那和修汝爲受持商那衣故名商那和修爲以過去善業縁故名商那和修尊者荅言以二因縁名商那和修一以受持商那衣故二以過去善因縁故名商那和修又問言曰過去因縁其事云何尊者荅言過去之時波羅柰城有一商主與五百商人共入於海道中見有一辟支佛身有病患時此商主共諸商人即便停住隨醫所教飲食湯藥而治辟支佛辟支佛以漸得瘥時辟支佛著商那衣商主即便諮辟支佛欲與氎衣語辟支佛言今可捨是商那之衣著此氎衣辟支佛荅言我以此衣出家亦以此衣得道今當以此商那之衣而入涅槃商主語言唯願尊者莫般涅槃共我入海入海還來我當終身供給尊者飲食卧具病瘦湯藥辟支佛言我今不能入於大海子好發歡喜當大得功德於商主前即飛虚空作種種變而入般涅槃爾時商主即

我身是我以供養彼舍利訖即發正願使我未來遭值聖師復過於是百千萬倍如今聖師所得功德我悉得之使我將來所生之處威儀法則及以衣服如辟支佛以是願故生便常著商那衣服乃至出家亦常著之壇上盡形受持是衣即便問言云何受持是衣荅言我受具戒時求盡形受持是衣以是義故名之爲受摩訶羅言汝名真好尊者商那和修漸漸到摩突羅國於優留曼荼山跏趺坐時此山有二龍子兄弟相將與五百眷屬俱尊者商那和修作是念言若不惱觸此龍龍終不起即作神變動優留曼荼山龍瞋即放大惡風雨趣尊者所爾時尊者入慈心三昧慈三昧法蟲毒水火不能傷害亦如尊者摩田提降龍之法龍子生於未曾有想即發信

心白尊者言欲何約敕尊者荅言聽我於此作衆僧住處龍言不聽尊者商那和修言佛記涅槃後優留曼荼山當有阿練若住處名那羅跋利吒坐禪第一龍子言是佛所記耶荅言實是龍言若是佛所記者隨意聽作尊者入定觀察檀越爲出未也知已出世便即於晨朝著衣持鉢入摩突羅城次第乞食至長者那羅跋利門中語長者言汝與我錢我今欲於優留曼荼山作阿練若住處長者言我何故與汝錢耶荅言佛本記言我涅槃後摩突羅國中有一長者兄弟二人一名那羅二名跋利於優留曼荼山作阿練若住處住處即名爲那羅跋利長者言佛所記耶荅言是佛所記於是長者即出其錢於彼山中作僧住處遂名爲那羅跋利精舍商那和修入

定觀察毱提長者爲出生未也觀其巳生復觀毱提彼生子未猶未生子以漸教化毱提使向佛法尊者商那和修化彼之時將多比丘往入其家後以漸將少乃至獨巳一身往至其家長者言尊者無有一比丘將至我家耶荅言我等無有奉侍供給之人若信樂出家者隨逐我後毱提言我身樂世俗未能出家逐尊者後若生子者當使出家共相供給尊者言汝好憶是語慎勿忘之毱提後便生一子字阿失波毱多以漸長大尊者言汝先言要有子與我今巳有子可以與我聽使出家荅言我唯有一子不得相與若更有子當與尊者言爾後生一子字檀泥毱多以漸長大尊者言汝先有言要若更有子許當與我今巳有子應當與我聽使出家毱提荅言我一子當守護錢財一子在外聚斂錢財更有第三子當與阿闍梨尊者言爾如是不久生第三子端正殊特出過於人貌如諸天即立名字爲優波毱多以漸長大安著賣香肆上案理市賣大得宜利尊者觀毱提爲生子未見巳生子便往到毱提所語言汝先言要若有第三子許當與我今巳有子應當與我聽其出家毱提言若不斷我利便與尊者度令出家當爾之時魔王遍告摩突羅國可詣毱多市買因魔告故逐多人市極大得利尊者和修往優波毱多所優波毱多於市賣香尊者見巳而語之言子汝於市買中爲淨心爲不淨心優波毱多荅言我不知云何名爲淨心云何名爲不淨心耶尊者和修言汝與貪欲瞋恚心相應名爲不淨心不與相應名爲

淨心子若能知心所緣處者若心緣不善者以黑石左邊著若心緣善者以白石右邊著教毱多念佛及不淨觀初日二分黑石一分白石第二日半黑半白以漸乃至純白無黑純善心無惡心如法斷事無非法斷事摩突羅城有婬女名婆須達多其婢於優波毱多邊買香婬女瞋言汝爲偷來何邊多得是好香耶答言大家我實不偷有毱提子名優波毱多性好平等如法市買婬女即於優波毱多生欲著心遣婢往語優波毱多言我大家無所須遂欲得相見毱多答言非是相見時婆須達多婬女先來常法得五百金錢與人一宿婬女更遣婢語毱多言我不用一錢可暫一來與我相見時有大長者子先共婬女夜宿北方有賈客主大齎珍寶至摩突羅國賈客主問人言此城中誰是最第一婬女有人答言有婆須達多婬女爲最第一得五百金錢與人一宿賈客主聞是語已即持五百金錢著好衣服瓔珞往至婬女所時彼婬女貪此賈客五百金錢故殺大長者子埋著屋裏長者子眷屬推覓至婬女家發掘得之乃至啓王言婬女婆須達多殺長者子王言捉婬女婆須達多劓其耳鼻截其手足推著塚間優波毱多聞是事已而作是言彼女本以色聲欲樂因緣喚我今被割耳鼻截其手足若欲往者今正是時其本莊嚴衣服示現貪慾不宜往彼今爲貪慾解脱者應往彼看優波毱多將一侍者往到塚間婢以舊恩義故爲其驅烏婢語大家言優波毱多來婬女語婢捉我耳鼻手足相近皆使相著以氎覆上

優波毱多在前而立婆須達多語優波毱多言我平安時遣人喚汝汝言非是時今日我受困厄身被剪削何以看我尊者毱多荅言姊妹我不以欲事來至汝邊我欲知慾實相故來爲貪慾所盲者不見汝實相汝本以色欺誑世間今還住本實相薄皮覆其上血澆肉塗千筋以纏縛千脉通肥膩觀外如似好觀内穢惡充滿外假香熏遮内穢惡臭氣充滿汗淚垢臭水洗以遮之若能聽佛語欲能生怖畏憂愁苦惱百千種患皆從貪慾生慾爲智者訶若能捨慾穢即時得解脱遊於八正路獲得於涅槃婬女婆須達多聞是語已猒惡三有於佛法中生信敬心語優波毱多言如汝所說智者所稱可法實相亦然唯願悲愍爲我說之優波毱多即爲說四諦法輪苦諦如鎔鐵集諦如毒樹滅諦斷癡愛八聖道爲出要又復苦者如毒如癰如瘡生苦老苦病苦死苦愛别離苦怨憎會苦求不得苦五盛陰苦苦苦行苦壞苦總而言之三界受生皆亦是苦優波毱多觀察婬女身體實相離欲見諦得阿那含婆須達多聞法得見諦得見諦已讃毱多言善哉善哉汝今爲我以閉三惡道開善趣門向涅槃徑我今歸依佛法僧優波毱多爲說法已即便還歸還歸不久婆須達多命終即生忉利天時有天神語摩突羅人優波毱多爲婆須達多說法得須陀洹命終得生忉利天國人聞已取婆須達多身種種供養時商那和修至毱提所而語之言與我優波毱多度使出家荅言使我得利不絶當令出家尊者商那和修以神通力

使毱提得利不絕毱提日日稱量得利不絕故不欲放商那和修言佛記優波毱多我涅槃百年之後當施作佛事汝當放使出家毱提即便聽使出家尊者商那和修將優波毱多向那羅跋利阿練若處與受具足白四羯磨訖得阿羅漢商那和修語優波毱多言佛記汝我百年後當有比丘名優波毱多雖無相好而作佛事我聲聞中教授坐禪最爲第一今正是時汝好作佛事優波毱多言唯然受教優波毱多欲於摩突羅國欲大說法國人聞優波毱多說法百千萬人皆來雲集優波毱多觀如來說法時諸人坐法云何皆如半月坐今日亦使四衆如半月坐觀佛云何說法佛先說於施論戒論生天之論欲爲不淨出世爲要如諸佛常法說四聖諦優波毱多亦如諸佛次第說法欲說四諦魔即雨真珠珍寶壞亂衆心使無一得道尊者優波毱多觀誰所作知魔所作後日無央數人聞優波毱多說法雨真珠珍寶皆欲來取以是因緣衆人多來第二說法復雨金寶乃至無一人得道尊者入定觀察爲誰所作知魔所爲第三日國土人盡來雲集聞尊者說法初雨真珠第二雨金寶第三日魔王化作天女作天妓樂惑亂人心未得道者心皆惑著於天樂乃至無有一人得道如是魔大歡喜而作是言我能破壞優波毱多說法尊者優波毱多在樹下坐入定觀察是誰所作魔便以曼陀羅華作華鬘著優波毱多項上尊者即觀是誰所作方乃知是魔之所作尊者優波毱多作是念魔數數壞亂我說法佛何以不降

伏彼觀佛本意欲使優波毱多而調伏之以是故佛不降伏尊者觀魔可調伏時至未即知今正是時尊者優波毱多以三種死屍一者死蛇二者死狗三者死人以此三種化作華鬘即往魔所魔見歡喜而作是言優波毱多於我亦不得自在魔即伸頭受其華鬘優波毱多以三屍結於魔項魔見三屍著項而作是言豈應捉是死屍著我項許耶尊者言如比丘不應著華鬘而汝著之亦如汝不應以死屍結項而我結之今可隨汝力所作汝今何爲而與佛子共鬪如大海波浪觸摩梨山魔即自欲挽此屍却如似蚊蚋欲移須彌不能令動魔欲解項死屍亦復如是魔大瞋恚踊身虛空而作是言我雖自不能得解脫我諸天足能解之優波毱多語魔言汝向梵天釋提桓因毗沙門天向魔醯首羅天婆婁那天乃至入於大火不能令燒入於大水不能爛彼諸天等欲解汝縛永不能得於時魔王不用尊者之言尋至彼諸天所求請解縛然諸天等皆云不能乃至到梵天所合掌言爲我解却梵天荅言十力世尊弟子所作我力微弱終不能解假使毗藍猛風不能吹却寧以藕絲懸須彌山欲解此縛無有是處魔語梵王言汝不能解我當歸誰梵王語言汝疾皈依優波毱多乃可得脫如因地而倒還扶地得起若不皈依則壞汝天上之樂壞汝名稱尊貴一切諸樂魔見如來弟子勢力大梵天王猶言語恭敬佛之勢力何可度量若欲加惱於我何事不能大悲憐愍故不加惱於我今日始知如來具足大悲成就大慈得

眞解脫我爲無明所盲處處觸惱然佛慈悲平等未曾惡語加我受梵王語已即時破除憍慢之心往優波毱多所五體投地長跪合掌白尊者言大家汝可不知我欲菩提樹下乃至涅槃於如來所多作惱亂尊者問言汝作何事荅言昔佛於婆羅門聚落乞食我掩蔽衆心便不得食佛以不得食故即說此偈

快樂無著積　身體安輕便　若能於飲食
心不生貪著　其心常歡喜　猶如光音天

復於耆闍掘山化作大牛破五百比丘鉢唯有佛鉢飛在虛空我更於異時化作龍形纏縛佛身七日七夜佛臨涅槃時我化作五百乘車擾濁河水令佛不得飲略而言之乃至數百觸惱如來如來慈愍乃至不以一惡言而見輕毀汝阿羅漢無悲忍心於天人阿脩羅前毀辱於我優波毱多荅言波旬汝無知見捉我聲聞比度如來不可以芥子同彼須彌螢火之光等於日月一滴之水同于大海如來大悲聲聞所無佛大慈悲故不治汝聲聞之人不同於佛故我治汝魔言以何因緣我從忍辱仙人已來乃至成佛所作惱亂恒見慈愍而不加害荅言有不善因緣於佛造惡心此罪雖積佛不毀汝所以爾者意欲令我調伏於汝使汝於佛得信敬心由是心故不墮地獄餓鬼畜生佛以是事故初不曾以一言毀汝是故於汝恒生悲心佛以善巧方便欲使汝生於信心由是少信因緣能得涅槃略而言之汝善於佛生少信心以此信心洗除昔來數於佛所惱觸之罪悉皆得滅魔聞是語身心踊躍如迦曇華樹從根次莖乃

至枝條魔王歡喜舉身毛竪佛爲大慈從樹王下乃至涅槃慈忍於我如父毋念子原除我過魔王於佛法生歡喜心即起合掌白尊者言汝能使我生歡喜心是汝大恩今日當爲我解是三屍荅言先當與汝作要然後乃當爲汝解之從今日後至於法盡更不聽汝惱亂比丘魔言當受尊教復語魔言當更爲我更作一事我雖已見如來法身不見如來妙色之身爲我現佛色身使我生愛敬心若作此事是名爲上荅言我亦先與尊者作要我若現佛身時汝慎勿爲我作禮所以然者如似伊蘭生樹死爲大象之所踐蹋尊者言爾我不禮汝魔言小待我入林中我本曾作佛形誑首羅長者彼時所作今爲汝作尊者即爲解於三屍尊者優波毱多作見佛想魔即入林化作佛身如似綵色畫新白氎作佛身相看無猒足作佛形已右邊化作舍利弗像左邊化作大目犍連阿難在後摩訶迦葉阿嵬樓豆須菩提等千二百五十大阿羅漢等圍繞侍從以漸從林而出至優波毱多所尊者爾時即起合掌諦觀而說偈言

咄哉無常　無悲愍心　能壞如是　上妙色身
佛身爲如此乃爲無常壞身心極著作見佛想尊者合掌復說偈言

快哉清淨業　能成是妙果　非自在天生
亦非無因作　面色喻蓮華　目淨如明珠
端正過日月　可愛勝華林　湛然若大海
安住如須彌　威光勝於日　徐步喻師子
顧視如牛王　色澤喻紫金　百千無量劫
淨修身口意　以是故獲得　如此勝妙身

怨見尚歡喜　況我當不敬
尊者説是偈已觀佛心至忘不憶本要忽然即時投身五體禮敬魔言尊者云何違於言要尊者問言違何言要魔言汝許不爲作禮今云何五體投地而作禮也尊者言我知無上世尊久已涅槃見此形容如似見佛爲佛作禮不禮於汝魔言眼見汝爲我作禮云何言不尊者復言汝當聽我不違言要亦不向汝作禮如似泥木造作於天像及佛像敬天佛故而爲作禮不禮泥木我亦如是不勝見佛心歡喜故便起作禮不以汝想爲汝作禮魔即還復本形禮敬尊者而還天上第四日魔憶念尊者身自宣令恩德從天來下欲破貧窮欲生天欲得涅槃當詣尊者優波毱多所不見如來大悲説法者亦當詣尊者優波毱多所摩突羅城中諸人聞尊者優波毱多能調伏魔者耆舊人民數千萬衆皆來向尊者所尊者見衆悉以聚集即上師子座説種種妙法令百千衆生得須陀洹道斯陀含道萬八千人出家得阿羅漢道於優留曼茶山作房廣二丈四長三丈六從我受得阿羅漢者悉以一枚長四指籌著房裏一月之中有萬八千籌擲著房裏尊者如是名稱滿閻浮提皆言摩突羅國有優波毱多佛記教授坐禪最爲第一尊者商那和修度優波毱多以法付囑而念自受佛記罽賓國坐禪無諸妨難牀敷臥具最爲第一涼冷少病尊者商那和修付囑法已至彼罽賓入於禪定歡喜悦樂而説偈言
者商那衣服　成就五枝禪　山巖空谷間

坐禪而念定　誰不忍風寒　商那阿羅漢
心善得解脫　心得自在慧
尊者優波毱多在摩夷羅國優留曼荼山那
羅跋利阿練若處彼山間有一老虎生於二
子老虎不得食尋復命終二子失母唯至窮
困尊者優波毱多往到其所以食與之爲虎
子而說偈言
諸行無常　是生滅法　生滅滅已　寂滅爲樂
日日與食與食之時於其耳中爲說此偈是
二虎子壽命短促即便命終生摩突羅國婆
羅門家尊者毱多將比丘往返婆羅門家以
漸漸少乃至獨到婆羅門家婆羅門問言尊
者何爲而獨來耶荅言我出家人無有僕從
婆羅門言我婦懷妊若生男者當與尊者後
雙生二子尊者毱多往從索之婆羅門言小
待長大然後當與及年八歲尊者毱多復往
從索婆羅門即以一子與於尊者第二子言
可使我去二子諍去尊者毱多語言此二子
俱應得道婆羅門即捉二子付與尊者尊者
得已度令出家獲阿羅漢道尊者即便語使
採華荅言蒲葡樹高不能得及尊者語言汝
等是天豈無神足時二沙彌即處空中經行
樹上採華尊者毱多與諸弟子共一處立諸
弟子言此小沙彌乃有是神德乎尊者荅言
此是虎之二子汝等先言何以與是虎食汝
今看是虎子神力諸弟子聞已乃解南天竺
有一男子與他婦女交通母語兒言與他交
通是大惡法婬慾之道無惡不造聞是語已
即殺其母往至他家求彼女人竟不獲得心
生猒惡即便出家不久受持讀誦三藏經教

習徒衆多諸弟子將其徒衆至尊者毱多所尊者知其犯於逆罪竟不與語而作是念犯逆之人無有道果尊者毱多不與語故即將徒衆還歸本所尊者優波毱多有五百凡夫弟子譏嫌和尚度摩訶羅三藏法師將諸徒衆而不共語尊者毱多觀是五百弟子與我無緣於我和尚有度因緣即便生心念其和尚商那和修以大神力來到那羅跋利阿練若處至毱多房中毱多不在唯有弟子見商那和修著麤弊衣鬚髮甚長而作是言我和尚與如是摩訶羅共之親善三藏法師而不共語尊者商那和修至優波毱多座處而坐毱多弟子生瞋嫌心欲驅尊者商那和修商那和修如彼須彌不可移動欲出惡語舌不能轉便共往至尊者毱多所而白言有摩訶羅比丘在和尚卧處坐毱多荅言除我和尚更無有人能坐我座優波毱多還房見尊者商那和修頭面著地接足作禮在前而坐優波毱多弟子念言今我和尚雖復禮拜恭敬其師彼之所有知見神力不如我和尚尊者商那和修觀優波毱多諸弟子等除憍慢心不即知其心猶以己和尚爲勝尊者商那和修舉手指虛空中得滿手乳問優波毱多言是何三昧相尊者毱多入定觀察不知本末即問師言是何三昧相尊者和修荅言此是龍奮迅三昧優波毱多言我之所得盡從和尚受得唯是三昧我非其器尊者商那和修語毱多言諸佛三昧一切緣覺不識其名緣覺三昧一切聲聞不識其名舍利弗三昧其餘聲聞不識其名目揵連所入三昧其餘聲

聞亦不識名我和尚阿難所入三昧我亦不識其名我之三昧汝毱多亦不識名我入涅槃如此三昧亦隨我滅七萬七千本生經亦隨我滅一萬阿毗曇亦從我滅毱多弟子始憍慢心滅作是念我之和尚悉皆不如尊者商那和修於尊者所深生敬重尊者商那和修隨其因緣爲說聽法皆得阿羅漢商那和修語優波毱多言如來以法付囑尊者摩訶迦葉迦葉便以付囑我和尚阿難和尚以法付囑於我我今以法付囑於汝此摩突羅國有善男子名提地迦汝當度使出家付其佛法即時尊者商那和修飛騰虛空作十八變便入涅槃尊者毱多將萬八千羅漢供養舍利即爲起塔

阿育王傳卷第四

音釋

諮（津私切訪問也）蠱（公户切蟲毒也）劓（牛例切刑鼻也）鎔（餘封切鎔鑄也）癰（於容切癰疽也）蚊（蚋蚊音文蚋音芮）

阿育王傳卷第五

西晉安息國三藏安法欽譯

優波毱多因緣第十一

尊者優波毱多在摩突羅國那羅跋利精舍阿練若處住時北方有一男子念佛出家讀誦三藏善能說法所到之處三契經偈然後說法後自思惟猒倦如此經唄之事欲求坐禪聞摩突羅國有優波毱多雖無相好教授禪法最爲第一即到其所合掌白言唯願尊者教我禪法尊者毱多觀察此人必應現身獲得漏盡復更思惟此人今者應教何法而登聖位乃知其人爲他說法當入聖位尊者毱多語彼比丘曰爾隨我勑當教授汝比丘荅言唯願奉教尊者語言汝於今夜宜應爲人演說法教比丘即更作三契唄而欲說法問尊者言當說何法尊者荅言當說多聞有五事利益善解諸大善知諸陰善知諸入善知十二因緣自善解了不從他受悟三契唄已說法已竟便得阿羅漢毱多語言子擲籌著窟中充其一數爾時宿羅城中有一商主名爲天護於佛法中生敬信心恒樂施與欲入大海求於珍寶而作是言我今入海安隱得還當於佛法作般遮于瑟護佛法神當擁護我即便發引到於寶所大取珍寶安隱迴還時有羅漢比丘尼入定觀察彼長者竟爲作不觀見必作重復思惟誰爲福田知有一萬八千羅漢二倍學人及以生死持淨戒者當爲福田又觀此衆誰爲上座而是上座爲是羅漢爲是凡夫知非羅漢乃至復非須陀洹人乃是淨持戒人名阿沙羅我若發悟必

受我語即往僧中語上座言上座何不好自莊嚴上座意解謂嫌髮長衣服垢膩即剃鬚髮淨自澡浴比丘尼念言上座不解我語後日更至上座前亦作是言何不自嚴飾上座謂爲衣色不正便更染衣而來僧中比丘尼復至上座阿沙羅前又作是言何不好自莊嚴上座瞋言我淨澡浴著新染衣有何不莊嚴比丘尼言此非佛法中莊嚴佛法得須陀洹斯陀含阿那含阿羅漢是名莊嚴又復問言上座汝聞天護長者入大海還欲作般遮于瑟不上座荅言已知又問福田之人可有幾許汝爲知不荅言不知比丘尼言作福田者純阿羅漢有萬八千在學地人淨持戒者二倍羅漢汝爲上座云何以此有漏之心最初受他供養恭敬上座聞已便欲悲泣比丘尼言何以悲泣上座荅言我今年老云何能得盡諸漏也比丘尼言佛法現在今人得果不擇時節大善丈夫之所讚歎但能修行必得盡漏一切時中常能與果上座今可往那羅跋利阿練若處尊者毱多今現在彼當教授汝於是上座便往其所尊者毱多即出迎接以水與之使令洗脚上座言不見長老優波毱多終不洗脚諸弟子言此是毱多即時洗脚而入尊者毱多教化檀越作好飲食洗浴衆僧洗浴既已優波毱多時使維那打揵椎作是唱言恭敬解脱羅漢悉入禪坊時阿沙羅睡不覺唱輙入禪坊入已復睡衆僧作制其若睡者擎燈供養時阿沙羅最爲上座先在前睡維那即便捉燈著前而三彈指阿沙羅覺起而擎燈巡座供養尊者毱多入火

光三昧萬八千羅漢亦皆同入火光三昧阿沙羅見已歎善覆自慚愧即説偈言

和合共一處　跏趺如龍盤　咸皆在地敷　光明如燈樹
定心而端嚴　皆入勝三昧
稟形同是人　瞻仰所不及

尊者見阿沙羅其心調順即授以法得阿羅漢與籌著窟中於是阿沙羅還於本國比丘尼見上座來而語之言令始端嚴上座荅言蒙汝恩故令得端嚴爾時長者天護即作般遮于瑟聚集十六萬八千羅漢復有二倍學人淨持戒者時此衆中阿沙羅最爲上座而爲呪願所施極少受果報勝長者問言佛種種説法云何九十日正見上座作此二語上座荅言子爲欲發汝本善根故汝今知不過去九十一劫毗婆尸佛時我之與汝俱爲商主莊嚴船舫得入大海大齎珍寶到於沙壇垣即以珍寶聚於沙上爲毗婆尸佛作塔有天神言過七日已當有大浪水將汝安隱至閻浮提而作供養我之與汝以造塔緣九十一劫不墮三惡八難之處常生人天重以斯業又於今日我得羅漢而汝遭值最勝福田得供養是一萬八千阿羅漢等此非少施果報極多也長者子生死長遠何以不入佛法出家時長者子即便出家得阿羅漢尊者優波毱多在那羅跋利阿練若處爾時摩突羅國有一婆羅門深著我見有優婆塞語婆羅門言何處有我婆羅門言誰説無我法優婆塞言尊者毱多純説無我之法於是婆羅門即往阿練若處見尊者毱多與千萬衆前後圍繞而爲説法尊者毱多見婆羅門已知其

心念爲說無我及無我所亦無有人亦無丈夫無有衆生諸陰皆是生滅之法亦復皆是苦空之法婆羅門聞說此法即斷身見悟須陀洹出家學道得阿羅漢尊者毱多而語之言取籌擲著窟中尊者優波毱多在摩突羅國時有一族姓子出家恒患睡眠教授與法常復睡眠尊者教語遣令向阿練若處坐一樹下覆復睡眠尊者毱多於其坐處周帀化作深千肘坑忽便驚覺極大惶怖心念和尚優波毱多即時尊者毱多化作一小徑得使通行便從中過至尊者所教授已遣還本處去至樹下生大歡喜和尚脫我深坑之難尊者即立其前語言此坑不深若墮三惡道坑又墮生老病死之坑甚深於此汝若不見聖諦生老病死之坑復過於此汝聞此生老病死坑已便離睡眠精進思惟得阿羅漢尊者毱多即遣擲籌使著窟中

尊者優波毱多在那羅跋利阿練若處時東方國有一族姓子於佛法中出家學道善能營事所至到處諸比丘衆皆共勸請使知僧事作如是言長老必營僧事檀越因汝得生善根衆僧因汝獲得供養時彼比丘猒倦多事不肯營理聞優波毱多教授第一即往其所白言唯願尊者教授我法尊者觀察此是最後身應獲道果唯福未具是以不得尊者語言若隨我敕當教授汝荅言唯然受教尊者語言汝當爲衆僧勸化辦於供養白言尊者我未知此國誰有信心者荅言汝但往化必有信心者比丘聞已便於中前著衣持鉢入摩突羅城有一最勝長者見此比丘生未

曾有心便往禮敬而問之言阿闍梨欲須何物荅言尊者毱多使我教化我今不知此中人民誰有信心誰無信心長者言阿闍梨慎勿憂愁一切所須我悉爲辦荅言明日欲供衆僧長者即爲辦具比丘得已在上座前長跪捉食衆僧上座即爲呪願呪願已訖得阿羅漢尊者毱多語使取籌擲著窟中

尊者毱多在摩突羅國於那羅跋利阿練若處住時南天竺有族姓子入佛法出家善解造作塔寺所行來處諸比丘僧每常請作僧房塔寺其後不久心生猒倦營務之事往詣優波毱多所白尊者言唯願教我禪定之法尊者觀察此比丘者必應現身盡漏得道修福未足又復觀察以何事緣可得成道知彼事要營造塔寺然後得道遂便語言能隨我敎當教授汝荅言受教尊者敕言未作塔處今造塔寺未作僧房處爲諸賢聖造作僧房白尊者言阿闍梨未知此國誰信誰爲不信尊者語言汝足堪能但勸化去晨朝著衣持鉢入城乞食見一長者長者接足爲作禮敬而問之言阿闍梨從何處來荅言我從南天竺來長者問言欲作何事荅言我從尊者毱多求受禪法尊者教我使營塔寺造作僧房長者語言莫有憂愁一切所須悉當供給於是比丘將此長者共量佛地繩未到地比丘便得阿羅漢果使捉一籌著於窟中雖得羅漢所營塔寺盡使都訖

尊者毱多在摩突羅國有一族姓子詣尊者所入法出家貪嗜飲食由此貪故不能得道尊者即請此比丘明日受我食明日尊者爲

作乳糜盛滿鉢與語言待冷而食便口氣吹
冷語和尚言已冷尊者言子今食雖冷汝欲
心火然亦應以不淨觀水洗汝心欲令欲火
滅尊者以一空器著比丘前語言吐糜滿器
尊者語言食再爵此糜吐空器中不欲吐之
俛仰而吐此所吐食語尊者言涎唾以合云
何可食尊者語言一切飲食與吐無異汝不
觀察也汝今應觀食不淨想即時聽法盡諸
結使得阿羅漢語使擲籌著於窟中
南天竺有一族姓子少欲知足好於麤弊不
以酥油塗身亦不煖湯洗浴亦不食酥油乳
酪猒惡生死身體羸劣不能得道而作是言
誰當教授我聞尊者優波毱多在摩突羅國
便往至其所到已尊者觀察應現身盡漏以
羸劣故不能得證尊者即煖浴室辦諸浴具
約敕年少道人爲塗酥油以水洗浴與好飲
食身心柔軟爲說法要即盡諸漏得阿羅漢
於是以籌擲著窟中
摩突羅國有一族姓子辭父母欲向尊者毱
多所求欲出家既出家已極愛著身故復欲
還家便往尊者所辭欲還家尊者語言且待
明日明日禮尊者足即欲還去道中見天寺
而作是念若還向家父母或能爲我作留難
事不如即住此天寺宿明日當還詣尊者所
尊者即夜化一夜叉擔死人來更有一夜叉
空手而來二鬼共諍一言我擔死人來第二
者言我擔死人來前一鬼言我有證人此人
見我擔死人來時此人念言我今畢定死竟
應作實語語後鬼言此死人者前鬼擔來非
是汝許後鬼大瞋拔其一臂前鬼以死人臂

還續如故後鬼復拔一臂前鬼更拔死人臂還復補處後鬼拔其兩脚前鬼悉以死人脚補之如本如是二鬼共食所拔新肉即便出去於是愛身之心即便都滅後至尊者所度使出家爲說法要得阿羅漢便令擲籌著於窟中

南天竺有一族姓子入佛法出家愛樂已身數數洗浴酥油塗身食好美食身體肥壯不能得道即向尊者所而作是言唯願教授尊者觀察此比丘者現身應得漏盡以著身故是以不得尊者語言能受我語當教授汝化作高樹語令上頭四邊化作千肘深坑語言放右手又言放右脚後放左脚更復語言盡皆都放此人于時分捨身命都放手足即時到地不見深坑亦不見樹爲說深法得阿羅漢便語擲籌著於窟中

摩突羅國有族姓子向尊者毱多所欲求出家於是尊者即度使出家以慳覆心故不能得道尊者敕言汝今可修布施之業白尊者言都無所有以何布施尊者言如法所得飲食衣鉢之餘持施上下座初日語時不肯欲與後日尊者遣二弟子在是比丘兩邊而坐各耳中出光是慳比丘生敬上心減少食分施上下座後日有檀越多持好飲食來與便心生歡喜而作是念由昨日少施今日得多復轉多施上下座如是慳心破已尊者爲說法要得阿羅漢遂便語使擲籌窟中

摩突羅國有一族姓子詣尊者所求欲出家即聽出家常好睡眠不能得道尊者毱多遣使向阿練若處坐禪坐禪復眠尊者化作七

頭毗舍闍倒懸空中卒覺見已極大怖畏走詣和尚所和尚問言汝何以來白和尚言在彼林中有七頭毗舍闍倒懸空中極可怖畏尊者語言汝今還去詣彼坐禪白言極怖不敢復去尊者言毗舍闍不足畏怖更有極可畏者汝不畏之睡眠可畏甚於毗舍闍毗舍闍遮汝睡眠睡眠遮汝聖道毗舍闍者能害一身睡眠之患害無量身毗舍闍者不能使人留住生死睡眠之患淋漏於人流轉生死汝今還去詣彼坐禪從是已後畏毗舍闍不敢睡眠思惟法相豁然解悟得阿羅漢語使捉籌擲著窟中

有一族姓子詣尊者優波毱多所出家尊者即時度使出家爲其說法得須陀洹道而語之言生死之法不問多少皆可惡賤汝當勤求上果彼比丘作是念言我已斷三惡道何須進求上勝之果遊恣縱捨人天之中極至七生此何足計尊者毱多將是比丘入摩突羅乞食真陀羅村中見一小兒舉身生瘡瘡中滿蟲尊者毱多語是比丘言見此小兒不此小兒是須陀洹人族姓比丘問尊者言以何因緣生真陀羅家遍身生瘡疽蟲臭穢尊者答言佛在世時有一禪房中有維那有一羅漢比丘身體少痒把搔有聲維那瞋言汝身有疽蟲瘡耶此中把搔出向真陀羅村去羅漢比丘語言莫作是語使汝得罪爾時維那即從懺悔精進用行得須陀洹道不求上進由是因緣舉身瘡生疽蟲臭穢生真陀羅家受大苦惱彼比丘聞是語已即勤精進得羅漢道便復與籌令著窟中

真陀羅子尊者毱多即爲説法得阿那含道
生淨居天
摩突羅國有族姓子詣尊者所而求出家出家已尊者教觀不淨結使暫不現前自謂已得聖道更不求上勝尊者語言子莫自放逸勤求聖道白和尚言更何所爲我今便已得阿羅漢尊者告言子汝但未見乾陀越國迦羅和女故自言是阿羅漢以未斷結使生憍慢心白和上言我欲遊行詣彼村落尊者言子去於是便去漸漸遊行至乾陀越國得叉尸羅城晨朝持鉢入城乞食次第乞食到迦羅門中女擎食出而少現齒於是比丘便起欲心顛倒惑著以鉢囊取酥取麨彼女亦生欲心而作是語阿闍梨不觸我手不聞我聲暫遥見我而生欲心彼比丘久習不淨觀取其齒相即觀作白骨人因是白骨人觀得阿羅漢便説偈言

慾現外賢好　嬰愚染惑著　知了内生猒
亦復不減損　見其實體相　心即得解脱

以漸還來至摩突羅國見尊者毱多尊者語言汝見迦羅和女不荅言稱實見尊者言善哉汝所作事今始得辦於是便擲籌窟中
摩突羅國有一長者錢財所有自然衰耗家計幾盡唯五百舊金錢在作是思惟我今當詣尊者毱多所而求出家此金錢者作醫藥直療治疾病即詣尊者出家得出家已常倩他沙彌藏此金錢尊者語言若能知我無我是名出家此五百金錢可與衆僧荅言和尚此五百錢是我衣服湯藥之直尊者即將向房裏化作千金錢語言此千金錢作汝衣服

湯藥之直汝五百金錢施與衆僧從和尚教便以施僧尊者教授即得羅漢於此金錢不復貪著遂語擲籌著於窟中

摩突羅國有族姓子詣尊者所出家學道尊者即便教授以法得須陀洹得已不復進修尊者敕言汝勤修道業荅言和尚我以斷三惡趣何須更修尊者晨朝著衣持鉢共此比丘向摩突羅城次第乞食乃至真陀羅子身有癩瘡父母以葦刷瘡極令血出而爲著藥患其疼痛不能堪忍尊者語其弟子言汝見此不此是須陀洹問和尚言以何業緣受大苦痛尊者荅言佛在世時禪坊之中有一維那時有羅漢比丘身生瘡疥少多把搔維那瞋言汝身上瘡以葦刷把即挽手而出語之言汝向真陀羅村去阿羅漢語言汝得大罪今可懺悔時彼維那懺悔精進得須陀洹得道訖不求進故受此大苦生真陀羅家爾時比丘聞是語已心開意解精勤不久得阿羅漢便使擲籌著於窟中

尊者即爲真陀羅子說法得阿那含道命終之後生淨居天

摩突羅國有一勝長者生於一子年始一歲命終復生一長者家亦年一歲而復命終如是次第生六長者家皆年一歲而便命終最後復生第七長者家其年七歲爲賊將去尊者毱多觀此小兒應當現身得於道果而復爲賊之所惱尊者復爲度彼即便入窟化作四兵欲捉彼賊彼賊恐怖來向尊者叩頭禮拜尊者見已爲說法要得須陀洹捉此小兒手布施尊者尊者於是度此小兒及彼劫賊

今悉出家皆得阿羅漢盡各語使擲籌窟中尊者語此小兒可觀汝親族而化度之於是小兒即坐觀察見於七世本身父母愁憂苦惱便到其家而語之言我是汝子莫大愁惱即爲說法皆得須陀洹如是七長者家悉爲說法皆得須陀洹

摩突羅國有一族姓子詣尊者所出家尊者教使坐禪便得世俗定初禪二禪乃至第四禪得初禪時便自以爲得須陀洹及得二禪謂得斯陀含三禪謂得阿那含四禪謂得阿羅漢更不進求上勝之法尊者敕言汝莫放逸應求上勝法荅言我已得阿羅漢更求何勝法尊者欲化度彼作善方便而語之言子汝可遊化諸聚落於是受教遂便發去尊者即於道中化作賈客復化作五百羣賊來破賈客殺害斫刺族姓比丘即生恐怖自知非阿羅漢而作是言我雖非阿羅漢是阿那含時彼賈客亡破之後有一長者女語是比丘言阿闍棃將我共去比丘荅言佛不聽我與女人獨行長者女言我遥望阿闍棃而隨後行比丘憐愍故相望而行尊者復化作大河長者女言阿闍棃渡我過河道人在下流婦女在上流婦女墮河佛聽比丘水火難處捉婦女出女婦墮河語比丘言救我此難爾時比丘即便捉出當捉之時生細滑想便起欲心於是自知非阿那含出河已竟女作是言阿闍棃活我命即是我大家道人心生交通之想捉女人手將向屏處欲共行慾乃見是尊者毱多毱多語言汝言得阿羅漢云何如此尊者即便將至僧房教其至心懺悔罪

荅爲說法要即得阿羅漢語使著籌於彼窟中

摩突羅國有一長者子新娶婦竟辭其父母向尊者所求哀出家尊者即時度使出家教以禪法及其坐禪心念已婦顏貌端正尊者即化其婦在前而立比丘見已語其婦言汝何以來荅言汝喚故來比丘復言我跏趺坐來默然無言何時喚汝荅言汝口雖不喚我覺觀喚我汝以口喚便爲慙愧若以心喚不爲慙愧寧爲心慙愧不口慙愧口由心生心不由口汝不欲觸若不欲見者何爲有此覺觀之念汝既捨欲若復還念如似嘔吐而更食之爾時尊者現身在前爲說法要得阿羅漢即著籌窟中

尊者毱多遊行聚落到曠野中見五百客放牛人皆來迎尊者接足作禮在一面坐尊者爲說法要悉得須陀洹果以牛還主放牛人於是出家盡得阿羅漢遂使擲籌於窟中

摩突羅國有一族姓子詣尊者所出家學道尊者毱多教授禪法即得世俗四禪得初禪時自謂已得須陀洹果乃至得於第四禪時自謂已得阿羅漢果尊者語言汝勤精進可求上勝荅言和尚我已得羅漢尊者意欲更授禪法使在阿練若處住尊者遣化道人往問訊問訊已在一面坐化道人問言汝於誰邊出家荅言我尊者毱多所出家化道人言汝大福德汝之和尚是無相好佛化道人問言汝誦何經荅言我誦修多羅毗尼阿毗曇又問言汝於佛法頗有所證未荅言我有所證已得須陀洹乃至得阿羅漢又問言汝修

何道得此四果荅言我以世俗道化比丘言若以世俗道者汝非得道果是凡夫人聞是語已便於三界生猒患心即詣尊者所白和尚言我非得道唯願和尚更教授我於是尊者即時教授禪法精進修習得阿羅漢便語擲籌著於窟中

摩突羅國有一長者子新娶婦已心生念言我於佛法欲求出家便辭父母父母荅言我唯有一子死猶不放何況生在子白父母言若不放我我終不食於是斷食從初一日乃至六日父母恐其死故即語之言當從汝願但出家後與我相見子言若放我者當來奉見於是父母便放出家即詣尊者所出家而自念言我與父母有要若得出家許還往見便白和尚往見父母及見巳婦婦語之言汝

若不與我為夫婦之道我棄汝死時此比丘即生悔心欲得捨戒作是念言我先見和尚然後捨之詣和尚所稽首白言我欲還家尊者告言小住且待明日於是尊者即於其夜為作現夢使是比丘夢到父母家見其婦死父母親族嚴備葬具送其婦屍棄於塚間須臾之頃見青瘀爛臭蛆蟲滿中忽然驚覺即以夢事往白和尚和尚聞已而告之言汝可往看實如夢不時此比丘乘和尚神力忽便到舍見其父母巳送婦屍棄著塚間疽蟲唼食如其所夢思惟觀察重生猒惡得阿羅漢即便還來和尚問言汝見婦不荅言已見婦之實相遂便語使擲籌窟中

有一族姓子詣尊者所出家學道尊者教授獲得四禪自謂已得四沙門果尊者毱多知

其未得而作方便教使六日供養衆僧族姓比丘往摩突羅城見五百優婆塞皆來禮拜語此比丘言阿闍棃欲作何等荅言彼阿練若處課我六日供養衆僧優婆塞言阿闍棃莫愁此事當爲辦之爾時比丘即生慢心自思惟言我非羅漢阿羅漢者已斷慢心詣和尚所而作此言唯願和尚當見教授我猶未得阿羅漢也於是尊者爲說法要得阿羅漢即便擲籌著於窟中

時罽賓國有一比丘名曰善見獲世俗四禪得五神通若無雨時常能請得雨起增上慢自謂已獲阿羅漢果尊者毱多將欲度彼化使十二年旱諸人驚怕詣尊者所而作是言願爲我等請雨尊者荅言我不請雨罽賓國有善見比丘極能請雨於是國人即遣使往請彼比丘善見比丘便受其請以世俗五通力飛至摩突羅摩突羅國中人民勸請言阿闍棃爲我請雨便爲請雨時乃大雨滿閻浮提一切人知生大歡喜皆設供具而來供養爾時善見大得利養便起憍慢而作是言優波毱多所得供養不如於我便自思惟阿羅漢者無有我慢將知我今非是羅漢即往詣尊者求教授法尊者語言汝不堅持佛法云何教汝佛不聽比丘請雨汝復生憍慢云何自言我得羅漢即向尊者至心懺悔尊者教授便得羅漢使著籌窟中

尊者毱多作是念言提多迦爲出未也觀猶未出尊者爾時將比丘衆至提多迦父母之家漸漸轉少唯二比丘往到其家乃至獨往長者問言阿闍棃何以獨行荅言無有弟子

是故獨行欲供給者便來供給長者言我樂居家不得供給若後有子共相給使爾時長者生子皆死後生一子字提多迦漸漸長大往尊者所遂使出家學道年滿二十與受具戒初白之時得須陀洹第一羯磨得斯陀含第二羯磨得阿那含第三羯磨得阿羅漢尊者毱多作是思惟我化緣已訖以法供養佛竟鐃益同梵行者使諸檀越大得饒益而令正法相續不絕又作是念我多利衆生有窟長三丈六廣二丈四得阿羅漢者各以一四寸之籌滿此窟中今涅槃時到語提多迦言子佛以法付囑迦葉迦葉以法付囑阿難阿難以法付我和尚商那和修商那和修以法付我我今以法付囑於汝尊者毱多告諸大衆却後七日我當涅槃爾時即集十萬羅漢學人與淨持戒者不可稱數白衣之衆無量千萬尊者於是飛騰虛空作十八變使諸四衆皆生歡喜於無餘涅槃以窟中籌燒尊者身一萬羅漢見尊者涅槃亦入涅槃諸天種種供養已然後起塔如來涅槃以法付囑人亦不得久住何以故諸天不擁護故若付囑天法亦不得久住何以故諸天放逸故是以如來付囑人天法得久住如來欲涅槃時入世俗心作是思惟諸四天王應來我所時四天王已知佛心來至佛所右繞三帀頭面作禮在一面坐佛告四天王我今不久當入涅槃我涅槃後汝等諸天擁護佛法別語提頭賴吒汝可擁護東方佛法語毗樓勒汝今擁護南方佛法語毗樓博叉汝今擁護西方佛法敕毗沙門汝今護持北方佛法滿千年已

法欲滅時非法衆生極爲甚多於閻浮提破壞十善故大惡風天不降雨穀米湧貴霜雹爲災河泉少水樹無華果人之威德生酥熟酥漸漸竭少未來之世當有三惡王出一名釋拘二名閻無那三名鉢羅嬈害百姓破壞佛法如來肉髻及以佛牙當至東天竺南方有王名釋拘將十萬眷屬破壞塔寺殺害衆僧西方有王名曰鉢羅亦將十萬眷屬亦破壞塔寺殺害道人北方有王名閻無那亦將十萬眷屬破壞僧坊塔寺殺諸道人東方當爾之時諸非人鬼神亦苦惱人劫盜等賊亦甚衆多惡王亦種種苦惱謫罰恐怖乃至東方拘舍彌國王名曰大軍亦有十萬軍衆圍繞大軍王生一子身著鎧甲手中把血從母胎中出其身有大力士之力爾時五百長者同時生子皆身著鎧甲手中捉血從母胎出即於其日天大雨血大軍王便使相師占相其子相師言曰此兒必當王一天下唯有一過多所傷害初生子時大設供養極有威德如日之威難可看視是故名爲難可看視乃至年滿二十爾時三惡王毀滅佛法殺害一切欲向東方大軍王聞其欲來王極大恐怖而作是言此三王今同心擊我我當云何有天神語言汝以天冠著子頂上捨王位與汝子將五百力士足能摧伏大軍王即捨王位及以天冠結頂之具悉以與子即名此子爲難看王五百力士用爲輔相五百輔相各自莊嚴辦種種器仗即共鬪戰殺彼三王并其眷屬所將兵衆悉皆除滅便還舍彌作閻浮提王時華氏城中有婆羅門名曰大與多知

博學一切典籍無不了達取大種姓與已相似娉以爲婦大福德人當從此生當懷妊時作意欲與一切論士共爲論議相師占言此子生者必能摧伏一切論士乃至滿足十月而生面貌端正及年長大亦能通達一切典籍有五百婆羅門作受學弟子從其習學經論呪術如是多諸弟子即名此兒爲多弟子即辭父母出家學道讀誦三藏經書都盡爾時華氏城中有一長者名曰須達那取門戶齊等女以爲已婦有勝人當生於此當懷妊時母樂閑靜心意調善好修忍辱相師占言此是兒志乃至初生即名須達（此言善意）後以漸長大辭父母出家翹勤精進得阿羅漢少欲知足兼多知識心怖閑靜在邊房中後向香山中住大軍王命終難看王戀慕懊惱種種

供養後爲起塔多弟子三藏將數百千衆向拘舍彌說法難看王向三藏所聽法即除去憂愁於佛法所得信敬心念如來功德及與沙門能施無畏問諸比丘言彼三惡王於幾時中毀滅佛法荅言十二年毀滅佛法王言我今十二年中當作般遮于瑟於是王在拘舍彌作般遮于瑟當作之日閻浮提普雨甘雨一切穀米一切樹木一切花果皆悉成熟閻浮提人爲欲供養諸衆僧故來向拘舍彌爾時衆僧多利供養飲食衣服無有誦習讀經行道但晝則俗話夜則睡眠貪著利養莊嚴身體著好衣裳當於爾時無遠離樂無寂靜樂無禪定樂無智慧樂唯寶穢身以爲堅實爲法作怨非法增長法幢將傾慢幢欲立正法欲滅熾然使火燒壞法輪法海欲竭法

山欲崩法城欲壞欲伐法林欲覆定慧斷戒瓔珞與於正法作大過患天龍夜叉乾闥婆皆生譏嫌言此諸衆僧不修善業如是惡人壞滅佛法常習諸惡多作不吉少有信心爲邪見壞諸善根本今悉斷滅不畏殃咎無悲忍心遠離真諦拔倒法幢不信不調好作惡業破法經律害出家衆好行諸惡長養憍慢諂僞詐稱偷刼法庫佛法滅相今悉覩見法海欲涸餘光無幾學惡法者無智慧者必滅佛法諸天不喜不加擁護由此事故却後七日正法當滅諸天空中極大懊惱發大音聲而作是言如來正法後七日夜因諸比丘鬪諍故滅時拘舍彌有五百優婆塞爲佛法故諫諸比丘滅其鬪諍皆唱怪哉如來正法必當滅壞法流必斷釋師子法今則爲彼惡黨諍斷遂作偈言

金剛之身心　猶尚有壞敗　況危脆身心
而當不碎壞　一切見聞法　其性自磨滅
安隱好時過　毒惡勢已至　有智者盡滅
數現諸世惡　相佛必滅壞　世間欲黒闇
無垢法日没　大冥苦將至　救世尊法盡
善惡誰能知　若不知諸善　云何能得知
解脱之正要　及以人天道　若不知諸惡
云何而得離　佛法如明燈　得修集諸善
佛法若在世　福田勝無量　佛法若滅者
作福田有量　我以不堅財　當易堅牢法
佛法從今日　滅盡一何速

拘舍彌五百僧坊寺當布薩時諸優婆塞皆有忽務不得往香山中有阿羅漢名修陀羅觀閻浮提衆僧當於何處布薩即知凡是佛

弟子皆集拘舍彌布薩衆僧既集爾時僧遣維那唱言今十方僧和合布薩時三藏比丘多有弟子最爲上座白諸衆僧言世尊十方弟子皆來集此如此大衆我爲上座我已到多聞彼岸而猶不能具持佛戒今此衆中誰有持戒比丘而當説戒今十五日極可愛樂日月分明衆僧皆以説戒故皆和合現閻浮提沙門釋子盡來聚集是最後集此中誰能持釋師子戒修陀羅起而合掌在上座前而作是言願可布薩我能説戒如佛在世舍利弗目揵連所持之戒我今具持但願説戒三藏弟子字噫伽度惡而無慈生嫌嫉心捉持利刀殺修陀羅時有夜叉名爲樂面而作是言閻浮提内唯有一阿羅漢云何殺之便以金剛杵打噫伽度頭作七分修陀羅弟子復殺三藏於是已後佛法尋滅爾時大地震動大星崩落諸方火起諸天空中擊磬失聲四方火烟起十萬諸天空中涕泣佛在世時見佛夜叉五體投地覆面下向作是言曰從今已後不聞佛法不聞毗尼不聞戒律法橋已壞斷絶法流法海乾竭法山崩倒法寺已盡法行已絶法藏已壞法甘露已竭能説法者皆悉已滅教坐禪者亦復已喪佛母摩訶摩耶從天來下悲哀涕泣而作是言咄哉怪哉我子三阿僧祇劫所集之法今日滅盡我子徒衆能師子吼者爲何所在勇健威猛摧魔軍者今安所寄從法身生者亦何處去納衣空閑者今爲所在能持佛法者復何處去也諸善勝法盡離衆生閻浮提好莊嚴事一切盡滅猶如月蝕法施無畏施財施信戒施忍

施如是諸勝施皆何所在如是悲哀已還歸天上五百優婆塞聞法滅盡出拘舍彌至僧坊所高舉兩手自搥胷背悲號懊惱涕泣而作是言何其怪哉何其苦哉即說偈言

善語永離別　大惡災害世　誰當授我戒
誰所聽法言　愚癡遍世界　大明悉摩滅
世間大黑闇　樂著諸惡業　舉世皆如鹿
無有猒離想　佛語盡摩滅　都棄清淨業
大死既已至　皆當墮惡道　世間如虛空
悉離於星月　如華無諸蜂　林無拘枳羅
念定及智慧　十力世尊法　今悉盡滅壞
衆生何所怙

爾時拘舍彌王聞三藏比丘及聞修陀羅阿羅漢二人俱死懊惱瞋恚殺諸道人破壞塔寺佛告四天大王汝當擁護佛法乃至滅盡四天大王白佛言世尊唯然受教作是語已便還天上

阿育王傳卷第五

音釋

唄蒲拜切梵誦也　嗜時利切嗜欲也　嚼疾雀切咀嚼也　涎徐連切慕欲口液也　疽七餘切癰疽也　倩倉甸切借倩也　刷數滑切刮刷也　痍延知切傷也　搔蘇曹切括也　瘀依據切氣血瘀積也　嬈爾沼切擾亂也　怙音戶恃也

馬鳴菩薩傳
龍樹菩薩傳
提婆菩薩傳
姚秦三藏法師鳩摩羅什譯

清刻龍藏佛說法變相圖

三傳同卷

馬鳴菩薩傳

姚秦三藏法師鳩摩羅什譯

大師名馬鳴菩薩長老脇弟子也時長老脇勤憂佛法入三昧觀誰堪出家廣宣道化開悟衆生者見中天竺有出家外道世智慧辯善通言論唱言若諸比丘能與我論議者可打揵椎如其不能不足公鳴揵椎受人供養時長老脇始從北天竺欲至中國城名釋迦路逢諸沙彌皆共戲之大德長老與我富羅捉即有持去者種種嬈之轉不以理長老脇

顏無異容恬然不計諸沙彌中廣學問者覺其遠大疑非常人試問其人觀察所爲隨問盡答而行不輟足意色深遠不存近細時諸沙彌具觀長老德重沖邃知不可測倍加恭敬咸共侍送於是長老脇即以神力乘虚而逝到中天竺在一寺住問諸比丘何不依法鳴揵椎耶諸比丘言長老摩訶羅有以故不打也問言何故答言有出家外道善能論議唱令國中諸釋子沙門衆若其不能與我論議者不得公鳴揵推受人供養以有此言是故不打長老脇言但鳴揵椎設彼來者吾自對之諸舊比丘深竒其言而疑不能辯集共議言且鳴揵椎外道若來當令長老任其所爲即鳴揵椎外道即問今日何故打此木耶答言北方有長老沙門來鳴揵椎非我等也外道言可令其來即出相見外道問言欲論議耶答言然外道即形笑言此長老比丘形貌既爾又言不出常人如何乃欲與吾論議即共要言却後七日當集國王大臣沙門外道諸大法師於此論也至六日夜長老脇入于三昧觀其所應七日明旦大衆雲集長老脇先至即昇高座顏色怡懌倍於常日外道後來當前而坐占視沙門容貌和悅志意安泰又復舉體備有論相便念言將無非是近比丘耶志安且悅又備論相今日將成佳論議也便共立要若墮負者當以何罪外道言若負者當斷其舌長老脇言此不可也但作弟子足以允約答言可爾又問誰應先語長老脇言吾既年邁故從遠來又先在此坐理應先語外道言亦可爾耳現汝所說吾盡當

破長老脇即言當令天下太平大王長壽國土豐樂無諸災患外道默然不知所言論法無對即墮負處伏爲弟子剃除鬚髮度爲沙彌受具足戒獨坐一處心自惟曰吾才明遠識聲震天下如何一言致屈便爲人弟子念已不悅師知其心即命入房爲現神足種種變化知師非恒心乃悅伏念曰吾爲弟子故其宜矣師語言汝才明不易真未成耳設學吾所得法根力覺道辯才深達明審義趣者將天下無對也師還本國弟子住中天竺博通衆經明達內外才辯蓋世四輩敬伏天竺國王甚珍遇之其後北天竺小月氏國王伐於中國圍守經時中天竺王遣信問言若有所求當相給與何足苦困人民久住此耶答言汝意伏者送三億金當相赦耳王言舉此一國無一億金如何三億而可得耶答言汝國內有二大寶一佛鉢二辯才比丘以此與我足當二億金也王言此二寶者吾甚重之不能捨也於是比丘爲王說法其辭曰夫含情受化者天下莫二也佛道淵弘義存兼救大人之德亦以濟物爲上世教多難故王化一國而已今弘宣佛道自可爲四海法王也比丘度人義不容異功德在心理無遠近宜存遠大何必在目前而已王素宗重敬用其言即以與之月氏王使還本國諸臣議曰王奉佛鉢故其宜矣夫比丘者天下皆是當一億金無乃太過王審知比丘高明勝達導利弘深辯才說法乃感非人類將欲悟諸群惑餓七疋馬至於六日旦普集內外沙門異學請比丘說法諸有聽者莫不開悟王繫此馬

於衆會前以草與之馬嗜浮流故以浮流草與之也馬垂淚聽法無念食想於是天下乃知非恒以馬解其音故遂號爲馬鳴菩薩於北天竺廣宣佛法導利群生善能方便成人功德四輩敬重復咸稱爲功德日

馬鳴菩薩傳

龍樹菩薩傳

姚秦三藏法師鳩摩羅什譯

大師名龍樹菩薩者出南天竺梵志種也天聰奇悟事不再告在乳哺之中聞諸梵志誦四韋陀典各四萬偈偈有四十二字背誦其文而領其義弱冠馳名獨步諸國世學藝能天文地理圖緯秘讖及諸道術無不悉練契友三人亦是一時之傑相與議曰天下義理可以開神明悟幽旨者吾等盡之矣復欲何以自娛騁情極欲最是一生之樂然諸梵志道士勢非王公何由得之唯有隱身之術斯樂可辦四人相視莫逆於心俱至術果求隱身法術師念曰此四梵志擅名一世草芥群生今以術故屈辱就我我若呪法授之此人才明絕世所不知者唯此賤法若得之便去不復可屈且與其藥使日用而不知藥盡必來求可以術屈爲我弟子各與青藥一丸告之曰汝於靜處用水磨之以塗眼瞼則無有人能見汝形者龍樹菩薩磨藥聞氣便盡知藥名分數多少錙銖無失隨其氣勢龍樹識之還語術師此藥有七十種分數多少盡如其方藥師問曰汝何由知答曰藥自有氣何以不知師即歎伏顧斯人者聞之猶難而況相學我之賤術何足惜耶即具授其四人得術隱身自在入王宮中宮中美人皆被侵陵百餘日後宮中人有懷妊者以事白王王大不悅此何不祥爲怪乃爾召諸智臣以謀此事有舊老者言凡如此事應有二種或鬼或術可以細土置諸門中令有司守之斷諸術者若是術人足跡自現可以兵除若其是鬼

則無跡也鬼可呪除人可刀殺備法試之見四人跡即閉諸門令數百力士揮刀空斫斫殺三人唯有龍樹斂身屏氣依王頭側王頭側七尺刀所不至是時始悟欲爲苦本䜛欲心生發出家願若我得脫當詣沙門求出家法既而得出入山詣佛塔出家受戒九十日中誦三藏盡通諸深義更求諸經都無得處雪山中深遠處有佛塔塔中有一老比丘以摩訶衍經與之誦受愛樂雖知實義未得通利周遊諸國更求餘經於閻浮提中遍求不得外道論師沙門義宗咸皆摧伏即起憍慢心自念言世界法中津塗甚多佛經雖妙以理推之故未盡未盡之中可推而說之以悟後學於理不違於事無失斯有何咎思此事已即欲行之立師教誡更造衣服令附佛法

所別爲異方欲以無所推屈表一切智相擇日選時當與諸弟子受新戒著新衣便欲行之獨在靜室水精地房大龍菩薩見其如此惜而愍之即接入海於宮殿中開七寶藏發七寶函以諸方等深奧經典無上妙法授之龍樹龍樹受讀九十日中通練甚多其心深入體得實利龍知其心而問之曰看經遍未答言汝諸函中經甚多無量不可盡也我所讀者已十倍閻浮提龍言如我宮中所有經典諸處此比復不可知龍樹即得諸經一箱深入無生三忍具足龍還送出時南天竺王甚邪見承事外道毀謗正法龍樹菩薩爲化彼故躬持赤旛在王前行經歷七年王始怪問此是何人在吾前行答曰我是一切智人王聞是已甚大驚愕而問之言一切智人曠

代不有汝自言是何以驗之答言欲知智在説王當見問王即自念我爲智主大論議師問之能屈猶不足名一旦不如此非小事若其不問便是一屈遲疑良久不得已而問之天今何爲耶龍樹言天今與阿脩羅戰王聞此言譬如人噎既不得吐又不得咽欲非其言復無以證之欲是其事無事可明未言之間龍樹復言此非虚論求勝之談王小待之須臾有驗言訖空中便有干戈兵器相係而落王言干戈矛戟雖是戰器汝何必知是天與阿脩羅戰龍樹言搆之虚言不如校以實事言已阿脩羅手足指及其耳鼻從空而下又令王及臣民婆羅門衆見空中清除兩陣相對王乃稽首伏其法化殿上有萬婆羅門皆棄束髮受成就戒是時龍樹於南天竺大

弘佛教摧伏外道廣明摩訶衍作優波提舍十萬偈又作莊嚴佛道論五千偈大慈方便論五十偈令摩訶衍教大行於天竺又造無畏論十萬偈於無畏中出中論也時有婆羅門善知呪術欲以所能與龍樹諍勝告天竺國王我能伏此比丘王當驗之王言汝大愚人此菩薩者明與日月爭光智與聖心並照汝何不遜敢不推敬婆羅門言王爲智人何不以理驗之而抑斷一切王見言至爲請龍樹清旦共坐政德殿上婆羅門後至便於殿前呪作大池廣長清淨中有千葉蓮華自坐其上而訶龍樹汝在地坐如畜生無異而欲與我清淨華上大德智人抗言論議爾時龍樹亦以呪術化作一六牙白象行池水上趣其華坐以鼻繳拔高舉擲地婆羅門傷腰委

頓歸命龍樹我不自量毀辱大師願哀受我啓其愚蒙有一小乘法師常懷忿嫉龍樹問之言汝樂我久住世不答言實不願也退入閑室經日不出弟子破戸看之遂蟬蛻而去去世已來始過百歲南天竺諸國爲其立廟敬奉如佛其母樹下生之因字阿周陀那阿周陀那樹名也以龍成其道故以龍配字號曰龍樹也依付法藏經即第十三祖三百餘年任持佛法

龍樹菩薩傳

提婆菩薩傳

姚秦三藏法師鳩摩羅什譯

大師名提婆菩薩南天竺人是婆羅門種也博識淵覽才辯絶倫擅名天竺爲諸國所推探賾胷懷旣無所愧以爲所不盡者唯以人不信用其言爲憂其國中有大天神鑄黃金像之座身長二丈號曰大自在天人有求願能令現世如意提婆詣廟求入拜見主廟者言天像至神人有見者旣不敢正視又令人退後失守百日汝但詣門求願何須見耶提婆言若神必能如汝所說乃從令我見之若不如是豈是吾之所欲見耶時人奇其志氣伏其明正追入廟者數千萬人提婆旣入天像摇動其眼怒目視之提婆問天神則神矣何其小也當以威靈感人智德伏物而假黃金以目多動頗梨以熒惑非所望也即便登梯鑿出其眼時諸觀者咸有疑意大自在天何爲一小婆羅門所困將無名過其實理屈其辭耶提婆曉衆人言神明遠大故以近事試我我得其心故登金聚出頗梨令汝等知神不假質精不託形吾旣不慢神亦不辱也言已而出即以其夜求諸供備明日清旦敬祠天神提婆先名旣重加以智參神契其所發言聲之所及無不響應一夜之中供具精饌有物必備大自在天貫一肉形高數四丈左眼枯沒而來在坐歷觀供饌歎未曾有嘉其德力能有所致而告之言汝得我心人得我形汝以心供人以質饋智而敬我者汝畏而誣我者人汝所供饌盡善盡美矣唯無我之所須能以見與者眞上施也提婆言神鑑

我心唯命是從神言我所乏者左眼能與我者便可出之提婆言敬如天命即以左手出眼與之天神力故出而隨生索之不已從旦終朝出眼數萬天神讚曰善哉摩納真上施也欲求何願必如汝意提婆言我稟明於心不假外也唯恨悠悠童蒙不知信受我言神賜我願必當令我言不虛設唯此為請他無所須神言必如所願於是而退詣龍樹菩薩受出家法剃頭法服周遊揚化南天竺王總御諸國信用邪道沙門釋子一不得見國人遠近咸受其化提婆念曰樹不伐本則枝不傾人主不化則道不行其國政法王家出錢雇人宿衛提婆乃募為其將荷戟前驅整行伍勒部曲威不嚴而令自行德不彰而物樂隨王甚喜之而問何人侍者答言此人應募既不食廩又不取錢而其在事恭謹閑習如此不知其意何求何欲王召而問之汝是何人答言我是一切智人欲於王前而求驗試王即許之於天竺大國之都四衢道中敷高座立三論言一切諸聖中佛聖最第一一切諸法中佛法正第一一切救世中佛僧為第一八方諸論士有能壞此語者我當斬首以謝其屈所以者何立理不明是為愚癡愚癡之頭非我所須斬以謝屈甚不惜也八方論士既聞此言亦各來集而立誓言我等不如亦當斬首愚癡之頭亦所不惜提婆言我所修法仁活萬物要不如者當剃汝鬚髮以為弟子不須斬首也立此要已各撰名理建無方論而與酬酢智淺情近者一言便屈智深情遠者極至二日則辭理俱匱即皆下髮

如是日日王家日送衣鉢終竟三月度百餘萬人有一邪道弟子兇頑無智耻其師屈形雖隨衆心結怨忿齧刀自誓汝以口勝伏我我當以刀勝伏汝汝以空刀困我我當以實刀困汝作是誓已挾一利刀伺求其便諸方論士英傑都盡提婆於是出就閑林造百論二十品又造四百論以破邪見其諸弟子各各散諸樹下坐禪思惟提婆從禪起經行婆羅門弟子來到其邊執刀窮之曰汝以口破我師何如我以刀破汝腹即以刀決其腹五藏委地命未絶閒愍此愚賊而告之曰吾有三衣鉢盂在吾坐處汝可取之急上山去慎勿下就平道我諸弟子未得法忍者必當追汝或當相得送汝於王王便困汝汝未得法利惜身情重惜名次之身之與名患累出焉衆疊生焉身名者乃是大患之本也愚人無聞爲妄見所侵惜其所不惜而不惜所應惜不亦哀哉吾蒙佛之遺法不復爾耶但念汝等爲狂心所欺忿毒所燒罪報未已號泣受之受之者實無主爲之者實自無人無人無主哀酷者誰以實求之實不可得未悟此者爲狂心所惑顛倒所迴見得之心著而有我有人有苦有樂苦樂之來但依觸著觸著則無依無依則無苦無苦則無樂苦樂既無則幾于息矣說此語已弟子生來者失聲大喚門人各各從林樹間集未得法忍者驚怖號咷擗胷扣地寃哉酷哉誰取我師乃如是者或有狂突奔走追截要路共相分部號叫追之聲聒幽谷提婆誨諸人言諸法之實誰寃誰酷誰割誰截諸法之實實無受者亦無害

者誰親誰怨誰賊誰害汝爲癡毒所欺妄生著見而大號咷種不善業彼人所害害諸業報非害我也汝等思之愼無以狂追狂以哀非哀也於是放身脱然無矜遂蟬蜕而去其初出眼與神故遂無一眼時人號曰迦那提婆也

提婆菩薩傳

音釋

脅虛業切腋下也　懌夷益切悅也　瞼居奄切目上下瞼也　噎壹結切食塞也　愕逆各切驚遽貌也　繳吉了切纏也　蜕輸芮切蟬解曰蜕　饋求位切餉也　釁許刃切隙也　覗古典切

婆藪槃豆傳

陳天竺三藏眞諦譯

龍樹菩薩爲禪陀迦王說法要偈

宋三藏法師求那跋摩譯

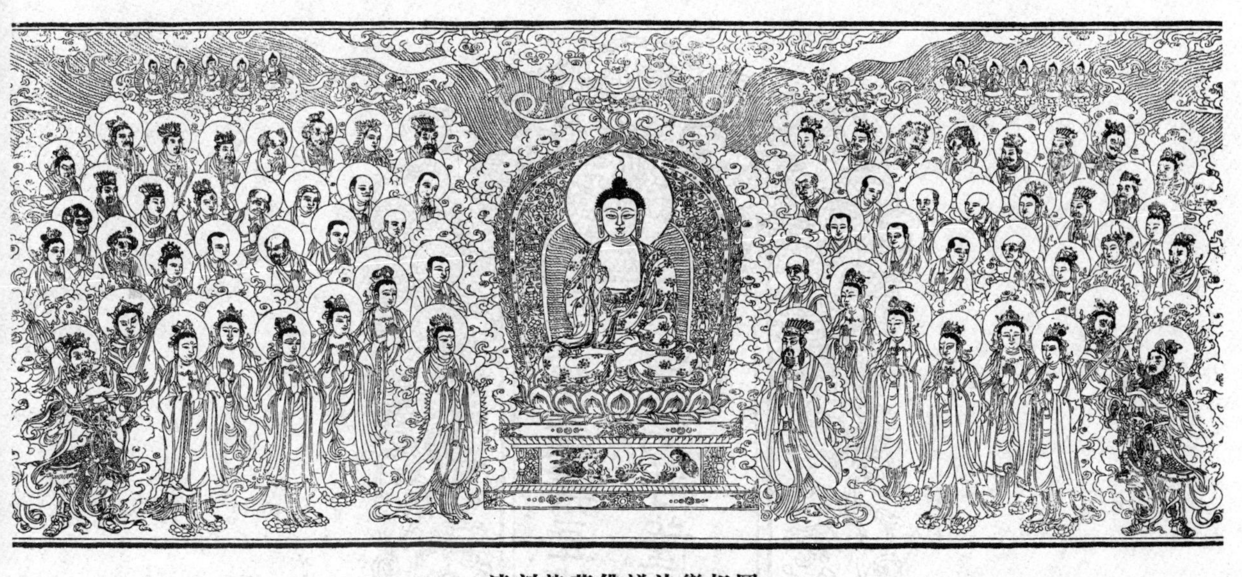

清刻龍藏佛說法變相圖

一傳一法要同卷
婆藪槃豆傳
龍樹菩薩爲禪陀迦王說法要偈

婆藪槃豆傳

陳天竺三藏眞諦譯

婆藪槃豆法師者北天竺富婁沙富羅國人也富婁沙譯爲丈夫富羅譯爲土毗搜紐天王世傳云是帝釋弟帝釋遣其生閻浮提作王爲伏阿脩羅其生閻浮提爲婆藪提婆王之子有阿脩羅名因陀羅陀摩那因陀羅是帝釋名陀摩那譯爲伏此阿脩羅恒與帝釋鬪戰謂能伏帝釋故有此名毗伽羅論解阿脩羅謂非善戲即應以此名譯之諸天恒以

善爲戲樂其恒以惡爲戲樂故有此名亦得名非天此阿脩羅有妹名波羅頗婆底波羅頗譯爲明婆底譯爲妃此女甚有容貌阿脩羅欲害毗搜紐天故將此妹誑之以呪術力變閻浮提一處令除闇其自居闇處不令人見令妹别住明處語妹云若人欲得汝爲婦汝可語云我兄有大力若欲取我必與我兄相違若能將我兄鬬戰乃可相許毗搜紐天後於明處見此女心大悦之問云汝是何人答云我是阿脩羅童女天云諸阿脩羅女由來皆嫡諸天我既無婦汝又無夫今欲相取得見從不女 如其兄先言答之天云汝今惜我身故有此言汝已愛我我豈相置我有大力能與汝兄鬬戰女遂許之即爲夫妻阿脩羅後往明處問毗搜紐天汝云何輒取我妹爲婦天答云若我非丈夫取汝妹爲婦可致嫌責我是丈夫無婦汝妹是童女無夫我今取之正是其理何故見怪阿脩羅云汝有何能自稱丈夫若是丈夫能將我鬬戰得勝當以妹嫡汝天云汝若不信當共決之即各執仗互相斫刺毗搜紐天是那羅延身斫刺所不能入天斫阿脩羅頭斷頭即還復手臂等餘身分悉爾隨有斷處隨即還復從旦至晚斫刺不息阿脩羅無有死狀天力稍盡轉就疲困若至夜阿脩羅力則更强明妃恐其夫不如即取鬱波羅華擘爲兩片各擲一邊明妃於其中行去而復來天即解其意捉阿脩羅身擘爲兩片各擲一邊天於其中行去而復來阿脩羅由此命斷阿脩羅先就仙人乞恩願令我身若被斫刺即更還復仙人施其

此恩故後時被斫刺而不失命仙人欲令諸天殺之故不施其壁身還復之恩故後時由此失命毗搜紐天旣居此地顯丈夫能因此立名稱丈夫國此土有國師婆羅門姓嬌尸迦有三子同名婆藪槃豆婆藪譯爲天槃豆譯爲親天竺立兒名有此體雖同一名復立别名以顯之第三子婆藪槃豆於薩婆多部出家得阿羅漢果别名比隣持跋婆比隣持是其母名跋婆譯爲子亦曰兒此名通人畜如牛子亦名跋婆但此土呼牛子爲犢長子婆藪槃豆是菩薩根性人亦於薩婆多部出家後修定得離欲思惟空義不能得入欲自殺身賓頭盧阿羅漢在東毗提訶觀見此事從彼方來爲說小乘空觀如教觀之即便得入雖得小乘空觀意猶未安謂理不應止爾

因此乘神通往兜率陀天諮問彌勒菩薩爲說大乘空觀還閻浮提如說思惟即便得悟於思惟時地六種動旣得大乘空觀因此爲名阿僧伽譯爲無著爾後數上兜率陀天諮問彌勒大乘經義彌勒廣爲解說隨有所得還閻浮提以己所聞爲餘人說聞者多不生信無著法師即自發願我今欲令衆生信解大乘唯願大師下閻浮提解說大乘令諸衆生皆得信解彌勒即如其願於夜時下閻浮提放大光明廣集有緣衆於說法堂誦出十七地經隨所誦出隨解其義經四月夜解十七地經方竟雖同於一堂聽法唯無著法師得近彌勒菩薩餘人但得遙聞夜共聽彌勒說法晝時無著法師更爲餘人解釋彌勒所說因此衆人皆信大乘彌勒菩薩教無著法

師修日光三摩提如說修學即得此定從此定後昔所未解悉能通達有所見聞求憶不忘佛昔所說華嚴等諸大乘經悉未解義彌勒於兜率陀天悉爲無著解說諸大乘經義法師並悉通達皆能憶持後於閻浮提造大乘經優婆提舍解釋佛所說一切大乘教第二子婆藪槃豆亦於薩婆多部出家博學多聞遍通墳籍神才俊朗無可爲儔戒行清高難以相匹兄弟既有別名說故法師但稱婆藪槃豆佛滅度後五百年中有阿羅漢名迦旃延子母姓迦旃延從母爲名先於薩婆多部出家本是天竺人後往罽賓國罽賓在天竺之西北與五百阿羅漢及五百菩薩共撰集薩婆多部阿毗達磨製爲八伽蘭他即此間云八揵度伽蘭他譯爲結亦曰節謂義類各相結屬故云結又攝義令不散故云結義類各有分限故云節亦稱此文爲發慧論以神通力及願力廣宣告遠近若先聞佛說阿毗達磨隨所得多少可悉送來於是若人若天諸龍夜叉乃至阿迦尼師吒諸天有先聞佛說阿毗達磨若廣若略乃至一句一偈悉送與之迦旃延子共諸阿羅漢及諸菩薩簡擇其義若與脩多羅毗那耶不相違背即便撰録若相違背即便棄捨是所取文句隨義類相關若明慧義則安置慧結中若明定義則安置定結中餘類悉爾八結合有五萬偈造八結竟復欲造毗婆沙釋之馬鳴菩薩是舍衛國婆枳多土人通八分毗伽羅論及四皮陀六論解十八部三藏文宗學府先儀所歸迦旃延子遣人往舍衛國請馬鳴爲製文

句馬鳴既至罽賓迦旃延子次第解釋八結諸阿羅漢及諸菩薩即共研辯義意若定馬鳴隨即著文經十二年造毗婆沙方竟凡百萬偈毗婆沙譯爲廣解製述既竟迦旃延子即刻石立制云今去學此法人不得出罽賓國八結文句及毗婆沙文句亦悉不得出國恐餘部及大乘汙壞此正法以立制事白王王亦同此意罽賓國四周有山如城唯有一門出入諸聖人以願力攝諸夜叉神令守門若欲學此法者能來罽賓則不遮礙諸聖人又以願力令五百夜叉神爲檀越若學此法者資身之具無所短乏阿踰闍國有一法師名婆娑須跋陀羅聰明大智聞即能持欲學八結毗婆沙義於餘國弘通之法師託迹爲狂癡人往罽賓國恒在大集中聽法而威儀乖失言笑舛異有時於大集中論毗婆沙義乃問羅摩延傳衆人輕之皆不齒録於十二年中聽毗婆沙得數遍文義已熟悉誦持在心欲還本土去至門側諸夜叉神高聲唱令大阿毗達磨師今欲出國即執將還於大集中衆共檢問語言紕繆不相領解衆咸謂爲狂人即便放遣法師後又出問諸神復唱令執還遂聞徹國王王又令於大集中更檢問之衆重檢問亦如先不相領解如此三反去而復還至第四反諸神雖送將還衆不復檢問令諸夜叉放遣出國法師既達本土即宣示近遠咸使聞知云我已學得罽賓國毗婆沙文義具足有能學者可急來取之於是四方雲集法師年已衰老恐出此法不竟令諸學徒急疾取之隨出隨書遂得究竟罽賓諸

師後聞此法已傳流餘土人各嗟歎至佛滅後九百年中有外道名頻闍訶婆娑頻闍訶是山名婆娑譯爲住此外道住此山因以爲名有龍王名毗梨沙伽那住在頻闍訶山下池中此龍王善解僧佉論此外道知龍王善解欲就受學龍王恒變身作仙人狀貌住葉屋中外道往至龍王所述其欲學意龍王即許之外道採華滿一大籃頭戴華籃至龍王所繞龍王一帀輒投一華以爲供養投一華作一偈讃歎龍王德龍王隨聞隨破其所立偈義即取華擲外道其外道隨破隨立偈義既立還投所擲華如此投一籃華盡且破且救諸偈悉成就龍王既嘉其聰明即爲解說僧佉論語外道云汝得論竟愼勿改易龍王畏其勝已故有此說及其隨聽所得即簡擇之有非次第或文句不巧義意不如悉改易之龍王講論竟其著述亦罷即以所著述論呈龍王龍王見其所製勝本大起瞋妬語外道云我先囑汝不得改易我論汝云何改易當令汝所著述不得宣行外道答云師本囑我論成後不得改易不囑我於說論中不得改易我不違師教云何賜責乞師施我恩我身未壞願令此論不壞即許之外道得此論後心高狠慢自謂其法最大無復過者唯釋迦法盛行於世衆人多謂此法爲大我須破之即入阿輸闍國以頭擊論義鼓云我欲論義若我墮負當斬我頭若彼墮負彼宜輸頭國王馝柯羅摩阿袟多譯爲正勤日王知此事即呼外道問之外道曰王爲國主於沙門婆羅門心無偏愛若有所習行法宜試其是

非我今欲與釋迦弟子決判勝劣各須以頭爲誓王即聽許王遣人問國内諸法師誰能當此外道若有能當可與論義于時摩㝹羅他法師婆藪槃豆法師等諸大法師悉往餘國不在摩㝹羅他譯爲心願唯有婆藪槃豆師佛陀蜜多羅法師在佛陀蜜多羅譯爲覺親此法師本雖大解年已老邁神情昧弱辯說羸微法師云我法大將悉行不在外道强梁復不可縱我今正應自當其事法師即報國王王仍剋日廣集大衆於論議堂令外道與法師論議外道問云沙門爲欲立義爲欲破義法師答云我如大海無所不容汝如土塊入中便没隨汝意所樂外道云沙門可立義我當破汝法師即立無常義云一切有爲法剎那剎那滅何以故後不見故以種種道理成就之是法師所說外道一聞悉誦在口外道次第以道理破之令法師誦取誦不能得令法師救之救不能得法師即墮負外道云汝是婆羅門種我亦是婆羅門種不容殺汝今須鞭汝背以顯我得勝於是遂行其事王以三洛沙金賞外道外道取金布散國内施一切人還頻闍訶山入石窟中以呪術力召得夜叉神女名稠林從此神女乞恩願令我死後身變成石永不毀壞神女即許之其自以石塞窟於中捨命身即成石所以有此願者其先從其師龍王乞恩願我身未壞之前我所著僧佉論亦不壞滅故此論于今猶在婆藪槃豆後還聞如此事歎恨憤結不得值之遣人往頻闍訶山覓此外道欲折伏其很慢以雪辱師之耻外道身已成石天親彌

復憤懣即造七十眞實論破外道所造僧佉論首尾凡解無一句得立諸外道憂苦如害已命雖不值彼師其悉檀既壞枝末無復所依報讎雪恥於此爲之衆人咸皆慶快王以三洛沙金賞法師法師分此金爲三分於阿踰闍國起三寺一比丘尼寺二薩婆多部寺三大乘部寺法師爾後更成立正法先學毗婆沙義已通後爲衆人講毗婆沙義一日講即造一偈攝一日所說義刻赤銅鍱以書此偈摽置醉象頭上擊鼓宣令誰人能破此偈義能破者當出如此次第造六百餘偈攝毗婆沙義皆盡一一皆爾遂無人能破即是俱舍論偈也偈足後以五十斤金并此偈寄與罽賓諸毗婆沙師彼見皆大歡喜謂我正法已廣弘宣但偈語玄深不能盡解又以五十斤金足前五十爲百斤金餉法師乞法師爲作長行解此偈義法師即作長行解偈立薩婆多義隨有僻處以經部義破之名爲阿毗達磨俱舍論論成後寄與罽賓諸師彼見其所執義壞各生憂苦正勤日王太子名婆羅袟底也婆羅譯爲新袟底也譯爲日王本令太子就法師受戒王妃出家亦爲法師弟子太子後登王位母子同請留法師住阿踰闍國受其供養法師即許之新日王妹夫婆羅門名婆修羅多是外道法師解毗伽羅論天親造俱舍論竟此外道以毗伽羅論義破法師所立文句謂與毗伽羅論相違令法師救之若不能救此論則壞法師云我若不解毗伽羅論豈能解甚深妙義法師仍造論破毗伽羅論三十二品始末皆壞於是失毗伽羅

論唯此論在王以一洛沙金奉法師王母以兩洛沙金奉法師法師分此金爲三分於丈夫國罽賓國阿踰闍國各起一寺此外道慭忿欲伏法師遣人往天竺請僧伽跋陀羅法師來阿踰闍國造論破俱舍論此法師至即造兩論一光三摩耶論有一萬偈止述毗婆沙義三摩耶譯爲義類二隨實論有十二萬偈救毗婆沙義破俱舍論論成後呼天親更共面論決之天親知其雖破不能壞俱舍義不復將彼面共論決法師云我今已老隨汝意所爲我昔造論破毗婆沙義亦不將汝面共論決汝今造論何須呼我有智之人自當知其是非法師先遍通十八部義妙解小乘執小乘爲是不信大乘謂摩訶衍非是佛說阿僧伽法師既見此弟聰明過人識解深廣該通內外恐其造論破壞大乘阿僧伽法師住在丈夫國遣使往阿踰闍國報婆藪槃豆云我今疾篤汝可急來天親即隨使還本國與兄相見諮問疾源兄答云我今心有重病由汝而生天親又問云何賜由兄云汝不信大乘恒生毀謗以此惡業必永淪惡道我今愁苦命將不全天親聞此驚懼即請兄爲解說大乘兄即爲略說大乘要義法師聰明殊有深識即於此時得悟知大乘理應過小乘於是就兄遍學大乘義後如兄所解悉得通達解意既明思惟前後悉與理相應無有乖背始驗小乘爲失大乘爲得若無大乘則無三乘道果昔既毀謗大乘不生信樂懼此罪業必入惡道深自咎責欲悔先過往至兄所陳其愚迷今欲懺悔先諐未知何方得免云

我昔由舌故生毀謗今當割舌以謝其罪兄云汝設割舌亦不能滅此罪汝若欲滅此罪當更爲方便法師即請兄說滅罪方便兄云汝舌能善巧毀謗大乘汝若欲滅此罪當善巧解說大乘阿僧伽法師殂歿後天親方造大乘論解釋諸大乘經華嚴涅槃法華般若維摩勝鬘等諸大乘經論悉是法師所造又造唯識論釋攝大乘三寶性甘露門等諸大乘論凡是法師所造文義精妙有見聞者靡不信求故天竺及餘邊土學大小乘人悉以法師所造論爲學本異部及外道論師聞法師名莫不畏伏於阿踰闍國捨命年終八十雖迹居凡地理實難思議也

婆藪槃豆傳

龍樹菩薩爲禪陀迦王說法要偈

宋三藏法師求那跋摩譯

禪陀迦王應當知　生死苦惱多衆過
悉爲無明所覆障　吾欲爲彼興利益
譬如刻畫造佛像　智者見之宜恭敬
我依如來說正法　大王亦應深信受
汝雖先聞牟尼言　今若聽受轉分別
猶如華池色清淨　月光垂照踰暉顯
佛說六念當修習　所謂三寶施戒天
修行十善淨三業　離酒放逸及邪命
觀身命財速危朽　應施福田濟窮乏
施爲堅牢無與等　最爲第一親近者
勤修淨戒除瑕穢　亦莫希求願諸有
譬如大地植衆物　戒亦如是生諸善
修忍柔和捨瞋恚　佛說是行最無上
如是精進及禪智　具此六行超生死
若能在家孝父母　此即名爲勝福田
現世流布大名稱　未來福報轉無量
殺盜婬欺飲荒酒　離牀高廣及香熏
謳歌倡妓過時食　如斯衆惡宜遠離
若少時間修此戒　必受天樂昇涅槃
慳嫉貪欲及諂僞　誑惑顛倒與懈怠
如此衆惡不善法　大王當觀速棄捨
端正尊豪及五欲　當知危朽若泡沫
莫恃若斯不堅法　憍逸自恣生諸苦
欲長諸善證甘露　應當遠離如棄毒
有能精勤捨憍慢　譬如除雲顯秋月
猶如指鬘與難陀　亦如差摩賢聖等
如來說有三種語　入意眞實虛妄言
入意如華實猶蜜　虛妄鄙惡若糞穢

應當修習前二言　速宜除斷虛妄者
從明入明四種法　王當分別諦思惟
二種入明是應修　若就癡冥當速捨
菴婆羅果四種變　人難分別亦如是
當以智慧深觀察　若實賢善宜親近
雖見女人極端嚴　當作已母姊女想
設起貪欲深愛心　應當正修不淨觀
是心躁動宜禁制　如防身命及珍寶
欲心若起應驚怖　猶畏刀劒惡獸等
欲爲無利如怨毒　如此之言牟尼説
生死輪迴過獄縛　應當勤修求解脱
六入躁動馳諸境　應當攝持莫放逸
若能如是攝諸根　勝於勇將摧強敵
是身不淨九孔流　無有窮已若河海
薄皮覆蔽似清淨　猶假瓔珞自莊嚴
諸有智人乃分別　知其虛誑便棄捨
譬如疥者近猛燄　初雖暫悦後增苦
貪欲之想亦復然　始雖樂著終多患
見身實相皆不淨　即是觀於空無我
若能修習斯觀者　於利益中最無上
雖有色族及多聞　若無戒智猶禽獸
雖處醜賤少聞見　能修戒智名勝士
利衰八法莫能免　若有除斷眞無匹
諸有沙門婆羅門　父母妻子及眷屬
莫爲彼意受其言　廣造不善非法行
設爲此等起諸過　未來大苦唯身受
夫造衆惡不即報　非如刀劒交傷割
臨終罪相始俱現　後入地獄嬰諸苦
信戒施聞慧慚愧　如是七法名聖財
眞實無比牟尼説　超越世間衆珍寶

大王若集此勝財　不久亦證道場果
博弈飲酣好琴瑟　懈怠憍逸及惡友
非時輕躁多動亂　如斯七法當遠離
知足第一勝諸財　如此之言世尊説
知足雖貧可名富　有財多欲是名貧
若豐財業增諸苦　如龍多首益酸毒
當觀美味如毒藥　以智慧水灑令淨
爲存此身雖應食　勿貪色味長憍慢
於諸欲染當生猒　勤求無上涅槃道
調和此身令安隱　然後宜應修齋戒
一夜分別有五時　於二時中當眠息
初中後夜觀生死　宜勤求度勿空過
四無量定當修習　是名開於梵天道
若專繫念四禪心　命終必生彼天處
有爲遷動皆無常　苦空敗壞不堅固
無我無樂不清淨　如是悉名對治法
若有深觀此法門　未來常處尊豪位
修行五戒斷五邪　是亦大王所應念
譬如少鹽置恒河　不能令水有鹹味
微細之惡遇衆善　消滅散壞亦如是
五邪若增劫功德　王當除滅令莫長
信等五根衆善源　是宜修習令增益
生等八苦常熾然　常持慧水灑令滅
欲求天樂及涅槃　應勤修習正知見
雖有利智入邪道　微妙功德永無餘
四種顛倒害諸善　是故當觀莫令生
謂色非我我非色　我中無色色無我
於色生此四種心　自餘諸陰皆如是
是二十心名顛倒　若能除斷爲最上
法不自起冥初生　非自在作及時有

皆從無明愛業起　若無因緣便斷壞
大王既知此等因　當燃慧燈破癡闇
身見戒取及疑結　此三能障無漏道
王若毀壞令散滅　聖解脫法當現顯
譬如盲人問水相　百千萬劫莫解了
欲求涅槃亦如是　唯自精勤後方證
欲假眷屬及知識　而得之者甚難得
是故大王當精進　然後乃可證寂滅
施戒多聞及禪定　因是漸近四眞諦
人主故應修慧明　行斯三法求解脫
若能修此最上乘　則攝諸餘一切善
大王當觀身念處　世尊說爲清淨道
若無此念增惡覺　是故宜應勤修習
人命短促不久留　如水上泡起尋滅
出息入息眠睡間　念念恒謝常衰滅
不久便當見磨滅　皮肉臭爛甚可惡
青瘀脹壞膿血流　虫蛆唼食至枯竭
髮毛爪齒各分散　風吹日曝漸乾盡
當知此身不堅牢　無量衆苦所積聚
是故賢聖諸智人　皆觀斯過咸棄捨
須彌巨海及江河　七日並照皆融竭
如此堅固尚摧毀　況復若斯危脆身
無常既至無救護　不可恃怙及追求
是故大王當諦觀　速生猒離求勝法
人身難得法難聞　猶如盲龜遇浮孔
既獲若斯希有身　宜應勤心聽正法
得此妙身造諸惡　譬如寶器盛衆毒
生處中國遇善友　專念發心起正願
久植功德具諸根　王今滿足此衆善
若復親近知見人　佛說此爲淨梵行

是故應當樂隨順　諸佛由此證涅槃
既遇微妙清淨法　應當志求離欲道
生死險難苦無量　窮劫宣說莫能盡
我今爲王略分別　應當諦聽善思惟
三界轉變無輪際　父母妻子更相因
怨親憎愛無常處　如旋火輪豈窮巳
無始生死世界來　計飲母乳多大海
若不精勤證空智　將來復飲無窮限
周流五道經人天　若積身骨高須彌
愛別哀悲計其淚　亦非江河所能匹
若計一人父母者　過於世間草木數
雖受五欲天上樂　終還墜没惡趣苦
諸天壽命極長遠　其間娛樂難宣說
歌謳倡舞流妙聲　哀音和雅甚清遠
奇姿妙色極端嚴　圍遶侍衛相娛樂
百味盛饌皆具足　隨意所翫自然至
寶池香淨水恒滿　周匝羅覆諸妙華
衆鳥異色集其上　哀聲相和出遠音
諸天遊戲浴其内　如是歡娛不可說
福盡臨終五衰現　爾時坐苦踰前樂
是故雖有天女娛　智者見之巳生猒
雖居珍寶上樓觀　亦必退墮臭穢處
雖遊天上難陀園　會亦還入刀劍林
雖浴諸天曼陀池　終必墜於灰河獄
雖復位處轉輪帝　歸爲僮僕被驅役
雖受梵天離欲娛　還墜無間熾然苦
雖居天宮具光明　後入地獄黑闇中
所謂黑繩活地獄　燒割剥刺及無間
是八地獄常熾然　皆是衆生惡業報
或受大苦如壓油　或碎身體若塵粉

或解肢節令分散　或復剫剥及燒煑
或以沸銅澍其口　或以鐵壓裂其形
鐵狗競來爭食噉　鐵烏復集共摣掣
衆類毒蟲並齩齧　或燒銅柱貫其身
大火猛盛俱洞燃　罪業緣故無逃避
鑊湯騰沸至高涌　顛倒罪人投其內
人命危朽甚迅駛　譬如諸天喘息頃
若人於此短命中　聞上諸苦不驚畏
當知此心甚堅固　猶如金剛難摧壞
若見圖畫聞他言　或隨經書自憶念
如是知時以難忍　況復已身自經歷
無間無救大地獄　此中諸苦難窮盡
若復有人一日中　以三百矛攢其體
比阿鼻獄一念苦　百千萬分不及一
受此大苦經一劫　罪業緣盡後方免

如是苦惱從誰生　皆由三業不善起
大王今雖無斯患　若不修因終墮落
於畜生中苦無量　或有繫縛及鞭撻
無有信戒多聞故　恒懷惡心相食噉
或爲明珠羽角牙　骨毛皮肉致殘害
爲人乘駕不自在　恒受瓦石刀杖苦
餓鬼道中苦亦然　諸所須欲不隨意
飢渴所逼因寒熱　疲乏等苦甚無量
腹大若山咽如針　屎尿膿血不可說
裸形被髮甚醜惡　如多羅樹被燒剪
其口夜則大火燃　諸蟲爭赴共唼食
屎尿糞穢諸不淨　百千萬劫莫能得
設復推求得少分　更相劫奪尋散失
清涼秋月患炎熱　溫和春日轉寒苦
若趣園林衆果盡　設至清流變枯竭

罪業緣故壽長遠　經有一萬五千歲
受衆楚毒無空缺　皆是餓鬼之果報
正覺説斯苦惱因　名曰慳貪嫉妒業
若天福盡有餘善　因此得爲人中王
後設懈怠福都盡　必墜三惡無有疑
或生脩羅起貢高　恚嫉貪害增諸惱
諸天雖有善根行　以其慳嫉失利樂
是故當知嫉妒結　爲染惡法宜棄捨
大王汝今已具知　生死過惡多衆苦
應當勤修出世善　如渴思飲救頭燃
若加精進斷諸有　於諸善中最無上
當勤持戒習禪智　調伏其心求涅槃
涅槃微妙絶諸相　無生老死及衰惱
亦無山河與日月　是故應當速證知
若欲證於無師智　應當專修七覺法

若有乘斯覺分船　生死大海易超渡
佛所不説十四法　但生信心莫疑惑
唯當正心勤精進　決定修習諸善法
無明緣行識名色　六入觸受愛取有
有則緣生生緣死　若盡生死因緣滅
如是正觀十二緣　是人則見聖師子
若欲次第見四諦　當勤修習八正道
雖居尊榮處五欲　亦得聖道斷諸結
此果不可求餘人　必自心會乃得證
我説衆苦及涅槃　欲爲潤益大王故
不應生於怖畏心　但勤誦習行諸善
心爲諸法之根本　若先調伏事斯辨
我説法要略分別　王不宜應生足心
若有大智更敷演　亦當至心勤聽受
王今名爲大法器　若廣聞法必多益

若見有修三業善　應深助生隨喜心
自所行善及隨喜　如是功德悉迴向
王當仰學諸賢聖　如觀音等度衆生
未來必當成正覺　國無生老三毒害
大王若修上諸善　則美名稱廣流布
然後以此教化人　普令一切成正覺
煩惱駛河漂衆生　爲深怖畏熾然苦
欲滅如是諸塵勞　應修眞實解脫諦
離諸世間假名法　則得清淨不動處
若有婦人懷害心　如此之妻宜遠離
設有貞和愛敬夫　謙卑勤業若婢使
恒爲親友姊妹想　此宜尊敬如宅神
我所說法正如是　王當日夜勤修行

龍樹菩薩爲禪陀迦王說法要偈

音釋

紕謬 紕匹夷切踈也 謬靡幼切誤也　馝 毘必切　憤懣 憤房吻切怒也 懣莫困切與悶同　僁 去乾切過也　㓟 攀麋切剝也　摣掣 摣側加切瓜取也 掣昌列切挽也　齌齧 齌在詣切齧沒齒也 齧五結切噬也　矛 莫浮切　攢 祖官切

撰集三藏及雜藏傳 失譯人名附東晋録

大阿羅漢難提蜜多羅所説法住記

唐三藏法師玄奘奉　詔譯

清刻龍藏佛説法變相圖

一傳一記同卷

撰集三藏及雜藏傳

大阿羅漢難提蜜多羅所説法住記

撰集三藏及雜藏傳

失譯人名附東晉録

佛涅槃後迦葉阿難於是摩竭國僧伽尸城北撰三藏及雜藏經

先禮佛已　禮法衆僧　各受集法　此諸法典
除去五蓋　一心聽受　所説聚法　如阿難説
當共信樂　是阿難智　與佛同等　聽集此法
如佛涅槃　阿難付法　愍念衆生　護持諸法
如視世尊　無上道士　視阿難等　福田無過
設非阿難　釋種涅槃　正法滅盡　并及三藏

佛雨諸法　哀念天人　承以完器　阿難受持
寄付慇懃　阿難以法　此人乃復　終不漏脫
所聚法名　分別等法　如師子吼　阿難所說
一一於前　比丘各好　阿難獨立　佛自稱譽
若過世智　若復俗智　一切皆知　阿難如海
汝等為此　信向阿難　聽所集法　悉斷衆苦
世尊涅槃　地為震動　山海踊沸　天人哭泣
世尊出晚　涅槃何早　人天孤遺　諸道荒塞
神通徹視　神足羅漢　皆詣拘夷　供養世尊
八萬四千　過於無漏　天人所敬　福田無上
閻浮利地　羅漢悉來　世尊涅槃　聚會於中
別有不還　得頻來果　溝港進學　此輩一倍
梵行比丘　無數百千　舉手哭行　世尊那去
我等盲聾　三毒未除　沒於五道　誰當拔我
比丘尼千　數三十五　中有神通　有漏無漏
帝釋梵天　及無數天　文陀華伎　速持來到
四天大王　各有將從　栴檀珠瓔　速齎來詣
及諸欲天　有色無色　九十六億　咸詣拘夷
無畏釋王　八萬牙象　名馬八萬　盡詣拘夷
舍衛月王　強勇聰明　名象七萬　皆到拘夷
阿闍世王　勇猛信佛　象七萬半　悲泣來詣
槃闍梨王　名明端正　象馬六萬　悉詣拘夷
哀慇王暖　鬱光覩厚　衆各五萬　皆來集會
西香衆國　諸王嚴仗　四色軍般　數百千衆
速疾來至　欲見佛屍　龍王泣淚　追尋諸王
維耶離衆　象馬車乘　如諸天比　來詣拘夷
凡衆無數　并及清信　覩佛盡今　當覲涅槃
世界衆生　三十六億　皆詣拘夷　齎所喪具
方百由延　拘夷處中　天人滿中　地無空缺
諸天散華　供養佛屍　鼓天妓樂　雨諸末香

諸王官屬　來詣佛屍　皆禮佛足　圍繞而立
諸王號泣　舉手悲號　不復見佛　爲衆說法
阿闍世哭　來嗚佛足　我五逆人　持我付誰
諸王繞屍　散寶滿上　並作衆樂　香泥塗牀
舉屍鐵棺　灌滿麻油　地爲震動　諸王號哭
諸天墮淚　滴現於地　天王雨淚　普皆哭泣
天栴檀薪　如意雜香　積之于地　諸天四輩
大迦葉等　僧衆坐上　衆生所供　此大福田
迦葉衆僧　丘尼賢者　天帝人王　各共燃屍
燈燒身時　天人號哭　嗚呼痛哉　我等如何
七日供養　諸天盡受　分爲八分　著甖第九
各還本所　王及凡民　諸天還上　八部神歸
八分餘者　天龍神得　拘夷力人　得分立塔
八分八塔　第九甖塔　炭塔第十　閻浮所起
迦葉僧首　行出拘夷　詣摩竭國　聚會衆僧
迦葉語僧　比丘莫行　當共集會　勿令法壞
於虛空中　迦葉鳴揵　欲使法久　勝於諸魔
迦葉語衆　及天與人　今當集法　令衆生安
佛雖涅槃　四諦故存　八道猶在　可獲涅槃
先佛長壽　人民有福　遺法日近　不久便盡
今人短命　佛出第七　涅槃之後　法那久存
不還頻來　見道未成　今集真僧　此不得入
天眼神足　六通無我　一切羅漢　我今集之
衆聞教聲　即各來集　八十千衆　皆是無漏
迦葉問曰　弟阿那律　遍觀羅漢　誰不來者
那律便觀　大千世界　見忉利天　有憍桓鉢
律白迦葉　憍桓忉利　羅漢無漏　今不來會
迦葉命召　而亦不來　世尊涅槃　世空何求
迦葉心念　比丘能有　撰佛所說　經法者不
遍看不見　能集十二　部經法義　佛所說者

唯有阿難 是須陀洹 當爲設宜 使成無漏
上座方便 觀阿難心 知有慈愍 得道未久
迦葉詰難 不得入衆 汝不應入 今當出去
阿難白曰 何耶上座 我於三尊 有何過失
迦葉答曰 弟欲知耶 汝於佛衆 有大過失
坐汝佛法 減於千歲 由汝勸佛 度於母人
細微之戒 佛欲分別 汝何不問 細微戒耶
爾時何念 輕慢於戒 佛已涅槃 今當問誰
蹈佛大衣 佛渴索水 汝竟不與 非是過耶
此比過多 是汝所作 非口所陳 是故當出
阿難長歎 悲惋墮淚 佛方更終 當何恃怙
於此便去 坐一樹下 感結漏盡 佛法由興
無數億天 圍繞阿難 來詣大會 師子無畏
迦葉遙見 便謂衆僧 皆當速起 阿難今至
八萬餘衆 皆是無垢 迦葉上肯 叉手立迎
迦葉舉手 善來阿難 便上高座 修理衆僧
真大阿難 爲衆人眼 侍佛已竟 瞿曇福成
汝觀此僧 幷觀天衆 世間久病 有三苦患
世間無主 導師涅槃 快共慈心 爲衆說法
阿難默然 迦葉便請 上座欣笑 作師子吼
迦葉心念 相望能說 阿難今日 濟度天人
迦葉舉聲 大命衆生 欲度世者 皆來詣此
如佛所說 種種諸法 除衆生苦 阿難當說
一切知法 如散雜華 阿難當撰 分別三藏
如來說法 隨衆所欲 高座阿難 復當敷演
十方當聞 天龍鬼神 四部弟子 聞命即至
如人熱渴 思想飲水 奔走趣河 當於中飲
天龍鬼神 四輩弟子 來趣阿難 於中聞法
餘無數衆 進學見道 頻來不還 尋聲後到
阿那含道 二萬一千 斯陀含衆 四萬二千

須陀洹僧　八萬四千　此等後到　亦欲聽法
諸王皆集　羣臣兵衆　阿難儀容　衆覩咸歡
大衆次坐　方十由延　阿難在中　如月滿明
帝釋在右　梵天在左　侍於阿難　如佛在時
釋說偈讚　天子欣悅　覩大會故　阿難無畏
如轉法輪　圍繞佛時　瞻阿難顏　儀容巍巍
梵天亦爾　請於如來　世尊說法　阿難如是
魔聞名聲　亦來到此　并將妻子　及臣兵衆
波旬覩此　若干衆多　阿難在中　如日光明
阿難髻生　儀似山頂　項有日光　照於衆會
難陀髻出　迦葉項光　那律徹視　觀於大千
諸王在會　并及羣臣　衆人千億　皆在此中
見會甚樂　阿難勇猛　波旬愁毒　心懷戰慄
波旬心念　一佛滅度　更有三出　佛力勢大
瞿曇涅槃　謂呼得脫　此三所得　其處甚大

見佛滅度　心甚喜悅　瞿曇法衰　無怨仇對
當設方宜　滅此殘法　四部弟子　及諸國王
魔便出教　敕師子將　速合四兵　盡滅此法
即起化兵　四種將主　圍繞大會　出可畏聲
收捕道人　清信男女　誅殺諸王　壞裂道場
衆會驚愕　四輩心念　此何從出　未成懷疑
諸王聞聲　皆懷驚怖　見魔兵衆　各自嚴仗
阿難心惟　誰來相撓　覩此兵衆　乃知魔爲
阿難便笑　敕王頓駕　此亂衆者　我自降之
難以慧力　葉以進力　伸手執魔　三屍繫咽
第一人屍　第二狗屍　第三蛇屍　胮爛難近
魔便首請　迦葉見放　羅漢應當　困於人耶
迦葉我前　極托嬈佛　世尊未曾　見困如今
若佛哀愍　被大慈鎧　終不加害　於諸羣生
我等法集　欲令久興　汝何爲來　托攪我衆

魔即叉手　啓阿難曰　且俱放我　不復嬈人
阿難使誓　迦葉亦爾　若後亂衆　屍還掛頸
三屍化去　波旬得免　魔便愁怖　別立一面
諸天稱善　佛法得勝　遺法久存　常當勝魔
迦葉敕衆　皆當靖定　阿難今說　如佛所演
諸王普起　叉手待之　諸天悉悅　賢者視顏
迦葉詰難　說經時到　發此寶箱　顯說上法
何說增一　何說增十　何說本起　何說諸界
阿難長歎　師子振欬　四顧衆座　說聞如是
說一時已　地爲震動　一億天人　還得法眼
舍衛增一　召彼增十　釋中本起　魔竭諸界
餘經亦爾　處處演說　阿難以經　爲大衆說
盡集諸經　以爲一藏　律爲二藏　大法三藏
經録阿含　戒律大法　三分正等　以爲三藏
已說大本　録諸異法　合雜衆集　復爲一藏

別經四分　名作阿含　增一中含　長雜四含
毗尼隨法　犯次可生　中者久童　苦行在後
大法諸分　作所生名　分別第一　然後各異
增一中含　長雜四含　迦葉問難　此義何謂
難荅一一　比丘念佛　以是調意　故名增一
此後二法　思惟善法　兩法便生　止意分別
三處三法眼　知宿命漏盡
四處四諦　五處五根　六處六大　七處七覺
八處八懅　九處九止　十處十力　十一處經
名放牛兒　慈經斷後　增一經終　從此義中
當一一解　此經若干　故名增一　猶如畫師
分部色像　是一增一　種種撰合　如藥無限
隨病和合　名其藥丸　故名增一　一一纑綖
經緯成布　以一一說　成於增一　如合諸物
名空集音　種種諸經　故名增一　猶如草木

埿土起墻 圍覆於空 爾乃成舍 如是施戒
生天涅槃 以義圍繞 故名增一 如一種泥
成數種器 是一增一 種種義合 從此當知
種種義說 此經盡出 當持增一 亦不大長
亦不至短 結義得偶 名中阿含 字亦不麤
亦不極細 言義正等 是故名中 除去上下
說於中法 棄於彼我 故名中含 小凶大凶
癡疑盡壞 以觀正諦 是故名中 於中長說
并及先世 劫世流轉 是故曰長 計於諸止
天上快樂 聞者觀喜 故名曰長 七世遇佛
及攬大乘 佛之涅槃 是故曰長 諸寶計數
多有轉輪 諸王喜聞 故名曰長 此法當懅
學之喜忘 欲斷諸結 是故曰雜 此法等含
義味共俱 聞之斷疑 故等名含 是修行地
禪智所趣 等見諸法 是名等含 盡此經中

撮行兩端 聞者多疑 故名等含 部外雜經
諸天讚偈 皆入其中 故名等含 附近法者
得好淨意 斷諸諍訟 故名戒律 分別中戒
得淨精進 聞者皆調 是名戒律 比丘行是
得益於中 破碎衆結 故名戒律 忍諸結垢
比丘學是 除諸惡行 是名戒律 觀視諸法
從法得益 墮甘露地 故名毗尼 迦栴造竟
持用呈佛 佛言上法 當名上法 於中破癡
益於世間 此衆經明 故名大法 總持外道
斷於貢高 衆法牙旗 是名大法 譬如明燈
照於衆物 以見諸形 故名大法 此衆經義
如芒甘露 是諸法味 此大法義 諸經戒律
勤思惟持 勿令放捨 繫縛三藏 分別字義
比丘諸天 千萬稱善 迦葉復問 云何四藏
阿難可說 爲衆生故 阿難荅曰 此說各異

隨衆意行　是名雜藏　佛說宿緣　羅漢亦說
天梵外道　故名雜藏　中多偈頌　問十二緣
此各異人　是名雜藏　三阿僧祇　菩薩生中
所生作緣　故名三藏　中多宿緣　多出所生
與阿含異　是名雜藏　雜藏之法　讃菩薩生
此中諸義　多於三藏　都合諸法　結在一處
何等比丘　能盡持者　當來世時　比丘多愚
此輩不能　盡持三藏　後當作師　從經出頌
由此益增　是故不合　處處有喜　四阿含者
或喜毗尼　又喜大法　或喜外頌　或喜雜藏
故不一名　盡說諸法　結四阿含　集録諸數
并律大法　聚爲三藏　聞是法已　天神及人
三千比丘　還得漏盡　不還八千　頻來十千
無數天人　得見道迹　此法久住　爲天人故
諸王常勝　盡受百秋　一切天人　諸王比丘
皆共稱善　如阿難說　集法已訖　天人各還
四輩弟子　皆歸本所

佛涅槃後迦葉阿難等於摩竭國僧伽尸城北造集三藏正經及雜藏經常所云四篋者合雜言也凡二百首盧上增一阿含從一至十爲十一處經者撰諸十一事經以放牛兒十一事經爲始以行慈十一事經爲終因其所引便出其經以事相連故合爲一卷此放牛經者佛說放牛十一事以況比丘道具十一行成道樹根栽枝葉茂盛多所覆蔭因放牛見於坐發念佛知其意故說言十一事以斥行者放牛者即解便逮得還羅漢

撰集三藏及雜藏傳

大阿羅漢難提蜜多羅所說法住記

唐三藏法師玄奘奉　詔譯

如是傳聞佛薄伽梵般涅槃後八百年中執師子國勝軍王都有羅漢名難提蜜多羅唐言慶友具八解脫三明六通無諍願智邊際定等無量功德皆悉具足有大威神名稱高遠以願智力能知此界一切有情種種心行復能隨順作諸饒益化緣既畢將般涅槃集諸苾芻苾芻尼等說已所證諸妙功德及應所行利樂有情諸勝事業皆悉成辦告時衆曰自今已後無復所爲唯無餘依是所歸趣仁等當知有疑可問時諸大衆聞是語已舉聲號哭不能自持宛轉於地或起唱言佛薄伽梵久已涅槃諸聖弟子亦隨寂滅世間久空無真調御今唯尊者爲天人眼如何復欲棄捨我等願垂哀愍少留壽命尊者慶友慰喻衆言不須啼泣仁等當知世間法爾有生必滅諸佛如來降伏四魔於壽自在隨順世故猶示涅槃況我今者豈宜恒住設隨汝請亦無利益當體此意勿生憂惱但有疑者應可速問諸苾芻等雖承告示猶增涕噎良久乃問我等未知世尊釋迦牟尼無上正法當住幾時尊者告曰汝等諦聽如來先已說法住經今當爲汝粗更宣說佛薄伽梵般涅槃時以無上法付囑十六大阿羅漢并眷屬等令其護持使不滅沒乃敕其身與諸施主作真福田令彼施者得大果報時諸大衆聞是語已少解憂悲復重請言所說十六大阿羅漢我輩不知其名何等慶友荅言第一尊者名賓度羅跋囉惰闍第二尊者名迦諾迦伐蹉第

三尊者名迦諾迦跋釐惰闍第四尊者名蘇頻陀第五尊者名諾矩羅第六尊者名跋陀羅第七尊者名迦理迦第八尊者名伐闍羅弗多羅第九尊者名戍博迦第十尊者名半託迦第十一尊者名囉怙羅第十二尊者名那伽犀那第十三尊者名因揭陀第十四尊者名伐那婆斯第十五尊者名阿氏多第十六尊者名注荼半託迦如是十六大阿羅漢一切皆具三明六通八解脫等無量功德離三界染誦持三藏博通外典承佛敕故以神通力延自壽量乃至世尊正法應住常隨護持及與施主作真福田令彼施者得大果報爾時茲芻茲芻尼等復重請言我等不知十六尊者多住何處護持正法饒益有情慶友荅言第一尊者與自眷屬千阿羅漢多分住在西瞿陀尼洲第二尊者與自眷屬五百阿羅漢多分住在北方迦濕彌羅國第三尊者與自眷屬六百阿羅漢多分住在東勝身洲第四尊者與自眷屬七百阿羅漢多分住在北俱盧洲第五尊者與自眷屬八百阿羅漢多分住在南贍部洲第六尊者與自眷屬九百阿羅漢多分住在躭沒羅洲第七尊者與自眷屬千阿羅漢多分住在僧伽茶洲第八尊者與自眷屬千一百阿羅漢多分住在鉢剌拏洲第九尊者與自眷屬九百阿羅漢多分住在香醉山中第十尊者與自眷屬千三百阿羅漢多分住在三十三天第十一尊者與自眷屬千一百阿羅漢多分住在畢利颺瞿洲第十二尊者與自眷屬千二百阿羅漢多分住在半度波山第十三尊者與自眷屬

千三百阿羅漢多分住在廣脇山中第十四尊者與自眷屬千四百阿羅漢多分住在可住山中第十五尊者與自眷屬千五百阿羅漢多分住在鷲峯山中第十六尊者與自眷屬千六百阿羅漢多分住在持軸山中諸仁者若此世界一切國王輔相大臣長者居士若男若女發殷淨心爲四方僧設大施會或設五年無遮施會或慶寺慶像慶經旛等施設大會或延請僧至所住處設大福會或詣寺中經行處等安布上妙諸坐臥具衣藥飲食奉施僧衆時此十六大阿羅漢及諸眷屬隨其所應分散往赴現種種形蔽隱聖儀同常凡衆密受供具令諸施主得勝果報如是十六大阿羅漢護持正法饒益有情至此南贍部洲人壽極短至於十歲刀兵劫起互相誅戮佛法爾時當暫滅沒刀兵劫後人壽漸增至百歲位此洲人等猒前刀兵殘害苦惱復樂修善時此十六大阿羅漢與諸眷屬復來人中稱揚顯説無上正法度無量衆令其出家爲諸有情作饒益事如是乃至此洲人壽六萬歲時無上正法流行世間熾然無息後至人壽七萬歲時無上正法方永滅沒時此十六大阿羅漢與諸眷屬於此洲地俱來集會以神通力用諸七寶造窣堵波嚴麗高廣釋迦牟尼如來應正等覺所有遺身馱都皆集其内爾時十六大阿羅漢與諸眷屬繞窣堵波以諸香華持用供養恭敬讚歎繞百千帀瞻仰禮已俱昇虚空向窣堵波作如是言敬禮世尊釋迦如來應正等覺我受教勅護持正法及與天人作諸饒益法藏已沒化

緣已周令辭滅度說是語已一時俱入無餘涅槃先定願力火起焚身如燈焰滅骸骨無遺時窣堵波便陷入地至金輪際方乃停住爾時世尊釋迦牟尼無上正法於此三千大千世界永滅不現從此無間此佛土中有七萬俱胝獨覺一時出現至人壽量八萬歲時獨覺聖衆復皆滅度次後彌勒如來應正等覺出現世間時贍部洲廣博嚴淨無諸荆棘谿谷堆阜平正潤澤金沙覆地處處皆有清池茂林名華瑞草及衆寶聚更相輝暎甚可愛樂人皆慈心修行十善以修善故壽命長遠豐樂安隱士女殷稠城邑鄰次雞飛相及所營農稼一種七穫自然成實不須耘耨諸仁者於彼時中國界莊嚴有情果報陳之難盡具如彌勒成佛經說彌勒如來成正覺已

爲聲聞衆三會說法令出生死得證涅槃第一會度九十六俱胝聲聞衆第二會度九十四俱胝聲聞衆第三會度九十二俱胝聲聞衆若諸國王大臣長者居士男女一切施主於今釋迦牟尼佛正法中能爲佛事自種善根或教他種謂以七寶金銀真珠璧玉香材鍮石銅鐵木石泥土或以繒縷或以綵畫作佛形像及窣堵波若大若小乃至最小如指節量或以香華諸妙供具若多若少而爲供養彼由如是善根力故至彌勒如來成正覺時善得人身於彼佛第一會中以淨信心捨俗出家淨除鬚髮披著法服既預聖衆隨宿願力便得涅槃是名第一爲佛事故種善根者所得果報若諸國王及以臣庶一切施主於今釋迦牟尼佛正法中能爲法事自種善

根或教他種謂於大乘素怛纜藏所有甚深空性相應諸大乘經謂般若波羅蜜多經妙法芬陀利迦經金光明經金剛手藏經首楞伽摩三摩地經幻喻三摩地經大神變三摩地經集諸功德三摩地經逮如來智印三摩地經具諸威光三摩地經寶臺經集諸菩薩三摩地經諸佛攝受經集請問經梵王問經善吉問經勇猛問經能滿問經海龍王問經無熱惱龍王問經樹幢龍王問經寶掌問經寶髻問經虛空音問經虛空孔問經幻網問經寶女問經妙女問經善臂問經師子問經猛授問經金光女問經說無盡慧經說無垢稱經未生怨王經諦實經那羅延經佛華嚴經蓮華手經千佛名經無量光衆經極樂衆經集淨華經大集經入一切道經寶幢經寶

聚經寶篋經彩畫經高頂王經如是等大乘經有百俱胝部黨差別復有大乘毗柰耶藏阿毗達磨藏衆多部類一切皆是菩薩藏攝復有聲聞三藏謂素怛纜藏毗柰耶藏阿毗達磨藏素怛纜藏有五阿笈摩謂長阿笈摩中阿笈摩增一阿笈摩相應阿笈摩雜類阿笈摩毗柰耶藏中有苾芻戒經苾芻尼戒經分別戒本諸蘊差別及增一律阿毗達磨藏中有攝六問相應發趣等衆多部類復有本生鬘讚獨覺鬘讚於如是等正法藏中或是佛說或菩薩說或聲聞說或諸仙說或諸天說或智者說能引義利乃至有能於四句頌若自誦若教他誦若自讀若教他讀若自持若教他持若自解說若教他解說或於法師恭敬供養或於經卷恭敬供養謂以種種香

華播蓋妓樂燈明而爲供養或於經卷以諸雜綵囊帊縷帶而嚴飾之由如是等善根力故至彌勒如來成正覺時善得人身於彼佛第二會中以淨信心捨離家法出趣非家淨除鬚髮披著法服既預聖衆隨宿願力便得涅槃是名第二爲法事故種善根者所得果報若諸國王及臣庶等一切施主於今釋迦牟尼佛正法中能爲僧事自種善根或教他種謂請諸苾芻苾芻尼衆或次第請或隨緣請往寺中若供養一若供養衆或作給侍或有於月一日或月八日或十五日設齋供養或供養修靜慮者或有供養諸説法者或見有人欲於正法學習流布從師聽受不作留難施其所安無令怯退或設五年無遮施會或施四方僧或施寺舍及坐卧具或施鍾磬或施園林如是等類供養僧衆彼由如是善根力故至彌勒如來成正覺時善得人身於彼佛第三會中以淨信心捨離家法出趣非家淨除鬚髮被著法服既預聖衆隨宿願力便得涅槃是名第三爲僧事故種善根者所得果報爾時慶友大阿羅漢爲諸大衆廣説如上事已以神通力於大衆前身昇虚空高七多羅樹示現種種不可思議大神變事令所觀衆增進勝道時彼尊者現神變已即於空中結跏趺坐捨諸壽行及諸命行入無餘依般涅槃界先定願力火起焚身於虚空中雨身遺骨時諸大衆悲歎希有競收遺骨起窣堵波以諸香華寶幢旛蓋妓樂燈明常爲供養此法住記古昔諸師展轉相承誦持不忘爲令一切國王大臣長者居士諸施主等了

達因果猒生老病死芭蕉幻焰泡沫之身修諸勝業於當來世逢事彌勒解脫煩惱得大涅槃生愛樂故於佛正法護持建立令久不滅

大阿羅漢難提蜜多羅所說法住記

音釋

罥幺茥切　托呼高切擾也　纑綖纑籠都切布縷也綖蘇箭切與線同　颺音陽　窣堵波梵語也此云圓塚窣蘇骨切　素怛纜梵語也此云契經怛當割切纜盧瞰切　帊普罵切帊幞也

瑜伽集要焰口施食起教阿難陀緣由
瑜伽集要焰口施食儀
唐三藏沙門不空奉詔譯

清刻龍藏佛說法變相圖

瑜伽集要焰口施食起教阿難陀緣由

唐三藏沙門不空奉詔譯

爾時世尊在迦毗羅城尼俱律那僧伽藍所與諸比丘并諸菩薩無數衆會前後圍遶而爲說法爾時阿難獨居靜處念所受法即於其夜三更已後見一餓鬼名曰焰口其形醜陋身體枯瘦口中火然咽如針鋒頭髮髼亂牙爪長利甚可怖畏住阿難前白阿難言汝却後三日命將欲盡即便生於餓鬼之中是時阿難聞此語已心生惶怖問餓鬼言大士若我死後生餓鬼者我今行何方便得免斯苦爾時餓鬼白阿難言汝於來日晨朝若能布施百千那由他恒河沙數餓鬼飲食并餘無量婆羅門仙閻羅所司業道冥官及諸鬼神先亡久遠等所食飲食如摩伽陀國所用

之斛各施七七斛飲食并為我等供養三寶汝得增壽令我等輩離餓鬼苦得生天上阿難見此焰口餓鬼身形羸瘦枯燋極醜口中火然其咽如針頭髮鬔亂毛爪長利又聞是語甚大驚怖身毛皆竪即至晨朝從座而起往詣佛所右遶三帀頂禮佛足身體戰慄而白佛言大悲世尊願救我苦所以者何昨夜三更經行靜處念所受法見焰口鬼而語我言汝過三日必當命盡生餓鬼中我問鬼言云何令我得免斯苦餓鬼答言汝若能施百千那由他恒河沙數無量餓鬼婆羅門仙閻羅所司業道冥官及諸鬼神侍從眷屬先亡久遠平等普施餓鬼飲食汝得增壽白言世尊云何能辦無量飲食充足佛告阿難汝今勿怖我念過去無量劫中曾作婆羅門時於觀世音菩薩摩訶薩邊受得陁羅尼名曰無量威德自在光明如來陁羅尼法佛告阿難汝若善能作此陁羅尼法加持七遍能令一食變成種種甘露飲食即能充足百千俱胝那由他恒河沙數一切餓鬼婆羅門仙異類鬼神上妙飲食皆得飽滿如是等衆一一各得摩伽陀國所用之斛此食此水量同法界食之無盡皆獲聖果解脫苦身佛告阿難汝今受持此陀羅尼法令汝福德壽命增長餓鬼生天及生淨土受人天身能令施主轉障消災延年益壽現招勝福當證菩提發廣大心普爲有情積劫已來多生父母列宿天曹幽司地府焰魔鬼界蜫蟲蠢動一切含靈普設無遮廣大供養悉來赴會承佛威光洗滌身田獲斯勝利受人天樂唯願諸佛般若菩

薩金剛天等及諸業道無量聖賢以無緣慈證我所行是故我等爲欲滿足宏誓願故爲欲宏護令濟有情無退失故爲摧諸業令清淨故爲欲精進求無上道速成就故爲欲拔濟惡道衆生永拋苦海登彼岸故如經所說無邊世界六道四生其中所有爲於主宰統領上首之者皆是住不思議解脫菩薩慈悲誓願分形布影示現化身在六道中同類受苦設於方便不被煩惱隨煩惱壞分別諸業令發道意常自克責悔身造作調伏教化一切衆生爲大導師摧滅三塗淨諸業道斷截愛流不捨行願處於苦海爲善知識成熟利樂一切有情證大涅槃若有施主深信大乘渴仰瑜伽願樂見聞陀羅尼藏甘露法門爲諸有情興拔濟心慇懃稱讚捨大財寶三請於師方許壇法平等一如離怨憎想常行布施無有悔恨親近善友勇猛精進無有怯弱至求大道稱讚三寶撫育生命方便拔濟皆令解脫不以惡求而養身命常自利他彼善男子是真善友行菩薩行普爲三塗諸惡趣中一切餓鬼焰魔王等婆羅門仙虛空諸天釋梵四王列宿天曹龍神八部日月須彌脩羅外道六欲魔衆水火風空山林窟穴舍宅宮殿伽藍大地江河流泉浴池廟宇吉凶遊行神衆抄錄善惡神通無礙毛羽飛空水族遊鱗披毛角類蠢動含靈曠野遊寃鞭尸苦滯多生寃恨相繫未免歷劫寃魂負於財命亡過僧尼未證果者多生父母眷屬親戚承如來教得出三塗無量地獄發菩提心各願放捨解脫寃結遍相讚念如父母想到此道

場證知護念心懷踴躍如優曇花甚難可值由自造作處於人間識情難定多隨妄起積為苦源未獲聖果旋生過患又復依王水土住佛慈光常思曩緣猶懷今果日夜克責何報如斯或為眷屬親戚父母幾曾翻覆顛倒攀緣改形換面豈將辯識惟願今日承斯佛力駕迥飛空到此道場慈光拂體各隨形類懺滌塵尤發菩提心納斯供養佛告阿難若欲受持施食之法須依瑜伽甚深三昧阿闍棃法若樂修行者應從瑜伽阿闍棃學發無上大菩提心受三昧戒入大曼拏囉得灌頂者然許受之受大毘盧遮那如來五智灌頂紹阿闍棃位方可傳教也若不爾者遞不相許設爾修行自招殃咎成盜法罪終無功效若受灌頂依於師教修習瑜伽威儀法式善能分別了達法相故名三藏阿闍棃方得傳斯教也若欲作法先自護持弟子亦爾定知日已選擇淨地精華大舍閑靜園林鬼神愛樂流泉浴池江海山澤福德之地堂舍亦得如法塗摩用香水泥隨施主力方圓大小四角豎幖如法莊嚴用五色綵安火焰珠又於珠內安置佛頂大悲隨求尊勝東北佛頂東南大悲西南隨求西北尊勝又於四柱如法莊嚴殊特妙好名吉祥幢令百由旬無諸衰患即成結界風吹影拂土撒水霑罪障消亡獲大福利眼見耳聞普皆利濟次復周圍懸繒幡蓋寶扇白拂布列位次阿伽香水妙花燈塗飲食湯藥種種果味及餘物等以法淨除勿令觸穢莊嚴若了手執香爐右遶道場遍以觀照不周備處重要安排莊嚴事畢與

諸弟子香湯洗浴著新淨衣出外中庭如法
洒掃香泥塗地如法莊嚴名三昧耶壇於道
場外敷淨薦褥嚴整威儀作禮三拜面東胡
跪手執香爐作啓請法
瑜伽集要焰口施食起教阿難陁緣由竟

瑜伽集要焰口施食儀

夫欲遍供普濟者虔懇至誠嚴飾道場隨力備辦香花供養飲食淨水等已依位敷坐竟歸依上師三寶發菩提心云

歸依上師　歸依佛　歸依法　歸依僧

我今發心不爲自求人天福報聲聞緣覺乃至權乘諸位菩薩唯依最上乘發菩提心願與法界衆生一時同得阿耨多羅三藐三菩提三白已用右手無名指揾取香水塗二手掌表敬仰故無壇畧作詳之可見或加不空羂索經内真言淨水塗掌時念淨手真言曰

唵啞穆渴拶辣彌麻迎蘇嚕蘇嚕莎訶

默念大輪明王呪呪七過其印者甘露軍荼利菩薩念誦儀云二手内相叉直竪二頭指相並以二中指纏二頭指初節前各頭相拄二大指並伸直結印當心誦呪曰

捺麻斯得哩三合野一脱夷二合葛喃二薩哩斡二合怛塔葛達喃三唵四微囉積五　微囉積六麻訶拶葛囉二合七斡資哩二合斡資哩二合八薩怛薩怛九薩囉諦十薩囉諦十一得囉二合夷十二得囉二合夷十三微馱麻尼十四三拳拶納禰十五得囉二合麻禰的十六席塔訖哩二合得蘭二合顏席提脱夷二合莎訶十七

雜呪經云誦此陀羅尼三七遍即當入一切曼拏羅所作皆成阿閦如來念誦法云安印於心誦一七遍猶誦此真言如再入壇輪失念破三昧菩薩與聲聞身口二律儀四重五無間是等諸罪障悉皆得清淨此補文中須依師授則可矣

衆等發廣大心 即應潔淨身心虔懇苦禱歸依三寶南無佛南無法南無僧我今發廣大心不爲自求人天福報緣覺聲聞乃至權乘諸位菩薩唯依最上乘發菩提心願與法界衆生一時同得阿耨多羅三藐三菩提即名請三寶云

一心奉請十方遍法界微塵剎土中諸佛法僧金剛密跡衛法神王天龍八部婆羅門仙一切聖衆唯願不違本誓憐愍有情降臨道場 衆等和香花請

印現壇儀 據建壇儀云若無壇佛應結繞發意轉法輪菩薩印印現壇儀千手眼修行儀云二手各作金剛拳進力檀慧相鈎誦真言曰

唵斡資囉二合撥械囉二合吽一撥二吽三嘐四斛五

以印置身前即遍虛空界成大曼拏羅今應隨宗想滿虛空界五部主伴等忽爾明現此當文中建壇請聖已舉三十五佛般若心經七支加行畢首座秉爐胡跪白佛

南無歸依十方盡虛空界一切諸佛

南無歸依十方盡虛空界一切尊法

南無歸依十方盡虛空界一切賢聖僧

南無如來應供正徧知明行足善逝世間解無上士調御丈夫天人師佛世尊

南無釋迦牟尼佛　南無金剛不壞佛

南無寶光佛　南無龍尊王佛

南無精進軍佛　南無精進喜佛

南無寶火佛　南無寶月光佛

南無現無愚佛　南無寶月佛

南無無垢佛　南無離垢佛

南無勇施佛　南無清淨佛
南無清淨施佛　南無娑留那佛
南無水天佛　南無堅德佛
南無栴檀功德佛　南無無量掬光佛
南無光德佛　南無無憂德佛
南無那羅延佛　南無功德花佛
南無蓮華光遊戲神通佛
南無財功德佛　南無德念佛
南無善名稱功德佛　南無紅炎帝幢王佛
南無善遊步功德佛　南無鬪戰勝佛
南無善遊步佛
南無周帀莊嚴功德佛
南無寶華遊步佛
南無寶蓮華善住娑羅樹王佛
南無法界藏身阿彌陀佛

如是等一切世界諸佛世尊常住在世是諸世尊當慈念我若我此生若我前生從無始生死已來所作重罪若自作若教他作見作隨喜若塔若僧若四方僧物若自取若教他取見取隨喜五無間罪若自作若教他作見作隨喜十不善道若自作若教他作見作隨喜所作罪障或有覆藏或不覆藏應墮地獄餓鬼畜生諸餘惡趣邊地下賤及篾戾車如是等處所作罪障今皆懺悔今諸佛世尊當證知我當憶念我我復於諸佛世尊前作如是言若我此生若我餘生曾行布施或守淨戒乃至施與畜生一摶之食或修淨行所有善根成就衆生所有善根修行菩提所有善根及無上智所有善根一切合集校計籌量皆悉回向阿耨多羅三藐三菩提如過去未

來現在諸佛所作回向我亦如是回向
衆罪皆懺悔　諸佛盡隨喜　及諸佛功德
願成無上智　去來現在佛　於衆生最勝
無量功德海　我今歸命禮
所有十方世界中　三世一切人師子
我以清淨身語意　一切徧禮盡無餘
普賢行願威神力　普現一切如來前
一身復現剎塵身　一一徧禮剎塵佛
於一塵中塵數佛　各處菩薩衆會中
無盡法界塵亦然　深信諸佛皆充滿
各以一切音聲海　普出無盡妙言詞
盡於未來一切劫　讚佛甚深功德海
以諸最勝妙華鬘　妓樂塗香及傘蓋
如是最勝莊嚴具　我以供養諸如來
最勝衣服最勝香　末香燒香與燈燭
一一皆如妙高聚　我悉供養諸如來
我以廣大勝解心　深信一切三世佛
悉以普賢行願力　普徧供養諸如來
我昔所造諸惡業　皆由無始貪嗔癡
從身語意之所生　一切我今皆懺悔
十方一切諸衆生　二乘有學及無學
一切如來與菩薩　所有功德皆隨喜
十方所有世間燈　最初成就菩提者
我今一切皆勸請　轉於無上妙法輪
諸佛若欲示涅槃　我悉至誠而勸請
唯願久住剎塵劫　利樂一切諸衆生
所有禮讚供養福　請佛住世轉法輪
隨喜懺悔諸善根　回向衆生及佛道
願將以此勝功德　回向無上真法界
性相佛法及僧伽　二諦融通三昧印

如是無量功德海　我今皆悉盡回向
所有衆生身口意　見惑彈謗我法等
如是一切諸業障　悉皆消滅盡無餘
念念智周於法界　廣度衆生皆不退
乃至虚空世界盡　衆生及業煩惱盡
如是四法廣無邊　願今回向亦如是

啓告十方一切諸佛般若菩薩金剛天等及諸業道無量聖賢我今(某甲)以大慈悲乘佛神力召請十方盡虚空界三塗地獄諸惡趣中曠劫飢虚一切餓鬼閻羅諸司天曹地府業道冥官婆羅門仙久遠先亡曠野冥靈虚空諸天及諸眷屬異類鬼神唯願諸佛般若菩薩金剛天等無量聖賢及諸業道願賜威光悲增護念普願十方盡虚空界天曹地府業道冥官無量餓鬼多生父母先亡久遠婆羅門仙一切寃結負於財命種種類族異類鬼神各及眷屬乘如來力於此時中決定降臨得受如來上妙法味清淨甘露飲食充足滋潤身田福德智慧發菩提心永離邪行歸敬三寶行大慈心利益有情求無上道不受輪迴諸惡苦果常生善家離諸怖畏身常清淨證無上道(如是三白)

運心供養(蘇悉地羯羅供養法下卷中說運心供養者想水陸諸華無主所攝遍滿十方盡虚空界及與人天妙塗香雲燒香燈明幢旛傘蓋種種鼓樂歌舞妓唱真珠羅網懸諸寶鈴華鬘白拂微妙磬鐸矜羯尼網如意寶樹衣服之雲天諸厨食上妙香美種種樓閣寶柱莊嚴天諸嚴身頭冠瓔珞如是等雲行者運心想滿虚空以志誠心如是供養最爲勝妙依法誦此真言及作手印如上所想供養悉皆成就真言曰)

那麻。薩哩斡(二合)答塔葛的毗牙(二合。)月說穆契

毘牙合二唵引。薩哩斡引二合塔龕烏忒葛合二

的。斯癸合二囉納弓慢葛葛捺龕莎訶

誦之七遍其手印相兩手相叉合掌以右壓左置於頂上凡作供養應具此法及奉瑜伽

皆依真言手印持誦成就及以運心合掌置頂方成圓滿供養之法運心已云

三寶施食將奉三寶施食先結三尖印禪押施度頭戒忍進竦伸誦真言

唵引斡貧囉合二拽屹徹合二吽。

念此真言三七遍想三指尖出大火光手動似扇遍諸魔已誦變空咒

唵一莎癸斡秫塔二薩哩斡合二塔哩麻三二合

莎癸斡秫徒欣四

誦此三遍想食器皆空於其空處想大寶器滿成甘露誦

唵引啞吽

一七遍攝受成智甘露即結奉食印仰二手二掌向前側相着二無名指頭側相着微屈二頭指博着中指側一大指博着頭指側小似掬水相誦奉食咒

唵引。啞葛嚕穆看薩哩斡合二塔哩麻合二喃啞

牒耶引二合奴忒合二。班納奴忒唵。啞吽。癸吒莎訶。

想諸佛聖衆徧奉受用生歡喜心求索願事必蒙允許或廣迎聖入壇委伸供讚已然後施食即以香華燈塗種種供養畢默念奉食偈

我今奉獻甘露食　量等須彌無過上

色香美味遍虛空　上師三寶哀納受

次供顯密護神等　後及法界諸有情

受用飽滿生歡悅　屏除魔礙施安寧

今辰施主眷屬等　消災集福壽延長
所求如意悉成就　一切時中願吉祥

衆等念三寶讚

世尊大慈妙莊嚴　明解圓滿一切智
能施福慧如大海　於諸如來我讚禮
自性本體離諸欲　能依此行脱惡趣
以爲甚深玄妙理　於諸妙法我讚禮
解脱道中勝解脱　持淨戒行堪恭敬
勝妙福田生勝處　於彼大衆我讚禮

次入觀音定　即入觀自在菩薩三摩地閉目澄心觀想自身圓滿潔白猶如淨月在心淨月上想字放大光明其字變成八葉蓮華於華臺上有觀自在菩薩相好分明左手持蓮華右手作開敷葉勢是菩薩作是思惟一切有情身中各具有此覺悟之華清淨法界不染煩惱於蓮華八葉上各有如來入定跏趺而坐面向觀自在菩薩項佩圓光身如金色光明晃耀想此八葉蓮華漸舒漸大量等虛空即作如是思惟以此覺華照觸如來海會願成廣大供養若心不移此定則於無邊有情深起悲愍以此覺華蒙照觸者於諸苦惱悉得解脱等同觀自在菩薩相好即想蓮華漸漸收斂量等已身則結觀自在菩薩印加持四處所謂心額喉頂每於印處成紇哩字其印以二手外相叉二頭指相拄如蓮華葉二大指並豎即誦觀自在菩薩真言曰

次入觀音三摩地　澄心閉目觀心中
圓滿皎潔淨月上　字種放光成蓮華
華中有一觀自在　相好具足無比對
左手執持妙蓮華　右手於葉作開勢
菩薩思惟有情身　各具覺悟之蓮華
清淨法界無惑染　八葉各有一如來
如來入定跏趺坐　各各面向觀自在
項佩圓光身金色　光明朗照極晃耀
次想其華漸舒大　其量周遍虛空界
思彼覺華照法界　如來海會供廣大
心若不移於此定　憐愍一切諸衆生

覺華蒙照脫若惱　便同菩薩觀自在
蓮華漸收同已量　復結自在觀音印
加持四處誦密言　自身亦等觀自在

唵(引)。斡資囉(二合)塔囉麻(二合)紇哩(二合)。

由結此印誦真言加持心額喉頂故即自身等同觀自在菩薩正入定時念讚歎

次結破地獄印(二羽金剛拳檀慧兩相鉤進力豎側合心想開地獄三誦三掣開真言曰)

那麻阿瑟吒(二合)瑟吒(二合)攝諦喃。三藐三勃塔俱胝喃。唵(引)。撮(引)辣(引)納嚩婆細。提哩提哩吽

此破地獄印呪出破阿毘地獄智炬陀羅尼經又准滅惡趣王本續說從印流出火光口誦神呪口出無量火光心月輪上紅色𤙖字放赤色火光三光同照阿毘地獄等三誦三掣開鎖自開所有罪人悉皆得出此舉難破偏云地獄若准下文理應光照通餘五趣意令專注故偏舉此

由此印呪威神力故所有諸趣地獄之門隨此印呪豁然自開

一心奉請衆生度盡方證菩提地獄未空誓不成佛大聖地藏王菩薩摩訶薩唯願不違本誓憐愍有情此夜今時來臨法會(大衆和香花請)

一心奉請法界六道十類孤魂面然所統薜荔多衆塵沙種類依草附木魑魅魍魎滯魄孤魂自他先亡家親眷屬等衆唯願承三寶力仗秘密言此夜今時來臨法會(如是三請)

次結召請餓鬼印(左羽作無畏相右羽向前豎四度微曲進度鉤召真言曰)

唵。即納即葛。移希曳(二合)歇。莎

訶。

今此印呪出焰熾餓鬼毋本續自身想觀自在菩薩心月輪上想紅色字印及字毋流出光明照彼罪人口誦神呪隨光來至行者面前大衆讃善安慰云

既召請已普皆雲集以愍念心讃歎慰喻令歡喜已渴仰於法

善來諸佛子　曾結勝縁故　今遇此嘉會
勿得生憂怖　一心渴仰法　不出於此時
戒品而霑身　速令離苦趣

既至道場遶佛三帀投身布禮至同向已還禮聖衆退坐一面從壇東門至於南門地獄衆居復從南門至西南隅餓鬼衆居自西南隅至於西門畜生趣居自西門起至西北隅人趣宫室從西北隅至北方門脩羅所居自北方門遶至東門天衆居位或無壇室自上至下勝劣居之亦得重坐色印如開合錄說

次結召罪印二羽金剛縛忍願伸如針進力曲如鉤召罪真言曰

唵引薩哩斡合二巴鉢一羯哩二合沙拏二合月戍馱納三斡資囉二合薩埵四薩麻耶五吽六撥七

此上印呪出鉤罪經自身成觀自在菩薩心月輪上想白色字出鉤火光口誦心密言鉤攝一切有情三惡趣業并自身三惡趣業黑色如雲霧衆罪召入掌變成諸鬼形又金剛頂瑜伽念誦法云於進力度端各想有一字以鉤攝彼自他身中所有罪障誦密語已想彼罪形如鬼黑色髮即以二羽諸度各齊想鉤入掌内以進力二度鉤想彼罪令入掌中

次結摧罪印八度内相叉忍願如前竪摧罪真言曰

唵斡資囉合二巴尼月斯普合二吒耶一薩哩斡合二阿巴耶班塔拏尼二不囉

二合穆恰耶三薩哩斡二合阿巴耶葛諦毘藥二合

四薩哩斡二合薩埵喃五薩哩斡二合呇塔葛達

六斡資囉二合三麻耶七吽八怛囉二合吒九

今此印呪出鉤罪經身想觀音或准鉤罪經自身想成四面八臂青色觀音正面青色右面黃色左面綠色後面紅色二手結摧罪印右第二手持杵第三手箭第四手劒左第二手鉤第三手弓第四手羂索身出火光蓮華日輪上坐足踏烏麻怖畏如是想已心月輪上想青色𤙖字出光照前罪業相應將忍願三拍摧前衆罪形口誦狀密言罪相悉摧盡今滅無有餘又金剛頂瑜伽念誦法云於願度端想一呇囉二合字忍度端想一吒字復於字上想生火焰夾取彼罪誦摧罪呪誦密語已用力撚之如彈指法左上右下或准金剛頂經身作降三世印觀獨股杵厲聲念真言忍願應三拍約文中云業報有二業中復有現行種子成就現行中有定不定今此印中滅不定業也

次結定業印二羽金剛掌進力屈二節禪智押二度定業真言曰

唵斡資囉二合葛哩麻二合一月束塔耶二薩哩斡二合阿嗻囉拏你三菩塔薩底曳二合納四三麻耶吽五

此上印呪出不動本續有十二種諸佛不通懺悔定業印文云手結定業印自身想觀自在菩薩心月輪上想一青色𤙖紇哩二合字出光口誦心密言照前諸鬼等所有諸佛不通懺悔之業并自身三惡趣業轉重爲輕重即定業此中轉滅麤重決定業故已上二印淨現行竟輕微種子滅罪印除

次結懺悔滅罪印二羽金剛縛進力屈二節禪智押二度

唵薩哩斡二合巴鉢一月斯普

二合吒二怛賀納三斡資囉二合耶四莎訶五

此出滅惡趣玉本續云自心月輪上想白色[ ]紇哩二合字出光徧照法界一切有情并前輕業悉皆消滅此中正滅輕微種子之業上來召請至此通滅罪障向下甘露開咽喉共除報障加持巳云

諸佛子等既懺悔巳百劫積集罪一念頓蕩除如火焚枯草滅盡無有餘

次結妙色身如來施甘露印或云施清涼印即以左羽轉腕向前力智作聲施甘露真言曰

那麻蘇嚕巴耶一答塔葛達耶二怛喋塔三

唵四酥嚕酥嚕五鉢囉二合酥嚕六鉢囉二合酥嚕七莎訶八

誦真言持想於忍度上有一[ ]鍐字流出般若甘露法水彈洒空中一切餓鬼異類鬼神普得清涼猛火息滅身田潤澤離飢渴想此出月密明點本續并須嚕巴本續云自身想觀自在菩薩心月輪上想白色[ ]字出光照前諸鬼神等并忍度上有一月輪上想[ ]鍐字流出般若智甘露水力智彈洒至空中時如細雨而下着鬼神身上猛火息滅普得清涼離飢渴想滅心報障之業

次結開咽喉印

唵那謨婆葛嚩諦　月補辣葛得囉二合耶　荅塔葛達耶二

此廣博身如來開咽喉印依嘛怛哩法師說師是加行位菩薩知之自身想觀自在菩薩心月輪上想一白色[ ]字出光照前鬼神等手結施清涼印口誦心密言并忍禪開左手蓮花時想鬼神等咽喉自開通達無礙便得出聲接得名號隨聞記云右禪度上想一月輪輪上想一白色[ ]阿字流出般若甘露法水以忍禪彈時左手蓮花開拆甘露滿中想

諸鬼神咽喉開通清凉潤澤無所障礙

語諸佛子今爲汝等作印呪已咽喉自開通達無礙離諸障難諸佛子等我今爲汝稱讚如來吉祥名號能令汝等永離三塗八難之苦常爲如來眞淨佛子

南無寶勝如來 次與鬼神同稱聖號若有大衆一切同稱 二羽金剛掌六度內相叉進力頭相拄禪智側竪立

那謨囉怛訥(二合)怛囉耶。荅塔葛達耶。

諸佛子等若聞寶勝如來名號能令汝等塵勞業火悉皆消滅

南無離怖畏如來 右羽胷前竪忍禪指相捻掌覆指垂下左掌向上振

那謨微葛怛。得囉(二合)納耶。荅塔葛達耶。

諸佛子等若聞離怖畏如來名號能令汝等常得安樂永離驚怖清淨快樂

南無廣博身如來 左羽曲如拳力智對肩彈右羽金剛拳進禪對胷彈

那謨癹葛哸諦(一)月補辣葛得囉(二合)耶荅塔葛達耶(二)

諸佛子等若聞廣博身如來名號能令汝等餓鬼針咽業火停燒清凉通達所受飲食得甘露味

南無妙色身如來 左羽竪胷前力智指相捻右羽曲舒展手掌皆仰下

那謨蘇嚕八耶。荅塔葛達耶。

諸佛子等若聞妙色身如來名號能令汝等不受醜陋諸根具足相好圓滿殊勝端嚴天上人間最爲第一

南無多寶如來

雙羽虛合掌智前蓮華狀

那謨波虎囉怛納二合耶。荅塔葛達耶。

諸佛子等若聞多寶如來名號能令汝等具足財寶稱意所須受用無盡

南無阿彌陀如來

右羽壓左禪智相拄

那謨阿彌怛婆耶。荅塔葛達耶。

諸佛子等若聞阿彌陀如來名號能令汝等往生西方極樂淨土蓮華化生入不退地

南無世間廣大威德自在光明如來

右羽曲仰拳忍禪度相彈左掌仰上五指舒誦密呪

那謨盧迦委斯諦二合吟捺二合。弟唧說囉不囉二合癸耶。荅塔葛達耶。

諸佛子等若聞世間廣大威德自在光明如來名號能令汝等獲得五種功德一者於諸世間最爲第一二者得菩薩身端嚴殊勝三者威德廣大超過一切外道天魔如日照世顯於大海功德巍巍四者得大自在所向如

意似鳥飛空而無阻礙五者得大堅固智慧光明身心明徹如瑠璃珠

諸佛子等此七如來以誓願力拔濟衆生永離煩惱脫三塗苦安隱常樂一稱其名千生離苦證無上道（稱讚七佛由二益故一則總能除滅諸業報障二乃莊嚴彼等令成法器也）

次與汝等歸依三寶（即以二手虛心合掌意想佛前作禮受戒云）

歸依佛兩足尊　歸依法離欲尊

歸依僧衆中尊

汝等佛子歸依佛竟歸依法竟歸依僧竟

歸依三寶故　如法堅護持　自離邪見道

是故志心禮

次結三寶印（左羽作拳相豎力度當胷右手握力度心想誦真言）

唵婆（重呼）龕。

次與汝等發菩提心汝等諦聽

次結發菩提心印（二手金剛掌忍願如蓮花以印於心上應起三心四願或自發菩提心發願文云）

南無佛南無法南無僧我今發心不為自求人天福報緣覺聲聞乃至權乘諸位菩薩唯依最上乘發菩提心願與法界衆生一時同得阿耨多羅三藐三菩提（三說）

令所發覺心　遠離諸性相　蘊處及界等

能取所取執　諸法悉無我　平等如虛空

自心本不生　空性圓寂故　如諸佛菩薩

發大菩提心　我亦如是發　是故志心禮

前偈三說誦發菩提心真言曰

唵補提節荅（一）没怛巴（二合二）達野弭（三）

心想月輪皎潔淨無瑕翳放光照諸鬼神口誦密言想前鬼神得菩提戒或想𠄨阿字徧入身心亦得云

令與汝等發菩提心竟諸佛子等當知菩提心者從大悲起成佛正因智慧根本能破無明煩惱惡業不被染壞

次與汝等受三昧耶戒

既成大器堪受寶戒三昧耶者准大樂金剛三昧經云三昧名爲本擔亦名時亦名期契亦名曼荼羅乃異名也故有四種一大二三昧耶三法四羯磨曼荼羅者此四總攝一切曼荼羅又三昧耶亦四智印即大智印三昧耶智印法智印羯磨智印又神變義釋云三昧耶者是平等義是本誓義是除障義是警覺義言平等者謂如來現證此三昧時一切衆生種種身語意皆悉與如來等禪定智慧與實相身亦畢竟等故初發心時與地波羅密滿時亦畢竟等是故出誠諦言以告衆生若我所言必定不虛者亦令一切衆生發此忱諦之言時亦蒙三密加持無盡莊嚴與如來等以是因緣故能作金剛事業故名三昧耶也言本誓者如來現證此三昧時見一切衆生悉有成佛義故即將立大誓願我今要從普門以無量方便令一切衆生皆至無上菩提劑衆生界未盡已來我之事業終不休息若有衆生隨我本誓已發此忱實言時亦令彼所爲事業皆悉成金剛性故名三昧耶也言除障者如來見一切衆生悉有如來法界但由一念無明故常在其前而不覺知是故發誠實言我今要當設種種方便普爲一切衆生決除眼膜若我誓願必當成就者令諸衆生隨我方便說此忱實言時乃至於一衆生獲無垢眼障蓋都盡故名三昧耶也言警覺義者如來以一切衆生皆在無明睡故於如是功德不自覺知故以誠言感動令得醒悟亦以此警覺諸菩薩等令發起禪定寤學師子頻伸三昧若直言行人說此三昧耶者我等諸佛亦當憶持本誓不得違越猶如國王自制法已遂自敬順行之故名三昧耶也具如是等廣大甚深微妙義故名三昧耶也

次結三昧耶印

二羽金剛縛忍願伸如針

誦真言曰

唵三摩耶薩埵鑁

據本文意無別觀想但如印呪自成受戒如金剛頂經說若誦此呪一遍如入壇輪證三摩提一切善法皆悉滿足三聚淨戒俱時圓滿身全普賢坐大月輪一切諸佛憶昔本誓觀察護念設有人曾受佛戒惡心破毀不復清淨者若誦此呪一七遍已破戒罪垢悉得清淨一切戒品還得如故一切壇法未經師受誦呪七徧即許行作不成盜法或准神變

經及義釋中以離念觀智乃當意密即神變經云若族姓子住是戒者當以身語意合而爲一義釋三解一是共緣共成此戒之義所謂以方便等之所集成故二是平等義佛以三業合爲一者即是住平等法門是故得名三世無障礙智戒也今此持明畧戒若行人三業方便悉皆正順三平等處當知即具一切諸佛律儀也三裂諸相網是住此實相平等法界本性戒時無量三業皆同一相諸見相網皆悉除滅是故得名住無戲論金剛戒也或闕上深信解者擬加想念如隨聞記文云若付戒時印中想有白色鍐字放大光明普照所請一切有情彼諸有請蒙光照及三世諸佛戒波羅蜜一時圓滿法界善法想爲光明流光灌頂貯彼身中身仝普賢坐大月輪紹諸佛職爲佛嫡子

令與汝等受三昧耶戒竟從今已去能令汝等入如來位是真佛子從法化生得佛法分

次結無量威德自在光明如來印左手想持器隨聞記云乞當思之右羽彈忍禪想於左羽掌中有一鍐字流出種種無盡甘露法食即說施食真言曰

唵薩哩斡二合答塔葛達一阿嚩盧揭諦鍐二

娑囉娑囉三三娑囉三娑囉四吽五

語諸佛子今爲汝等作印呪已變此一食爲無量食大如須彌量同法界終無能盡

復結前印誦乳海真言

那麻薩曼答勃塔喃。鍐。

語諸佛子今爲汝等作印呪已由此印呪加持威力想於印中流出甘露成於乳海流注法界普濟汝等一切有情充足飽滿前呪印中流多物食增此成廣此乳海呪唯流甘露通濟六道詳此二呪意通廣畧廣則雙用即是此文畧唯用前故有畧儀隨文記意前呪七遍增成廣大記句甘露後呪三七遍流智甘露與記不二理亦可通此後可入障施鬼施食或名一彈指施食先洗漱口甲中食氣及施器中食器氣或未經用淨器內滿盛淨水已展右手

誦障施鬼真言

唵啞吽。撥辣彌㩲。薩哩斡合二不哩合二的毘牙合二莎訶。

呪一遍或七遍障施鬼等飽滿懽喜彈指一下是時行者即以右羽持甘露器面向東立瀉於壇前或淨地上或於石上或新淨瓦盆亦名于蘭盆生臺亦得或泉池江海長流水中不得瀉於石榴桃樹之下鬼神懼怕不得食之若聖衆壇中明王諸天若施飲食置生臺上是本法也若供養諸佛聖衆於上五更晨朝日出是供養時若鬼神法於人定時子時亦得本人定時阿闍梨法若於齋時晝於一日但加持飲食水等布施飛空鳥獸水族之類不揀時節但用施之若作餓鬼施食之法當於亥時若於齋時施餓鬼食者徒設功勞終無效也不是時節妄生虛誑鬼神不得食也不從師受自招殃咎成盜法罪

諸佛子等雖復方以類聚物以羣分然我所施一切無礙無高無下平等普偏不擇冤親令日勿得以貴輕賤以强凌弱擁遏孤幼令不得食使不均平越佛慈濟必須互相愛念猶如父母憶子之想諸佛子汝等各有父母兄弟姊妹妻子眷屬善友親戚或有事緣來不得者汝等佛子慈悲愛念各各賫持飲食錢財物等遍相布施充足飽滿無有乏少令發道意永離三塗長越四流當捨此身速超道果又爲汝等將此淨食分爲三分一施水族令獲人空二施毛羣令獲法寂三施他方稟識陶形悉令充足獲無生忍

次結普供養印二中指屈者兩指尖上想白色唵字流出種種七寶樓閣宮殿幢幡寶蓋香花飲食無量七寶自己內外之財布施無量諸佛聖賢并諸有情等誦普供養真言曰

唵一葛葛納三婆斡斡資囉合二斛二

想從印流出諸供具物普供三寶及六道衆生詳普供意上來到此法事周圓故以生佛普平伸供供畢索願意在奉送文從下索影上必然矣或名普通供養

諸佛子等從來所受飲食皆是人間販鬻生命酒脯錢財血肉腥羶葷辛臭穢雖復受得如是飲食譬如毒藥損壞於身但增苦本沉淪苦海無解脫時我某甲依如來教精誠罄捨設此無遮廣大法會汝等今日遇茲勝事戒品霑身於過去世廣事諸佛親近善友供養三寶由此因緣值善知識發菩提心誓願成佛不求餘果先得道者遞相度脫又願汝等晝夜恒常擁護於我滿我所願以此施食所生功德普將回施法界有情共諸有情同將此福盡皆回施無上菩提一切智智勿招餘果願速成佛

次結奉送印二羽金剛拳進力二相鉤隨誦而掣開金剛解脫真言曰

唵斡資囉合二穆一

意想佛等各歸本位六道衆生悅樂超昇爲上良因普皆回施如常可知矣

佛頂尊勝陀羅尼神呪

唵普嚨合二莎引訶引唵捺謨癹葛斡諦薩哩斡二合的味合二盧結不囉合二牒月摒瑟吒合二耶。勃塔耶諦捺麻。沓爹塔唵普嚨合二普嚨合二普嚨合二蔌塔耶。蔌塔耶。月蔌塔耶。月蔌塔耶。啞薩麻薩𤄃達斡癹薩。斯癹合二囉納。葛牒葛葛

捺。莎癹斡月説提。啞撇𣊺賛多鉿薩哩斡合二

怛塔葛達。莎葛達斡。囉斡撥納。美哩合二達撇

釋該。摩訶抹的囉合二瞞的囉合二巴代阿。訶囉。

阿訶囉。摩麻猶。傘塔囉聶。菝塔耶。菝塔耶。月

菝塔耶。月菝塔耶。葛葛捺莎癹斡月説提烏。

瑟㖿合二攝月撥耶。八哩説提。薩。訶斯囉合二囉

釋咩合二傘祖牒敵。薩哩斡合二怛塔葛達引斡

盧結聶。沙翅巴合二囉咩達。八唎補囉聶薩

哩斡合二怛塔葛達。麻。諦吝舍普咩。不囉合二牒

瑟吒合二敵。薩哩斡合二怛塔葛達赫囉合二吝牙鉠

瑟吒合二納。鉠瑟吒合二敵。摩的哩合二摩的哩。合二

麻訶摩的哩。合二斡資哩合二斡資哩。合二麻訶斡

資哩合二斡資囉合二葛耶三訶怛捺。八唎説提。

薩哩斡合二葛哩麻合二斡囉捺月説提。不囉合二牒

尼斡哩怛合二耶摩麻猶哩合二月説提薩哩斡

二合怛塔葛達薩°摩末°鉄瑟吒二合納°鈌瑟吒二合

敵°唵摩[王尼]摩[王尼]°麻訶摩[王尼]月摩[王尼]月摩[王尼]麻

訶月摩[王尼]°麻牒麻牒麻訶麻牒摩牒°莎麻

牒怛塔達普°怛孤宅°八唎說提°月斯蒲二合吒°

勃鈌說提号号°撥耶撥耶月撥耶月撥耶

斯麻二合囉°斯麻二合囉斯發二合囉°斯發二合囉斯發

二合囉耶斯發二合囉耶薩哩斡二合勃塔°鈌瑟吒

二合納°鈌瑟吒二合敵°說提說提勃°提勃提°斡

資哩二合斡資哩°二合麻訶斡資哩°二合莎斡資哩°二合

斡資囉二合葛哩毘°二合撥耶葛哩毘°二合月撥耶

葛哩毘°二合斡資囉二合佐辣葛哩毘°二合斡卒嚕

二合忒發二合微°斡資囉二合叅發微°斡資哩二合斡

即哩二合聶°斡資覽二合發斡多°摩摩攝哩覽薩°

哩斡二合薩埵喃撥°葛耶八唎說鈌發斡多°薩

埵彌薩°哩斡二合達薩哩斡二合葛爹°八哩說提

實哲合二薩哩斡合二沓塔葛達實哲合二鉿薩麻

唰薩頻多勃鉄勃鉄薛鉄薛鋑譜塔耶譜塔

耶月譜塔耶月譜塔耶謨撈耶謨撈耶月謨

撈耶月謨撈耶菽塔耶菽塔耶月菽塔耶月

菽塔耶薩鑾達謨撈耶謨撈耶薩鑾怛囉

釋迷合二八咧說提薩哩斡合二怛塔葛達赫囉合二

沓牙鋑瑟吒合二納鋑瑟吒合二敵摩特哩合二摩

特哩合二麻訶摩特哩合二麻訶摩特囉合二瞞

的囉合二芭諦莎引訶引

六趣偈

承斯善利地獄受苦有情者刀山劒樹變化

皆成如意樹火團鉄丸變成蓮華而爲寶吉

祥地獄解脫而能成正覺

承斯善利餓鬼受苦有情者口中煙焰燒身

速願得清涼觀音手內甘露自然長飽滿吉

祥餓鬼解脫而能成正覺

承斯善利畜生受苦有情者殺害燒煑楚毒

等苦皆遠離遠離乘騎愚癡速得大智慧吉

祥畜生解脫而能成正覺

承斯善利人間受苦有情者生時猶如摩耶

右脇而降誕願具六根永離八難修福慧吉

祥人間解脫而能成正覺
承斯善利脩羅受苦有情者我慢顛狂拙朴
速疾令柔善惡心嫉妬嗔恚鬬戰自調伏吉
祥脩羅解脫而能成正覺
承斯善利天中受樂有情者欲樂策懃速發
廣大菩提心天中受盡憂苦自然生懽悅吉
祥天中解脫而能成正覺
承斯善利十方獨覺聲聞者棄捨小乘四諦
十二因緣行進趣大乘修四攝六度萬行吉
祥二乘解脫而能成正覺
承斯善利初地菩薩勇識者百福莊嚴一切
行願皆圓滿頓超十地證入一生補處位吉
祥三乘速證究竟成正覺

發願回向偈

現世之中未證菩提間願無內外障難惡緣
等恒常遇逢最妙善知識所修善事行願速
成就　最上三寶
臨命終時識性無迷惑願生西方淨土如來
前依於慧日發光聞思修斷惑證真愍念於
有情　最上三寶
若或隨業淨土佛會前若無善根不生聖會
中隨業輪迴世世所生處恒修善根熏習無
間斷　最上三寶
願生中國勤修於正法無病長壽受用悉具
足相好殊勝辯才智慧等具七功德獲得丈
夫身　最上三寶
幼年出家願逢賢聖師即得三種修學守護
持一切時中正念與正定承侍微妙上師願
懽喜　最上三寶
七種勝財殊勝善知識如日與光刹那不捨

離亦無我慢疑惑具知足惡緣猶如蠱毒願捨離　最上三寶

功德本願最上三寶處願能恒常歸依而供養貪欲嗔恚愚癡三種毒猶如大地恒常勿應起　最上三寶

觀見六塵境界色等法猶如陽焰幻化而悟解五欲自性境處無染著願我恒不忘失菩提心　最上三寶

一切大乘甚深微妙法如救頭然精進常修學證得無比究竟菩提時以四攝法能救於六趣　最上三寶

能救五濁大悲觀世音末劫之時弘願地藏王所有一切賢聖護法神證明護念法燈覆熾然　最上三寶

護國護法塔廟諸護神威德熾盛迴遮大結界怨魔外道毒類悉摧壞龍鬼星辰毒類心驚怖　最上三寶

三灾五濁速願得消除七難八怖一念皆消滅百穀豐饒萬物而茂盛七寶充足五味悉具足　最上三寶

四事供養受用無乏少修八福田吉祥獲安樂普國興隆佛事轉法輪增長有情福慧皆圓滿　最上三寶

我等善根緣起法性力上師本尊空行攝受力三寶真諦密呪威神力所發願時行願速成就　最上三寶

能迴施人迴施迴施善所獲一切一切諸功德猶如幻化幻化似夢境三輪體空體空悉清淨　最上三寶

吉祥偈

願晝吉祥夜吉祥
晝夜六時恒吉祥
一切時中吉祥者　願諸　上師願攝受　三寶願攝受　護法恒擁護
南無西方無量壽如來諸大菩薩海會聖衆
唯願法界存亡等罪消除同生淨土至此隨意迴施

已次念金剛薩埵百字呪

金剛薩埵百字呪

唵一斡資囉合二薩埵蘇薩麻耶麻納巴辣耶二斡資囉合二薩埵諦奴鉢諦瑟劄合二三得哩合二

鋤彌發嚨四蘇度東彌發嚨五阿奴囉屹都合二彌發嚨六蘇布東彌發嚨七薩哩嚨合二

些提彌不囉合二耶擦八薩哩斡合二葛哩麻合二

蘇拶彌九稷達釋哩合二楊郭嚕十吽十一訶訶

訶訶斛十二發葛灣薩哩嚨合二吝塔葛達斡

資囉合二麻彌捫拶十三斡資哩合二發嚨十四麻訶薩

摩耶薩埵阿引十五

此呪求願補闕功德無量散在諸經又名句
中隨宗迴轉誦者知之

瑜伽集要焰口施食儀竟

十類孤魂文

南無十方三世盡虛空界常住佛法僧寶上師本尊（臨時應入佛名）猛毋明王世出世間護法善神慈悲廣大誓願弘深威力難量盡知盡見願作證明哀愍護念

法界地府獄中閻羅天子十八獄帝三十大王三十三王三十六王十八獄主牛頭阿傍馬頭羅刹主命主攝無毒鬼王九位二十四司助王小臣掌部首領執杖主淨主水主鍈主土主火善惡童子一切功曹獄吏騄馬執鎗一切羅叉又地上檢察者帝釋四王太子諸將六齋八王三十二忍臣四忍大王五道大神又十類孤魂者

第一法界一切守疆護界陳力委命軍陣相持爲國亡身官員將士兵卒孤魂衆

第二法界一切負財欠命情識拘繫生産致命寃家債主墮胎孤魂衆

第三法界一切輕薄三寶不孝父母十惡五逆邪見孤魂衆

第四法界一切江河水溺大海爲商風浪飄沉採寶孤魂衆

第五法界一切邊地邪見致命蠻夷孤魂衆

第六法界一切抛離鄉井客死他州無依無托游蕩孤魂衆

第七法界一切河井刀索赴火投崖墻崩屋倒樹折岩摧獸咬虫傷橫死孤魂衆

第八法界一切獄中致命不遵王法賊寇刼盜抱屈啣寃大辟分屍犯法孤魂衆

第九法界一切奴婢給使懃勞陳力委命負賤孤魂衆

第十法界一切盲聾瘖瘂足跛手癃疾病纏綿癱疽殘害鰥寡孤獨無靠孤冤衆又法界面然鬼王所統薜荔部多百億河沙餓鬼非我見聞有名無名塵沙種族人間依於草木附彼城隍衙寃冤識品物精靈自殘自盡軍陣亡身無依無托遺骸暴骨乏祭餒冤魑魅魍魎幽魂滯魄靈響等衆又有大力鬼妖魅鬼惱人鬼內障鬼外障鬼無礙鬼又有九類十類三十六類鬼衆惟願佛法僧寶力法界緣起力大悲觀音力深願地藏力令我所觀功德力祕密咒印加持力稱七如來名號力誦經法會善根力令皆召請法界孤冤餓鬼種類一切眷屬如雲而集變此飲食於虛空中遍滿法界一切山原大地涌出清冷之池所有碧沼江河變成廣大乳海十二類生法食飽滿二十五有樂具資圓三業澄明六根清淨身心輕安清涼快樂福智增輝所求願滿歸依三寶發菩提心修菩薩行得成佛道衆等應和隨願所成

蓋以冥關路渺苦海波深若非密咒之功曷薦沉淪之魄由是特建法筵虔集僧衆諷演秘密真言加持上妙法食如斯勝利普施無邊伏願鑊湯滾滾變八德之蓮池爐炭炎炎成六銖之香蓋森森劍樹爲三會之龍華岌岌刀山作五天之鷲嶺銅汁銅柱化甘露之法幢鐵磨鐵丸作摩尼之寶座牛頭獄卒持三善而證三身債主冤家解十纏而離十惡多生父母從茲而入聖超凡一切衆生自此而獲安獲樂修習道友隨喜檀那悟本性之彌陀了唯心之淨土普同法界遍及有情俱

沐良緣齊成佛道者矣

三歸依讚

志心信禮佛陀耶兩足尊三覺圓萬德具天人調御師吽啞凡聖大慈父從真界騰應質悲化普竪窮三際時横徧十方處震法雷鳴法鼓廣演權實教吽啞大開方便路若歸依能消滅地獄苦

志心信禮達摩耶離欲尊寶藏收玉函軸結集於西域吽啞翻譯傳東土祖師弘賢哲判成章疏三乘分頓漸五教定宗趣鬼神欽龍天護導迷標月指吽啞除熱真甘露若歸依能消滅餓鬼苦

志心信禮僧伽耶衆中尊五德師六和侶利生爲事業吽啞弘法是家務避囂塵常宴坐寂静處遮身服毳衣充腹採薪茹鉢降龍錫解虎法燈常遍照吽啞祖印相傳付若歸依能消滅傍生苦